摩登時代

MODERN TIMES

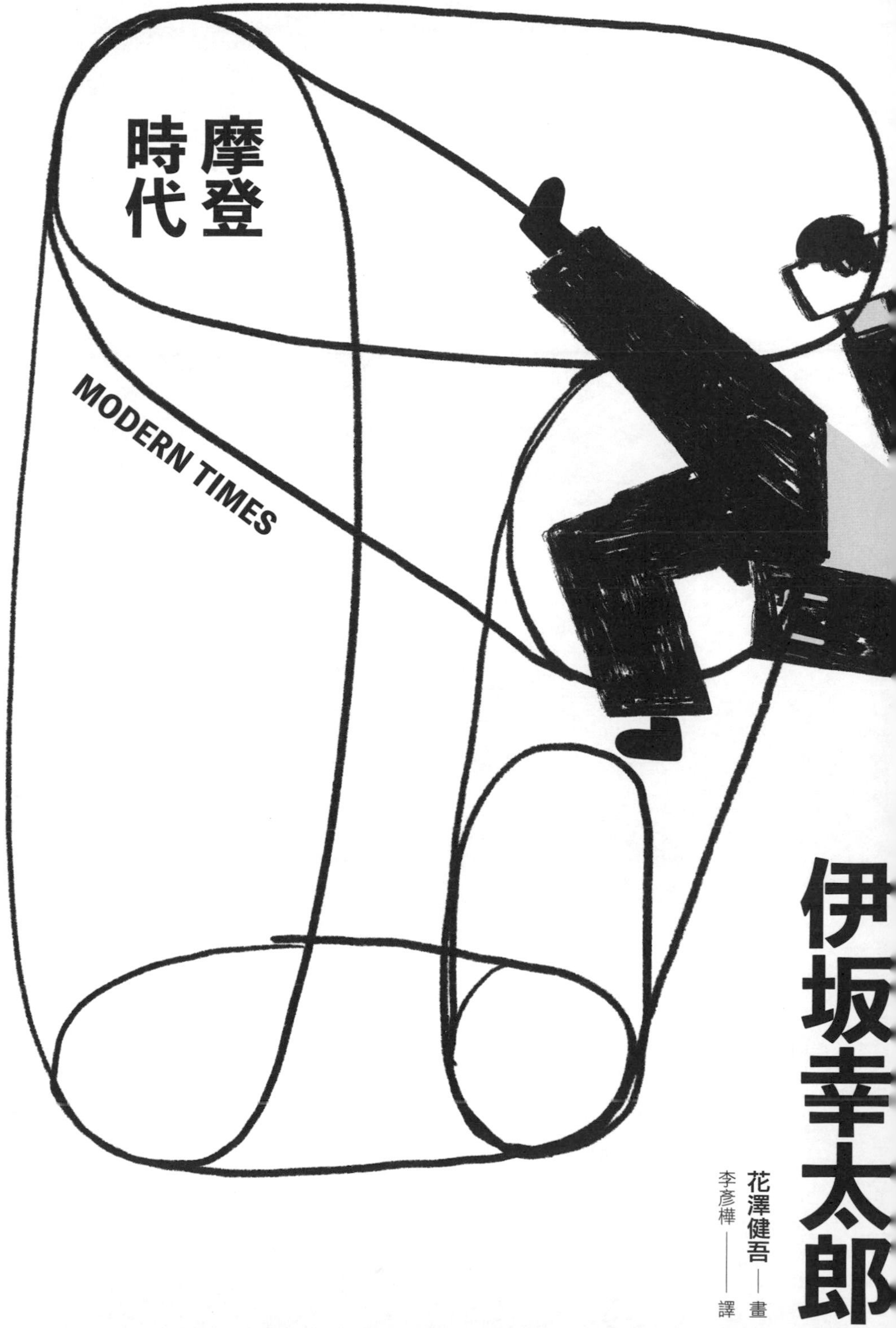

伊坂幸太郎

花澤健吾——畫

李彥樺——譯

目錄

導讀

奇想・天才・傳說

張筱森

雖然是篇談論伊坂幸太郎的文章，不過請先讓我稍微離題談一下二〇〇六年的第一百三十四屆直木獎。這屆的大事當然是東野圭吾在五度鎩羽而歸之後，終於以《嫌疑犯X的獻身》獲獎；可說是了卻他一樁心願，也替其出道二十年錦上添花一番。東野連續五度提名五度落選的事蹟，讓日本大眾文壇和讀者之間開始悄悄地流傳著一個聽來有點辛酸的名詞「東野圭吾路線」，意指不斷被提名、不斷落選，然後過了該得直木獎年紀的作家。而東野總算在第六次的提名擺脫了這個看似不太名譽，不過差一步就會變成傳說的不幸陰影。但是在東野終於獲獎的這樣可喜可賀的事實背後，其實也存在著一名極為有力的「東野圭吾路線」候選人，那就是本文主角——伊坂幸太郎。

伊坂幸太郎，一九七一年出生於千葉，畢業於位在仙台的東北大學法學部。小學時和一般小孩一樣閱讀各式各樣的兒童讀物，年紀稍長之後開始看當時流行的國產娛樂小說，如：都筑道夫、夢枕獏、平井正和等人的作品，高中時因為看了島田莊司的《北方夕鶴2／3殺人》後，成了島田書迷。而在高中時，因為一本名為《何謂繪畫》的美術評論集，啟發伊坂認為能使用想像力生存是件非常幸福的事情，而小說恰好可以一人獨立從頭開始，自己應該也辦得到；因此他決定在進入大學之後開始創作，再加上喜愛島田的作品，便選擇了寫推理小說。進入大學之後則開始閱讀純文學，尤其喜愛諾貝爾文學獎得主大江健三郎的作品。

也因為他將對運用想像力的憧憬著力於小說創作上，於是各項具有想像力的元素都漂浮在其作品中，如法國藝術電影、音樂、繪畫、建築設計等等，使得讀者在閱讀推理小說的同時，也彷彿看了一場交織著奇異幻境寓言、生命哲思與青春況味的文藝表演。

巧妙地融合脫離現實生活的特殊經歷以及不可思議的冒險活動，一向是伊坂作品的創作主軸，這種奇妙組合，正是伊坂風靡了無數熱愛文學藝術的青年讀者的重要原因。

這樣的他，在一九九六年曾經以《礙眼的壞蛋們》獲得山多利推理小說大獎佳作，不過一直要到二〇〇〇年以《奧杜邦的祈禱》獲得第五屆新潮推理小說俱樂部獎後，才正式踏上文壇。奇特的故事風格、明朗輕快的筆觸，讓他迅速獲得評論家和讀者的熱烈歡迎，不光是在年度推理小說排行榜上大有斬獲。二〇〇三年以《家鴨與野鴨的投幣式置物櫃》拿下吉川英治文學新人獎，二〇〇四年則以《死神的精確度》獲得日本推理作家協會短篇部門獎，更在二〇〇三到二〇〇六年間以《重力小丑》、《孩子們》、《死神的精確度》、《沙漠》四度獲得直木獎提名，可以看出日本文壇對他的期待和重視。

伊坂到二〇〇六年為止總共發表了八部長篇、四部短篇連作集和一篇短篇愛情小說。因為喜歡島田，而決定創作推理小說的伊坂，打從一出道就以推理小說新人獎得獎作《奧杜邦的祈禱》獲得各方注意；然而《奧杜邦的祈禱》卻長得一點都不像讀者們所熟悉的推理小說模樣。伊坂曾經說過，「寫作的時候，我並不喜歡描寫真實的現實生活，而是想寫十分荒唐無稽的故事。」《奧杜邦的祈禱》正是這樣特殊，有著前所未有的奇特設定的一部作品。一個因為一時無聊跑去搶便利商店的年輕人伊藤，意外來到一座和日本本土隔絕一百五十年的孤島，孤島上有個會說話、會預言未來的稻草人優午。優午告訴伊藤，自己已經等了他一百五十年，而伊藤這個外來者將會帶來島上的人所欠缺的東西。留下這般謎樣話語之後，優午就死了，而且還是身首異處、死得相當悽慘。這短短幾句描寫，就能夠看出伊坂作品最顯而易見的特殊之處：「嶄新的發想」，我想很難有讀者在看了這樣奇異至極的開頭，而不繼續往下翻去，畢竟「會講話的稻草人謀殺案」實在太過特殊。而這種異想天開、奇特的發想，就成了伊坂作品中一個非常重要而且難以模仿的特色，在他往後的作品當中都可以看到這樣的特色，以死神為主角的《死神的精確度》便是個好例子。

然而空有奇特的發想，沒有優秀的寫作能力也無法讓伊坂獲得現在的地位。第二作《Lush Life》便是讓讀者更認識伊坂深厚筆力的作品，畫家、小偷、失業者、學生、神、心理諮商師等等眾多人物各自在五個故事線中登場、彼此的人生互相交錯。如何將這五條線各自寫得精采絕倫，而在彼此交錯時又不落入混亂龐雜的境地，最後將所有故事線收束於一個點上。伊坂在敘事文脈構成上展現了高超的操控能力，就像不斷地在本作出現的艾雪的畫一般令人目眩神迷。複雜的敘事方式中包含著精巧縝密的伏線，並且前後呼應，而此極為高明的寫作方式，在第四作《重力小丑》、第五作《家鴨與野鴨的投幣式置物櫃》中也明顯可見。

筆者和大部分的台灣讀者一樣對伊坂最早的認識來自於《重力小丑》一作，對於本作中那幾乎只能以毫無章法來形容、或者可說是某種文字遊戲的章節名稱印象深刻。但在閱讀了伊坂的其他作品之後，便能夠理解日本文藝評論家吉野仁所指出的伊坂作品的一種極為另類的魅力來源——「將毫無關聯的事物組合在一起」，像是「鴨子」和「投幣式置物櫃」明明是毫無關聯的東西，卻成了小說。或是書名為《蚱蜢》內容卻是殺手的故事，這樣的奇妙組合讓伊坂的作品乍看書名就能吸引讀者的目光一探究竟。而更引人注意的是，這樣看似胡鬧的作法，也散見於每部作品的內容和登場人物的言行之中。在《家鴨與野鴨的投幣式置物櫃》中，主角的鄰居甫一登場就邀他一起去搶書店，而目標僅僅是一本《廣辭苑》!?在《重力小丑》中，春劈頭就叫哥哥泉水一起去揍人。然而在這些登場人物的異常行動，或是令人不由得笑出聲來的詞句背後，其實隱藏著各種人性的黑暗面。《奧杜邦的祈禱》中，仙台的惡劣警察城山毫無理由的殘虐行徑、《重力小丑》中的強暴案件、《魔王》中甚至讓這樣的黑暗面以法西斯主義的樣貌出現。伊坂總以十分明朗、輕快並且淡薄的筆觸，描寫人生很多時候總會碰上的毫無來由的暴力。如此高度的反差，點出了一個伊坂作品世界中的重要價值觀——在面對突如其來的暴力時，該如何自處？該怎麼找出最不會令自己後悔的生存方式？

如果將毫無理由的暴力推到最極致，莫過於「死亡」了，只要是人，難免一死，那麼人類該怎麼和終將來臨的死亡相處？從《奧杜邦的祈禱》中的稻草人謀殺案起，這個問題意識就一直在伊坂作品的底層流動，筆者想隨著此次伊坂作品集出版，讀者在全部讀過一遍之後，應該也都能得出屬於自己的答案。

而在熟讀伊坂作品之後，讀者便會發現伊坂習慣讓他筆下所有人物產生關聯，先出現的人物一定會在之後的作品登場。像是深受台灣讀者喜愛的《重力小丑》兩兄弟，也會在之後的某部作品中出現，這樣的驚喜也十足地展現了伊坂旺盛的服務精神。

在文章開頭提到伊坂是極有力「東野圭吾路線」候選人，如實地反應出日本讀者和評論家對於伊坂遲遲不能獲獎的難以理解。但是筆者忍不住想，就這樣成為直木獎史上的傳說，似乎無損於伊坂的成就。畢竟就像日本推理天后宮部美幸說的：「伊坂幸太郎是天才，他將會改變日本文學的面貌。」做為一名讀者，能夠和一位不斷替我們帶來全新小說的天才作家相遇，就是一種十足的幸福。

作者介紹

張筱森，推理小說愛好者。

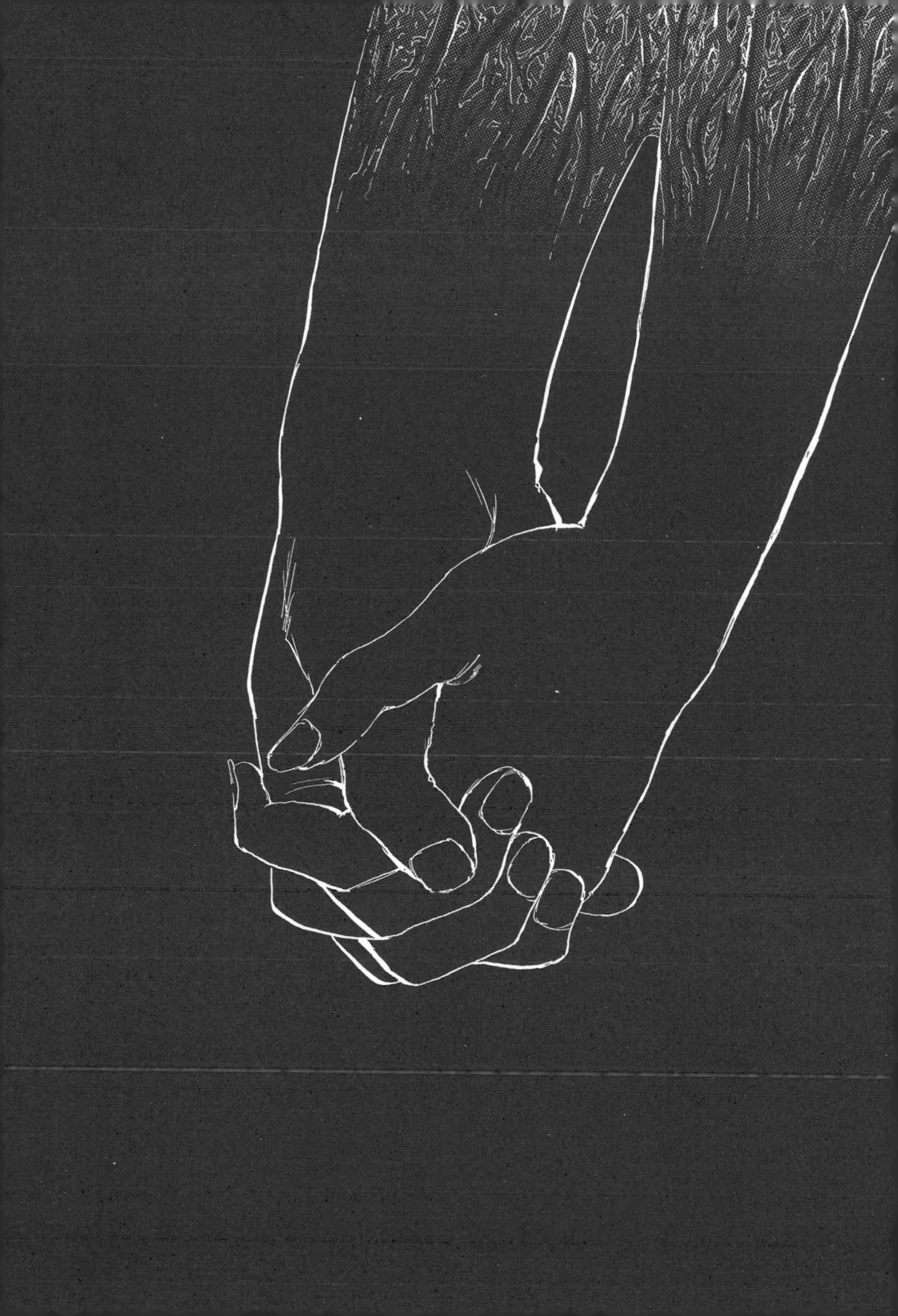

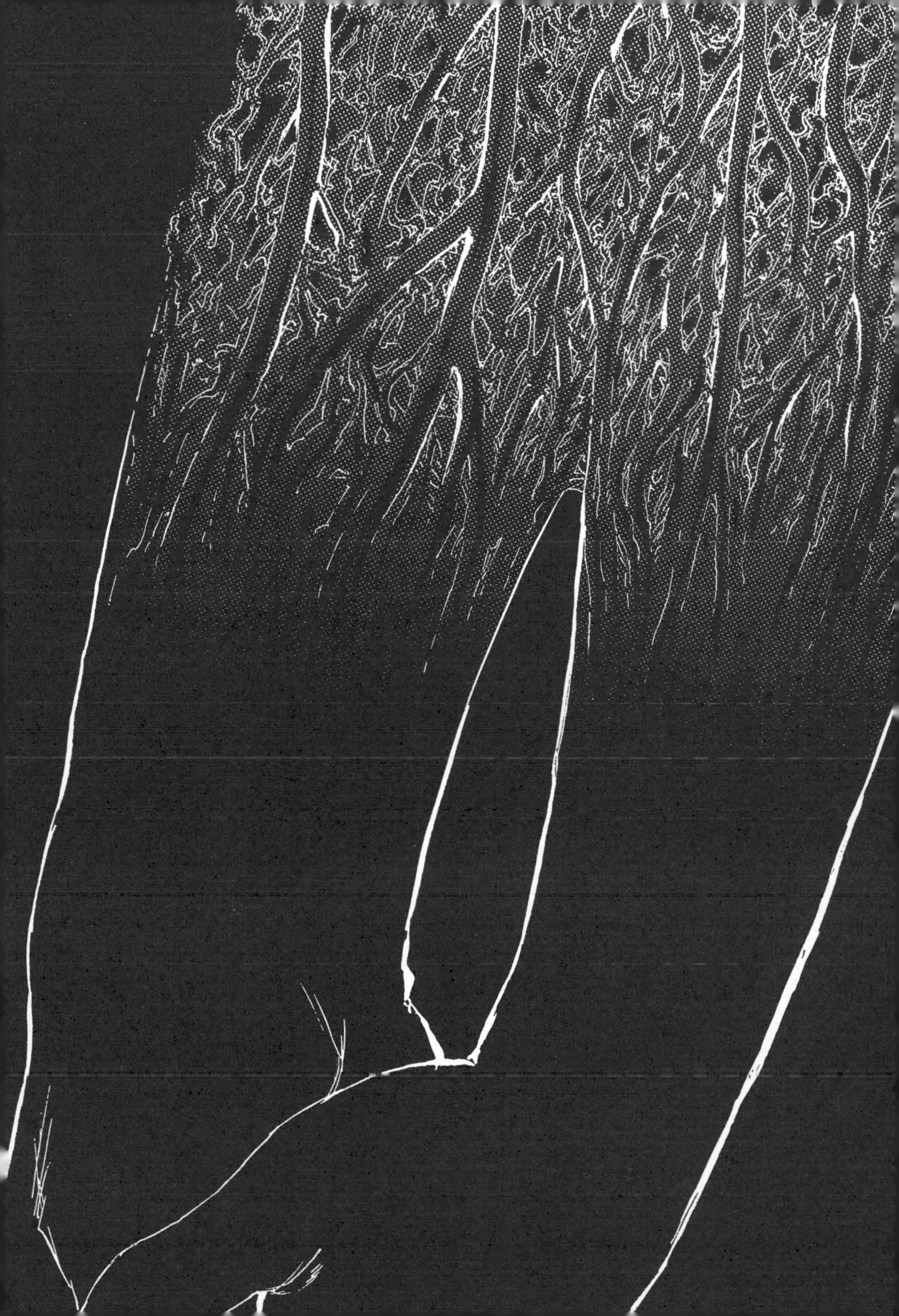

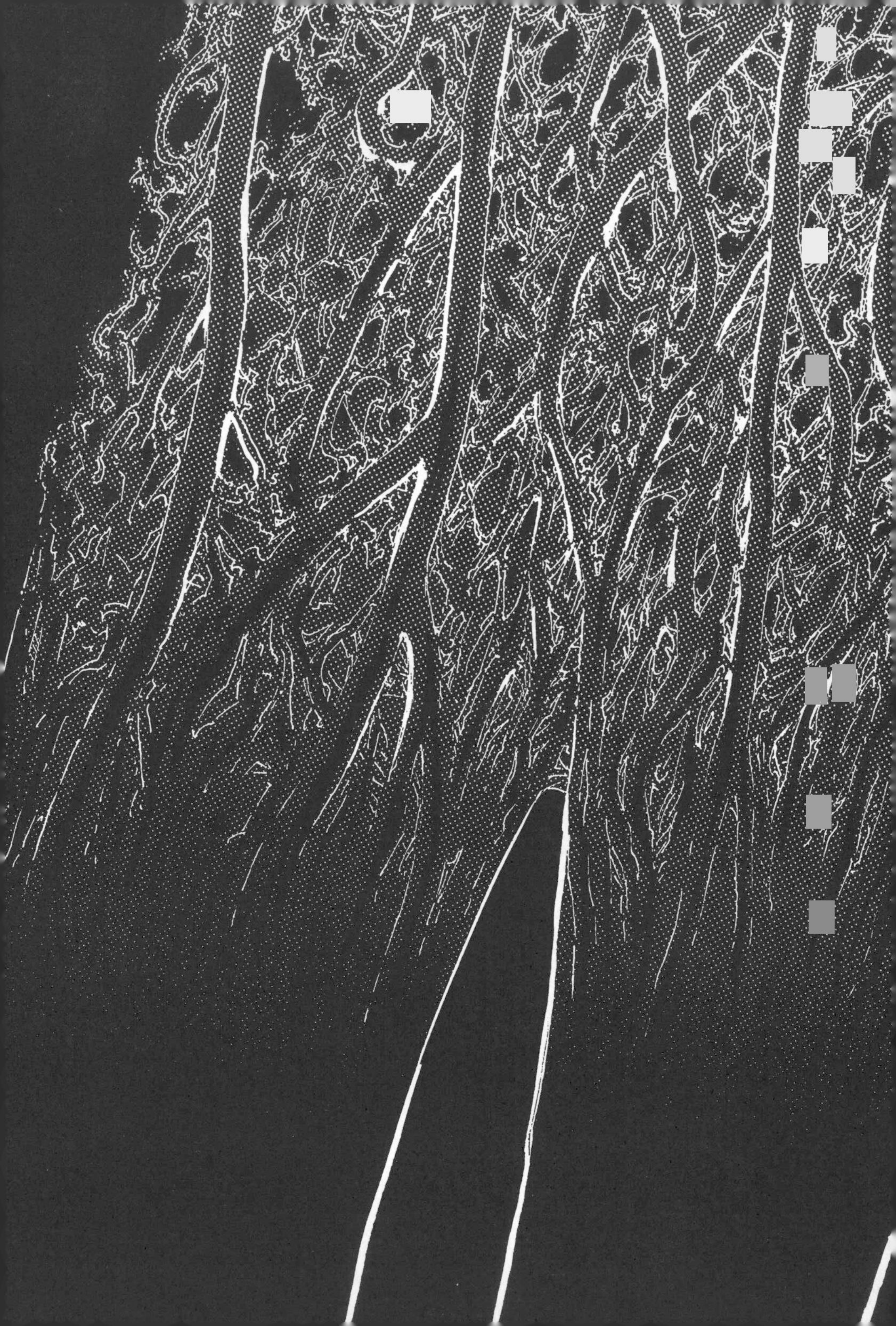

伊坂幸太郎

摩登時代（モダンタイムス）

1

勇氣？那玩意兒被我忘在老家了。

國小三年級上游泳課時，不會游泳的我一逕抓著浮板在泳池邊上踢水花，當時的導師釜石不斷過來對我喊道：「拿出勇氣！拿出勇氣來！」我聽著嫌煩，脫口便說出上述那句話。為什麼我說的不是「我家」而是「老家」呢？或許是當時我母親一天到晚對我父親說「我要回老家」(*1)的關係吧。

「你是白痴嗎？誰會忘記帶勇氣出門！」釜石把我從游泳池拉出來，對著我大喊。

我很想回他一句「不用你說我也知道」，但我不敢講，因為凡是和釜石頂嘴的都會挨拳頭。不過仔細想想，我剛剛那句話就已經是頂嘴了。最後我還是挨了拳頭，游泳池畔的地板好硬，倒在上頭好痛。

「你有沒有勇氣？」

後來過了將近二十年，我成了二十九歲的上班族，一名我從沒見過的男人問了我這句話。

此時的我正在自家公寓裡，和這個男人大眼瞪小眼。

「勇氣？那玩意兒被我……」我話只說到一半，游泳池畔的疼痛回憶湧上了心頭，提醒著我亂說話的下場就是挨揍。果不其然，我被揍了，屁股下的椅子隨著身體搖晃，因為我被綁在椅子上。

「等……等一下、等一下。」我拚命喊道。

事情發生得太突然，我的腦袋一片混亂。這裡是我住的公寓，是我的家，這一點無庸置疑。我剛剛離開公司時是凌晨一點，之後直接回家來，所以算起來現在應該是一點半左右。我一到家打開門鎖，沿著通道朝客廳走去，動作又輕又慢，生怕吵醒睡在寢室裡的佳代子。後來才曉得，佳代子根本沒在寢室裡，但當時的我心裡只惦著被吵醒的妻子就像惡鬼一樣可怕。我小心翼翼地按下了牆上的電燈開關。

燈一亮，便有個人從後面架住我，我的腰際挨了一拳，全身一軟，當場跪到木質地板上。

這一拳讓我連呻吟的力氣也沒了。我勉強抬起頭來想看清對方的面容，這時我臉上又挨了一拳。

回過神時，我坐在廚房椅子上，雙手被反綁在椅背，那名我從沒見過的男人不斷搖晃著我，一邊喊著：

「喂，醒醒吧。」

這個男人又高又壯，像個格鬥家，穿著繡了圖案的黑色休閒服及棉長褲，戴著皮手套，滿臉落腮鬍還戴個墨鏡，別說瞧不出表情，根本看不清楚長相，不過他整個人散發出一股稚氣，搞不好年紀相當輕。

寢室門半開著，我朝門內一瞥，只見床上的棉被摺得整整齊齊，顯然妻子並不在裡頭。

這下我明白發生了什麼事。

四年前，也就是我二十五歲那一年，曾經發生過類似的狀況。當時的我就和現在一樣，每天過著無止境的加班日子。某天又忙到凌晨十二點多，我走回租處的路上，突然好幾名男子圍了上來。

「你有沒有勇氣？」鬍子男對著無處可逃的我又問了一次，「你知道你接下來會遭受什麼樣的殘酷對待嗎？你有沒有勇氣承受？」

鬍子男似乎對這種事得心應手，相當沉著冷靜，彷彿只是在執行一項熟悉的任務。

「沒有。」我想也不想便回答。雖然很想再補一句「承受暴力算是哪門子的勇氣」，但我連回嘴的勇氣也沒有。

「我想也是。」

「我怕死了。而且，我相信這一切都是誤會。」雖然我很肯定這男人年紀一定比我小，我的語氣還是盡量恭謹。

「誤會？什麼誤會？」

「僱用你的人命令你好好教訓我，對吧？」

他沒回答，整個屋內安靜無聲，只有廚房冰箱的馬達運轉聲微微震動著地板。

「可是，沒道理教訓我呀。一切都是誤會，我是冤枉的。」話才說完，我腦袋一晃，眼前一花，有種眼珠子不知飛到哪兒去的錯覺。

我又被揍了，但我連拳頭都沒能看清楚。男人宛

*1 「老家」的原文為「実家」，意指從前居住的家或父母所住的家，當已婚婦女說出「我要回老家（実家に帰る）」時，通常指的是要回娘家去住，也就是要分居的意思。

如芭蕾舞者般身子一個迴旋，似乎是以拳背打在我臉上。這就是所謂的反手拳吧？每次看到格鬥比賽中有人以這招偷襲對手，我總有個疑問，「那樣打人真的會痛嗎？」現在我有答案了——很痛，非常痛。

「大家一開始都會裝傻，吃了苦頭之後就老實了。」

這時我的西裝外套口袋響起〈君之代〉(*1)的旋律，是我的手機。

「為什麼？」鬍子男的表情終於有了變化，「為什麼是〈君之代〉？」

「隨便選的。」

嚴格說起來，改變手機鈴聲的原因是，我今早收到一則占卜簡訊，上頭寫著：「最好改一下手機鈴聲，真的。」但選擇〈君之代〉則沒有特別的理由。直到昨天，我的手機鈴聲都是美國國歌〈星條旗〉。有個可能的原因。一名來自人力派遣公司、小我兩歲的女系統工程師曾問我：「為什麼選美國國歌？」我一時答不上來，她又說：「〈君之代〉不是比較可愛嗎？〈星條旗〉只會讓人聯想到猛男呢。」所以我才把手機鈴聲改成了〈君之代〉。附帶一提，她還說過：「接下來的時代，流行的是詩意男而不是猛男喲。」但我見她電腦桌面的男友照片，很顯然不是詩意男而是猛男，可見得她只是覺得外國的月亮比較圓吧。我試著回答鬍子男：「〈君之代〉有什麼不好，很可愛呀。」但鬍子男沒理會我，伸手進我的西裝口袋，將閃爍著燈光並發出〈君之代〉旋律的手機拿了出來，接著將手機湊到眼前檢視來電顯示，不知是視力太差還是墨鏡太黑。

「誰打來的？」他將手機推向我。

手機上顯示著「大石倉之助」。我回道：「公司同事。」

「大石倉之助？《忠臣藏》(*2)裡的帶頭武士(*3)？」鬍子男驚訝不已，這時的他顯得毫無防備。

「只是念起來同名同姓罷了，字不一樣。」

大石倉之助進公司已經第二年了，他每次喝醉酒，都會向我抱怨：「我根本配不上這個名字！我哪有膽識率領赤穗浪士為君主報仇啊！」

據說他在當兵時，也因為這個名字，被長官認定是個「膽量過人的優秀青年」，而將他分配到訓練最嚴苛的部隊。我常安慰他說：「你和任何人都無冤無仇，所以沒必要報仇；而且你個性認真、一板一眼，正是程式工程師的好榜樣，不是嗎？」我這些話並非口頭安慰他，是真的這麼認為。

今天我離開公司時，大石倉之助還在加班。有個程式必須趕在明天早上交出去，他正在進行最終檢查。他這個人正因為個性認真又古板，所以工作效率很差，這就是魚與熊掌不可兼得吧。

「這麼晚了還打來？」鬍子男看著牆上的時鐘，訝異地說道。

「一定是遇到問題了吧，我能接這通電話嗎？」我低聲下氣地懇求。大石倉之助會在這種時間打電話給我，肯定是碰到了不小的難題。

鬍子男按下通話鍵，將手機貼上我的左耳。

「啊，渡邊前輩，你還沒睡嗎？」大石倉之助拔高的聲音鑽入我的耳中，「這麼晚打給你，真是非常抱歉。」

「我剛到家。怎麼了嗎？」

「測試用的網路伺服器，黑色的那臺，突然發出砰的一聲就不動了。」

大石似乎快哭出來了。

「我明白了。」一旦伺服器故障，就無法繼續工作，這問題確實嚴重，但還沒嚴重到要以淚洗面的地步，「伺服器後面記載著廠商的客服電話，你撥那個電話試試，應該會有人過去處理。」

「這麼晚了，還會有人來修嗎？」

「當初的維修契約是這麼訂的，別擔心。只不過你可能得留在公司等機器修好了。」

「那倒是無所謂，可是那個程式的測試該怎麼辦呢？」

「那也沒辦法，明天就先告訴負責人員這並非完成品，請他們先頂著用一下吧。」

「這樣子真的可以嗎？」不愧是既認真又一板一眼

*1 〈君之代〉（君が代）是日本的國歌。

*2 《忠臣藏》，日本著名的故事，敘述江戶時代元祿年間，由四十七名赤穗浪士為君主報仇。不但是歌舞伎、文樂的經典劇本，亦曾被改編為電影、電視劇及小說。

*3 「大石倉之助」（おおいし くらのすけ）讀音同《忠臣藏》的主人公——領導赤穗浪士進行復仇的「大石內藏助」。

的大石倉之助，煩惱起來既認真又一板一眼。

「別說得像是天塌下來了，又不是在家裡被可怕的男人綁起來嚴刑拷問。」

「這是什麼怪比喻？」聽得出來大石倉之助愣住了。

鬍子男掛斷了電話。

「你真的很了不起，連大石倉之助都要請你幫忙呢。」

「不是我了不起，只是我剛好是那個案子的統籌。」我鞠了個躬說道。

「希望明天你們課長能夠通融一下。」

「是啊。」

「祝你們好運。」鬍子男冷冷地說道，接著掀起休閒服，將棉長褲往上一拉，我清楚看到他腰間掛著一把黑色左輪手槍，趕緊移開了視線。除了當兵那陣子，這還是我頭一次見到真槍。

「請問……」我一邊察言觀色一邊問道：「僱用你的那個人，要你做到什麼地步？」

「這部分倒是沒有明確的指示。」男人一瞬間的神態就像個天真的少年，接著又問了：「你有沒有勇氣？」

「勇氣？那玩意兒被我忘在老家了。」——我正要這麼回答，又傳出〈君之代〉的旋律。手機還在鬍子男手上，他一看來電顯示，雀躍地說道：「是僱用我的人呢。」

他又將手機湊上我的左耳。

「感覺如何？」電話另一頭的人說道。

「我是冤枉的。」

「什麼冤枉？」

「別鬧了，妳一定又懷疑我偷腥了，對吧？」我對著電話另一頭的妻子佳代子說道，不禁嘆了一口氣。

我並不後悔與她這樣特立獨行的女人結婚，畢竟太多事情是婚前無法得知的；加上她婚前掩飾這些事的技巧實在太過巧妙，我不忍心責怪五年前的自己為什麼要和她結婚。

「只要你說出對象是誰，我就饒了你。」佳代子淡淡說道。

「真的是妳多心了。四年前那次也是！妳找人在路

上把我圍住，打斷了我的手臂，還不是什麼也沒查出來？」

「那次確實是我多心，但這次我很有把握，再說你最近都很晚回家。」

「我在公司加班。」

「你每次手機一響，就一副緊張兮兮的樣子。」

「我擔心工作狀況。」

「上次我看了你的來電紀錄，只有一通電話被刪除了。」

「對方打錯電話，所以我把紀錄刪掉了。還有什麼證據嗎？」

「看吧。」她笑著說道。

「什麼看吧？」

「會問有什麼證據的，通常都幹了虧心事。」

「真是不可理喻。」我嘟囔著，一邊轉頭望向眼前那位被僱來逼問我偷腥對象的鬍子男，視線裡寫著「對吧？這女的很不可理喻吧？」

「你說我不可理喻？」妻子怒氣沖沖的聲音刺入我的鼓膜，「那一定是因為你偷腥了吧？」

「渡邊，你真是疼老婆啊。」有次客戶在用餐時這麼對我說。

那是數年前的事了，我到廣島出差，晚上陪客戶在居酒屋吃飯，吃到一半，我離席打了通電話給妻子，因而引來客戶的揶揄。

「他才不是疼老婆，只是怕老婆而已。對吧，渡邊？」當時也在場的課長接口道。

「是啊。」我發自內心認同了這句話。

「也對，真正怕老婆的人是連『我怕老婆』這句話都不敢說出口的，就好像殺人兇手絕對不會說『我殺了人』一樣，真正怕老婆的只能默默地等別人指出真相。」早已喝得滿臉通紅的客戶搖頭晃腦地說道，似乎對自己的論點非常滿意。

「或許就是因為不敢說怕老婆，才改說疼老婆吧。」課長繼續說：「不過是換個委婉的說法而已。委婉地說自己『疼老婆』，希望旁人聽得懂話中有話呀。」

「原來如此。」客戶點頭說道。

「說得也是。」我也模糊應道。

課長與客戶接著聊起他們有多麼疼老婆、多麼怕老婆、多麼被老婆踩在腳底下，兩人似乎相當氣味相投。我表面上當然是隨聲附和，心裡卻想著：「你們受到的待遇比起我還差得遠了。」如果怕老婆大丈夫有專業和業餘之分，這些人只算得上是業餘中的業餘。

我的妻子渡邊佳代子是個深不可測的女人。

首先，她的職業就是個謎。當初交往時，她自稱是外派的心理諮商師。難道心理諮商師也像色情行業一樣有駐店和外派之分？「一旦簽約客戶找你，就得前往客戶家中聆聽客戶吐苦水，所以工作時間和休假日都不固定，很辛苦的。」她是這麼說的。

對於她這個奇妙的工作，我一直沒懷疑過。但婚後不久，我便發現她根本不是什麼心理諮商師。

此外我還發現她結過婚，當然是在我們婚後才發現的。那時我才知道，只要更改戶籍地，就能消除戶籍上的結婚紀錄。總而言之，我發現她至少結過兩次婚，也就是曾經擁有兩任丈夫。

只不過，那兩任丈夫如今都不在了。一個死了，一個下落不明。

「因為他們偷腥。」她坦白地這麼對我說。為什麼偷腥就會死亡或下落不明？我不明白兩者的

因果關係，卻也不敢多問。

不，事實上我那時還算有勇氣，因為我多問了一句：「妳的前夫死亡和失蹤，和妳有關係嗎？」

結果我差點因為問了這句話而送命。她以極快的速度衝向我，雙手抓住我的衣領，絞住我的脖子。她身高一百六十八公分，以女性來說算是高的，但體重很輕，身材苗條勻稱，如此纖瘦的她卻是個武術高手。她很清楚如何攻擊對手是最有效果的，我想問她這些武術技巧是上哪兒學的，但我一句話都問不出口，因為我即將失去意識，這時她才終於放開了手，我能做的只是倒在地上不斷喘息呻吟。

「渡邊，你老婆是怎麼樣的人？」客戶問道。我一時不知如何回答。

「我在街上遇過一次，他老婆可漂亮了。」爛醉如泥的課長說道。

「呵，真是令人羨慕啊。和你同年嗎？」

「嗯，我們同年。」我很想補充一句「如果她沒有謊報年齡的話」。

「渡邊在他老婆面前完全抬不起頭呢。」課長顯得很開心。

「課長，您別調侃我了。」我陪笑著說道。

這些人真的什麼都不懂。只有業餘的怕老婆大丈夫，才會把「疼老婆」、「怕老婆」掛在嘴上。

我想起朋友對我說過的話。他和我從國小就認識，現在住在同一區。這個人長得毫不起眼，卻有個響亮的職業——小說家，筆名叫做井坂好太郎(*1)。他看起來老實，骨子裡卻是個花花公子，明明已婚，每天晚上還是流連燈紅酒綠與女孩子亂搞，所以我向來不太信任他。有一次他對我說了一段話，據他說是某個評論家告訴他的。不過嚴格說來，第一個說出這句話的是上百年前某個我沒聽過的作家。也就是說，這句話經過從前某作家→評論家→作家友人的轉述，傳到我耳中，簡直像是傳話遊戲似的。這句話是這麼說的：

「婚姻的五大信條，一是忍耐，二是忍耐，三和四從缺，五還是忍耐。」

我聽到這句話的感想是「這都算是幸福的了」。要我說的話，婚姻的五大信條，一是忍耐，二是忍耐，三和四從缺，五是活下去。我根本不敢和妻子佳代子離婚，要是向她提分手，不曉得她會幹出什麼事。和她結過婚的兩位一死一失蹤，我只能努力維持婚姻生活，想盡辦法活下去。

「如果你老婆發現你偷腥，會有什麼反應？」客戶問我。

我不禁傻眼怎麼會有人問這樣的問題，不過或許這也是酒席間交流感情的一種方式。我想了想回道：「她可能會殺了我吧。」

「那還真是可怕呀。」客戶和課長都笑了。

他們一定都以為我在說笑，所以才笑得出來。

「她要不是親手殺了我，就是僱用打手將我折磨一番，逼問出偷腥對象的名字之後，再對那個女性下手。」我繼續說。

「你老婆真的是很棒的女人呢！哎呀呀，婚姻真是太美好了！」他們似乎有些自暴自棄地開起了玩笑。我不禁開始思考，為什麼我會和佳代子結婚？我到底被她的哪一點吸引？她的外貌是我喜歡的類型，這一點我承認；她長得很美，身材火辣，笑起來宛如少女般天真無邪；還有一個可能的原因是，由於我天生個性優柔寡斷，她的決斷力與行動力對我來說很有魅力。記得婚前我和她第一次去國外旅行，曾經發生一則小插曲——我弄丟了護照。當時我急得像熱鍋上的螞蟻，打電話四處求救。雖然近年的護照已附有衛星定位功能，但我那本護照是舊版的。然而一旁的她卻相當從容，笑著對我說：「不必那麼緊張。就算護照不見了，甚至是被人拿去亂用，我們兩人一起度過的快樂時光也不會消失或減少。」後來有人在機場廁所撿到了我的護照，失而復得的護照一回到我手上，她立刻伸手將護照取走說：「我幫你保管。」

「咦？」

「你的護照我幫你收著，這樣你就不會搞丟了。」

或許是我太單純了吧，她那泰然自若的冷靜態度對我而言，毫無疑問充滿了魅力。從那天起，我只要一有什麼重要東西都會交給她保管。我曾對她說：「不好意思，什麼都丟給妳幫我收著。」她露出純潔無瑕的笑容

＊1 「井坂好太郎」日語讀音同「伊坂幸太郎」（いさかこうたろう）。

答道：「沒關係，儘管拿來吧。」

而如今，這個可靠又可怕的妻子懷疑我偷腥，僱了一名我從沒見過的男人把我綁在家中椅子上，對我飽以老拳。

「其實我家還挺有錢的。」眼前的鬍子男突然閒聊了起來。自從剛剛接了妻子打來的電話之後，他對我突然變得親暱多了，只見他邊說邊拿出一捆膠布。

「你想說什麼？」我皺起眉頭。他將我的手腕從繩索之間抽出，我以為他要幫我鬆綁，但他旋即將我的右手拉往椅子扶手，俐落地以膠布固定在扶手上。

「我老爸是知名企業的高級主管，一家人住在豪宅裡，但金錢畢竟是買不到幸福的。我在學校一天到晚被欺負，老爸和老媽卻是不聞不問。為了吸引他們注意，我故意學壞，沒想到他們還是不聞不問。」

「你想說什麼？」我又問了一次，但他依舊沒回答，只是跪到我身前，拉起了我的右手手指。

「學壞之後，凶神惡煞的朋友愈來愈多，後來我根本找不到像樣的工作了，遊手好閒了一陣子，有個朋友邀我來做這份工作，說什麼『只要教訓人就有錢拿』，說穿了就是負責拷問和威脅的打手。」

「你想說什麼？」

「我別無選擇，只能一直做著這份工作。說真的，我很後悔，我也想過過不一樣的人生。每次在街上或電車裡望著旁人，我都羨慕得不得了。我的人生簡直是一團糟，我多麼想像別人那樣老老實實過日子。我甚至很羨慕被我揍的人，有時我會想，那些人雖然被我揍，卻過得比我幸福多了。」

我懶得重複相同的問題，一方面是因為很不安，不曉得他打算拿我的右手怎麼樣，所以我只是默默盯著自己的手，等著他表態。

「不過，」他說道。

「不過什麼？」

「我一點也不羨慕你。還好我不是你。」

我不知該如何回應。說「謝謝」很怪，說「去你的」似乎也不太對。

「你老婆好可怕，真虧你敢跟她結婚。」

「她很有名嗎？」我問道，其實心裡一半訝異、一半並不訝異。

鬍子男只是聳了聳肩，似乎不便吐露詳情。接著他一根一根撫著我的右手手指仔細瞧，像在市場挑青菜似的。

「呃，你想幹什麼？」

「我知道這有點老套，請你多包涵。」他說道。我有點開心，因為他似乎漸漸對我敞開心扉了，就像是學生時代換了班級之後，與新同學慢慢拉近了距離。但是他的下一句話，卻讓我的感性心情瞬間跌落谷底。

「我打算先拔指甲。」他若無其事地說道。

「拔指甲？」

「雖然很沒創意，但是要逼問出答案時，這是最有效的方法。又痛，又夠嚇人，重點是指甲拔掉後還會長出來，還算挺人道的。」

「一點也不人道吧。」

「總而言之，你老婆交代我一定要問出你的偷腥對象是誰。」

「我沒有偷腥。」我說。

「大家一開始都會嘴硬的，因為這種時候除了裝

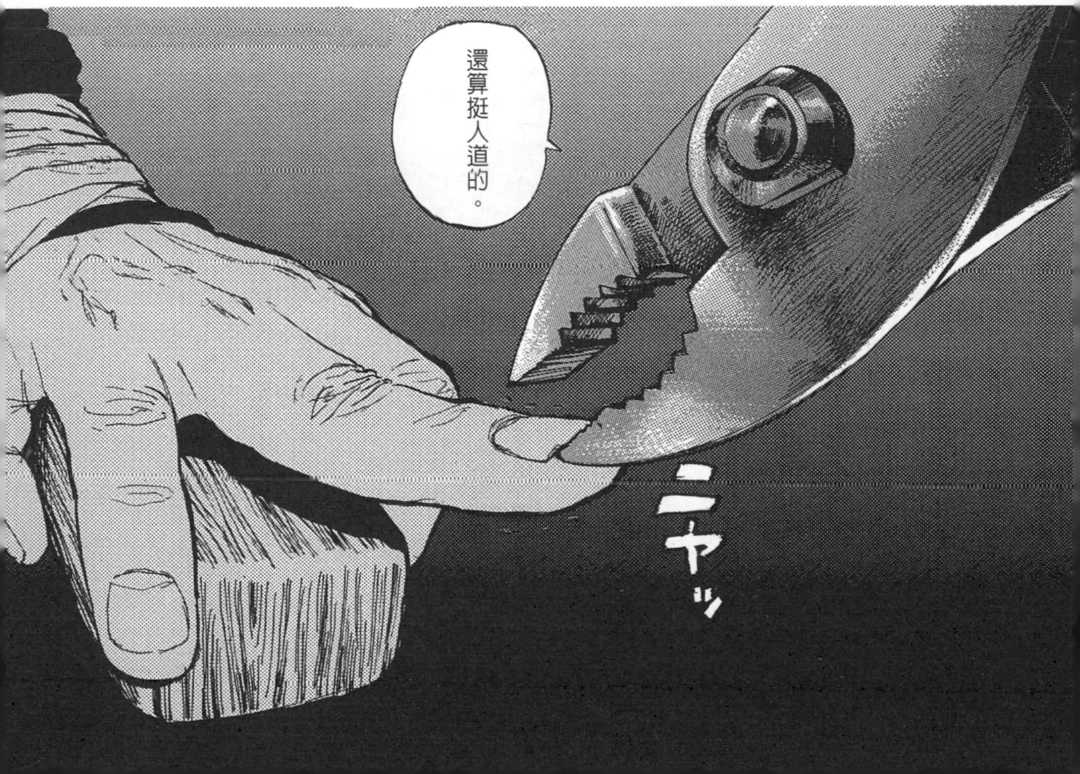

傻，沒有第二個選擇。」他似乎在仔細打量我的食指指甲長得圓還是扁。

「我沒有裝傻，我真的是冤枉的。」

「那就從食指開始吧。」他說著拿出一把鉗子，夾住了我的食指指甲。

「等一下！你……」我絞盡腦汁想找出任何可行的話語來說服他打消念頭，記憶一直回溯到小學時代，我卻找不出任何在這種時候派得上用場的知識，真不曉得學校的教育到底有什麼用。忽地，彷彿洞窟裡燃起一根火柴微微照亮了四周，我的腦中出現了「他人的疼痛」幾個字，於是我急忙喊道：「他人的疼痛！……你想想他人的疼痛吧！在無法抵抗的情況下被拔掉指甲，那種疼痛與恐懼，你能想像嗎？」

「我隨時都在想像他人的疼痛。」鬍子男很乾脆地說：「因為工作關係，我已經折磨過太多人了。」

「因為工作關係……」這幾個字不知為何令我無法釋懷，我忍不住重複念了一次。

「沒錯，但我不希望自己因為是工作，便對對方的痛苦視若無睹，所以我一直都在想像著。」

「想像什麼？」

「想像自己遭受同樣對待時的疼痛。只不過呢，疼痛這種東西，是身體向大腦傳遞的一種訊號，類似信號彈或火災警報器之類的裝置。好比身體的某部分突然著火時，警報就會響起，告訴大腦『起火了，快想辦法滅火』。」

「既然如此……」

「所以，只要當作沒聽到警報鈴聲就好了。像是校園裡面有些老舊的警報器不是常會亂響嗎？久而久之，大家聽到警報鈴聲也就不害怕了。同樣的道理，就算身體哪裡有了疼痛，只要當作是警報器亂響，久了就麻痺了。」

「太荒謬了……」我從沒聽過這種「疼痛理論」。

「對了，讓你看一樣東西吧。」鬍子男忽然改變話題，從上衣口袋取出一個物體。我定睛一看，那是一個摺疊式的薄型液晶螢幕，打開來上頭顯示著一大張照片。我一見到那張照片，頓時不寒而慄、呼吸困難。

照片中，我和公司事務部門的櫻井由加利並肩走在鬧區，兩人都喝到有些臉紅了，雖然沒有手勾著手，但

彼此靠得相當近。我不禁暗呼不妙。

「這是你吧？而旁邊這個就是你的情人，對嗎？只要說出這個女的是誰，你的指甲就不會有事。」

明明一點也不熱，我卻覺得全身在冒汗。我張嘴想說話，發現舌頭在顫抖，只好閉上嘴。為了減少露餡機率，我決定先保持沉默，等冷靜下來再開口。一會兒之後，好像可以了，於是我試著張嘴，沒想到喉嚨又開始顫抖，我只好再度把嘴閉上。

「我想你應該很清楚，我們要查出這個女人的身分可說是輕而易舉，只不過你老婆希望由你親口說出來。她這個人也真是壞心腸。」

「她想看我背叛偷腥對象吧。」

「喔？你承認偷腥了？」

「不是那個意思。」

「我真的很慶幸我不是你。」

我不知該如何是好。我當然想保住我的指甲，但我一想到櫻井由加利的臉龐，心就好痛。二十五歲的她是那麼脆弱，與妻子佳代子根本是截然不同的生物。或許正因如此，她對我而言充滿魅力，不知不覺便和她開始交往了吧。

「你偷腥了吧？」鬍子男又問一次。

「沒有。」我依舊嘴硬，但我與櫻井由加利的確是情侶關係。雖然我不清楚偷腥的明確定義是什麼，如果和妻子以外的女人談戀愛並發生性關係叫做偷腥，那我的確偷腥了。「我妻子那麼可怕，你覺得我還有那個膽偷腥嗎？」

我一邊辯解，也拿這句話來反問自己。真虧

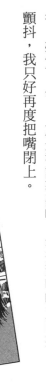

我有那個膽。可是事實上這和有沒有膽毫無關係，一個不留神，我就已經深陷其中了，我甚至沒時間思考現實的可怕與這麼做的危險性。我不禁在心中嘲笑自己，怎麼有這麼愚蠢的男人。

「好吧。」鬍子男想到了妥協方案，「既然你沒偷腥，何不老實把這個女人的名字說出來？這樣你就不會被拔指甲了。」

「真的不拔？」

「至少目前不會。不過要是確認你真的偷了腥，到時就不是拔個指甲能夠了事的，你應該很清楚吧？」

「但我真的沒有偷腥。」其實我偷腥了。

「那麼說出來又何妨？」

所以我決定說出櫻井由加利的身分。「她叫櫻井由加利，是我公司同事。那張照片拍到的是我和她從某個同事的餞別會離開時的情景，我們真的沒什麼。」我說完這段話，才發現鬍子男手上拿的不是鉗子，而是電子錄音機。他錄下了我說的話。

「她住在哪裡？」

「我不清楚。」

「也罷，反正這很好查。」

「你別對她亂來。真的不關她的事。」

「可惜人是會裝傻的，不吃點苦頭，很多事情都想不起來。」

「這也是我妻子委託工作的一部分嗎？」

「如果不是工作，誰會閒著沒事去欺負一個弱女子？」

我恨恨地瞪了鬍子男一眼，心底也暗自鬆了口氣，因為櫻井由加利三天前就出發去歐洲玩了。她高中畢業後便進入我們公司，算是相當資深的員工，所以今年開始擁有請長假的福利。她原本沒有特別想出去玩，是在我的鼓吹之下，才規畫了為期半個月的海外旅行。「既然你這麼建議，那我就出國去玩玩吧，帶回國的伴手禮絕對不會讓你失望的。」當時她的笑容好燦爛。

至少她在回國前是不會有事的，所以我只要趁這段時間想辦法把問題解決就行了。

但另一方面，我也很訝異於一件事。半個月前，我曾收到占卜網站傳來的簡訊，上頭寫著：「最好建議心愛之人出國旅行，真的。」那個建議，難道就是為了在此時此刻救我一命？

為什麼那個占卜網站的簡訊常常會適時拯救我呢？我完全不明白箇中玄機，只知道我又被救了一次。

3

最好不要相信占卜這種東西。

雖然沒有占卜師對我這麼說過，我向來對占卜就沒有太大興趣。每當看到譬如「雙子座必須注意一時疏忽所造成的失敗」之類的，我就會懷疑難道全世界所有雙子座的人都會在這一天因一時疏忽而失敗嗎？又例如看到「今天最幸運的血型是ＡＢ型」，我就會懷疑難道所有ＡＢ型的人都會很幸運？我就是這樣鐵齒的個性，所以頂多偶爾和客戶閒聊會出現占卜的話題，我從沒想過自己有一天會在意起占卜的內容。

那一天，大石倉之助指著一個網站問我：「渡邊前輩，你要不要在這個占卜網站留個資料？」

我婉拒了，他卻改口道：「渡邊前輩，能不能請你加入這個占卜網站的會員？」他的態度從邀約變成了懇求。

那個網站似乎是他朋友架設的。「裡頭的分類非常細，簡直是畫時代的創舉，而且我們公司好像也參與了這個網站的架構評估與設計。」

「分類非常細是什麼意思？」

「譬如一般會以星座分為十二種，血型又可分為四種，生肖又能夠再分為十二種，但是這個網站不曉得是以什麼基準將會員分類，好像包括姓名筆畫分析什麼的，把會員區分得非常細，再根據分類寄出不同的占卜簡訊。」

「那樣是在占卜嗎？」

「是啊，而且他們每天都會寄發一則占卜簡訊。」

「只是一些換湯不換藥的內容在變來變去吧。」

「我朋友說，他們的占卜準得不得了，簡直是畫時代的創舉。」

「我家附近的迴轉壽司店最近把山葵醬放到輸送帶上迴轉，他們也自稱那是畫時代的創舉。所謂的畫時代創舉，都是自己講了算。」

「這麼說也是啦……」

但我最後還是在那個網站上留了資料，不是因為我對占卜有興趣，而是大石倉之助說，他那位網站開發者友人是女的，正是他暗戀的對象，他為了獲得那名女子的芳心而四處幫網站打廣告。聽他這麼說，我便想幫他一把了。

除了姓名、出生年月日及血型等基本資料，這個網站的登錄頁面需要輸入的東西非常多，我有點不耐煩，不過還不至於煩到放棄填寫。

「你知道在網路上最困難的一件事是什麼嗎？」我看著螢幕一邊問大石倉之助。

「問出女生的電子郵件地址？」

「差一點點。」

「差一點點？」

「是獲得正確的情報。網路與我們的生活愈來愈密切，危險因素也愈來愈多，對吧？好比網路釣魚攻擊，或是大量寄發的垃圾郵件什麼的。」

「好懷念啊，我小時候的確常聽到這種事呢。」

「你說的是平成年間吧？那時正是網路的發展期。但隨著網路的普及，不在網路上留下個人情報已成了一種常識。如今要讓網頁瀏覽者留下個人資料可是難如登天，再平常的資料，瀏覽者也不會乖乖據實輸入，這下原本應該是情報寶庫的網際網路，今日反而成了玉石混淆、充斥著假情報的倉庫。就算要登錄的是大企業的網站，很多人也不敢把姓名和地址一字不差地照實輸入。」

「是啊，不過你為什麼突然提到這個？」

「就這一點來看，占卜網站是很占優勢的。想要占卜的人一定會老老實實地輸入真實姓名和出生年月日，因為使用化名就沒意義了。」

「的確。」

我一邊說，一邊在頁面上輸入了化名，反正我對占卜結果又沒興趣。坐在我身邊的大石倉之助正在吃包餡甜甜圈，所以我在姓氏欄輸入了「安藤」(*1)；至於名字則打了本名「拓海」。

「占卜網站真的很占優勢。」我說道。

隔天早上我便收到了占卜簡訊，之後每天早上大約六點，我的手機都會收到一封新簡訊，標題是「〇月〇日，今天安藤拓海的運勢大概是這樣」。我第一次看到這標題時不禁傻眼，覺得「大概是這樣」這種語氣，真是既失禮又敷衍。

點開內文，裡面通常只有短短一句話，類似當天運勢的總評，好比「今天說不定會被上司稱讚」或是「請小心意想不到的花費」，如此而已，總覺得有些掃興。

這占卜簡訊第一次引起我的注意，起因於雨傘案件。

當時已進入九月，入夜後卻依然炎熱，令人心情鬱悶。妻子佳代子經常接近全裸地躺在床上，以手掌搧著風，兩條腿踢呀踢的，一邊喊著：「夏天都結束了，為什麼還是這麼熱？」

那天早上，我收到的占卜簡訊上頭寫著：「今天出門最好帶把傘，真的。」由於一般占卜性質的文章很少會用「真的」這種斷言的字眼，我覺得頗新鮮，決定照著指示行事看看，不過是出於如此單純的動機。

「天氣這麼好還帶傘出門，會被當成傻蛋的。」佳代子送我出門時，指著我手上的雨傘說道。我很想向她抱怨，送丈夫出門時全身只穿內衣的妻子有什麼立場嘲笑丈夫是傻蛋，但我沒說出口。要是說出這種狂妄的話，就有苦頭吃了。她會單手用力將我的下巴及臉頰掐住，讓我再也說不出話。我有一次牙齒還因此咬到臉頰內側的肉，登時血流不止。

「帶著比較安心啊，反正可以放在公司當備用傘。」

「又不是小學生，要什麼備用傘，天氣預報也說今天的降雨機率是零。」

「這樣啊……」

我聽她這麼說，也遲疑了一下，但又不甘心她說什麼就照做，於是還是依原訂計畫帶雨傘出門。

結果真的下雨了。

氣象局會說降雨機率是零，想必有相當的把握，然而那天白天萬里無雲的好天氣，到了傍晚卻逐漸陰暗，不知來自何處的烏雲籠罩天空，晚上八點之後便下起了傾盆大雨。

＊1 日語「安藤」（あんどう）與「包餡甜甜圈」（あんドーナツ）的發音相似。

「渡邊前輩，你帶傘是正確的！」早上完全無法理解我為何帶傘的大石倉之助，一看見下雨便對我如此說道。

櫻井由加利也對我說了一句：「渡邊先生，你太神了！」當時我和她還沒展開地下情，她那天也留在公司加班，似乎是因為計算員工出差費花了不少時間。「我太信任天氣預報了，完全沒想到要帶傘呢。」

「相信天氣預報才是正確的。」我老實回答。

「可是，相信直覺的人，感覺特別帥氣呢。」她說著頻頻點頭，像是在贊同自己的說法。

回想起來，我和她的距離就是從這件事開始慢慢拉近，換句話說，這是雨傘的功勞，也就是占卜簡訊的功勞。

當天回家的路上，我望著路人紛紛奔進便利商店買塑膠傘，心中不禁湧出一股優越感。

一進家門，便看見剛沖完澡出來一絲不掛的佳代子正拿毛巾擦著頭髮，「為什麼你沒有堅持要我帶雨傘出門！」她嘟著嘴抱怨。我連忙向她道歉。

我不由得取出手機，愣愣地看著那句「今天出門最好帶把傘，真的。」

占卜簡訊第二次引起我的注意，是漫畫週刊案件。那是在雨傘案件發生大約一星期後。

「今天出門最好帶本漫畫週刊，真的。」

我看了這封荒謬的占卜簡訊，卻無法一笑置之，同樣是因為「真的」兩個字吸住了我的目光，這個字眼並不是每次都會出現在占卜簡訊裡。

上次的雨傘案件甚至打敗了氣象局的預測，這次「真的」重出江湖，搞不好也是大有來頭。雖然我很不想承認，但此時的我已經決定再相信它一次。

當天早上，我前往車站搭車，經過便利商店時，順便買了本漫畫週刊。漫畫週刊的種類琳瑯滿目，我一時不知該買哪一本，最後決定買某本封面畫著上班族的週刊，因為它給我的第一印象最好。

我在月臺上將漫畫週刊拿出來翻閱，沒看到什麼吸引我的內容，只好把它塞進公事包裡，但因為裡頭放滿了東西，漫畫週刊的書背仍露在外頭，我不禁苦笑，或許在別人眼中，我怎麼看都是個混吃等死的上班族吧。

來到公司大樓前方，前輩叫住了我。他大我兩歲，名叫五反田正臣，當初我進公司時，就是由他負責帶我。他這個人一向直來直往，即使對上司說話也從不用敬語，我行我素的個性在公司非常出名。除此之外，他還是個非常優秀的系統工程師，在公司相當受到倚重，大至大企業委託的系統建構，小至小系統的問題處理，全都少不了他。

「喔！渡邊，你來得正好。」五反田正臣叫住我。他剛從公司走出來。

我道了早安，問他：「五反田前輩，這麼早你要去哪裡？出差嗎？」那時還很早，

距離上班還有一些時間。不知怎的，他剛剛那句「你來得正好」讓我有一股不好的預感。

「去客戶那裡啦。一大早就得去向客戶道歉，真是夠了。昨天剛啟用的伺服器竟然掛掉，只好低聲下氣地去跟客戶請罪啦。不過說真的，故障又沒什麼大不了，一群人再用心做出來的系統也會有缺陷，畢竟是人嘛。」

「最後一句說得真好。」

「你沒聽過嗎？這是二十世紀末的詩人相田光男的名言，他出過一本詩集就叫做《畢竟是人嘛》。」

「不過這些話最好別在客戶面前說。」

「這我當然知道，畢竟是

客戶嘛。」五反田的語氣頗輕佻，我不禁懷疑他是否認真地看待這件事。接著他又說了句：「你也跟我一起去吧。」更是讓我嚇傻了眼。

「為什麼我得跟你去？」

「那個系統，當初你也幫了一點忙吧？而且我覺得有你在，客戶比較不會生氣。」

我啞口無言，偏偏五反田正臣最擅長把啞口無言的人拖著到處跑。

就這樣，我和五反田正臣肩並肩、縮著身子坐在客戶的對面，恭謹地鞠躬道歉。

五反田正臣敬語雖然說得不太溜，還是盡可能謙卑地道了歉，並誠懇地說明故障原因及接下來的處理方式。

然而客戶方的部長卻始終板著臉，盤起胳膊，眉頭緊蹙瞪著我們倆。要是有人告訴我，傳統日式建築屋簷上的鬼瓦是依照這位部長的形象塑造出來的，恐怕我也相信。

過了一個小時，部長的氣依然沒消，但他又不叫我們滾回去，我們只能和他隔著桌子乾瞪眼。我心裡直冒汗，深怕自己得在這裡坐到天荒地老。

「喔？原來你也看那個啊？」就在我拿起公事包想掏出面紙時，部長開口了。我愣了一下。他又朝我公事包內的漫畫週刊努了努下巴，「那個，那個。」說著突然瞇起雙眼，露出孩子般的神情。

後來我才知道，這位部長非常喜歡看漫畫，尤其愛看我買的那系列漫畫週刊。我看他完全換了張表情，很想對他說：「原來你不是天生的鬼瓦臉啊？」不過當然這句話是絕對不能說出口的。

「你也喜歡看紙本的週刊雜誌嗎？」部長問道。近年來，大部分雜誌都改採線上閱覽的方式，連漫畫都有半數以上是以電子書的方式發行。「能夠被印成紙本出版的漫畫，代表都有相當程度的水準，所以看漫畫就該看紙本的啊！」

我趕緊點頭附和，「是啊，如果不是印成紙本的，總覺得少了點什麼。」

就這樣，部長對我們打開了心防，甚至原諒了我們這次的系統故障失誤，條件是我們必須免費提供因應措施。「也罷，這也是沒辦法的事，畢竟是人嘛。」部長如是說。

「渡邊，我們真是太幸運了！還好你是那本漫畫週刊的讀者。」回公司的路上，五反田正臣開心地說道。我不好意思告訴他，我只是照著占卜的指示行動而已。

如今，妻子所派來的惡徒，正對著被綁在椅子上的我說道：「你說出了偷腥對象的身分，這樣很好，這是正確的決定。」他邊說邊撫著我差點被拔掉的指甲。

「她和我真的沒有曖昧關係。」

「有沒有關係，要由你老婆下判斷。」他興致索然地說道，接著將我鬆了綁，「虧你敢跟那麼可怕的女人結婚，我真同情你。」他的語氣中甚至帶著三分敬意。說完這句話，他便離去了。

悄然無聲的家裡，只剩我一個人慢慢地收拾著房間。我身上到處是繩子綑綁及挨打的痕跡，我輕撫著瘀血嚴重的部位，嘆了口氣，為什麼那個占卜簡訊會這麼神準呢？我實在搞不懂。

4

清晨，我睜開眼，按下枕邊鬧鐘的按鈕。我向來會比設定時間早個幾分鐘起床，已經是習慣了。

昨天我加了一整晚的班，一回到家卻遭到妻子派來的神祕鬍子男一陣拳打腳踢，指甲還差點被拔掉。鬍子男走了之後，我收拾梳洗完，好不容易才入睡，不過遇到這種事還睡得著，我也有些佩服我自己。一早醒來，妻子正睡在我身旁。一個是差點被拔掉指甲的男人，一

個是下令拔指甲的女人，為什麼加害者能夠在受害者身旁睡得那麼香甜呢？我實在搞不懂。

宛如象徵和平與希望的太陽光線從窗簾縫隙透進來，與我此時的心情更是格格不入。

我的妻子佳代子側身蜷在棉被裡睡著，她有著高挺的鼻梁與修長的睫毛，肌膚像陶器般白皙光滑，富彈性的肉體完全感覺不出她是年近三十的女人。

她真的和我同年紀嗎？對她來說，偽造戶籍資料和居民證說不定是件輕而易舉的小事。

我進浴室洗臉，一看鏡子，昨晚遭毆打的臉頰有些紅腫，輕輕一摸便覺得疼痛，但幸好淤青沒有明顯到不方便去公司露臉的地步。腦袋異常沉重，不知道是長期加班的疲勞累積，還是昨晚遭到暴力對待的關係。我朝雙手看了一眼，確認指甲沒被拔掉。

「啊，你要去上班嗎？」

就在我以手抹完臉，拿毛巾擦拭時，突然傳來說話聲。原本睡著的佳代子不知何時來到了我身後，浴室空間狹窄，我一轉頭便看見她的臉近在眼前。

「當然要去，和平常一樣呀。」由於不知道她問這

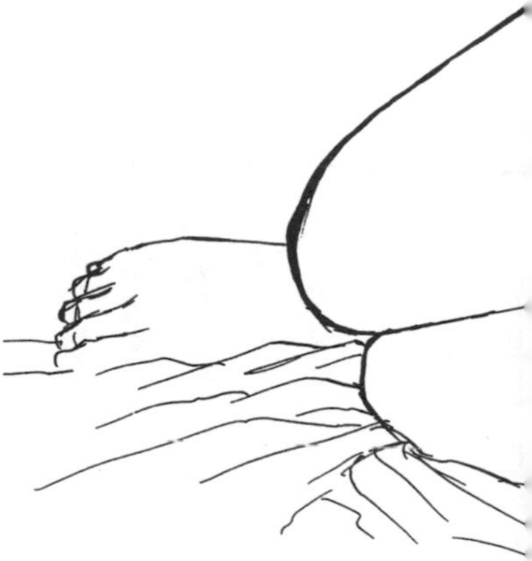

句話的真意，我有些不知所措。

「為了去保護她嗎？」佳代子那端麗的臉上浮現了溫柔的笑容。

「她？」我愣了一下，很快便明白了，「她」指的是我的偷腥對象櫻井由加利。「妳誤會了。和四年前一樣，我根本沒偷腥。」我否認道。

四年前那次，真的是妻子太多心了。因為她的多心，我被一群男人偷襲，痛毆一場，折斷了骨頭。只是誤會就被整得那麼慘，要是被她發現我真的偷腥，不敢想像我會有什麼下場。

「你一定是想衝去公司保護她，不讓她受到傷害吧？」佳代子依舊是一臉溫柔燦爛的笑靨，「不過別擔心，我今天白天都會待在家裡。」

妳又沒必要離開家門，大可僱用別人下毒手。不，應該說妳很可能壓根就不打算自己動手。但我知道這句話絕對不能說出口。

「今天又不是假日，去公司上班很正常吧？」偷腥對象櫻井由加利正在國外旅行，這多少讓我少了後顧之憂。

「我看你能嘴硬到什麼時候。」她推開我，就著洗臉臺自顧自地洗起臉來。我瞄著她那從背到腰、從腰到腳的曲線，是那麼柔軟而優雅，我不禁打了個寒噤。

「我今天晚上要去外頭工作，後天才回家。」佳代子說。

其實偷腥的人是妳吧？我很想這麼說，但我知道這也是禁句。

「渡邊前輩，昨天那麼晚打電話給你，真是非常抱歉。」一到公司，大石倉之助苦著一張臉走了過來。

「結果如何？」

「你說的沒錯，我一打客服電話，他們馬上就派人來了。對方不愧是專業人士，對於半夜兩點的維修要求一點也不擺臭臉，認真地幫我把伺服器修好了。」

「你在旁邊盯著，一定也整晚沒睡吧？要不要回家休息一下？」我看大石倉之助的嘴邊都長出了鬍碴。

「不必了，回到家恐怕會睡死。之前五反田前輩曾教訓我，他說如果隔天還要補眠的話，不如別熬夜工作。而且我手邊那個應用程式快寫完了，今天應該可以進行測試吧。」大石倉之助揉著布滿血絲的眼睛，「說不定能在期限之前完成。」

「現在只是隱約看到終點出現在遙遠的前方而已，接下來的路途還長得很呢。」我皺起眉說道。

「對呀，搞不好我們看到的終點只是海市蜃樓。」大石倉之助開了個玩笑，我卻笑不出來。

我面色凝重地走向廁所。

回到辦公室門口，我問一名女事務員：「對了，聽說櫻井小姐到國外旅行啊？什麼時候回來呢？」

「唔，大概還要十天吧。渡邊先生，你開始想念由加利了嗎？」女事務員揶揄道。

我先說了聲：「是啊。」頓了頓之後才說：「才怪，妳想太多了。」如果一開始就極力否認，反而會引人懷疑。接著我裝出忽然想到什麼事的模樣，問道：「對了，最近有沒有人找她？」

「找她？」女事務員皺起眉頭，手指抵著下巴，神情嬌俏地說：「你這麼一問，我倒是想起來，今天早上的確有人打電話來找她。」

「什麼樣的人？」

「一開始是個講話簡潔有力的女人。」

「一開始？妳的意思是電話不止一通？」

「有兩通，第二通是個聲音低沉的男人。兩次我都回答『櫻井目前請長假』，對方都是冷冷地掛了電話，真是的，搞不懂他們是什麼來頭。」

「第一通電話，一定是個懷疑丈夫偷腥的妻子；第二通電話，大概是那個妻子所僱用的惡棍。」我老實說出了心中的推測，但女事務員只是噘著下唇說：「一點也不好笑。」

上午九點半，加藤課長把我和大石倉之助叫了過去。一如慣例，課長遲到，臉色因宿醉而通紅，而且一如慣例蠻橫地大喊：「渡邊和大石！過來！」宛如下日本將棋時大聲喊道：「去吧！桂馬！」或是「看我的香車！」（*1）。我要是磨咕著不予理會，桌面的內嵌式螢幕上便會出現加藤課長送來的訊息：「快過來！」

「加藤」與「課長」這兩個字連起來念既拗口又俏皮（*2），但他卻是個在學生時代打過橄欖球的壯碩中年男人，單看他那張長得像螳螂的臉，確實有三分俏皮，但若看整體，俏皮這個形容詞絕對冠不到他身上。

「手邊的案子進行得如何？順利嗎？」加藤課長瞟了我們一眼，含糊地問道。

加藤課長在進入軟體業之前任職於建築業，因此對於電腦程式這種「眼睛看不見的商品」相當無法接受。建築物蓋到什麼地步，一眼就看得出來，哪裡還沒蓋好、哪根柱子歪了，全都一目了然。相較之下，他光看程式碼，完全看不出電腦程式的哪個部分已完成、哪個部分還沒做；即使是交到客戶手上的程式，也難保沒有bug。「這詭異的行業真是摸不著邊際。」他時常這麼感嘆。

既然如此，當初別進這行業不就得了？辦公室裡每個人都這麼想，卻沒人把這句話說出口。

那麼，加藤課長到底對什麼感興趣呢？

那就是開發客源與接訂單。

他沒事就會去客戶那裡串門子，偶爾陪客戶喝喝酒，不管是大案子小案子，他都照單全收，訂單多接一張是一張。對他來說，這似乎是最容易理解與掌握的工作。

在他的想法，雖然程式開發這一塊不著邊際，至少業績的好壞是有跡可循，所以在跑業務這部分，他甚至比專職的業務部門同事還勤快。而想也知道，不分青紅皂白地隨便亂接案子的下場，就是害得我們後方的程式製作人員手足無措。事實上，現在幾乎已經到了一團亂的地步。

交件日撞期，製作人力又不足，程式設計師勢必得日夜加班趕工，永無止境的加班讓部門內的氣氛愈來愈

*1 「桂馬」與「香車」均是日本將棋中的棋子名稱。
*2 日語中「加藤」（かとう）與「課長」（かちょう）的發音相似，所以合在一起念有點像繞口令般拗口。

沉重，而沉重的氣氛讓程式設計師開始哀號、抱怨、抖腳。

加藤課長當了這麼久的上班族，當然不可能沒察覺。

但他雖然察覺，卻絲毫不以為意。

不但不以為意，還會以他那壯碩肩膀上方的大腦袋俯視著有所抱怨的屬下說道：「沒辦法如期完成，表示你做事缺乏技巧。」

有一次，有個同事不知是再也無法忍受加藤課長的作風，還是長期熬夜加班造成忍耐力降低，竟對著加藤課長大喊：「這麼短的交期，這麼多的工作，你教我怎麼趕得及！」那位同事二十歲出頭，剛結婚。

他這一喊，整個辦公室登時鴉雀無聲。當時我正在忙另一件案子，座位離他有段距離，但我非常能夠理解他的感受，忍不住暗暗叫好，在心中為他加油打氣，在場的所有人想必都有相同的想法。

不知是不是心理作用，那一刻，辦公室裡甚至聽不見敲鍵盤的聲響。

每個人都豎起了耳朵，想聽聽加藤課長如何回應這名滿腔怒火的新婚員工。

「這個嘛……」只見加藤課長氣定神閒地以他的大嗓門答道：「辦法是人想出來的。」

包括我在內，無論是正式員工、派遣員工還是約聘的事務員，所有人都錯愕不已。

幾個人甚至明顯露出了沮喪的表情。

如果能從加藤課長口中聽到一字半句的反省或道歉，就算於事無補，好歹能夠稍稍平息我們心中的怨氣。但誰也沒想到，在這種交期迫近眼前，每個人都緊繃又徬徨的時候，加藤課長會說出「辦法是人想出來的」這麼抽象的指示。

對著加藤課長大吼的新婚員工聽到這句話，嘴巴像鯉魚似地一開一闔，卻半句話也說不出來，接著他默默坐回座位上，繼續敲他的鍵盤。

加藤課長就是這樣的上司。

「我找你們呢，是想拜託你們兩個去幫忙另外一個案子。」加藤課長對著我和大石倉之助輕描淡寫地說道。

我一聽頓時愣住。我剛剛才和大石倉之助聊到，由我統籌的這個案子好不容易可望如期完成。

「你手邊的案子不是可以如期完成了嗎？應該挪得出時間吧？」

「不是『可以』如期完成，是『有可能』，現在只是隱約看到終點出現在遙遠的前方罷了。」我強調道。

「既然看得見終點了，接下來只要朝著終點前進就行了呀？」

「搞不好只是海市蜃樓。」

「是海市蜃樓也沒關係啦。」加藤課長應道。我很訝異他會說出這樣的話，或許對他來說，程式開發這種不著邊際的東西本身就是座海市蜃樓，開發進度什麼的當然更是虛無飄渺。「聽著，別管手邊的工作了。這是命令，不是拜託。」

我心裡暗罵，你剛剛自己不是說「想拜託你們」嗎？

至於站在我身邊的大石倉之助，天生的懦弱性格在他臉上展露無遺。只見他一句話也沒說，眼珠子瞟來瞟去。長期熬夜加班，好不容易讓案子有了進度，此時卻被命令「別管手邊的工作，去做另外一件案子」，也難怪他會陷入茫然。

「我說啊，」加藤課長忿忿地說道：「你們又不是平成年代的人，對吧？」他突然提起從前的年號，「平成年代沒有戰爭，人民不必當兵，一個比一個懦弱。可是渡邊、大石，你們不同，你們都當過兵，應該都學到了堅忍不拔的精神呀。」

十多歲時的加藤課長，個性似乎和現在沒兩樣，不拘小節、自以為是、時常給別人添麻煩；要聊到當兵的回憶，他可以講個三天三夜都說不完。在軍隊裡的他不僅沒有受到欺負，長官都當他是燙手山芋。

當兵是為了保護國家與培養愛國情操，又不是為了學什麼堅忍不拔的精神。我很想這麼回嘴，但我忍住了，開口問道：「好吧，你要我們幫忙哪個案子？」

「五反田沒做完的案子。」五反田正臣雖然是個從不說敬語的高傲員工，卻是部門的王牌，什麼古怪案子都難不倒他。以日本將棋來譬喻，就相當於「飛車」的地位，連加藤課長也對他頗為倚重。

「這麼說來，的確好久沒見到五反田前輩了。」大石倉之助喃喃說道。

「嗯，都沒看到他人呢。」我也點點頭。這陣子成天忙著自己手邊的案子，根本沒心思去關心其他團隊的成員。「他的案子是在客戶那邊做的嗎？」

「是啊，不過他逃了。」加藤課長不甚痛快地說道。

「逃了？」我和大石倉之助不約而同地喊道。「不可能吧？」這句也是異口同聲。

五反田正臣是個行為古怪的工程師前輩，做起事來相當魯莽，偶爾會採取異想天開的手法，但總是會得出令人滿意的成果；而且能夠很快地與客戶打成一片，贏得客戶的信賴。

有好幾次遇上棘手的案子無人扛得下來，眼看就要傷及公司信譽，全靠他跳下去幫忙才度過難關，幾乎成了部門內的傳奇。這樣的他會丟下工作逃走，我還是初次耳聞。

「那個案子很難嗎？」

「客戶只是想改良舊有的系統，提出的需求都沒什麼大不了。五反田自己當初在估工作時程的時候，也說只要兩個人花一個月的時間就綽綽有餘了。」

「兩個人花一個月的時間……」如果這指的是從程式設計到測試完成的所有時間，確實不是什麼太難的案子，何況五反田正臣在估算時，一定會加進緩衝時間的。

「五反田前輩在家裡嗎？」

「我打了電話，沒人接。」

「他為什麼逃走？」

「我哪知道。」

加藤課長不知何時將資料遞到我和大石倉之助的手上，包括企畫書及進度一覽表，只是薄薄的一疊文件。我們還愣在原地，加藤課長已經開始說明工作地點：「你們知道藤澤金剛町那棟壽險大樓吧？」

「和五反田前輩搭檔的是誰？」

「別家公司的程式設計師。五反田突然跑掉了，現在我只能請那個人做多少算多少，但是外面的人畢竟不能代替我們和客戶接洽，所以渡邊，這個任務就交給你了。」加藤課長說著，當著我們的面挖起了鼻孔。

我和大石倉之助悶悶不樂地回到座位上。一想到不知該怎麼向團隊成員解釋，我的心情非常沉重。一旦少了兩個人手，位於遠方那好不容易看見的終點又將消失無蹤了。

我把企畫書放到辦公桌上，帶著手機離開了辦公室，我打算先試著聯絡五反田正臣。

不把真相問清楚，我無法繼續下去。

雖然加藤課長說五反田沒接電話，我還是想試試看，因為他搞不好會接我的電話。並不是我自恃人緣好，而是我很清楚，如果換作是我，一樣不會接加藤課長的手機或公司打來的電話。

我走下電梯旁的安全梯，來到樓梯間，撥了五反田正臣的手機號碼。

我一邊聽著鈴聲，一邊想起，確實好一陣子沒看到五反田了。這時手機突然傳出了話聲：「渡邊嗎？」

「五反田前輩。」

「好久沒和人說話了。」他的口氣聽起來氣定神閒，聲音卻在顫抖。我第一個感覺是，這很不像平日我所認識的他。

我把加藤課長的那些話重複了一遍，問他：「課長說的是真的嗎？」

「要命，怎麼偏偏是你來收我的爛攤子。」不知道是不是因為邊說話邊思考，他的聲音軟弱無力，這也完全不像平日的他。

「『偏偏』是什麼意思？而且，這個案子不是很簡單嗎？」

「只是在頁面上增加一些輸入欄位而已。」

我在腦中走了一遍增加輸入欄位時所需的各項作業程序，怎麼想都不是太大的難題。

「既然這麼簡單，你為什麼要逃走？還是一時不爽就不做了？」

「早知道就別在意那些細節，草草做一做，把案子交出去就好……」

「你現在在幹麼？」我打斷他的話。

「學習用電腦，還有學習過生活。」

「什麼意思？」

「既然眼前一片黑暗，只好把自己當成小嬰兒，一切從頭學起了。現在可沒時間讓我沮喪。」

五反田正臣的每句話都顛三倒四，我有些不耐煩了起來。

「渡邊，你腦筋很好，是個很優秀的系統工程師。」五反田正臣說。

「幹麼突然講這個？」

「可是呢，這個世界比你想像的要恐怖得多，我們的一舉一動都被監視著。」

「被誰監視著？加藤課長嗎？」

五反田正臣哈哈大笑，「你真愛說笑。不是他，是更可怕的人物。」

「不就是在頁面上增加一些輸入欄位嗎？怎麼會扯到這個？」

「看到奇妙的程式，就會想加以分析，這是很正常的反應吧？」五反田正臣難得說出很像系統工程師會說的話，「所以，我就一頭栽進去了。那案子真的很危險。」

「你發現什麼可怕的東西了嗎？」

「我完全無法自拔。」

無法自拔，這句話讓我想起數年前，五反田正臣曾寫過一個架構單純但破壞力驚人的程式，功能很簡單，就是上機執行後，會將硬碟內的所有檔案刪得一乾二淨。雖然功能本身平凡無奇，他卻興致勃勃地不斷研發改良，還興奮地對我說：「只要一執行這玩意兒，任何系統都會被消滅哦。最近我迷上這個了，完全無法自拔。」

「這種程式要在什麼狀況下使用？」我問。

「要是案子實在無法如期完成，索性在電腦上執行這個程式，然後逃走。」他答道。

「這並沒有解決事情吧？」

「話是這麼說啦，但你知道嗎？這世上最珍貴的東西，可不是什麼回憶或人與人之間的情感牽繫。」

「不然是什麼？」

「是電腦裡的資料。」

「不是吧？」

「所以，宣稱要把電腦裡的資料全數刪除，是一種相當有效的威脅方式。在以後的年代，綁架犯的綁架對象將不再是小孩子，而是電腦。」就這樣，五反田正臣開開心心地做出了那個刪除一切資料的程式，還說：

「這種東西啊，一迷上就停不下來了，這就是系統工程師的天性。」

的確，我們系統工程師向來追求更精簡、更泛用、更單純易懂的程式；換句話說，我們不斷追逐的正是「美麗」的程式。

但就我所知，五反田正臣一次都沒用過那個破壞系統程式。不是他不敢用，也不是他沒機會用，而是他察覺到一件事——「想要破壞系統，還有更簡單快速的方法，像是用力踹機器一腳，或是往機器倒上一杯摻糖的咖啡牛奶。」換句話說，比起程式的美學，物理性的破壞更贏得了他的青睞。

「什麼東西讓你無法自拔？」我問電話另一頭的五反田正臣。

「視而不見也是一種勇氣。」

「勇氣？那玩意兒被我忘在老家了。」

或許是因為聽了我這句無聊話的關係，五反田正臣沉默了片刻。掛斷電話前，他又問了我一句話：「你知道什麼是危險思想嗎？」

「危險思想？是指心裡面想著可怕的事情嗎？」

「嗯，可以這麼說，但龍之介老弟給了一個更有趣的詮釋。」

「哪個龍之介老弟？」

「芥川龍之介老弟。」

五反田正臣說完芥川龍之介老弟的名言之後，粗魯地掛了電話。我不耐煩地嘆了口氣，當然，這股不耐煩只是嫌收爛攤太麻煩而已。這時候的我，完全沒想到這個案子會讓我陷入與情報、與社會對決的風暴中。

5

你們都聽過《幻魔大戰》吧？

隔天早上，加藤課長對我們如此說道。

「什麼？」我不禁睜大眼睛，愣愣地看著他那結實肩膀上方、長得像飯糰的臉。站在我身旁的後進員工大石倉之助也露出一臉疑惑。為了新接下的案子，我們兩個今天一早便得趕去客戶那裡工作，在出發前，我們特地先進公司一趟，打算向課長打聲招呼再走。

我原本期待課長好歹說出一、兩句道歉或慰勞的話，畢竟是他硬將我和大石倉之助抽離手邊難得可能如期交件的案子，但沒想到他口中說出的竟然是「你們都聽過《幻魔大戰》吧？」

不必查也知道，「幻魔大戰」這個字眼在任何一國的語言中都不帶有道歉或慰勞的意思。

「請問您說的是平井和正的小說嗎？」大石倉之助小心翼翼問道。

「還是……石之森章太郎的漫畫呢？」我也在記憶中搜尋著問道。

「都不是，是林太郎的動畫電影啦。」加藤課長一臉不耐地回道。(*1)

我從沒聽說加藤課長喜歡動畫或漫畫，因此他這個問題聽得我一頭霧水。不過這部誕生於上百年前，也就是二十世紀的作品，最近確實隨著復古風潮而受到矚目，獲得了高度評價，課長似乎也跟著這股潮流而迷上了《幻魔大戰》。「你們知道《幻魔大戰》一開始的劇情嗎？主角東丈差點被生化人貝卡給宰了。」加藤課長說道。

「小說的劇情也是這樣。」

「漫畫的劇情也是這樣。」

「別插嘴，我現在說的是電影。你們知道東丈為什麼會遭到這樣的對待嗎？因為他是超能力者，身體裡隱藏著神祕的超能力，必須把他逼上絕路，超能力才會覺醒。當他以為自己要被殺了的時候，超能力就爆發出來了。」

「小說的劇情也是這樣。」

「漫畫的劇情也是這樣。」

加藤課長聽了臉色微微一沉，但還是帶著三分喜悅，「同樣的道理，這就是為什麼我總是對你們做出不合理的要求。唯有把你們逼上絕路，你們才能發揮潛在的能力。」

聽了課長這番話，我訝異於兩件事。第一，課長很清楚他的要求是不合理的；第二，課長相信這種不合理的要求對我們有益。看來要改變他的觀念是難如登天了。

我試探性地問道：「我們現在就過去客戶那裡，不過，如果確定那邊的工作並不困難的話，可以讓大石回來公司處理原本的案子嗎？」

「好啊。」加藤課長一邊挖著鼻孔回道。說不定，在某個國家或某個地區，挖鼻孔這個動作具有慰勞對方的含意。我打從心底這麼希望。

我與大石倉之助帶著無比沉重的心情離開了辦公室。

等電梯的時候，大石倉之助有氣無力地說：「照課長剛剛的說法，他打算讓我們的超能力覺醒，這下子我們可慘了。」

我也垂頭喪氣地接了一句：「勞動基準法裡應該制訂一條『不准拿《幻魔大戰》當參考』的規定才對。」

我們身後有位短髮女子走了過來，叫了聲：「渡邊

＊1 平井和正（一九三八—）是日本著名的科幻小說家，石之森章太郎（一九三八—一九九八）則是著名漫畫家。《幻魔大戰》為兩人於一九六七年合作連載的漫畫作品，其後又推出了小說及動畫，林太郎（一九四一—）為動畫電影版的導演。

先生。」

我應了聲，卻難掩狼狽，因為她是我到昨天為止負責案子的成員之一。我向她點頭致歉，「我們半途脫隊，對你們真的很抱歉。」

她小我五歲，皮膚卻因長期熬夜而失去光采，但她還是露出笑容回道：「我們會努力完成的。倒是你們，要多保重。」

「還不曉得是什麼樣的工作，只知道工作地點在客戶那邊。以企畫書的內容來看，應該只是很單純的調整啦。」

「那個案子原本是由五反田先生負責的吧？其實我上個星期在車站前遇到了五反田先生。」

我想起昨天打電話給五反田正臣的對話內容，他警告我那個案子相當危險。

「我不過喊了他一聲，他就嚇得半死，一直東張西望，看起來不太對勁。而且他戴著墨鏡，一副鬼鬼祟祟的模樣，直到發現喊他的人是我，才好像鬆了一口氣。」

「他說了什麼嗎？」

「他問我知不知道什麼叫做危險思想。」

「喔，」我不禁苦笑著點了點頭，「昨天他在電話裡也問過我，他說那是芥川龍之介的名言。」

「對對對。」

「『所謂的危險思想，就是試圖將常識付諸行動的思想。』」我重複了一遍。

「這句話聽起來可笑，但我覺得還滿有道理的。」短髮女同事說道：「所謂的常識，往往是很可怕的想法。」

「五反田前輩到底想表達什麼呢？」大石倉之助歪著腦袋問道。

對於這個問題，我也只能回答不知道。

「總之我們今天先去看一看，如果那邊的案子很好解決，我們會找時間回來幫你們的。」我說道。這不是客套話，我是真的這麼打算。「老實說，我總覺得那個案子不需要我和大石兩個人都去。」

「可是，我有預感，那個案子沒那麼簡單。」她虛弱地笑了笑。

「不會啦，就企畫書來看，是個再簡單不過的案子。」

「可是連五反田先生都逃走了耶。」

她說的沒錯。如果這是個能夠兩三下解決的案子，五反田正臣沒有道理臨陣脫逃，當然也不需要派我們去收拾善後。

「對了，渡邊先生。」她舉起手邊的電子記錄板，上頭羅列著程式的原始碼，「這是我正在做測試的部分，但試了好幾次，參數一直出現異常。」

我和大石倉之助一邊看著原始碼一邊聽她說明，簡言之就是，程式運算到某些資料時就會出問題，也就是必須進行例外狀況的處理。

「我想想……」由於我正在趕時間，只能先提出治標不治本的建議，「總之先把例外狀況隔離起來，之後再來好好研究對策吧。」

「我也贊成這麼做。」大石倉之助也同意，「那些例外狀況之後再慢慢處理，說不定就能想出完整的解決方法了。」

「針對例外狀況，只要一一進行分析處理，例外就不再是例外了，對吧？」她笑著說道。臨走前，她又說了一句：「渡邊先生，你把手機鈴聲改成〈君之代〉是正確的決定，很有意境呢。」不久電梯來了，我在電梯裡拿出手機看了一眼。

占卜網站今天早上又傳來簡訊，上頭寫著：「遇到不懂的事情，不恥下問是最好的選擇。」

這次的工作地點位於一棟高二十層樓的大樓內，該大樓為某壽險公司所有，客戶提供給我們的工作室位在五樓的西南側。

我敲門之後走了進去，室內的白牆乾淨得刺眼，我一時還以為是陽光照射在牆壁上，但定睛一看，牆上雖然有窗戶，窗簾都是拉上的，光源只有天花板上亮晃晃的日光燈。整間工作室彷彿寬敞的會議室，牆邊是成排的伺服器，四張辦公桌就集中擺在工作室正中央。

右側近門的座位上，坐著一名臉色蒼白、戴著眼鏡的年輕人，正緊盯著螢幕敲鍵盤。他身材肥胖，個頭似乎比我矮，體寬卻有我或大石倉之助的兩倍，那副模樣就像是在補習班裡被老師要求留下來念書的學生。

「啊，兩位好。」他站起來鞠了個躬，眼鏡差點掉到地上。

「你是工藤嗎？」他一聽，點了點頭。我拿到的資料當中有張職歷卡，上頭就寫著這個名字。工藤是其他軟體公司派來支援的程式設計師，我簡單介紹了自己和大石倉之助的身分，表明我們是來接手五反田的工作。

接著我們馬上討論起工作內容。

「首先，關於委託這件案子的客戶公司，」我指著企畫書上的簽章欄，上頭印著由數個英文字母排列而成的公司名稱，但似乎是新造的字，我不知道該怎麼念，「這個英文的念法是『古許』嗎？」

「五反田先生都是念『歌許』。」工藤講話咬字含糊，聽起來像是在咕噥著發牢騷。

「歌許？」我試著念了一遍。

「歌許……」大石倉之助也念了一遍。

這個單字的發音頗為好聽，我和大石倉之助不禁相視一笑。但我一方面也心想，這種接了工作卻連對方公司名稱都不會念的狀況，還是頭一次遇到。

「根據企畫書的內容所述，我們好像只要在使用者登錄頁面上增加五個表單欄位就行了，沒錯吧？」

我看向手上的資料，上頭印著網站登錄頁的樣貌。看樣子只要增加登錄頁的輸入欄位，改變一下版面配置，然後在資料庫新增對應項目，調整登錄及對照查詢時會用到的資料庫存取及更新程式，最後測試確認沒問題便完工了。

「理論上不難嘛。」大石倉之助說道。為什麼這麼簡單的工作會讓五反田正臣臨陣脫逃？我和大石都覺得很不可思議。

「是啊。」工藤明快地說道：「最近國產瀏覽器不是剛推出全新版本嗎？為了因應新版，很多網站登錄都不得不新增表單欄位。」

「喔，原來如此。」我恍然大悟。據企畫書上所述，這套網站系統從啟用至今都沒更新過，我先前一直想不透為什麼客戶突然想更改頁面，原來是因為瀏覽器的版本升級了，系統如果不跟著修正，他們的網站將無法正常運作。

「對了，這是建在哪個系統上？什麼樣的網站？」我懶得不懂裝懂，便開門見山地問道：「就我手邊這些資料，根本看不出個所以然。好久沒遇上這麼草率的企畫書了。」

很久以前，我曾接過一份寫在廣告紙背面的企畫書，內容全是手寫的，網頁版面設計需求也畫得歪七扭八，還寫了一句「大概是這種感覺，其餘請自行發揮」。那之後，這回是我見過最粗糙的企畫書。

「喔，」工藤顯得興致索然，淡淡地說道：「我猜是交友網站吧。」

「交友網站？」我複述了一遍，背脊不由得竄上一股寒意。所謂的交友網站，如果我的認知無誤，應該就是以結識異性為目的的交流用網站。妻子要是知道我和那種網站扯上關係，絕對不會保持沉默；而就算她保持沉默，四肢也會往我身上招呼。「太可怕了，我得保持距離才行。」

「這種網站幾十年來都沒什麼改變呢。」大石倉之助說：「我曾經看過很久以前的交友網站，大概是平成年間建的吧，跟現在的也沒什麼不同。」

「你還真清楚。」

「網路上先前曾經有人做過專題介紹，我是從那裡看來的。或許這就是系統工程師的天性吧，看到和網頁設計有關的話題就會眼睛一亮。總而言之，那種交友網站誘惑、吸引成人的手法似乎從很久以前就有了。」

「啊，確實如此。」工藤突然饒舌了起來，「像汽車也是一樣，不管經過多少年，方向盤的形狀、雨刷的動作和照後鏡的位置都不會有太大改變。無論內部的控制電腦如何進化，大原則都是不變的。」

「原來如此。」我坦率地認同了。

「其實這些話都是五反田先生說的。他好像很喜歡單純的東西，對於古董或舊式的東西尤其感興趣。他常常聽音樂，但他聽的音樂都不是下載來的，而是播放CD或錄音帶，真不曉得這年頭要上哪兒買錄音帶那種東西。」

「錄音帶嗎？我看過一次呢，現在的確很難找到了。」我從不曉得五反田正臣喜歡這類東西，「言歸正傳，所以這個案子就是在開發交友網站？」

「嗯，一開始，我從頁面上也看不出個所以然，直到分析了程式之後才知道是交友網站。」工藤說。

「等等，」他的話裡有一點讓我很在意，「你說這是個必須分析程式才看得出網站內容的系統？天底下有這樣的案子？」

「有啊。」工藤不疾不徐地說道：「這就是了。」

「在網路上搜尋，難道沒辦法找到這個歌許公司的交友網站？」

「歌許似乎只是提供與販賣這套系統的公司，我猜他們並不是網站營運者。」

工藤的話中用了「似乎」、「我猜」等等臆測的字眼，我不禁擔心了起來，而且隱隱嗅到一股可疑的氣息。大石倉之助似乎也有同感，只見他走向工藤剛剛在使用的電腦，啟動瀏覽器，敲了幾下鍵盤，我猜他應該是在搜尋「歌許」這個公司名稱。「如何？」我問。他搖了搖頭。

「找不到那間公司？」

「剛好相反。我本來以為『歌許』這種怪名字應該很罕見，沒想到竟然搜尋到了兩萬筆。我又加了『交友』兩字當關鍵字，筆數還是將近兩萬。」

「我從沒見過『歌許』的負責人，五反田先生似乎也沒見過。」工藤說。

「五反田前輩也沒見過？那你們是怎麼聯絡的？」

「一開始的工作需求就是以電子郵件寄來的，後來的溝通聯絡也都是透過電子郵件。而且對方完全沒告訴我們整個程式的詳細內容，我們只能靠自己胡亂摸索，一遇到瓶頸，就由五反田先生向對方提問。」

「或許五反田前輩就是因此覺得不耐煩了吧。」大石倉之助說完看向我。

「我們因為不清楚程式的詳細內容，五反田先生只好自行分析程式，再指示我該怎麼做。增加表單欄位根本是小事，我們一下子就弄好了，但不知為何，送編譯(*1)時卻出現了錯誤。」

「你們用的是哪一種程式語言的編譯器？」

「這套系統使用的是他們自行開發的編譯器，所以我們無法理解編譯器顯示的錯誤訊息，根本無法繼續下一步。」

「自行開發的編譯器……」

一般我們所說的「程式」就像原稿一樣，只有人類能理解。如果要讓電腦理解，就必須將原稿轉化為原始的機器語言，這個步驟就叫做「編譯」，而執行此步驟的程式就叫做「編譯器」。

「這個程式有一部分的程式碼被暗號化了，一般人完全看不懂，而他們之所以使用自行開發的編譯器，就是為了解讀這些暗號。」

「暗號化？」

「不過，暗號化的部分跟我們這次的工作內容無關，不用太在意。」工藤嘟囔著。

「但是，五反田前輩卻在意了起來？」我凝視著工藤問道。我想起昨天五反田正臣所說的那句「視而不見也是一種勇氣」。

工藤點了點頭。

像這樣漫無頭緒地討論下去也不是辦法，於是我們決定先上工再說。我請工藤繼續他手邊沒做完的部分，同時請他就他所知道的範圍，向大石倉之助說明系統的大概樣貌。至於我，則試著與委託客戶——也就是「歌許公司」聯絡。

然而不管怎麼查，就是查不到聯絡方式，我只好在五反田正臣的辦公桌上東翻西找，想看看有沒有什麼便條紙上頭寫著電話號碼。

「天底下怎麼會有這樣的案子。」

程式開發這個工作，有時候的確必須自行設法處理曖昧不明的細部問題。但是連客戶都聯絡不上，只能憑藉部分程式內容來獨自摸索，也未免太荒唐了。

我把五反田正臣辦公桌抽屜的東西全倒了出來，裡頭有一大堆筆和迴紋針。我發現一個類似塑膠扁盒的東西，拿到手上仔細端詳，「這是什麼？」

「應該是錄音帶吧？」大石倉之助說。

「啊，就是那個！那就是五反田先生的最愛。」工藤說。

一旁還有幾個尺寸較大的塑膠扁盒，「這些就是錄影帶吧？」似乎是用來記錄影像的媒材。

「五反田先生也很喜歡那種老電影。」

「真的很老。」由片名判斷，裡頭似乎為數不少都是恐怖電影。

這種早已絕跡的記錄媒材真的滿珍貴的，但我現在沒空鑑賞。我將它們推到一旁，桌上出現了一張寫著數

*1 編譯（compile），將程式原始碼轉為機械語言的步驟。

字的便條紙，「是這個電話號碼嗎？」

「應該是吧。」工藤仍盯著電腦螢幕說道：「但是我想打了也沒用。」

「為什麼？」

「五反田先生打過幾百次了，愈打愈不耐煩，最後還唱起什麼『宛如身處夢境』之類的歌詞。」

「那是什麼歌啊？」

「大概是一時心煩隨口亂唱的吧。所以，你打那個號碼應該也沒用。」

雖然工藤這麼說，總不能試也不試便放棄，於是我拿起桌上的電話，撥了便條紙上的號碼。話筒傳來聲音：「您好，這裡是歌許股份有限公司。」

「啊，喂？」我慌忙答話，心裡不禁有些感動。

但話筒接下來傳出的話聲是：「請聽從語音指示，依照您所需要的服務內容，按下撥號鍵。」我忍不住嘆了口氣。這是語音系統，語音指示的分類相當籠統，包括「登錄確認」、「退會申請」、「提出意見或要求」、

「各種資料變更」及「其他服務」等等。我心想，洽詢系統開發問題應該算是「其他服務」吧，於是我選了這一項，但選了之後，話筒又傳來下一個問題。

選項一道又一道，我重複著聽取問題與按下撥號鍵的動作，有時還得輸入本端的電話號碼。

就在我按了十五分鐘左右的按鍵之後，我不小心按了選項中所沒有的數字，此時語音系統說：「您選擇的項目不在服務範圍之內，感謝您的來電。」通話就這麼斷掉了，而且那語音的最後一句話聽起來似乎帶著三分竊喜。

「不會吧？」我沮喪地嘀咕著，但我毫無選擇，只能從頭來過。決定選項、按下按鍵的動作再度持續了二十分鐘，依然轉不到專人接聽，我只能審慎地聽取每一個問題，一次又一次輸入選項。

又過了十分鐘，語音系統說道：「最後，請您輸入十位數密碼。」我一聽當場愣住，轉頭問：「工藤，你知道密碼是多少嗎？」工藤鼓著嘴搖了搖頭說：「不知道。」

「五反田前輩會知道嗎？」

「喔，我想起來了，五反田先生曾經一邊大喊『誰知道密碼是什麼鬼啊！』把電話扔了出去。」

我也有股衝動想把電話扔出去。

這種狀況要是再持續下去，搞不好真的有什麼超能力會覺醒。

6

不論於公於私，我都感到好充實。不過，是負面意義的充實。

我想起我和妻子的結婚典禮上，有個人致詞時說了這句話：「得到佳代子這位伴侶，我可以保證，你接下來的人生不論於公於私都會相當充實。」記得那個人是我妻子那一方的主賓，不過，如今我很懷疑那人是否真的是我妻子的親友。我坐在地鐵上搖搖晃晃，心想，那個人的保證根本是狗屁。對，我現在的確過得很充實，卻淨是負面的。

地鐵朝我家的方向奔去，我站在車門邊，看著窗外向後飛逝的牆面，以及交錯而過的上行列車，嘆了口氣。今天的工作沒有任何進展，花了一整天的時間試圖聯絡客戶，卻連客戶的聲音都沒能聽到，只是受到一波又一波的語音系統攻擊。我也嘗試寄電子郵件，同樣得不到任何回應。

「對方真的會看郵件嗎？」傍晚五點多了，大石倉之助說：「搞不好那個信箱根本沒在用，索性寫些失禮的內容試試看吧？」

「失禮的內容？」我皺起眉。

「譬如寫些謾罵的言詞，搞不好會有回應。像我爸啊，要是聽到他不想回答的問題，都會裝作沒聽見；但若有人對他口出惡言，他一定會回嘴。」

「用這種方法，要是對方有了回應，反而很可怕吧。」

不過話說回來，或許值得一試。不過直接寫髒話的風險太大，於是我寫了「本案無法如期完成」這樣的字眼，並加了一句「程式的暗號化部分無法解讀，請說明編譯器的架構，否則無法繼續作業」。

大石倉之助笑著說：「反正對方一定沒在用這個信箱。」一邊吃零食邊敲鍵盤的工藤也說：「寄了那麼多封信去詢問都沒回應，這信箱應該是沒人在管的吧。」

我也這麼認為，所以滿不在乎地寄出了電子郵件。

這種心情就好像把信塞進瓶裡丟進河中，期待那封信有一天能被誰看到。只不過我做夢也沒想到，這封瓶中信後來漂到了加藤課長手邊。

送出電子郵件的十五分鐘後，我的手機響了。一接起來，便聽見加藤課長破口大罵：「喂！渡邊！你到底在想什麼？」感覺他的口水似乎隨著電波噴到了我臉上。

「這個嘛，想了很多。」我回道。例如聯絡不上的客戶公司、臨陣脫逃的五反田正臣、今天晚餐吃什麼好、妻子佳代子是不是還在懷疑我偷腥、我的偷腥對象櫻井由加利在海外是否玩得開心等等。原來一個人能夠同時想那麼多事情，「人類真是了不起。課長，您說是嗎？」

「你在說什麼鬼話？渡邊，你把做生意當成什麼了？聽好了，剛剛業務部收到了一封電子郵件。」

「誰寄來的？」

「客戶寄來的啦，就是你現在負責的那個案子。」

「歌許股份有限公司？」

「對，好像是叫這名字吧。」

你連客戶公司的名稱都記不住，到底把做生意當成什麼了。我很想這麼說，但忍住了。

「客戶信中抱怨說，你們寄了一封奇怪的信過去，說什麼案子無法如期完成。渡邊，你真的寄了這種東西？」

我支吾著，說不出半個字。

「喂喂喂，你還真的寄啦？」加藤課長誇張地嘆了口氣。

「所以對方回信了？」

「那還用說嗎？」

「可是直到剛剛，對方始終聯絡不上。」

「那又怎樣？」

「呃，因為對方完全沒回應，所以我才實驗性地寄了一封失禮的信，想試試看有沒有反應。」我想不出有什麼必要對課長隱瞞實情，於是老老實實地說了出來。

「我這麼教過你嗎？」加藤課長冷冷地問道。

「咦？」

「不知道該怎麼辦的時候，就寄一封失禮的信給客戶。我這麼教過你嗎？」

「沒有。」

「那不就對了嗎？總之我只問你一句話，你說案子無法如期完成，是開玩笑的吧？」

「咦？呃，不……」我手足無措得連自己也覺得好笑，「我也很想讓案子如期完成，但現實的狀況是，這整個系統的作業平臺上有我們無法得知的區域，好比編譯器的架構之類的。」

「無法得知？那你不會去問他們嗎？」

「我試過了，但是怎麼都聯絡不上。」

「那你那封失禮的信是怎麼寄到的？」

「除了那一封，對方始終沒有回應。」

我覺得再講下去只是浪費口水，於是我問道：「課長，您打算回信給歌許公司，說我們一定會讓案子如期完成，是嗎？」

「廢話，我還能怎麼說？我會請業務部轉告對方，敝公司某名情緒不穩定的社員一時鬼迷心竅說了奇怪的話，敝公司已建議那位仁兄主動請辭。」

加藤課長大概以為他這句話會像是一記重拳，把我打得倒地不起吧，但是很可惜，這話對我毫無效果，因為本來就倒在地上的人很難再被打倒一次。「那課長，能不能麻煩您順便讓業務部轉告他們，請他們的負責人和我聯絡？直接打到我的手機也可以，任何時間都沒關

係。」

電話另一頭的加藤課長沉默了片刻，嘀咕道：「渡邊，我怎麼覺得你好像豁出老命似的？」

「那當然。」

「你那麼害怕被要求主動請辭嗎？」

「課長，您今天早上不是說過嗎？人一旦被逼急了，超能力就會覺醒。」

「《幻魔大戰》嗎？是啊，我是說過。」

「我現在差不多就是那樣的心情。」

「那只是動畫劇情耶。」

「課長，恕我老實問一句，您知道這案子開發的是什麼樣的網站嗎？」

「我有必要知道嗎？」

有必要，我心想。「這是一個交友網站。」我無奈地說道。

「喔，是嗎？」加藤課長的語氣有些變了，停頓了片刻，似乎在想些什麼，接著壓低聲音說：「喂，渡邊，你有沒有辦法在那個系統裡動手腳？」

「動什麼手腳？」

「好比以某個特殊帳號加入會員，就能夠免繳會費之類的。」

現在的我既沒有把這句話當真的心力，也沒有把這句話當成玩笑話輕鬆帶過的體力，我只能乾笑兩聲裝傻。

「對了，還有一件事。」加藤課長說：「對方要求你不准碰觸與本企畫案無關的程式內容，所以你不要多管閒事，盡快把工作完成盡快回來。人家這麼要求也沒錯，本來就該這樣做事的吧。」

掛斷電話後，大石倉之助正憂心忡忡地看著我。

「咦？工藤呢？」我問道。工藤明明剛才還在這兒的，我探頭一看，他的電腦螢幕也關掉了。

「他回去了。」大石倉之助指著牆上的時鐘說道。下班時間是六點，現在是六點五分。「工作還沒做完，卻能開開心心地準時下班，我好久沒見過這樣的程式設計師了。」

「我們向他看齊吧。」我說。看樣子今天之內是不會有什麼進展的，何況大石倉之助一定也累壞了，既然如此，不如早點回家休息。大石倉之助本來有些遲疑，但撐沒多久便瞇著雙眼揉了揉眼角，鞠躬說道：「那我就恭敬不如從命，回家補眠去了。」

地鐵車廂內，放眼望去全是廣告。最近太常加班，老是趕不上末班車，所以我已經好久沒看到這些煩人的廣告了。

聽說從前的車廂廣告都是印在紙面上，我相信當時的廣告一定沒有現在這麼煩人。現代的車廂內，所有壁面及天花板全嵌了液晶螢幕，隨時都在播放廣告。仔細想想，不管看向哪裡都是廣告，這種感覺實在很奇妙。不過話又說回來，那只要別仔細想就好了吧。

像報紙或電視廣告，在這個時代還有效果嗎？自從網際網路出現之後，這一類對著不特定多數群眾大肆宣傳的廣告手法已經逐漸失去廣告主的信賴。

我想起朋友井坂好太郎說過一句話。那位擁有響亮的作家頭銜，生活卻放蕩不羈的男人，曾對著我一臉得意地說道：

「從前人們很難評估報紙廣告的效果如何，後來網路普及，搜尋引擎愈來愈發達，情況就完全不同了。現在只要在網路上搜尋『咖啡』，畫面就會出現咖啡的廣告。既然會搜尋咖啡這個詞，表示這個人多少對咖啡感興趣，又肯定會看到這則廣告，光就這兩點來看，網路廣告便比電視或報紙廣告要有效多了。」

井坂好太郎在作家圈中算是年紀輕的，作品卻頗暢銷，因此他本人相當志得意滿。但他明明有家室，卻每天晚上流連在繁華街上釣馬子，還大言不慚地在女人面前炫耀他的作家身分。由於我曉得他的這一面，對我而言，他是個不值得尊敬的男人。在公開的場合，他總是把話說得冠冕堂皇，例如「我很幸福，擁有那麼多支持我的讀者，但我還有很大的努力空間，我會每天加把勁的。」但實際上，他「每天加把勁」的事情只有上街泡妞，真可說是全天下最糟糕的男人。

「網路的貢獻可大了。」井坂好太郎露出鄙俗的笑容，「影響力也不容小覷。舉例來說，當我的新書上市，要是網路上流傳著『那傢伙的新書難看死了』的消息呢？一切就完了。網路上的消息與事實的消息是一體兩面，其他人得到了網路消息，即使還沒看過我的書，也會認定那本書很難看。」

「這麼說來，」我回道：「不就有可能逆向操作

嗎？好比想辦法在網路上散播『那本書很好看』的消息之類的。」

「將近二十個吧。」

「咦？」

「我擁有的網站數目。我很早就開始架站，一個一個慢慢增加，現在已經有將近二十個了。當然，每個網站都是獨立的，不管是網域名稱或網頁外觀都完全不同。每當我有新書要出版，我就會在網站上寫下『他這次的新書真是傑作』之類的話。當然我會看準時機發文，字裡行間也看不出廣告嫌疑。有趣的是，這麼做啊，網路上就會漸漸有聲音說那本書很好看。」

「就這樣？這麼容易嗎？」我大感錯愕，「換句話說，你根本不是在寫小說，而是在操弄情報嘛！」

井坂好太郎氣定神閒地說：「重點在於小說的內容要寫得前衛一點。前衛作品的特點就在於易褒難貶，操弄起來特別容易。」他陰森地呵呵笑了起來。

我想起他以前也說過，「我下次要在新書的封面上寫一句『本書不添加色素，不使用基因改造食品』，如此一來，大家就會認為，那其他書應該加了這些有害物質嘍？然後大家就會覺得我的書比較好。」他就是滿腦子裝了這種事情的男人。

車廂內的廣告不停播放，有些乘客茫然地看著，有些乘客完全不屑一顧。沒多久，螢幕上開始播放週刊雜誌的頭條標題。老實說，一直忙於工作的我根本不知道日本社會上發生了什麼事。不過當我看到「永嶋丈」這個名字時，不禁鬆了口氣，至少這個名字我還聽過，他是現役國會議員。

新聞標題是這麼寫的：「永嶋丈首度談起播磨崎中學案件，打破五年來的沉默」。

我對播磨崎中學案件記憶猶新，但想想，那也是五年前的事了。

我走出車站剪票口時，手機響起了〈君之代〉。我拿起手機一看，是陌生的電話號碼。我滿心以為是歌許公司的負責窗口打來的，暗自慶幸託加藤課長傳話的方式似乎奏效了。

我立刻接起電話，應了一聲「喂」，對方的低沉嗓音卻旋即將我的好心情打散。「呃，請問你現在在哪裡？」那是陌生男人的聲音。

我在心中不斷告訴自己，做生意的最高指導原則就是顧客至上，於是我老實說出了我所在的車站名稱。

「我們現在就過去。」對方說完這句便掛斷了電話。

「咦？」我不禁一愣，對方何必特地跑來當面談？

等我想到應該接話說「我想我們在電話裡談就可以了」，對方已經聽不到這句話了。我連忙回撥，卻只聽見語音念道：「您撥的號碼沒有回應。」

我剛掛上電話，手機又唱起了國歌，我看也沒看來電號碼，立刻將手機拿到耳邊粗魯地說：「我不懂你想幹什麼……」

「沒有要幹什麼啊。」說這句話的是我妻子佳代子，她緊接著問我：「人在哪裡？」我直覺地回答了目前所在的車站名稱。但她又說：「我問的是你那個偷腥對象。你把她藏到哪裡去了？」

「咦？」我再次愣住，好一會兒說不出話。接著我將手機抵在耳邊，邊走上階梯邊撒謊道：「我沒偷腥。」

「你上次不是招了嗎？」

「那次我要是不那麼說，我的指甲就不保了。」早就被妳派來的那個奇怪男人拔掉了。——我在心裡補充說明。

「那個女的不在她家，我打去公司問，又說她去海外旅行了，一定有蹊蹺。」

「這是事實，哪來什麼蹊蹺。還有，妳不是在工作嗎？」

「即使在工作空檔，腦袋想的也全是自己的丈夫，這就是愛吧。」她嗲聲嗲氣地說道，真不曉得她到底有幾分認真，「也罷，我會讓你見識我的能耐。」她說完這句話，便乾脆地掛了電話。

我不禁嘆了口氣。心中喃喃念道：不論於公於私，今天真是充實的一天。不知各位過得如何？

7

我的朋友井坂好太郎時常露出他那口參差不齊的牙笑著對我說：「任何事情都一樣，第二次就習慣了。」而這，就是他經常偷腥的藉口。

「人類是會習慣的動物。一旦習慣之後，就會想追求更大的刺激，這正是人類的進化過程。好比肌力訓練也是一樣。增加肌肉負荷強度，就會長肌肉；等習慣之後，再給予更強的負荷，最後就能練出一身發達肌肉了。」

每次聽他講這些，我只覺得哭笑不得，心想他又在拿無聊的藉口替自己開脫了。但是現在，我很想嚴肅且認真地否定他這個理論。

第二次就會習慣？壓根沒那回事。

兩天前的晚上，我妻子派來的可怕男子埋伏在公寓裡把我逮個正著，對我嚴刑相逼，要我說出偷腥對象的身分。而現在此刻，我又被三名男子圍住，但是，我一點也不習慣。

事情發生在我從車站走向停在機踏車停放處的輕型機車時，妻子打電話來，我剛和她講完電話，便看見了那三個人。

那三名男子出現得非常自然，宛如地面一潮溼就會長出黴斑似地翩然現身。三人身高不一，站在最左邊的大約是一百九十公分，然後是一百七十公分與一百六十公分，三個都穿著最近年輕人之間頗流行的V領毛衣搭黑色短筒牛仔褲。

三人雖然個頭有高有矮，髮形和長相卻很相似，都是一頭黑髮，旁分至左側，梳得整整齊齊的。在我尚未出生的很久以前，這種以三比七的比例旁分的髮形被稱為「三七分」，是從前上班族的標準髮形。像這樣以大量髮膠讓頭髮整個伏貼在頭皮上的髮形實在稱不上好看，但最近的十多歲年輕人似乎很中意，蔚為風潮。眼前三人的五官很像，窄鼻根、淡眉毛、小嘴巴，但看起來不像兄弟，所以大概是湊巧長得像，或是因為長得像而成了好朋友吧。三人都面無表情，我覺得自己好像被三具人偶包圍，心裡不禁發毛。

「啊，能請你跟我們來一下嗎？」矮個子對我揮揮手。他的用字遣詞很客氣，手上卻握著一把螺絲起子般前端尖尖的東西。

「冰鑽？」我一看見那東西，下意識地嘟囔道。

「沒錯。」中個子冷冷地說道。

「但這把的用途不是鑽冰，而是鑽人，所以應該叫人鑽。」高個子說。

「它是拿來鑽肉的，所以應該叫肉鑽。要是咬字不清楚，就會變成野餐了。」(*1) 矮個子說。

*1「肉鑽」（にくピック）與「野餐」（ピクニック）的日語發音類似。

我當然不敢反抗他們，又找不到逃走的方式與機會，只能隨著他們走進了小巷子。

我依照他們的指示來到一間已打烊的酒鋪前，鋪子的鐵捲門是拉下的。三個人不約而同地以食指輕撥了撥三七分的劉海部分。

四年前那次也是這樣。妻子懷疑我偷腥，派了一群可怕男子圍住我要我承認偷腥，還打折了我的手臂，但那一次我是冤枉的。

換句話說，這種可怕的場面，我已經是第三次遇到了，但我一點也不習慣，當然也壓根沒有「想追求更大的刺激」的念頭。我腦中浮現井坂好太郎那惹人厭的面容，為什麼那個男人總是有辦法把一些荒謬的理論說得煞有介事呢？

「我可沒偷腥哦。」為了表示沒有抵抗之意，我舉起雙手，右手還拎著公事包。我悄悄張望四下，期待看到裝設在附近路燈或交通號誌上的警報器，然而小巷裡根本不見路燈或交通號誌，這下我真的束手無策了。

高個子與中個子對看了一眼之後，兩人將腦袋以相同的角度偏向一邊。

「誰管你偷不偷腥。」高個子把玩著冰鑽，慢條斯理地說道。

「那是你的自由吧。」中個子接著說道。

「我們只是想知道五反田先生的下落。」矮個子說。

我的腦袋瞬間一片空白。沒想到他們的目的是這件事，看來我想錯了，他們並不是我妻子佳代子派來的。

「五反田先生的確是我公司的前輩……」

「請告訴我們，他現在在哪裡？」

「他真的失蹤了嗎？」我不由得說出了心中的疑惑，「到底跑哪裡去了？」

三人同時皺起眉頭，「這正是我們要問你的問題。」

「我昨天和他通過電話。」

「我們知道。五反田先生手機的來電紀錄裡，有你的手機號碼，所以我們剛剛才能打電話給你。你不是接到我們的電話了嗎？」矮個子說道。

我想起剛剛一走出車站剪票口就接到一通電話，對方並沒有表明身分，我一直以為是客戶，看來我猜錯了。

「所以，我們就來找你了。」中個子以冰鑽指著我。

「我也不知道五反田先生人在哪裡。他不在家嗎？」

「他沒回家，我們才會這麼頭痛。」

梳著三七分的三人緩緩向我走近一步，他們那整片貼在頭皮上的頭髮看上去頗噁心。三人又走近一步。

矮個子忽地朝我伸出左手，看樣子是想和我握手。雖然他伸出的是左手而不是右手，這點有些反常，但為了示好，我還是順從地伸出左手與他的左手交握。

就在這一瞬間，另外兩人迅速湊上來抓住我的左臂。由於太過突然，我完全來不及反應。

「請告訴我們，五反田先生現在在哪裡。」中個子說。

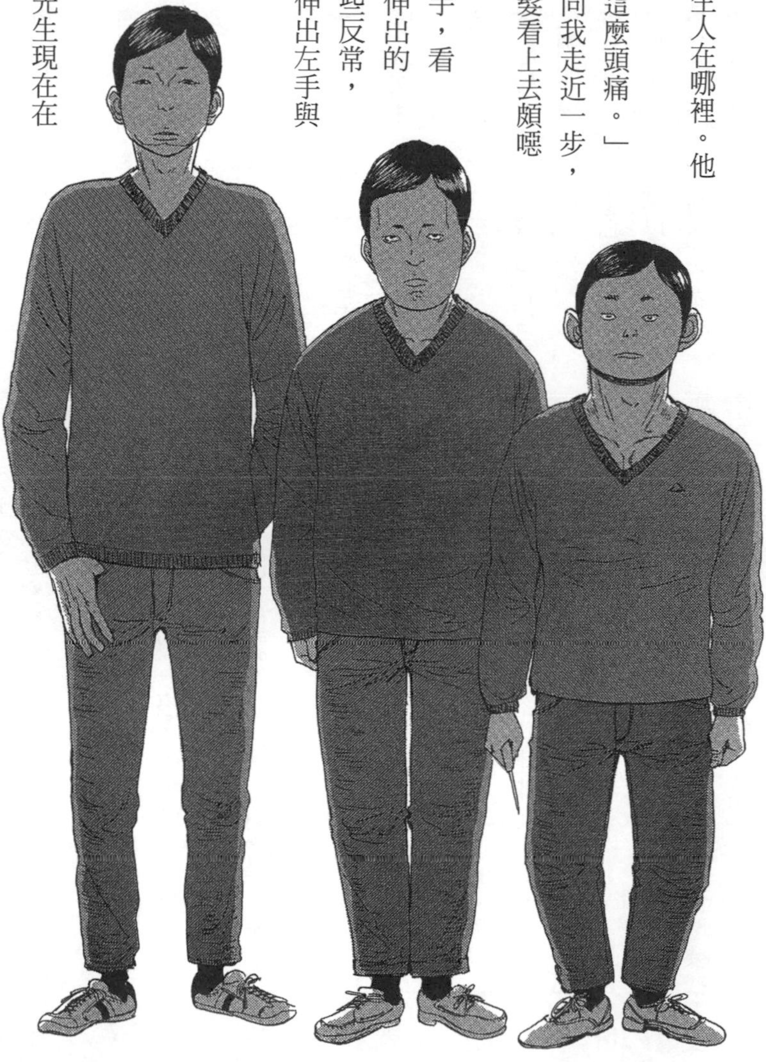

「我不知道。」

「喔？是嗎？」中個子揪住我的左手小指，「那麼，請看這個。」

我乖乖照著他的指示，望向自己的左手小指。

「道個別吧。」高個子說道。三名男子同時抓住我的左臂，這景象實在很光怪陸離。

「道別？」

「這是你最後一次看見這根手指了。」

「咦？」我心裡一驚，只見站在我正前方的矮個子毫無預警地以某樣東西套住了我的小指。

那到底是什麼？

我只知道那是個我從沒見過的工具。有點像是一個大型釘書機，前端有個洞，我的手指正插在洞裡。雖然手指插在裡頭並沒有任何不適感，但畢竟整根手指都被套住，感覺非常恐怖，我急忙想抽手，身旁兩名男子卻緊緊按住我，我只好嘗試以右手將高個子推開，卻失手了，而且還讓高個子順勢抓住了我的右臂，他迅速朝我靠近，將我的右臂挾到他的腋下。這下我兩臂都被制住，整個人動彈不得。

「這玩意兒原本是拿來切菜的。」矮個子開始說明那個工具的用途，他指著握柄部位說：「只要我從這裡一掐，插在裡面的手指就會被切斷。」

「咦？」

「很快，只要輕輕一掐，手指就掉下來了。」

「你在開玩笑吧？」

「你不相信？你認為手指裡面有骨頭，不會那麼容易被切斷，對吧？」

「我不是那個意思。」

「這是槓桿原理，就跟剪刀一樣，不費什麼力氣就能夠切斷東西。而且，這其實不會很痛，只是你會少一根手指頭；而沒了小指，生活挺不方便的。所以，還是乖乖地把五反田先生的下落說出來比較好吧？」

我很想大喊「我真的不知道」，但我一個字都擠不出來，視線一直落在被箍住的左手小指上。一想到小指被切斷的景象，我怎麼都冷靜不下來。我再次試圖掙脫，依然徒勞無功。「你們到底是誰？為什麼要找五反田先生？」

「因為他失蹤了。」高個子說。

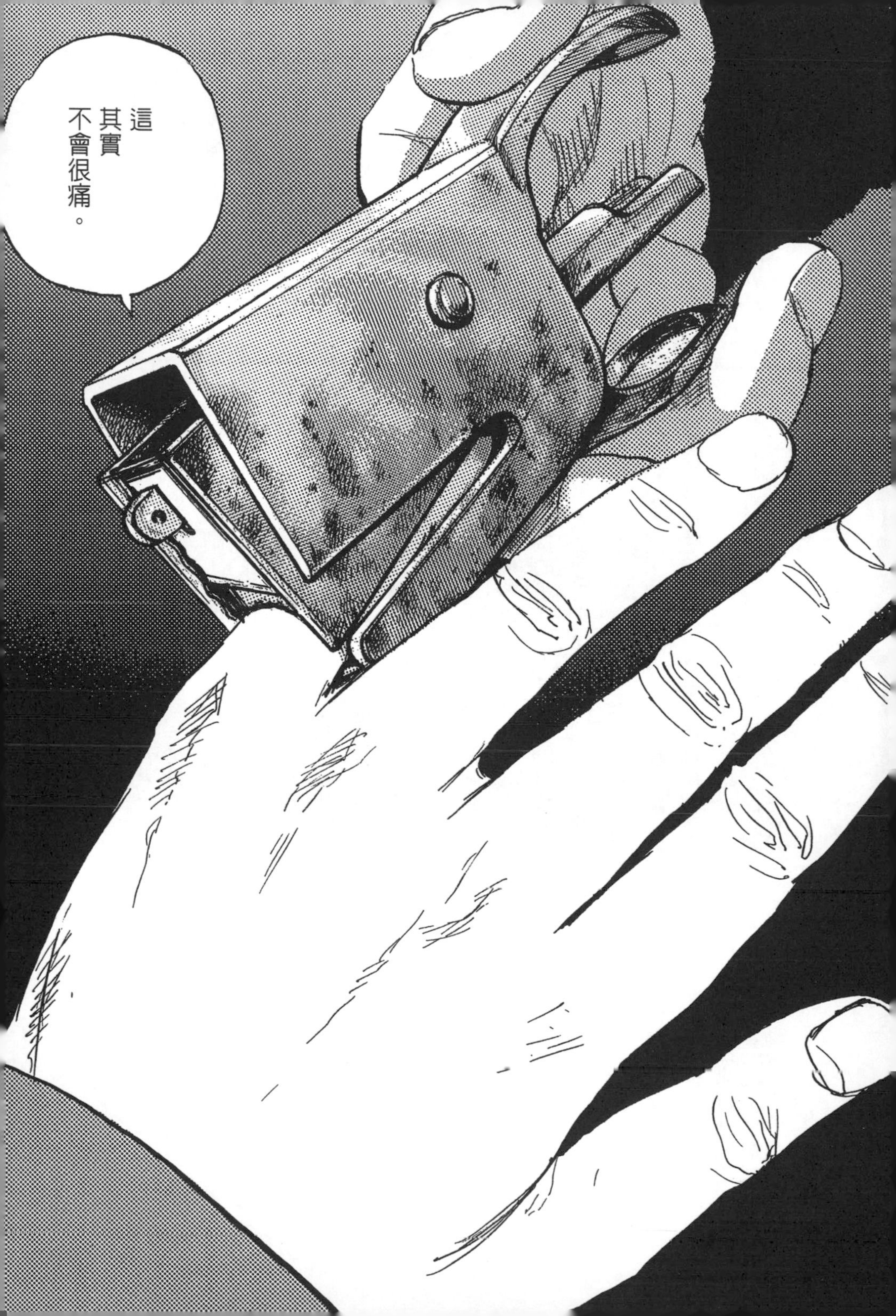
這其實不會很痛。

「有人失蹤了，當然會想找回來。這很正常吧？」矮個子說。

我焦急不已，雙腿無力。自己的手指正面臨極大危險，我卻什麼也做不了。只要對方的手指一動，我的小指就會俐落地被切斷，整個過程太過簡單，令我背脊發寒。我腦中浮現被切斷的小指宛如蜥蜴尾巴蠕動的畫面。

「好吧，我要倒數了。」中個子說。他的語氣不帶絲毫興奮，像是要處理一件枯燥麻煩的工作。我大喊：「等一下！」卻沒人理睬我。

某個人喊了「五」，另一人喊了「四」，接下來又聽到「三」和「二」。我死命掙扎，卻無法讓身體移動半分。就在我心想——啊啊，以後要過著沒小指的生活了，人生就像這樣充滿了離別……。突然有人出聲了：「切手指的時候，應該拉到身後切比較好。」

這個人的口音很明顯和那三個三七分頭不同，我抬頭一看，只見眼前站著一個滿臉鬍碴、體格壯碩的男人。

他就站在按住我左臂的中個子與高個子中間，一臉看熱鬧的神情。中個子和高個子對看一眼，接著狐疑地望向鬍子男。

「真是太可惜了。你們那工具可以借我看一下嗎？你們要切他的手指，對吧？以拷問的手段而言，這招挺好的，但是切的時候啊，應該在他本人看不到的地方切，這樣更有效果。像是把他的手扭到背後，再威脅他『我要切斷你的手指嘍』。看不到發生什麼事，會讓人更加恐懼，這麼做真的比較好。還有，你們也不妨拿蔬菜類的東西先切給他看，讓他知道這傢伙有多鋒利。」鬍子男望著三個三七分頭，「我說的很有道理吧？不然就是讓他眼睜睜地看著自己的性器被切掉，那種恐懼又更龐大了。」

包圍著我的三名男子相當錯愕，一臉「這男的是誰啊」的表情。我察覺他們抓住我手臂的力道減弱了，當場奮力一扭，終於逃出了他們的魔掌。我不管三七二十一地打橫一跳，整個人撞上酒鋪的鐵捲門，發出的刺耳聲響彷彿撕裂了空氣。

「你是誰？」高個子問突然冒出來湊熱鬧的鬍子男，語調一樣沒起伏，口氣中卻隱隱帶著三分不悅，似乎隨時打算把手上的冰鑽當人鑽用。

「等等，」鬍子男說：「勸你們別亂動。看看這個吧。」說著微微舉起右手。他握著那把黑色工具，而工具前端正套在矮個子的左手中指上。我急忙望向自己的左手，小指上乾乾淨淨的，鬍子男神不知鬼不覺地將那把工具搶了過去，還將矮個子的手指塞進了洞裡。

「這只要一夾，就能把手指切斷，對吧？我好想要一把，一直買不到呢。你們在哪裡買的？網路上查得到嗎？這玩意兒真是好東西。虐待人雖然是我的工作，我也是會累的，有了這玩意兒，辦起事來就輕鬆多了。你們說這利用的是槓桿原理啊？」

手指被工具套住的矮個子眉頭緊蹙，因為整個人被鬍子男架住，他只能彎腰翹著屁股，手臂打得筆直，模樣看上去頗窩囊。但他和我不同，他還試圖抵抗，舉起右手的冰鑽便刺了出去。

鬍子男腦袋一偏，避開了這極近距離的攻擊。「好危險啊。」鬍子男皺起眉說：「你這傢伙，我可是真的要切下去了。沒了中指很不方便的，無所謂嗎？你有接受那個狀況的勇氣嗎？」

高個子與中個子同時採取了行動，兩人握緊冰鑽朝鬍子男刺去。

緊接著響起了哀號，那聲音宛如被踩到的貓所發出短促且帶著咒罵的哀號。發出哀號的是矮個子，他的慘叫聲彷彿撞上了鐵捲門，旋即朝天上竄去。

另外兩個三七分頭霎時靜止不動。

鬍子男鬆了手。

矮個子連忙以右手護住左手，但他沒將工具拔出來。四下昏暗，卻仍然看得出他的臉色轉為蒼白。他小心翼翼地扶著左手，搖搖晃晃地離去。剩下的兩人見狀，連忙跟上。

「你該不會真的切了他的手指吧？」我問身旁的鬍子男。

「祕密。」他邊說邊搭上我的肩，態度突然親暱了起來，「極致的恐懼，是從想像中產生的。那傢伙的手指到底有沒有事，就任君想像吧。」

「你是來救我的嗎？」明知這絕不可能，我還是問了出口。兩天前才受我妻子委託來向我逼問偷腥對象的男人，沒道理今天突然站在我這一邊。

沒想到他回了句：「是啊。」

「咦？」

「我是來救你的。」

我一時不知該如何反應。

但他接著說：「為了讓我能夠好好地凌虐你。」

「什、什麼？」

「你要是被那些傢伙抓去凌虐，不就輪不到我了？」

為什麼我得受到那麼多人凌虐？這種事情就算經歷再多次，也不可能習慣的。

「不過呢，」他的語氣溫柔了些，「我今天來找你的目的只是傳話而已。」

「傳話？」

「對呀，你剛剛接到了你老婆的電話吧？」

我點點頭。沒錯，我在電話上告訴她我人在車站。

「你老婆馬上聯絡我，叫我來這個車站找你，幫她傳個話。我真的很同情你，就算我過得再落魄，也不想和你交換人生。」

我下意識地撫摸自己的左手，確認手指都還健在，稍微安下心來。

「你那個偷腥對象，就是上次被你狠心供出來的那個女的，呃，叫什麼來著……」

「櫻井由加利。不過她是冤枉的，因為你要拔我的指甲，我不得已只好說出她的名字。」

「先不管這些，那個櫻井由加利最近出國去了，對吧？好像是請長假一個人去國外旅行？」

我點點頭。這是唯一值得慶幸的事。如果她現在人在日本，一定會馬上被我妻子或是鬍子男這類可怕的男人逮住，遭到暴力對待，留下身心創傷，全是為了讓她後悔與我暗中交往。當然，她遲早會回國，問題並未解決，但我只要在她回國前想出對策就行了。我心裡盤算著，目前還有大約十天的緩衝時間。

然而鬍子男接下來說的話，完全搗毀了我心中這唯一的安心堡壘。

「她回來了。」

「咦？」

「那個櫻井由加利，今天早上回到日本了。」

「什麼？」

「你老婆一定是查出了她前往的國家，和她取得聯絡，再拿某種和你有關的謊言暗示她，讓她自動提前回國。這對你老婆來說並不是什麼難事。」

「不可能。」取消海外旅行的行程沒那麼簡單，而且回程機票也不是隨時要買就買得到的。

「憑你老婆的手腕，替她弄張回程機票並不困難吧？這就是事實，不由得你不信。櫻井由加利今天早上已經回到日本了。」

我瞪大眼，目不轉睛地看著鬍子男。看他的神情，不像是在說謊。我想起了妻子在電話中所說的那句「我會讓你見識我的能耐」，現在我真的見識到了。「她現在在哪裡？」

此時眼前突然閃過一道光芒，我定睛一看，發現是鬍子男拿出手機拍下了我此刻的表情。虛擬的快門聲聽起來輕佻無禮，簡直像是對我的嘲笑。

「你老婆叫我拍下你的照片寄給她，因為她想看看當你聽到這個消息時，臉上是什麼表情。這就是我今天的任務。你有那樣的老婆，生活一定過得多采多姿吧。」

我想起了井坂好太郎的理論——刺激會帶來進化。我自暴自棄地回道：「不好意思，我想我的進化速度大概沒人比得上。」

8

「我建議你放寬心，活得樂觀點。」鬍子男說道。他年紀比我小，大概只有二十多歲，膽識卻高過我數倍。

我抬頭仰望路燈，光源處聚集了無數飛蟲。

「樂觀？要怎樣才樂觀得起來，你教我啊！」我語氣粗魯地回道。現在的情況，教我怎麼樂觀得起來？我當場打電話給櫻井由加利，響了好幾聲之後，進入語音留言系統。「沒人接。」我說。

「我想也是，不過你的偷腥對象真的已經從海外回來了。如果你還認為她在國外很安全，那麼你可能要失望了。」

「她現在人在哪裡？」我難掩不安地激動問道。雖然部分原因是剛剛差點被那三個三七分頭的年輕人拷問，至今仍驚魂甫定，但更大的原因是，我真的很擔心櫻井由加利是否遭逢什麼不測。

我腦中浮現了可怕的畫面。某棟骯髒的廢棄公寓裡，或是某間吵鬧的卡拉ＯＫ包廂的監視器死角處，櫻井由加利倒在地上痛苦地翻滾，她的手腳被綁住，手指被打折，腳筋也被挑斷了；而我的妻子佳代子站在一旁，冷冷地說道：「每個人都知道，勾引了我老公的女人，沒有一個能夠平安無事。」

如果換作其他人，一定會認為我這樣的想像太誇張了。但以我的情況來看，這絕不是天方夜譚。我拿起手機打給妻子，鬍子男並沒有阻止我，只是垂下眉露出無比同情的表情。

「哎呀，你怎麼會打來？」我妻子接電話的速度出乎意料地快，還故意裝作沒料到我會打給她。

「妳現在在哪裡？」

「我今天工作比較忙，不回去了。我沒跟你說過嗎？」

「我不是問這個。妳現在在哪裡？」

「你想問的不是我在哪裡吧？」佳代子以一副看穿我心思的語氣說道。但最讓我害怕的是，她的確看穿了我的心思。「你想問的是你那個偷腥對象在哪裡，對吧？」

「妳和她在一起嗎？」

「咦？你不再否認她是你的偷腥對象了？」佳代子譏諷道：「我派去的那個壯孩子應該在你旁邊吧？讓他聽電話。」

我把手機交給了眼前滿臉鬍碴的「壯孩子」。鬍子男接過電話貼上耳邊，應聲道：「是、是。妳老公臉色發青呢。他一聽到櫻井由加利已經回國，似乎受到很大的打擊，我已經把他那吃驚的表情拍了下來，等等就傳過去。」

我拿回手機，問妻子：「櫻井由加利人在哪裡？」

「誰知道呢，在地球上的某處吧。你憑什麼認定我一定知道？」妻子故意悠哉地說道，再再刺激著我的神經。

我緩緩吸入空氣，調勻呼吸之後說道：「對了，妳上一任丈夫死於原因不明的交通事故，再上一任丈夫則是下落不明，是吧？」

上的一切。「天網恢恢疏而不漏，勾引別人老公的下場就是斷腳筋。」

「櫻井由加利是無辜的，妳別亂來，不然就麻煩大了。」我喊道。

「我說啊，你為什麼那麼肯定那個叫櫻井的女人在我手上？你愛乾著急就隨便你吧。」妻子說完便掛了電話。

我拿著手機愣愣地杵在原地，內心無比沮喪，飛蟲撞在路燈上的聲響深深烙印在我耳裡。

「你真可憐。」鬍子男說道。

「櫻井由加利在哪裡？」

「這個嘛，」他噘著嘴說：「我是真的不知道。不過，搞不好過一陣子，你老婆就會叫我去某個地方狠狠教訓她也不一定。」

「譬如切斷腳筋嗎？拜託你別這麼做。」我的胸口彷彿有把火在燒，「她是無辜的，我跟她並沒有怎樣，我說過好幾次了。」

「斷腳筋？聽起來好可怕。」鬍子男皺起眉頭，再度露出一臉同情。「對了，你知道薛克頓（*1）嗎？」

「有這回事嗎？」

「有這回事。上次我問妳原因，妳回我說『因為他們偷腥』。」

「我這麼說過嗎？」她笑著說道。雖然我看不見她，卻感受得到她音色中的嫵媚神韻，在這種節骨眼，我的耳朵依然因她的誘人魅力而激動得微微顫抖。

「但妳沒有告訴我，他們的偷腥對象後來怎麼了。」

「你這麼問，好像我肯定做了什麼似的。」

「我不是那個意思。」我試著安撫妻子的情緒，「我相信妳什麼都沒做，我只是單純想知道那些女人後來怎麼了。」

「是嗎？」妻子爽快地接受了我的說法，「聽說其中一個女的被人發現倒在某間卡拉ＯＫ的包廂內，雖然沒死，卻是慘不忍睹。」

「慘不忍睹？」

「你相信嗎？在卡拉ＯＫ唱歌，竟然會唱到腳筋斷掉，這世界真是充滿了驚奇啊，太可怕了。」但聽她的語氣卻一點也不覺得她害怕，反倒是我突然害怕起這世

「薛克頓？」

「英國知名探險家，你不知道嗎？歐內斯特．薛克頓爵士。」鬍子男露齒微笑，搖頭擺腦地說：「一九一四年，薛克頓帶領二十八名隊員挑戰橫越南極大陸，沒想到在途中遇難，被流冰困住了。一年半之後，薛克頓帶著全員生還。你相信嗎？他們在南極活了一年半哦。」

他為什麼突然提起將近一百五十年前的歷史案件？

「我想，薛克頓在那一年半裡，一定是死命壓抑住自己的恐懼，才能擠出那麼大的勇氣吧。」

回想起來，這個男人前幾天對我施暴時，也問了好幾次「你有沒有勇氣」，或許就是因為他對那個薛克頓心懷憧憬或思慕。對於勇氣一事，他似乎特別關心。

「那又怎麼樣？」我問。

「薛克頓曾說過一句話：『樂觀，才是真正的精神勇氣。』」

我在漆黑的夜色裡，凝神聽著他的話。

「我建議你也樂觀一點，不要想太多。我知道你很擔心那個櫻井由加利的下落，但根據我的直覺，你是絕對找不到她的。這種時候，多想只是浪費體力，倒不如去做你該做的事。總之你現在應該回家，洗澡，睡覺，起床，然後去上班。」

「現在不是做那些事的時候。」

我雖然這麼說，後來我還是回家，洗澡，睡覺，起床，然後去上班了。當然，我一回到家，拚命地想聯絡上櫻井由加利，但心情上再怎麼拚命，我能做的只有不斷地打她的手機和家裡電話。妻子也完全聯絡不上，到了將近半夜三點，我終於放棄了。就如同那位滿臉鬍碴的「勇氣男」所說的，這種時候多想也只是浪費體力，倒不如去做我該做的事。所以，我睡了。

天亮，我翻開報紙，尋找是否有女性死亡的新聞。找了半天沒看到，我頓時鬆了口氣，但轉念一想，搞不

*1 歐內斯特．薛克頓爵士（Sir Ernest Shackleton，一八七四－一九二二），著名南極探險家。

好有受害者被虐待得半死不活，根本分辨不出性別來，連忙又重新找了一遍，同樣沒有類似的報導。

我的手機沒有收到櫻井由加利的來電，只有一封每天早上都會寄來的占卜簡訊。我梳洗打理之後走出家門，進入公寓電梯時才拿起手機來看那封占卜，上頭是這麼寫的：「遇到瓶頸時，請要試著發揮想像力，真的。」我不禁苦笑，心想怎麼會有這麼抽象的建議，文法也怪怪的，但是我的目光卻離不開「真的」二字。

出了車站，我朝著壽險大樓走去。從昨天起，那裡就是我的工作場所了。公司規定的上班時間是九點，我在九點整踏進了工作室，大石倉之助與工藤已經坐在電腦前方，敲鍵盤的聲響迴蕩在室內。

我朝工藤的電腦畫面望了一眼，他開著瀏覽器，網頁上羅列許多照片，拍的全是製作精巧的模型玩具，顯然不是工作相關的網站。接著我轉身走到大石倉之助身旁，他的黑眼圈依然嚴重，皮膚與頭髮毫無光澤，睡眠不足的狀況似乎沒有改善，明明昨天很早就放他回家補眠了，我正要問他是否又熬夜，他先開口了：「渡邊前輩，昨晚我一直在家裡研究這個程式的原始碼。」

「你又沒睡嗎？」

「一想到這個程式就睡不著了。你聽到這個程式裡有部分經過暗號化，難道不會在意嗎？身為系統工程師，一定會想一探究竟吧？」

我聽到這句話，心頭不由得一凜。前幾天丟下工作逃走的五反田正臣，也在電話裡對我說過：「看到奇妙的程式，就會想加以分析，這是很正常的反應吧？」換句話說，五反田正臣也曾試著解開這個程式的暗號。

後來呢？

五反田正臣失蹤了。

不止如此，還有一些奇怪的人正在尋找他的下落。而那些人甚至企圖對我施暴，想從我身上問出消息。

「加藤課長被歌許那邊警告了，叫我們不要多管閒事。」我試著勸阻大石倉之助。既然客戶生氣了，還是別擅自分析他們的程式比較好。當然，我心裡真正想說的是：「要是你也一頭栽進暗號解讀之中，搞不好過幾天又會有奇怪的人來向我施暴了。」

但大石倉之助似乎沒聽見我的話，他以文字編輯程式開啟了原始碼，示意我一起看。

「動過手腳的部分在哪裡？」我在他身旁的椅子上坐下，盯著螢幕問道。

「你的系統工程師本性終於覺醒了？」

「或許吧。」

「老實說，一開始我根本不知道經過暗號化的部分在哪裡。」

「什麼意思？」我問道。事實上，我內心覺醒的根本不是什麼「系統工程師的本性」，而是「擔心偷腥對象安危的本性」讓我的一顆心七上八下，不過這程式確實多少引起了我的興趣，我好奇的是，如果真的有部分原始碼經過暗號化，勢必是以「暗號」的形式呈現，為什麼會看不出來在哪裡？

「乍看之下，會覺得這只是個很普通的程式。當然，由於功能很複雜，要理解所有程式運作需要花一點時間，但整篇程式碼裡面，完全沒有出現任何長得像是暗號的部分。」

「會不會是五反田前輩想太多了？」

「我一開始也這麼認為，但是看到後來，愈看愈不對勁。這個程式裡面，包含太多註解了。」

「那很正常啊。」

程式原始碼基本上是為了讓電腦執行命令而存在的文章，然而有時也必須在裡頭加上一些註解，好比程式設計師的名字、製作日期、或是錯誤修正紀錄等等。程式設計師會為這些註解標上特定符號，這樣一來，編譯器就會自動略過註解部分，對程式本身不會造成任何影響。現在電腦畫面上的這篇原始碼裡，就有許多的註解段落。

「可是這裡怪怪的，你看。」大石倉之助捲動畫面至某處後停了下來。

起初我看不出有什麼奇怪之處，這是一長串寫著日期及修正紀錄的註解，看起來都很平常。

「你看，這裡寫著未來的日期。」大石倉之助指著畫面說道：「這個日期是三年後哦。而且，這些註解雖然看起來都是日文，內容卻沒什麼意義，連天氣狀況都出現了，而且有很多日文助詞用法錯誤。」

「你的意思是，這些註解就是暗號？」

「我在猜，這個程式經過暗號化的部分都成了註解。」

「這辦得到嗎？」程式碼都是以英數字組成，要如何暗號化才能轉為日文的文章呢？

我直盯著畫面，實在不太相信這些日文註解能夠被還原成程式碼。這感覺就好像湊近盯著一隻長得像枯葉的蟲，我卻怎麼看都只覺得是一片普通的枯葉。

「很像是擬態化了呢。」大石倉之助也說出了類似的想法。

「擬態？你是說昆蟲假裝成樹葉的那個擬態嗎？」對面的工藤慢吞吞地問道。看來他一直聆聽著我們的對話。

「工藤，關於暗號的事，五反田前輩有沒有說過什麼？像是該如何解讀，或是提到註解之類的？」

「你們這樣多管閒事，真的好嗎？」工藤回道。他這句話雖然沒有惡意，聽起來還是很刺耳。

「工藤，你的系統工程師本性沒有讓你很想跳進來管閒事嗎？」我帶著幾分自暴自棄的意味問道。

「並沒有。」工藤語氣平淡地答道：「我跟五反田先生不常聊天，他總是一個人默默地看著原始碼，要不然就是拿出他帶來的錄放音機，戴起耳機聽音樂。」

聽到「錄放音機」這個字眼，我不禁感動地輕呼：「那是古董呢。」

「錄音帶那種東西，這年頭根本沒人想用，所以早就從市場上消失了。嗯，不過五反田先生就是喜歡那種古老的機器啦。」

「不知道五反田前輩都聽什麼樣的音樂……」大石倉之助低喃著，我也很好奇這一點，這時工藤突然說：「請教一下，約翰·藍儂是誰啊？」

我不懂他為什麼沒頭沒腦冒出這個問題，沒應聲等著他繼續說。

「五反田先生說過，他的生日剛好是那個約翰·藍儂的忌日，所以他老是在聽約翰·藍儂的歌。」

「約翰·藍儂的忌日是何時呀？」大石倉之助說著敲起鍵盤，應該是在網路上找答案吧。

一個念頭忽然閃過我腦中，我下意識地撫著嘴邊，陷入了沉思。

「怎麼了？」敏銳的大石倉之助察覺我神情有異。

「沒什麼。」

我想到了今天早上收到的占卜簡訊裡所寫的「遇到瓶頸時，請要試著發揮想像力，真的。」那句「試著發揮想像力」，不就是約翰．藍儂的名曲〈Imagine〉中的歌詞嗎？沒錯，我愈想愈覺得是這麼一回事，不禁脫口咕噥道：「……難道約翰．藍儂是關鍵？」

大石倉之助似乎聽錯了，語氣委婉地接了句：「渡邊前輩，約翰．藍儂當然是人呀。」(*1)

9

我只聽過「德川的寶藏」，可沒聽過「約翰．藍儂的寶藏」。

判斷一個人有沒有名氣，最簡單的方法就是看他是否埋了寶藏。所以啦，他既然沒埋寶藏，我當然不可能聽過他的名字嘍。他真的很有名嗎？

以上是工藤的論點。

「他是什麼時代的人呀？網路搜尋得到嗎？」工藤邊說邊朝著眼前的電腦鍵盤伸出手，「那種古代人的名字，聽過才奇怪吧？」

工藤似乎認為我們在責怪他沒聽過約翰．藍儂，顯得有些不悅。如果世界上有「最適合惱羞成怒、強詞奪理的男人」的排名，臉鼓得圓滾滾的工藤肯定能夠贏得高名次。「如果是貝約德．藍龍的話，我倒是知道。那個人前年在網拍上賣恐龍標本，一夕爆紅呢。」他說。

「不是貝約德．藍龍，是約翰．藍儂。雖然是一百年前的歌手，不過知道他的人應該還不少吧。」我客氣地回道。雖然現在只剩少數音樂狂熱分子或古典音樂愛好者還在聽二十世紀的音樂，但像是披頭四或約翰．藍儂等奠定流行音樂基石的大老，應該還沒超過賞味期限。

「可是工藤，你知道德川家康，對吧？」大石倉之助年紀比工藤大一點點，所以他對工藤說起話來比較隨性。

「那是常識啊。」

「德川家康不是更久以前的人嗎？」我反駁道。

但工藤似乎不太在意這點，「我不是說了嘛，德川埋了寶藏，拿破崙和希特勒也都有，所以我知道他們。

他們都是歷史名人。」

的確，關於拿破崙與希特勒，一直有傳言說他們埋藏了財寶在某處。

「還有啊，早期那個開發作業系統的人叫什麼？就是那間軟體公司的老闆……」工藤想不出人名，有些煩躁。

「比爾．蓋茲？」大石倉之助幫他說出了答案。我也想起來了，高中時的歷史考題曾出現這個名字。

「對對對，就是他。聽說他也埋了寶藏，前一陣子大家都在傳，密碼化的藏寶圖很可能就藏在作業系統的登錄檔之中。像他這樣才是歷史名人吧，所以絕對沒有什麼『約翰．藍儂的寶藏』啦，他又不是歷史名人。」

我和大石倉之助相視挑起了眉，看來很難讓工藤明白約翰．藍儂的名聲與功績了。

「對了，渡邊前輩，你剛剛說『約翰．藍儂是關鍵』是什麼意思？」大石倉之助問我，「解析程式的暗號化部分，跟約翰．藍儂有什麼關係嗎？」

「只是單純的聯想罷了，我沒什麼自信。」

「像渡邊前輩這麼謙虛的人，說出口的話一定是有根據的，不會只是單純的聯想。」個性認真的大石倉之助，就連高估他人的時候也很認真。

於是我只好坦白了，「我今天收到的占卜簡訊寫著『請要試著發揮想像力，真的』。試著發揮想像力，這句話讓我想到了約翰．藍儂的名曲〈Imagine〉。加上工藤也說五反田前輩常聽約翰．藍儂的歌，所以我在猜想，兩者可能有什麼關聯。」

大石倉之助歪著腦袋眨了眨眼，神情僵硬地說道：「就這樣？占卜簡訊？」

「就是你上次推薦我的那個占卜網站寄來的。」

「可是，這聽起來只是單純的聯想……」

「所以我剛剛不是說了嗎？」我覺得自己似乎做了一件非常丟臉的事。

「可是，就算那位約翰先生真的是關鍵，又是什麼樣的關鍵呢？」工藤的口氣聽不出他是真的有興趣還是隨口問問。

*1 日語的「關鍵」（ヒント）與「人」（ひと）的發音近似，因此大石倉之助把「難道約翰．藍儂是關鍵」聽成了「難道約翰．藍儂是人」。

「好比說，五反田前輩用過的這臺電腦上了鎖，而密碼就是跟約翰有關的單字？」大石倉之助彈了個響指，朝五反田正臣的座位走去。

我馬上搖頭，「我昨天用過那臺電腦，並沒有上鎖。」

「再不然就是硬碟裡的某個機密檔案被上鎖了？」

「就算真是如此，我們既不知道檔案名稱，也不知道副檔名，很難找出那個機密檔案吧。」

「也對。」大石倉之助雖然同意，還是坐到五反田正臣的椅子上，開始操作電腦。看樣子他還是想親自確認一番，此時他的臉上已不見睡眠不足的疲累，神情專注地說：「我找找看有沒有可疑的檔案，譬如檔案名稱的一部分是藍儂的忌日之類的。」

「原來如此。」我不禁佩服他腦筋實在動得很快，是個值得信賴的工作伙伴。相形之下，「約翰．藍儂」這個關鍵卻只是我毫無根據的聯想，對他真是太失禮了。

不一會兒，工藤也快速地敲起了鍵盤，我以為他也想到了什麼線索，沒想到沒多久，他突然驚訝地大喊：「以德川家康為關鍵字搜尋到的筆數竟然比約翰．藍儂少！這位約翰先生真的很有名嗎？」

程式中經過暗號化的部分與我們這次的工作委託並無關聯，所以我們沒必要將時間與精力花在解開暗號上。課長已經警告過我了，而我也確實不想多管閒事。

我原本打算將五反田正臣失蹤一事拋諸腦後，專心做完眼前的工作。

但昨晚，我突然被三名男子包圍，威脅我說出五反田正臣的下落，我的手指還差點被切斷。無論我再怎麼強調自己是局外人，他們都不相信，執拗地說如果不說實話就要給我苦頭吃。

這讓我想起小學時發生過的一件事，那是大約二十年前了，我班上有個同學，大家都說他欺負鄰座的女生，把人家弄哭了，還掀了她的裙子。當時他不斷大喊：「我什麼都沒做，是她自己要哭的，我以人格保證！」

但還是沒人相信他的話及他的人格，最後他喊道：「我說的是真話，你們卻不信，那就算了。」說著他拿起鉛筆盒朝鄰座的女生丟去，掀了她的裙子，真的把那女生弄哭了。「反正你們都說我做了，那我乾脆做了才不吃虧。」班上同學聽到他這個謬論，全都愣在當場。

現在的我，多少能夠理解當年那位同學的心情。

不管我說再多遍我和五反田正臣的失蹤毫無關係，他們也當我在裝傻，既然如此，我乾脆就真的和五反田正臣的失蹤扯上關係吧。紊亂的思緒與疲勞讓我變得自暴自棄了。

「工藤，除了約翰·藍儂，五反田前輩還說過什麼奇怪的話嗎？」我也坐到電腦前，一邊瀏覽著電子郵件

說道。

「奇怪的話？五反田先生說的話多半很奇怪啊。」

工藤冷冷地應道，視線當然沒離開電腦螢幕，接著又自顧自嘟囔著謎樣的話語：「啊，德川家光的搜尋筆數比德川家康還多。」

我備份了五反田正臣的電腦裡的郵件，拿到自己的電腦上一件一件檢視，郵件數量不多，一下子就看完了，裡頭包含幾封網路購物的確認信，以及詭異的影片分享網站的會員登錄成功通知信，我不禁露出苦笑。但除此之外，大部分都是向公司報告進度以及向客戶歌許公司詢問的信件。

我拉開身前這張辦公桌的抽屜，想找找看有沒有什麼其他線索時，發現了一卷錄音帶，就是上次從五反田正臣的抽屜拿出來的那一卷。

「這卷古董錄音帶裡，會不會藏有什麼重要的情報呢……？」我拿起錄音帶透著光線仔細端詳，標籤上什麼也沒寫。

「要聽的話，那裡面有臺舊機器能播放。」工藤指著門口旁的鐵皮置物櫃，「五反田先生常用那東西將音樂轉錄到電腦裡。據他說，有些老音樂只有在錄音帶裡才找得到。」

我立刻走過去打開了置物櫃，裡頭有一臺機器，有點類似現在市面上的立體音響，但造形很老氣，還拖著幾條傳輸線，線的尾端連著舊規格的接頭，顯然有相當年代了。自從無線接頭普及之後，已經很難得看到這種又長又煩人的傳輸線了。

我將機器放到桌上，插進錄音帶。雖然由於不知該以上下左右哪一面放進去而摸索了一會兒，但並沒有花我太多時間。我按下播放鍵。

機器傳出聲音，摻雜了些許雜音。我嚥了口口水，豎起耳朵仔細聆聽，心情相當緊張，不曉得會不會聽見什麼重要的情報。其他兩人似乎也和我一樣，此時的工作室內完全沒有敲鍵盤的聲響。

機器傳出的聲音相當詭異，有點像說話聲，但內容不知所云，彷彿某個口音奇特的人正說著無法理解的外國話。

「這是什麼東西？」大石倉之助問。

「外星人的聲音？」工藤則訕笑著。

「錄音失敗了吧？」我也一臉納悶。

「五反田前輩大概又想玩什麼無聊把戲，才會錄下這種怪聲音吧。」大石倉之助說。

我也應道：「沒錯。」按下了停止鍵。

沒多久，我開始覺得不能再浪費時間了，換句話說，我恢復了理性，決定將五反田正臣的事拋到一邊，先來專心處理癥結所在的編譯器，因為這才是我們該做的工作。身為上班族，不辦正事卻把時間花費在無謂的事情上，是個根本的錯誤。

「五反田前輩雖然是個怪人，但專注力相當強，而且能力優秀，我很尊敬他呢。」大石倉之助說道。

「大石你也不差呀。」我並不是在說好聽話，是實話實說。

「不，我和他完全不能比。我只能沿著一定的步驟或是別人給我的方向努力前進，卻沒辦法自行開拓新的局面。我缺乏所謂『把零變成一的力量』。我能夠把一變成二、變成三，甚至是一百，卻沒辦法從零開始。」

「五反田前輩則是那種把零變成一之後就撒手不管的人。」我說。大石倉之助也笑著說：「但是即使是五反田前輩那麼優秀的人，大概也沒留下什麼寶藏吧。」

「不過話說回來，就算是五反田先生，在這個案子上也碰了釘子啊。」工藤一副事不關己的語氣冷笑道：「而且他到後來完全放棄了，把剛剛抽屜裡那些錄影帶內容全部抓到電腦裡，自顧自地看了起來，而且好像專挑恐怖片看。」

「我們的工作並不是看電影，他這麼做並不是個稱職的上班族。」我不得不出言指責。

「咦？我怎麼沒聽說五反田前輩喜歡看恐怖電影？」大石倉之助問。

「你們知道《地獄警衛》(*1)嗎？」工藤嘀咕道：「那好像也是二十世紀的東西，五反田先生尤其喜歡那部片，內容似乎是講一名相撲力士出身的警衛到處殺人的故事。那個可怕的警衛常常說一句話……」

*1 《地獄警衛》（地獄の警備員），日本於一九九二年上映的恐怖電影，導演為黑澤清。

「說『我要殺了你』？」

「『知道真相需要勇氣』，或是『理解我這個人需要勇氣』。」

「又是勇氣？」我下意識地嘟囔了一聲。的確，會說出「理解我這個人需要勇氣」的殺人魔相當可怕，令人頭皮發麻。我想起了五反田正臣說過的「視而不見也是一種勇氣」，或許這意味著他沒有知道真相的勇氣，只好退而求其次，選擇了視而不見。「所以他是為了強迫自己視而不見，才全心投入看片子的嗎……」

「這個歌許的案子果然很詭異，難怪五反田前輩會唱什麼『正在做夢』之類的歌詞。」大石倉之助望著電腦嘆了口氣。

「正確來說，他唱的歌詞是『宛如身處夢境』，那原本是英語歌詞，是他自己翻成日語來唱的。或許他已經什麼都不想管了吧，這就叫做逃避現實。」

「宛如身處夢境……」忽然間，我靈機一動，「最近有沒有什麼歌的歌名是和『夢境』有關的？」

「好像有首歌叫做〈夢境驅魔〉。」大石倉之助立即答道：「不過是很久以前的歌了，大概五年前吧。」

「啊，五反田先生也提過那首歌，他說那首歌抄襲了老歌的創意。據說歌曲中的某段旋律是反轉後錄製而成的，他氣呼呼地說那是模仿自從前某個樂團。」

「從前某個樂團？」

「該不會正是約翰．藍儂的歌吧？」大石倉之助一臉狐疑，旋即敲起鍵盤。

「可是，把錄下來的聲音反轉又不是多希罕的手法，很久以前驅魔電影中的惡魔就曾經說出反轉的英語呀。」工藤兀自抱怨道。

「啊！約翰．藍儂有首歌叫做〈I'M ONLY SLEEPING〉，意思正是『宛如身處夢境』！」大石倉之助盯著螢幕喊道。

我一方面訝異於大石倉之助查證的速度之快，一方面也陷入一頭霧水，因為我不知該如何解讀這個發現所代表的含意。

「我搜尋一下這個歌名的相關情報。」大石倉之助接著說道。我聽在耳裡，不禁心想，在網際網路尚未出現的時代，人們是如何取得知識與情報的？沒有所謂的上網搜尋，就只能把所有文獻全部看過一遍再找出需要

的東西，想想實在太可怕了。與其花費那麼龐大的勞力找資料，不如自己捏造還比較快。於是我開始懷疑，搞不好網際網路問世之前的歷史，全是人為捏造出來的。

「有沒有找到什麼新奇的情報？」我問。

「不知道是不是巧合，約翰·藍儂創作這首歌時，正是他嘗試以各種錄音手法進行音樂實驗的時期。這首〈I'M ONLY SLEEPING〉當中有一小節的吉他旋律，就是以錄音之後反轉的方式插入曲子當中的。」

「啊，這麼看來，五反田先生說〈夢境驅魔〉抄襲了老歌的創意，指的就是這首歌了吧？」工藤用力點頭道。

「或許吧。不過，就算錄製手法抄襲老歌又有什麼關係？沒想到五反田前輩會在意這種小事，我還以為他是個更不拘小節的人呢。」我說。

「是啊，這種事情的確沒什麼好生氣的。」大石倉之助也應道。接著我們陷入了沉默，工作室內一片安靜，空氣彷彿經過了壓縮，冷冽、靜謐的氣氛籠罩整個空間。

有意思的是，就在我「啊」的一聲叫了出來的同時，另外兩人也叫了出聲。

「渡邊前輩，莫非那錄音帶……」大石倉之助抬起臉看我。

「……也得用反轉的方式播放？」工藤也想到了同一件事。

我急忙抓起錄放音機的傳輸線，插上電腦。

10

二十世紀中葉，約翰．藍儂的聲勢正如日中天。

二十一世紀中葉的現在，五反田正臣銷聲匿跡。

約翰．藍儂將吉他旋律錄下來之後反轉嵌入歌曲中，應該沒有什麼特別意義，或許他只是覺得「這麼做好像很有趣」罷了。

相較之下，五反田正臣模仿他的手法留下了反轉錄音的錄音帶，恐怕是有著非這麼做不可的理由，因為他無論如何都想讓這些情報存留下來。

「把這個音源反轉，真的能聽出個所以然嗎？」工藤操縱滑鼠問道。

我們不知道怎麼讓那臺老舊錄放音機逆向播放，只好先按下播放鍵，透過傳輸線，將錄音帶裡的聲音抓至電腦硬碟中。音樂編輯程式在網路上隨手可得，我們打算利用電腦程式來反轉那個聲音檔。

「如果聽到的是詛咒之類的，那就慘了。」大石倉之助吞了口口水。

「如果是新型的電腦病毒，那就更慘了。」工藤甚至在擔心這種事。

我心想，天底下應該沒有需要經過這麼麻煩的程序才能讓電腦中毒的電腦病毒吧。不久，經過反轉的聲音從電腦傳出。

那似乎是五反田正臣的聲音，但我不是很肯定。

一方面因為是錄下來的聲音，與原音質多少有些落差；再者，這段聲音只是不斷念著符號，而非說出句子或對話，語氣之間毫無特色可供辨識。

這道聲音慢條斯理地念著一個又一個的英文字母。

我愈聽愈是毛骨悚然，不禁起了雞皮疙瘩。

這到底是什麼……我還驚魂未定，大石倉之助反應相當快，已經抓起簽字筆，迅速將念出的英文字母抄到便條紙上。工藤瞥了大石倉之助一眼，露出「我也正想這麼做」的表情。

我望向大石倉之助逐一抄下的字母，終於猜出這是什麼了。我再度起了雞皮疙瘩，但這次不是因為恐懼，而是因為有了重大發現而感動不已。

「這是網址吧？」先開口的是工藤。他微嘟著嘴，像在抱怨著什麼。

「應該是。」

五反田正臣一字一字所念的，正是網址，當中甚至包含「點」與「斜線」之類的符號。

工藤指著便條紙上的文字說道：「不過，這年頭還有人在用ＬＺＨ這種東西啊。」那串網址的最後面是個檔案名稱，副檔名為「.LZH」。這是從前網路剛開始普及時盛行的壓縮檔格式，但自從二十年前，能夠將圖像或影片檔壓縮得更小的壓縮技術成為主流後，這類型的壓縮檔早就成了舊時代的遺產了。

「不愧是愛用錄音帶聽老歌的五反田先生。」工藤說道。工藤這個人最不可思議的地方，就在於他不管說什麼話，聽起來都讓人覺得語帶諷刺。

「我來輸入這個網址看看！」大石倉之助拿著便條紙快步走向五反田正臣的電腦，敲起了鍵盤，「這到底是什麼檔案呢？」

我和工藤當然也來到他身後，緊盯著螢幕。

透過瀏覽器，電腦開始下載檔案。檔案似乎不大，一下子就載完了。

「你有沒有勇氣？」

房間內突然響起這句宏亮的話聲，我們三人都嚇了一大跳。

一陣驚慌失措之後，我們發現這是方才念著網址的五反田正臣的聲音。聲音是從工藤的電腦發出來的，出處正是那個反轉聲音檔。由於念完網址後，好一陣子沒有聲音傳出，我們以為已經播完了。

「你聽見了這句話，肯定也聽到了剛剛那個網址。你很厲害，竟然想得到反轉錄音帶。」

這正是我所熟悉的五反田正臣的聲音。

「我不知道你是誰，但我應該給你添了不少麻煩，真抱歉。」五反田正臣說道：**「不過，你有執行那個檔案的勇氣嗎？」**

「聽起來，五反田前輩好像滿開心的？」大石倉之助帶著苦笑說道。

「他以為他正在對特務下達祕密指示嗎？」工藤也顯得有些愕然。

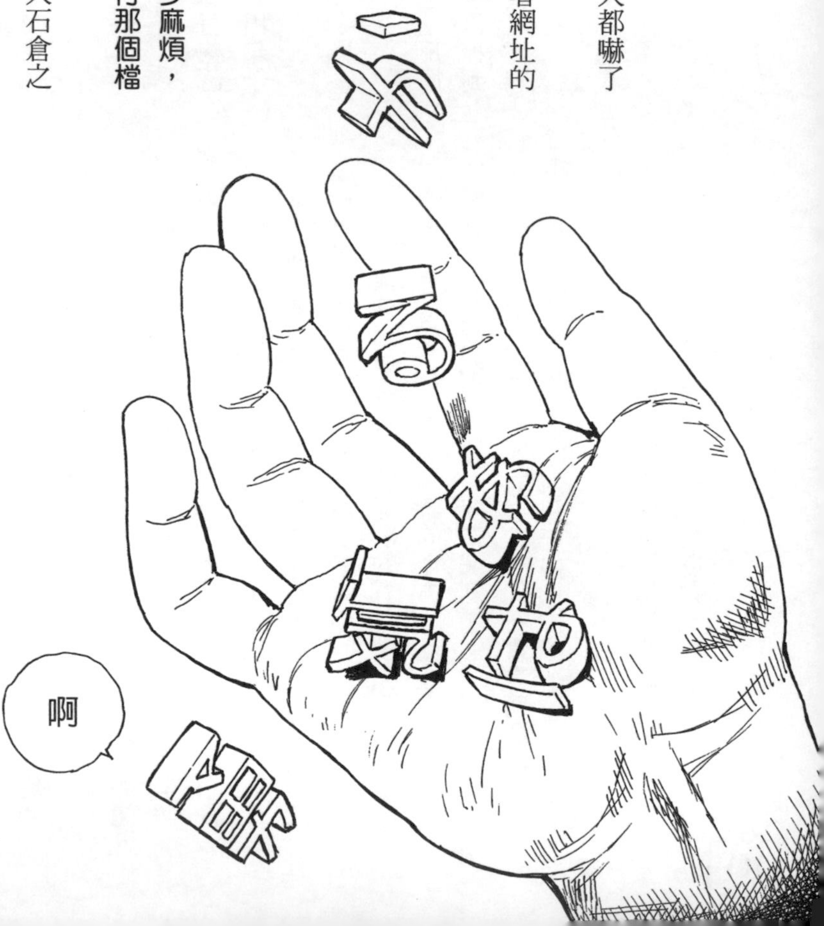

「大概是不知不覺之中愈說愈起勁了吧。」我也附和了他們的看法。

但另一方面，我也很驚訝。「你有沒有勇氣」這句話，前幾天遇到的那個鬍子男也說過。這是偶然嗎？還是暗示了什麼訊息？

「**現在是證明你有沒有勇氣的時候了！**」五反田正臣的口氣達到了亢奮的頂點，「**雖然我們素未謀面，我很期待能見到你，暫別了！**」這是他的最後一句話。

我們三人面面相覷，全皺起了眉頭，「素未謀面？我們跟你可熟得很。」

經由專用程式將載下的檔案解壓縮後，出現了一個程式檔，雖然沒有任何附加說明文字，我們也猜得到這應該是「將程式原始碼中的暗號化部分解密」的工具程式，而這個程式的設計者，想必就是五反田正臣。因為他的失蹤起因於他曾試圖解開原始碼中的暗號化部分，加上他又如此大費周章地將這個工具程式藏起來，其功用自不待言。

而且，這工具程式比起他先前那個「將硬碟內的所有檔案刪得一乾二淨」的程式，顯得有建設性多了。

「好吧，我來試試看透過這個程式分析暗號化的部分。」大石倉之助的口氣依然認真嚴肅，「工藤手邊的工作還沒做完，渡邊前輩也得繼續聯絡客戶，所以這件事就交給我吧。」

「喔。」工藤簡短地應了一聲。聽起來像是欣然同意了這樣的工作分配，也像是因為有趣的工作被搶走而任性地心懷不滿。

「我很擅長這樣的作業。雖然我沒辦法把零變成一，但只要有了方向，我就能夠繼續鑽研下去。」

於是我將暗號化部分的解密作業交給他負責，自己拿起西裝外套站了起來，「我回公司一趟，去業務部問問歌許公司的聯絡方式。」

現在的狀況，透過電話是講不清的。

「歌許？電子郵件的往來很正常呀。」業務部的資深職員滿臉不耐煩地說道。由於業務部的部長大部分時間都不會在公司，就實際作業來看，我眼前這位資深職員才是整個業務部門的老大，而且因著他過人的業績與過人的高傲態度，博得了「Mr. 業務」的稱號，雖然在我聽來只覺得是負面的綽號，他本人卻似乎頗中意。

Mr. 業務站起身，整張臉湊到我眼前。他應該有三十五歲左右了，卻頂著一頭抓立起來的頭髮，一身名牌西裝，看起來就像個極度重視打扮的大學生。

他似乎覺得我是來找碴的，而事實上，我現在的行為確實與找碴相去不遠，所以他的直覺也不算是錯的。也因此我才委婉地問了一句：「不好意思，我想聯絡歌許公司，請問我該怎麼做？」他便倏地站起身，整張臉湊到我眼前。

Mr. 業務的打扮雖年輕，近距離一看，皮膚黯淡無光，法令紋也很深，暴露了他的年紀。

「渡邊，你現在是不是在想，這個人皮膚很差，皺紋又多，是個十足的中年大叔？」他的雙眼瞬間露出凶光。

「沒有。」我撒謊了，「我只是想要聯絡歌許公司。我寄了電子郵件，卻沒得到任何回信。」

「又不是小情侶吵架，沒收到一、兩封回信，有什麼好大驚小怪的？」

「如果是小情侶吵架，沒回信還能理解，但我們是在工作，有急事要聯絡。你知道對方的電話號碼嗎？」

「別白費工夫了，那間公司只能透過電子郵件聯絡。最近像那樣的企業愈來愈多了，表面的說法是透過電子郵件聯絡才好留下雙方的紀錄，實際原因卻是不想直接面對外界的抱怨，大家都盡可能避免人與人之間的直接接觸。那些人吶，根本不曉得透過電子郵件聯絡是多麻煩的一件事。」他叨叨絮絮地發起牢騷。

「這我明白，可是當初你們不可能只透過電子郵件便接下這個案子吧？你們應該見過對方的窗口吧？能不能將那個人的名字及聯絡方式告訴我？」我的語氣稍微強硬了點。

Mr. 業務一聽，果然動怒了，「你是來找業務部麻煩的嗎？」

我突然感到一陣涼意，往四周一看，不禁倒抽一口氣。業務部辦公室的空間與小學教室差不多，裡頭一排排的辦公桌整齊排列，而原本坐在椅子上的業務部同仁全站了起來，盤起胳膊瞪著我，眼神充滿了敵意，一副想把我這個闖入虎穴的傢伙碎屍萬段的模樣。

工程部門與業務部門雖然是同事，衝突卻不少。工程部門常為了業務部門所接下的不合理訂單而痛苦不堪，業務部門也常因為工程部門所寫出的程式有問題而得向客戶低頭道歉。利益與品質、交期與睡眠時間總是無法兩全其美，因此這兩個部門的員工可說是兩群永遠無法互相理解的種族。但此刻眼前這些人對我表現出如此露骨的敵意，也未免太過分了，我除了有些錯愕，也感到怒火中燒。

「你們這些系統工程師，別老是依賴我們業務部，偶爾也該靠自己的力量做點事吧？」

什麼叫做「偶爾也該」？他這麼說好像工程部門老是偷懶不做事，聽在耳裡相當不舒服。「我還聽說五反田那傢伙逃走了啊？搞什麼，又不是小學生。」他繼續說道。

「人總有想逃走的時候。」我說道。不知道為什麼，我獨自面對那麼多敵對的人，卻不覺得害怕。回想起來，這幾天我數度遭到惡棍的襲擊，眼前這些業務部同仁再怎麼盤起胳膊瞪著我，和那些凶神惡煞比起來，根本是小巫見大巫。此時我腦中閃過了朋友井坂好太郎那副高傲的嘴臉以及他說過的那句話：「人類是會習慣的動物。一旦習慣之後，就會想追求更大的刺激。」如果他此時在場，一定會對我說：「看吧，你也習慣這種危險的狀況了。」

「即使是五反田先生，當然也會想逃走。畢竟是人嘛。」我接著說道。

「什麼人不人的，你在胡扯些什麼？」Mr.業務像是吃到了酸梅，臉皺成一團。

「哪一位都好，請告訴我歌許那邊的負責人是誰，接下來的事我自己會處理。」我吁了口氣，環顧整間辦公室，對著一群盤著胳膊的業務部同事說道：「請問五反田先生那件案子的委託業者，那間叫歌許的公司，是由哪一位同仁負責接洽的？」

沒人舉手。

沒人答腔。

Mr.業務一臉得意。

「現在又不是小學生在吵架，沒必要故意對我隱瞞情報吧？」我頓了一下，又補一句：「『你們偶爾也該做點事吧？』」

「你別亂冤枉人，不是我們不幫忙，」Mr.業務指向窗邊一張辦公桌，「歌許那個案子是吉岡先生負責的。」

桌前空無一人。

吉岡益三這號人物我也聽過。他在業務部待了相當久，外貌不甚起眼，聽說很久以前曾經是個相當有幹勁的業務員，但在我進入這家公司時，他似乎已經用盡了所有精力，不但拉不到新客戶，舊有的案子也續不成約，成了他們業務部的大包袱。「可是你別看他那樣，」數年前，有次我和五反田正臣去居酒屋喝酒，他這麼對我說：「那個阿吉啊，好像握有加藤課長的祕密哦。」

「什麼祕密？」我問。

「不知道，大概是奇怪的性癖好之類的吧，搞不好是個被虐狂呢。」

「被虐狂？加藤課長可是虐待狂中的虐待狂耶。」

「所以才說是祕密呀。」

雖然五反田正臣這麼說，但以我對加藤課長的了解，那個人就算這一類祕密被揭穿，對他而言恐怕也是不痛不癢。

「總而言之，因為存在這種暗中的糾葛，所以阿吉絕對不會被開除。」五反田正臣說道。

這個謠言雖然荒誕無稽，我卻有點相信了。因為吉岡益三一直沒被開除，簡直是違反了世間常理。看到吉岡益三依然沒離職，就好像看到一顆受重力牽制卻永遠不會落下的蘋果。

「吉岡先生沒進公司嗎？」我問道。

Mr.業務說：「他這個月不是請病假就是請特休，一直沒來上班，電話也聯絡不上。」

「業務部專養這種小學生嗎？」我這話一出口，便感覺到一股無聲的壓力朝我湧來，但並沒有嚇倒我，就算業務部的人再怎麼抓狂、生氣，總不至於拔我的指甲或斷我的手指。

就在業務部辦公室陷入劍拔弩張的氣氛之際，門忽然打了開來，出現在門口的是總務部的某位女職員。留著一頭清爽短髮的她朝我們快步走來，以她一貫開朗、或者該說是輕浮的輕鬆語氣開口了：「哎呀，大家的表情怎麼都這麼嚴肅？發生什麼事了？」接著她遞出一個禮盒給我前方的Mr.業務，「喏，這是今天早上由加利拿過來的帛琉特產，這些是業務部的份，大家把它分了吧！」我聽到這話，心頭一驚。

「由加利？啊，妳是說櫻井小姐嗎？她回來了？」

Mr.業務接下了禮盒，辦公室內的其他同仁也不約而同地坐下，緊繃的空氣立刻緩和了下來。

此時，歌許的負責人也好，吉岡益三的名字也好，都從我的腦袋消失了。我差點喊出由加利三個字，趕緊改口道：「呃，櫻井小姐進公司了嗎？」

我下意識地當場掏出手機查看。她如果來過公司，一定會打電話給我，但手機裡並沒有她的來電紀錄。

「今天早上進公司的，她好像提前結束海外旅行了。啊，渡邊先生，看你的表情，你該不會很想見她吧？」

「沒有啦。」我含糊地否認，內心卻在大喊「廢話！我當然想見她！」我的整顆心都懸在她的安危上，只差沒抓住女職員問說「她還活著嗎？」

「不過由加利好像要辭職了呢。」女職員依舊一派輕鬆的語氣。

「咦？」我倒抽一口氣。

「她說她要結婚了，而且，老公是在帛琉認識的人哦！簡直是超閃電結婚嘛！」

不愧是輕浮的總務部女職員，連「我的偷腥對象要結婚了」這個無比沉重的消息，透過她的口，都能夠說得如此輕浮。

11

「什麼命中注定、什麼緣分，那種事我壓根不相信。」

「好巧啊！我也這麼覺得呢，緣分什麼的根本都是鬼話。」

「真的嗎？我們真是有緣！」

就像這樣，女人多半對緣分這個字眼特別沒有抵抗力，不管任何事情，只要和緣分扯在一起就對了。我的朋友，好色作家井坂好太郎大約在半年前曾對我這麼說。「這招對於不滿於現狀的女人特別有效，她們敵不過緣分的魅力，在destiny面前只有投降的份。」他還故意撂了英語，那矯揉造作的說話方式只讓我覺得噁心，我實在無法理解為什麼這世界上有那麼多人愛看他的小說。

對於他那些「高尚」的論調，我多半採取不置可否的態度，唯獨關於「緣分」這件事，我忍不住反駁了他。我說：「對緣分這個字眼沒有抵抗力的，可不只有女人。」

至少身為男人的我，會和櫻井由加利發展出辦公室

戀情，就是因為受到了「緣分」二字的牽引。

一開始，我和櫻井由加利當然只是普通的同事關係。她是個溫和、纖細、言談之間讓人感到安心的女性，我對她頗有好感，卻不至於想和她發展成男女關係。

對我來說，婚姻的五大信條，一是忍耐，二是忍耐，三和四從缺，五是活下去。與猜疑心極強的妻子一起生活的我，要是膽敢和妻子以外的女性發生親密關係，那等於是違反了第五信條，也意味著生命的終結。

所以我雖然頗欣賞櫻井由加利，在辦公室裡卻不會特別在意她，也不曾試圖和她有進一步的接觸，更不可能上賓館開房間。只要我還沒失去理性，我絕對不敢做那種事，而且我對於維持自己的理性還算挺有自信的。

但是「緣分」，這個曖昧又虛幻的字眼，卻奪走了我的理性。

「舉個例子好了，」我試圖說服那位堅持女人對destiny沒抵抗力的井坂好太郎，「假設，某部電影正在公開上映。」

「某部電影？」

「一部很紅的電影，卻只在一間電影院上映，所以每天電影院前都是大排長龍，網路訂票也是秒殺。或許是發行公司的策略吧，故意造成群眾的飢餓感。」

井坂好太郎這傢伙只對自己的作品有興趣，對電影甚至抱持些許鄙視的心態。我常為此搖頭嘆息，身為一名創作者，怎麼會是這個樣子。

「但是，就在某一天的某個場次，那間電影院裡剛好一個觀眾都沒有。就在這時，某個男人偶然走進來看電影。」

「渡邊，你這故事用了太多『某』。就算是虛構的故事，內容也該具體一點才有真實感啊。」

「你別插嘴，聽下去就是了。巧的是，這個男人走進電影院，竟然遇到了一名女性友人，她也是來看電影的。如何？你不覺得這正是緣分嗎？」

「不認為。這哪是什麼緣分了？」他一邊掏著耳朵，不屑地說：「不過，如果這男的要追那女人的話，一定要跟她說這是緣分。只要這麼說，肯定馬到成功。然後呢？你突然舉這個例子幹麼？」

我不敢告訴他，這是實際發生在我身上的事。

那個時候，我難得參與了一個進展順利的案子，心情大好，客戶所給的預算很多，時間也很充裕，參與這個案子的工程師每天眉開眼笑，我甚至不禁覺得「世界上竟然有這麼幸福的工作，看來這人世間還不算太悲慘」。

「今天不必加班嗎？」

「加班？那是什麼東西？」

那段時期就是這麼一個太平盛世。

就在那個幸福案子的定期檢討會議上，客戶那邊的課長突然塞給我一張電影票說：「渡邊，有沒有興趣去看場電影？」

那部電影的內容是描寫昆蟲大軍與日本兵的戰爭，劇情簡介看起來非常無聊，但據說實際內容相當感人，而且締

造了驚人的賣座紀錄。

電影宣傳所打的口號是「昆蟲的動作逼真得可怕，但這恐懼到了後半將轉化為淚水」，上映此電影的澀谷某電影院門口每天都是排隊等候進場的觀眾。

送我電影票的課長笑著說：「最近觀眾很多，要進場可能不容易，但這種事看的是運氣，搞不好哪一天你去看的時候剛好沒什麼人呢。」

我禮貌性地收下了那張電影票，放進錢包裡，當時我完全沒想到自己會在那天晚上去看這部電影。

那一天，會議結束後我回到公司，加藤課長見到我，遞給我一張光碟片說：「渡邊，你把這個拿去給五反田他們那一組人，他們現在在澀谷的客戶那邊。」我本來有點不滿課長為何派我做這種雜事，但課長說送完件後可以直接回家，我便接下來了。

我去了澀谷，交完東西後，正朝車站走去，突然有個不認識的老先生過來問我：

「請問這間電影院在哪裡？」

我朝老先生手上的電影傳單一望，正是我今天白天拿到電影票的那部電影。我看著上頭的地圖，將電影院的位置告訴了老先生。

電影院距離我們的所在地點不到一百公尺，老先生希望我能替他帶路，由於他講話非常客氣有禮，讓我心生好感，而且當時的我正參與了幸福案子而處於心情愉悅的狀態，於是我答應了。

一來到電影院門口，老先生的手機響了，他接完電話後，向我道歉說：「我有急事，沒辦法看電影了，謝謝你特地帶我到這裡，真是非常抱歉。」

「別放心上。倒是您，沒看成電影很可惜呢。」

「是啊，不知道是不是我的錯覺，今天好像沒什麼觀眾呢。」老先生遺憾地朝電影院望了一眼便離去了。

那時的電影院裡確實沒什麼人，也不見排隊人潮，我心想這或許是個好機會，便拿出電影票走了進去。

踏進電影院，我吃了一驚，裡頭竟然一個觀眾也沒有，空空蕩蕩的。

我懷疑是不是今天沒營業，於是找了一名電影院的女員工詢問，她也是一臉納悶，「我也覺得很不可思議呢。這部電影從首映以來，每天從早到晚都是客滿的狀態，不知為何只有今天這個場次沒半個客人。」

「只有今天這個場次？」

「是的，只有今天這個場次。」

「沒半個觀眾？」我一邊環視確實沒半個人的電影院。

「是啊，簡直像是真空狀態呢。」

「這就好像念小學時，某一天班上所有同學都出於各自的理由而沒來上課。」我不禁說出內心的感想。

「或許吧。」

真是見鬼了。我在觀眾席坐了下來，望著眼前的大銀幕。既然電影院裡沒人，當然也沒有半點聲響，我一個人坐在觀眾席的正中央，有種電影永遠不會開演的錯覺。但不久之後，照明熄了，布幕也拉了開來。

一段又一段的電影預告彷彿想將我洗腦似地持續播放，途中，有個觀眾從右後方的入口走了進來。若是在平常遇到這種熄燈後才走進來的觀眾，我一定會咂嘴暗罵「沒禮貌的傢伙」，但這時整個電影院冷冷清清，只有我一個人，我不禁把那名觀眾當成了自己人，頓時安心不少。

電影開始了，我的注意力全集中在電影上。昆蟲的逼真動作讓我看得入迷，而且一如宣傳口號所說，在片尾跑出製作人員名單時，我已是淚如雨下。

而當時的另一名觀眾，就是櫻井由加利。

電影結束，燈光亮起，我站起身正要離去，身後忽然有人喊了一聲：「啊，渡邊先生。」我回頭一看，眼前是衝著我微笑的櫻井由加利，她的打扮和那天白天在公司看到她時一模一樣。

這巧遇讓我大吃一驚，雖然當時的我並未多想，但這事或許已在我心中激起了小小的漣漪。我走向她說：

「真是巧啊。」

「好奇怪，怎麼都沒人呢？我聽說這部電影很熱門啊。」

「是啊，我也嚇了一跳。」

我們邊聊邊走出電影院，我又嚇了一跳，因為外頭一排長長的隊伍正在等候進場，還有工作人員拿著小型擴音器引導觀眾行進方向。真的只有我們剛剛看的那個場次是門可羅雀的狀態，我頻頻回頭望向排隊人龍，不敢相信天底下竟有這種事。

「真幸運呢。」櫻井由加利也幽幽地吐了一句。

後來我提議說，既然難得遇到，不如找個地方聊聊天吧。於是我們很自然地走進了車站前的速食店，或許這時的我已處於井坂好太郎所說的「被緣分蒙蔽了雙眼」的狀態吧。

她開心地聊著看了剛剛那部電影的感想，還說她對預告片中出現的《播磨崎中學案件紀錄片》很感興趣。

「是關於永嶋丈的那起案件吧？」

永嶋丈原本是個平凡的學校庶務員，因為播磨崎中學案件，一夕成了英雄人物，如今是個幹練且活躍的政治人物。關於那起播磨崎中學案件，大小媒體都報導過，我也是耳熟能詳，所以得知那起案件的紀錄片即將公開上映，我也滿感興趣的。

「我很喜歡那個永嶋呢，他的五官輪廓很深，雖然長相帶點稚氣，體格卻很棒。」櫻井由加利笑著說道。

我聽了這句話，胸腹之間彷彿開了個洞，隱隱帶著莫名的疼痛。如果這就是輕微的嫉妒症狀，那麼我大概是在這個時間點開始，便對她抱有特別的感情了，換句話說，那正是我即將失去理性、求生失敗的惡兆。

後來過了一個星期，「緣分」再度對我展開攻勢。那天下班後我繞去唱片行，在那兒又遇到了櫻井由加利。我買了一張數年前解散的搖滾樂團的舊專輯，正要走出店門，聽到身後有名女性在詢問店員有沒有某張專輯，而她說出名稱的正是我手上的這張。我轉頭一看，那人竟是櫻井由加利。這年頭大家都是從網路下載音樂，已經很少有人會到唱片行裡購買含實體外殼的專輯了，所以除了緣分，我想不出任何可能的解釋。我打從心底感到吃驚，上前打了招呼，最後還把那張專輯透過其他的儲存媒材備份下來送給了她。

後來又發生了好幾次讓人感受到奇妙緣分的案件，好比在偶然走進的便利商店裡巧遇，或是發現兩人都會在午休時間瀏覽同一個購物網站。每一次，緣分都宛如重拳，一拳拳打在我身上，讓我逐漸失去了理性。

但失去理性的人只有我而已。後來我聽櫻井由加利說，她不太相信緣分這種事，換句話說，她否定了井坂好太郎的「女人對緣分沒抵抗力」的理論。

「和你在無人的電影院裡巧遇的時候，我只是有些

意外，並沒有特別覺得是緣分什麼的。通常遇到像是電影情節般的事情時，我反而會特別謹慎，提醒自己別被騙了。」

她說這句話時，正和我躺在賓館的床上，當時距離熱門昆蟲電影那起「緣分案件」已過了好一段日子。

「我要愛上一個人啊，得先慢慢熟悉對方，之後才有可能動心或培養出感情。你應該也是這樣吧？」

「是啊。」我立即應道。但我說了謊，事實上我正是被電影情節般的緣分趕走了理性才會和她交往。如果要慢慢熟悉、按部就班發展的話，我根本不可能把我那可怕的妻子徹底拋諸腦後，下定決心和由加利交往。

總之，雖然我和櫻井由加利是因為「緣分」拉近了距離，但就我對她的了解，她是個對緣分或戲劇性巧合抱持謹慎態度的人。所以當我在業務部辦公室內聽到女職員說，由加利在帛琉旅行時遇到情投意合的男人，而且已經閃電決定要和那個男人結婚了，我完全無法相信。

無數念頭在我腦中亂竄，我好想大喊「不可能！櫻井由加利那個人，絕對不會輕易愛上旅途中邂逅的男人！」

不過我也明白，可能性並不是零。人的個性並非絕對，信念與價值觀隨時都可能改變。

但是櫻井由加利會那麼輕易愛上一個男人，而且立即決定結婚並辭去工作，實在太難以置信了。

難道是櫻井由加利厭倦了與我的地下戀情？但如果她是自暴自棄才做出這種事，為何事先沒有半點徵兆？又或者她是想藉此對我報復，甚至是威脅我？但我怎麼都想不出她恨我的動機何在。

「帛琉？」我突然察覺一個疑點，不禁脫口而出。我一直以為她是前往歐洲旅行，至少她是這麼對我說的。

「是啊，帛琉呢！真令人羨慕，聽說從前的零式戰鬥機(*1)還沉在那個海域呢，好浪漫哦！」女職員說道。我見她兩眼神采奕奕，實在無法理解沉在海底的零式戰鬥機和浪漫是怎麼扯上關係的。

我相信我妻子一定做了些什麼。

*1 零式戰鬥機，日本於二次大戰期間的主力戰機。

櫻井由加利是被她騙回日本的，至少鬍子男是這麼說的，所以櫻井由加利會做出這麼突兀的舉動，搞不好也是我妻子在背後搞鬼。或許櫻井由加利遭受我妻子的威脅之後，內心起了變化，而因為這個變化，讓她突然決定結婚。一般人的精神狀態根本無法承受我妻子的威脅。

「她還好嗎？」我強作鎮定問道。

「嗯，好得很吶，她拿著辭呈去找課長的時候，雙眼還閃閃發亮呢。」女職員答道。

我的腦袋一團混亂，連我為什麼跑來業務部都忘了。就在這時，手機響了，我一聽到〈君之代〉那不算優雅也不莊嚴的音樂，當場接起了電話，是大石倉之助打來的。

「渡邊前輩，暗號的解讀有眉目了。」

12

人一旦遇到不懂的事，會先做什麼？

「答案是上網搜尋。」

當初我剛進公司，接受系統工程師的新人訓練時，負責教導我們網路知識的五反田正臣問了這個問題，接著又自己說出了答案。當時我們這群新人聽了之後沒有太大反應，只是漠然地回答：「啊，確實如此。」

因此當電話另一頭的大石倉之助對我說：「程式的暗號化部分會針對搜尋關鍵字過濾檢查。」五反田正臣的那句話登時浮上我的心頭。

「搜尋關鍵字？」

「嗯，這段程式會檢查連過來這個交友網站的人是透過什麼樣的關鍵字找過來的。」

「那不就是單純的訪問分析嗎？」我滿心以為暗號化部分一定是什麼令人驚豔的運算，沒想到竟是這麼平凡的東西。所謂的訪問分析，指的是取得來訪者的作業系統版本、來源位址、瀏覽器種類等情報的一種常見程式，一百多年前便已存在。若來訪者是透過搜尋引擎找來該網站，還能查出這個來訪者當時所使用的關鍵字，程式本體一點也不複雜。「真沒勁。」

「但奇怪的是，這段程式所過濾的，都是一些跟交友網站八竿子打不著的關鍵字。」

「過濾毫無關聯的關鍵字？」

「我總覺得不太尋常。」

這時我才想起，我人還在業務部的辦公室裡。放眼一望，滿屋子的業務員都瞪著我。站在我正前方的Mr.業務及一旁的女職員不約而同地指向牆壁，牆上貼了張紙寫著：「不懂講手機禮儀的傢伙，將受到最大懲罰！」正是社長親筆寫下的標語。敝公司社長非常注重講手機及抽菸的禮儀，公司裡到處貼滿了這類告示。

「我知道了，等我回去再慢慢談。」我對著手機輕聲說道，結束了通話。

接著我望向Mr.業務。說實在話，此刻我的腦袋完全被櫻井由加利閃電結婚辭職一事以及大石倉之助解出的程式暗號所占滿，至於要如何與歌許公司取得聯繫，我已經不在乎了。「不好意思，那我先告辭了。」我說完這句話，便轉身離開業務部。

「不送、不送。」Mr.業務笑著應道。

等電梯時，方才那名女職員走了過來。

「渡邊先生，你要不要也來一份帛琉特產？」她從禮盒拿出剩下的一包五顏六色的詭異餅乾給我。我收了下來，一邊假裝若無其事地問道：「櫻井小姐真的要辭職了啊？會不會太突然了？」

「是很突然呀，不過既然遇到了好對象，也只能祝福她了。」

「如果她又過來公司，能不能麻煩妳通知我一聲？」

女職員意有所指地露出微笑，「渡邊先生，你果然對由加利有意思？你都已經有老婆了。」

「偷偷告訴妳，其實我和櫻井小姐有一腿。」我故意說出了真相，而不出所料，她只當成是無聊的玩笑，隨口敷衍道：「是是是。渡邊先生，這一點也不好笑。」

在前往工作地點、也就是那棟壽險大樓的路上，我打了好幾次電話給櫻井由加利及妻子佳代子。她們都沒關機，但也都沒接電話。

路邊的公園裡似乎有團體正在集會，有人拿著麥克風滔滔不絕地演講著，聽得到支持者在旁大聲叫好。沒想到在這種上班日的白天，還有那麼多人參與公園的集會。我走在人行道上，突然有人遞了傳單給我說：「請看一看，謝謝你。」嚇了我一跳，我轉頭望向發傳單的男子，他蓄著長髮、皮膚黝黑、身材瘦削且骨節明顯，一看到他，我腦袋裡第一個浮現的單字是「根莖類蔬菜」，因為他那副模樣就像是牛蒡或沾滿泥土的紅蘿蔔。傳單內容是本次集會的主旨，大意是「推動改善兵役制度」。

「你認為目前的兵役制度保護得了國家嗎？」根莖

發動全民公投，讓女人也服兵役！
讓退伍的年輕人擁有就業上的優勢！
徵兵制改善
イコット貫徹！

類蔬菜男問道。

我想快步離開，他卻擋住了我的去路。

「只有男人必須當兵，你不認為這不合理嗎？」他說：「男人在當兵期間，既無法念書也無法就業，你不認為這是一種性別歧視嗎？為什麼女人不必當兵？」

我不知道該怎麼回答，而且我對堅持任何事都要男女平權的人，本來就沒什麼好感，不懂他們為什麼要執著在這種小事上頭，所以我只是含糊應了聲。

「你對於目前的兵役制度有何看法？請回想一下你當兵時的情況，你覺得如何？」

「覺得什麼如何？」

「當兵讓你的愛國情操增加了嗎？讓你擁有使命感了嗎？一旦日本與其他國家發生武力衝突時，你願意為國家上戰場嗎？」

「應該願意吧。」我懶得和他辯論，沒好氣地應道。事實上，我自己服兵役時並沒有什麼特別感覺，所謂的愛國情操，和學校所教的公民與道德沒什麼兩樣，多少有些陳腔濫調；而每天的訓練，也和嚴格的社團練習大同小異。不過，我覺得讓年輕人在進入二十歲之前體驗一下嚴整紀律、規律作息及不講道理的階級關係也不賴。我反而好奇在不必當兵的那個年代，要如何矯正十多歲年輕人血氣方剛的個性？當兵能夠讓年輕人實際體會到，要維持國家的和平，每個人都必須付出某種程度的時間與勞力。就這層意義來看，我覺得兵役是有其好處的。

「不過，兵役這種制度，有還是比沒有好吧。」我試著說道。長髮的根莖類蔬菜男卻說：「話是沒錯，但我們應該更深入、更深刻思考才是。如果什麼都不想，只是照著別人的指示去做，那是毫無意義的。」他說得口沫橫飛，「從前的犬養首相不是說過嗎？『思考吧！沒有責任感與使命感的人應該感到慚愧！』」

他所說的犬養首相，應該不是昭和年代初期因五一五恐怖攻擊案件(*1)身亡的犬養毅，而是在二十一世紀初期，由弱勢政黨領袖開始往上爬，最後成為首相，受到人民愛戴的那位犬養。

*1 五一五案件乃是發生於一九三二年五月十五日的一場真實的恐怖攻擊案件。數名武裝海軍軍官侵入首相官邸，暗殺了當時的首相犬養毅。

我從小到大在學校的歷史課堂上，只要談到日本第一次憲法修正、全民公投及後來實施的兵役制度，一定會提及犬養首相的魅力。

二十一世紀初期，在那個把和平憲法當成寶，日本無法擁有軍隊的年代中，犬養突然站了出來高聲疾呼：「我們自己的國家，應該用我們自己的腳撐起！」選舉時，他甚至開出支票：「如果五年內沒辦法讓景氣復甦，你們就砍掉我的頭吧。」贏得了大眾的喝采。他愛好宮澤賢治的作品，常在演講時引用宮澤賢治的話，吸引了廣大民眾的注意。而且他擁有好幾個情婦，卻絲毫不影響女性民眾對他的喜愛。他曾經數度遭暗殺，每一次都活了下來。尤有甚者，曾有年輕人在聽他演講時因太激動而暴斃。

關於犬養這個人還有許多真假不明、令人津津樂道的事蹟。

至今大部分民眾仍認為，當初憲法能夠順利修正，都要歸功於犬養。因為要進行全民公投，必須得到國會議員三分之二以上的同意，這門檻遠比預期還要高，若不是犬養當初以他的信念說服了眾家在野黨議員，恐怕難以達成這艱巨的任務。

眼前的根莖類蔬菜男也說了同樣的話，他頻頻點著頭說：「所以你看，從那之後無論是什麼樣的提案，全民公投一次都沒舉辦過，不是嗎？」

「那不就表示兵役沒有任何問題嗎？」

「不，自從犬養首相不在了之後，兵役制度就變得愈來愈奇怪了。」

「犬養首相死了？」

「聽說失蹤了。」他說這句話時，神情顯得有些落寞，「總之，現在的兵役制度已經變得和一般的考試、畢業旅行、或是那些麻煩的義務勞動沒什麼兩樣了。年輕人在當兵前，會問過來人怎麼樣才能在軍隊裡過得輕鬆，他們的母親還會聚在一起開指導會，告訴孩子當兵期間該注意些什麼。你不覺得這很奇怪嗎？」

「我只是覺得當兵期間的不當管教及同袍間的欺負現象確實需要改善。」我也親身經歷過，在軍隊中，為了增加訓練成效及提升士氣，群體中其實默許著不合理的體罰。

「的確。最近還有人事先送禮巴結學長，以避免被學長欺負。使命感與愛國心早已不存在這些人心裡了。」

「嗯，這樣確實有點奇怪。」我說道。但其實我很想說，你的髮形更奇怪。

回到工作室，大石倉之助和工藤正擠在五反田正臣的辦公桌前緊盯著螢幕。

大石倉之助發現我回來，抬起頭道：「渡邊前輩，這程式真的很奇怪。」

「天底下奇怪的事真多。」我想到的是櫻井由加利的事，以及剛剛那個發送傳單的長髮男子說的話。

大石倉之助盯著畫面上的程式原始碼說：「我透過五反田前輩開發的那個工具程式，轉換了原始碼中的註解，結果跑出這樣的程式。」

我過去一看，那段程式並不長，由一連串判定處理指令組成。「就是這部分在進行訪問分析？」

「這裡頭的結構相當複雜。」大石倉之助說明道：「首先它會查出訪問者連上這個網站時所使用的搜尋關鍵字，然後將這些關鍵字與另一個資料庫裡的關鍵字互相對照，判斷是否符合條件。」

「還有另一個資料庫存在？」

「很驚人吧？那個資料庫的內容很單純，全是些單詞，只不過資料庫本身又經過不同手法的暗號化。」

「工程真是浩大。」

「是太講究了吧。」

「這段程式到底想過濾出什麼……」

「關於這部分，這程式所用的手法也很誇張。」大石倉之助歪著腦袋說道。

「誇張？」

「只要有人以特定的搜尋關鍵字連上這個網站，程式就會將此人包含ＩＰ位址在內的所有情報傳送到另一個地方去，而且好像還會在此人的電腦裡植入蠕蟲程式。」直瞪著畫面的工藤噘著嘴說道：「雖然目前還有許多暗號沒解開就是了。」

「植入蠕蟲程式？為什麼要這麼大費周章？」我幾乎要忘了自己原先接下的只是個交友網站的程式，現在這到底是個什麼樣的案子啊？

「誰知道呢。」站在工藤身後的大石倉之助也是一臉納悶，語帶保留地說：「總之，這個程式似乎想找出在網路上以特定關鍵字進行搜尋的人。」

「你們還記得從前那個以搜尋引擎著名的公司嗎？」工藤一邊敲著鍵盤，「就是讓『孤狗一下』這句話大為流行的那間公司。」

「記得啊，怎麼了？」

「當年那間公司的徵人廣告很有名呢。他們在街頭立了一塊廣告看板，上頭只寫著『自然對數之底數e的值中第一個出現的十位質數.com』(*1)，此外空無一物，既沒寫明這是徵人廣告，也沒打上公司名稱。」

「自然對數是什麼？」大石倉之助皺起眉頭。

「我也不知道。總而言之，只有求得出正確答案的人才曉得那個網址。我記得答案好像是7427466391吧。」

「你怎麼會記得？」

「我對背誦這種毫無意義的事情特別在行。連上7427466391.com這個網站後，又會出現其他數學難題，必須一路解下去到最後，才會看到徵人資訊。」

「搞得真複雜。」我雖然有些佩服，也對這種擺出高姿態的作法隱隱感到不快，在這個行為的背後，多少看得出他們藐視他人與自抬身價的心態。

「我猜這個交友網站也在做類似的事。只有知道某個答案的人，透過網路搜尋，才找得到這個網站。而這個網站程式就是想把這些人揪出來。」

我再次想起當年參加新人訓練時聽到的那句「人一旦遇到不懂的事就會上網搜尋」，不禁盤起胳膊，看著螢幕畫面說道：「好吧，那這個交友網站到底鎖定了哪些關鍵字？」

大石倉之助一臉認真但沒啥自信地說：「這個嘛，由於資料庫經過複雜的暗號化，每一筆資料的暗號化手法又不盡相同，處理起來相當棘手。我只解開一小部分而已，目前知道的關鍵字有——」

「播磨崎中學。」工藤搶著說道。

「咦？中學？」我不禁反問。

為什麼中學會和交友網站扯上關係？

「播磨崎中學，就是發生那起案件的學校吧。一大群男人跑進學校裡，殺了很多學生的那個。」大石倉之助對我說明。

「不過光以播磨崎中學在網上搜尋，是不會被這段程式盯上的。畢竟那起案件太有名了，以這個關鍵字來搜尋的人太多，符合搜尋條件的網站也多到數不清，所以必須搭配其他關鍵字一併搜尋，才會落入這段程式的有效處理範圍。」工藤接著念起目前解讀出來的關鍵字：「例如將『播磨崎中學』和『個別輔導』同時輸入搜尋，訪問者就會被盯上了。」

「個別輔導？」

「另外還有一些人名。」大石倉之助也是一副疑惑的語氣，「例如加賀繪里、小林友里子、間壁俊一郎等等。」

「這些人是誰？」

「這段程式鎖定的關鍵字似乎不止這些，可惜暗號實在太複雜了，到處都玩了花樣。」工藤邊說邊以手指輕敲螢幕。

大石倉之助突然敲起了鍵盤，一問之下，原來他正試著在網路上搜尋這些名字。

「有什麼發現嗎？」

大石倉之助沉吟道：「唔……，沒想到同名同姓的人這麼多，輸入每個名字都跑出好多筆資料，這樣根本看不出個所以然。」

「我想也是。不過話說回來，播磨崎中學和這個程式到底有什麼關係？」我只覺得一頭霧水。

「當年那起案件可是鬧得驚天動地呢。」大石倉之助說著也盤起胳膊。我發現他的動作和我一模一樣，覺得有些尷尬，於是垂下了手。

「最近電影院不是正在上映那起案件的紀錄片嗎？」工藤喃喃說道。

我漫不經心地應道：「不如今天就去看看那部紀錄片吧？既然這網站跟那起案件有關，或許我們該看一下了解狀況。」

你真的決定要蹚這渾水？我的內心對我如此發出警告。你有沒有勇氣？我彷彿聽見有人這麼問我。此時我突然很想知道，我的勇氣到底有多少。

＊1　此處影射著名搜尋引擎公司「Google」，廣告看板的典故也是真實案件，該廣告的原文是：{first 10-digit prime found in consecutive digits of *e*}.com

我又想起新人訓練時聽到的那句話，有股想在網路上搜尋「我的勇氣有多少」的衝動。會不會搜尋到「大概兩公升」之類的答案呢？如果真的出現這樣的答案，我搞不好會真的信了。

13

Peace，和平。

永嶋丈的面孔出現在電影院的大銀幕上，他五官輪廓很深，卻帶著些許稚氣，簡直像個帥氣的男明星。他伸出右手食指及中指，輕輕說道：「Peace，和平。」

我坐在觀眾席上心想，這真是一句好話。長長的[pi]音後面，連接著宛如微風輕拂般清爽的一聲[s]，確實能令人聯想到和平世界。

「像這樣伸出兩根手指頭，聽說在很久以前被稱為和平手勢，可惜在我小時候就已經沒人比這個動作了，只有豎起大拇指的手勢還流傳著。」永嶋丈微低著頭獨白，那副模樣確實有著英雄人物或知名演員正在暢談自己前半生的架勢。

畫面上的永嶋丈有著結實的肩膀及胸膛，容貌卻宛如青年。他並不是個伶牙俐齒的人，說起話來慢條斯理且聲音低沉，彷彿正以極輕柔的動作將心中的重要回憶一片片揭開，這樣的氣質完全不像一名現任的眾議院議員。

「當我朝歹徒衝過去的時候，心裡一直想著這句話——Peace，和平。我得恢復這個地方的和平。這不是基於什麼使命感，只是……」永嶋丈頓了一下，靦腆地移開視線，「我根本沒想太多，就這麼豁出去了。」

接著畫面出現一排簡潔有力的標題——「播磨崎」。

五年前的秋天，東京都內的私立播磨崎中學一如平日地迎接了早晨的到來。這是一所成立未滿一年的學校，所有學生都是一年級，而且只有兩個班級，大部分的教室都是沒人使用的狀態，充滿了新學校的青澀感。

該校的教育理念是著重個人專長、培養學生獨特性，因此校風自由，沒什麼校規，學生上學甚至不必穿制服。

「當時我們學校的教育方針是讓學生學會自己思

私の勇気の量
深層心理水
2ℓ
就這麼多……
チャポ
チャポ

考，懂得自我約束。沒想到這樣的作法卻成了弊端。」一名臉上滿是皺紋的瓜子臉男人喃喃說道。畫面旁邊標了一排字，寫著「事發當時的一年級學年主任」。

由於沒有制服，學生有時會穿奇裝異服來學校，有人故意穿小丑裝，甚至有女學生上學時頂著沖天金髮、一身連身皮衣、背上還揹著不知去央求哪位中年大叔買給她的Rickenbacker吉他。

「所以那天早上，看到一群蒙著面的人衝進學校來，我還以為又是同學的惡作劇。」一名年輕女生說道。她看上去大約十六、七歲，字幕寫著「一年二班的倖存者」。

接著畫面轉至另一名年輕男生。「那天從一早風就很強，聽說氣象廳還發布了強風特報，走在路上甚至有強勁的風突然從旁吹來。所以當我看到那些蒙面人時，還以為他們是為了擋風或是擋沙子才遮住臉。」

對了。觀眾席上的我也想起來了，那一天的確颳著很強的風，我在前往拜訪客戶的途中，還親眼見到一陣強風將一戶老舊民宅的窗玻璃吹破，我相當訝異，後來上網搜尋想找找看有沒有關於強風的新聞，卻看到了播磨崎中學出事的消息。因此那天的這個細節，我的印象意外清晰。

蒙面進入校園的歹徒共有九名，六男三女，當中五人持有具連發功能的步槍，八人持有尖刀。換句話說，有四人身上既有槍又有刀。此外每個人的皮帶上都繫著小型炸彈。

這些人分成三組，每組三個人，前兩組各占領一班，剩下的一組則負責占領教職員休息室。三組人馬各自進入負責區域後，一個人站在正前方，一個人站在靠窗側的最後方，另一個人則站在靠走廊側的最後方，形成宛如三角形的三個頂點。當時正值早上班會結束後沒多久，全體學生都在教室裡，他們嘻皮笑臉地看著這群侵入者，不曉得發生了什麼事。

所有蒙面歹徒就定位之後，同時展開了行動。先由靠窗側的歹徒毫無預警地開了槍，一年一班、二班及教職員休息室各有一人中槍，而且三名中槍者在各空間中的相對位置一模一樣。

「如果不想和他一樣，就乖乖聽話！」兩間教室及教職員休息室內各有一名歹徒如此喊道。接著是一陣尖叫，很快便明白狀況不妙的學生及老師已經哭了出來。大家只能乖乖聽話，依照歹徒的指示將桌椅推到牆邊，所有人集中坐到空間中央。而且為了不讓外人看見學校出了事，歹徒還拉上了窗邊的厚重窗簾。

「他們叫我們交出手機。」銀幕上一名戴著眼鏡的年輕人說道。他也是倖存的學生之一。

不久之後，占領教職員休息室的歹徒之一前往廣播室，透過麥克風對全校廣播：

「這所學校已經被我們占領了，目前死了三個人，如果各位不乖乖配合，可能還會死更多人。」學生回憶著當時的情形說道：「那段廣播尖銳又刺耳，我一輩子也忘不了。」

廣播室裡的男人繼續以尖銳的聲音說：「我們這麼做是為了阻止環境持續受到破壞。」

關於環境問題的嚴重性，早在二十世紀就有許多專家提出警告，然而地球溫室效應依然愈來愈嚴重，如今已陷入難以遏止的狀態，北極熊已絕種，病菌大量繁殖，可怕的熱病也不斷傳染蔓延。但即使如此，人類還是不願意拋棄冷氣機及做好垃圾分類。

「我們知道，要讓人類有所行動，真理與正義感毫無用處，唯有恐懼與利益得失能夠操縱人類。因此我們將以你們為人質，與政府展開交涉。」廣播室裡的男人說完這段話之後，便沉默了下來。

「真是莫名其妙的言論。」學年主任的面孔再次出現在銀幕上，他蹙著眉說：「什麼保護環境，講得還真好聽。他們的所作所為，說穿了就是槍殺一群中學生。」

「那些人是一群瘋子。什麼溫室效應，那早就被證明是騙人的了。」一名身材高眺的年輕女生皺著眉頭說道。她也是當時的學生之一。「說真的，我最怕那種打著正義或良心旗幟的人了。」

我看著紀錄片，一邊想起五反田正臣說過的那句芥川龍之介的名言，「所謂的危險思想，就是試圖將常識付諸行動的思想」。

這些人的行為正印證了這句話。保護環境、捍衛自然的主張雖然正確，但恣意採取行動卻會帶來可怕的結果。只不過，要我承認那些嘲諷「正義與良心」的人才

是對的，我又不免猶疑。

這群侵入者的計畫看似縝密，其實相當胡來，他們挾持中學生及教師做為人質，只是為了向當時的內閣總理大臣須藤昭雄表達他們集團的主張。新聞媒體雖然接到了封口令，但整間學校已經被警察團團包圍，就宛如掉在地上的方糖會吸引螞蟻一樣，看熱鬧的群眾與電視臺攝影機自然蜂擁而至，播磨崎中學的狀況也被即時轉播至全國的電視畫面上。

我還記得那一天，我雖然在客戶公司裡忙於工作，還是看到了電視上不停報導著這則新聞，一旁閒著沒事的主管直盯著電視看，說些「這下有好戲看了」或是「剛剛有人中槍了呢」之類的風涼話。

「我完全不明白他們為什麼會挑上我們學校。」一名滿頭白髮、有著雙下巴的男人說道。他是當時的老師，案件發生後，由於心力交瘁而住院，沒想到又檢查出腫瘤，動了手術後，現在健康狀況已逐漸好轉。「環境破壞跟我們學校有什麼關係？真是莫名其妙。」

這群入侵者的行為的確不太符合常理。當他們與警

察交涉，或是與須藤首相對談時，只是不斷重複著一些不知所云的主張。然而就在他們入侵中學的兩個小時之後，恐怖的事發生了。

紀錄片畫面上的當事者皆露出痛苦神色，彷彿望著留在自己身上的可怕陳年傷口。

「事情發生在隔壁班，詳細情況我不清楚……」

「我聽見隔壁教室傳來男同學的大聲呼喊……」

「一開始是女生的慘叫，接著又有人怒吼……」

「我在教職員室也聽見了，槍聲一直沒停……」

接著銀幕上出現一群在踢足球的男學生。這是以家用攝影機拍下來的影像，學生們正和別校進行練習賽。

「足球社的社員幾乎都編在同一班，因為我們學校只有一年級，社員本來就不多。佐藤也是社員之一，他個性認真，很受歡迎。」一名年輕女生說道。

事實上，沒人能夠清楚地說明當時一年一班的教室裡到底發生了什麼事，因為他們教室裡的人全死了。二十名學生，沒有一個活著。從騷動開始到全部死光，過程不到三分鐘。

「數名足球社員朝歹徒衝過去，歹徒當場開了槍。

陷入亢奮狀態的歹徒以手中的步槍連續射擊，殺死了教室裡的所有學生。」事發後，警方如此宣布。

「他們根本一開始就打算把我們全部殺死。」倖存者之一談起當時的可怕經過，她是一年二班的學生。

「守在我們班上的那些歹徒聽到一班傳來慘叫，絲毫不驚訝。雖然他們蒙著面，但我看得出來他們在笑。」

「我滿腦子只想著死定了。」

畫面上受訪者的面孔不斷切換，每個人只說一句話，剪接得相當有節奏感。

「我一想到大家都會死，不禁哭了出來。」

「教職員室裡的老師也大多放棄了希望。」

「說真的我壓根忘了學校還有庶務員室。」

「簡直像是老電影《終極警探》的劇情。」

「要是電影，一定會有人出來救大家的。」

「那一刻我真的嚇壞了，腦袋一片空白。」

「回過神時，他已經從天花板跳了下來。」

「上面有通風口，他就是從那裡出來的。」

接下來宛如進入影片的高潮，數句臺詞一氣呵成。

「他來救我們了。」

「庶務員室的那個人。」

「你問他是誰？還用說嗎？」

紀錄片至此，有了短暫的停頓，彷彿在吊觀眾的胃口，接著是所有受訪者的聲音一個疊一個：

「就是他。」「永嶋先生。」「永嶋丈。」「就是丈。」「永嶋丈先生。」「永嶋。」「我們的救命恩人。」

歹徒剛闖進校園時，永嶋丈正在庶務員室裡整理東西。由於平常用不到的雜物與紙箱堆了太多，他努力整理著。接著他啟動吸塵器想清潔地板，又發現吸塵器的狀況不太對勁，於是他打開吸塵器的蓋子，將裡頭堵塞的塵埃清掉。「那是一臺大型的專業吸塵器，我把電源一下開一下關的，完全沒聽見外頭的吵鬧聲。」永嶋丈語帶懊悔地說道。

歹徒們之所以沒注意到庶務員室，是有原因的。他們手中雖握有學校的平面圖，卻由於工程業者當初的疏失，庶務員室的位置在圖面上被標成了一道普通的牆壁。

「他們自認為計畫周詳，卻因為太過相信手上的資料，沒有事先做現地勘查，我想這就是我能取得機會的主要原因吧。」永嶋丈說道。

「就在我關掉吸塵器電源時，突然聽見了慘叫聲。庶務員室在一樓，一年級的教室在三樓。緊接著又傳來了槍聲，即使我再遲鈍，也猜得出來一定出事了。」永嶋丈縮起肩，內心的痛心疾首全寫在臉上。

接著，紀錄片開始述說永嶋丈的生平。他出生於栃木縣宇都宮市，老家是商店街上的一家鐘表行。排行老二的他，從小便體格壯碩，小學、中學時踢足球，高中時打橄欖球，大學時則熱中於美式足球，在運動方面可說是歷練豐富。此外，根據他學生時代的隊友及老師表示，永嶋丈不但熱中運動，還讀了非常多的書，只要一有時間，他就會打開文庫本，沉浸在書本的世界。無論是海外古典文學、二十世紀日本文學，甚至是二十一世紀的中國文學，都在他的涉獵範圍。後來，他又對政治學及社會問題產生興趣，大學時加入了國際政治學研討會，積極參與活動。

「我從以前就在猜，他將來不是成為運動員，就是當上政治人物或律師。」他的好幾位友人都這麼說。

但是，永嶋丈大學畢業後卻跌破所有人的眼鏡，成了個打工族，後來透過親戚的介紹，進入播磨崎中學擔任庶務員。

「你問我為什麼做這個工作？沒什麼特別的理由啦。一個人重要的並不是在哪裡上班或擁有什麼職銜，而是如何運用自己的時間。對我來說，只要有時間看書及思考一些事情，就足夠了。當庶務員的感想嗎？還不錯呀，和學生接觸讓我覺得既新鮮又懷念，還學到了不少東西。」

永嶋丈知道三樓發生事情了。他放下吸塵器，首先朝窗外看了看，校園裡已擠滿了媒體及圍觀群眾。接著他打開庶務員室裡的電視，看了一會兒電視新聞的即時轉播。然後，他做出了決定。

「我知道我是唯一能夠採取行動的人，所以我採取了行動。當時我腦袋裡只想到一句話——Peace，和平。」

永嶋丈從一開始便決定利用天花板上的配線管移動。他先經由逃生梯上到三樓，爬上樓梯間的天花板，鑽入裡頭的配線管，朝教室前進。「我的武器只有從走廊上拿來的滅火器、自己的身體，」永嶋丈苦笑著說：「還有勇氣。」

「你有沒有勇氣？」——我想起自己最近常被問到的這句話。

永嶋丈打開一年二班的天花板通風口蓋，一躍而下。「歹徒都蒙著面，反而很好認。要是他們有任何一人混在學生之中，我肯定分辨不出來，那就只有等死的份了。」

永嶋丈將滅火器朝講臺上男歹徒的後腦杓丟去，奪下他手上的步槍，緊接著朝站在教室角落的一男一女兩名歹徒開槍。

「關於槍的使用方法，我在當兵時已練習過無數次，何況當時的狀況也沒時間讓我猶豫。」

永嶋丈殺死教室內的歹徒之後，安撫了學生的情緒，旋即朝隔壁教室走去。這時射殺了一整班學生的三名歹徒也剛好走出一班教室，打算過來查看二班的狀況。

永嶋丈不慌不忙開槍射殺了其中兩人，與第三人發生扭打，將那人的頭塞進玻璃窗破掉的缺口，玻璃碎片插入那個人的頸子，結束了他的性命。

「我朝一班教室裡一看，只見學生全倒在地上，早沒了呼吸。悲傷與憤怒讓我的腦袋幾乎無法思考。」

永嶋丈將倖存的二班學生疏導到校舍外，然後進入教職員休息室，以步槍射殺守在裡面的三名歹徒，把老師們也救了出來。

「不論出發點為何，我殺了人是不爭的事實。所以案件發生之後，我有好一陣子陷入嚴重的沮喪。」永嶋丈微低著頭，朝攝影機旁的採訪記者輕輕一瞥，「沒想到這樣的我，日後竟然成了議員……一介殺人兇手當上了議員。不過，或許上天如此安排也是有其道理吧。」

紀錄片接下來介紹了歹徒的來歷，以及警方後來查出他們的祕密集會場所。

在影片的最後，永嶋丈這麼說了：「我不是什麼英雄。學生死了一大半，都怪我能力不足。不過，正因為我知道自己能力不足，所以我更清楚我必須將自己的這份棉薄之力全數奉獻給國家社會。呃，這樣說是不是有點太矯情了？」

電影院裡燈光亮起，觀眾或是伸懶腰、或是活絡肩頸、與朋友交談，三三兩兩地站了起來。

「沒什麼新鮮的內容。」坐在我旁邊的大石倉之助說道。

「是啊。」內容枯燥到我幾乎忘了為什麼要來看這部電影。我轉頭望向坐在左側的工藤，正想向他道歉不該硬拉他們來看，卻見他淚流滿面，忙著掏手帕。

「唔，真令人感動。」工藤哽咽道。

「咦？是哪裡感動你了？」我一聽，不禁問道。

「咦？你覺得哪裡感動？」大石倉之助也問他。

「什麼哪裡？當然是全部呀。難道你們不感動嗎？」

我不得不承認，每個人的感性似乎是不一樣的。

就在我們沿著走道朝電影院後方出口走去時，突然有人喊了一聲「老公！」我嚇了一跳，停下腳步轉頭看向聲音的方向。

「你也來了呀！」朝著我揮手的，正是一身皮外套搭窄筒長褲的佳代子。

妻子的突然出現，讓我當場傻住，腦中一片空白。過了好一會兒，我才好不容易伸出兩根手指，擠出一句，「Peace.」Peace，和平。真是一句好話。

14

在店裡或電車內聊天不會怎麼樣，但講手機卻會遭人白眼，你們知道為什麼嗎？

佳代子在家庭餐廳的餐桌旁對著我及同事大石倉之助、工藤三人高談闊論。

十分鐘前，我們在電影院裡遇到了她，她笑著對一臉愕然的我說：「你也來了呀！這一定是命運的安排，我們果然是分不開的。」

「只是巧合罷了。」我旋即回道。

「是命運的安排。」妻子很堅持。

「只是巧合啦。」

「是命運安排。」

大石倉之助和工藤聽著我與妻子之間平淡卻充滿緊張感的對話，看看我，又看看我妻子，一臉不知如何是好的神情，他們似乎也察覺這股劍拔弩張的氣氛不像夫妻間平常的應答。

「人家都說，命運是由許多巧合累積而成，所以我想，二位說的都沒錯吧。」大石倉之助似乎看不下去，當起了和事佬。

「是嗎？」佳代子一聽，臉色頓時緩和下來，朝著大石倉之助微微一笑說：「對了，請問你是哪位？」

我慌忙解釋，他們是和我一起工作的系統工程師及程式設計師。佳代子似乎完全不感興趣，淡淡地哼了一聲之後，提議道：「不如大家一起去吃晚餐吧？」我擔心若拒絕的話，她不曉得又會起什麼疑心，只好勉為其難地點頭了，大石倉之助與工藤看樣子倒是頗樂意。

我們走進一家以採用無農藥有機蔬菜著稱的連鎖家庭餐廳。點完餐之後，雖然場面有些尷尬，四人還是有一搭沒一搭地聊起了剛剛的電影。我問佳代子為什麼會去看那部紀錄片，她說：「那起中學案件不是很有名嗎？我很喜歡呢。」

工藤稍稍湊身向前說：「渡邊太太也喜歡永嶋丈嗎？我也是呢。」

「不不不，」佳代子否認道：「我喜歡的是案件本身。當時不是死了很多人嗎？我最喜歡這種殘酷的事了。」

大石倉之助的臉頰不斷抽搐，我則是低頭不語。工藤笑著說：「渡邊太太不但是個大美人，還很風趣呢。」

「對啊。」我立即點頭，只是在心中偷偷把「風趣」改成了「瘋狂」。

我們差不多用完餐時，別桌傳來了手機鈴聲，一位中年男人大聲地講起電話。我臉色一沉，想起社長親手寫的那句既不算社訓也稱不上格言的標語：「不懂講手機禮儀的傢伙，將受到最大懲罰！」

妻子佳代子就是在這時開口問道：「在店裡或電車內聊天不會怎麼樣，但講手機卻會遭人白眼，你們知道為什麼嗎？」

我心裡第一個反應是，這種事知不知道原因都無所謂吧？

「聽說從前的手機電磁波會讓心律調節器無法正常運作，是因為這樣嗎？」大石倉之助認真地回答。

「我想是因為講手機的時候會不自覺地大聲說話吧？」我說道。

ブク
ブク
ブク

「這年頭的手機已經不會對心律調節器造成影響了，但講手機還是會引起他人不快，而且即使只是以一般音量說話，周圍的人還是會覺得不耐煩。」佳代子那美豔的雙唇隨著話語開闔著，「講手機和一般的講話有什麼不同，你們知道嗎？」

「有什麼不同？」

「講手機的時候，周圍的人只聽得到其中一方的聲音。」佳代子說完後，將手邊的吸管含在嘴裡，朝杯內飲料不斷吹氣。

我望著她這個無聊舉動，一邊問道：「外人聽不見手機通話對方的聲音，很正常啊。」

「人吶，只要周圍有人在講話，就會不自覺地豎起耳朵偷聽，暗自判斷對話內容與自己有沒有關係、有不有趣、是不是在講自己的壞話等等。但如果是講手機，就只能聽到一半的內容，無法聽見電話另一頭的人說了什麼。而由於無法聽到全部的對話，聽者會產生一種受到排擠的情緒，而就是這種疏離感讓聽者心情不愉快。只聽一半，比完全聽不到更令人坐立不安。」

「原來如此。」生性耿直的大石倉之助一副恍然大悟的模樣。

「其實我們隨時都在意著周圍的大小狀況，只是我們自己沒察覺罷了。」佳代子以若有深意的口吻說道。她那充滿磁性的聲音帶著無窮的魅力，就連身為丈夫的我坐在旁邊都忍不住感到耳鬢酥麻。「換句話說……」

「換句話說？」我問。

「每一個人都在警戒著、監視著周遭的一舉一動。」

「監視」這字眼讓我心頭一凜，一股寒意襲來。我張望店內，剛好和大石倉之助四目相交，看他也是一副惶惶不安的模樣，我猜他一定同樣想起了那個詭異的交友網站程式。那個程式會過濾出訪問者連至該網站時所使用的搜尋關鍵字，並逆向擷取訪問者的個人資料，確實很符合「監視」這個字眼。

過了一會兒，我聽見了音樂，旋律既優雅又雄壯，是〈威風凜凜進行曲〉(*1)，我聽了許久才察覺是妻子

*1 〈威風凜凜進行曲〉（*Pomp and Circumstance*），英國浪漫派作曲家愛德華．威廉．艾爾加（Edward William Elgar, 1857-1934）的作品。

的手機鈴聲。

她接起電話，輕佻地說道：「啊，喂喂？是我、是我。」接下來，她說的每一句話都曖昧不清，我不禁懷疑她是在故意讓我們心生疏離感，好證實她剛剛的理論。我開始坐立不安、心情煩躁，忍不住想大喊：「別再講手機了！」

「好了。我有事，先走了。」她一講完電話，迅速將皮包掛上肩膀站起身來，「老公，這一餐就讓你付嘍。」

「妳要去哪？」

「去給你那個偷腥對象一點顏色瞧瞧。」佳代子說道。我一聽，瞬間臉色發青，大石倉之助和工藤也愣住了。

「開個玩笑而已。我是去工作。」她輕描淡寫地說完這句話便離開了。

佳代子走了之後，我們三人留在家庭餐廳內，一時之間也不知該聊什麼。等服務生端走餐盤、送上咖啡，大石倉之助才開口道：「渡邊前輩，你妻子真是幽默。」

「她很可怕的。」我老實說道。

「不過，在電影院裡也會巧遇，果然是命運的安排。」工藤鼓著臉頰說：「這就是夫妻緣吧。」

「那倒不見得。」其實，我懷疑這不是單純的巧合。她剛剛提到的「監視」二字一直讓我放心不下，既然她對我的外遇有著近似病態的戒心，搞不好她隨時都在監視著我的一舉一動。若真是如此，電影院內的相遇根本不是巧合，她是跟著我走進電影院的。

昔日的回憶湧上心頭，我被拉回一間優雅的飯店房間內，純白的窗簾、純白的床、純白的牆壁，周圍的一切都是白色的，讓人有一種被籠罩在耀眼光線中的錯覺。我走進廁所，坐上馬桶，沒想到眼前的廁所門突然打了開來，佳代子面對著我蹲在地上。

「把門關上啦。」我的內褲褪到小腿，模樣可笑，我不禁害羞了起來。

「有什麼關係，我想看嘛。」佳代子露出微笑，抱膝坐在地上，看起來就像個正在等待體育老師下指示的女學生。

「連我上廁所也要監視？」

那時，我們正在度蜜月，我還沒對妻子的身分產生絲毫懷疑，她的一舉一動都讓我覺得好可愛。像這樣連我上廁所也要跟來，搞不好在當時的我看來都是愛的證明而深信自己幸福不已。

「如何？」佳代子嬌嬈地說道。

「什麼如何？」

「出來了嗎？」

我不禁紅了臉。就在這時，傳來了敲門聲，飯店服務生在門外走廊喊道：「打擾了，客房服務。」佳代子「啊」了一聲，起身去開門，讓推著推車的飯店服務生進到房裡，但廁所門仍是開著的，白人服務生和我對上眼，露出潔白的牙齒笑了笑便出去了。

我向佳代子抱怨：「剛剛怎麼不先幫我把門關上？」但她充耳不聞，自顧自地豎起食指說：「你看，電影裡面不是常有壞人假扮成客房服務生侵入房間的劇情嗎？」

「妳是說殺手之類的，一進房間就突然掏出武器？」

「沒錯沒錯，我好想試一次看看呢！」

當時我只覺得她「老愛這樣異想天開」、「真像個天真無邪的小孩」，徹底善意解讀她的話。如今回想起來，搞不好她不是在開玩笑，而且事實上，她後來又練習了好幾次「打擾了，客房服務」這句話。

「對了，大石，你剛剛說的那句『命運是由許多巧合累積而成』，是誰的名言？」

大石一聽，羞赧地回道：「那是我隨口胡謅的。不過我認為，所謂的命運或巧合，其實都是主觀認定。就像占卜一樣，要怎麼解釋都行。」

「就像占卜嗎……」我喃喃說道。

「是啊，占卜到底準不準，全看個人如何解釋，所以大部分的預言都只說些模稜兩可的話。對了，渡邊前輩，你不是從『請要試著發揮想像力』那句占卜中聯想到很多事嗎？那也是同樣的道理。」

「但那個占卜真的幫了大忙，多虧了它才能解開暗號。」

「只是湊巧罷了，解開暗號和占卜根本沒關係。」

「是嗎？」我試著回想與偷腥對象櫻井由加利在電

影院裡巧遇一事，當時我真的認為那是命運的安排，難道那也只是我的主觀認定？

「到頭來，播磨崎中學案件跟那個程式到底有什麼關係？」工藤一口氣喝乾杯裡的水。

對，我們來看電影的主要目的是為了調查這件事。

「紀錄片中完全沒提到那個程式裡的關鍵字。像是『個別輔導』，還有那些人名，包括……」我拿出記事本邊看邊說道：「加賀繪里、小林友里子、間壁俊一郎。這些名字都沒出現。」

「我很仔細地看了製作人員列表，上頭似乎也沒有這些人名，真是怪了。」工藤說。

「不過，渡邊前輩，我剛剛在看電影的時候想到一件事。」大石倉之助玩弄著咖啡杯的握把說：「那個程式不是會把造訪該網站時所使用的搜尋關鍵字挑出來檢查過濾嗎？」

「好像是啊。」

「所以反過來說，只要我們以程式裡出現的這些關鍵字在網路上搜尋，就能找到這個網站了吧？」

我張大嘴，伸出手指一彈，可惜沒彈出半點聲響。

說起來有些荒謬，這個網站雖然是由我們經手處理，但我們連它到底存在於網路上的哪裡都不知道。因為我們手上的程式內所出現的網址都以變數呈現，而這些變數都被預設為程式開發者專用的臨時網址。「對耶，只要這麼做，就能找到這個網站了。」

我被自己的遲鈍打敗了。我們這三個成天接觸電腦和網路的人，竟然一直沒想到這麼簡單的方式，實在該深切反省。

「可是為什麼以『播磨崎中學』當關鍵字會搜尋到交友網站？程式碼裡面又沒有直接寫出這幾個字。」工藤皺著眉問道。

「那個程式一定隱藏了某種揪出特定訪問者的逆向搜尋機制，只是我們還沒解析出來罷了。」不知是否我多心，大石倉之助的雙眼似乎閃爍著光芒，搞不好身為系統工程師的本性又讓他興奮了起來。

「這樣的機制是寫得出來的嗎？」我問。

「大部分搜尋引擎的運作規則都沒有被公開，但只要能解析出其中規則，應該就能針對某些特定關鍵字逆向搜尋找出訪問者。你想想，我拿那個網站的標題或項目名稱當關鍵字居然搜尋不到該網站，光看這一點就足以證明那個程式內部一定有鬼。」

「是喔……」工藤的表情平淡，看不出他到底對這件事感不感興趣，「好吧，反正只要把那些個關鍵字搭配起來搜尋，例如輸入『播磨崎中學』加上『小林友里子』，就能找到那個交友網站了吧？」

但我卻無法當場爽快地說出「那就試試看吧」，或許是因為我一直很在意丟下工作逃走的五反田正臣對我說的那句「視而不見也是一種勇氣」。

「好，那我今天回家就用家裡的電腦搜尋看看。」大石倉之助一副理所當然的語氣。我連忙回道：「不，還是等調查清楚再說吧。那個程式實在太詭異了，你這麼做搞不好會帶來麻煩。」我回答。

其實我真正想說的不是「帶來麻煩」，而是「惹禍上身」。

走出餐廳，向兩人道別後，我沒有直接回家，而是前往櫻井由加利的公寓，暗自期望去到她的住處查看一下能夠有些新發現。不知是否上天眷顧，身為她的情人，我握有她家的鑰匙。我搭計程車到她家樓下，搭電梯上樓來到她家門口，按下門鈴，裡頭無聲無息，於是我毫不猶豫地拿出鑰匙開了門。

我本來以為裡頭搞不好已經人去樓空，沒想到走進一看，一切都維持原狀，牆邊依然立著衣櫥與書架，書架上的書本排列方式也沒有改變，桌上電腦也擺在老位置，屋裡看不出任何櫻井由加利已經從海外旅行歸來的跡象。打開電腦查看的話，或許能在硬碟裡找到海外旅行的照片，或是她和她在海外邂逅的男人往來的電子郵件，但我不想窺探到那麼深入。不，老實說好了，其實我很想窺探到那麼深入，但我知道她是個很神經質的人，電腦一直是設了密碼的，我不得不放棄。

後來我在她的住處沒能找出任何關於她的現狀或安危的線索，我也想過不如整晚待在這裡堵她回來，又隱約覺得這麼做不妥。

就在我打算關燈離去時，我瞥見了電視旁的電話機。我知道擅自偷看別人的通話紀錄是很卑劣的行為，不過反正我都已經擅自侵入她家了，再卑劣一點也不算什麼。

我一看撥出紀錄，上頭有好幾個陌生的電話號碼。我沒多想，緩緩按下了通話鍵。就在我思索著接通後該說什麼時，話筒傳來了說話聲：「您好，這裡是歌許股份有限公司。」

「喂喂？請問……」我愣了一下，啞著嗓子回話。但對方緊接著以機械的口吻說道：「請聽從語音指示，依照您所需要的服務內容按下撥號鍵。」原來是電話語音系統。

為什麼櫻井由加利會打電話給歌許公司？我腦中突然浮現一個想法——難道她的失蹤與佳代子無關？之前我一直深信她的失蹤是妻子搞的鬼，但現在我不禁懷疑，搞不好背後另有文章，並非只是偷腥被抓到這麼單純。我帶著滿腹狐疑掛上電話，就在這時，我的手機響起了〈君之代〉的音樂。
一接起手機，便傳來大石倉之助的聲音。「渡邊前輩，我在家裡研究了一下，又找到新的關鍵字了。」
「新的關鍵字？」我一邊回話一邊關掉電燈，準備離開櫻井由加利的住處。
「就是那個程式鎖定的關鍵字。暗號雖然很複雜，但我又解開了一個規則，所以得知了新的關鍵字，就是『安藤商會』。」
「安藤商會？」我重複念了一遍，總覺得聽過這個名詞，一時卻想不起來到底是在哪裡聽到的。
「還有，雖然你叫我別這麼做，我還是把『播磨崎中學』、『安藤商會』、『個別輔導』這幾個關鍵字搭配起來在網路上搜尋了。」
「什麼？」
「結果，真的搜尋到了一個交友網站，而且是唯一的一個。」
「就是我們現在正在處理的網站嗎？」
「是啊，網址也知道了，我到公司再告訴你。」
「你沒事吧？」我忍不住問道。
「為什麼這麼問？」
「唔，我擔心那個程式已經透過檢查關鍵字揪出了你，會做出什麼不利於你的事。」凡是以這些個特定關鍵字找到該網站的人，個人資料都會被該程式擷取並送到某處去。
「這個案子的確怪怪的，但我不過是上網搜尋了一下而已啊，何況我的電腦都裝了防毒軟體，重要資料也備份了，應該沒什麼大不了的吧。」
我走出玄關關上門。不過是上網搜尋了一下而已。沒錯，這時的我也這麼認為，所以我完全沒料到這件事將會對大石倉之助造成極大的危害。

15

「終於該我上場了。」我的朋友，好色作家井坂好太郎喜孜孜地看著我說道。他這種「早就料到有這一天」的態度引起我的反感，但我忍住了，啜了口咖啡。
這天是我與同事大石倉之助、工藤一起看了播磨崎中學案件紀錄片的隔天。在電影院裡巧遇的佳代子去忙工作之後，直到早上都沒回家。

一早起床，我和平日一樣梳洗準備出門上班，忽然想起今天是假日。我停下刮鬍子的手，望著鏡子裡的自己，「啊啊——」地呻吟著。這陣子為了趕交期，連週末假日也忙得焦頭爛額，所以我的腦袋一時還會意不過來「不必去公司」這件事。目前交友網站這個案子同樣迫在眉睫，但只要一天不弄清楚編譯器的架構，是絕對不可能有進度的，但要問架構又聯絡不上客戶，案子等於是鑽進了死胡同，就算去公司加班也無濟於事。再說，我的注意力早已從原本該做的工作轉移到程式內部被暗號化的神祕內容上頭了。五反田正臣為什麼會失蹤？那個程式為什麼要揪出搜尋「播磨崎中學」等關鍵字的訪問者？我想起了大石倉之助昨晚的那通電話。他後來沒再打電話給我，不曉得有沒有什麼進展。

我換好衣服，吃完吐司之後，拿起手機把朋友井坂好太郎叫了出來。

「渡邊，你遇到麻煩時，最後還是只能依靠我吧。」井坂好太郎一邊以吸管戳弄漂浮可樂上的冰淇淋。他這個永遠帶著輕薄笑容、一天到晚只會吹噓泡妞經驗的傢伙雖然讓我很不屑，但他說的沒錯。當我遇到麻煩時，只想得到他這個商量對象而已。

「說吧，平凡上班族渡邊，找我什麼事？」他高傲地蹺起二郎腿，一手托腮說道。我看到他擺出這種大文豪的拍照姿勢便一把火起，刻意戳他一句，「你最近好像沒出新書喔？」

我只要和這個自戀又任性的井坂好太郎見面，總會搞得自己一肚子氣，所以我每次有事找他商量，就會不由得心情憂鬱。但今天不同，最近網路上謠傳他正處於寫不出新作品的低潮期，我一想到今天能夠針對這點來酸他一酸，心情就覺得輕鬆不少。

該說是不出所料或是出乎預期呢？這句話的效果非常顯著，只見井坂好太郎苦著臉說：「我正在寫一部超級大作，必須蒐集各方資料、投注靈魂、排除一切困難，所以進度慢了一些。」

我知道他只要一激動起來，講話速度就會變快，所以對於這些辯解，我只當是耳邊風，繼續追問：「那上次那個歐洲報社的事情，後續如何？」

「那件事喔……」他說著抿起了雙唇。

大約一年前，他的小說在歐洲某國家被翻譯出版。我不記得是在哪個國家、被翻譯成什麼語言了，但聽說風評不錯，於是該國的某報社特地派人來採訪他。

「不就是那樣，沒什麼後續啊。」

「少來，我聽說你因為那件事而被出版社打入冷宮呢。」

「你聽誰說的？」

「網路上看的。」

井坂好太郎嘆了一口氣，「拜託你別把網路上傳的事情全部當真，好嗎？」

根據我在網路上看來的消息，事情是這樣的。井坂好太郎接受歐洲某國某報紙文化版的專訪，大言不慚地說了這麼一句話，「日本這個國家根本沒有從歷史中獲得教訓。」當然，這句抽象、傲慢又沒內涵的言論本身不是什麼大問題，但是原本與他交好的一位出版社社長看到了這篇文章，勃然大怒。這位社長基於使命感，建立了「日本龜步運動研究會」，該組織的活動宗旨就是「讓日本踏踏實實地前進，創造美好的未來，每前進一步，便記住上一步的教訓，就算慢得像烏龜爬行也無所謂」，而井坂好太郎那句話，等於是全盤否定了這位社長的努力。再加上這位社長個性獨裁，喜歡一手掌控所有事情，所以他一怒之下，解除了該出版社手中所有井坂好太郎的單行本及文庫本的出版契約。如此一來，井坂好太郎的書遲早會從市面上完全消失，唯一的好處大概是網拍價格會水漲船高吧。而這件事，正印證了他自己的代表作書名——《禍從口出》。

「所以那只是謠言？你的書沒有絕版？」

「絕版了，現在是『熱烈絕版中』的狀態。」井坂好太郎攤著手說道。

「那網路上的消息就是真的啦。」

「少囉嗦，重點是那篇報導上所寫的根本不是我的本意。你認為我會說出『日本這個國家根本沒有從歷史中獲得教訓』這種抽象又陳腐的話嗎？」

「會。」我老實回答。

「看起來會，但我才不會說那種話。」他繼續玩弄著吸管，「從古至今，地價總是一下漲一下跌，景氣也是一下好一下壞，對吧？歷史課本上也寫得清清楚楚，人類的紛爭、戰爭也是戰了又停、停了又戰，不是嗎？而網路也是一樣道理，比方說網路上的匿名留言，也是有週期性的。二十一世紀初流行的是冷嘲熱諷、攻擊性的留言，後來狀況逐漸逆轉，開始流行起擁護人權、充滿虛偽友愛的留言。你懂嗎？偽善的博愛主義是最可怕、最令人難以忍受的了。而現在，風水輪流轉，從前那種諷刺、攻擊性的留言再度成為主流，換句話說，世事是很難預料的，誰知道我們什麼時候會走上回頭路呢？」

「嗯，你這麼說是沒錯。」

「我對那個記者就是這麼說的。」

在我聽起來，這番話同樣是既抽象又陳腐，但我沒指責他這一點。

「那個記者聽完之後笑著問我『您的意思是人類其實沒什麼進步嗎』，我隨口應了句『是啊』，結果這番話就被簡化成了『日本這個國家根本沒有從歷史中獲得教訓』。」

我皺起了眉頭，「好可怕的簡化法。」

「就是說吧！而且由於採訪過程是透過翻譯進行，變得有些雞同鴨講。老實說，我根本不曉得他說的是哪一國話，也不知道他到底是不是真的理解我在說什麼，何況我也不可能事先檢查他寫下的報導內容是否正確。不過，我一直以為這件事沒什麼大不了，沒想到那個出版社社長的反應那麼激烈，我也嚇了一跳呢。」

「你解釋過了嗎？」

「我要對誰解釋？嗯，歐洲的報社和日本出版社兩邊，我都提過那篇文章跟我講的內容不一樣，但那其實毫無意義。報社接受了我的要求，從網路上把這篇文章刪掉了，但又不能改變什麼。」

「因為網路上還是有頁庫存檔。」

「再說那篇文章也不是完全捏造的。我講的那番話透過某種方式簡化，確實是有可能變成『沒有記取教訓』的意思。」

「是啊，只要斷章取義亂簡化一通，的確有可能。」我說完這句話之後突然想到，我們的話題怎麼會扯到這麼遠？但此時井坂好太郎的話又打斷了我的思緒，「我再跟你說一個參考案例。」他邊說邊伸出食指，卻不小心將吸管的外包裝袋撥到地上，但他絲毫不以為意。我有些無奈。什麼參考案例？是要我拿來當什麼的參考？回想起來，每次和他談天，總會不知不覺被他牽著鼻子走。

「你應該知道，我的小說曾經被拍成電影吧？」

「不知道。」

「現在你知道了。那時候我有個很深的感觸——小說一旦拍成電影，書中最重要的部分都會被抽掉。」

「什麼意思？」

「一部電影是兩個小時吧？你知道要怎麼做，才能在兩個小時內把一個故事講完？」

「要怎麼做？」

「簡化。挑出最重要的情節，把多餘的部分剔除。除此之外別無他法。」井坂好太郎似乎相當陶醉於自己的言論，我實在很想調侃他「你怎麼喝可樂也會醉」，但他的表情非常認真，我也不好鬧他。「可是這麼一來，故事只剩劇情大綱，原著的個性就消失了。」

「你的小說也有個性？」

「渡邊，你真愛開玩笑。」

「我不是在開玩笑。」我再次強調。

此時女服務生過來添水，井坂好太郎緊盯著女服務生露出色迷迷的笑容，只差沒伸出舌頭舔嘴唇，看得我直作嘔。「對了，渡邊，你找我什麼事？」他問。

終於輪到我說話了，「事情是這樣的……」但我這句話卻和井坂好太郎的一句「你聽好了」重疊，我只好把到了嘴邊的話又吞回去，讓友人先說。

「你聽好了，我現在要講一句名言。」他說道。

「嗯……」

「你好好聽著。」

他揚起下巴。

我心想，隨便你吧。

「我不是說過，最重要的部分都會由於簡化而消失嗎？而這也證明了一件事。」他裝腔作勢地停頓片刻，等我接腔。

「證明了什麼事？」

「人生是不能被簡化的。」

我訝異的是，只為眼前的快樂而活、想到什麼做什麼的井坂好太郎竟然會說出「人生」這個字眼。「簡化人生？什麼意思？」

「每個人每天都是努力地活著，做著無趣的工作，和人說話聊天什麼的。這些不值一提的瑣碎事情累積起來，就是生活，就是人生。我說的沒錯吧？但是如果將人的一生簡化，這些日常瑣事就會被省略掉，因為實在是太平凡、太無趣了。於是被簡化的結果，那個人的人生就只留下結婚、離婚、生小孩、換工作之類的重大案件。但是一個人一生當中真正重要的，其實是被省略掉的那些日常生活，那裡頭才包含著真正的人生。所以說……」

「人生是不能被簡化的？」

「That's right.」他以吸管指著我說道。我無法理解他為何要撂英語，看他裝腔作勢成這樣，我不禁全身起了雞皮疙瘩。

「嗳，」我湊向前說：「你到底想說什麼？」今天有事想商量的人不是我嗎？

「我說了這麼經典的名言，你不但沒做筆記，還一副興趣缺缺的態度，我真是對牛彈琴了。」井坂好太郎噘起下唇，靠上椅背說道：「好啦，你要說什麼就快說吧。」

於是我把這幾天發生的事全說了出來。公司前輩失蹤、工作落到我頭上、工作內容是修改交友網站的程式、聯絡不上客戶公司、程式碼有一部分被暗號化、解析之後出現「播磨崎中學」這個關鍵字、我們一行人跑去看了當年那起案件的紀錄片。此外，或許因為井坂好太郎剛剛那句「人生不能被簡化」還留在我腦海，我連偷腥被妻子懷疑、因而吃了不少苦頭這些不相干的私事都說了出來。

井坂好太郎聽完後，露出猥褻的笑容說：「你竟然偷腥，真是犯賤的傢伙。」被一個三天兩頭偷腥的男人批評我的偷腥行為，實在很不舒服，但我沒回嘴。沒錯，有一個那麼可怕的妻子，還敢跟其他女人搞七捻三，只能以犯賤來形容。

「不過，網路真的很可怕。」井坂好太郎將兩手舉向後腦杓伸了個懶腰，「在從前呢，任何人都能透過網路取得各種情報，簡單快速。好比網路上傳出『那個形象正派的政黨背後其實有可疑團體在撐腰』或是『那個演員說了這麼過分的話哦』，大家就會群起圍攻，換句話說，網路世界裡的輿論能夠對現實社會造成某種程度的影響。」

「現在不也一樣嗎？」

「現在也一樣。網路上的匿名發言雖然為人詬病，卻常常能推動一些事情，以我個人而言，我是肯定這種行為的。躲起來放話不見得是壞事，而且通常具有撼動權貴的強大力量。相對地，接受訊息的一方則需要有判斷情報真偽的能力，這部分可能需要經過一定的磨練與適應吧。只不過近年來，操弄網路情報的手法愈來愈高明，利用網路情報來陷害一個人根本是輕而易舉的事。」

「以前不也一樣嗎？」

「以前也一樣。但是現在的手法更高段了，情報的真偽非常難辨。」井坂好太郎說道。

「怎麼說？」

「我認識一個風評不錯的漫畫家，大家都說他的作品雖然普普通通，但本人個性很好。」

「個性好，對創作者的作品也有加分效果？」我不禁在意起這種事。

「聽說讀者很喜歡他，編輯也很喜歡他。你覺得這種人的漫畫值得一看嗎？」

「至少比你的小說值得一看。」我回道。但他假裝沒聽見。

「後來有人在網路上聲稱看見『那個漫畫家踹了狗一腳』，接著有愈來愈多人跳出來說『我也看到了』或是『我常常看到』什麼的，最後還有人上傳偷拍到某人在踹狗的影片檔。」

「影片裡踹狗的人，真的是那個漫畫家嗎？」

「只是看起來有點像而已，無法確定是不是他，不過拍攝現場的確是那個漫畫家的住家附近。如此一來，大家就會認定『那個漫畫家是會虐狗的人』，於是開始有人去他家外頭惡作劇，他的小孩在學校也被欺負，甚至差點被綁架。當時我曾打電話給他，他還跟我說了一件事。」

我心想，這傢伙應該是抱著幸災樂禍的心態才撥電話過去的吧。

「他說，就連他家附近一個認識很久的老伯，都沒給他好臉色看。他一氣之下，就問那個老伯，『我們認識這麼久了，我是不是會做那種事的人，難道你不清楚嗎？』」

「我能體會他的心情。」

「那個老伯回答他，『可是網路上是這麼寫的啊。』」井坂好太郎聳了聳肩，「換句話說，比起現實生活中的長年交情，那個老伯寧願相信網路上那些連發文者是誰都不曉得的文章。」

「真是可憐。」我開始同情起這個素未謀面的漫畫家了。

「不過那傢伙本來就頗虛偽，算是他罪有應得吧。」

「虛偽？怎麼說？」我不禁一愣。

「明明是個平凡無趣的傢伙，卻故意裝出一副好人的樣子。」

「那有什麼關係？會給誰添麻煩嗎？總比明明是好人卻故意裝出壞人模樣要好相處吧？」

「有些人會裝好人來誆騙別人。」

「那只要不誆騙別人不就得了，裝好人不行嗎？」我只是單純說出心中的疑問，沒想到井坂好太郎卻

吵死了！截稿日期快到了，不能安靜點嗎！
要是開天窗的話，編輯不曉得會對我做出什麼事。你懂嗎！

說不出話來，好一會兒才開口道：「我不知道啦，反正我就是看他不順眼。」

我不禁懷疑，搞不好在網路上散布不實消息的始作俑者就是眼前這傢伙。還有，我想起他之前也向我誇耀過類似的事，於是我問道：「你自己不是也操弄過網路，到處放話說自己的新作品是傑作，藉此提高作品評價嗎？」

「憑我的智慧，巧妙地操弄網路又不是難事。不過呢……」井坂好太郎說到這，忽然皺起眉頭。

「怎麼，遇上什麼麻煩了嗎？」我說完這句話之後才想到，明明是我找他來商量事情的，怎麼反而是我在問他遇上了什麼麻煩？

「我的網站最近被人動了手腳。」他說。

16

「有人擅自更動我的網站，很可怕吧？」井坂好太郎煞有介事地說道，我卻不覺得這有什麼可怕，反倒是厚顏無恥、不知恐懼為何物的井坂好太郎竟然會害怕，這一點比較可怕。

「對方怎麼動手腳？」

「一開始只有一點點小更動，譬如只有一句話的語氣被換掉。」

「是你自己打錯了吧？」

「我原本也這麼以為，但後來漸漸出現圖像扭曲變形或是文章整段不見的狀況，很恐怖吧？又不是畫在紙上的顏料說塗改就塗改，放在網路上的文圖怎麼會亂掉？」

「這有什麼好驚訝的。」我冷冷地說道，端起咖啡啜了一口，「不過是網頁的設定檔改變罷了。這年頭網頁設計的自由度是非常高的，只要頁面設定一變動，就有可能造成版面變形。」

「可是為什麼會發生這種事？我所經營的網站又沒那麼先進，還會自己變更頁面設定，又不是有生命的動物。你不覺得這很奇怪嗎？而且，我建的所有網站和部落格都出現類似的狀況，這又怎麼解釋？」

「這也沒什麼好驚訝的。」我再次冷冷說道，啜一口咖啡，「一定是你睡迷糊或是嗑了藥，意識不清的狀況下自己更新了網頁。」

「你怎麼知道我嗑藥?」井坂好太郎瞪大了雙眼問道。我只是隨口說說的,這下子反倒是我吃了一驚。

井坂好太郎旋即哈哈大笑,「開玩笑的啦。毒品跟女人,我寧願選後者。」

第一,為什麼非得從這兩樣當中選一樣不可?第二,什麼道理讓你認為不能兩樣都選?我很想如此吐槽又嫌麻煩,還是沒多說什麼。「變更網頁內容的方法很簡單,只要把動過手腳的檔案上傳,覆蓋掉原本的檔案就行了。而這件事,只要知道密碼、連得進你的網站後臺就辦得到。換句話說,你一定是把密碼洩露給外人了。」

「洩露給誰?怎麼洩露的?」

「既然毒品跟女人你選後者,大概是不小心告訴某個女人了吧。」我先酸了他一下,接著解釋道:「不過最有可能的狀況,就是你家被外人侵入了。」

「我家?」

「只要打開你的電腦,就能知道你所管理的網站數量、網域名稱和檔案目錄結構。就連你的密碼,大概也找得到。你這個人這麼懶,大概每個網站都使用相同的密碼吧。要我查也查出你的密碼啊。」我知道他非常懶惰,所以我這番話並非毫無根據,而是有十足的把握。

「也對。」他當場承認了,「我想起來了,上次我在晚上打完的小說,隔天印出來一看,竟然完全變了樣。原本應該是技巧高明、韻味十足、內容嶄新的小說,竟然變成了陳腔濫調、慘不忍睹的內容。那應該也是有人偷偷打開我的電腦,把小說內容改掉了吧。」

「不,那應該是你原本寫的就是那樣了,井坂。」和前面那些狀況比起來,這件事更沒什麼好驚訝的。我又拿起咖啡杯正要啜一口,發現杯裡已經空了。

井坂好太郎露出難以置信的眼神,愣愣地看著我好一會兒,接著眨了好幾次眼之後才開口:「我第一次親耳聽到有人批評我的小說。」

「網路上多得是批評你作品的文章。」

「批評別人的言論應該在網路上說,這是禮貌。」

我還是第一次聽到這種論點,卻有點被說服了。原來如此,不無道理。

「但是,那個幕後黑手為什麼會挑上我的網站動手

我絶對不會把千春交給你這個花心大少!!

腳？」

「你問我我問誰啊。」我斬釘截鐵地說道：「而且，我從剛剛就一直覺得奇怪，今天是我來找你商量事情，為什麼我們的話題一直繞著你的事情上頭打轉？」

「理由很簡單啊。」井坂好太郎一臉理所當然地說道：「因為世界是圍繞著我運轉的。」

這種狂妄自大且單純到不能再單純的自戀，讓我不禁對他產生了欽佩之心。

此時女服務生又走過來添水。我將水杯放到前方，望著茶壺的水流進杯裡，畫出小小的漩渦。無意間，我抬頭看向這名女服務生，她化著淡妝，有著很深的雙眼皮，鼻梁高挺，留著俏麗短髮，非常可愛。我知道這樣的少女正是井坂好太郎的心頭好，才在想他大概又要搭訕了，同時做好準備能夠隨時露出苦笑，一切只等井坂好太郎採取行動。沒想到，先搭話的是女服務生。

「請問您是井坂好太郎先生嗎？」她問道。我仔細一看，她的臉頰微微發紅。

「是的。」井坂好太郎的反應非常迅速，他挺直了背脊，主動伸出右手，「妳認識敝人？」

這是我第一次聽到井坂好太郎自稱「敝人」，也是第一次聽到他以如此充滿知性的嗓音說話。

女服務生嬌怯怯地伸出右手與他交握，看來她不但是井坂好太郎的讀者，還是個忠實崇拜者。她不顧自己現在仍在上班，叨叨絮絮地談起了她喜歡的作品。「我好喜歡您的出道作，還有那本最有名的《禍從口出》也讓我非常感動，但我最喜歡的還是處男上班族和擅長卡波耶拉格鬥技(*1)的花花公子對決的那部作品。呃，書名叫什麼來著，我一時想不起來……」女服務生說著害羞地搔了搔頭。我轉頭望向井坂好太郎，發現他刻意掩飾的靦腆當中還帶有努力回想的神態，這傢伙搞不好自己也忘記書名是什麼了。反正他的小說內容一定是抄襲從前的漫畫或電影來的，也難怪他記不住。

「對了，您的新作品什麼時候會出版呢？我好期待呢。」

此時我不禁笑了出來，觀望著被自己的崇拜者戳到

*1 卡波耶拉（Capoeira）為巴西的傳統格鬥技，定位介於武術與舞蹈之間，或譯為「巴西戰舞」。

痛處的井坂好太郎會有什麼反應。沒想到井坂好太郎露出爽朗的笑容，彷彿不是被戳到痛處而是被搔到癢處。「我目前正在寫一部巨作。」

「長篇嗎？」

「不，我說的巨作並不是指分量，而是指內容。這是一部以我辛苦蒐集的資料為背景，帶有寫實色彩的虛構之作。不但如此，這還是一部寓意極深的作品。」井坂好太郎侃侃說道：「我可以給妳一個提示。妳還記得五年前播磨崎中學發生的那起案件嗎？一群奇怪的大人闖入學校，殺了許多學生。」

「啊，我知道。最近還推出了那起案件的紀錄片呢。」女服務生立即答道。

「我昨天也去看了。」我插嘴道。但井坂好太郎和女服務生都當我是空氣，看也不看我一眼。

「我認為一般人口中的那個案件，其實只是冰山一角。」井坂好太郎的眼睛突然變得炯炯有神，「所以，我想根據我自己蒐集的資料，以及我的想像力，把這個故事描繪出來。」

「啊，是這樣啊！」女服務生似乎大受感動。

「咦？是這樣嗎？」我不禁懷疑自己的耳朵。

我剛剛才和井坂好太郎提到播磨崎中學案件，搞不好他是在聽了我的話之後，隨口胡謅說這是他新作品的題材。對，肯定是這樣。

「那起案件有不為人知的一面嗎？」女服務生一臉陶醉地問道，我不禁替她擔心她手上的托盤會不會掉到地上。

「不為人知的豈止一面而已，詳情請看我的新作，屆時妳就知道了」井坂好太郎說得很像一回事。

「真是太期待了！想看得要命！」女服務生扭動著身子說道。

「我能請教妳一個問題嗎？他的小說到底哪裡好看？」明知道會惹人厭，我還是忍不住問了她。果不其然，她的眼神頓時充滿了輕蔑，彷彿眼前的我是一名人種歧視分子，接著不發一語轉身便走了，似乎連「我不屑和你說話」這句話都不屑對我說。

「你們該不是串通好的吧？」我湊近井坂好太郎小聲問道。

「什麼東西串通好？」

「怎麼可能在這裡剛好遇到你的讀者？這機率太低了。」

「渡邊，你人雖然不壞，內心卻是混濁的。」或許是剛才被崇拜者稱讚的關係，他似乎心情很好。

「你剛剛說的新作品內容，是真的嗎？那起播磨崎中學的案件，我不是才跟你提到？」

「是啊，你說你昨天去看了那部電影，我也覺得好巧呢。」

但我剛剛說到播磨崎那些事的時候，他的臉上完全沒有驚訝之色。我還是覺得他是聽了我說的話之後臨時起意瞎掰的。「你擅自用了我剛才說的內容吧？」

「你真愛誣賴人吶。」井坂好太郎搔了搔太陽穴，「我是真的在寫這部作品，而且快寫完了。何況你一定想都沒想過，你所知道的播磨崎中學案件只是冰山一角。」

「那起案件有內幕？」

「有。」井坂好太郎斬釘截鐵地說道。不知是不是我的錯覺，他拿著吸管的手似乎正微微顫動。「你聽過安藤商會嗎？」

「咦？」我不禁輕呼出聲，腦袋瞬間混亂了起來。我先想到的是，安藤商會這名稱好耳熟，接著便想起昨天大石倉之助在電話裡提到的「新關鍵字」，不就是「安藤商會」嗎？我努力回想，卻想不起來我剛才是否和井坂好太郎提到了這個名詞。「你怎麼會知道這個？」

「我怎麼不會知道？聽好了，我是真的在獨自追查播磨崎中學案件，包括歹徒的真實身分等等。警方對外公開的情報很可能是假的。而我查到後來，發現安藤商會跟這起案件有所牽連。」

「安藤商會，是一間商店嗎？」

「你居然沒聽過？安藤商會的負責人是住在岩手縣深山裡的大富豪安藤潤也，他還活著的話，已經是個老頭了吧。」

經他這麼一說，我也覺得這個名字好像在哪裡聽過。我把安藤潤也這四個字反覆念了幾次，問道：「他很有名嗎？」

「他是安藤商會的社長，但沒人知道安藤商會經營的是什麼事業，總之他是個非常有錢的資產家。由於他從不拋頭露面，所以知道他的人並不多。有人說他的錢是靠賭馬和賭自行車賽贏來的，可是光靠賭博怎麼可能賺到上億、上兆的銀兩？」

「他的錢多達上兆？」

「都是傳聞啦。」

「那他的住處應該是超級豪宅吧？」

「聽說他過得很低調，住在一棟屋齡六十年的老舊平房裡。」

「他還活著嗎？」

「這我就不清楚了，有人說他和老婆兩人相依為命，也有人說安藤潤也已經死了，只剩他老婆還活著。」

「怎麼都是有人說？」我依舊是半信半疑。

「真相如何，沒人知道。這個傳聞存在很久了，我本來也不相信，覺得世上根本沒有這號人物。但是呢，我剛剛不是提到一個漫畫家嗎？」

「嗯，那個和你完全相反、個性好、人見人愛的漫畫家。」

「我最後一次打電話給他的時候，他說他見到了安藤潤也。」

我聽到他說「最後一次」，理所當然地以為那個漫畫家已經死了，但一問之下，井坂好太郎搖頭道：「他逃走了，跑去過起隱居生活。好像是在逃走之前遇到了安藤潤也。」井坂好太郎說著，以手指沾了杯壁上凝結的水滴，在桌面寫下「安藤潤也」四個字。

看到這四個字的瞬間，一股似曾相識的感覺襲來，文字比聲音更強烈地刺激著我的記憶，但我到底是在哪裡見過這四個字呢？我還是想不起來，忍不住想敲打自己的腦袋。

「會把播磨崎中學案件和安藤商會聯想在一塊兒的人，天底下大概只有我吧。」井坂好太郎一邊以紙巾擦拭手指，揚起眉毛說道。

「你是怎麼把這兩件事湊在一塊兒的？」

「當然是我查出來的嘍。」他頓了一下，「不，正確來說，是那個漫畫家所說的話引起了我的興趣，於是我開始調查『安藤潤也』。看他提到安藤潤也時，開心得跟什麼似的，我就覺得，這個安藤潤也絕非善類。」

我實在很想指著他的鼻子說，在網路上散布不實謠言、陷害那位漫畫家的就是你吧？

「結果我一查之下，發現了安藤潤也與播磨崎中學案件的關聯。」

「什麼樣的關聯？」

「人。」

「人？兩邊有著相同的人物出現嗎？」

井坂好太郎沒有明確回答，只說：「這個嘛，等你看了我的小說之後，自己想想吧。」

「不過，發現兩者有關係的，不止你哦。」我並不是想還他一報，只是實話實說，「我公司的後輩工程師昨天在解析程式的時候也發現了。」

「發現什麼？」

「播磨崎中學與安藤商會的關聯。」其實大石倉之助只是在程式裡看到安藤商會這個關鍵字，但我故意不明講，搞得一副神祕兮兮的樣子。

井坂好太郎一聽，撝著嘴邊愣著不動好一會兒，只有眼珠子滴溜溜地打轉，似乎正在思考什麼，專心得彷彿連呼吸都忘了。

「你怎麼了？」

他沒回答，依然沉默地苦苦思索著。

我無事可做，只好靠上椅背環顧店內，牆上嵌有一臺大型寬螢幕電視，畫面上是一身西裝的新聞播報員，不曉得這是電視新聞還是網路新聞。

「原來是這麼回事。」井坂好太郎喃喃說道。

我當然聽得一頭霧水，「這麼回事是怎麼回事？」

「我剛剛不是說我的網站被人動了手腳嗎？」

「是啊。」我點頭。

「這狀況是從我開始調查安藤商會之後出現的。」井坂好太郎的語氣不像是在對我說明，而像是在整理自己腦中的思緒，「你那個公司後輩已經展開行動了嗎？」

展開行動這說法聽起來籠統又誇張。「沒有什麼大行動啊，我想他只是上網搜尋了一下而已。」

「搜尋……」他若有深意地輕聲念道：「我一開始也是上網搜尋。」

「你想說什麼？」

「多關心一下你那個公司後輩，他現在的處境搞不好相當危險。」

我正想嘻笑著頂他一句「你在說什麼鬼話」，牆上

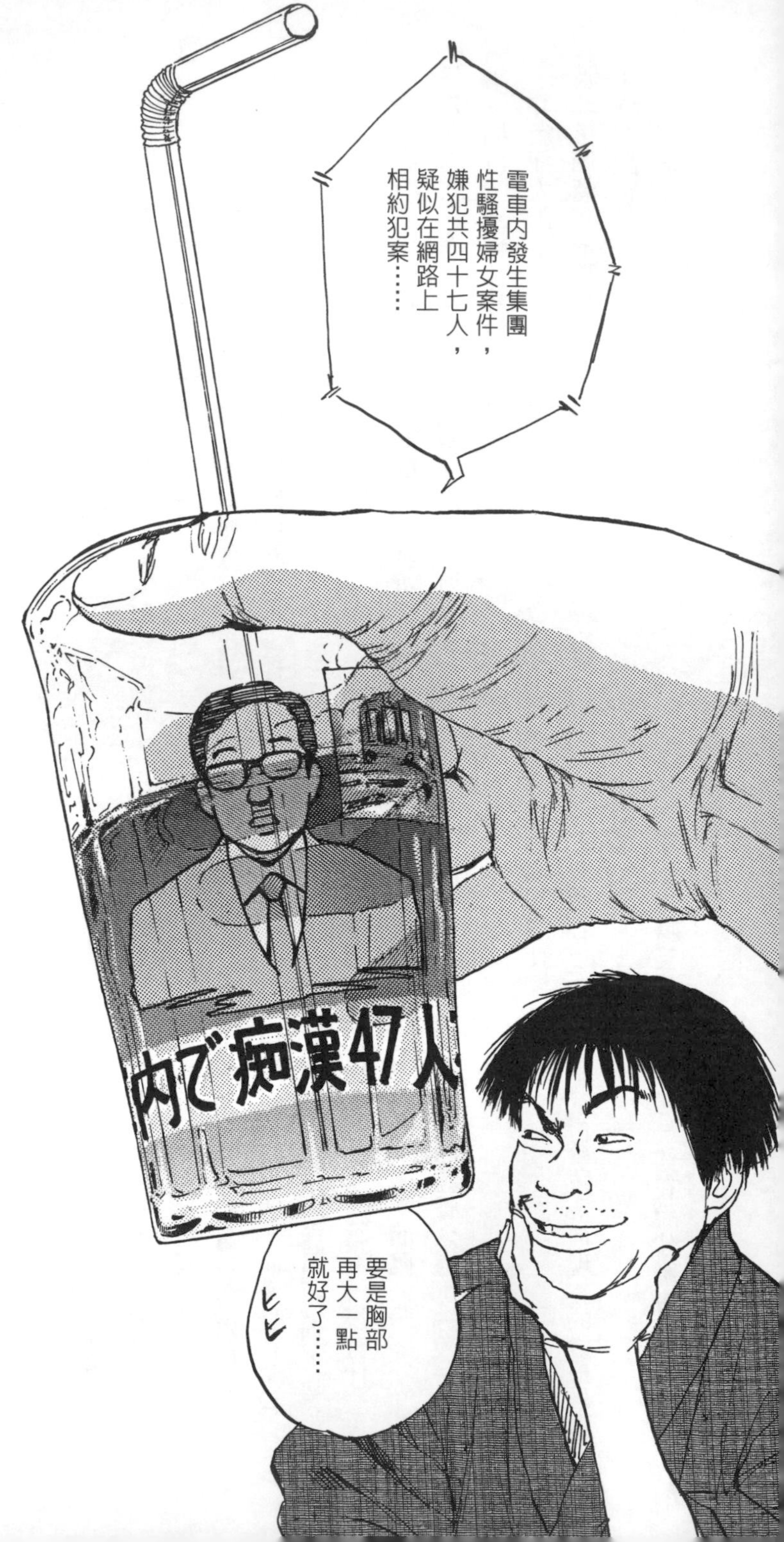
電車內發生集團性騷擾婦女案件，嫌犯共四十七人，疑似在網路上相約犯案……
内で痴漢47人
要是胸部再大一點就好了……
ヒヒ

寬螢幕的電視畫面出現一則新聞標題，而我手邊玻璃杯的杯壁螢幕上也出現了相同的畫面，我以手指在杯面上輕摳，提高了音量，播報員正在報導：「埼京線電車內發生婦女遭集團性騷擾案件，嫌犯共四十七人，疑似在網路上相約犯案……」

我當然不覺得這案子和自己有任何關聯，只是隱約想到，四十七這個數字和《忠臣藏》裡赤穗浪士的人數剛好一樣呢。

17

將軍城中請自重！[*1] 公司中請自重！

大石倉之助剛進公司時，因為響亮的名字給人的印象與他忠厚的個性實在落差太大，每個公司前輩都很愛拿《忠臣藏》的典故來開他玩笑。好比當他在公司裡慌張地跑著，或是因睡眠不足而在電腦前面昏昏欲睡時，周圍同事就會大喊：「大石閣下！將軍城中請自重！公司中請自重！」

或許是已經和自己的名字相處了二十多年的關係，大石倉之助似乎挺習慣這樣的調侃，只是會一臉無奈地委婉反駁道：「在《忠臣藏》裡，『將軍城中請自重』這句話並不是對大石內藏助說的」，或是「大石內藏助只是暱稱而已，他的本名是大石良雄，所以嚴格說來，我和他的名字是不一樣的」，但這麼一來，公司內心腸較壞的前輩，例如五反田正臣，便從此改口叫他「良雄」。

「都已經超過三百五十年了呢。」某次我和大石倉之助到鄉下地方出差，兩人並肩坐在新幹線上，大石倉之助感嘆道：「現在距離《忠臣藏》的時代已經過了三百五十多年，我卻還是得被別人拿這個典故來開玩笑，真是太慘了，我好恨爸媽給我取這個名字啊。」

「你父母給你取這個名字，可見得他們對你一定有很高的期許呀。」我安慰他，「而且話說回來，大石內藏助一定也沒想到自己在三百五十年後還這麼有名吧。」

我看著電視畫面，回想著當時大石倉之助那個怯懦的笑容。電視正在播新聞，「卑劣的集團犯罪」一串字眼大大地出現在畫面中，應該是在播報那起今天稍早發

*1 原文為「殿中でござるぞ」。「殿」是將軍居城，「殿中」即將軍居城內。按照江戶時代律法，武士在將軍居城內是不能拔刀的。根據《忠臣藏》的情節，赤穗藩藩主淺野長矩在城內對仇敵吉良義央動刀，因而被將軍下令切腹自殺，才發展出後來大石內藏助率領四十七名赤穗浪士為藩主報仇的故事。所以「將軍城中請自重」這句話應該是他人對淺野長矩說的臺詞，意思是「這裡是將軍居城內，你可別亂來，快把刀收起來。」

生在電車內的案子。

已經入夜了，難得的假日，竟然是和井坂好太郎一起度過。我回到家，妻子還是沒回來。我在電視機前打開了第二罐冰啤酒，畫面上滿臉怒意的女播報員正在描述案情細節。

這起案子發生在今天上午的埼京線電車內，四十七名嫌犯互相掩護，對婦女做出猥褻行為。女播報員並沒有明確說明到底是什麼樣的猥褻行為，但她不是使用「色狼」二字稱呼歹徒，可見這些人的行徑比一般人所認知的色狼行徑還要惡劣得多，而且不宜在電視上公開說明。

根據目擊者證言，這四十七人分別從不同車站上車，在電車內逐漸形成一道人牆。

「歹徒達成目的之後，又各自從不同的車站下車。」

四十七人當中，只有一名被警察抓到。

女播報員的語氣頗激動，似乎很想大聲質問日本警察為什麼會讓其他四十六人逃走。當她說到「警方正針對該名嫌犯進行訊問」，語氣聽起來就像在說「警方正在抽他的筋、剝他的皮、燒掉他的性器官」。我心想，妳的心情我能體會，但妳這麼情緒化，要是觀眾看不下去而轉臺，又有什麼好處呢？

播報員進一步描述案件內容。根據被逮捕的嫌犯供稱，他們有一名主謀，其他共犯都是應這名主謀在網路留言板上的邀請才參與行動的。我喝乾啤酒，心想，這種網路相約犯案的手法從以前便存在了，看來犯罪者還真是變不出新花樣。

接著我想起今天與井坂好太郎談話的內容。

一整天下來，我們幾乎都在談他的事情，我發言的時間寥寥可數。他提到了他正在寫一部「揭開播磨崎中學案件內幕的小說」，雖然不知道他寫書一事是真是假，能確定的是，他確實掌握了這起案件的不少情報。

他還說：「安藤商會很危險。自從我開始著手調查安藤商會，並且在網路上搜尋相關情報，我的生活中就開始出現怪事。」

「你說的怪事是指，你經營的網站遭人動手腳？」我問。

「是啊。還有我寫的小說內容愈來愈千篇一律，頭髮愈來愈少，跟女人做愛的體力也變差了。」

「這不是什麼怪事，別把這些全怪到安藤商會頭上。」

「總而言之，」井坂好太郎把我的嘲諷當成耳邊風，自以為是地對我提出忠告，「你最好注意一下你公司那個後輩。調查播磨崎中學案件與安藤商會的關聯是會惹上麻煩的，這狀況只能以danger來形容。danger。」他還是老樣子，話講著講著就愛莫名其妙撂個英語。

「接著是關於住在江戶川畔的刺蝟，也就是許久不曾現身的『江戶阿蝟』(*1)的新聞，牠真是好可愛呢。」播報員說道。我一邊聽著，腦袋裡依然在思索「安藤商會」的事。

*1「江戶阿蝟」原文為「エドハリス＝江戸ハリネズミ」，乃是一語雙關，發音同美國著名演員「艾德．哈里斯」（Ed Harris）。

大石倉之助解析程式，出現了「安藤商會」這個關鍵字，而這個商會的社長名叫安藤潤也。當我一看到井坂好太郎寫下這四個字，霎時有種似曾相識的感覺閃過。雖然據井坂好太郎所說，安藤商會神祕歸神祕，還算小有名氣，所以我就算聽過安藤潤也這個名字也不足為奇。但我的直覺告訴我，這個名字對我有著特別的意義，我一定曾經在身邊的某處或某人身上見過這幾個字。

我試著念了念「安藤商會」，又念了念「安藤潤也」，喉嚨像是卡了根魚刺，很不舒服。

隔天，我一走進工作室，只見工藤坐在電腦前吃著餅乾，卻不見大石倉之助的蹤影。平常大石不管前一天加班到多晚，早上都會在規定時間的三十分鐘前抵達工作崗位。我不禁有些擔心，但我心想，說不定他等會兒就來了。

然而過了九點，大石倉之助還是沒出現，我開始懷疑他是不是生病了。

「大石先生怎麼沒來呢？」工藤也問道。

「可能是身體不舒服吧。」但不知為何，我就是不想打電話給大石倉之助，或許我潛意識在逃避，不敢確認大石倉之助發生了什麼事。

十分鐘後，我接到了怒氣衝天的加藤課長打來的電話。

「你們在搞什麼鬼！」課長吼道：「喂！渡邊！你到底在想什麼？」

「這個嘛，想了很多。」好比大石倉之助為什麼沒來上班、井坂好太郎昨天說的那些話、安藤潤也這個似曾相識的名字等等。原來一個人能夠同時想那麼多事情。「人類真是了不起。課長，您說是嗎？」

「我問你，你看新聞了嗎？」

「新聞？您是說政府要發市民證給住在江戶川的『江戶阿蝟』那則新聞嗎？」我看到那則新聞時，心裡的想法是乾脆也給牠投票權，順便讓牠去當兵吧。

加藤課長此時爆出了語焉不詳的怒吼，宛如重型機車的引擎聲響，刺耳到我忍不住擔心電話機會爆裂，接下來他才說了我聽得懂的人話：「你知道大石倉之助幹了什麼好事嗎？」

我不禁轉頭望向大石倉之助那空蕩蕩的座位，回想起前天他和我講電話時的平穩語氣，一邊回答加藤課長：「除了遲到，他還幹了什麼好事嗎？」

「昨天埼京線電車內不是發生了很大的案子嗎？」課長說。

我不是很確定他說的是「很大的案子」還是「很辣的案子」。

「嗯，我知道啊，就是四十七人那個……」我說到這，腦中就和昨天一樣閃過了「赤穗浪士」這個字眼，頓時大喊：「啊！難不成大石被捲進那個案子了？」

「什麼被捲進去，他根本就是主謀！剛剛警察打電話來，說他們已經在今天早上逮捕大石了，還說針對大石任職的公司也要進行調查。我告訴他們，大石的直屬上司是你，所以警察應該過不久就會跟你聯絡吧。」

「加藤課長，您才是直屬上司吧？」我腦袋亂成一團，眼前景物開始搖晃，我趕緊扶著桌子才能站穩，「而且，大石不可能幹這種事吧？」

「不可能幹這種事的人幹了這種事，才叫做新聞啊！」加藤課長說得振振有辭，彷彿早就準備好要說這句話了。

我不禁心想，很可能幹這種事的人幹了這種事難道就不是新聞嗎？加藤課長又喊道：「反正這件事都要怪你督導不周！」吼完便掛了電話。

與課長的對話讓我疲憊不已，但我沒時間休息，立刻打開電腦搜尋詳細的新聞報導。

「發生什麼事了？」工藤問道。

「大石他……」我話沒說完，便驚愕得無法出聲，因為眼前的電腦畫面上出現的新聞標題清楚寫著「埼京線電車婦女猥褻案件主嫌落網」，報導中還貼出大石倉之助的照片，標示了姓名及年齡。

「這是怎麼回事？」工藤不知何時來到我身後，手上還拿著餅乾，咬了一口說道：「大石先生在玩什麼把戲啊？」喃喃說了這句話之後，便回他的座位敲起了鍵盤，應該是在搜尋這起案件的相關情報吧。我也埋頭做起相同的事情，好一陣子，工作室裡安安靜靜，只聽得見敲鍵盤與操作滑鼠的聲響。

大石倉之助在一夕之間成了名人。

警方先找出主謀用來召集共犯的網路留言板，接著逆向追蹤該筆留言的網路源頭位址。主謀的網路連線雖然透過代理伺服器當跳板，經過了層層偽裝，但由於手法並不高明，警方深入一查，很快便查出源頭是某系統工程師的自家電腦。

「大石先生怎麼都沒跟我提起他企畫了這樣的活動？」坐在我對面的工藤說道。

他以「企畫活動」來稱呼這起犯罪，令我有些哭笑不得。但他說的沒錯，如果大石倉之助真的計畫了這樣的事情，我們不可能沒察覺。「大石每天加班，回家就只是為了睡覺而已，他根本沒時間也沒體力幹這種事。」我說道。

「那怎麼會變成這樣？」

「大石是被陷害的，警察冤枉了他。」我信心十足地說道：「他是清白的。」

「被誰陷害？」工藤立即反問。我答不出來，只能回道：「被某個人。」

「大石先生做過什麼招人怨恨的事嗎？」

我緊盯著電腦螢幕，只要是和那起犯罪有關的情報，我都點開來看。當中包含警方公布的案件細節、大石倉之助的個人資料，以及許多指責、謾罵、甚至是稱讚大石倉之助的網路留言。井坂好太郎說的沒錯，近年的網路留言以攻擊性的居多，而幾年前則是以擁護人權的留言為主流，看來網路世界的確有所謂的潮流變遷存在。

由於大石倉之助這個名字與共犯人數這兩點巧合，許多網路留言都是拿《忠臣藏》或赤穗浪士來做文章。名叫大石倉之助的主謀率領四十六名同夥犯案，不造成話題也難。要是受害婦女姓吉良(*1)的話，大家一定會炒得更凶吧。

「安藤商會」這個名詞一直在我腦海揮之不去，我不自覺脫口說出：「搞不好是因為上網搜尋呢……？」

「什麼？」工藤一頭霧水。

「前天大石打電話給我，說他正在研究程式中的暗號化部分，而且還上網搜尋那幾個關鍵字了，說不定原因就出在這裡。」

「上網搜尋跟這起案子怎麼會扯上關係？完全聽不懂。」工藤挑著眉舔了舔手指上的餅乾屑，接著又以同一隻手抓了抓頭髮。

「搞不好他是因為上網搜尋，而被誰盯上……」我自己也愈說愈小聲，因為怎麼想都不太可能。

「不如我也來試試看好了。」工藤氣定神閒地說道：「只要搜尋就行了吧？說不定能弄清楚一些事情呢。」他邊說邊在電腦前坐正。

「住手！別這麼做！」我以自己也意想不到的尖銳聲音大喊。

「怎麼了？」工藤嚇了一跳望著我，顯然我的語氣聽起來相當緊張。但事實上，我的確相當緊張。

「輕率行動只會重蹈覆轍，何況大石搞不好就是這樣才惹禍上身的。」

*1《忠臣藏》中四十七赤穗浪士的仇人名為吉良義央，所以這裡才會有「如果受害婦女姓吉良」之語。

「不過是上網搜尋而已耶？就算害電腦中了毒，也沒什麼大不了的啊。」

「大石當初也是這麼說。」我想著大石倉之助說那段話時的聲音，皺起眉說道：「他也認為上網搜尋沒什麼大不了，輕忽了事情的嚴重性。」

「渡邊先生，你真的認為大石先生現在的遭遇和他上網搜尋有關？」

「你覺得無關嗎？」

「你分析現實面仔細想想，這兩件事壓根扯不上邊吧？」

我無言以對。工藤說得沒錯，就現實面來分析，我的猜測的確相當荒謬，但我還是禁不住再次勸他，「總之，你還是別上網搜尋那幾個關鍵字吧。」

就在這時，工作室大門突然被撞開，門板大開一百八十度，撞到牆上發出巨響又快速彈回，而這段敞開的間隙，一名男子迅速閃身進來，門板就在他身旁碰的一聲嵌回門框，整個房間微微震動。

我一看見這名男人，登時張大嘴，甚至忘了眨眼，更不可能要我故作鎮定。

衝進辦公室的男人體格壯碩、蓄著鬍子，正是那位一開始不假辭色地對我拳打腳踢，企圖拔我的指甲還滿口歪理說「指甲拔掉後還會長出來，還算挺人道的」，後來又可憐我說「虧你敢跟那麼可怕的女人結婚，我真同情你」，最後還引用知名探險家薛克頓的名言，說什麼「樂觀，才是真正的精神勇氣」的鬍子男。

「為什麼？」我用力擠出這句話。

「他是誰？」工藤直盯著鬍子男。

「為什麼……你會知道這裡？」

鬍子男只是面無表情地舉起手，像在和老朋友打招呼。

我忍不住想嘀咕，「公司中請自重……」

18

前幾天，我在某本網路雜誌上看到一篇名為「當債主或熟識的酒店小姐突然跑來公司找你時該怎麼處理」的專題報導，內容了無新意，而且裡面沒有提到當可怕的惡棍突然跑來公司找人時，又該怎麼處理。

「為什麼你會知道這裡？」

不管他用了什麼方法，總之他找到我的工作地點，出現在我眼前，這已經是事實，所以我這麼問其實毫無意義，但我還是忍不住問了出口。

鬍子男撫了撫墨鏡，搖搖頭說：「要查出你在哪裡，不是什麼難事。」說著他緩緩朝我走近，我也同時往窗邊退。

「別想逃。」

「是你嗎？」我的背已貼上了牆，「陷害大石的就是你嗎？」

但這話一出口，一股過去極少體會的情緒突然湧上心頭。

不知為什麼，我腦海裡浮現大石倉之助那一臉惶恐的神情，由於蒙受不白之冤而在看守所裡接受偵訊的他，心中那難以承受的恐懼與無助，彷彿流進我的體內，從胃部竄到胸口，再從胸口竄到喉嚨，緊緊勒住我，讓我忽地失去了理智。等回過神來，我發現自己正在大喊：「是你嗎？是你嗎！陷害大石的就是你這傢伙嗎！」我的語氣之激烈，宛如整個人早已離開牆邊衝上前揪住鬍子男的衣領，連我自己也嚇了一大跳。

數秒鐘前，我還像隻瑟縮的小羊，只敢戰戰兢兢地問「是你嗎」，沒想到現在的我卻敢粗暴地稱鬍子男為「你這傢伙」。鬍子男看見我的激烈反抗，也是臉色一變，但他當然不可能被我嚇到，那是愉快且讚賞的神情。「呵，你怎麼啦？」鬍子男問道。

「大概是大石的憤怒轉移到我身上了吧。」我剛剛才氣得大喊，現在卻已恢復了冷靜。這種宛如「即熱式開水機」的情緒瞬間爆發，我自己也有些困惑，不由得將手放上胸口，懷疑剛剛是被某個脾氣暴躁的人附身了。

「大石是誰啊？」鬍子男聳了聳肩，「我來這裡只是想找你而已。」

「渡邊先生，這個人是誰啊？」工藤鼓著臉頰問道。

「熟識的酒店小姐。」我隨口應道。工藤毫無反應，反倒是鬍子男笑了兩聲，擠眉弄眼地說道：「你最近都沒來店裡，人家忍不住就跑來公司找你了嘛。」一個魁梧男人說著這種話，實在不是普通可怕。

「很遺憾，」我說：「你又白跑一趟了。我沒有任何你會感興趣的情報，也不知道櫻井由加利跑去哪裡了，搞不好我妻子還比我清楚。還是你又想來拍下我的吃驚表情？」我說道。

鬍子男伸出雙手手掌朝著我，像默劇演員般上下搖手，「不是啦、不是啦，我今天不是為了那些事來找你，我只是想請你告訴我一件事。」

我心中暗忖，我能夠告訴你的事情多得是，好比「不該隨便揍人」、「拔指甲一點也不人道」、「你跟著我是問不出任何東西的」。這時工藤突然忿忿地大吼：「喂！你是來幹什麼的！」面對莫名其妙闖進工作室的鬍子男，工藤錯愕之餘，似乎也有種地盤遭人侵犯的不快感。

鬍子男轉頭望向工藤，然而只是一眨眼的時間，他已站在工藤眼前，左手抓著工藤的肩膀，右手逼近工藤的耳朵旁。

「那是……我的……」工藤瞪大了雙眼，全身僵硬。原本插在工藤上衣口袋裡的一支原子筆，不知何時被鬍子男奪走並拔掉筆蓋，以筆尖對準工藤的耳朵，一副就是隨時可將原子筆戳進工藤耳中的架勢。

工藤嚇傻了，一動也不敢動。「抱歉，我找他有點事要談。」鬍子男說完，微微一笑，將原子筆蓋以手指彈了出去。那個可愛的動物頭像造形筆蓋旋轉著畫過空中，最後消失在置物櫃與牆壁之間的縫隙，我不禁羨慕起那個筆蓋能夠躲到那裡面去。

「那些傢伙是何方神聖？」鬍子男摸了摸墨鏡框，轉頭問我。

「那些傢伙？」我不禁挺直了背脊。

「上次那三個梳著三七分、身材有高有矮、想切你手指的傢伙。」

「喔，你說那三個人嗎？」他指的是前幾天埋伏在我的回家路上，威脅我若不說出五反田正臣的下落就要斷我手指的那三個人。「後來我就沒再見過他們了。」

「他們最近一直纏著我。」鬍子男搖搖頭，放開了工藤。

「一直纏著你？」

「他們也沒做什麼，只是一天到晚出現在我附近，雖然不至於走到哪跟到哪，但顯然是在盯著我。」

「大概是對你心懷怨恨吧。」那三人找我麻煩的時候，鬍子男突然出手把他們趕走，搞不好還切斷了其中一人的手指。有可能是這個緣故，他們才纏上了鬍子男。一想到這，我除了訝異，也不由得覺得好笑。

「他們到底是誰？混哪裡的？」

「原來你也會害怕？」

鬍子男呵呵一笑，一臉不以為然地說道：「我不怕呀，只不過……」

「只不過？」

「很煩。那三個人就像三隻蒼蠅在我面前飛來飛去，我快被煩死了。」

工藤不知何時偷偷來到我身邊，悄聲問道：「渡邊先生，你們在談些什麼？什麼切手指、什麼走到哪跟到哪……，這些事跟大石先生有關嗎？」

「不，這些跟大石沒有關係。」我一邊回答工藤，視線仍沒離開鬍子男，這時突然一個念頭閃過我的腦海。「對了……」

「怎麼？」鬍子男微微湊了過來。

「有一件事，我不知道跟那三個人有沒有關係。」

「有沒有關係，由我來判斷。」

「那三個人正在尋找我公司一位前輩，叫做五反田正臣，他目前下落不明。」

「喔？」鬍子男一臉興致索然地噘起嘴。他這反應似乎不是裝出來的，看來我公司同事發生的事情果然與他無關。

「而且，我知道那三人為什麼會找上五反田前輩。」

「對啦對啦，我就是想知道像這樣的情報。」鬍子男伸出食指當指揮棒似地揮舞著，語氣親暱得像是在和死黨說話，「得讓他們再靠近我一點，我才有辦法教訓他們呀。」

我相信他所說的教訓，絕對不是口頭上的「教訓」那麼簡單。

「因為五反田前輩做了一件事，那就是搜尋。他把『播磨崎中學』、『安藤商會』和『個別輔導』這幾個關鍵字放在一起搜尋，就把那三人引來了。」我強作鎮定，把腦中臨時想到的三個關鍵字說了出來。

「搜尋？你指的是上網搜尋嗎？」

「不然還有哪個搜尋？」我說。

「喂，你再說一次，哪些關鍵字？啊，乾脆直接寫下來吧。」鬍子男從外套口袋掏出便條紙與筆，遞了過來。我伸手接過寫下三個關鍵字之後，把紙筆還給他。

「渡邊先生……」我身旁的工藤輕戳著我側腹。

我知道工藤想講什麼。他剛剛想以這幾個關鍵字上網搜尋，被我嚴厲制止，還振振有辭地命令他別輕舉妄動，而現在我卻故意勸鬍子男上網搜尋，也難怪工藤會心生疑問。

「這樣真的好嗎？」他偷偷問道。

我對他輕輕點了個頭，示意他「別擔心，交給我吧」。

鬍子男瞪著便條紙上的字，那模樣宛如正在努力學漢字的小孩，竟讓我產生了幾分親近感。

「輸入這些字上網搜尋，他們就會找上門來？」

「大概吧。」我點點頭。當然，我其實毫無根據，也不確定那三個人是否真的是因為五反田上網搜尋而引

來的。但是另一方面，利用鬍子男來測試「大石倉之助的悽慘遭遇與他曾經上網搜尋特定關鍵字是否有關」，應該是個不錯的點子。我們自己下去試太危險了，但這個男人的話，應該不管遇到什麼狀況都應付得來吧。

鬍子男一臉欣喜，指著桌上的電腦說：「那好，我可以在這裡上網嗎？」

我急忙回道：「你在這裡搜尋，那三個人就會找到這裡來。在這裡應付他們，你也不太方便吧？」既然要拿他當白老鼠，當然最好還是讓他用他自己家裡的電腦。「你有電腦嗎？」

「等等我用手機上網搜尋好了。」鬍子男回道。「不過話說回來，為什麼上網搜尋就能把他們引來？那是什麼機制啊？為什麼查得出我在哪裡？」

這一點我也在查證中，但我解釋得煞有介事，「人家不是說嗎？網路上什麼都查得到。」

「真的假的？」鬍子男咕噥著。我印象中的他總是一副自信滿滿、氣定神閒的態度，因此看到他此刻一臉疑惑的神情，感覺頗新鮮。

雖然我在他的面前依舊是處於弱勢立場，但我問他了一句：「你有沒有勇氣上網搜尋？」

鬍子男愣了一下，似乎沒發現這是他最愛掛在嘴邊的一句話。

「你有沒有勇氣？」我加重語氣，又問了一次。

「你以為我是誰？」鬍子男露出高傲且興奮的笑容，一個轉身走出工作室。

「夠了，不用做了。」當天下午，加藤課長打電話來對我這麼說。

鬍子男走了之後，我和工藤各自回到手邊的工作上。當然，編譯器的錯誤訊息還是無解，委託本案的歌許公司依然聯絡不上，加上我不時上網瀏覽大石倉之助的案件報導，所以雖然坐在電腦前好幾個小時，工作卻毫無進展。我甚至有種感覺，不管再做幾小時、幾天、甚至是幾年，這個工作都不會有結束的一天。

因此當加藤課長重重嘆了口氣，說出「那個案子不用做了」的時候，我著實鬆了一大口氣。

「可以不用做了？」我喜孜孜地問道。這就像是被關在一輛完全無法發動的公車上，終於獲准下車的感覺。

「是啊，客戶剛剛聯絡業務部，叫我們不用做了。」

明明我千方百計都無法聯絡上客戶，為什麼業務部卻這麼輕鬆就能接到客戶的聯絡？我百思不得其解。

「但是作業還沒完成呢。」我說。

「對方說不要了，而且會付清全額費用，所以你快點收拾收拾回公司來吧。」加藤課長的聲音聽起來有些開心，或許在他的觀念裡，只要能拿到錢，其他都不重要吧。

「為什麼客戶會突然這麼決定？」

「還用問嗎？當然是不想和僱用卑劣犯罪者的公司有任何往來啊，他們一定是想和我們畫清界線啦。」

「大石又還沒被定罪。」

「你沒看新聞嗎？罪證確鑿，不是大石幹的是誰？警察已經找到網路上的留言了，ＩＰ位址跟主機序號也查出來了。」

「可是反過來想，只要在ＩＰ位址跟主機序號上動手腳，很輕易就能陷害一個人吧？」我說出了心中的想法，說完後，我更加肯定是這樣沒錯。將大石倉之助與埼京線電車一案兜在一起的證據非常單薄，只有網路上的那些留言。換句話說，不無可能是有人在幕後操弄。雖然不容易，但並非辦不到，至少，成功的機率比大石倉之助真的是犯罪者的機率要高得多。

我又想起朋友井坂好太郎提過他的網站遭人動手腳一事，他問我對方是如何辦到的，我告訴他「最簡單的方法就是潛入你家偷用你的電腦」，所以，大石倉之助的狀況搞不好也是這樣。有人潛入他家，打開他的電腦留下犯罪證據。可能性並不是零。

「你知道歹徒有幾個人嗎？四十七人耶！跟《忠臣藏》裡的赤穗浪士人數一樣，主謀又叫做大石倉之助，這還不夠明顯嗎？」

「太明顯了，所以更可能是有人故意安排的啊。」

「總之客戶已經主動要求終止案子了。渡邊，你現在該做的事，就是把作業現場收拾一下，該搬的東西叫貨運公司去搬，然後回公司來，知道了嗎？」

加藤課長厲聲吼著，彷彿要噴出火來。我將話筒拿開耳邊，朝對面的工藤看了一眼。他雖然不清楚詳情，但似乎已大致猜到狀況，於是默默地開始收拾桌上的東西。

「那麼，工藤的契約也是提早到今天結束嗎？」我向課長確認。工藤是別家軟體公司派來支援的，與我們公司有契約關係，若要提前結束契約，必須提出報告並經過一定的處理程序。

「工藤？哪位啊？」加藤課長不耐煩地問道。

「別家公司派來支援的程式設計師，課長您忘了嗎？」

「啊，有這號人物嗎？大概是幫五反田跑腿打雜的吧。」

這個傲慢又毫無責任感的加藤課長讓我非常不舒服，我小心不讓電話另一頭聽見，輕輕嘆了口氣。這時突然有隻手朝我伸來，我抬頭一看，工藤正站在我身旁，比著手勢要拿走話筒。

我一驚，話筒已在工藤手上，他沒理會我，逕自向加藤課長打起了招呼：「您好，敝姓工藤，很抱歉沒能幫上什麼忙。」

加藤課長的聲音從話筒中微微傳出，雖然聽不清楚內容，我猜得到他大概是笑著說「喔喔，你好、你好」之類的吧。加藤課長最喜歡有禮貌、對自己講話客氣的年輕人了。

就連我也有點對工藤刮目相看，沒想到這個年輕人這麼周到有禮。兩人大概聊了一下之後，工藤突然說：「對了，跟您說件事。」我也很好奇工藤要說什麼，在一旁豎起了耳朵。工藤接著說：「我最近發現了一個很有趣的交友網站，我個人非常中意，在上頭可以認識很多女生呢。」

我連忙想將話筒搶回來，工藤卻轉過身子，護住了手上的話筒。「對、對，只要用『播磨崎中學』跟『安藤商會』這兩個關鍵字一起搜尋，就找得到這個交友網站了，很有意思吧？還有啊，裡面有兩個女生特別外向，一約就出來了，一個叫『小林友里子』，一個叫『加賀繪里』。對、對，建議您不妨把這兩個名字也加進去搜尋看看。」工藤滔滔不絕地說著，我從沒聽過他講話這麼滔滔不絕。接著他仔細說明了「播磨崎」和其他關鍵字的漢字寫法，這代表了，加藤課長對工藤提出的話題相當感興趣。

工藤掛上電話後，我語帶責難地說道：「你為什麼要這麼做？」

「那個人太臭屁、太惹人厭了，跟他開個小玩笑嘍。」

「這件事恐怕不只是個小玩笑。」

「不過是上網搜尋罷了，沒那麼誇張吧。而且你今天不是也叫那個滿臉鬍子的怪男人這麼做？」

「他是特例。」

「這個課長也算得上是特例吧？簡直就是惹人厭上司的最佳範本。」

「這一點我承認，可是……」我接不下去了，內心非常不安。但即使如此，我並沒有當場回撥給加藤課長叫他忘掉剛剛那個話題，並警告他絕對不可以上網搜尋。或許是因為我還存有僥倖心態，認為事情可能真的沒那麼嚴重。

三天後，發生了兩件大事。

第一件是，大石倉之助因證據不足被釋放；第二件是，加藤課長在家中自殺了。

19

凡生物必有一死，但加藤課長例外。——我也知道這想法很荒唐，但加藤課長的確給人這樣的感覺。他身強體壯，顯然與疾病或受傷無緣；永遠只有他給別人壓力，沒有人能給他壓力；面對任何事情，他的態度都是大而化之，恐怕連遭遇事故那種小家子氣的機率都不適用於他身上。

所以我一直覺得，就算生物面臨死亡的機率是百分之百，唯獨加藤課長，似乎能夠視為是特例；或者說，即使他真的是特例，我也毫不驚訝。只是我沒想到，加藤課長的夫人也抱著相同的想法。

「我一直以為每個人都會死，唯獨我丈夫例外。」她說道。

加藤課長的死亡時間為午夜，但直到清晨——也就是今天早上才被發現。屍體馬上被送往大學附屬醫院進行解剖確認死因，傍晚才被送回來。

我參加了課長的守靈儀式。拈完香之後去上了廁

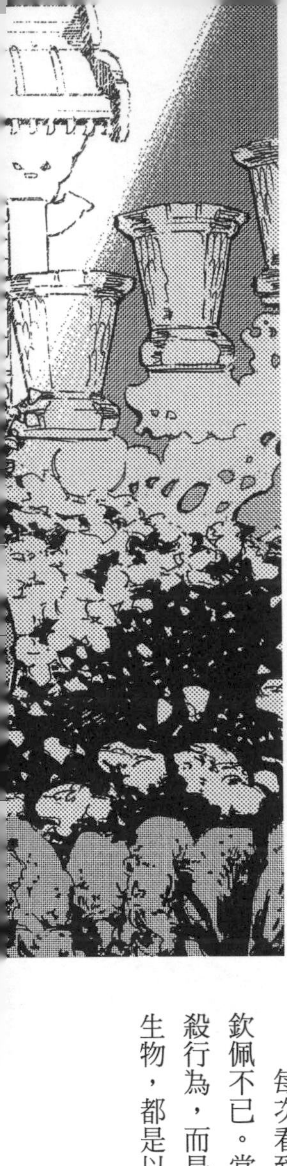

所，正打算離去，剛好課長夫人迎面走來。她是一位身材嬌小、體態苗條的女性。

「請節哀。課長平日很照顧我們，沒想到會發生這種事。」我鞠著躬說道。「您是外子的公司同事？」課長夫人看起來有些疲憊，神情卻絲毫不見悲傷、孤獨或寂寞，反而有種神清氣爽的氣息，宛如剛參加完社團練習活動的學生，「你們公司來的人不多呢。」

我趕緊回道：「沒那回事。」但確實我也察覺到，弔客之中包括了幾位客戶或關係企業的職員，卻沒看見我們公司的同事，「大家可能還沒接到消息吧。」

「沒關係的，我知道大家不喜歡他。」課長夫人輕描淡寫地說：「除了您之外，剛才還有一位吉岡先生來上香，貴公司的同事大概只有你們二位前來吧。」

「啊，阿吉嗎？」我不禁脫口而出，旋即閉上嘴。

「阿吉？」她莞爾一笑。

我想起了公司內部的謠言。據說那個阿吉，也就是吉岡益三，一直沒被公司開除，是因為他握有加藤課長的祕密。他會來為課長上香，與他們之間的祕密是否有關係呢？

「說真的，我相信大家一定以為課長的死訊是騙人的。」我說道。

夫人聽了，露出燦爛笑容，宛如找到了知音似的。這樣的笑容出現在一個今天才剛成為寡婦的女人臉上，實在有點不倫不類，我一時不知如何反應，她先開口了：「我一直以為每個人都會死，唯獨我丈夫例外。」

我忍不住點頭同意，「何況還是自殺。」

「如果他是個會自殺的人，我應該會更喜歡他吧。」課長夫人以極認真的表情開了這個玩笑。

每次看到有人自殺的新聞，我總是欽佩不已。當然，我並非讚賞或憧憬自殺行為，而是因為包含人類在內的所有生物，都是以求生為最大目的，結束自

己的生命可說是反其道而行，如果沒有相當強大的意志力，是辦不到的。當我的生活陷入極大困境，像是工作做不完或是妻子的異常行為實在太可怕時，我當然也會產生「不如死了好」或是「死了搞不好比較輕鬆」的想法，但都不至於真的決心尋死，頂多心裡會出現像是「真希望現在掉一顆隕石下來砸到我頭上」或是「最好天外飛來一顆炸彈」之類的妄想，偷偷期待藉由外力讓一切從頭來過，但我從不曾想過由自己動手結束生命。

「你有沒有勇氣？」這句話又浮上我心頭。這是最近經常出現在我身邊的暴力鬍子男最愛掛在嘴上的一句話。

但我始終無法理解，要怎樣才能產生自殺的勇氣呢？

「我真的很難相信外子會自殺，我

一直以為他只會逼別人自殺呢。」加藤課長夫人說道。

我差點說出「我也這麼認為」，連忙切入主題，「請問課長最近是否有什麼不尋常的舉動？」其實我很不安，因為課長的死搞不好與我有關。前幾天，工藤當著我的面慫恿課長將「播磨崎中學」與「安藤商會」兩個關鍵字一起放到網路上搜尋。加藤課長是否真的這麼做了？他的自殺，和這件事有沒有關係？

「譬如說，他在家裡是不是一直埋頭在電腦前打字還是什麼的？」我拐彎抹角地問道。雖然我已經盡量以自然的口吻問出這個問題，但說出口的話怎麼聽都相當不自然。

「啊，你這麼一說……」加藤課長夫人張著口，彷彿正搔到了她背上的癢處，或是經我這麼一搔，她也覺得那處怪癢的。「今天早上，他房間裡的電腦是開著的。」

「畫面上是什麼？」

「這個嘛……」

「喔，如果不方便透露，不說也沒關係的。」

「不是的，畫面上開了好幾個網頁，所以我不知道先說哪一個好。」

「好幾個網頁？」

「有些是色情網站，有些似乎是跟自殺有關的網站。」

「跟自殺有關的網站？」加藤課長會看色情網站並不奇怪，但是看自殺網站卻極不尋常。

「其中一個好像是留言板，想自殺的人會在上頭訴苦，或是相約一起自殺什麼的。」

「這類的網站，很久以前就存在了。」

但是以加藤課長的個性來看，這類網站和他可說毫無交集，他既不可能對這類網站感興趣，更不可能熱心瀏覽；就算他真的想自殺，也會選擇自己想辦法解決，絕不會參考他人的意見。「為什麼他會逛自殺網站呢？」

「還有一些其他的網站……」說到這，課長夫人突然高聲說道：「啊，對了！前兩天，外子難得把我叫進書房，說他收到一封奇怪的電子郵件。」

「奇怪的電子郵件？」

「我一看，發現上頭列了很多網站的網址。我和他說，這大概又是什麼奇怪的廣告郵件，勸他還是別點進去比較好。但是他說，那封電子郵件是他以前的客戶寄來的，應該不是廣告郵件。」

「加藤課長應該會點進去看吧。」

「他那個性，一定會點進去看。」

那封電子郵件，搞不好就是因為「上網搜尋」才收到的。雖然原因不明，在網路上以「播磨崎中學」、「安藤商會」等特定關鍵字搜尋，似乎就會遭到攻擊。五反田正臣察覺到危險而逃亡，大石倉之助遭人誣陷，加藤課長則是收到一封看了會想自殺的電子郵件。我可以這麼大膽假設嗎？

「對了，還有更過分的呢。」加藤課長夫人神色有異，雙頰泛紅，「當中有個網站，上頭都是猥褻照片，而且照片裡面的人是我。」

她顯得有些不好意思，但態度大致上還算是從容優雅。她接著詳細說明，加藤課長的電腦畫面上，有個網站首頁全是她的猥褻照片，還附加一段以「你的妻子紅杏出牆」為主旨的文章。這麼私密的事，她竟然在我這個初次見面的陌生人面前赤裸裸地說了出來，或許她的精神狀態並沒有外表看上去那麼穩定。

「應該是有人刻意捏造的吧，故意讓課長誤會您紅杏出牆，藉此威脅課長。」我壓抑內心的慌張失措對她說道。

「那些內容倒也不是捏造的。」此時的課長夫人就像個正值思春期的開朗女高中生，衝著我嘿嘿一笑。我的腦袋更混亂了。「紅杏出牆是真的，那些照片應該也是真的，只是不曉得是誰拍的。」她說。

「喔，這樣啊……」我只能如此應聲。難道加藤課長就是因為看到妻子紅杏出牆的證據，才決定自殺的？但我隨即否定了這個推測，這種事情還不至於將加藤課長逼上絕路。

「不過，外子並不是會為這種事自殺的人。」課長夫人又說出了與我相同的看法。

遠處有人在呼喚課長夫人。

我向她鞠了個躬之後，離開了守靈會場。

我回到家，廚房餐桌上有一張妻子留下的字條，上頭寫著：「一直沒辦法見到你，真可惜。」妻子的字跡非常漂亮。字條旁，擺著一盤紅燒鰈魚、一盤芝麻醬沙拉，以及她特製的蝦子起士春捲。

我換了衣服，將妻子做的料理放進微波爐加熱之後吃了起來。

加藤課長死了，而且是自殺。

我還是很難相信。

俗話說人不可貌相，恐怕我對他人的理解遠比我所自認的要膚淺得多。連原本以為絕對死不了的加藤課長都會死於自殺，會不會我對他人的認知也存在某些錯誤或偏頗呢？

我以筷子挾起一塊魚肉，拿到眼前愣愣地看了一會兒，然後塞進嘴裡。我想起婚前妻子曾說過：「別看我這樣，我可是很顧家、很愛做菜的。」她這句話是真的。別看她那樣，其實她是很會做菜的……等等，別看她那樣？光是這句話就存在了「先入為主」的成見問題。

眼前的鰈魚，真的是鰈魚嗎？這美妙的味覺感受是真的嗎？這真的是筷子嗎？一旦開始懷疑便沒完沒了，我連自己身處何處都不敢肯定了。

手機響了起來，我看來電者顯示是「大石倉之助」，立刻接起電話。

「渡邊前輩嗎？」確實是大石倉之助的聲音。

「你現在在哪裡？」

「因為證據不足，我被釋放了。」

「早該釋放你的啊，你根本是被冤枉的。」

大石倉之助聽了我這句話，忽然不發一語。我才在想他不曉得怎麼了，沒多久，傳來啜泣與哽咽聲。

「喂，大石？大石倉之助？」我試著喊他，但他還是哭個不停，我忍不住想說：「大石，將軍城中請自重！電話中請自重！」

「我怎麼可能做那種事。」過了好一會兒，大石才開口。

「我知道啊。」

「可是只有渡邊前輩你相信我。」

「警方也相信你呀，他們不是釋放你了嗎？」

「我只是運氣好而已。那天是假日，我幾乎都待在家裡，雖然去過附近的便利商店買東西，偏偏那裡的攝影機又沒拍到我。」

「所以你沒有不在場證明？」

「是啊，他們打一開始就認定我是主謀，每天用很難聽的字眼罵我，還踹我的椅子。」

「虧你能忍得下來。」我是真的佩服他。

「因為《忠臣藏》的故事也是教大家要忍耐。」大石倉之助說完這句話，又抽抽噎噎地哭了起來。「我本來心想，再這麼受折磨下去，倒不如認了比較輕鬆。但就在今天早上，出現了新的證據。事發當天，有個記者去採訪便利商店對面的蛋糕店，照片剛好拍到我。」

「你運氣不錯嘛！」我不禁拉高了嗓門。

「因為這樣我才得救的，警察剛剛放我出來了。」

「你現在在家裡嗎？」

「在飯店裡。我本來想直接回家，但我在猜，我家那邊的狀況可能不太妙，因為警方和社會大眾一直把我當成真兇，我的照片應該早就被公布了吧。」

「啊，」我回想起在電視新聞及網路上看到的消息，「對，各種真真假假的情報都被公開了。」

「我家一定遭人惡作劇了，我現在沒辦法面對那種事。」大石倉之助有氣無力地說道，聲音小得幾乎聽不見，這時他突然幽幽地問了一句：「對了，渡邊前輩，工作方面有沒有什麼進展？」

我不禁傻眼，這小子也未免太認真了，這種時候居然還心繫工作。我告訴他，歌許公司主動聯絡要我們停手，所以不必擔心那件案子了。

「啊，這樣嗎？」大石倉之助似乎有些茫然若失，「請問，我能休息一陣子嗎？」

「當然可以，你平常幾乎沒休假，就趁這段時間休個長假吧。」

「加藤課長很生氣吧？出了這樣的事，我會不會被開除啊？」

「不會的，放心吧。」我雖然毫無根據，還是說得很肯定，「反正加藤課長最近也不會進公司。」

「為什麼？」

「他好像生病了吧。」我隨口扯了個謊。

「咦？」大石倉之助驚訝得叫了出來，「加藤課長會生病？」

「很難想像吧。」

我不過是說加藤課長生病，大石倉之助就這麼驚訝，如果他知道課長已經自殺身亡的話，不曉得會有什麼反應。

「反正你先好好休養一陣子吧。罪名也洗清了，別想太多。」我再次安撫他之後，掛了電話，這時我才想到，我忘了問他出事之前那次上網搜尋過程的細節了，正想按下通話鍵回撥，手機響了起來。

我一看到來電者名稱，立刻深呼吸一口氣，等自己冷靜下來後，接起電話劈頭就說：「妳做的菜真好吃。」

「那還用說？別看我這樣，我可是很會做菜的。」佳代子的聲音依然充滿磁性。

「嗯，非常好吃。」這是我的真心話。

「那很好。如何？醒了嗎？」

「什麼醒了嗎？我沒睡呀？」

「所以你是醒著的？」

「妳是問我的某種超能力覺醒了嗎？」

「你在說什麼？我只是聽聲音覺得你好像還

在睡覺啊。」

「之前課長跟我說過，人一旦被逼上絕路，就會湧出超能力之類的。」

「聽起來像是漫畫情節。」

「的確是漫畫情節。」

「喔，對了。」佳代子說：「我不是僱了個小哥嗎？你還記得吧？」

「嗯嗯，我前幾天還見過他，他突然跑去我的工作地點。」

「他跑去你的工作地點？為什麼？」

「談公事以外的事。」

「喔，我跟你說，我和那位小哥認識好一段時間了。」

我很想說「其實偷腥的人是妳吧」，但我忍了下來。

「那位小哥住在千葉，可是我剛剛看到一則網路新聞，他家燒掉了。」

「燒掉了？」我的聲音乾澀。

「小哥的家遭人放火，警察還發現一具身分不明的屍體。很可怕吧？我覺得毛毛的，忽然有點擔心你的安危。」

我好一會兒說不出話。

鬍子男的家被燒了？

為什麼會發生這種事？但我腦中馬上閃過一個念頭。

因為上網搜尋？

我周遭每一個曾經以那些特定字眼上網搜尋的人，全遇到了怪事。

五反田正臣失蹤，大石倉之助被誣陷為卑劣犯罪的主謀，加藤課長自殺，鬍子男的家被燒了。這些都是因為上網搜尋的關係嗎？

20

你雖然嘴上說討厭討厭，其實心裡很喜歡她吧？

小時候，班上有個女生轉學時，朋友如此調侃我。

你雖然差點被他拔指甲，其實心裡很喜歡他吧？

現在，我半開玩笑地如此揶揄自己。得知鬍子男可能遭遇不測，這件事對我打擊之大，我自己也吃了一驚。

和佳代子通完電話，我立刻打開電腦上網找新聞。我在新聞網站上輸入「火災」、「千葉」等關鍵字，很快便找到了這則新聞。

千葉縣某住宅發生火災，疑是人為縱火，現場發現一具遺體，目前正在確認身分。點進文中的超連結，還可看到分區地圖及負責該區域的警察局等無關緊要的資料。那是一棟日式平房，屋主名叫岡本猛，我不知道這是不是鬍子男的本名，不過「猛」這個字的確很符合他的形象。

現場發現一具身分不明的遺體。我看著這段敘述，感覺不到一絲現實感。

我有一搭沒一搭地瀏覽著其他新聞。首先看到了足球選手及籃球選手在海外表現亮眼的報導，接著在一串字級特別大的標題上，看到了永嶋丈這個名字：「永嶋丈將組成新政黨？為下屆眾議院選舉鋪路？防衛省(*1)的內部紛爭浮上檯面？」

這串由三個問句組成的新聞標題，給我一種不負責任的敷衍感覺，看了不大舒服。新聞內容簡單講就是，永嶋丈似乎打算率領執政黨中的年輕一輩組成新政黨，如此而已。針對目前的兵役制度，也就是所謂的青年訓練制度，永嶋丈認為有必要改革，而這正是造成執政黨內部分裂的主因。一旦每個人都被迫表態支持或反對永嶋丈，防衛省內部的派系鬥爭及理念差異也會顯露無遺。

目前執政黨的支持率絕大部分仰賴永嶋丈的個人魅力，所以如果永嶋丈出去組成新政黨，執政黨勢必受到重創，那這些剩下的執政黨議員該如何是好？我不禁為那些素未謀面的執政黨議員憂心了起來。

接著我又瀏覽了平常少有時間注意的演藝圈新聞及流行音樂情報。某則報導說，一名十二歲少女組成了職業搖滾樂團進軍美國，打算展開長期巡迴演出，卻因觸法而遭罰，而少女名叫犬養鏡子。看到這，我登時想起犬養首相，也或許是前幾天遇到那個發送「改善兵役制度」傳單的年輕人開口閉口都是犬養首相的關係吧。於是我試著以「犬養首相」當關鍵字搜尋，逛了幾個情報網站，無意間想起，對，十幾歲時學校的日本史考試也出過關於他的考題。逛著逛著，眼皮愈來愈重了。

一早起來，發現手機的簡訊指示燈亮著，打開一看，又是占卜網站寄來的，開頭第一句話依然是既失禮又敷衍的「今天安藤拓海的運勢大概是這樣」。

「安藤……」我低聲咕噥著。

安藤拓海這個名字是我當初上占卜網站登錄時，臨時想出來的化名，因為不想老實輸入本名渡邊拓海。

「安藤商會……」我又試著念出這四個字。

真是太巧了。如今我身邊遇上麻煩的人都曾經以「播磨崎中學」與「安藤商會」為關鍵字上網搜尋，而「安藤商會」這可怕禁語當中的「安藤」二字，竟然正是我在占卜網站上所使用的化名。

我進一步思考，當初我會想到「安藤」這個姓氏，真的只是因為大石倉之助在旁邊吃包餡甜甜圈的關係嗎？真的只是這宛如冷笑話的諧音聯想法讓我挑了「安藤」這個姓氏嗎？總覺得還有其他原因。個性單純又容易受暗示如我，愈來愈覺得安藤這個姓氏和我一定有著某種關聯；再者，先前看到安藤潤也這四個字時，我內心的確有種似曾相識的感覺。

我滿腹狐疑看向手機，繼續閱讀占卜簡訊。我今天的運勢是這樣的：「三個臭皮匠，勝過一個諸葛亮，真的。」

我不禁苦笑。一句諺語加上「真的」兩個字，叫我如何想像今天運勢？這還算是占卜嗎？

我穿著睡衣走進浴室洗把臉，回到客廳又拿起手機愣愣地看著。畢竟這個占卜簡訊已經救了我好幾次，這是事實。

三個臭皮匠，勝過一個諸葛亮。

「三個臭皮匠」指的是哪三個人呢？

我打開電視，邊啃吐司邊思索。要從我生活周遭挑出與我有著特殊關係的三個人，倒也不是辦不到。

好比我、佳代子與櫻井由加利。我和佳代子是夫妻關係，我和櫻井由加利是婚外情關係，至於佳代子和櫻井由加利之間的關係該怎麼稱呼，我不知道，但肯定是某種敵對關係。佳代子察覺我和櫻井由加利的不倫關

*1 防衛省，日本政府掌管國防的行政機關，類似其他國家的國防部。

係，把她從海外叫了回來。接著櫻井由加利閃電宣布結婚，從此失去了蹤影。雖然我懷疑是佳代子以某種手段威脅櫻井由加利，讓她消失在我面前，但是櫻井由加利的失蹤也未免太不自然了。

三個臭皮匠，勝過一個諸葛亮。

是要我、佳代子和櫻井由加利三人碰個面嗎？

不，這是天方夜譚。

那麼，如果臭皮匠是指我、五反田正臣和大石倉之助呢？我們三人是同一間公司的前輩與後輩。五反田正臣丟下工作失蹤，大石倉之助差點蒙上不白之冤。但是五反田正臣現在下落不明，要我們三人碰頭，現實面也不大可能辦到。

那還是指我、工藤和大石倉之助呢？我們三人一起完成了歌許公司的案子。正確來說，案子並沒有完成，我們是工作遭腰斬三人組。

我們三人湊在一起，會勝過諸葛亮嗎？

可能性實在不大，畢竟前一陣子我們一直是成天湊在一起的狀態。

看來這條占卜不能按常理來思考。此時我的腦海又浮現了三個人，就是當初逼問我五反田正臣的下落、後來遭鬍子男趕走的那三名有高有矮的三七分頭年輕人。

我望著占卜簡訊心想，難道這句話的意思是叫我去找那三個人？但是那三個人加上我，不就變成四個人了？

這句諺語裡的「三個臭皮匠」，到底是指「剛好三個」，還是「至少三個，但多多益善」呢？

我把玩了一會兒手機，視線移到電視畫面上。一早正在播時事節目，背景是某起案件現場的立體電腦模擬影像，名嘴在攝影棚中走來走去，不負責任地高談闊論。看背景影像，案件事發地點好像是東京灣，談話中似乎還提到「發現了身分不明的遺體」。

「原來你今天休假？」

背後傳來話聲，我只覺得是自己的腦袋生出來的幻聽。瞄了一眼手表，現在還不到九點，於是我自顧自對幻聽回道：「是啊，案子被解約了，剛好可以偷空休息一下。」

「沒安排活動？」背後的聲音更近了，彷彿就貼在

在火災現場發現一具身分不明的遺體……
我又來找你嘍♪

耳邊。等我驚覺這聲音是別人發出的，嚇得整個人差點沒彈起來，然而我還來不及反應，那人突地從身後架住我，我的屁股甚至微微離開了椅子。我呼吸困難，只發得出短促的呻吟。

對方的臉就緊貼著我的後腦杓，雖然看不見他，我很清楚他是誰。

「原來你沒死？」我轉過頭說道。對方呵呵笑了，「你該不是愛上我了吧？你的語氣簡直像是聽到暗戀的女生決定不轉學了一樣開心。」

我不知道該說什麼，只見眼前的電視畫面映出一處類似漁港的地方，警察在地上鋪了塑膠布，機具正從海裡撈起兩具屍體。

「你什麼時候進來的？」

「昨晚，你在睡覺的時候。後來我居然也睡著了，大概太累了吧，真不像是我會犯的錯誤。」

「你為什麼不打電話給我？」我說完這句話，發現這一句更像是對心儀女生說的話，不禁有些臉紅。

「我要是用手機撥給你，搞不好會把警察引來。所以，」他語氣粗魯地說出一句少女才會說的話：「我就直接來見你了。」

「到底發生了什麼事？」

「我只是照你上次教我的上網搜尋了啊，你知道下場有多慘嗎？」

「有多慘？」

「還問我？真是不負責任的傢伙。」

「我猜猜看。你家被燒了？」

「喔？你知道？」他露出既讚賞又欣悅的表情。

「我妻子告訴我的。」

「原來如此，你老婆的確知道我住在哪裡。沒錯，我最寶貝的房子被人放火燒了。我按順序講好了，一開始是這樣的。那三個人在三更半夜溜進我家……」

「那三個三七分頭？這不是正中下懷嗎？你不是在找他們？」

「是啊，的確算是正中下懷。那三人深夜溜進來，想趁我睡覺時把我幹掉，相當精采呢。」

他依然緊緊架著我，我完全無法動彈。

「怎麼個精采法？」

「他們全副武裝制伏我之後，將我五花大綁，接著在我家放火想把我活活燒死。這麼低級的作法，連我都很少做呢。」

我不禁苦笑，「很少做」的意思，想必是曾經做過。「那你是怎麼逃出來的？」

「繩子綁法有問題。他們大概是以為三個對我一個，肯定不會出紕漏，簡單講就是太大意了。」

「三個臭皮匠，勝過一個諸葛亮啊。」

「三個類似的人湊在一起，臭皮匠還是臭皮匠，只是從一個變成三個罷了。更何況對手是我，我可是很會假扮的。」

「假扮成什麼？名人嗎？」

「死人。」他慢條斯理地說道，似乎不是在開玩笑，「我能夠暫停呼吸一小段時間。」

「真的嗎？」

「有必要的話，我甚至可以停止心跳。」

「怎麼可能。」我笑了出來，「心跳一停，不就真的死了嗎？」

「吃藥就行了，羅密歐也吃過。」

「羅密歐？哪個羅密歐？」

「總而言之，他們以為我死了，當下沒了防備，被我趁機幹掉一個，活捉另外兩個，因為我想問出他們的身分和目的。」

警察從燒掉的屋子中找到那具身分不明的屍體，應該就是被他幹掉的那個吧。「嚴刑逼供是你最拿手的了。」我說。

「是啊。」

「那你問出什麼了嗎？」那三個人是否招出了操控搜尋關鍵字的機制或是歌許公司的真面目？

我身後的鬍子男搖了搖頭，「完全沒收穫。那些傢伙什麼都不知道。」

雖然早有預感會聽到這樣的答案，我還是有些失望。電視音量不大，但傳出的話語卻讓我豎起了耳朵，主播正報導著，從東京灣打撈上來的兩具遺體皆傷痕累累，其中一具還缺了一根手指。

「那兩人後來怎麼了？」我問。

「我讓他們平安地回家去了。」

「他們的家在東京灣底下？」我望著電視說道。東京灣撈上來的兩具遺體一定就是那兩個三七分頭。

「你知道得真清楚。」

「你說那三人什麼都不知道？」

「我啊，對於調查個人資料還滿有一套的，從工作、家庭結構、親朋好友、存款金額到興趣嗜好都查得出來。」

「查出這些情報，是為了方便威脅或拷問？」

「是啊，方便我找出天敵。」

我不知道他所謂的「天敵」是什麼意思，不由得思考了一下。

鬍子男接著說：「那三人都很平凡，畢業於同一所大學，喜歡同一個偶像明星。不過當我問他們為什麼想暗算我的時候，他們從頭到尾只說『這是工作』。」

「該不是在裝傻吧？」

「在我的嚴刑拷打之下還能裝傻的人，隔年大概就能出偉人傳記了。」

他說得氣定神閒，我卻聽得雙頰不自主抽動。「對了，我問你，你聽過安藤這個姓氏嗎？」

「安藤？喔，你上次不是提過『安藤商會』嘛，跟那個有關？」

「我也不是很清楚，」我的口氣簡直像是在和好友商量事情，自己也不禁覺得可笑，「總覺得安藤這個姓氏似曾相識。不過姓安藤的人很多，就算聽過也沒什麼好稀奇的吧。」

「外婆的舊姓。」

鬍子男這句話鑽進我的耳朵，霎時間彷彿在我腦中點亮一盞燈。

「咦？」我的頭更是使勁往後方轉去，鬍子男似乎也稍微放鬆了力道，我終於看見他的鬍子了。

「安藤是你外婆的舊姓。」

「你怎麼會知道？」被他這麼一說，搞不好真是如此。

「我說過了，我只要接下一件工作，就會把下手目標的祖宗八代等情報查得一清二楚。」

我的腦袋裡宛如剛孵出了小雞，初生的小雞搞不清楚狀況，只能左右張望，完全無法思考。

「你為什麼突然問這起這個姓氏？」

「原來如此。」我說：「原來安藤這個姓氏真的和我有關。」

「我聽不懂你在說什麼，你沒發神經吧？」

「你等等有空嗎？我們能不能到外面談談？」我回過神時，話已經說出口了。

鬍子男噗哧一笑，「你這表情，簡直像在苦苦哀求我不要轉學嘛。」

我無視他的調侃，回想著今天的占卜簡訊內容。三個臭皮匠，勝過一個諸葛亮。「我想再叫一個人來，我們找個地方好好談談。」

鬍子男沉默了一會兒，但似乎不打算拒絕。我告訴他集合時間與地點，請他先離開我家。他就像是擅自跑到我家借住的房客，順從地說了一句「ＯＫ」便出門去了。

我立刻拿起電話，本來想打給妻子，又改變了主意，因為我想起妻子和鬍子男是同類型的人。可能的話，我想盡量找個完全不同類型的人，才能夠不止從一變三，而是從一變十，凝聚出諸葛亮的智慧。

對方接起了電話。我一聽聲音，便知道這傢伙睡得正迷糊，於是我說：「恭喜您，這次第一屆日本文學獎確定由您的作品贏得獎項。」

「真的嗎？謝謝！」井坂好太郎以我從沒聽過的純真語氣喊道。

21

詭異的三方會談展開了。

我回想起中學時的家長會談，校方會找來學生家長討論學生的生涯規畫，那也是三方會談。輪到我的那一天，來到學校的不是我母親，而是鄰居老爺爺，一問之下，原來母親患了急性盲腸炎緊急住院去了。既然如此，為什麼不改天再談就好呢？我才這麼想，又得知我的女班導也得了急性盲腸炎，校方派訓導主任來代班。於是，平常從無交集的我、訓導主任及鄰居老爺爺三人就這麼開始了一場無比荒唐的家長會談。眼前的兩人對我的生涯規畫既不感興趣，也無須負任何責任，整場會談下來淨說些客套話。而今天這場三方會談的詭異程度，完全不亞於當年那場家長會談。

三個老大不小的男人，大白天的聚集在咖啡店裡，實在不大像話。講難聽一點，滿噁心的。我們圍著圓桌而坐，隔著相同距離，形成一個正三角形。

這家店的裝潢採用最近流行的透明素材，從地板、牆壁到桌椅都是透明的，透明牆上還播放著影片，我頻頻被汽車衝過來的影像嚇到，好一會兒才終於習慣。

被我硬拖出來的井坂好太郎臭著一張臉問道：「女孩子到底什麼時候才會來？」

「我們沒有要聯誼。」我應道。或許在井坂好太郎的觀念裡，除了聯誼，不可能發生三個男人湊在一起的狀況吧。

「這個男的是誰啊？」坐在我左手邊的鬍子男問道。

「他是我朋友，小說家井坂好太郎。」我接著向井坂好太郎介紹鬍子男，「這位是我妻子的朋友。」不知怎的，現在的氣氛有點像是把我心儀的女生介紹給朋友認識。「對了，你的名字是？」我問鬍子男。

「岡本猛。」鬍子男回答。新聞中房子遭放火的屋主確實是這個名字。

「你是做什麼的？」井坂好太郎沒好氣地問岡本猛。

「痛扁人。」鬍子男岡本猛坦率地回答。井坂好太郎看了我一眼，露出「這傢伙腦袋是不是有問題？」的表情。我懶得扯謊，補充說明道：「他是暴力業者。」井坂好太郎露出招牌的鄙夷眼神，哼了一聲說：「暴力業者啊。」

接著我把前因後果原原本本地說了出來。這陣子發生太多事，我已經心力交瘁，沒心情慢慢培養氣氛切入正題了。

「我之前曾經跟井坂說過，我的生活周遭最近發生許多怪事。」

「你是說上網搜尋那件事嗎？你那個公司後輩也嘗到苦頭了吧？我猜對了？」

「我也上網搜尋了。」岡本猛插嘴道。他應該比我和井坂好太郎年輕許多，卻是三人當中顯得最成熟穩重的。

「你沒出事嗎？」井坂好太郎一臉狐疑。

「我家被燒掉了。」岡本猛回答。

井坂好太郎一時間啞口無言，旋即露出一副了然於心的神情說道：「是喔。」接下來又說了一句：「所以呢？女孩子什麼時候才會來？」

「那三個傢伙是什麼來歷？」

我先說完了自己的遭遇，接著說明岡本猛的家遭人放火、火災現場發現一具屍體、東京灣裡還浮出兩具屍體。井坂好太郎聽完後，不耐煩地皺著眉朝岡本猛噘起下唇說道：「被你幹掉的那三個難纏的傢伙，到底想幹什麼？」

「他們只是想找我麻煩而已。」

「為什麼他們要這麼做？」我問。

「因為是工作吧，」岡本猛以吸管吸著綠色飲料，杯裡的冰塊發出清脆聲響，「我不是上網搜尋了嗎？把每一個做了這件事的人找出來教訓一頓，或許這就是他們的工作。」

「對喔，他們也在找五反田前輩。」

「那個五反田應該也上網搜尋了吧。」岡本猛說得理所當然。

的確很有可能。五反田正臣一定是解開了程式中的暗號化部分，發現了監控搜尋關鍵字的程式，而且很可能也上網搜尋過。之後他逃走了，所以那三人想盡辦法要把他找出來。為什麼要把他找出來？為了教訓他。為什麼要教訓他？因為這是工作。

「那三人對事情真相一無所知，只是聽命行事而已，就像是大機器裡的小齒輪。」岡本猛挑著眉說道。

「你們聽過阿道夫．艾希曼(*1)嗎？」井坂好太郎冷冷地說道，聲音宛如一支無形的箭畫過空中。

「那是誰？運動員嗎？」我隨口應道。岡本猛則反問井坂：「你說的是那個納粹德國人嗎？」

井坂好太郎指著岡本猛，裝模作樣地以英語說了聲：「That's right.」還瞇起眼睛，露出「沒想到你這傢伙頗有內涵」的眼神。接著他轉過頭來看著我，目光中充滿了同情，宛如看著一個資質極差的學生，然後語氣高傲地說：「納粹德國曾經屠殺猶太人，這件事你總知道吧？」

「當然知道。」我點著頭。這是發生於二十世紀的重大悲劇之一，數百萬猶太人遭到屠殺，只因為他們是猶太人。

「艾希曼當時是猶太人管理部門的課長，嗯，算是個小主管吧。大家都說他該為屠殺猶太人負責，他被判處絞刑，但也有人認為他只是個盡忠職守的平凡德國人罷了。」

「盡忠職守？那是推卸責任的說詞吧？死了那麼多猶太人耶。」

「是啊。後來有個叫做京特・安德斯(*2)的傢伙寫了封信給艾希曼的兒子，上頭寫了一段很有趣的話。」

「你老爸是屠殺猶太人的兇手？」我沒有在開玩笑。

「剛好相反，那個人的思考非常理性，他甚至覺得，任何人都有可能成為艾希曼。在他這封信中，頻繁地出現『怪物現象』與『機械化』這兩個字眼。」

「怪物現象？」我問道。

「簡單來說，怪物現象指的就是殺害幾百萬猶太人卻絲毫不會良心不安的現象。兇手若無其事地殘殺猶太人，宛如在工廠生產商品似的。而為什麼會出現這種怪物般的現象呢？安德斯認為是因為，這個世界已經被機械化了。」

「機械化的意思，是指工業技術的進步與自動化嗎？」我腦海浮現從前在爺爺家裡看過一部古老的無聲電影，記得片名叫做《摩登時代》(*3)，故事描繪工業革命帶來的工廠機械化，以及面對時代巨變時，毫無抵抗力的小人物的悲哀。

「嗯，狹義來看的話，可以這麼說。大量製造商品，制定管理機制，追求最高效率。技術及系統化能力不斷進步，造成專業分工愈來愈細，每個人都只是機械性地完成眼前的工作，卻對整個作業流程一無所知。如此一來，會造成什麼狀況呢？」

「每個人都成了零件。」岡本猛喃喃說道。

「沒錯。」井坂好太郎滿意地點點頭，再度確認岡本猛的確是個優等生。我有一種遭到忽視的感覺。「也就是說，人們會失去想像力與知覺。安德斯是如此斷言的。」

---

*1 阿道夫・艾希曼（Adolf Eichmann, 1906-1962），納粹德國的重要官員，是猶太人大屠殺行為的主要負責人，二次大戰後曾一度逃亡，於一九六〇年遭逮捕並被判處死刑。

*2 京特・安德斯（Gunther Anders, 1902-1992），德國著名哲學家。

*3 《摩登時代》（*Modern Times*），英國著名演員查理・卓別林（Charlie Spencer Chaplin, 1889-1977）所製作的無聲電影，於一九三六年上映。

「失去想像力與知覺？」

「系統實在太複雜，加上產生的效果太巨大，身處其中的人根本無法想像出全貌。假設某個系統所產生的『巨大效果』是某種殘酷的事，譬如將幾百萬人送進毒氣房殺死，但由於是高度分工，執行各個分工的人將無法感受到『良心的苛責』。」

「那個阿道夫·艾希曼正是典型的例子？」岡本猛說著以吸管攪拌著冰塊。

「可是罪魁禍首應該是建立起整個系統的傢伙吧？」

「你是說推動機械化生產的人嗎？這種人成千上萬，你指得出是誰嗎？何況，這些建立系統的人也只是零件吧，真正掌控系統的並不是人，而是某種看不見的力量。」

「看不見的力量？這真是太神奇了。」岡本猛嘲諷道，但井坂好太郎沒有因此而退卻。

「我指的是提高生產性、增加效率、讓生活變得更輕鬆，這一類肉眼看不見的巨大法則力量。好比說，聽好嘍，國家運作的唯一目的是——讓國家本體能長久維持下去，而不是守護國民，也不是促進社會福祉或管理年金。國家的每一個舉動，都是為了讓國家繼續存在；政治人物的行動也是同樣道理。就這層意義來看，國民向國家抱怨什麼『國家都沒有照顧國民的生活』，根本打從一開始就搞錯對象了。」

「這是什麼鬼論點？」我不禁覺得可笑。國家不照顧國民，算什麼國家呢？但我同時也察覺，自己其實沒辦法明確說出所謂的「國家」到底是什麼。

「我再舉個例。譬如國民不能殺人，因為殺人是一種違反道德的行為，基本上所有人都認同這件事，而且要是殺了人就會受到法律制裁。但卻有例外，那就是戰爭和死刑。」

「嗯，是啊。」

「因為這兩個例外已經超越道德層面的問題了，也就是說，只要是對國家有利的事，只要能延長國家的生命，即使是殺人，也會被合法化。這並不是為了國民，全是為了國家本身。」

「但國家也是會為國民做很多事情的，不是嗎？」

「你想想，要是國民真的生氣了，會發動革命把國家推翻吧？所以為了不惹毛國民，國家在一定程度內，還是會做一些像是為國民著想的表面工夫，說穿了只是為了延長國家壽命罷了。」

此時女服務生送來我們點的三明治，一直喋喋不休的井坂好太郎倏地閉上嘴，直盯著女服務生看，還微笑著對她擠眉弄眼。女服務生不知是覺得噁心還是害羞，登時雙頰泛紅，快步離去。

「現在的網路，也是一種系統。」井坂好太郎又板起了臉，彷彿剛剛那些下流的舉動都是夢一場。「網路上的每一篇文章，包含抱怨、揭發真相、讚美、謾罵及怨恨，各種要素混雜在一起，創造出各式各樣的情報。早在數十年前，情報就是推動現實社會運作的重要力量，而網路便是關鍵工具之一。」他說到這，望向自己手上的透明咖啡杯，除了看得見裡頭的褐色咖啡，杯壁不斷播放著各種廣告或新聞。「像這樣的情報傳播裝置，也不是為了讓我們的生活變得更美好而存在。在資本主義系統的運作之下，這些東西都是為了提升利益而被製造出來的。某間廣告公司的員工思考廣告點子，不外乎是要讓委託客戶高興，讓上司讚賞，或是為了自己獲得某種成就感，說到底只是為了創造自己的價值及利益，為了一己的目的。於是只要能夠創造利益的東西，就會不斷進化；並不是為了人，而是利益。就是這樣的系統啊。」

「情報與利益能夠推動世界。」岡本猛咕噥道。

「而如今大部分的情報都在網路上。」

「所以你才會操弄網路情報，讓自己的作品得到高評價？」

「我那只是小兒科而已，網路所能創造的效果遠遠超乎你想像，而且重點是，每一個參與情報製造傳播的人，所做的事情不過是動動手指敲鍵盤。安德斯說過，『當我們的製造能力超越了自己所能想像時，我們會失去想像力及知覺』，這個現象確實正在發生。網路所帶來的效果大得令所有人無法想像，即使是身為情報製造者的一員也一樣。」

「所以，襲擊我的那三個人正是因為專業分工的關係而喪失了良心？」岡本猛問道。

「那也不見得，搞不好他們本來就沒有良心。可以確定的是，他們只是專業分工下的小齒輪。」

「原來如此。但有兩點我還是不明白。」我開口了：「第一，監控著網路上的關鍵字搜尋，加害五反田前輩及大石的幕後黑手到底是誰？說了半天，這部分還是沒答案。」

「就算我說出那個幕後黑手的身分，你也不會相信的。不，應該說我早就告訴你幕後黑手是誰了，是你慧根不夠，無法參悟，這是你的問題。好了，第二點是什麼？」井坂好太郎的態度宛如在隨口應付一個腦筋太差的學生。

「我不懂這種好像有那麼點道理的話，怎麼會從你口中說出來。」

「你以為我願意嗎？又沒有女人來，除了講些很像回事的話之外我還能做什麼？」

詭異的三方會談繼續進行。

「你那個偷腥對象櫻井由加利又是什麼來頭？」岡本猛直視著我問道。我已經沒有力氣繼續否認偷腥了，我現在擠得出來的掩飾方式，只有曖昧地回道：「她是個普通的粉領族。」

「喂喂，你們在說誰啊？」井坂好太郎一聽到女人的名字，立刻精神百倍湊了上來。我真羨慕他那種單純的腦袋。

「一介普通的粉領族會從海外旅行回來之後立刻辭職，從此行蹤不明嗎？」岡本猛墨鏡後方的雙眼閃著光芒。

「那是我妻子搞的鬼吧？不是我妻子命令你將她藏起來的嗎？」

「一開始的計畫確實是那樣。我不知道你了解多少，但我可以告訴你，你老婆真的很可怕。」岡本猛說到這，微微一笑，「她的確曾經命令我把那個櫻井由加利揪出來，好好教訓一頓。」

「譬如在卡拉ＯＫ的包廂裡斷她的腳筋？」

「喂喂，你們在說什麼話題呀？嚇死人了。」井坂好太郎嘴上說嚇死了，兩眼卻閃爍著好奇的目光。

「嗯，她確實提到過什麼腳筋的。」岡本猛泰然自若地說道：「不過，我真的找不到她。那女人就這麼人間蒸發了。」

「不是被我妻子帶走的？」

「你老婆也想盡辦法要找出她，但找不到就是找不到。櫻井由加利那女人，絕對不是普通的粉領族。」

「她真的是普通的粉領族。」

「我說你啊，渡邊。」井坂好太郎粗魯地指著我說：「你根本不懂女人吧？我記得你高中時還一直深信你暗戀的那個女生不必上大號哩。」

「那是小學。」

「你說說看，你是怎麼勾搭上那個女人的？男人與女人的關係，九成九從認識的過程就推測得出來了。」井坂好太郎盛氣凌人地說道。我雖不甘願，還是把我和櫻井由加利交往的來龍去脈說了出來。到了這個節骨眼，還是不要有所隱瞞才是明智之舉。

櫻井由加利是我公司的同事，我和她在上映某部賣座電影的某場次裡巧遇，更巧的是當時整間電影院裡只有我和她兩個人，簡直就是緣分的安排。由於我之前曾拐彎抹角地將這件事描述給井坂好太郎聽，只見此時的他歪著腦袋，直說這個情節好像在哪裡聽過，還拉高了嗓門，振振有辭地說出了無新意的結論：「沒錯，女人對緣分這兩個字最沒抵抗力了。」

「從那件事之後，我和她的感情愈來愈好。如何？現在你們明白她只是個普通的粉領族了吧？」

我說了這麼多，等於是通盤承認了我與櫻井由加利的婚外情關係，但我已經顧不了那麼多了。我靜靜地等著他們兩人的回應。

「我早就告訴過你，只要跟緣分扯上邊，女人就會招架不住。現在你明白我說的完全正確了吧。」井坂好太郎說道。

「不，」岡本猛則是徹底否定，「整件事太不自然了。」

「不自然？」我一臉納悶。

「櫻井由加利應該也是那個吧？」

「哪個？」我和井坂好太郎異口同聲地反問。

「專業分工下的小齒輪。」

我霎時有種錯覺，彷彿屁股下的椅子腳開始扭曲變形，我連人帶椅正逐漸下沉。

22

這時井坂好太郎緩緩將手伸進他的提包裡，不知道在掏什麼。他為什麼在我們談重要事情時做出這種舉動？我順著他的視線望去，發現他正直勾勾地盯著店內深處的座席，一名剛進來店裡的年輕女子正要就座。

「喂，你在看哪裡啊？」

他似乎沒聽見我的話，興匆匆地從提包拉出一件藍色T恤，接著脫掉身上的丹寧襯衫，迅速套上T恤。

「他換衣服幹什麼？」鬍子男岡本猛一臉錯愕地望著我，彷彿井坂好太郎是做出詭異行徑的演員，而我是井坂的經紀人。

「喂，井坂，你帶那麼多衣服在身上幹麼？」我朝井坂好太郎的提包望去，發現裡頭有好幾件摺得整整齊齊的襯衫，他平日常穿的和服也在裡面。他總是說：「很久以前的作家大多是一身和服裝扮，所以我故意以和服現身，這麼做反而會帶給現代人一種新鮮感。」

「Wait a minute.」井坂好太郎以噁心的語調說了這句英語之後，站起身來，筆直地朝收銀檯走去。

我和岡本猛默默地轉頭，看著他的詭異行動。

井坂好太郎經過那名剛坐下的落單女性身旁時，突地停下腳步，露出誇張的驚訝表情，指了指她，又指了指自己的T恤，還強調地扯了扯領口。

「那個女孩子也穿著同款的T恤。」岡本猛喃喃說道。

「對耶。」經岡本猛這麼一說，我也看到了，女子的T恤是淺灰色的，但胸前的圖案與井坂好太郎的T恤一模一樣。「最近流行這種T恤嗎？」

我豁然明白了井坂好太郎的用意。「他現在一定在說，我們穿著同樣的T恤呢，好巧啊，這一定是緣分，是命運的安排。」

女人對緣分這兩個字沒有抵抗力，正是他大力主張的論調。那名女子遇上陌生男人攀談，一開始露出了警戒神色，但井坂好太郎不知道說了什麼，逗得她笑了出來，心防明顯降低了。

「就跟這一樣。」岡本猛撫著他墨鏡的鏡架說道。

「什麼跟這一樣？」

「你的偷腥對象櫻井由加利對你做的事情，就跟那個男人現在做的事情一樣。」

「什麼意思？」

「你和櫻井由加利在電影院裡巧遇，而且是場場爆滿的賣座電影，卻唯獨那一場的觀眾席空空蕩蕩的。我不相信世上有這種事。」

「但現實中真的發生了。」

「所以是櫻井由加利算計好的。」岡本猛開門見山地說：「為了有機會更親近你。」

「算計？怎麼算計？」我勉強擠出笑容。如果連那種狀況都能夠算計，世上還有什麼事辦不到。

「她或許預訂了所有座位，或是包下全場只釋出你和她的兩張票。這年頭只要肯花錢，什麼都可以在網路上訂下來，不是嗎？另一種可能是她收買了售票員，只把票賣給你一個人。」

我用力地搖頭，內心有種不好的預感，覺得自己就快被說服了。我轉頭望向井坂好太郎，發現他不知何時已在女孩子對面的椅子坐了下來，正口若懸河地說著話。

「可是，」我拚命回想與櫻井由加利在電影院裡相遇的狀況，「我的票是偶然間從客戶那裡拿到的，而且我本來沒打算去看，只是剛好被一名路過老先生詢問電影院在哪裡，我帶他去到電影院，臨時起意就順便看了。真的是事出突然，櫻井由加利不可能連我的臨時起意都預測得到吧？」

「給你電影票的客戶，還有向你問路的老先生，都可能是把你引去電影院的小齒輪之一。」岡本猛乾脆地說道。

「齒輪？」

「就是那男人剛剛提到的專業分工。每個人負責一小部分，一起完成工作。」

「他們為什麼要這麼做？」

「因為櫻井由加利想親近你，但她發現以一般的手法很難達成這個目的。」

「要和我親近，比討幼稚園兒童的歡心還簡單。」

「問題在於你老婆。」岡本猛揚起滿是鬍碴的嘴角笑了，「你有個那麼可怕的老婆在，不可能有膽子跟其他女人交往。要打動你的心，得動一下腦筋才行。」

這點他倒是說對了。對我來說，婚姻的五大信條，一是忍耐，二是忍耐，三和四從缺，五是活下去。我比誰都清楚，一旦偷情就意味著生命的結束。但是，我和櫻井由加利還是發展成了婚外情。

為什麼？

因為我感受到了緣分。

而如今岡本猛卻告訴我，這個緣分是人工的產物。一陣恐懼襲向我，這種心情有點像是一條自己一直以為是潔白無瑕的床單，卻被旁人告知那只是泛黃的中古貨。如果我的意志力再脆弱一點，搞不好會哭著大喊「別再糟蹋我的緣分！」吧。

「那個男人剛剛不是拿出和那名女子相同的T恤穿上嗎？櫻井由加利也一樣，你說的緣分和巧合都是她製造出來的。」

「她為什麼要這麼做？」

「這個嘛……」岡本猛似乎懶得講下去，一臉興致索然地玩弄著吸管。

因為她喜歡我嗎？我忍不住想問出這句話。這算是

我的心願吧，除了這個原因，我不想聽到其他答案。但我還沒說出口，岡本猛已經接著說：「大概是為了錢吧。」

「錢？」

「放火把我家燒掉的那三個人顯然只是收錢辦事。所謂的專業分工，就是工作呀。你知道人類做出任何行為的最單純動機是什麼嗎？是工作。剛剛提到艾希曼的例子也是一樣，殺害猶太人，就是他的工作。我也一樣。為什麼我要凌虐、折磨他人？因為這是我的工作。既然是工作，目的當然是錢。所以把你引到電影院的兩人和櫻井由加利，大概也是收錢辦事吧，就這麼簡單。」

「別再糟蹋我的緣分！」

我才剛喊出這句話，桌旁突然有人坐了下來，我抬頭一看，井坂好太郎回來了。「久等了。」

「你到底隨身帶著多少衣服啊？」

「最近年輕人之間很流行這種燙字T恤，反正熱門款式就那幾種，我挑了幾件比較顯眼的隨身帶著。」

「故意穿上和女人同款的衣服，製造緣分的假

I ♥ 钱

象？」岡本猛嗤笑著說道。

「That's right.」

「這麼做只會讓對方覺得詭異吧？」

「接下來就要靠口才和天資了。看，我這不就要到她的電話號碼了嗎？」井坂拿出一張他的名片，背面寫著一排數字。

難道櫻井由加利也是這麼製造假緣分來接近我？和眼前這個輕浮、放蕩的男人做出一樣的行徑？我眼前頓時一片昏暗，內心激動不已，眼角逐漸發熱。

「你們剛剛在談些什麼？」

「他說，我和同事櫻井由加利的緣分也是人為安排的。」

井坂好太郎邊聽我述說，邊發出類似貓頭鷹的唔唔叫聲，聽我講完後，他斬釘截鐵地回道：「沒錯，就是這麼回事。」我張口結舌，模樣大概就像將頭探出水面的鯉魚，嘴巴一開一闔。

「你的婚外情是別人捏造出來的。」岡本猛毫不留情地說道。井坂好太郎也點頭附和：「很遺憾，渡邊，你們之間並沒有愛情。我勸你以後還是別搞婚外情了，像你這種門外漢不適合幹這種事啦。No more婚外情，知道嗎？」

我的腦袋亂成一團，只想將我所想得到的反駁與辯解全說出口，於是我說了：

我和櫻井由加利的交往是真心的。

我們做愛的次數非常多，又不只是一、兩次。

如果是為了工作，怎麼可能做到這種地步？

她的態度一點都不像是裝出來的。

如果我和她的關係是被設計出來的，那麼世界上所有戀愛、婚外情、婚姻及一切男女關係一定也都是被設計出來的。

差不多就是這些吧。

我知道這種情緒性的發言很窩囊，說出口只是讓自己心情更糟，但我還是無法克制地說了出口。

然而這兩人卻是輕而易舉地將我掏心掏肺的控訴全數推翻。以棒球來比喻的話，就彷彿我拚著肩膀骨折的覺悟所投出的快速球，卻被他們以散擊練習般的動作輕鬆打了回來。

真心交往，只是你的主觀認定。

做愛的次數和兩人之間有沒有愛情並無太大關聯。若是為了工作，確實有可能做到這種地步。所謂的工作，不就是做自己不想做的事換取報酬嗎？

櫻井由加利很可能就是憑著高明的演技才獲得這份工作，何況墜入愛河的男人根本看不出女人是不是在演戲。

一家居酒屋賣的生魚片不新鮮，並不代表全國的居酒屋賣的生魚片都不新鮮。

大概就是這麼回事。

我並沒有被說服，也不認為他們那套說詞具有說服力，但我卻被強烈的無力感包圍。眼前這兩個男人在性格上天差地遠，卻同樣帶給我「水底撈月」、「對牛彈琴」的感受，我開始覺得繼續對他們真心坦白是一件很蠢的事。

而且，櫻井由加利的神祕失蹤確實令我無法釋懷。她明明和我說要去歐洲旅行，後來卻從帛琉歸國，而且馬上宣布結婚，向公司請辭。我去了她的公寓一看，她家電話裡竟然出現撥打給歌許公司的紀錄。而說起歌許公司，不正是把我的生活攪得一團亂、宛如幕後黑手般的存在嗎？難道櫻井由加利也是歌許公司的人？她只是專業分工下的小齒輪？我愈思考，腦袋裡愈是冒出不安的泡泡，一顆又一顆膨脹、破裂、消失。

「話說那個安藤商會，又是什麼來歷？」過了一會兒，岡本猛開口了，完全無視在一旁垂頭喪氣的我。他也是因為上網搜尋而被捲入麻煩的當事人之一，心中當然會有這個疑問。

「井坂，你上次不是說過，那是一個名叫安藤潤也、住在岩手縣的有錢人所創立的公司嗎？」雖然我內心已經因櫻井由加利的事而滿目瘡痍，還是強打起精神參與了話題，畢竟現在不是意志消沉的時候。

「有錢人？」岡本猛的雙眼發出了光芒。

「我不知道他做的是什麼事業，但聽說他非常有錢。」

「家裡有好幾輛賓士？」岡本猛瞇起眼說道。

「不是那種層級的有錢。」井坂好太郎搖搖頭說：「二十年多前，我們還是小鬼頭的時候，不是發生了東海油氣田案件嗎？當時還叫做中華人民共和國的中國，在天然氣挖掘工程現場設置了奇怪的兵器。」

我還記得那起案件。中國在東海油氣田附近裝設了神祕裝置，雖然他們聲稱那是新型挖掘機器，但不無可能是核武或化武。即使當時美日安保條約已逐漸失去效力，美國還是插手干預，派出了最新的小型核子潛艇前往東海，局勢可說是劍拔弩張、一觸即發。宛如互相以槍指著對方的兩個人，雖不想開槍，又不能先放下槍，自尊心與警戒心讓雙方皆呈現騎虎難下的狀態。

「不過，一般民眾都是在事情結束後才曉得真相。緊張局面持續了兩個星期，事情結束後又過了兩個星期，民眾才知道曾發生過這起危機。」井坂好太郎繼續說：「就好像雙親趁著孩子睡著後談判，決定離婚了才告訴孩子一樣。除非必要，否則國家不會把重要事情告訴國民的。」

「那次危機最後是怎麼收場的？」

「關於這點有許多傳聞，其中之一是，有某位勇氣十足的日本政治人物出面說服了中國的領袖。」

「日本有這樣的政治人物嗎？」

「犬養舜二。」井坂好太郎說：「他當時的身分是卸任首相，算是已退休的政治人物吧。」

「你說的是那個舉辦全民公投的犬養？」

「是啊。根據傳聞，他私下前往中國進行了祕密交涉。當時的日本因為石油危機影響，通貨膨脹嚴重，經濟萎靡不振，但在那起危機順利解決之後，日本的景氣又逐漸復甦了。」

關於犬養的個人魅力，我也相當熟悉，學校的歷史課本記載了許多關於他的英雄事蹟，但是那些事蹟由於太過浮誇，一般都認為是杜撰的。例如這種憑一人之力解決國家之間巨大糾紛的傳聞，就很難令人相信。「他是怎麼說服中國的？」我問。

「用錢啊。」井坂好太郎想也不想地回道：「這是最單純的答案。想說服對手，就拿錢出來。錢可以誘使對手讓步，也可以用來威脅對手。」我訝異的是，岡本猛剛才也說了類似的論點。

「問題是要多少錢才夠。」岡本猛邊說邊從零錢包中掏出飲料錢。

「據說這筆錢就是安藤潤也出的。」

「咦？」

「這也是傳聞，不曉得是不是真的，總之是嚇死人的金額。犬養舜二就是帶著安藤潤也拿出的這筆錢，與中國交涉。」

我想起之前井坂好太郎也和我說過，安藤潤也擁有上兆的資產。一個人要如何賺到那麼多錢呢？而且更重要的是，為什麼他要把自己的錢用在這種地方？

「拿錢解決問題，並不是壞事。」井坂好太郎語帶肯定地說道：「當雙方互相牽制，會陷入進退不得的膠著狀態，此時如果有人跳出來提出一個妥協方案，往往能讓雙方找到臺階下。金錢這種東西無關思想信念，而且簡單明瞭，不太會傷及雙方尊嚴。與其向對方的理念妥協，還是向金錢妥協比較有面子。錢就是錢，單單純純。」

「但是為什麼在網路上搜尋有錢人安藤的情報，就會被盯上？」岡本猛撫著鬍子問道。

「正確來說，是把『安藤商會』和『播磨崎中學』放在一起搜尋的人才會被盯上。在網路上分別搜尋這兩個名詞的人多得數不清，但會把這兩個名詞放在一起搜尋的人卻寥寥可數。」

「不知道有沒有辦法探聽到關於安藤商會的詳情？」我說道。

「你外婆的舊姓是安藤，和這件事有沒有關係？」岡本猛問我。

「什麼東西啊？怎麼會扯到你外婆？」井坂好太郎皺起了眉頭。

「就是你聽到的，我外婆舊姓安藤。」

「真的嗎？太巧了吧？」

「這就是緣分吧。」我帶著自虐的心情說道。

就在這時，井坂好太郎又蠢動了起來，只見他從提包取出一件芥末黃的T恤。我轉頭一瞧，有位身材苗條的美女正走進店門，身穿相同顏色的T恤。

「真有你的，太厲害了。」岡本猛愕然地說道。

井坂好太郎哼了一聲，對我說：「不如你去見見那個安藤潤也吧。」此時他的視線已經釘在美女身上，語氣顯得有些心不在焉。

「見得到他嗎？」

「我不是說過我正在寫一部關於播磨崎中學案件的小說嗎？別看我這樣，我在蒐集創作資料這件事上頭可是不遺餘力，當然也調查過安藤商會了。」
「你見到安藤潤也了嗎？」
「我聽說他住在岩手縣某個度假別墅區，就跑去了。」
「度假別墅區」這字眼與安藤潤也這種大富豪的確頗相稱。
「但是我不知道他住處的確切位置，只找到那個別墅區的管理員。我在那裡碰了釘子，不管我怎麼軟硬兼施，那傢伙還是什麼也不說，堅持要我離開。」
「那就算換我去也見不到安藤潤也吧？」
「不，渡邊，如果你外婆是安藤潤也的遠親什麼的，搞不好就有機會見到面了呀。話說回來，天底下竟有這麼巧的事，真是太有趣了。總之如果你們是親戚的話，對方應該會把你當自己人啦。」
我還沒決定要不要去，姑且開口問了：「在岩手縣的哪裡？」
「等等再詳細告訴你，從盛岡搭巴士就到得了了。」井坂好太郎說著站起身，又補了句：「對了，順便讓你讀一讀我的新作原稿吧。」
「讀你的作品有什麼好處嗎？」
他沒回答我的問題，急急忙忙朝方才那位美女走去，又把我和岡本猛丟在一旁。
我無法忍受沉默的尷尬，只好問岡本猛：「櫻井由加利真的是為了工作和我交往的嗎？」
「可能性很高。」岡本猛的語氣中帶有年輕人特有的不耐煩，接著他指著我說：「你老婆雖然可怕，或許還比較單純。」

23

我搭上了新幹線，期待著這趟盛岡之行能將我最近遇到的麻煩及怪事畫下句點，但前往陌生的土地還是讓我有著莫名恐懼；不但如此，公司那邊我請了一星期的特休，這種可能有同事在背後指指點點的旅行，也讓我忐忑不安；再加上一路上只有一份朋友所寫的小說原稿陪伴著我，我更加不安了。
雖然心裡七上八下，事到如今，我只能拉開座席所附的小桌子，讀起了原稿。第一頁印著一排小字「再見草莓田」，應該就是作品標題吧。這麼冷漠又感傷的標題，實在不像他的風格。我翻開了下一頁。

他踏在修剪整齊的草皮上，一邊享受著鞋下的觸感，一邊朝著公園深處前進，鞋底輕撫過綠色植草的葉尖。公園裡聳立著許多喜馬拉雅杉木，一派悠然的姿態，彷彿從遠古時代便扎根於此。強烈的日光從南方天空灑下，將他的頸子曬得火燙。周圍景色因熱浪而搖曳，右手邊大象造形的溜滑梯及鞦韆等遊樂設施在熱空氣中微微扭動，彷彿被油化開了輪廓的圖畫。眼前有道小小的臺階，他一腳跨過時，臺階上一列長腳螞蟻的行進隊伍映入他的眼簾。螞蟻由左爬向右，他蹲下來凝神細看，發現有另一隊螞蟻是從右爬向左，而且向左行的螞蟻身上都背著白色物體；往反方向前進，也就是向右前進的螞蟻身上則是空空如也，所以右行部隊的任務應該是前往某處蒐集食物吧。牠們忙碌地擺動著觸角，宛如渴望撫摸裸體的雙手。他不禁思考，每隻長腳螞蟻是否有自我意識？或許牠們只知道日復一日地過著這樣的生活，周而復始地做著這種稱不上是享受生活的運動，每一隻螞蟻都只是聽從著巨大組織的意志在行動罷了。

背後有人喊了他的名字，他仍蹲在地上轉頭一看，有個人在他身後，因爲背對太陽的關係，只看得到一道黑黑的人影。他的視線範圍內，看得清晰的反而是遠方公園入口處的一對母女，小女孩正朝天空伸長了右手仰望著，似乎在期待有什麼東西會從天而降，但事實剛好相反，小女孩正依依不捨地看著她不小心放開了手的氣球。漸行漸遠的氣球，女孩稚氣的眼神，這或許是她初次體驗到無法挽回的離別。

「我不想毀了我的人生。」出現在他眼前的委託人說道，同時飄來某種氣味，可能這個男的正吃著口香糖吧，一股不自然的果實香氣挑逗著他的鼻子。

「能不能說得具體一點？」

或許是眼睛習慣了背光狀態，委託人的模樣逐漸清晰，但比起臉部輪廓及五官，最先看清楚的是委託人的那身西裝。好眼熟的西裝，在哪裡看過？仔細一想，原來和自己身上的西裝一模一樣，但是就連撞衫的尷尬氣氛，也被炎熱的夏日太陽蒸發得一乾二淨。「喬治·亞曼尼的西裝。」他囁嚅著。氣球帶著下垂的絲線，在高

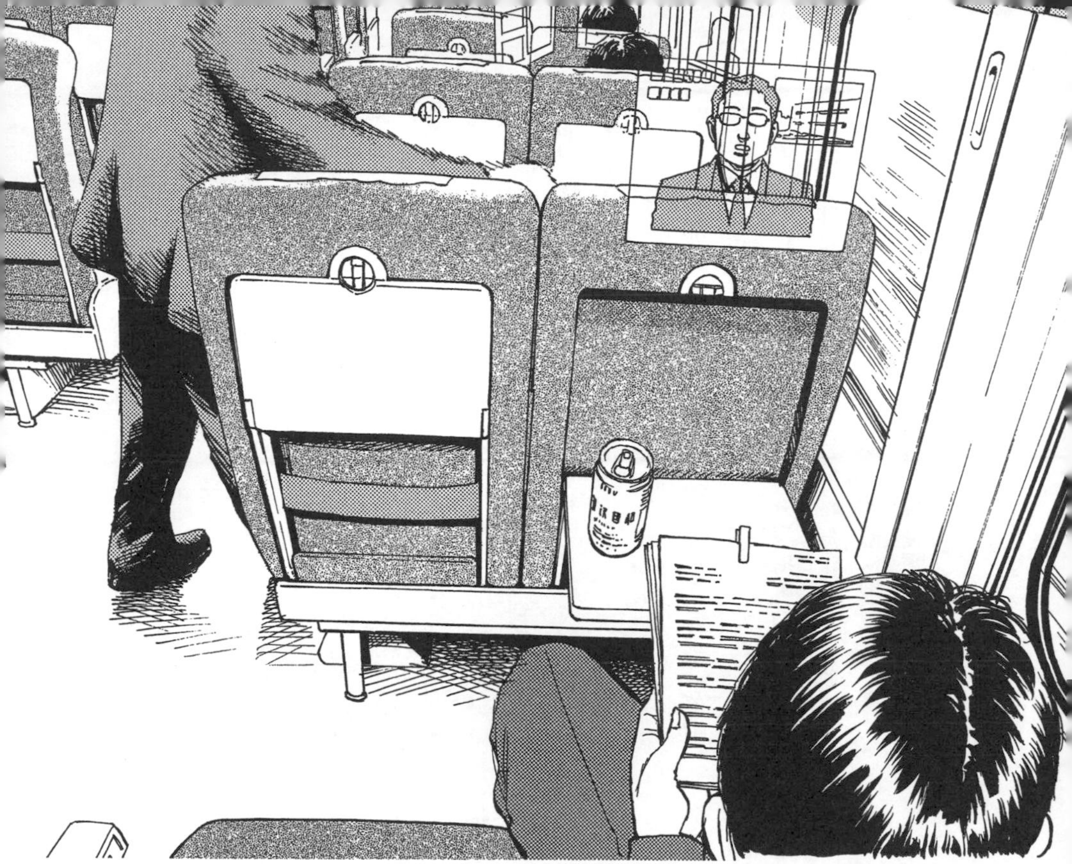

高的天空中搖擺，那絲線透露出一股不甘心，彷彿在訴說：誰來抓住我吧。快來抓住我吧。

「你是草莓先生嗎？」委託人問道。

「是的。我就是。」只聽見他語氣生硬的回應。

「能耽誤你一點時間嗎？」

販賣零食的推車從我旁邊經過，我停下閱讀，向女販售員買了一罐啤酒。我原本就喜歡在旅途的電車內喝啤酒，甚至覺得電車旅行怎麼能少了啤酒。

我接過啤酒，壓下頂端突起部分，蓋子便開了個小洞。我喝下一大口啤酒，享受著宛如清冽溪水一口氣流過喉嚨的舒暢感，接著我將視線移回原稿，低喃道：「不太對勁。」

井坂好太郎的小說我也讀了不少，當然不是由於喜歡他的小說，也不是身為朋友的人情壓力，只是因為他一天到晚問我「你看了我的新作品嗎？覺得如何？」而且不問出我的感想絕不罷休。所以為了應付他，我總是在他出新書時便買來看一看，至少說得出劇情大綱的話，還能擋他一陣子。雖然是出於這種動機，但我也算得上忠實讀者吧。幸好他的小說讀起來很輕鬆，對我而言，這是他的小說的唯一優點。

所以我即使稱不上是他的知音，某種意義上來說也是讀者之一。但我總覺得我手邊的這部小說，和他過去的作品不太一樣。

差異到底在哪裡？我想了一會兒，得到的結論是「名詞結尾的句子」。我翻開這部作品沒多久，就發現文中出現好幾個以名詞形式結尾的句子。

從前井坂好太郎曾這麼對我說：「我討厭以名詞結尾的句子，那太做作了，寫起來很丟臉，再說文章中適合使用這種句型的地方根本少之又少。」當時他的口氣非常認真，就和他主張女人對緣分沒抵抗力時一樣認真。「所以我每次讀到作者不自覺地寫下許多名詞結尾句子的小說，就會起雞皮疙瘩。」他傲慢地說出很像一回事的主張，雖然「傲慢」這個形容詞簡直就是為了他而存在，我還沒見過他哪次講話不傲慢的。

「好，那我會仔細找找看你有沒有寫過名詞結尾的句子。」我語帶嘲諷地回道。但他絲毫不為所動，言之鑿鑿地說：「哼，我才不會寫那種東西。」

然而我手上這部新作當中，卻有不少以名詞結尾的句子。這些句子並不特別突出，難道是他不知不覺寫下的？但他明明那麼討厭以名詞結尾的句子？

還有一點也很怪。過去他的小說有個特徵，那就是描寫景色的句子非常少，幾乎可用「貧乏」來形容。他的小說大半由對話構成，對話與對話之間僅插入少量黏著劑般的敘述性文字，而就連這些敘述性文字都極少拿來描寫景色，多半是浮誇的暗示或無聊當有趣的譬喻，令人不禁懷疑他的文章都是拿一些內容空泛的漫畫當參考寫出來的。但他本人的說法是：「景色描寫只會拖累閱讀速度，小說這種東西，讀起來通順暢快才是最重要的吧。」但在我聽來，這都是將錯就錯的強詞奪理。

「你不是不想描寫，而是不會描寫吧？所謂的小說，不是應該努力營造每個橋段的情境、味道、聲音及氣氛嗎？不然你小說裡的景色和劇本上的寫法或布景道具有何不同？」或許是實在看不慣他的傲慢態度，只有一次，我毫不留情地指出了他作品的缺點。

他一聽，忿忿地回道：「你根本不懂小說！」但我知道，他只有在心虛時才會露出那樣的表情。我起了悲天憫人之心，沒再追究下去。

然而這部作品裡，不但出現了許多名詞結尾的句子，還有不少景色的描寫。這現象在一開頭還不算明顯，但到後來甚至有整整兩頁的篇幅在描寫白雲的流動。

為什麼會有這樣的變化？

自從上次那起外國報社所引發的失言風波之後，他的小說便絕版了，名氣也呈現下滑趨勢。難道他是為了挽回頹勢而試圖改變風格？若真是這個原因，他也未免太天真了。

他，草莓，在公園裡遇到的委託人自稱間壁敏朗。間壁敏朗只要一開口，鼻子下方一帶便隨之隆起，草莓忍不住直盯著看。間壁敏朗說，我剛剛去了你的辦公室，總機佐藤民子小姐說你在公園，所以我就趕往這裡來了，跑得我上氣不接下氣。草莓問，佐藤民子是不是在塗指甲油？間壁敏朗回答，沒錯，她在塗指甲油。草莓語帶諷刺地說，我剛剛出門時她就在塗了，她到底有幾根指頭？

間壁敏朗接著開始自我介紹。但除了得知他年齡二十一歲，從這番話中得不到任何有用的情報。他，草莓，只好透過自己的眼睛觀察。間壁敏朗留著一頭隱約看得到側頭部與後腦頭皮的短髮，修長的臉孔，寬大的額頭，又淡又細又短的眉毛，厚厚的眼皮，似乎比較小的右眼，細長的蒜頭鼻，下唇較厚的嘴，身高大約一百七十公分，沒有特別高，但體格壯碩，隔著淡黃色襯衫看得到他隆起的胸肌若隱若現。

「我看到了。」間壁敏朗說：「雖然看到了，但我保持沉默至今。」

螞蟻的行軍隊伍、逐漸消失天際的氣球、西邊吹來的風、炙人的暑氣、飄散在空中的蒲公英羽絮、間壁敏朗身上那套沾了蒲公英羽絮的喬治・亞曼尼西裝，全部映入草莓的眼簾。草莓反射性地望向自己的肩膀，確認西裝上沒有黏著蒲公英羽絮。耳邊不斷傳來間壁敏朗那連珠砲般叨叨絮絮的告白。

「事情發生在五年前。我當時是高中生，晚上八點，我正從補習班回家，走在小路上，四下一片昏暗，突然有腳步聲傳來，那聲響非常急促，顯然是有人在奔跑，我從不知道夜晚的腳步聲原來聽起來那麼可怕。聽聲響，應該是兩個人，雖然離我還有段距離，我卻彷彿已聽見他們的粗重呼吸聲。你想像一下，野獸在奔跑時，不是會發出天搖地動的喘息聲嗎？就像那種聲響。倉促的腳步聲似乎朝著我來，然而沒多久，後方衝過來的兩個人與我擦身而過，此時我才明白，這兩人都是男性，而且一個在逃，一個在追。由於後面那個男人大喊『站住』，這兩人的追逃關係不言而喻，只是很簡單的推理。這時忽然，跑在前面的男人摔倒了，就是在逃的那位，他在柏油路面上滑了出去，那一定相當痛。在路上摔倒，膝蓋通常會擦傷，皮膚被磨掉的部位會滲出血來，對吧？一開始的時候只有一點點血，但是愈擦拭就冒愈多，我不禁擔心起他的血是不是會永遠流個不停。」

「你的話太冗長了，能不能精簡一點？」

「可是一旦精簡，重要的部分就會消失，不是嗎？好比你回想看看，幾年前開始，學校數學課所教的圓周率，已經不是教『3．14……』，而是教『約等於3』了，但眞正重要的部分其實是後面的『．14……』呀。」

「這跟那是兩回事。」

「不，是同樣的道理。因爲我的心情是相當複雜的，而且這個故事之中包含了很多要素，如果把這些全刪除掉，精簡爲『這個人大概頗悲傷』，我可無法接受。」

他，草莓，聽在耳裡，卻完全湧不起一絲好奇心，暗自囁嚅著：「不就是這個人大概頗悲傷嗎？」

我將最後一滴啤酒倒入口中，抬眼張望新幹線的車廂內部。車窗非常大，兩側幾乎是整片玻璃，光滑明亮的白色壁面，窗框與置物架皆呈圓弧狀。新幹線在進入月臺時，列車頭看上去相當笨拙，宛如巨大而扁平的飯杓，相較之下內部裝潢卻非常有水準，帶著妖豔且優雅的美感。

井坂的原稿只在右上角以長尾夾固定，感覺很廉價，與店裡陳列的精緻書本有著天壤之別，或許是這個緣故，連內容也給人一種拙劣感。

「你真幸福，能夠第一個看到我的新作品，而且還是由我親自列印出來的。你真是太幸福了。」在我搭上新幹線之前，井坂好太郎來到東京車站剪票口為我送行，他將這疊原稿遞給我之後說了這段話。不知是不是因為睡眠不足，他兩眼通紅，反覆地說著「你真幸福」，還加了一句：「要是我的書迷遇到這種事，大概會興奮得昏倒吧。」

「我沒有昏倒，證明我不是你的書迷。」我接著問道：「你不跟我去嗎？」我一直以為他比較熟悉位於岩手縣的安藤商會，一定會和我一起跑這一趟。

「我不去。」

「因為沒有女人？」
「這是原因之一，另一個原因是截稿日快到了。」
我不相信這套說詞，他現在手邊應該沒有任何連載。
「反正你有我的原稿，何況，這件事是你的問題。」
「我的問題……」我重複念了一次，與其說是在反問他，更像是講給自己聽的。
「你會遭人設計掉進婚外情的陷阱，搞不好就是因為你是安藤的親戚，不是嗎？」
「我外婆的舊姓的確是安藤，」我在心裡補了一句——雖然我自己都忘了這件事，「但這又不保證我和安藤潤有親戚關係。而就算有親戚關係，會因為這樣就遭人設計嗎？」
「別什麼都問我。總之，在新幹線上把我的新作讀一讀吧。」
「讀了就會有答案嗎？」
「別傻了。」他慢條斯理地回道。
「什麼？」
「如果一讀就有答案，不是很危險嗎？」但他並沒有解釋為什麼會危險，又是什麼樣的危險。

這部作品，我愈讀愈覺得和井坂好太郎過去的作品截然不同。他從不曾如此不厭其煩地描述登場人物的外表，因為他沒那個能力，所以沒寫。但現在他為什麼要強迫自己做不擅長的角色描寫？
還有一點很不一樣，這部作品與他過去的作品風格比起來，顯得樸實多了。他一向認為只要大吹法螺就能引起讀者的興趣，所以他的小說多半通篇是荒誕無稽的情節，像是大象從天而降，或是小孩子將巨人五花大綁。他還曾自信滿滿地說：「這正是我高明的地方。」但我手上這份原稿卻非常地樸實無華，或可說是四平八穩吧。為什麼會這樣呢？我完全猜不透。
故事的主角是一位名叫草莓的私家偵探。
委託人間壁敏朗不斷地述說著，但主角草莓卻絲毫不感興趣，好奇心完全沒被誘發。
間壁敏朗的冗長告白，大致內容如下。
有兩個人在夜晚的小路上一前一後地追逐，跑在前面的男人摔倒了，一旁的間壁敏朗碰巧目擊，只見摔倒的男人慌忙想站起來，一邊對他高喊「救命」，然而追在後頭的男人卻掏出了Colt Government手槍。讀到這裡，我不禁好奇日本警察什麼時候開始用這種手槍了？繼續讀下去。間壁敏朗看狀況不對，打算上前制止，但舉著手槍的男人此時說了一句「我是警察」，而且以沒拿槍的另一隻手掏出了警察手冊。間壁敏朗見狀，便沒再說什麼了。

跌倒的男人好不容易直起上半身，又對著間壁敏朗伸出右手喊了一次「救救我……」驚慌恐懼的眼神直盯著間壁敏朗，但男人的話還沒說完，槍聲響起，男人宛如身體裝了彈簧般，再次彈回地面。

間壁敏朗面對發生在眼前的槍擊，嚇得直發抖，開槍男人將槍收了起來，走過來說道：「這個人是強盜集團的成員。」

「但他不是沒抵抗嗎？」間壁敏朗鼓起勇氣問道。對方冷冷地回答：「等他抵抗才開槍就太遲了。」間壁敏朗心下害怕，不敢多說什麼，但是他的眼角餘光，看見倒在地上的男人身旁掉著一樣東西。

「那是警察手冊。」間壁敏朗的聲音顫抖著。移動到公園正上方的太陽散發的熱力幾乎將草皮燒焦，周圍亮得刺眼，簡直像是以鏡子反射著太陽光，草皮的綠色生命力也放射出眼睛看不見的光芒。天空飄著拉得長長的薄雲，緩緩地推移，訴說著風的方向。「被殺死的男人帶著警察手冊，開槍的男人也帶著警察手冊，我腦袋一片混亂，無法分辨哪一方是假的，又或許雙方都是眞的。開槍男人察覺了我的視線，但他沒有多加解釋，只是取出手機對著我的臉拍了一張照片，模擬快門的電子聲在黑夜中迴蕩，聽起來像是把紙揉成一團的聲響。他拍完照後，對我說了：『關於這件事的詳情，你就看明天的報紙吧，上面寫了什麼就是什麼，別多管閒事。』接著他又以極爲低沉、威嚇力十足的聲音說：『要是你敢洩露什麼消息，我會利用這張照片把你找出來。到時候會發生什麼事，就很難說了。我相信你也不想毀了自己的人生吧？』」間壁敏朗說話的過程中，鼻子下方一帶不斷起起伏伏，草莓忍不住看得入神。

小說中，間壁敏朗接受了男人的勸告，乖乖回家了。隔天早上一看報紙，確實刊出了這起案件。報導上寫著，強盜集團的成員在犯案途中被警察發現，急忙逃逸，警察追了上去，歹徒持刀反抗，無視警察的再三警告，警察於是開了槍，歹徒當場死亡，開槍的警察則表示「自己根據當時狀況做了正確的判斷」。看完報導的間壁敏朗又驚又怕，因為這和他親眼見到的事實不符，至少被射殺的男人並沒有抵抗，甚至還出言求饒，那個人是在毫無抵抗的狀況下被殺死的。

「我不想毀了我的人生，所以我沒有把這件事告訴任何人。」間壁敏朗的聲音中充滿了懺悔，「但是，我知道這是不對的，所以我下定決心了。我希望你能幫我調查這件事。」

他，草莓，又將視線移向腳邊，長腳螞蟻的隊伍不知何時消失得無影無蹤。剛剛明明有那麼多螞蟻，都跑哪裡去了呢？回巢穴去了嗎？還是牠們心中終於產生了某種自我意識，再也不想忍受照著規則走的生活了？

接著他轉頭往遊樂設施望去，有個小孩子正從大象的鼻子、也就是造形溜滑梯的滑坡部位逆向往上爬，家長則坐在長椅上開心地聊著天。垂著細小的眉毛、緊閉雙唇的間壁敏朗。從西方吹來、使得喜馬拉雅杉木的枝葉不斷搖曳的風。薄雲逐漸消散，空出大片藍天，一道從中畫過的飛機雲。接受了這項調查委託的他，草莓，與如釋重負的間壁敏朗道了別，回到辦公室，發現佐藤民子還在塗指甲油。他，草莓，忍不住問道：「妳到底有幾根指頭？」

「大概十根吧。」佐藤民子咕噥著。

「接下來我得忙著調查了，妳倒是很閒。」

但是偵探草莓並沒有調查委託案件，他似乎對五年前的警察槍擊案件絲毫不感興趣，反而是針對委託人間壁敏朗做了一連串調查。我愈讀愈覺得不對勁。這個故事到底想傳達什麼，我還摸不透。

但我似乎有點明白井坂好太郎為什麼要捨棄過去的風格，嘗試他所不擅長的人物及景色的描寫，還把故事內容設定得這麼樸實了。

或許井坂好太郎醒悟到自己一直以來的作風不能再繼續下去，也就是說，他這次是認真的？

24

井坂，你到底想透過這部小說傳達什麼？

我放下原稿，隔著左手邊的大窗子望向外頭，陷入了沉思。從東京出發，停了埼玉一站，之後便是毫無變化的田園景色。廣大的土地上縱橫著田野小徑，遠處是成排低緩的山丘，彷彿為了擋下自由球而排成一列的足球隊員。新幹線緩緩傾斜，速度愈來愈快。

井坂好太郎的原稿雖樸實，卻不艱澀，讀起來還算有趣，但我還是搞不懂這部作品的用意到底是什麼。

之前他曾說，這部新作是根據他所蒐集到的情報寫成的，算是帶著寫實色彩的虛構之作，或是帶著虛構色彩的寫實之作。不但如此，他還明確地說，這部作品描述的是五年前那起播磨崎中學案件的真相。

所以我一直以為這部作品應該有著「播磨崎中學案件真相」之類的標題，讓人一看就知道「真相就在這裡」。

但我實際拿到手上的原稿，卻是一部以「再見草莓田」為標題的私家偵探故事。

這和播磨崎中學案件有什麼關係？

難道我被他耍了？

井坂好太郎這傢伙所說的話，比失勢國會議員的答辯還要虛偽，比美女口中的「沒有人愛我，只有你會對我說喜歡我」還要不可信任。很可能他只是要我讀他的作品，才胡謅出那些有的沒的寫作動機。

我從口袋取出糖果放進嘴裡含著，止打算繼續閱讀，突然想起井坂好太郎在東京車站說過的那句：「如果一讀就有答案，不是很危險嗎？」我不知道他所指的危險到底是什麼，但至少這表示，他正處於提心吊膽的狀態。

他認為如果作品一讀就有答案，是非常危險的。換句話說，他故意寫出沒辦法一讀就懂的內容。

我繼續讀下去。

私家偵探草莓開始深入調查間壁敏朗的個人情報。

「草莓先生，間壁是個很認眞的新進系統工程師，但是他太粗心大意了。即使年紀輕輕就穿亞曼尼西裝，外表非常稱頭，但他的粗心失誤實在是太多、太頻繁、太致命了。」

負責開發金融機構電腦系統的專案負責人後藤正，三十歲，正坐在椅子上蹺起修長的腿，身體斜向一邊且微向後仰。他戴著圓框眼鏡，有著略帶鼻音的做作嗓音，小小的耳朵及山形眉毛令人印象深刻。雙眼細長，帶著倦意，無論說什麼都像是在自我吹噓。看到他那沾著些許頭皮屑的喬治・亞曼尼西裝、隨性地捏著臉頰的手、抖個不停的腳，草莓忍不住配合著對方抖腳的韻律擺起了頭。「那是誰的照片？」草莓指著桌上問道。

桌上高高堆著許多雜物，似乎隨時會坍塌。有列印成紙面的設計書及企畫書、電腦程式技術相關書籍等等，一張棒球投手的照片就壓在最下面，照片中的投手一身黑色制服，正要將球投出去，攝影師捕捉到球離開手的瞬間，投手結實的肌肉與伸得筆直的手臂所帶來的躍動感呼之欲出。

「這個人曾經是國內職棒 Wilco Micelano 隊的投手。」

「你很在意這名投手嗎？」

「爲什麼這麼問？」後藤正愕然地睜大了雙眼，這個反應反倒讓草莓有些不知所措。

「因爲你桌上擺了他的照片。」

「有他的照片，並不表示我在意他吧？」

「是嗎？」

「他叫後藤寅，和我同姓。」

「所以你應該滿在意他的吧？」

「一點也不在意。」

看到這，我皺起了眉頭。「怎麼又是喬治．亞曼尼？」

我帶著念英文單字的心情，把「喬治．亞曼尼」無聲地念了一遍。

這字眼已出現不少次了，由前後文來推測，這應該是某服飾品牌的名稱。不止私家偵探草莓，他遇到的每個男人幾乎都穿喬治．亞曼尼的西裝。

我暫時闔上原稿，拉出固定於前方座位靠背上的螢幕，攤開附屬鍵盤。不知何時開始，新幹線車廂內的座位靠背上有了這樣的裝置，乘客在乘車途中隨時可上網、收發郵件及購物，確實很方便，但也增加了乘客受到廣告及商業手法洗腦的機會。

我進入搜尋畫面，打下這串字眼，但就在按下搜尋鍵的前一秒，我猶豫了。大石倉之助和岡本猛不都是因為在網路上搜尋「播磨崎中學」與「安藤商會」才遭遇橫禍嗎？

不過是上網搜尋，有什麼大不了的？就是這種輕率的想法，為他們帶來了料想不到的禍端。

此時彷彿有個人在我的耳畔問道：「你有沒有勇氣上網搜尋？」

當我回過神來，我已經按下了搜尋鍵。不過是搜尋一個疑似西裝品牌的名詞，應該沒那麼嚴重吧。我搖了搖頭，把心中的不安甩掉。

畫面出現搜尋結果。

符合搜尋條件的網站相當多，我點進了最上方的網站。

網路事典網。

原來喬治．亞曼尼是個具有優秀傳統的著名服飾品牌，名稱取自設計師的名字，即使設計師本人已作古，品牌仍屹立不搖，由於歷史悠久，近年來該品牌的服飾價格居高不下，對我來說是高不可攀的奢侈品。

為什麼登場人物都穿著這個品牌的西裝呢？

因為井坂好太郎喜歡這個品牌？因為他只知道這個品牌？因為他心愛的女人喜歡這個品牌？還是因為他妄想書出版時可以和這個品牌來個異業合作？

我想不出個所以然，就在我開始懷疑他這個安排根本沒有特殊含意的時候，螢幕畫面下方的一行文字吸住

了我的目光。

那是已逝的品牌創設者喬治・亞曼尼的一句名言：

「我討厭假貨，我對虛偽的真相沒有興趣。」

我對虛偽的真相沒有興趣。

就在這一瞬間，螢幕上的字裡行間彷彿傳出井坂好太郎的聲音：「沒錯，我對虛偽的真相沒有興趣。」我的眼前宛如出現了他張口呼喊的面容。

我察覺自己的心跳變快，慌忙將原稿往回翻。這就是井坂的真意嗎？他想藉由小說來傳達某些事情，但是他知道直接寫出來太危險，所以他把真正想傳達的事隱藏在小說之外？

小說之外？是哪裡呢？

是網路。網際網路上存在各式各樣的情報，只要搜尋，就能找出他想傳達的訊息。所以他將找得出那些訊息的暗示藏在小說中，具體來說，就是把一些關鍵字寫進文章裡，讓閱讀小說的人以這些關鍵字去網路上搜尋，找出他真正想傳達的訊息。

這就是他這次的寫作手法嗎？但另一方面，我也不禁懷疑是不是自己想太多了。

「人一旦遇到不懂的事，會先做什麼？答案是上網搜尋。」我想起了當年參加新人訓練時，五反田正臣說過的這句話。的確，我此刻正因為起疑而上網搜尋了小說裡不斷出現的單詞「喬治・亞曼尼」，何況現在「上網搜尋」這個行為在我而言尤其敏感。

但是對一般讀者來說，也是如此嗎？難道井坂好太郎期待一般讀者也會做出相同的舉動？若是如此，他也太一廂情願了。

我繼續敲鍵盤輸入「後藤寅」，這也是出現在作品中的名字，由於出現得非常突兀，和劇情毫無關係，我猜想或許有什麼特別的含意。

後藤寅這名棒球投手我也聽過，在我十多歲的年代相當活躍。他不但以中學生的身分改寫職棒二軍紀錄，成為職棒一軍投手後，其無以倫比的快速球更是風靡一時，棒球迷、非棒球迷都為他瘋狂。他曾經連續投了三場比賽全部完封，其中兩場還締造了無安打無得分的紀錄，當時曾經有八卦雜誌盛傳他「使用藥物」，但很快便證明了他的清白。

然而後藤寅活躍的時期只有一開始的三年，就在出盡鋒頭的某一季，他被選為年度最優秀選手之後，同樣逃不了國家的青年訓練制度，入伍當兵去了。後來他突然失蹤，引起了極大的話題。

多筆搜尋結果顯示在畫面上，我同樣點進了最上方的網路事典網。

上頭記載著許多關於後藤寅的傳聞，從生日、投球紀錄到後來的失蹤案件都寫得非常詳細，但情報真偽則不得而知。我試著從中找出有用的資訊，但我自己也不知道我想找什麼。

我一邊捲動畫面，一邊往下看去。

失蹤後的後藤寅到底做了些什麼，我先前毫不關心，當然也一無所知。

根據網路上的情報，他消失半年後，被人發現在仙台市青葉城遺址附近露宿街頭，後來他更做出許多令人難以理解的言行舉止。

其中最有名的一段話，吸引了我的目光。

「我擁有別人所沒有的能力，所以每個人都想把我搞垮。」

後藤寅這句話到底是對誰說的，眾說紛紜。有人說是記者，有人說是酒館老闆，也有人說是酒店小姐，總之這個說話對象當時反問他：「你是如何獲得這個能力的？」只見後藤寅不疾不徐地回答：「是遺傳，我的親戚都擁有這個能力。」一聽到這話，當時在場的人都錯愕不已。

是這個嗎？我盯著畫面問自己。井坂好太郎想告訴我的就是這句話嗎？「這也太模糊了吧！」我忍不住抱怨。這就像是在碎石堆裡隨便撿起一顆石頭，便兀自推論「這顆石頭的形狀像星星，應該具有某種含意」似的。

可是，一旦在意起來，確實會覺得所有事物都帶有特別的意義。譬如只是得了小感冒，但要是拿起醫學百科翻看特殊重症的介紹，就會認為自己的所有症狀都和上頭所列出的如出一轍，像是「啊，我也有咳嗽症狀」或是「對耶，我最近都睡不好」等等，最後便擅自認定自己一定是得了這個特殊疾病，來日不多，甚至做出寄訣別信給朋友之類的蠢事。

小說一開頭所出現的「Colt Government」這個英文，也引起了我的注意。

這是間壁敏朗在目擊槍殺案件時，自稱是警察的男人所握有的手槍類型。「Government」的意思應該是「政府」吧，於是我開始懷疑，井坂好太郎是為了把「政府」這個字眼寫入小說裡，才讓作品中的男人持有這款手槍。

我決定繼續讀下去。新幹線的速度愈來愈快了，快得讓我忍不住懷疑有人對駕駛員下達指示，不讓我在抵達盛岡前看完這部小說。

「草莓先生，我可能沒辦法讓你見安藤潤也。」度假別墅區管理員愛原綺羅莉說道。她二十二歲，一頭染成茶色的過肩長髮、雙眼皮的大眼睛、細長的脖子、包覆在米黃色連身洋裝下的豐滿胸部及小蠻腰都是她的特徵。她身旁擺著一只淡藍色高級提包，上頭印著經過設計的小寫英文字「e」。沒記錯的話，這提包的牌子應

該是「Eroica Polka」吧，草莓心想。

這是位於臺地度假別墅區入口處的一棟小木屋，室內全是木頭的茶褐色色調，地板磨得光滑明亮，窗邊的花瓶插著枯萎的白花。

他，草莓，望向窗外。那是隨風飄舞的黃色花瓣嗎？不，那是紋黃蝶。才剛放晴的天空又開始下雨了嗎？不，那是從柳葉滑落的露水。

「我想見安藤潤也先生。」

「想見他，沒那麼簡單。」

「要怎樣才能夠見到他？」

「除非我帶路才辦得到。」

「妳什麼時候願意帶路？」

「在我意想不到的時候。」

「意想不到？那是何時？」

「就是我做夢也沒想到會爲你帶路的那一天。」

他，草莓，沮喪不已。他對打啞謎沒興趣。這一天他吃了閉門羹，離開了愛原綺羅莉的住處。隔天，他再度造訪。

一如前一天，這是個細雨綿綿的早晨。雨滴稀稀疏疏，彷彿從沒拴緊的水龍頭滴落的水。

「妳能爲我帶路嗎？我昨天才來過，妳應該沒料到我今天也會上門吧？換句話說，今天就是妳意想不到會爲我帶路的日子吧？」

「不，我早就猜到你今天會來了。」

「哼。」他，草莓，不禁露出一臉不悅，氣沖沖地離開了愛原綺羅莉的家。他努力壓抑心中的不愉快，讓自己恢復冷靜。兩天之後，再度造訪，但愛原綺羅莉依然一副理所當然的語氣說：「我早就猜到你會來了。」

他，草莓，望向窗外。從柳葉滑落的水滴與黃色蝴蝶撞個正著，黃色的翅膀被撕裂，宛如花瓣在空中畫出一道斜線。那像花又像蝴蝶的黃色物體忽右忽左飄搖而下，靜靜落在冷氣室外機上，融化了似地悄然靜止。

我看到小說中出現安藤潤也的名字，不禁愣了一下，除了有種終於看到重點的興奮感，還相當錯愕，沒想到這個名字會原封不動地被拿出來登場。這麼直截了當，也太嚇人了吧。

故事中的草莓在管理員愛原綺羅莉的戲弄之下，一直無法見到安藤潤也。這橋段正是有名的「臨時測驗悖論」的翻版。

首先老師對學生宣布：「這個星期的某一天會舉行臨時測驗。」第一天，老師突然說：「就是今天。」學生回答：「我們早就猜到是今天了，所以不算『臨時』測驗。」老師聽了只好作罷。隔天，老師又打算舉行臨時測驗，學生們又說：「昨天沒考，我們早就猜到今天會考了，所以不算『臨時』測驗。」就像這樣，老師永遠沒能進行臨時測驗。

小說中，草莓最後說了這麼一段話。

「愛原綺羅莉小姐，妳應該預料到我今天會來吧？換句話説，妳應該認爲今天也不必爲我帶路吧？所以如果妳今天爲我帶路，不就是做夢也想不到的時機嗎？」

説完之後，草莓自己也覺得根本是歪理。愛原綺羅莉眼前站著一臉不好意思而低下了頭的草莓。

「説出這種歪理，你自己不會覺得不好意思嗎？」愛原綺羅莉説道。她那連身洋裝的領口敞得更開了，曲線完美的乳溝展露無遺。

「列車即將抵達盛岡站。」車內廣播如此宣布，原稿卻還有一半以上沒看完。我收起原稿塞進公事包，試著以「愛原綺羅莉」這個名字在網路上搜尋，沒看到什麼吸引我目光的情報。

接著我又嘗試搜尋小說中提到的皮包品牌「Eroica Polka」，一查之下，出現許多販賣手提包的網站。我點進官方網站一看，經過精心設計的首頁流露高貴氣質，還出現一張外國女人的照片，應該就是設計師吧。大致瀏覽了一遍，沒看到什麼特別的訊息。

就在我打算收起鍵盤時，又想到「間壁敏朗」這個名字，就是委託私家偵探草莓調查案件的男人。

搜尋結果出現了。雖然只有少數幾個網頁符合條件，當我看見其中一個標題，不禁輕呼出聲，立刻點開那個網頁。

那是一則五年前的新聞報導，標題為「播磨崎中學遭歹徒入侵，多人喪生」。

報導中出現了間壁敏朗這個名字，他是受重傷被送往醫院的學生之一。

我恍然大悟。

井坂好太郎應該是故意在小說中使用這個名字吧？雖然小說內容與播磨崎中學案件沒有直接關聯，卻試圖納入播磨崎中學案件的真相。原稿中的許多要素皆與該起案件息息相關，只是有些要素隱晦低調，有些要素則明顯而直接。

井坂，你到底想透過這部小說傳達什麼？

25

我只聽過北風與太陽的寓言故事，卻沒聽過北風與太陽與比呂的故事。

巴士後面的座位上，一名少年正滔滔不絕地說著這個故事，比呂似乎是他自己的名字。

「北風和太陽和比呂打了一個賭。」巴士發車前，坐在巴士最後排長椅上的少年說道。他大約五歲上下。

「小聲一點，別吵到其他人。」比呂身旁的女人說道，看樣子是他的母親。所謂的其他人，除了司機，就只有我了。我有一種被少年瞪著暗罵「如果沒有你就好了」的錯覺，登時覺得如坐針氈。

新幹線在十二點多抵達了盛岡，巴士的搭乘處並不難找。

一出剪票口，正面就是巴士總站。外頭下著小雨，我正後悔沒帶傘，便看見掛出「岩手高原牧場、八幡平方向」告示的巴士停在站牌旁。我暗自慶幸著，跳上了巴士。

「二十分鐘之後才開車哦。」我剛踏上階梯，戴著制帽的司機便對我如此說道。雨水滴滴答答地打在寬大的擋風玻璃上，化為黏稠狀的波紋。

但我並不想在車外淋雨二十分鐘，於是我走進車內，挑了中央的座位坐下。這時候車尾坐著的三人，正是比呂小弟弟與他的雙親。

我從公事包取出看到一半的原稿，攤了開來，私家偵探草莓的調查持續著。

某位二十世紀的作家或許是看穿了私家偵探類型小說的本質，曾說過這麼一句帥氣的話：「我的下一本小說，可稱之為徘徊探訪式小說。」而我眼前這份原稿，正是典型的「徘徊探訪式小說」。

故事中的私家偵探草莓前往位於信州的某別墅區，那是由仰慕安藤潤也的人所組成的聚落。在那裡，草莓懇求美麗的管理員愛原綺羅莉為他帶路，卻碰了軟釘子，調查被迫中斷。我心想，這一段應該是井坂好太郎根據他的親身經歷寫成的吧。

「我搭電車來這兒的路上突然想到，我上次沒能踏進安藤商會，被管理員趕走的原因，搞不好是因為我沒有通過考驗。」數小時前，前來東京車站為我送行並將原稿交給我的井坂好太郎如是說。

「沒有通過考驗？」

「我不曉得安藤潤也所建立的安藤商會到底做的是什麼樣的事業。」

「你之前不是說過嗎？那人的財富是靠賭馬和賭自行車賽賺來的。」

「那只是傳聞。你想想，靠賭馬和賭自行車賽有可能賺那麼多錢嗎？」井坂好太郎說道。

的確，這種事聽起來很沒真實感。「你還說過，他拿錢出來解決了美中在東海上的對峙局面，那也很像天方夜譚。」

「那也是傳聞。」

上次聽到那些軼事時我也在想，總覺得安藤潤也這號人物被層層的傳聞包覆，宛如洋蔥般，不管怎麼剝都看不到核心。我甚至不禁懷疑，剝下來的這些皮，也就是這些傳聞，其實才是這個人物的本質。

「我很懷疑那種事能用錢解決嗎？所謂的政治，不是都基於理念、堅持或宗教什麼的在運作嗎？」

「說穿了就是利益罷了，一切都是為了國家的利益。而所謂的國家利益，說得更明白點，就是國家高層人士的利益，不是嗎？要使他人屈服，金錢是最簡單有效的武器。你知道古代有個聖殿騎士團嗎？那個騎士團號稱秉持愛與正義，為了保護朝聖的基督徒而設立，但就連他們到了後期也經常仰賴金錢來解決事情。所以說，金錢就是力量。」

「時間就是金錢。」我指著剪票口旁的時鐘說道。新幹線已經快開車了，我沒興趣繼續聽井坂好太郎嘮叨下去，又不是分離在即的遠距離戀愛小情侶。「你剛說安藤商會的事，說到哪了？」我問。

「我說我雖然查不出安藤商會的業務內容，但我查出他們公司位在岩手高原上。」

「高原？又不是度假小木屋。」

「That's right.」井坂好太郎說道：「那個社區本來是度假小木屋的聚集地，其中一棟就是安藤潤也的家，也就是安藤商會的所在，聽說那個社區的住民都是安藤潤也的仰慕者。」

「簡直是宗教團體嘛。」

「是啊，很古怪吧？他們的關係就像是遠離人群、活在大自然懷抱裡的教祖大人和信徒。這種情節如果寫進小說裡，肯定是老套到讓人想哭的設定；但出現在現實生活中，卻是詭異得令人頭皮發麻。不過反過來想，那些信徒都見得到安藤潤也，所以才會住在那裡，對吧？但我卻吃了閉門羹，不管我怎麼拜託，得到的回答都是『請你回去吧』。」

「該不會得填申請書才見得到人吧？」

「所以我剛剛突然想到，或許他們暗中對我進行了測試。我後來回想，自從抵達盛岡，我就一直有種受到監視的感覺。他們一定暗中觀察了我的樣貌與行動，依此判斷我有沒有資格見安藤潤也。」

「到底是什麼樣的測試啊？」

「或許我錯在不該走進盛岡的那間涼麵店。那裡有個黑髮女店員，我摸了她的屁股，搞不好那個舉動就是最大的失策。」

「我知道了。」我立即應道：「想也知道他們怎麼可能讓一個偷摸女生屁股的傢伙會見尊貴的教祖呢？就是這麼回事吧。」

井坂好太郎撫著下顎好一會兒，突然大叫一聲：「好！」接著滿臉認真地忠告我：「為了見到安藤潤也，你千萬要忍耐，絕對不能在涼麵店裡摸店員的屁股，知道嗎？」

「不用你提醒，我不會摸的。」

「在我面前你不必逞強，我知道這很難忍。」

「重點是你上次也說了，我可能是安藤潤也的遠親，或許靠著這層關係就能和他見上一面吧。」

「即使摸了人家的屁股也見得到他？」

「我不會摸的。」

車站裡響起了預告新幹線即將發車的音樂，我走進剪票口，後頭傳來井坂好太郎的聲音：「God bless you.」

我環顧巴士內部。測試是否已經開始了呢？我突然覺得很不安，忍不住在意起周圍的風吹草動。如果真像井坂好太郎所說，我的一舉一動正受到監視，這輛巴士內搞不好也有對方的眼線。但目前乘客除了我，就只有比呂一家人而已。

比呂開朗地述說著他自己編造的「北風與太陽與比呂的對決」。

故事的原始版本當然是那則家喻戶曉的寓言故事。北風和太陽打賭，看誰能脫掉旅人身上的大衣。北風靠著強勁的風想吹掉大衣，卻失敗了；太陽以溫暖的陽光照射，終於讓旅人脫下了大衣。經過比呂的改編之後，他也成了對決者之一，而且不但北風失敗，太陽也鎩羽而歸。

「接下來，輪到比呂登場了。」

比呂版本的故事大意就是，在北風和太陽失敗之後，比呂成功地讓旅人脫掉大衣，贏得勝利。但是他使用的手法實在太天真，我在一旁偷聽都差點笑了出來。

「比呂你看，我們接下來要去這個地方哦。」我聽見了比呂的父親如此說道。我心想，他父親大概是翻開了旅遊手冊，讓他看牧場或八幡平的照片吧。

「哇，好棒哦！」比呂發出了純真的歡呼。不必轉頭看也知道，此時他母親一定正為了有個值得誇耀的可愛兒子而露出微笑吧。

多麼和平的對話。

多麼幸福的一家人。

我深深感動。

自從妻子佳代子僱用岡本猛以殘暴的手段調查我的偷腥行為，這陣子我的生活周遭實在發生了太多莫名其妙的怪事，連一絲愉快、一丁點和平都蕩然無存。公司前輩失蹤、同事因不白之冤遭逮捕、上司自殺、偷腥對象失蹤、岡本猛家失火，禍事層出不窮。

相較之下，後座的這一家人真是太和平了。

和平，Peace。我想起先前那部紀錄片中眾議院議員永嶋丈說出這句話的畫面。沒錯，Peace真是一句好話。比呂這一家人，正沐浴在和平的春風中。

兩名男人從前車門上了車，似乎是公司主管與屬下的關係，分別是四十多歲與二十多歲，兩人都一身西裝，經過我身旁朝後方座位走去。年輕男子梳著最近流行的三七分髮形，年長男人則是頂著山本頭，兩人個頭都很高，臉孔曬得黝黑，體格似乎頗結實。

為什麼上班族會搭這班巴士？就算是業務員，也不至於跑到牧場或八幡平去拉客戶吧？或者這兩人是一對上班族愛人同志，偽裝成跑業務一同出遊？我覺得後者比較有說服力。

「啊，對不起！」「你搞什麼啊！」尖聲呼喊與怒吼同時響起。

我轉頭一看，比呂的雙親起身朝著剛剛那兩名上班族不停鞠躬道歉；一旁的比呂則是縮著肩膀，緊緊握著一罐果汁，一臉泫然欲泣。看樣子是比呂把玩罐裝果汁，不小心讓果汁濺出來，弄溼了前座上班族的西裝，不過不曉得是哪一位的西裝被濺到了，也或許是兩位都遭了殃。

這兩名上班族雖然一身西裝打扮，發起脾氣來卻宛如凶神惡煞。

雙親不斷地道歉，滿臉驚惶。

由於兩個男人背對我，我看不到他們的表情，也不清楚他們對比呂雙親的道歉有何反應。就在我心想，趕快拿點錢出來賠償應該就能解決問題，果然聽到比呂的母親戰戰兢兢地說道：「不好意思，這是西裝的清潔費……」

「這算什麼？」年輕男子說道。

「你們是瞧不起人嗎？」中年男人說道。

「夠了，適可而止吧。」有人拍了拍手說道。

是誰？

是我。

不知何時我已站了起來朝他們走去，氣定神閒地說了這句話，還拍了幾下手，宛如正在提醒學生注意的教師。

兩名男人轉頭看我。

「不過是濺到一點果汁嘛。」我朝著中年男人說道。仔細一看，他的眉心皺紋和眼神在在顯現出魄力，吵架對他而言似乎是家常便飯。

「搞清楚，好嗎？從小事就看得出小孩子有沒有教養呀。」年輕男子則是一副能言善道的架勢。

「這是名牌西裝，送洗可是很貴的。」中年男人接著說道。

「是你們不該穿這麼貴的西裝出門吧，誰知道什麼時候會有果汁噴過來呢？」我一邊對他們說，內心同時充塞著莫名的感慨。若是平常的我遇到這種事，早就緊張得腦袋一片空白、兩腿直發抖了。但不知為何，現在的我卻一點也不害怕，甚至還有悠哉的心思感慨我竟然一點也不害怕。

「任何事情都一樣，第二次就習慣了。」我想起了井坂好太郎的這句話。根據他的論點，人類是會習慣的動物，正是如今的我的寫照嗎？由於身邊發生了太多怪事，所以我已經麻痺了？而且我的作為還不止這樣，我想也沒想便抓住身旁年輕男子的左手，緊緊握住他的食指說道：「我會折斷哦。不過你不必擔心，骨頭斷了還是會復原，這還算挺人道的。」

我自己也被我說出口的這句話嚇到。年輕男子急忙想抽手，我又加了三分力道，男子立刻皺起了臉。

「你幹什麼！」中年男人的嗓音低沉，說著便朝我的肩膀推來。這一瞬間，我這輩子最熟悉的「懦弱」又顯現在我臉上。

一句「對不起」差點脫口而出。

但有趣的是，先說出「對不起」的不是我，而是眼前的年輕男子。他彷彿被我腦中的想法附了身似的。

「你道歉個什麼勁？」中年男人朝年輕男子輕輕一頂。年輕男子趕緊低頭鞠躬，又說了一次：「對不起。」

他那模樣實在有點滑稽，讓我又恢復了自信，說道：「請別破壞這一家人的和平。不和平的日子就由我……不，就由我們來過吧。」

我凝視著中年男人，居然一點也不害怕。真的一丁點也不害怕，我甚至對我自己的毫不害怕感到有些害怕。

「你還是趁手指完好如初的時候，早早下車吧。」我接著又擅自說了這樣的話，甚至沒有事先和我自己商量過，這下子我已是騎虎難下了。「還是你有勇氣繼續待在車上？你有勇氣測試你的勇氣有多少嗎？」我以充滿恫嚇的語氣威脅道。

如果此時這兩人聯手對我暴力相向，我根本毫無勝算，但是事情並沒有那麼發展。

他們下了巴士。

我頓時鬆了一口氣。真是太幸運了。

「給您添麻煩了，真的很對不起。」比呂的父親向我道謝。比呂的母親也低喃著：「得救了。」

「是啊，真的是得救了。」我說完這句話之後，才突然覺得害怕了起來。我剛剛做出那些行動，只要稍有閃失，就會惹上大麻煩，我不敢想像會有什麼下場。

比呂的眼中仍然帶著懼意，神情卻輕鬆多了，愣愣地看著我，於是我朝他伸出兩根手指，說了聲：「Peace.」比呂的父親笑著說：「Peace的手勢耶，好久沒看到了。」

但比呂似乎沒見過這個手勢，只是舉起手模仿我的動作，也回了句：「Peace.」

巴士發車了，我回到自己的座位。巴士微微晃動著，行駛在寬敞而空蕩的國道上往西行駛，途中轉進一條斜交的岔路，開始朝岩手山前進。道路兩側都是樹林，看得見遠處連綿不絕的山巒。

外頭的空氣似乎相當冰涼。土黃色的岩手山與枯葉落盡的樹林，宛如一幅靜謐的水墨畫。或許是下著雨的關係，這景象顯得低調而樸實無華。

巴士的引擎發出低鳴開始加速，持續了一陣子彎彎曲曲的上坡路之後，不知不覺進入了山中。兩旁樹木伸長了的枝枒彷彿伸手幫巴士遮蔽了日光，車內一直是陰陰暗暗的。對向車道不見行車，巴士駛過路面積水處便濺出水花。

我依照井坂好太郎的指點，準備在名為「木屋村」的巴士站下車。才一起身，後座的比呂小弟弟大聲地說了句：「謝謝！」我感到一陣暖意，回頭一看，比呂的雙親正向我鞠躬道謝。

臨下車時，我一時找不到車票，不禁有些狼狽。我慌張地邊掏口袋邊嘟囔著：「怪了？怎麼不見了？該不會搞丟了吧？」雖然司機親切地叫我慢慢找沒關係，但我一想到比呂一家人正在看著，更是慌了手腳。

我彷彿聽見妻子佳代子笑著說：「你這個人老是忘東忘西的。」

「早知道就交給老婆保管，免得我又弄丟了。」我忍不住喃喃自語。

「尊夫人？在哪？」司機問道。我終於找到了車票，瞬間鬆了一口氣。

細雨已然止歇。據井坂好太郎說，這個度假木屋村早就徒具其名，如今裡面的木屋住戶都不是經營民宿的。我走下巴士站旁的坡道，不遠的前方散布著一棟棟漂亮的木造建築。

來到一個岔路口，右側路口豎著一塊立牌寫著「管理員」，正後方就是一棟玲瓏的木造小屋，屋旁有一座容得下三輛車的小停車場，裡頭只停著一輛重型機車，車體罩著防雨塑膠布。

這時很偶然地，一名中年婦女從小屋走了出來，一頭褐色頭髮及肩，一張圓臉，比我略矮，體形臃腫，一圈水桶腰，身穿黑襯衫搭黑色窄版長褲，看得出來她繃緊的衣服底下分量十足的贅肉，然而她的步伐相當輕快，一走進停車場，便伸手打算扯下機車上的塑膠布。我快步向她走去，一邊開口道：「請問，安藤商會是不是在這附近？」

「嗯？怎麼了？」她的口氣宛如是熟識的鄰居伯母。

「我想拜訪安藤家，不曉得方不方便？」

「當然方便啊，就在隔壁。」

「咦？」我被這意料之外的回答嚇了一跳。

「不如我帶你過去吧？」

「妳就是管理員嗎？」

「是啊，以前是明星，現在是這個社區的管理員。」她撫著頭髮說道。

我聽到「以前是明星」這句話，心中一愣，不曉得該認真聽進去還是當作她在開玩笑。「真的嗎？」我客氣地笑著問道。

「你不相信？我現在年過五十，姿色或許差了那麼一點，想當初二十年前……」

「我不是那個意思。我想知道，真的這麼簡單就能拜訪安藤商會嗎？」

「當然可以呀，你當那裡是皇宮還是首相官邸，不然是什麼祕密團體的基地嗎？」

我想起剛剛在巴士上聽到那則「北風與太陽與比呂」的故事。

北風的強風攻擊與太陽的溫暖日光都沒辦法讓旅人脫下大衣，那比呂最後是怎麼辦到的呢？

「比呂什麼都不用做呀！因為那個旅人遲早會回家裡或回到飯店，他要洗澡的時候就會脫掉大衣了。所以比呂什麼都不用做。」比呂剛才是這麼說的。

什麼都不用做，旅人就會脫下大衣。

什麼都不用做，就能夠拜訪安藤商會。

26

「潤也很會玩猜拳喲。」社區女管理員說道。

突然聽到這麼孩子氣的一句話，我一時反應不過來。「妳說的猜拳，就是剪刀石頭布那個嗎？」

「他猜拳從沒輸過。」

「從來沒有？」

「對潤也來說，十分之一左右的機率就等於百分之百。」如今應該已超過七十歲的安藤潤也，竟然被她叫成「潤也」。

「十分之一怎麼會等於百分之百？聽起來很不可思議。」

「是真的，對他而言，十分之一就等於百分之百。」

她的褐色頭髮不曉得是天生還是染的，但皮膚白得很自然，應該沒化妝。當然，臃腫的身材與過多的贅肉都訴說著她的年華老去，但不知為何，她整個人散發出一股年輕的朝氣。她自稱從前是明星，以玩笑話來說，這實在一點也不好笑，但我並不打算求證這句話的真實性。

不知不覺間，我隨著她走進了她家，也就是後方那棟木造小屋。屋內充滿木頭的暖意，牆壁也是由光澤鮮豔的茶褐色木頭堆疊而成，整棟平房只隔成兩間寬敞的大房間，北邊是水槽等廚房設備，屋內深處還有一座不算小的壁爐，煙囪鑽入牆壁之中。

房間正中央有座相當大的下嵌式桌爐，我在桌邊坐了下來。

「這裡是社區的集會所，所以有張下嵌式桌爐比較方便。」她端了茶水過來。窗戶很大，從我所坐的角度看得見外頭岩手山的連綿山巒籠罩在冰冷空氣中，這景色依舊讓我聯想到色彩淡雅的日本水墨畫。這裡的天空比剛剛在市區裡看見的要清澈得多，此時我才察覺雨停了，霧消雲散，露出了藍色天空。

「人家說山上的天氣說變就變，原來是真的。」她突然說道。

「咦？」我吃了一驚。

因為這正是我想說出口的話。

她若有深意地朝我微微一笑。我和她四目相交，霎時覺得渾身不對勁，連忙拿起她端來的茶喝了一口，綠茶的甜香在我口中擴散。

「你知道安藤潤也的財產有多少嗎？」她說。

「我只聽說多得嚇人，不是成千上萬而是成億上兆。」

她沒承認也沒否認，接著又問：「你知道他的錢是怎麼賺到的嗎？」

如果直接坦白說不知道，實在有些沒面子，於是我說：「是不是炒股票？」

女管理員搖了搖頭。雖然是中年婦女，動作卻像個少女，「猜錯了。我剛剛不是給過你提示了嗎？不，那幾乎已經是答案了。」

「妳指的是十分之一等於百分之百那件事？」

「就是那個。」

「什麼意思？」我才問出口，腦中頓時浮現了井坂好太郎說過的話，「該不會是靠賭馬和賭自行車賽賺來的？」

「正確答案。為了獎勵你，和我上床吧。」女管理員妖嬈地扭動著身子。

「獎勵卻用命令口吻，會不會有點奇怪？」

她哈哈大笑，開心地拍著手。我有種受到戲弄的感覺。

「可是賭馬和賭自行車賽，真的賺得了錢嗎？」

「只要是機率大於十分之一的賭注，潤也一定會贏。換句話說，不超過十匹馬的賭馬只要押單勝，他就不會輸。」

「可是押單勝的話，賠率有時還不到兩倍，這樣賺不到多少錢吧？」

「這就叫做積沙成塔、濫竽充數、雙拳難敵四手。」

我很想告訴她這三句諺語的意思都不一樣，但我忍了下來，默默地喝著綠茶。

「舉個例子來說好了。我問你，如果把一張報紙對摺二十五次，會變成多厚？」她突然出了道數學題。

這個伯母想到什麼就說什麼的個性讓我有些招架不住，但我一樣忍耐著，在心中想像將紙對摺二十五次的景象，回道：「大概五公分吧？」

「錯，答案是比富士山還高。」

「什麼？」我先是一陣錯愕，但馬上想起小學時也有同學考過我這個問題，「是真的嗎？」

「假設報紙的厚度是零點一公厘，連續二十五次乘以兩倍，你不妨算算看，結果大概是三千公尺左右。」

她笑著說道：「同樣道理，就算賭的是單勝的賭馬，多玩幾次，賺的金額同樣很可觀。」

「這就是安藤潤也賺錢的手法？」

「由於賽馬的參賽馬匹常會超過十匹，那種狀況他不一定猜得中；再者一次下注太多錢的話，又會影響賠率，所以當初他好像花了不少時間在等待少於十匹馬的場次。」

「不過，如果是自行車賽，參賽選手不是最多九名嗎？賭自行車賽不是省事得多？」

「就是說啊。」女管理員連連拍手，看來我這話說到了她的心坎裡，「他們喜歡馬，所以滿腦子只想到賭馬，過了很久才發現賭自行車賽省事得多，後來他們也開始賭自行車賽了。」

「他們？」

「潤也和詩織那對夫妻。他們還有

一個小孩，但那孩子很久以前就離開了東北地方，至今音訊全無。」女管理員邊說邊點頭，「我是安藤潤也的堂妹，就是他爸爸的弟弟的女兒。不過我爸晚婚，所以我和潤也年紀有段差距。」

我伸出食指張開口，聲音卻出不來，內心激動不已，一句「其實我好像也是安藤潤也的遠親」卡在喉嚨，就是說不出口。

「對了，我還沒告訴你我的名字，我叫愛原綺羅莉。我不姓安藤，是因為我婚後冠了夫姓。」

「啊！」我不禁喊了出來。這不是剛剛才在原稿上看到的名字嗎？私家偵探草莓在別墅區遇到的管理員就叫愛原綺羅莉。「怎麼又是直接拿來用啊……」我喃喃說道。看來井坂好太郎在此處也加入了現實元素，故事中的管理員姓名正是取自眼前這位木屋村女管理員的名字。

「怎麼？想和我上床了？」愛原綺羅莉突然說道。我不禁覺得她的身體似乎瞬間膨脹了數倍。

話說回來，井坂好太郎在故事中對愛原綺羅莉的描述是「二十二歲，一頭染成茶色的過肩長髮、雙眼皮的大眼睛、細長的脖子、包覆在米黃色連身洋裝下的豐滿胸部及小蠻腰都是她的特徵」。

然而我眼前的正牌愛原綺羅莉，卻是個年過五十的中年婦人，豐滿的並不是胸部而是整個軀體，至於小蠻腰那種東西，就算以尋找戰爭罪證的最高標準來細細觀察，在她身上恐怕也找不到半點蛛絲馬跡。

真是可惜。

要是現實中的愛原綺羅莉真如作品中所描述，這趟無聊的盛岡之旅應該多少會變得有趣一些。

「你偷腥了吧？」

我耳畔彷彿響起妻子佳代子的聲音，嚇得我倏地打直了腰桿。沒錯，這絕對不是什麼可惜的事；相反地，我應該慶幸愛原綺羅莉不是個身材姣好、魅力十足的女性。佳代子精明得很，搞不好她正躲在某個角落監視著我。現在的狀況，可說是求之不得。

「你的表情怎麼好像見到鬼一樣？沒事吧？」愛原綺羅莉皺著眉頭問道。她的態度流露著一股少女的清純，宛如擔心大人身體健康的小女孩，「你應該有很多話想問我吧？」

「呃，對。妳怎麼知道？」

她自顧自地笑了，「儘管問吧，除了三圍跟體重，我有問必答。」

我露出苦笑說道：「其實，我好像也是安藤潤也的遠親。」說實在的，除了外婆的舊姓是安藤，根本毫無證據能證明我是安藤潤也的親戚，這個推測幾乎是我單方面的妄想，但我總覺得這麼說了，或許能製造一點親近感。

「咦？真的嗎？」愛原綺羅莉朝著我上下打量，「什麼樣的遠親？」

「我外婆的舊姓是安藤，似乎和安藤潤也有親戚關係。」

「她叫什麼名字？」

我覺得自己好像正在接受訊問，不禁有些膽怯。思索了一會兒之後，我想起了外婆的名字。沒想到愛原綺羅莉聽到我說出口的名字，立刻喊道：「啊，我知道，我見過。」我嚇了一大跳。

「咦？真的嗎？」

「我騙你做什麼？她是潤也的堂姊，年紀大我很多。你外婆是潤也的父親的哥哥的女兒，我是潤也的父親的弟弟的女兒，大家都是堂兄弟姊妹的關係。」愛原綺羅莉說得口沫橫飛，在我聽來簡直像是一長串咒語。她接著又說：「我想起來了，你外婆還說過我的壞話呢。她說模特兒這種工作只有年輕的時候才能做，罵我真是不長進。對、對，我想起來了。啊啊，真是氣死我了。」

沒想到我真的是安藤潤也的親戚，我難掩訝異之餘，另一方面，外婆當年的口無遮攔，卻要由如今的我來承擔，也讓我有些無奈。

「這下子我明白了。」她說道：「呃，你也姓安藤嗎？」

「不，我姓渡邊。所以我是一直到最近才發現自己可能和安藤潤也有親戚關係。」

「渡邊啊，你有什麼能力？」

「咦？」我抬頭望向愛原綺羅莉，發現她的表情不太一樣了。雖然態度還是個和善的中年婦人，但眼神銳利了些，宛如正在質問學生為什麼偷東西的女老師。

「我有什麼能力？呃，該怎麼說呢……我的職業是系統工程師，所以我會設計軟體和撰寫程式。喔，還有，我在念書時打過網球。」

說完這句話，我不禁對自己的平庸有些自卑，本來想自暴自棄地補上一句「還會搞婚外情」，卻聽見愛原綺羅莉先開口說道：「還會搞婚外情。」我一驚，愕然望著她。

總覺得這不太像是偶然，於是我半猜測半開玩笑地問道：「難不成妳會讀心術？」但一問出口便後悔了，自己怎麼會問出這麼荒謬的問題，我對自己失望不已。

「我不會讀心術。」愛原綺羅莉慢條斯理地回答，果然像個正在教導學生的老師，「只不過，我有時會猜到別人下一句要說的話……該說是猜到嗎？或是知道呢？總之那句話會很突兀地浮現腦中。太久之後的我猜不到，只猜得到數秒或數十秒之後要說的話。」

「怎麼辦到的？」這意料之外的話題彷彿將我抽離

現實，我的腦袋像是覆上了一層薄膜，雖然還是能夠思考，但此時的思考和自我意識似乎是分開的。

「算是一種特技吧。」

「預測的特技？」

「我也不知道怎麼解釋，再說這個特技毫無用處。我老公常嘲笑我是『一句話預言家』，還說這種超能力根本賺不了錢。」

聽到「超能力」，我只覺得，如果是愛看漫畫的小孩也就罷了，身為堂堂的大人，不管再怎麼愛看漫畫，也不可以這麼認真地說出這三個字。

「我不是說過，安藤潤也也有超能力嗎？」

「妳是說把十分之一變成百分之百的那個特技？」

「他靠那個能力在賭馬和賭自行車賽上賺了大把鈔票，可能的話，我也想擁有他那樣的能力。」愛原綺羅莉語帶自嘲，接著她凝視著我說：「所以渡邊，我想你應該也具備某種特殊能力哦。」

「我嗎？」我下意識地往自己的胸口一帶掏摸起來，宛如在尋找錢包。一邊摸，一邊心想：「我有超能力？在哪裡？」

你們都聽過《幻魔大戰》吧？

不知為何，我突然想起過世的加藤課長的這句話。我帶著苦笑在心中想像著，搞不好我被逼上絕路之後，真的會產生什麼特殊的能力。

「別傻了。」我自言自語。

為了讓胡思亂想的腦袋冷靜下來，我試著轉移話題，於是指著後方牆上的一張陳舊海報問道：「請問那是誰呢？」事實上我從剛剛就注意到那張海報了，上頭是個年輕少女，穿著看起來比什麼都沒穿還猥褻的大膽泳裝，站在夏天的海灘上。少女的眼睛又大又漂亮，彷彿看一眼就會被吸進去，加上滑嫩的肌膚與魔鬼般的身材，令人心跳加速。

「那還用問嗎？當然是我啊。」愛原綺羅莉若無其事地說道：「那是三十多年前的照片了，看起來比現在年輕一點點吧？不過，基本特徵應該都沒變啦。」

「基本特徵？」

我一時不知該怎麼回答。她說的基本特徵，指的是「都是人類」和「都是女性」嗎？但是海報中的女子和她完全看不出來是同一人，我忽地察覺，井坂好太郎很可能是在看了這張海報之後太過震驚，再加上「怎麼不是遇到海報中這個美女」的沮喪心情，才寫出小說中那般設定的愛原綺羅莉。

「這個巨大變化搞不好才是真正的超能力。」我不斷交替望著海報中的美女與眼前的愛原綺羅莉，低聲嘟囔。

27

安藤潤也死了。

以年齡來看，他確實很可能早已不在人世，但我依然天真地覺得只要找到安藤商會就能見到安藤潤也。所以當我聽到他的死訊，還是有些錯愕。「真的死了？」我再次確認。

「我倒是活得好好的就是了。」安藤潤也的妻子安藤詩織笑著說道。

這座岩手高原上的社區由許多戶小木屋集結而成，從前叫做「木屋村」，如今全為私人住宅，有些是數人合住，有些則是一人獨居。

沿著社區內的下坡路走去，不久之後轉為上坡，再前進一會兒便是安藤商會的所在。那是一棟平房，建在視野寬廣的坡地上。屋子本身占地很小，卻有一座種滿花的廣大庭園，沒有圍牆或籬笆，看不出來私人土地的界線在哪裡，宛如一片花海中莫名其妙地長出了一棟房子。

天空已經完全放晴，陽光將花瓣上的雨滴照得閃閃發光。

「好燦爛的房子啊。」我站在置石(*1)前望著一道道反射的日光及五顏六色的花朵，脫口讚歎道。

「住在裡面的詩織也是個很燦爛的人喲。」愛原綺羅莉說著，毫無顧忌地走進庭園。

「她已經七十多歲了吧？」

「是啊，超過七十五了。你一定在想，七十多歲的人怎麼可能會燦爛，對吧？」

「就算是二十多歲的年輕人，我也沒見過哪一個是燦爛的。」

「沒錯。」愛原綺羅莉振振有辭地說道：「一個人真正燦爛的時光，只在三歲之前。」

安藤詩織蹲在庭園一隅，我只看得見她的背影。她身材頗為嬌小，身穿黑毛衣搭牛仔褲，正拿著小鏟子輕輕鏟土。

「詩織，有客人。」愛原綺羅莉以宏亮的聲音喊道，又補了一句：「是個年輕小夥子喲，年輕小夥子！」我不禁一臉尷尬，那話聽起來的感覺像是「我捕到一條大魚呢，我們做成生魚片來吃吧！」

「年輕小夥子嗎？」安藤詩織笑著起身轉過頭來。她滿頭白髮，頭頂附近的頭髮稀疏。可能是太陽太刺眼了，她以握著小鏟子的右手放在額頭上擋陽光。她的手腕非常細，手指上有著宛如葉脈般的血管及皺紋。細看才發現，她的嘴角及眼角也有皺紋，或許是常曬太陽的關係，皮膚呈現健康的茶褐色。

「啊，真的是個年輕小夥子呢。」

安藤詩織說出這句話的神情，簡直就像個上班女郎或女學生。雖然從額頭及臉頰上的黑斑明顯看得出她年事已高，但她散發出來的清新氣息卻足以掩蓋她的外表年齡。

真是位可愛的女性啊。接著我暗自笑了，自己竟然對一名七十多歲的老婆婆產生這種情愫。

安藤詩織踏著小碎步，踩著地上的鋪石板朝我們走近，突然身形一晃，輕呼一聲跳到一旁，又跳回鋪石板上。仔細一看，原來她在避開鋪石板上的毛毛蟲。

我朝她鞠了個躬，「敝姓渡邊，想請教您關於安藤商會的事。」

「我跟妳說，這位渡邊和我們是親戚呢。」

「咦？真的嗎？」

「真的真的，我也嚇一跳呢。」

「我們親戚裡頭還有年輕小夥子？」老婆婆安藤詩織以戲謔的口吻說道。她的眼神透露著少女般的好奇心，整個人卻散發出看破一切的豁達。「什麼樣的親戚？什麼樣的親戚呢？」她連聲問道。

我在腦中迅速畫出家族關係圖，依循著圖面說道：

*1「置き石」，日式庭院的裝飾用大石塊。

「安藤潤也先生的堂姊是我的外婆。」

「好複雜的關係。」安藤詩織噗哧一笑。

「你講得太複雜啦。」愛原綺羅莉朝我肩膀一推，我差點沒摔倒。

「能讓我見一見安藤潤也先生嗎？」我望向庭園深處的平房說道。安藤詩織聽言，垂著眉答道：「很可惜，除非你死了，否則是見不到的。」

「咦？」

「潤也已經死了。」安藤詩織說道。愛原綺羅莉也跟著輕描淡寫地說道：「咦？我沒告訴你嗎？」似乎不是在開玩笑。

我被帶進屋內一間面對庭園的和式房，坐在一張大桌子旁，安藤詩織與愛原綺羅莉並排坐在我眼前。我坐立難安，感覺自己正被五十多歲與七十多歲的兩位婦人品頭論足。

「請問安藤商會經營的究竟是什麼樣的買賣呢？」

「好問題。」安藤詩織微笑著說道。

我完全不懂這個問題好在哪裡，她很明顯是在調侃我，但不知為什麼，我完全不覺得不愉快，反而感到心情輕飄飄的，彷彿正受到一名充滿魅力的年輕女子稱讚。

「這問題一點也不好啊。渡邊。」愛原綺羅莉斷然否定。

「潤也的工作不是販賣，而是花錢。」安藤詩織一邊說，一邊以吸管喝著杯中的可樂，這舉止讓她看上去更像年輕少女了。

「一般我們所謂的工作，指的不是賺錢的手段嗎？」我問道。

「但是他的賺錢手段只有賭馬和賭自行車賽。」安藤詩織毫不避諱地坦承。

「真的是這樣賺來的嗎？」

「我不是跟你說過了嗎？你不相信我？」愛原綺羅莉將她的粗大手臂亮到桌上說道。和我妻子佳代子相較之下，這又是另一種恐怖。不過，佳代子的恐怖是讓我必須擔心生命安危的恐怖，而愛原綺羅莉的恐怖卻帶著幾分如玩具般的可愛。

「潤也的錢是靠著挑選他有把握贏的場次，透過單勝的賭注，一點一滴累積起來的。」

「加倍再加倍，久了也是一筆大錢。」

「是啊，而且這些錢並不是靠偷拐搶騙得來的。賭博的人都是自願掏錢出來賭，所以賺這樣的錢算是名正言順吧，賺得心安理得。」

「確實如此。」我頗認同這個看法。安藤潤也所做的事無關詐欺或竊盜，只是靠賭馬和賭自行車賽來賺錢罷了。說得極端一點，這樣的作法感覺起來比募款、找人樂捐還要名正言順得多。雖然因為賭馬而家破人亡的例子所在多有，但那不是安藤潤也的錯，是賭馬的錯。

「那他的錢都花在什麼地方？」

我只是順口問問，安藤詩織聽了卻是露出苦笑，揚起嘴角的她，看起來像是在微笑，也像是在強忍淚水。她輕輕撫著頭髮說道：「這就是最大的問題。」

「花錢的管道是最大的問題？」

「潤也二十多歲時，我們發現能夠透過賭馬賺錢，當時我問他想拿這些錢來做什麼，你知道他怎麼回答嗎？」

「他怎麼說？」

「他說，要為世人貢獻一份心力。」

「真是太崇高了。」一旁的愛原綺羅莉說道，但她顯得有些興致索然，說完便拿起手邊的洋芋片放進嘴裡大口嚼了起來。

「為世人貢獻一份心力？」

「換成另一個說法就是：『拉好翻起的裙子』。」
「拉好翻起的裙子？什麼意思？」這突兀的話讓我傻住了。砸大筆的財富去拉好翻起的裙子？這是某種業界的黑話嗎？
「潤也常說，如果看到女生的裙子翻了起來，就很想幫她拉好。」安藤詩織回答。
「那過去幫她拉好不就成了？」
「問題在於做這件事，有時候得賭上性命。」她說完這句話，突然笑了出來，「不過話說回來，我們其實不知道怎麼做才能為世人貢獻一份心力。一開始，我們打算捐款給慈善團體或殘障者協助團體，事實上也試著做了幾次，但我們發現這樣的作法根本沒辦法徹底改善這個世界。」
「是嗎？」
「捐款當然多少幫助到了一些人，收到錢的團體都很高興，因此重獲新生的人也不少，不過我們也遇過負責人一收到潤也的龐大捐款便丟下團體捲款潛逃的狀況。嗯，這中間發生了不少事情。」安藤詩織以吸管將杯中剩餘的少量可樂喝乾之後，望著杯底好一會兒。她與安藤潤也相處的數十年到底過著什麼樣的人生，我無法想像，但當她說到「發生了不少事情」，口吻雖然輕鬆，卻聽得出來這句話所隱含的重量。
人生是不能被簡化的。
我想起井坂好太郎說過的這句話。人生若經過簡化，反而被省略的部分才是最重要的，而那應該就是安藤詩織口中的「不少事情」。
「潤也他認為只要擁有龐大的金錢，一定能改變這個世界，所以要將錢用在好的地方。」
「好的地方是指什麼？」
「這又是一個很難回答的問題。就像我剛剛說的，我們一開始多半將錢花在捐款上，後來我們覺得光這麼做是不夠的。三十多歲那段時間，我們倆前往全國各地旅行，一邊上賽馬場或自行車賽場賺錢，一邊尋找花對錢的管道或需要金錢救助的人。」
這是一對或可說優雅、或可說好事的夫婦的旅行。
「當時的我跟潤也真是太狂妄自大了，對吧？」七十多歲的安藤詩織責備起三十多歲時的自己。
「旅行中發生了些什麼事呢？」這不是為了找話題

和她閒聊，我是真的很感興趣。她轉頭望著屋外的庭園說道：「我年紀大了，差不多都忘光了呢。」我不知道她是不是真的忘了，只見她接著輕嘆了口氣說：「不過倒是遇過幾件有趣的事。」看她的神態，彷彿已逝的安藤潤也正站在庭園中提醒她從前發生過哪些事。

接下來，她說了這樣一段故事。

安藤潤也與詩織在剛開始旅行的時候，曾在關東近郊某個小鎮待了一星期。當時那附近有個政治團體的集會，他們想和該集會的主辦者談一談。某天夜晚，他們在鬧區的小巷裡遇見一名站在路邊攬客的煙花女子，當然這樣的景象並不稀奇，但當安藤潤也看見有個小孩一邊喊著「媽媽」一邊朝那女人走近，不由得停下了腳步。

女人大約二十多歲，身材嬌小，臉上的妝雖濃，卻帶著稚氣。此時已是深夜，小孩一臉睡意，蹭在女人的身旁喊著「媽媽」。

「乖，到大哥哥那邊去。」女人的困擾神情中帶著一抹罪惡感，努力想將小孩推開。

「喂，快過來睡覺，別打擾媽媽工作。」數名年輕人訕笑著硬是將小孩抱起，朝著停在路旁的箱形車走去。

安藤潤也靜靜地看著這一幕，開口問道：「詩織，妳覺得他們在幹什麼？」

「我猜呢，」安藤詩織根據眼前的景象發揮起想像力，「那位媽媽缺錢，所以在路上攬客。而當媽媽在接客的時候，那幾個年輕人就負責幫她照顧小孩。大概是這麼回事吧？」

「會不會是那幾個年輕人要她出來賣身？」

「或許吧。」

「好，我們去證實看看是怎麼回事。」安藤潤也說著朝路邊的女人走近。一開始女人以為有客人上門，露出既開心又緊張的表情，但當她見到詩織跟在安藤潤也身旁，臉色頓時一沉，問道：「幹什麼？」

「妳是為了錢才這麼做嗎？」安藤潤也問道。

「不然呢？」

「為了還債？還是賺生活費？」

安藤潤也的語氣非常平淡。那段時間，他常掛在嘴上的就是：「缺錢雖然是嚴重的問題，但並不可恥。在人生的各種煩惱之中，能夠以金錢解決的都算是單純的。不過當然還是必須嚴肅對待就是了。」

然而這樣單純的煩惱卻毀了許多人的一生，這一點讓他覺得很悲哀。

女人一陣錯愕，也起了戒心，正打算躲開，一如安藤夫妻所預期，箱型車內那幾個年輕人察覺不對勁，下了車過來將安藤潤也與安藤詩織團團圍住。「別打擾她做生意。」

根據那群年輕人的說法，女人欠下了大筆債務，不得不白天上班、晚上賣身來還債。至於這群年輕人，則是金融業者僱來監督女人的。「即使早晚工作，她賺的錢連付利息都不夠呢。」一名年輕人笑著說道。

「這樣啊。」安藤潤也只是這麼回答，詩織便猜到他想幫女人還債。果不其然，安藤潤也接著說道：「那我來替她還吧。」

那群年輕人哈哈大笑，「你知道她欠了多少嗎？這筆債是她那個失蹤老公之前做生意失敗欠下的，金額高達八位數，光是零就有七個呢。」

「咦？這樣就夠了嗎？」安藤潤也故意裝出驚訝的表情，安藤詩織心下了然，立刻從皮包取出一本存摺遞了出去。

年輕人接過存摺翻開一看，瞬間瞪大了眼，「真的假的？」他們的語氣中充滿了興奮。

「就用這些錢抵她的債吧。」

「你是傻子嗎？」

「不過呢，既然我能夠滿不在乎地拿出這麼大一筆錢，你們應該也猜得到我不是普通人物吧？」

「咦？」年輕人顯得有些膽怯。

「如果你們將錢私吞，或是繼續找她的麻煩，我會花錢請人把你們揪出來，給你們苦頭吃。我看起來像不像有這個能力？」

「像、像。」一邊的安藤詩織盤起胳膊，頻頻點頭。

「有錢能使鬼推磨，比你們更凶惡、更精明的人，都會樂於接受我的僱用。這樣你們清楚了吧？」

在場的年輕人和那個女人都愣住了，甚至懷疑自己遭到了戲弄，完全不知如何是好。在這莫名其妙的場面中，唯獨安藤夫妻臉上帶著微笑。安藤潤也繼續落井下石：「不然這樣好了，你們當中只要有人猜拳贏得過我，我就把那本存摺送他。」年輕人一聽，更是不知所措。

在安藤潤也的催促下，既錯愕又半信半疑的幾名年輕人在深夜的路上不明所以地和安藤潤也玩起了猜拳，但不管怎麼猜都是安藤潤也贏，年輕人臉色蒼白，懷疑自己遇到了猜拳妖怪。

「後來怎麼樣了？債主接受條件了嗎？」我上半身湊向前，興致勃勃地問道。

「應該是接受了吧，我記不得了……」安藤詩織歪起腦袋說道。

「忘了!?可是他身懷巨款一事一旦傳了開來，不會被壞人盯上嗎？」

「壞人呀，這字眼的概念還挺模糊的。」安藤詩織開心地瞇起雙眼，彷彿聽到的是天真無邪的孫子所提的

問題，「不過，潤也在這方面手腕還滿高明的。遇到可怕的人，就花錢找更可怕的人來壓制，或是讓好幾個可怕的人互相制衡。錢可以拿來救人，也可以拿來威脅人哦。」

「這就是你們三十多歲時所做的事情嗎？」

「是啊，我和潤也就是在這樣的摸索行為中度過了三字頭的年紀。」

「四十歲之後呢？」

「這個嘛……」安藤詩織若有深意地停頓了片刻，似乎是存心讓我著急，一會兒之後才說道：「四十歲之後，還是在摸索行為中度過。」

「那不是一樣嗎？」

「是啊，人生永遠都是在摸索。」

我不禁點頭同意。接著我話題一轉，終於說出了心中的疑問：「想請教一件事，我有一個朋友是作家，名井坂好太郎，他前一陣子過來拜訪，聽說只見到了愛原小姐，卻沒能來到這兒見您一面，請問是什麼緣故呢？」

「啊，我想起來了！」愛原綺羅莉伸手一拍，張大口說道：「的確有這號人物，我把他趕走了。」

「為什麼？」我問。

愛原綺羅莉的回答非常簡單。

理由有二。第一，井坂好太郎來社區拜訪時，安藤潤也正好病情惡化，隨時都可能撒手人寰。換句話說，時機實在太不巧，不是不讓他們見面，而是沒辦法讓他們見面。

「原來如此，那樣的情況確實沒辦法引見。請問第二個理由是？」

「那個男人滿嘴破英語，左一句『That's right.』右一句『Excuse me.』一副吊兒郎當的模樣，看起來就不是什麼善類。」

「是啊。」

「我最討厭那種人了。生理上就無法接受。」

原來真相如此單純。「我有同感。」我說道。

28

我只聽過拉麵的外送服務與網路商店的宅配服務，

沒想到這年頭連漫畫家剛畫好的原稿都能夠熱騰騰地專程送到府上。

我正在和式房內與七十多歲的安藤詩織及五十多歲的愛原綺羅莉談話。

聽完了安藤潤也的特殊能力以及靠賭馬和賭自行車賽賺大錢的經過，我還是不明白安藤商會這個組織是做什麼的，也搞不清楚他們與播磨崎中學案件有何關聯，就在我打算切入正題時，門口傳來了呼喚：「詩織小姐，漫畫畫好了！」

謎樣的來訪者！我登時全身緊繃，但似乎只有我這麼緊張，只見安藤詩織悠哉地起身說：「手塚來了。」

「手塚？」我看著她走向門口，忍不住重複念了一遍這個姓氏。愛原綺羅莉告訴我：「他是不久前全家一起搬來我們社區的漫畫家。年紀大概大你一輪吧，從前好像小有名氣。」

我心想，該不會是那個人吧？安藤詩織回來了，身後跟著一個男人，低頭說了聲：「打擾了。」

這位中年男人戴著眼鏡，面貌和善，個頭不高，一身純白T恤搭牛仔褲，見到我便張大雙眼說道：「有客人？啊，愛原小姐也在。」

安藤詩織先向他介紹我，再向我介紹他。「這位是手塚聰先生，聽說從前在東京是紅牌漫畫家。」

「別抬舉我了，我哪算得上紅牌。」

「夠紅了，你的漫畫不是出了實體書嗎？」愛原綺羅莉說道。現下大部分的漫畫都是透過網路販賣的電子檔案，只有少數暢銷漫畫家的作品才會被印成實體書販賣，由此看來，手塚聰確實稱得上是紅牌漫畫家。

「那是以前，現在的我超小牌。」手塚聰在我面前一坐下，迅速打開手中的牛皮信封袋取出一疊紙，自信滿滿地說道：「這次的作品，我自己很滿意。」

「你哪一次不是這麼說？」愛原綺羅莉冷冷地應道。

「不，這次我真的很有自信，請看看吧。」他說著將整疊紙遞給安藤詩織。從我所坐的位置看不清楚上頭的內容，只看得到頁面上畫著數格分鏡，看樣子是正式的漫畫原稿。

「那我就恭敬不如從命了。」不知何時戴上老花眼鏡的安藤詩織翻開了原稿。端正跪坐一旁的手塚聰難掩臉上的緊張與雀躍，一副坐立不安的模樣，宛如將安藤詩織當成了出版社編輯，而自己正等著編輯看完之後的評語。

我按捺不住開口了：「手塚先生，不好意思，請問你認識作家井坂好太郎嗎？」

手塚聰露出無奈的苦笑，這表情正回答了我的問題。「嗯，我認識。怎麼了？」

「其實，他是我的朋友。」我相信此時我的神情一定也充滿了苦澀。手塚聰看著我，頗有惺惺相惜之意。「我曾聽他說，他有個認識的漫畫家被網路上的流言蜚語整得很慘。這麼問或許很失禮，請問那個人是不是……」

「就是我。」手塚聰感慨地說道。

果然如此。我接著問道：「我聽他說，你曾見過安藤潤也先生……」

「是啊，我是因為這樣才搬來這裡的。」

我仔細凝視著手塚聰，他的皮膚白得像年糕，卻給人一種神清氣爽的豁達感。

「網路真的很可怕。」愛原綺羅莉盤起胳膊，看上去相當有威嚴，「這一點，從我年輕到現在都沒變。沒有進步，也沒有退步。早我在當模特兒時，網路上就已經充滿了真真假假的情報，每次看到都覺得煩死了。」

如果不是在愛原綺羅莉的家中見過她年輕時的海報，打死我也不相信她當過模特兒。

「我有一個模特兒友人，她男友把他們兩人做愛的影像放到網路上，把她害慘了。」愛原綺羅莉繼續說。

「這種事五十年前就有了。」我說。打從網路開始普及，這類事情便時有所聞，人類的想法與行動基本上沒有太大改變，欺凌、虐待、公開暴行影像，或是從公開情報中找出具煽動性的話題加以大肆宣揚。

「我那個模特兒友人本來拚命想把影像刪掉。」

「一定失敗了吧？」手塚聰一臉同情地說道。

「是啊。唉，後來她老是覺得自己的裸體被全世界的人看光了，終於得了憂鬱症。」愛原綺羅莉淡淡地回想著數十年前發生在友人身上的事。

漫畫家手塚聰頻頻點頭，一副感觸良深的神情。

「我也是啊，有一天突然發現網路上到處是指責我的文章，還有很多我從沒看過的自己的影像和照片，把我

嚇得半死。當時我甚至覺得全世界的人都在輕蔑、憎恨我。更可怕的是，我漸漸開始懷疑，我所熟悉的我並不是真的我，搞不好網路上受到人家攻擊的那個我才是我的真面目。很誇張吧。」

「就好像一直被警察指稱『你就是兇手』，久而久之就會忍不住承認是自己幹的？」我問。

「我兒子在學校也受到欺負。不但如此，還有人拍下我家的樣貌，將照片貼到網路上。當我看到有人在網路上半開玩笑地慫恿別人來我家放火或綁架我的小孩時，真的是嚇得我背脊發麻。」手塚聽說著這番話時，神情並沒有顯露太大的痛苦，感覺像是個健康的人談起從前大病一場的可怕經驗，「就在那時候，我碰巧遇見了安藤潤也先生。」

「我們是在東京遇到的，對吧？」一直專心看著原稿的安藤詩織抬起頭來加入話題，「那時候我剛好陪潤也去東京的醫院接受檢查。」

「當時我坐在河堤邊發呆，潤也先生和詩織小姐走了過來。」

「這算是我們的興趣吧，只要看見有人快快不樂，我們就會上前和他聊聊，當作打發時間嘍。」

「我那時心想，這個老先生真不可思議，明明年紀比我大得多，看上去卻是朝氣十足，簡直像個天真無邪的足球少年。」手塚聰撫著眼鏡，說起遇到安藤潤也的經過。

「我接下來要說一句非常陳腐的話哦。」安藤潤也坐在河堤旁邊的長椅上，眼中閃耀著光芒，說出了一句陳腐的話：「網路這種東西，有優點也有缺點。」

「是啊。」手塚聰只能這麼回答。

「網路上有著非常龐大的情報，內容自由、取得快速，這確實很棒，但是任何人都有可能突然在網路上遭人陷害，就像現在的你一樣。」

「我真的是被陷害的，我什麼都沒做。」

「人們根本不在乎情報是不是真的，大家在乎的是有不有趣。就算不是真相也無所謂，看起來像真相就行了。即便你跳出來澄清這不是事實，也只是火上加油，因為這個舉動只是讓事態變得更有趣。」

「是啊。」

「你知道嗎？大約二十年前，有一陣子上網是需要檢查身分的，人們無法在網路上匿名發言，當時其他國家早已實施這套制度，所以日本也跟進。」

「日本曾經實施過這種制度？」

「嗯，政府花了龐大的資金，設計出一套認證用的介面，結果卻毫無意義，因為網路的優點就在於其自由度與快速性，這種剝奪網路優點的作法其實相當愚蠢。」

「啊，我想起來了，好像有過這麼一回事。」

「如果真的要杜絕匿名發言，一定有更聰明的作法。不該以法律強迫人民接受身分認證制度，而是應該提供給使用身分認證制度的人民清楚、實惠的好處。在資本主義世界中，只有欲望與利益能讓社會運作，而不是倫理道德，忽視這個原則的制度只能以失敗收場。所以想要推廣任何制度，都必須附加相對的服務，讓大家曉得參與這個制度能得到什麼好處。」

「所以後來網路又變回可匿名方式了？」

「是啊，不過倒是建立起公開連線資訊的制式系統，這大概算是當年實施那套制度所得到的唯一成效吧。」安藤潤也淡淡地說道。

「連線資訊？」

「舉例來說好了，有個人想在網路上幹壞事。當這個人的行為有違法嫌疑時，網路業者就有義務協助警方調查，必須無條件提供此人的連線資訊。這個規矩很久以前便存在了。」

「這倒是。」但這代表的另一面意義就是，如果事情本身沒有違法疑慮，網路上的發言者便可維持匿名，而這也是為什麼手塚聰無法找出是誰陷害了他。

「這套規矩後來被系統化，各網路業者的情報被統一管理，只有取得權限的人能夠查看連線資訊，整個流程成了一套有制度的系統。包括那些能夠上網的店家也一樣，所有的會員情報都被集中到同一個資料庫內，方便進行搜尋。當然，就和搜索私人住宅必須持有搜索票一樣，連線資訊也不是任何人都能查看。但只要取得權限，就能夠查出任何一篇匿名網路文章的作者姓名及地址等情報，無論這個作者使用哪一臺電腦上網都一樣。」

「這系統是什麼時候出現的？我怎麼不知道？」手塚聰相當驚愕。

「政府不會把最重要的事告訴人民的。話說回來，那筆錢到頭來也是白花了。」

安藤潤也說這話的語氣彷彿那筆錢是他出的。

「總而言之，關於網路上的流言蜚語，如果有違法嫌疑，還能夠透過系統將犯人揪出來。但沒有嫌疑的話，被害者就只能自力救濟了。」

「是啊，看來我只好認栽了。」

「要處理這類問題，有幾個辦法。」安藤潤也露出微笑，眼角擠滿了皺紋，宛如正要公開魔術的手法。安藤詩織則是默默地坐在一旁。

「把網路上的假情報全部刪除嗎？」

「假情報是刪不完的，這就和流進海裡的油一樣，不可能清得乾淨。當然，如果下了很大的決心，搞不好真的做得到，但下場往往是更加引人懷疑。所以這時最好的作法是……」

「最好的作法是？」

「製造更多的假情報散播出去。」

「更多假情報？」

「除了原本已經在流傳的假情報，再主動散播出更多陷害你自己的假情報。當然，要做到天衣無縫必須下一些工夫。這些假情報的內容最好讓那些討厭你的人更加開心，再放上一些假的影像或照片。」

「這樣只是讓我永無翻身之日了吧？」

「這麼做，人們會分不出什麼才是事實。」安藤潤也語氣堅定地說道。

「什麼才是事實」這個詞宛如鐘聲在手塚聰的腦中迴蕩。

「假設有個人以你的名字在網路上搜尋，他會看到各式各樣的傳聞，每個傳聞都像真的，卻又帶著三分可疑，此時他心裡會怎麼想？」

「手塚聰這個漫畫家的風評真差？」

安藤潤也噗哧笑了出來。遠處一隻鳥朝著河川俯衝而下，在水面輕輕一掠又展翅高飛。

「不是，通常第一個反應應該是『半信半疑』吧。」

「半信半疑？」

「搞不清楚哪個傳聞才是真的，每個傳聞都怪怪的。事實上每個傳聞都是假的，所以搜尋者當然會覺得奇怪。『那傢伙好像曾經對女生性騷擾』、『那傢伙好像做過變性手術』、『那傢伙好像已經死於一場怪病，現在的他是別人頂替的』、『那傢伙好像逃漏稅』、『那傢伙好像有奇怪的性癖好，喜歡被老婆踢屁股』等等，如果我看到一個人同時傳出這麼多不好的流言，我的想法一定是『搞不懂了，隨便怎樣都好啦』。」

手塚聰突然覺得身旁這位老先生簡直像個充滿智慧的老友。

「不過呢，還有一個更簡單的辦法。」

「什麼辦法？」

「找個鄉下安安靜靜地過日子，永遠不要上網。」

手塚聰聽到這麼平凡的建議，不禁懷疑這句話的背後另有寓意。但想了又想，似乎就只是字面上的意思。

「網路這東西的確很重要。一旦沒有網路，在工作上及拓展人際關係上都會出現困難。但這不表示一個人沒有網路就活不下去。」安藤潤也笑瞇了眼，點了點頭繼續說：「很訝異吧，人沒有網路也活得下去哦。」

「可是網路上的假情報並沒有消失，不是嗎？」

「是啊，但網路又不會追著你跑。」

「網路或許不會追著我跑，可是看了網路情報的人可能會找出我的藏身處，加害於我或我的家人；就算他們不親自動手，也可能把我的藏身之處公布在網路上啊。」

安藤潤也嘆了口氣，玩弄起額上的白髮，「或許吧，確實有這個可能，但我總覺得世人沒那麼閒。除了當事人，其實大家對謠言是不太關心的。如果遇到那種網路上說什麼就信什麼的人，你只能盡量保持距離。」

「可是……」

「你聽過岩手山嗎？」安藤潤也繼續說：「我們住那附近。要不要搬來跟我們一起住？還有空的屋子喔。」

面對這突如其來的邀約，手塚聰有些摸不著頭緒。但是與其和家人繼續待在東京過著提心吊膽的生活，換個環境生活不失為一個好主意。

「如果你放不下工作，搬到那邊也能繼續做。當然你也可以選擇收山不幹，與社會斷絕往來，悠哉地過自己的人生也不錯。」

「可是，不工作哪來的錢吃飯？」

「錢的話，我可以給你一些。」

手塚聰愈聽愈怪，這個老先生為什麼要對一個素昧平生的人這麼好？「為什麼你要這麼做？」

安藤潤也露出溫柔的笑容，不難想像他年輕時一定長得很帥。

「我不想當皇帝。比起支配人，我更想幫助人。」安藤潤也說道。

「咦？什麼意思？」我問道。為什麼安藤潤也會突然沒頭沒腦地說出這麼一句話？

「這是卓別林的名言。」安藤詩織回答。她那嬌小的臉龐嚴肅卻可愛，宛如故意裝成熟的小雞。「卓別林拍過一部電影叫《大獨裁者》（*1），在影片最後，卓別

*1 《大獨裁者》（*The Great Dictator*），卓別林所拍的首部有聲電影，一九四〇年出品。

不如搬來我們那邊住吧。
咦？

林發表了一場演說，第一句話就是『我不想當皇帝。比起支配人，我更想幫助人。』」

「講這種漂亮話，總覺得不像潤也會說的話，又很像他會說的話。」愛原綺羅莉笑道。

「潤也其實挺喜歡刻意講出這種漂亮話。」安藤詩織說完後點點頭，將手上的原稿拿到桌面上收攏整齊，「這次的原稿也很有趣。謝謝你，手塚。」

「真的嗎？」端坐著的手塚聰頓時打直了腰桿，露出滿臉幸福的表情，「雖然我原本就很有自信，但能聽到妳這麼說，我更高興了。」

「那是連載的漫畫原稿嗎？」我指著牛皮信封袋問道。

「是啊，不過這部每週連載的讀者只有詩織小姐。說真的，我這個人只要能畫漫畫就滿足了，就算讀者只有一個人也無所謂。」

「喔？」我一直以為，無論什麼樣的創作者都會希望擁有更多的讀者或鑑賞者，所以手塚聰的發言讓我有些意外，「這部連載是什麼樣的故事呢？」

「其實啊，這個故事是以我做的夢為原型創作出來的。」安藤詩織靦腆地說道：「敘述某個人使用超能力與政治人物對抗。」

「超能力？」我重複了一遍，「妳指的是安藤潤也先生所擁有的那種特殊能力嗎？」

「嗯，是啊，潤也那也是一種超能力。」安藤詩織輕輕搖頭說：「不過我覺得世上應該還存在著各式各樣的超能力。」

「渡邊，你是我們的親戚，一定也擁有某種超能力。」愛原綺羅莉指著我說。

「親戚？」手塚聰興致盎然地望向我。

「潤也出現賭博和猜拳絕對不會輸的能力，是在他哥哥過世之後。」安藤詩織說道。

「是啊，所以你的超能力很可能也會因為某個契機而出現，好比被逼得走投無路之類的。」

「某個契機？被逼得走投無路？」我愣愣地重複著愛原綺羅莉的話，想起了加藤課長的那句「唯有把你們逼上絕路，你們才能發揮潛在的能力」，接著不知為何，妻子佳代子的面容浮現腦海。

29

為了讓丈夫的超能力覺醒，妻子故意把丈夫逼上絕路。天底下有這種事嗎？

她們說，一旦被逼得走投無路，超能力就會覺醒，我的腦中瞬間浮現了佳代子的身影，而且久久不散。

「不會吧……」我喃喃自語。

「你想到了自己可能有什麼特殊能力嗎？」安藤詩織嘟著嘴，張大了雙眼，這個表情讓她看起來更像小雞了。

「哎喲，一定是想到老婆了吧？」愛原綺羅莉拿起桌上的煎餅啃了起來，淡淡地說道。

「妳怎麼知道？」

「猜對了？」愛原綺羅莉一邊以手掌將掉在桌上的煎餅碎屑掃在一起，「我亂猜的。通常已婚男人會露出『大事不妙』的表情，十之八九都跟妻子有關。」

「可是，為什麼超能力會讓你聯想到尊夫人呢？」手塚聰問道。他年紀比我大，對我講話卻客客氣氣，給人感覺很舒服，與井坂好太郎有著天壤之別。

「因為我妻子是個很可怕的人。」我以手撐著膝蓋，微低著頭，宛如在告白自己的可恥性癖好，「我懷疑她的可怕會讓我產生超能力。」

坐在對面的三人一同哈哈大笑，愛原綺羅莉甚至將口中的煎餅噴出了一些。

接著他們開始取笑我。「自己老婆能可怕到哪裡去？」、「照你這麼說，全天下的丈夫都有超能力了。」、「到底老婆要多可怕才能讓丈夫產生超能力呢？」

我吞吞吐吐地應道：「唔，話是這麼說沒錯啦。」心裡卻在大喊「你們根本不懂！」

我妻子的恐怖，遠遠超越一般人對怕老婆定義的認知。那些喜歡拿怕老婆或疼老婆來吹噓的人，在我看來根本不值一哂。如果怕老婆大丈夫有專業和業餘之分，那些人只算是業餘中的業餘。我可是數度被妻子逼到走投無路，所以我才會不由得懷疑妻子可能成為她們所說的契機。

我會因妻子的可怕而產生特殊能力嗎？不，應該說我懷疑的是，妻子是不是為了讓我湧現特殊能力，才那樣對我？但這樣的揣測實在太過異想天開，我自己也不禁面紅耳赤，低下了頭。愛原綺羅莉看我這副模樣，笑道：「你幹麼臉紅？是不是想到了和老婆做過的什麼害臊事情？」

「不是的，我只是在想，我妻子是不是知道我有特殊能力的資質，所以為了引出我的特殊能力，才故意對我做出那些可怕的舉動……」我愈說愈覺得丟臉，「……呃，不可能吧。是我想太多了。」

但突然間，安藤詩織與愛原綺羅莉一聲不吭，兩人默默地相覷。我原本以為她們會哄堂大笑罵我是笨蛋，看到這樣的反應，反而讓我有些意外。

「也不是不可能。」愛原綺羅莉緩緩開口說道，連啃煎餅的方式似乎也穩重了些，「對特殊能力感興趣的人不少，也一直有人在做這方面的研究。」

「真有這種人嗎？」

「有啊。以前有，現在也有。」愛原綺羅莉語氣堅定地說道，感覺她似乎親眼見過那樣的人物。

「以前曾經有人想研究潤也的超能力。」安藤詩織說道。

「真的嗎？」我腦中反射性地浮現一群身穿白袍、專門研究超能力的醫生。

「我們會把孩子送到外地去，這也是原因之一。」她淡淡地說道，但我不敢繼續追問關於他們孩子的事。

「對了，手塚先生的漫畫中所描寫的是什麼樣的超能力呢？」我指著手塚聰手上的漫畫原稿問道。

「漫畫主角其實是潤也的哥哥。」安藤詩織說明道：「有一天，大哥突然產生了類似腹語術的特殊能力。」

「腹語術？妳指的是腹語師操縱人偶的嘴巴一開一闔，在暗地幫人偶配音的技術嗎？」

「是啊，只不過大哥操縱的對象不是人偶，而是活生生的人。他能夠讓他心中默念的話透過別人的口說出來。」

「什麼意思？自己心中的話由別人講出口？」

「就像這樣。」手塚聰從牛皮信封袋中取出漫畫原稿，攤在我面前。他的畫風正統卻不失個性，而且相當具有震撼力。

故事描述一個老先生被一群年輕人包圍。老先生怕得直發抖，根本不敢反抗，但是突然間，老人以從容不迫的語氣說道：「你們知道我是誰嗎？如果你們敢對我怎麼樣，一定會後悔的，等我的部下趕來，他們會把你們抓起來好好教訓一頓，讓你們求生不得、求死不能。你們想讓這種事發生嗎？」年輕人見老先生的態度一百八十度大轉變，又聽了這番話，全都嚇壞了，而這番話其實是男主角躲在不遠處以腹語術的超能力讓老先生說出來的。

「這樣的超能力對抗得了敵人嗎？」我不禁為漫畫中的主角擔心了起來。像腹語術這麼平凡的超能力，能做什麼呢？「還有，這個男主角就是安藤潤也先生的哥哥？」

「大哥很年輕就過世了，而且走得非常突然。」安藤詩織語帶感嘆地蹙起眉頭。

「是因為生病嗎？」

「我也不太清楚，好像是腦溢血，而且是在政治人物犬養舜二的演講會場上突然昏倒。」

「犬養？」我不禁拉高了嗓門。

「你也聽過這個人嗎？他在我們年輕時可是風靡一時呢。」安藤詩織平靜地說道：「當時犬養舜二還沒當上首相，就已經相當受到矚目，大哥去聽他的演講，沒想到竟然死在會場上。」

「是因為太感動嗎？」

「這個嘛，誰知道呢。」安藤詩織笑著說：「大哥死得太突然，我和潤也都嚇得慌了手腳。潤也還抱怨說，大哥怎麼要死也不先跟他說一聲。」

「我認識的潤也向來是老神在在，很難想像他慌了手腳的樣子。」愛原綺羅莉說道。以年齡推算，當時的她應該還是個嬰兒吧，不大可能認得安藤潤也夫婦。

「潤也很黏大哥，所以大哥剛死的時候，潤也難過得幾乎連走路也走不直，後來才慢慢振作起來。之後過了大約十年，有一天我突然做了個怪夢。在夢中，大哥施展奇妙的超能力，對抗那個犬養首相，卻丟了性命。」

「真是奇妙的夢。」

「那個夢境好真實，簡直像是看著拍攝下來的畫面，就連大哥心中的想法，我也感受得到。」

「所以那個夢也解釋了他的死因？」

「嗯……」安藤詩織沉吟片刻，搔了搔太陽穴，「夢裡確實提到了這一點。我剛剛也說過，犬養先生在當時非常受歡迎，或可說是具有領袖魅力吧。他講話條理分明，而且充滿了使命感與責任感。」安藤詩織此時的態度似乎又將犬養舜二當成了老朋友。我想起前幾天在街上遇到那名發傳單的年輕人，就連與犬養活在不同時代的年輕人都會熱血澎湃地引用犬養的話，更何況是當年的民眾了。

「有人說他就像希特勒。」愛原綺羅莉點頭說道。

「大哥說比起希特勒，犬養先生更像墨索里尼。」

「墨索里尼？」我只知道這是某個獨裁者的名字，除此之外一無所知。我心想，等等上網搜尋看看吧。想到這，我又不禁露出苦笑。人一旦遇到不懂的事情，第一個反應果然是上網搜尋。

「是啊，就像那個墨索里尼一樣，犬養先生的周圍也聚集了各式各樣的人。有人認同他的政策，有人想利用他，除此之外還有一些比較偏激的人。」

「好比親衛隊之類的？」我插口問道。她點點頭，

「是啊，而這些人之中，也有一個人擁有超能力，大哥就是被那個人打倒的。」她說完之後，發出了呵呵的可愛笑聲。

「超能力者還真多，簡直就是漫畫情節。」我不禁愕然。

安藤詩織笑嘻嘻地晃了晃食指，「是呀，所以我才請手塚畫成漫畫嘍。」

「是啊，所以我才把這個故事畫成漫畫。」手塚聽也點著頭，「一開始我是抱著報恩的心情畫的，很感謝安藤夫婦邀我來這裡住，還提供房子給我。但我愈畫愈起勁，簡直是欲罷不能。」

「為了這唯一的讀者，是嗎？」

「以前我從來不曉得，原來只要有一個理解自己的讀者就足夠了。我想，創作者同時擁有自我表現欲及創作欲，但只要捨棄其中的自我表現欲，那麼即使讀者只有一個人也無所謂了。」

他的語氣與態度非常自然，我知道他並沒有故作清高，而是真心地這麼認為。「原來如此。」我應道。他和那個滿腦子只想當暢銷作家，只要能受到稱讚、即使沒人真正理解自己也無所謂的井坂好太郎完全不同，我不禁深感佩服。而同時，我又想起另一件井坂好太郎提過的事。「對了，我聽說潤也先生曾在東海發生的案件當時與犬養先生合作？」

光是「東海發生的案件」這個說法便頗曖昧，我自己也覺得這起傳聞毫無根據，聲音不由得愈來愈小。

「是啊，那已經是二十多年前的事了。」安藤詩織張大了雙眼，露出微笑，宛如緬懷著往事。

「聽說犬養先生和潤也先生合力調停了美中之間的摩擦，是真的嗎？」

「當時的情況恐怕比摩擦還嚴重一些。嗯，潤也平常就習慣四處搜集許多情報。」

「情報？」

「他有個以金錢建立起來的人脈與情報網，聽起來很炫吧。」安藤詩織說：「潤也透過那個情報網，確定了中國真的在東海設置了奇怪的機器。」

「那個機器的用途是什麼呢？」我問道。以「東海油氣田案件」為題材的電視節目和書籍相當多，真相卻始終如同一團迷霧。有人說中國設置的是核子武器，但沒人能證實。

「潤也沒有告訴我詳情，我只知道個大概。那好像是一臺能夠製造地震的機器，反正是某種特殊裝置吧。」

「製造地震？」

「那不是核子武器或化學武器，而是地震武器。大地震確實能夠輕易毀掉一個城市，而且，一旦國內到處發生大地震，那個國家的經濟也就完蛋了。要是明著發射飛彈，一定會引起國際反彈，但如果偷偷製造地震，搞不好可以幹得神不知鬼不覺。中國不愧是大國，手段遠遠超乎我們的想像。」

「是真的嗎？」我詫異不已，轉頭探看愛原綺羅莉和手塚聰的神情，但他們只是聳了聳肩。

「至少潤也是這麼相信的。中國雖然曾經蕭條了一陣子，如今又慢慢崛起，不是嗎？十多億人民的力量畢竟不能小覷，他們連失業者之類的統計數字都是以億來計算，規模跟我們完全不同。光是喜馬拉雅山的雪水，就是難以想像的龐大資源，日本所擁有的資源根本比不過人家。」安藤詩織的聲音甜美，很難相信她是個年事已高的老婆婆，我忍不住頻頻偷窺她的面容再三確認。

「所以潤也就去找了他認識的政治人物，商量這事該怎麼處理。」

他要怎麼開口？難道是直接問「有沒有辦法拿我的龐大財富去解決這個危機」？

我不禁懷疑，天底下真的有如此瘋狂又積極的政治人物願意協助安藤潤也嗎？但答案很明顯，這個瘋狂又積極的政治人物，正是犬養舜二。

「於是潤也先生就和殺死哥哥的仇人犬養舜二攜手合作了？」

「犬養先生殺死大哥，只是我夢裡的情節啦。」安藤詩織邊說邊拿起一片煎餅，折成兩半。我忍不住也跟著拿起一片煎餅，同樣折成兩半，碎屑卻飛濺開來，我慌忙將碎屑一一撿起。「那時候犬養先生已經不是議員了，但人面還是很廣，權力比普通政治人物還大得多。憑那個人的魅力，這並不難想像吧。潤也和他談過之後，他對潤也的資產及想法很有興趣。」

「之後他就拿了這筆錢讓中國妥協？」

「潤也沒有告訴我詳細情形，但至少能確定的是，

說穿了，我也只是個傀儡。

並沒有發生奇怪的大地震吧。」安藤詩織的態度依然從容優雅，「或許是受到大哥的影響，潤也起初也以為犬養先生是個像墨索里尼一樣的獨裁者，而我也是。」

「起初？後來改變了嗎？」

「見過犬養先生之後，潤也說，『其實犬養也不是壞人。』」

「他們成了朋友？」

「我剛剛提到電影《大獨裁者》最後的演講當中，卓別林說過這樣一段話：『我們不可以絕望。無論是貪欲所帶來的荒廢，還是憎恨人類發展的心，都會隨著獨裁者的死而消失。』」安藤詩織說得流暢自然，似乎已把這臺詞背得滾瓜爛熟。

「好犀利的一番話。」

「這大概是卓別林的心願吧。別被獨裁者騙了，別隨之起舞，只要獨裁者一死，世界就會恢復和平。但是呢，潤也的看法不同。」

「他怎麼說？」

「『獨裁者並不存在。』」

「咦？」

「『現今世上根本沒有所謂的獨裁者，事情並不會因任何一個特定的人消失而有所改善。』」

「意思是世上沒有壞人嗎？」

「不，我想他的意思是，善惡之分並沒有那麼單純。這個世界的荒廢、貧困與憎恨並無法完全歸咎於某個人或某個團體；世上沒有百分之百的壞人，任何一個壞人其實都只是某個巨大系統的一部分，犬養先生也不例外。事實上，犬養先生自己也曾親口感嘆道：『說穿了，我也不過是系統的一部分。』」

30

「請問你們聽過播磨崎中學嗎？」

來到安藤詩織家中的我，終於問出了這最關鍵的問題。雖然是經過前面那麼多鋪陳才問了出口，總覺得自己像是在替面臨升學考的兒子詢問去上這間中學好不好似的。

「播磨崎中學？」安藤詩織一愣，重複了一遍。

「播磨崎？」愛原綺羅莉也開了口。

我吞了口口水，看樣子我揮了竿卻沒釣到魚，只好連忙找另外一個餌掛上。「那有沒有聽過間壁先生？間壁俊一郎，或是間壁敏朗？」

間壁俊一郎這個名字是從歌許的網站程式中解析出來的暗號，連同「安藤商會」、「播磨崎中學」等字眼同為受到監控的關鍵字之一；間壁敏朗則是井坂好太郎的小說中出現的登場人物。這兩個人都姓「間壁」，絕對不是巧合。

「啊，間壁先生？」安藤詩織語氣中帶著些許興奮，「不就是那個爸爸嗎？」

「爸爸？」

「他大概四十五歲左右，比我們年輕得多，成天心都懸在兒子身上，所以我們對他的印象都是『那個爸爸』。嗯，他的名字的確是間壁俊一郎。」安藤詩織笑著說道。

「啊，對對對，他待過這裡呢，那是幾年前的事來著？」愛原綺羅莉望著天花板略一思索，「我記得那時候是夏天，我還跟潤也聊到，那個人成天穿著黑西裝不熱嗎？啊，這麼說來，是潤也過世之前？」

「那個人來這裡住過？」

「來我們社區的人，有些是認識了潤也，被潤也帶來的，有些則是對潤也感興趣，打探消息自己跑來的。間壁先生屬於後者，他當時在山坡下面那棟白色木屋住了下來，不過並沒有住太久。」安藤詩織說道。

「我記得他說他離了婚，兒子念的中學又規定所有學生都必須住宿舍，他老是說自己一個人很寂寞呢。唉，真可惜，要是他條件再好一點，我一定會好好抱抱他的。」愛原綺羅莉開朗地笑著說道：「不過他雖然條件普通，卻是個老實認真的男人。」

「這位間壁先生後來怎麼了？」

「有一天突然不見了。」愛原綺羅莉淡淡地回答，那口氣彷彿在敘述一位和自己不熟的同班同學突然轉學了。安藤詩織的表情則有些凝重，比較接近懷念起班上那隻突然失蹤的兔子時的神情，喃喃說道：「他好像死了。」

「咦？」我和愛原綺羅莉同時說出口。「真的嗎？」愛原綺羅莉相當訝異。

「是潤也告訴我的，詳情我也不清楚。潤也有一天收到了間壁先生的來信，上頭似乎是這麼寫的。」

「寫著『我已經死了』？」

「是啊。」安藤詩織神情嚴肅地回答，我腦中一片混亂。

「死人會寫信？」愛原綺羅莉也是一臉驚愕。

「潤也並沒有告訴我詳情，我只知道間壁先生固定租用某個契約式的小置物櫃，在裡頭放一些家當什麼的，後來他連續兩個月沒繳租金，管理員於是開始找人。」

「嗯，這很正常。」

「但是管理員聯絡不上他，所以轉而找上保證人，而那個保證人……」

「就是潤也？」

「是的。」安藤詩織朝愛原綺羅莉點了點頭，「後來潤也打開那個置物櫃，發現裡頭有一封信。」

「這到底是怎麼回事？」

「或許是間壁先生想讓潤也知道自己出事了吧，一旦他陷入無法繼續支付置物櫃租金的狀況，潤也就會看到那封信。」

「信上寫了什麼？」

「潤也沒跟我說。」安藤潤也沒有特別提及的事，安藤詩織似乎也不會主動詢問。

「那間壁先生是怎麼死的？」我繼續追問，但不出所料，安藤詩織的回答是：「不清楚。」我又問：「他的死和播磨崎中學有關係嗎？」安藤詩織的回答依然是：「不清楚呢。」

接著安藤詩織似乎想起了什麼，「啊，我只知道，間壁先生當時好像被捲進了某件麻煩事，潤也很同情他。」

「麻煩事？」我倏地想起我來這兒的途中，在新幹線上查到的情報，「我想起來了，間壁敏朗是播磨崎中學案件的受害學生之一，在案件中受了重傷，他說不定就是俊一郎先生的兒子。」

「播磨崎中學案件？」安藤詩織緩緩重複了一遍，似乎在咀嚼其中含意，「那是什麼案件呢？」

愛原綺羅莉及手塚聰倒是有印象，異口同聲地說：「嗯，確實有過這麼一起案件。」

「間壁先生的兒子被捲入案件？」安藤詩織驚訝地

瞪大了雙眼。

「嗯，很有可能。」

「怎麼會發生這種事！」愛原綺羅莉吃驚不已。

「這……我也不清楚。」我只能這麼回答。

我現在的心情就像魚兒吃掉了餌卻不上鉤，而且我手邊已經沒有任何餌了。於是，我離開了安藤家。

要不要騎車去兜兜風？

回到小屋前，愛原綺羅莉指著停車場內的重型機車問我，我沒多想便應了聲「好啊」，但當我看見塑膠布下的重型機車，一股不好的預感湧上心頭，我惴惴不安地說：「好大的機車啊。」

那輛重機簡直像是一隻披著銀色鎧甲的蝗蟲，由於形體太過壯觀，看上去完全不像交通工具。光澤耀眼的車身上印著造形冷酷的標誌，到處裝了不斷閃爍的裝飾燈。

「還好啦，才一千西西而已。」愛原綺羅莉若無其事地說道，接著她不知從何處變出兩頂安全帽，將其中一頂遞給我。我自己也沒發現何時將安全帽戴到頭上，就這麼錯過了拒絕或猶豫的時機。

愛原綺羅莉一腳跨過巨大的油箱，坐上了重機。雖然很難相信她從前當過模特兒，但見她跨坐重機上的模樣，那雙腿確實很長。「上來吧。」她指著後座說道。

我乖乖跨上車，對愛原綺羅莉說這是我第一次坐機車後座，她轉過頭隔著安全帽望向我說：「只要抓緊就不會有事，害怕的話就抱住我。還有啊，如果我的身體傾一邊，你絕對不能倒向另外一邊，要盡可能讓重心和我朝向同一方向傾斜，記住這一點就沒問題了。」她說著發動了引擎。

一瞬間，機械蝗蟲彷彿成了活生生的猛獸，開始隱隱顫動。

重機向前衝出去了，我不自覺地「嗚」了一聲，整個安全帽內充滿轟隆隆的聲響。機車沿著一棟棟木造建築間的蜿蜒下坡路前進，每當遇到轉彎，車速減緩，我的臉就會貼上愛原綺羅莉的背，但接著瞬間加速，我又幾乎要後仰摔下車，就這麼不斷重複，我的身體前傾後倒，完全無法自主。

不久來到一條直線道路上，機車沿著下坡緩緩前進，就在我的身體突地向右一偏時，我瞥見愛原綺羅莉的右手催動油門，心裡才剛警告自己「她要加速了」，周圍的景色驟然以驚人的速度向後飛逝，我的腦中滿是風聲，恐懼與思緒全部飛到九霄雲外；我的喉嚨發出咕嘟聲響，但就連這聲響也瞬間被拋到後方。我抱住了愛原綺羅莉的腰，這時我看見機車龍頭中央的時速儀表板上顯示著數字１７０。啊啊——原來這就是時速一百七十公里的感覺啊。我茫然地想著，而這個念頭也旋即消失在腦後。我感覺自己不像是向前奔馳，而是被狠狠扔往前方。

繼續前進了一會兒，車速開始減慢，我漸漸看得清楚樹上枝葉的形狀了。

「如何？」愛原綺羅莉脫下了安全帽問我。

我們已回到小屋前，重機停在停車場裡。我下了車，脫掉安全帽，登時從難以呼吸的痛苦中解放了出來，我鬆了口氣答道：「有點可怕。」然而我發現自己的兩條腿正劇烈顫抖著，只好老實回答：「非常可怕。」

愛原綺羅莉哈哈大笑，「不過，你配合得很好，讓我騎得很順呢。」說著，她走上小木屋的階梯。時速一百七十公里的感覺還留在我身上，反而覺得周圍靜止不動的景色不太自然。

「騎車兜風很舒暢吧？」愛原綺羅莉一邊將磨好的咖啡豆倒進濾網，一邊對我說道。

「是啊。」我在下嵌式桌爐邊坐了下來。一般會以「乘著風」來形容飆車的感受，但我的感覺是，毫無掩護的血肉之軀受到時速超過百公里的狂風吹襲，安全帽中盡是風的呼嘯，腦袋被這麼一攪，瞬間空空如也，「簡直像是腦袋被重新格式化了……」但我一說出口，發現這真是系統工程師才會說出的比喻，不禁有些厭惡自己。

她像是突然想到似地問道：「對了，這樣的深山裡也裝了偵測器喔，你發現了嗎？」

「偵測器？妳是說搜集交通情報的偵測器嗎？」依照現行的法律，所有汽機車都有義務在車體上裝設識別情報發信器，而道路上的偵測器可接收發信器的訊號，所以哪一輛車在何時通過了哪個地點，政府全都掌握得一清二楚。大都市主要幹線道路的偵測器在很早以前便架設完畢，聽說最近開始朝全國各鄉村道路擴展，我沒想到連這種岩手高原上的山路都裝設好了。

「全部的情報都被監控著，感覺真差。」

「全部的情報都被監控著」這句話讓我不由自主地產生了警戒心，彷彿刺蝟般，全身豎起了看不見的尖刺。「不過路上偵測器取得的情報，應該只會被用在車禍事故的追查以及塞車狀況分析上吧？」我說道。

「別傻了，任何事情背後都有黑暗面。複製人技術當初也說只使用在醫療及臟器移植上頭，後來還不是被拿去進行人體實驗及強化軍隊。同樣道理，天曉得政府設置那個偵測器的真正目的是什麼，還是小心為上。你想想，只要調查我騎機車每天所走的路線和時間，就能分析出我的生活規律了吧，所以我經常改變騎車路線呢。你不覺得無時無刻不受到監視，看到別人對你露出『你的底細都被我摸透了』的表情，感覺很不舒服嗎？」

無時無刻不受到監視，看到別人對你露出「你的底細都被我摸透了」的表情……我仔細咀嚼著這句話。沒錯，的確讓人很不舒服。

「其實原本在我的想像，還以為安藤先生他們是奉行神祕主義的。」

愛原綺羅莉問我對安藤商會有什麼感想，我老實地如此回答。

「畢竟商會在做什麼都沒人知道，又是住在這種深山裡，總覺得一定隱藏了什麼不可告人的祕密。」

「你剛來的時候，也嚇了一大跳吧？沒想到我會一口答應帶你去安藤商會？」

「是啊，和我的想像完全不同，馬上就見到了安藤詩織女士，她對我的提問也是有問必答。」

「沒錯。」愛原綺羅莉點著頭，「這就是潤也的想法。他認為不設防才是最好的。」

「不設防？什麼意思？」

「就像剛剛提過的偵測器一樣，這個世界愈來愈朝著嚴格監控情報、制式行動、評斷事物價值的方向發展，雖然這麼做比較有效率，但潤也不喜歡。」

「不喜歡？」

「是啊，他討厭追求便利性及利益的系統。」

系統化會讓人類失去想像力及良心。我想起了言之鑿鑿地說著這句話的井坂好太郎，還有政治人物犬養舜二，他也說過，自己只是系統的一部分。

「潤也很明白，如果我們走上祕密主義這條路，最後的結果一定是他最討厭的監視與系統化。所以他決定索性把一切都攤在陽光下。不上鎖，不隱瞞情報，來者不拒，有問必答。不守，不逃，不設防，鼓起勇氣公開一切。」

勇氣這個字眼在我腦中騷動著。似乎不管任何地方，都存在著對勇氣的考驗。

「真是極端的作法。」

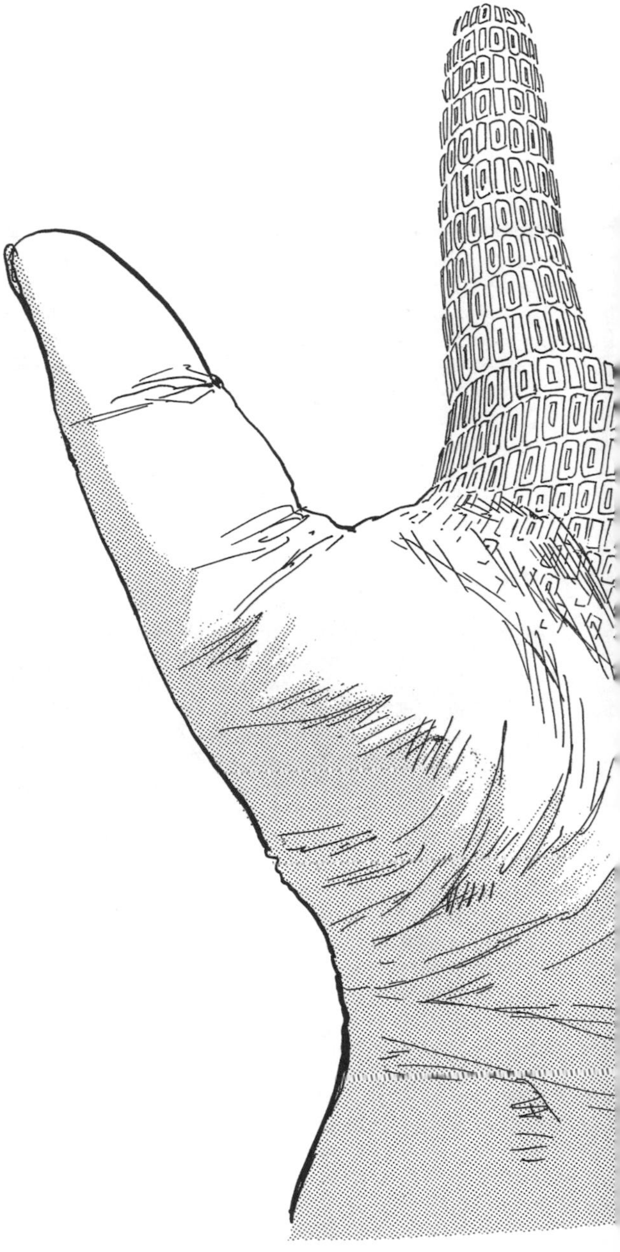

「是啊，不過他說的不無道理。」愛原綺羅莉的態度就像在袒護自己偏愛的搖滾樂團，「潤也常說，隱瞞情報是沒有意義的。」

「他覺得不必隱瞞情報？」擅長藉由金錢的力量搜集各方情報的安藤潤也會說出這樣的話，在我聽來有些矛盾。又或者正因為他接觸過無數情報，才能夠如此斷言呢？

「情報技術不斷進步，人們對情報也愈來愈神經質，於是拚命想隱藏個人情報，努力不讓情報外洩；而另一方面，也有人拿情報做為商品，利用情報。大家都誤以為這個世界是仰賴情報在運轉的。」愛原綺羅莉侃侃說道。

「誤以為？妳的意思是，這個想法是錯的？」

「因為人並不是由情報組成的。不管搜集再多情報，也無法拼湊出一個人。反過來想，一個人不管洩露再多情報，也不至於死掉。像那個漫畫家手塚，他那麼多個人情報都曝了光，還冒出一堆捏造的情報，現在不是一樣活得好好的？」

「那麼人是由什麼組成的？」

「還用說嗎？」愛原綺羅莉噘起嘴，一副「別問這種蠢問題」的表情，「當然是血、肉和骨頭啊。」

也對，這個問題的確很蠢。

「好啦，你今晚有何打算？」愛原綺羅莉接著問道。

我以為她問的是我今晚的住宿處，於是回答：「我想在這附近找個地方住，愛原小姐能不能幫我安排？」我心想，這裡從前是度假村，找個地方窩一晚應該不是難事。

沒想到愛原綺羅莉的回答是：「你今晚當然是住我家呀，我問的是你今晚打不打算跟我相好，你的決定會影響我洗澡的用心程度。」她不像是在開玩笑，看到那認真的表情，我不禁頭皮發麻。

就在這時，我的手機傳來震動。「啊，電話。」愛原綺羅莉似乎以為我在找藉口逃避，一逕瞪著我。「真的，我的手機響了。」我邊說邊拿起不停震動的手機，由於先前搭新幹線時被我設定成靜音模式，此時並沒有響起〈君之代〉。我一看螢幕，沒有顯示來電者，但愛原綺羅莉的視線實在太可怕，我除了硬著頭皮接起電話，別無選擇。

「喲。」熟悉的聲音，是鬍子男岡本猛打來的，「你現在方便講話嗎？」

「呃，請說。」我一邊看向盤起胳膊的愛原綺羅莉。

「盛岡之行順利嗎？有沒有查到什麼？」

「好像有，又好像沒有。」我老實回答：「我回去再詳細告訴你。」

「是喔？不過我們之後要碰頭可能有點困難。」岡本猛說道。感覺得到他正露出笑容。

「有點困難？」

「我會送你一樣禮物，你看了就明白了。」岡本猛的聲音聽起來氣定神閒，像是在詢問畢業生近況的學校老師，因此我完全沒察覺這時的他正身處極大的痛苦之中，只聽見他朝身旁的某人說了一聲「你說對吧？」而我也沒把這個小細節放在心上。

31

「咦？你真的要放棄和我上床的機會？」年過五十、身材臃腫的愛原綺羅莉在睡前對我如此說道，還搬了句老詞出來：「你沒聽過『拒絕女人的投懷送抱是男人的恥辱』(*1)嗎？」

「我不大喜歡那句話呢。」我誠實地應道，因為在我看來，那不過是花心男人為自己辯解的藉口。我覺得把那句話改成「無法拒絕女人的投懷送抱正是男人的弱點」，或許還清高一些。

「渡邊，你應該很有女人緣吧？」愛原綺羅莉突然問我。她穿著最近流行的連身式緊身睡袍，贅肉全被擠了出來。

「不不，我沒什麼女人緣的。」怎麼會聊到這兒來呢？

「你看起來不是多矜持的人，卻在某些時候相當紳士哦，渡邊。」她邊說邊頻頻點頭，宛如在附和自己的論點，這個舉止和安藤詩織很像。

「如果我是紳士，就不會偷腥了。」我正打算說出這句自嘲的回答。

「如果我是紳士，就不會偷腥了。」愛原綺羅莉卻先說出了這句話。

我登時睜圓了眼，接著我才想起她有預知他人言詞的特殊能力。她說完這句話後，自顧自地露出興致勃勃的表情說道：「哇，渡邊，你偷腥？我要對你刮目相看了。」

*1 日本俗語，原文作：「据え膳食わぬは男の恥」。

「只不過，我自己也搞不清楚那算不算是偷腥。」

消失的櫻井由加利到底是什麼身分，如今依然是個謎。依照井坂好太郎他們的說法，櫻井由加利和我的交往完全是設計好的。如果真如他們所說，那麼這根本不是偷腥，而是個陷阱。

陷阱？誰設下的？為了什麼？我的腦中湧上這些疑問，宛如團團煙霧，撥散一團又飄來另一團。為什麼我會被盯上？為什麼是我？

「你怎麼了？」愛原綺羅莉問道。

我凝望著她，本來想以一句「沒什麼」裝傻帶過，但轉念一想，我決定對她說出櫻井由加利的事。

「會有人故意對你設下這樣的陷

阱嗎？製造出巧合，拉近跟你的關係，變成你的偷腥對象？」愛原綺羅莉聽完之後，歪著腦袋說道。

「我也覺得可能性很小。」

「不過，如果是鎖定對象是你，倒也不是不可能。」

「咦？為什麼？」我不禁將身體湊向前。

「因為你是潤也的遠親。」她不疾不徐地說道。

「就這樣？」我忍不住將身子縮了回來。

「潤也擁有特殊的能力，我也擁有特殊的能力，所以你可能也擁有特殊的能力。或許這就是你被盯上的原因。只不過話說回來，偷腥又不至於危及性命，若說他們鎖定你是因為你的特殊能力，似乎有些牽強。」

不，那可不見得。我在心中頻頻搖著頭。在一般的情況下，偷腥確實沒有生命危險，但我的情況可不是一般情況，妻子佳代子很有可能因為我偷腥而殺了我。

「請問……」我提心吊膽地問道：

「愛原小姐妳也曾遭遇過危及性命的禍事嗎？」

我原本以為她鐵定會回答「怎麼可能」，或者是我暗自如此期待著吧，但沒想到她臉色一沉，害得我也緊張了起來，「我不是很想談這種不愉快的話題，但老實告訴你吧，包含我在內，潤也的所有親戚都曾遭遇過重大危險。」

「真的嗎？」

「不知道是巧合還是怎樣，大家都遭遇過不測之禍，因此死掉的人也不少。好了，別談這個了。」

她的語氣溫柔穩重，而我也不想繼續這個話題，於是說道：「好吧，那我們聊些什麼好？」

「來聊聊我們今晚用哪種體位如何？」

我嚇得冷汗直流，「這進展會不會太快了一些？」

「你的反應真單純，我就是喜歡你這一點。」

「單純算是稱讚嗎？」

「你聽過從前的龐克搖滾嗎？」

「聽過，單純又帶股傻勁。」

「沒錯，你就是那種感覺。我很喜歡龐克搖滾呢。」

那天晚上我獨自鑽進被窩，就著枕邊光線翻開了井坂好太郎的新作原稿。

委託人間壁敏朗將一個紙袋交給了他，草莓。紙袋裡是數個塑膠扁盒。草莓拿起一個盒子打開一看，裡頭放著圓形的光碟片，在太陽光下閃耀著繽紛色彩，他捻起來兩面翻轉看了看，突然有股衝動想把光碟片朝著天空丟出去。

「那是儲存電影的媒材，可不是飛盤。」間壁敏朗有著寬大的額頭、修長的臉孔及大小不對稱的雙眼，當然，從第一次見到他時便是這副模樣。

「這是儲存電影的媒材？現在還有播放這個的機器嗎？」

「還有呀。這年頭什麼都看得到，包含不想看的東西。」

「不想看的話大可別看。既然看了，就是想看的東西。」

間壁敏朗露骨地擺出一臉同情，說道：「草莓先生，你果然什麼也不知道。」他，草莓，聽了既不生氣也不驚訝，因爲確實，自己什麼也不知道。「什麼都不知道比較好吧。有些事情一旦知道了，就沒辦法視而不見了。」草莓不服輸地說道。

「當然可以視而不見，那也是一種選擇。好比那起警察殺人案件，我原本也打算視而不見的。」

「但你現在卻委託我調查那起案件。」

「這也是另一種選擇。草莓先生，如果你站在我的立場，你會怎麼做？你會調查那起案件嗎？」

「這個嘛，誰知道呢。」他，草莓，含糊答道。接著認眞思考了一會兒，又說：「或許我會遠離塵囂，找個僻靜的鄉下，開間咖啡店，過平靜的日子。」

「眞是沒創意的想法。」

「沒創意的想法往往是最妥當的作法。」草莓聳聳肩說道：「好吧，你的意思是要我看這些電影嗎？」

「是，麻煩你了。」間壁敏朗閉上雙眼，彷彿在懇求草莓，也彷彿在祈求著幸運的降臨。而與他閉上眼的同時，草莓周遭的所有聲響都消失了，一片寂靜。倏地，眼前垂下一條絲線，草莓定眼一瞧，是顆緩緩落下的氣球。正是某天離開了少女的手，消失在天際的那顆、圓滾滾的氣球。

我在小木屋寬敞的房間地上鋪了一床被子躺平，愛原綺羅莉則不見蹤影，應該是在隔壁寢室的床上睡著了。

故事中的私家偵探草莓終於開始調查間壁敏朗委託的案子了，但他的作法卻是成天找一些不知所云的人，問一些不知所云的問題。間壁敏朗終於沉不住氣，再次拜訪草莓，拿了幾部電影要他看，擺明是在提醒草莓「這些電影中藏著線索」。我看到這裡，忍不住想質問小說裡的間壁敏朗：「案件真相究竟是什麼，其實你根本一清二楚吧？」

而且，我注意到故事中提到的幾部電影——《驛馬車》(*1)、《烏鴉》(*2)、《絕命凌晨兩點》，這些也是井坂好太郎故意放進去的嗎？

《驛馬車》與《絕命凌晨兩點》這兩部我也聽過。前者是很久以前的經典老片，後者則是去年引起話題的中國大片。包含我之前在新幹線上所讀的，井坂好太郎這部小說中出現的大部分專有名詞都存在於現實生活中，而若我猜的沒錯，他正試圖藉由這些專有名詞傳達他的想法。這麼看來，這幾部電影很可能也是意有所指。

清晨來臨，我被一股甜香籠罩。雖然已意識到天亮了，卻因為捨不得這股香氣而遲遲不願起床。窗戶或許沒關吧，我聽見了鳥鳴，於是張開雙眼，卻赫然發現愛原綺羅莉睡在我身邊。我一驚，猛地坐起上半身。她是什麼時候跑來的？原來我在半夢半醒之間聞到那陣令人陶醉的甜香是她的體香。

*1 《驛馬車》（*Stagecoach*），約翰．福特（John Ford）所執導的美國西部片電影，於一九三九年上映，又譯為《關山飛渡》。此部電影乃是美國著名演員約翰．韋恩（John Wayne）的成名作，飾演越獄犯人林果（Ringo kid），據說此角色的靈感來自實際存在於美國西部拓荒時代的神槍手約翰．林果（John Peters Ringo）。

*2 《烏鴉》（*The Crow*），亞歷士．普羅亞斯（Alex Proyas）所執導的電影，於一九九四年上映，臺灣譯名為《龍族戰神》。

「渡邊，你醒了？」她翻過身來面朝我，睜開眼說道。

她這種天真爛漫的態度令我覺得好可愛，或許是剛起床腦袋依然昏沉，我不禁想抱著她繼續沉沉睡去，但我用力搖了搖頭，「愛原小姐，妳從前應該很有男人緣吧？」

愛原綺羅莉登時一愣，一臉錯愕。這是我第一次見她露出這種表情，心中不禁有些得意。

「是啊……」愛原綺羅莉認真地回道，也彷彿在緬懷過去的輝煌戰果，「人生這麼長，真希望我的男人緣能分配得平均一點。」

我不由得想接口說「妳現在也很有魅力呀」，又怕她聽了會直接朝我撲過來，所以我把話吞了回去。然而愛原綺羅莉說了一句：「你怎麼不說話？」還是朝我撲了過來，我頓時倒在棉被上。窗外鳥鳴陣陣傳來，和煦微風在屋內緩緩流動，真是和平啊！發生在我生活周遭的種種可怕莫名案件幾乎從我腦中消失，我甚至有種錯覺，只要我一直住在這裡，就能夠永遠過著和平的日子。

剛起床時，我原本打算在這個木屋村多待一些時日。

安藤商會與播磨崎中學案件的關係依然沒解開，我想問安藤詩織的問題似乎也還沒問完，何況我向公司請的特休也還沒結束。

所以我想在這裡多留一陣子，好好調查清楚，順便多呼吸一些岩手高原的清冽空氣，其實也可說是假借調查之名行度假之實。

但今早的占卜簡訊卻改變了我的心意。目送愛原綺羅莉離開被窩之後，我下意識地拿起手機檢視，看到了一封同樣以「今天安藤拓海的運勢大概是這樣」為標題的占卜簡訊。

上頭寫著：「最好立刻結束旅行回家，真的。」

這樣的內容到底算不算是占卜，我已經無暇在意，我的注意力全都集中在「真的」二字上頭，幾乎是反射性地當場決定照著這個占卜的指示行動，因為過去我曾被這個占卜救了好幾次。

真的嗎？

我腦中突然彈出這樣的疑問。

這個占卜真的救了你嗎？

換個角度來想，出現在我生活周遭的怪事，正是從我開始相信占卜之後陸陸續續發生的。和櫻井由加利發展出親密關係，以及櫻井由加利的失蹤，契機也都是這個占卜。這個占卜到底是引領我走向光明的天使，還是將我拉入危險的惡魔？

我看著占卜簡訊，煩惱了好一會，但想了半天還是沒答案。反正再怎麼想也想不出個所以然，我逐漸傾向先一如往常照著占卜的指示行動吧。

「我今天就回東京去。」我吃著愛原綺羅莉提供的早餐一邊說道。

「咦？」愛原綺羅莉瞪大了雙眼，「只住一晚？為什麼要這麼趕？」

「我可能早點回去比較好。」

「是喔。你走了我會很寂寞的。」她說著點了點頭。雖然她說會寂寞，但她的反應比我預期的要平淡得多，看來她已經很習慣分離這件事了，「對了，你來這一趟的目的已經達成了嗎？嗯？怎麼，你在發什麼愣？」

我喝著杯裡的牛奶，一邊茫然地凝視著愛原綺羅莉。她沒有化妝的肌膚非常漂亮，雖然有些皺紋，卻沒有任何黑斑，我有點看得入神。

「目的沒達成，」我老實回答：「但我知道繼續待下去也不可能達成。」

我這句話也是說給自己聽的。我證實了安藤商會的存在，也見到了安藤詩織。她認識間壁俊一郎，卻對播磨崎中學案件一無所知，而她的樣子不像是有所隱瞞，所以我再追問也不會有任何進展。雖然我覺得好像還有一些問題想問安藤詩織，但真正動機恐怕只是我想多了解她這個人而已。特休還沒結束，不過剩下的日子大可在東京度過。最關鍵的是，如果我繼續假借調查之名在這裡度假，恐怕會一輩子都不想回東京了。

「這麼說你白跑一趟了？一定很失望吧？」

「不不，雖然沒有達成最初的目的，但我玩得很開心。」

「你真善良，這該不是早就想好的客套話吧？」她笑著說道。

「我好想一直待在這裡。」

「那為什麼不待下來？東京有你割捨不下的女人嗎？你老婆？」

「是啊……」我想起了妻子佳代子，忍不住發出了呻吟。

「我送你去車站吧。」

「用那輛機車？」

「如果你想，我也可以直接載你回東京。」她微笑著說。

「以那種速度回東京？」一定會沒命的。我連連搖手拒絕。

我在盛岡車站的巴士總站前下了機車。「對了，你沒跟詩織說一聲就走，這樣好嗎？」愛原綺羅莉拉起安全帽的擋風板問道。

「如果我又想到什麼要請教的，會打電話給妳。」我說道。

「歡迎再來玩。不過詩織年紀也大了，要來就趁早。」

「咦？」

「或許你對這一點還沒有切身感受吧，人只有活著的時候才能見到面。」

我點點頭。的確，我對這一點還沒有切身感受。巴士總站旁的紅綠燈變綠了，我道了聲謝謝，朝愛原綺羅莉鞠了個躬。她揮揮手，露齒一笑說道：「一路順風。」

我很想再說一句「能見到妳真好」，但我還沒說出口，愛原綺羅莉已經說道：「能見到你真好。」至於這是不是她的預知能力，我就不得而知了。

在新幹線上，我一直昏睡，醒來時已經到了東京。車站內的擁擠人潮令我咋舌，看到自動剪票口前的人龍與無數坐在椅子上等車的旅客，我甚至感到一陣暈眩。我轉搭電車回到公寓，一打開門便察覺屋裡的燈亮著。我心頭一驚，妻子佳代子已經從客廳衝過來喊道：「老公！我好想你！」一時間，我以為她會掏出刀子朝我刺來，我想閃避卻發現無處可逃，只好閉上眼睛靠在門上

等死，就在這時，她整個人撲倒在我懷裡。

「別這樣，我鞋子都還沒脫呢。」

「有什麼關係嘛。」佳代子雀躍地說道。

她整個人散發出一股天真的喜悅。原來如此，她會這麼可人，是因為我的偷腥對象櫻井由加利已經消失了。要是我沒有偷腥，佳代子在我眼中就能夠一直是個美麗、賢淑的好妻子。對，其實是這麼回事。我在心中如此告訴自己。

「這麼久沒見了，今天晚上我們是不是來做點什麼呢？」佳代子的臉上堆滿了笑意。

「抓幾部片子在客廳看如何？」

我本來以為她會大聲抗議，說那樣太沒情調，沒想到她爽快地同意了，「嗯，看電影也不錯。」接著她從餐桌拿來一個小信封說：「對了，有一封奇怪的郵件，收件人是你，可是我已經打開了，你不會生氣吧？」

「當然不會。」我點點頭，在心裡補了一句「我哪有生氣的權利」。

「這是什麼？好像不是信呢。」

我打開信封拿出裡面的東西，是一個塑膠扁盒。

「電影嗎？」

薄薄的圓形塑膠盒裡裝著一片光碟，我腦海突地浮現井坂好太郎的小說裡，私家偵探草莓從委託人手中接過電影光碟的畫面。

光碟表面貼著一枚標籤，上頭是一排冷冷的手寫字：

「折磨岡本猛的過程」。

32

我愣愣地看著光碟，一時之間竟無法動彈。好不容易我走進房間，開始換衣服，一邊問妻子：「這是什麼啊？」

「對了，老公，你去哪裡出差了？」妻子佳代子完全沒理會我的發問，像隻撒嬌的小狗般勾上我的手臂。我心裡直發毛，擔心她用關節技對付我。

「東北地方那邊。」我給了個籠統的答案。要是說出確切地名，以她的個性，搞不好會暗中進行調查。

我連忙指著光碟說道：「別談工作的事了。這到底是什麼？」

我想起昨晚岡本猛曾打電話給我，但他當時的語氣並沒有任何異狀，最後還說了一句「我會送你一樣禮物，你看了就明白了」。

這就是他所說的禮物嗎？

「這個岡本猛就是我介紹給你認識的那位小哥吧？」佳代子終於放開了我的手。

為了拷問我而僱用岡本猛，這與「介紹」似乎有段距離，但我確實是由於她的關係而結識岡本猛，就這層意義上，說是「介紹」倒也沒錯。

「他被折磨了？」

「應該是相反吧。」佳代子很乾脆地說：「教訓人是那位小哥的工作，所以這應該是他折磨某個人的過程。」

原來如此，這麼解釋確實比較合理。但無論是哪一種解釋，裡頭都不會有我想看的內容，於是我說：「沒必要播來看吧。」家裡雖然有光碟播放機，但我一想到要播出來看，心情就頗沉重。

佳代子也不想看，但她的動機與我不大一樣，她似乎壓根沒把這片光碟當一回事，「這一定很無聊。難得一起看電影，我們來看點有趣的吧。」她這種天真不羈的態度給了我精神上的鼓舞。如果我獨自一人收到這種詭異的光碟，即使心裡害怕，應該還是會放進機器裡播放，然後自己愈看愈憂鬱吧。「老公，你有想看的片子嗎？」

被這麼一問，我反射性地回答：「對了，我剛好有幾部想看的電影，我們下載來看吧。」

「喂喂，這馬車也太窄了吧，怎麼擠得了那麼多人啊，要我的話絕對不想坐進去。」佳代子看著畫面奚落道。我們用過了晚餐，正坐在沙發上看著剛剛從網路下載到電視裡的電影。我們首先看的是由約翰・福特執導的《驛馬車》。

「為什麼突然想看這種老電影？」開始播片子前，佳代子訝異地問我。

《驛馬車》是一部相當經典的老電影，但我一直沒機會看。原本擔心內容會很枯燥無趣，但看了之後，我發現這擔心是多餘的。一輛載著醫生、孕婦、酒商及警

官等人的馬車奔馳在荒野之中，為了防範阿帕契族印地安人的攻擊，由騎兵隊在前方開路。後來出現了一名由約翰・韋恩飾演的通緝犯林果想搭便車，這位林果不久前才為了報仇而越獄。

「這個叫林果的傢伙帥是帥，但總覺得有點滑稽。」佳代子喝著啤酒哈哈大笑。

我轉過頭想和她說「看電影的時候安靜一點，好嗎？」她剛好將臉湊了過來說：「你不覺得嗎？」我看著她，舌頭彷彿打了結。嘟著嘴的佳代子眼中綻放著神采，雖然卸了妝，肌膚依然光滑柔嫩，長長的睫毛透著千嬌百媚，宛如不知人間險惡的少女。

我再次深深感受到她的魅力，真是個美麗、可愛而平凡的妻子。但我的內心同時也對我提出警告——「不可大意！」在盛岡時想到的可能性再次湧上

心頭。人一旦被逼上絕路，就會出現超能力。這理論雖然毫無科學根據且荒謬可笑，但搞不好佳代子止是基於這荒謬可笑的理論，企圖讓我體驗到極端的恐懼，所以不斷地拿「偷腥」一事來攻擊我？

「我問妳啊……」我決心把這件事問個清楚，她卻打斷了我的話說道：「你看，這種時候，男人一點用也沒有。」我轉頭一看電視，故事正進行到馬車上的孕婦即將臨盆，其他乘客七手八腳地在一旁幫忙。

「嗯，是啊。」我應道：「男人一點用也沒有。」

「這算什麼嘛？」

電影接近尾聲時，佳代子不悅地抱怨道。此時電影裡正打得如火如荼。

馬車遭到阿帕契族攻擊，以飛快的

速度向前奔逃，一群騎著馬的阿帕契印地安人追趕在後。鏡頭對準疾馳的馬車，地面迅速向後流動，影像表達了強烈的速度感，印地安人狂奔的馬匹甚至呈現流線形。約翰．韋恩趴在馬車頂上，朝後方架起長槍將追上來的敵人一一擊落。

奔馳的馬車、追趕的馬匹、轟隆作響的槍、中彈落馬的阿帕契印地安人，全都實際地拍攝了出來，我大受感動。雖然黑白電影給人一種冰冷的感覺，卻掩不住充盈其中的生命力與躍動感。敵人近在眼前的緊張氣氛、馬的喘息節奏、約翰．韋恩開槍時的豪邁動作、子彈擊中敵人時的如釋重負及痛快感，在在令我彷彿身歷其境。雖然我完全是電影門外漢，卻忍不住暗暗稱讚這部電影製作得真是細膩，然而佳代子卻在這時出言抱怨。雖然電影還在播放，我還是忍不住問道：「怎麼了嗎？」

「這太不公平了吧？」

片中響起高亢的喇叭聲，宣告援軍的到來。趕來救援的騎兵隊陸續抵達，騎兵紛紛開槍，阿帕契印地安人一個又一個落馬身亡。

「什麼嘛，太過分了。」佳代子依舊是憤憤不平。

「哪裡過分了？」

「全部的人聯手圍剿阿帕契族人，看了真令人不舒服。」

「因為是阿帕契族先襲擊主角他們的啊。」

「主角？以阿帕契族的觀點來看，阿帕契族才是主角吧？」

「話是這麼說沒錯，但你們先發動攻擊是事實。」

我不知不覺把佳代子當成了阿帕契族的擁護者，用了「你們」這個字眼。

「拜託，這種斷章取義的情節，看得出誰對誰錯嗎？說不定是那個車夫曾經對阿帕契族的少女施暴啊。對！所以阿帕契族才找上門來報仇！」佳代子即使不甚開心，說到最後一句還是幹勁十足地揮著拳頭，「哼，搞不好對少女施暴的是約翰．韋恩呢。」

「別隨便冤枉人。」我彷彿成了馬車這一方的發言人，無奈地回道。電影仍繼續播放。

「一群人這樣大肆屠殺阿帕契族人，還覺得很開心，滿腦子只想著太好了、得救了，這種價值觀我實在無法理解。為什麼只能以殺人的方式來解決問題？難道他們不應該為此感到愧疚嗎？」

「別想那麼深刻的問題，這只是一部娛樂片罷了。」

「但我看了卻是一肚子氣，哪裡娛樂到我了？」

「妳太神經質了。」

「才不是呢，你想想看，要是這是一部寫實片呢？」

「寫實片？」

「比方說是改編自真實案件之類的，但事實卻與電影劇情完全相反。真相是，阿帕契族為了拯救被馬車裡的人所綁架的少女而追趕上來，卻被可惡的騎兵隊和那個該死的林果殺得一個也不剩。好死不死後來這起案件被討厭阿帕契族的人拍成了這樣一部電影，如此一來，觀眾就會以為電影裡的情節就是事實吧？」

「嗯，確實有這可能。」

「這就叫捏造事實，還是竄改歷史？反正就是那麼一回事。」

「妳到底在氣什麼？」

「只要懂得操縱情報，什麼才是真相根本沒人知道。」

她這句話說得涵義深遠且一針見血，我不禁愣愣地望著她。

「怎麼？」她張大眼睛問道。這對雙眸宛如對一切世事觀察入微的智者之眼，我忍不住想把心中所有的煩惱及疑問對她和盤托出，乞求她的解惑。

「我們看下一部吧。」她說道。

我沒聽過《烏鴉》這部電影，於是趁下載時看了內容介紹，才曉得這部電影頗有名氣，劇情改編自某部美國漫畫。

雖然片子本身充滿舊時代的風格，但畫面洗鍊，劇情明快，我看得很盡興。主角是個搖滾歌手，與未婚妻被一群街頭惡棍殘殺而死，後來他藉著烏鴉使者的力量復活，展開復仇行動。

我一邊看，一邊擔心身旁的佳代子又要埋怨「天曉得哪邊才是主角、哪邊才是壞人」之類的，沒想到這回她沒有顯露絲毫不滿或不愉快，反而揮舞著手，殺氣十足地嘀咕著「幹得好！」或「殺了他們！」

「真是太好看了。」看完片子後，她一臉滿足地說道。此時的她整個人散發出莫名的妖豔，我不禁心跳加速。「太帥了，雖然主角的小丑妝有點怪，還是很帥。」她邊說邊操縱遙控器，按下作品資訊選項，進入了演員列表。

飾演主角的演員名叫李國豪，據說是從前知名演員李小龍的兒子。佳代子繼續搜尋李國豪所演的其他電影，卻發現他在拍攝《烏鴉》時因事故身亡的情報，佳代子「唉呀」叫了一聲，似乎頗失望。

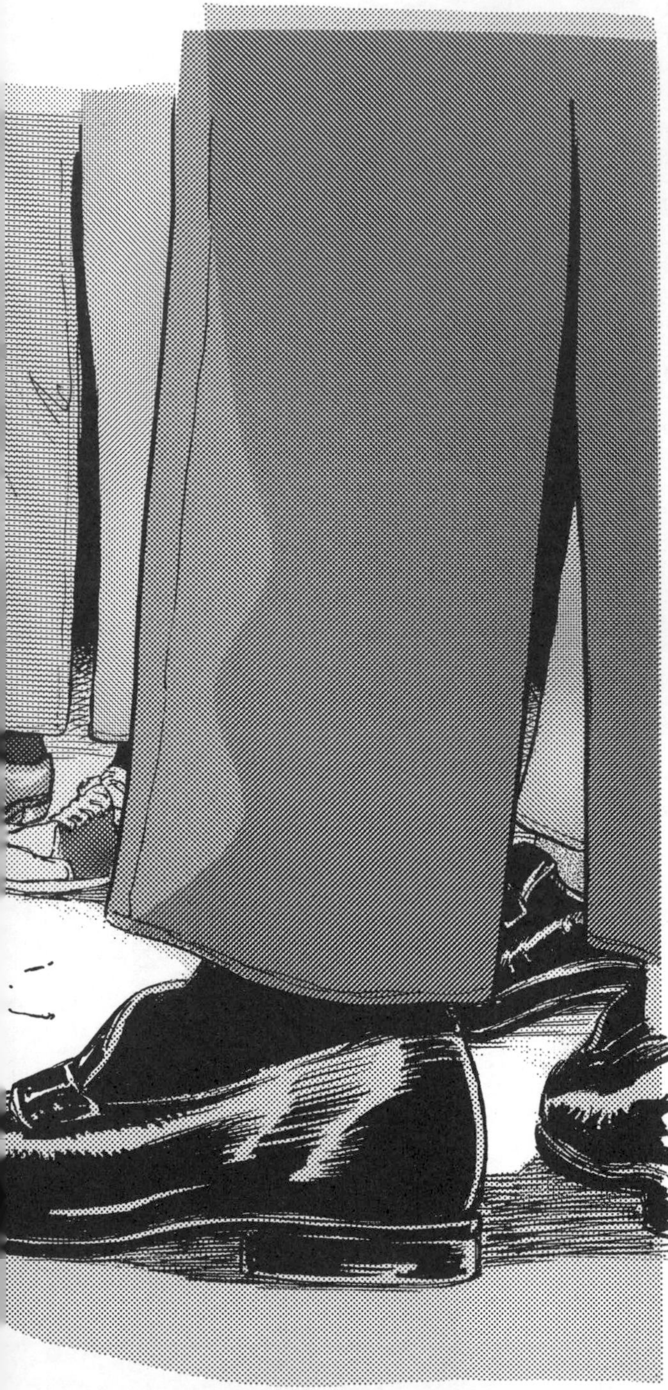

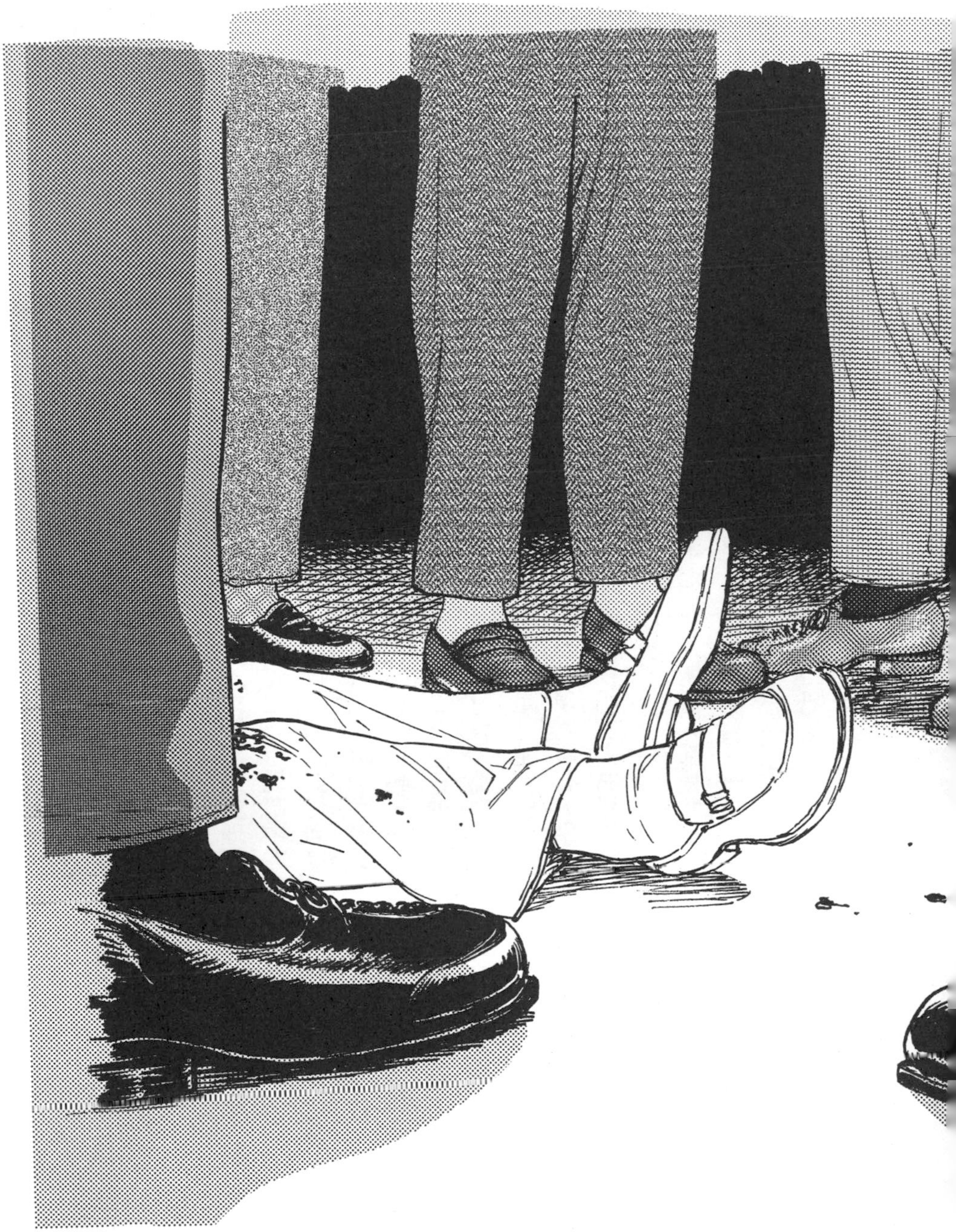

「死在拍攝現場？」我吃了一驚。詳讀之下，原來當初在拍攝《烏鴉》的某場景時，道具槍中混入了一把真槍，李國豪因此中彈身亡，後來製作人員透過電腦合成手法才將整部電影製作完成。「就算死了人也要把電影完成，真可怕。」我說道。

「啊，發生意外的應該就是那一幕吧。」佳代子一彈指，將剛剛的片子快轉退回到某個段落。數名敵人在一間寬敞房間內圍著一張大桌子，正在召開作戰會議，李國豪突然現身，坐在椅子上的敵人都嚇呆了，李國豪跳到桌上，所有敵人立刻掏出槍來朝著他便是一陣亂射，中彈的李國豪摔到了地上。

「就是這一幕吧？」佳代子指著電視螢幕，「那麼多把槍一起射擊，只要混入真槍，他必死無疑。」

我聽得毛骨悚然，但想想，發生如此嚴重事故的片段，應該不會被剪進影片中才對。佳代子透過電視連上網路，開始搜尋相關情報，卻找不到任何報導提到李國豪發生死亡意外是哪個場景。「一定是剛剛那一幕沒錯。」她堅持道：「不過話說回來，拍電影用的道具槍裡不大可能混入真槍吧？」

「但事情真的發生了。」

「搞不好是有計畫性的犯罪。」佳代子煞有介事地說道。

「咦？」

「這麼想才合理吧？並不是意外，而是預謀。某人想殺死他，所以暗中在假槍中混入真槍。」

我不知該如何回應，也不認為現在去追究那麼久以前的片場意外有何意義。

「說不定呢，」佳代子繼續推測。就和方才一樣，她看上去充滿智慧，宛如被智者的精靈附了身，「當時在場的所有人都參與了殺人計畫，從導演、攝影師到演員，全是共犯。」

「現場所有人串通起來殺死李國豪？不可能啦，殺人需要相當大的覺悟和動機，而且有一定的風險。」我反駁道。

所有人都是共犯，這怎麼想都太超現實了。

「也對。」佳代子並沒有繼續堅持她的「全體共犯論」，但她接著又說：「不過，也有可能是所有人都被封了口吧？」

「封口？」妻子接連異想天開的揣測，我雖然聽得一頭霧水，卻被她勾起了興趣。

「總之就是有個人殺了他，但是在拍攝中遭真槍擊斃的說法恐怕根本是編出來的，真正的事發經過是拍攝現場起了爭執，有人一氣之下殺了他。」

「殺了主角？」

「是啊，之後有人出面善後，要求在場所有人都不准把真相說出去，並且編了那套說詞說是出了意外。這就有可能了吧？」

「的確不無可能。」我回道，但我心裡還是有些不以為然。「可是，要封住所有人的口，很難辦到吧？人的嘴是封不住的，沒辦法保證不會有哪個人在某個狀況下便洩露出去。」

「這個呢，」佳代子那豐潤而豔麗的雙唇隨著話語開闔著，「就跟妻子讓老公聽話的竅門是一樣的。」

「什麼意思？」

「在老公心中植入恐懼，讓老公明白一旦背叛妻子會遭遇什麼樣的可怕對待，如此一來老公就死都不敢偷腥了。」

這句玩笑話從佳代子的口中說出來，非常有說服力。

「如何？我說的話很有深度吧？」她雙眼閃爍著神采，怎麼看都是充滿智慧的智者，於是我下定決心了，我要把心裡的疑問對她和盤托出，乞求她的解惑。

33

「噯，我有件事想問妳，希望能藉由妳的智慧來解開我心中的疑惑。」

「嗯？」佳代子眨了眨圓滾滾的大眼睛，噘起唇，頭微微偏向一邊，帶著可愛又充滿自信的笑容說：「盡量問吧，我什麼都回答你。」但我連一個問題都還沒問出口，她已經滔滔不絕地自顧自答了起來：「A型、C罩杯、天秤座、醬菜、偷腥、查理．多明戈、絞殺。」我反射性地想像起對應這些答案的問題。前面六項應該分別是「什麼血型？罩杯尺寸？什麼星座？喜歡的東西是什麼？討厭的東西是什麼？喜歡的運動員是誰？」但最後一項「絞殺」到底是什麼問題的答案？我心裡直發毛，不敢進一步確認。該不會是「拿手的殺人方法是什麼」吧？更可怕的是，我相信我猜對的可能性還不低。

佳代子忽然起身朝廚房走去，一會兒之後拿著罐裝啤酒回來。我向她道謝，才發現她手上只有一罐啤酒，我只好站起來走去冰箱前，自己拿了一罐。「其實，我們剛剛看的電影，故事中好像存在一些暗示。」我站在廚房朝著客廳沙發方向喊道。接著我打開了啤酒罐，碳酸噴出的聲響傳入耳中，我想起了工藤曾說，汽車也好，交友網站也罷，基本的形狀或結構不管經過多少年都不會有太大的改變。的確，像這類罐裝飲料的蓋子恐怕一、兩百年後仍然是這副模樣吧。

「我那個作家朋友井坂好太郎，妳還記得吧？」

「那個怪人嗎？他哪是小說家？只是個自稱小說家的自戀狂吧。」她只見過井坂好太郎一、兩次，對他的評價卻是一針見血。

「那傢伙寫了一部新小說，裡頭提到我們剛剛看過的兩部電影。正確來說，他總共提到了三部。我在猜，他可能想透過電影內容傳達某種訊息。」

「啊？他寫這種像猜謎的小說幹什麼？果然是個怪人。」接著她兀自嘟囔著：「那哪叫小說，應該叫做猜謎吧。」

「正如妳所說，但是那傢伙有些苦衷，沒辦法在小說裡把話講白。」

「所以你想問我從剛剛的電影看出了什麼，要我給你提示嗎？這就叫做當局者迷、旁觀者清？」

「妳這句成語用得真好。」我是真心這麼認為。記得這句成語來自下棋的經驗法則，對於棋局，旁觀者往往比實際下棋的人看得更清楚。同樣的道理也能應用在各種運動競賽上，甚至是人生上頭。

「我還知道一個例子，去年職棒巨人隊的總教練不是受不了觀眾的噓聲，拿起麥克風對內野觀眾席大喊『你們厲害，總教練你們來當』嗎？那句話也是當局者迷、旁觀者清的意思吧？」

「呃，我想那個有點不一樣。」

「是嗎。」佳代子對我這個回答似乎有些不開心，接著她攤開掌心招了招說：「拿來吧。」

「什麼東西？」

「那個無聊透頂又浪費資源的該死小說原稿，拿來我看看。」

佳代子還沒看就把那部小說批評得體無完膚，我忍不住對井坂好太郎起了一絲同情。「其實我也還沒看完。」

「沒關係，我幫你看。」

「不是誰幫誰看的問題啊。」搶走別人看到一半的書很失禮吧。

「你放心，交給我吧。」她露出自信滿滿的笑容，不由得我說不。於是我走向門口，拿起一直擱在那兒的公事包，取出那份以長尾夾固定的厚厚原稿。

佳代子一頁一頁地翻著那個無聊透頂又浪費資源的該死小說，我無事可做，於是決定下載小說中提到的第三部電影來看。「等等，那部電影也是小說裡出現過的吧？我沒跟你一起看，不就一點意義都沒有了？」佳代子抗議著，但我沒理會她。我知道她這個人總是三分鐘熱度，做任何事情都是做沒多久就嫌煩而扔到一旁去。我相信等她看完原稿，一定會說出「麻煩死了，那部電影別看了吧」之類的，那我還不如趁現在這段空檔把電影看一看。

「不要自己一個人先看啦。」佳代子嘴上喊著，視線依然沒離開原稿。我操作電視按鍵，開始下載電影檔案。

《絕命凌晨兩點》是前陣子相當紅的一部電影，但我沒看過，當時我正為了工作忙得焦頭爛額。我還記得，那時有個總是偷懶不做事的同事對我說：「渡邊，那部電影很好看呢。」我冷冷地回答：「我沒時間。」沒想到那位同事竟大言不慚地說道：「時間是控制在自己手上，可見得你沒掌握到工作要領。」我一聽，憤怒頓時飆升至另一個層級，甚至想上前給他一個大擁抱。

這是一部懸疑片，由中國某年輕導演執導。主角是個機器人，由工廠量產出身的它，有著一副老氣的外觀。它對於統管及製造自己的程式系統有所質疑，於是為了掙脫束縛、獲得自我，它展開了行動。劇情相當老套，想來大概是參考了日本某部著名漫畫的點子，但畫面拍攝得很嚴謹，觀賞起來還是頗有意思。

「到了凌晨兩點，我的電力就會用盡，再也動彈不得。」機器人對著少年說：「但是我還沒放棄，我會奮戰到最後一刻的。」看到這，我差點流下眼淚，但是最後機器人的努力終究是付諸流水，它被貼上「不良品」的標籤，運往機器人廢棄場。

與少年離別之際，有著冰冷外表，宛如包著一層鋁片的機器人對少年說：「不必悲傷。不過就是這麼回事。」這句平淡的臺詞深深觸動了我的心。雖然我不知道機器人是懷著什麼樣的心情說出這句話，也搞不好它什麼都沒想，但我心裡卻感到隱隱疼痛及苦澀，彷彿有把銼刀正磨著我心中的銳角。這不是同情，而是更深刻的哀傷。

之後少年獨自進行調查，發現過去也有許多機器人做出了相同的反動行為，它們試圖「違逆程式系統的命令」，最終都落得被送往機器人廢棄場的下場。

換句話說，同樣的事情不斷在重複。

「不過就是這麼回事。」

短短一句話，除了感受得到任憑巨大「命運」擺布的無奈，還隱隱透出一股淡淡的自我放逐思想。我總覺得最近好像聽誰說過類似的話，到底是誰呢？我略一思索，想起來了，是井坂好太郎。而此時，坐在廚房餐桌旁讀著原稿的佳代子突然高喊：「有了、有了。」我轉頭望去，她正揮著右手叫我，「老公，我知道了，不費吹灰之力，這個猜謎太小兒科了。」

「妳看出什麼了？」我關掉電視，朝餐桌走去。

「我知道寫這小說的傢伙想傳達什麼了。不過話說回來，這麼明顯的暗示，真的有人看不出來嗎？」

「那個人就在妳眼前。」我苦笑著搔了搔頭。

「那是因為你太單純了。」佳代子的口氣不像在取笑我，反而像是在稱讚我的優點，我想起在盛岡遇到的愛原綺羅莉也對我做過類似的評價。「這個故事裡不是有個私家偵探草莓嗎？姑且不論草莓這個名字有多噁心，總之，有個男人委託他調查事情，對吧？」

「間壁敏朗。」

「對、對，就是那個間壁。間壁親眼目睹警察開槍射殺一個在逃的男人，恐懼不已。雖然開槍的警察對他說『這個人是犯罪者』，但是被開槍打死的男人身上也有警察手冊。」

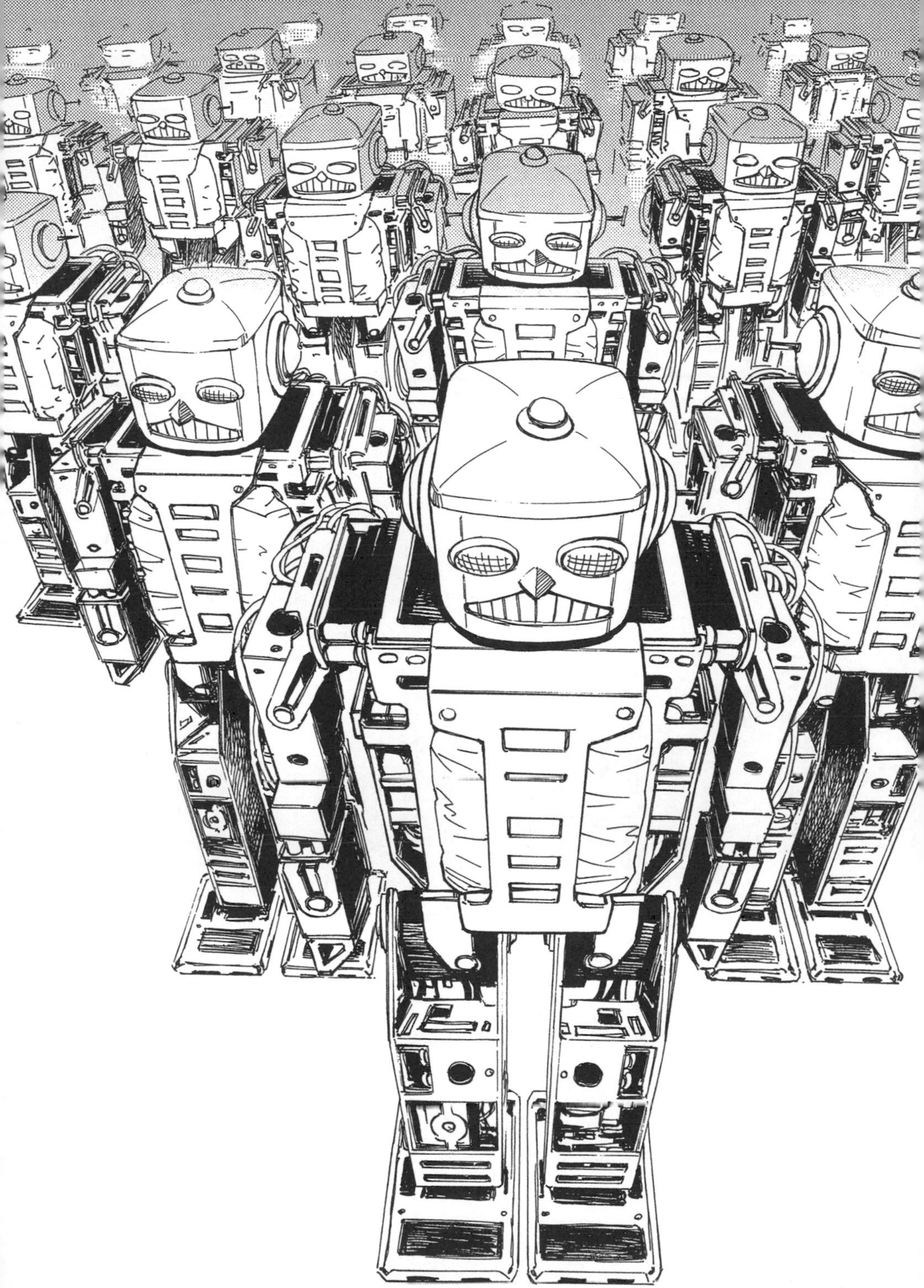

「後來開槍警察威脅間壁先生不准把這件事說出去。」我昨天才在新幹線上讀過，印象很清晰。

「那就對啦，這小說劇情不就跟剛剛的電影一模一樣嗎？」

「哪一部？」

「兩部都是啊。好比《驛馬車》那個爛結局，所有人圍剿阿帕契族人還開心得不得了，真是太過分了。」

「妳剛剛說，搞不好阿帕契族才是正義的一方。」

「沒錯，簡單講就是『事情的看法並非只有一個角度』。」

「事情的看法並非只有一個角度？」

「一旦改變看事情的角度，就很難斷定誰對誰錯了，對吧？《驛馬車》最後那場槍戰是這樣，這個小說裡的開槍警察也是這樣，搞不好他是個大壞蛋，被開槍打死的男人才是正義的警察。因此是善是惡，端看觀者以什麼樣的角度看待，以及如何描述。」

我由衷佩服。經她這麼一點，井坂的這道謎題，的確不難。「妳說的對，這部小說與電影確實有相通之處。」

「這只要稍微動一下腦筋就想得出答案的吧？」

「另一部《烏鴉》和小說的共通點也很簡單。你聽好了，兩者的共同主題就是……」

「是什麼？」

「封口。」

「封口？」

「我們剛剛不是在網路上查到，主演那部電影的李國豪死於意外嗎？但其實他是被謀殺的，只是現場被布置成意外事故的樣子吧？」

「那只是妳的臆測。」

「我的臆測很準的。這也是當局者迷、旁觀者清。」我的視線不禁釘在佳代子那性感的雙唇上。無論是表情變化或舉止，佳代子都散發著一股誘人魅力。「這個小說裡面的委託人也是被封了口。所以說，小說跟電影都隱隱提到了『封口』這個要素。」

我不禁發出歎息，對她佩服得五體投地。經過她這番解說，我腦袋裡的一片片拼圖逐一拼湊起來了。這兩部電影所要傳達的訊息就是「事情會因觀察的角度而改變」以及「封口」，她說的一點也沒錯。此外，井坂好太郎曾自負地對我說他這部小說的目的是為了揭穿「播磨崎中學案件」的真相，因此他以案件受害者間壁敏朗的名字來為故事中的角色命名，顯然是為了讓讀者察覺「這個故事乃是影射當年那起案件」。再者，我又想起了從前的設計師喬治·亞曼尼的那句名言：「我討厭假貨，我對虛偽的外表沒有興趣。」

綜合這些要素，答案便呼之欲出，而且再簡單不過——

播磨崎中學案件的內情會因觀察的角度而改變。如今世人所熟知的公開真相或許只是捏造出來的真相，而知道真正內情的人，都被封了口。

井坂好太郎想傳達的，就是這件事吧。

回頭想想，確實是很簡單的暗示。我一方面感慨終於理解了井坂好太郎的想法，一方面有些失望。我周遭的人都因為在網路上搜尋「播磨崎中學」等關鍵字而遭遇橫禍，如今再解謎得出井坂好太郎一句「播磨崎中學案件還有內情」，我的感想也只有「這還用得著你說嗎？」

「老公，我不想玩猜謎了，我們這麼久沒見面，還是趕快進房間吧。」佳代子語氣強硬地說道。我心想，還好剛剛先把第三部電影看完了。說真的，才從盛岡回來，實在有些疲憊，除了面對素昧平生的人所產生的精神疲累，來回奔波也帶來肉體上的疲勞。所以一想到等等還得脫光衣服和佳代子在床上溫存，實在有些提不起勁。但不知為何，我的心跳開始加速，情緒逐漸亢奮，真是不可思議，佳代子一貼到我身上撒嬌，我就會湧起一股想和她躺在柔軟的被窩裡緊緊相擁的衝動。

我滿身大汗地躺在床上，享受著宛如剛參加完一場運動比賽的舒暢感，佳代子突然湊了過來呢喃道：「其實呢……」我心裡一驚，害怕她會說出「其實呢，我並沒有原諒你的偷腥行為哦」或是「其實呢，你那個偷腥對象被我絞死了哦」之類的，但她接下來說的卻是另一回事。「其實呢，我一直相信你擁有特殊能力。」

這又是另一個強烈衝擊，我猛地翻過身面對她問道：「特殊能力？」她出乎意料之外的一句話，同時戳中了我的煩惱，我只差點沒大喊出「我就知道！」

「所以妳……想讓我……」我小心翼翼思考著用詞，想問個水落石出，但她緊接著說了一句「我告訴你啊」，我立刻閉上嘴，心想，這一刻終於來了，她終於要和我攤牌了。

「我告訴你，和你結婚前，我調查過你的事情。」

「我的事情？」

「你的雙親在你上高中前因為火災過世，是吧？」

「是啊，妳是什麼時候調查的？」

「後來你被親戚領養長大成人。」

「沒錯，妳是什麼時候調查的？」

「這一路過來你都活得很獨立。」

「我說，妳是什麼時候調查的？」

她將鼻子貼上我的鼻子，說道：「能夠一個人堅強活著，是非常了不起的一件事，所以我相信你一定擁有特殊能力。」

話題終於進入核心，加上妻子的臉龐近在眼前，我說起話來不禁吞吞吐吐，「什……什麼樣的能力？」

「誰知道呢。」佳代子說道。

「所以妳想喚醒我的能力？」我終於將這陣子一直壓在心上的疑問說了出口。我敢直接這麼問，是因為此時的對話氣氛不過是被窩裡的甜言蜜語。但問了之後，我又不敢聽到回答，忍不住拉起腳邊的棉被想蓋住耳朵。「喚醒？」妻子的話語鑽入我耳中，「不知道，我只是深信你有特殊能力。」

我猶豫著該不該繼續追問。妻子突然輕輕「啊」了一聲坐起上半身，一絲不掛的她對我說：「對了，那部電影，《折磨岡本猛的過程》，我們還沒看呢。」

「妳剛剛不是說不想看嗎？」再說，那算是電影嗎？

「我才不管我說過什麼話呢。」

「我建議妳還是管一下。」

34

「啊，已經開始錄了嗎？」螢幕中的鬍子男看向鏡頭，似乎是在和拍攝的人說話。他像是第一次上電視似的，面對鏡頭的舉止有些生疏，但現場氣氛絕對不像一般錄影那麼從容。這人正是鬍子男，我所認識的岡本猛，毫無疑問。他坐在一張常見的樸素辦公椅上，手腳都被綁住。

他被奪走自由了，我如此想著，同時深深覺得「被奪走自由」真是一個可怕的詞。

我與佳代子回到沙發上看著電視，播放的正是那片不知是誰寄來、上頭寫著「折磨岡本猛的過程」的光碟。影像昏暗且粗糙，充滿了陰森氣息，看第一眼便覺得心情沉重。看來標籤上所寫的文字並不是比喻，這是貨真價實的「折磨過程」。

「喔？原來這部電影是那位小哥主演的？」佳代子拿著啤酒，蹺起二郎腿說道。她的右腳腳趾靈活地扭動著，或許是無意識的動作吧。

「我想這應該不是電影，而是現實。」雖然我不知道這段影像的拍攝目的為何，又為什麼會被送到我手上，但我看得出來裡頭的岡本猛絕對不是在拍電影。

「這是實際發生在他身上的事。」

「他怎麼被綁住的？」

「用繩索吧。」

「我問的不是綁縛道具，而是原因。」佳代子笑著說。

我緊盯著畫面，吞了口口水。明知道接下來將看到很可怕的景象，我卻沒辦法移開視線。

畫面中的岡本猛對著鏡頭乾咳了兩聲，說道：「渡邊，是我。你在看嗎？」看到他好整以暇地對我打招呼，我更是錯愕不已。回想起來，這還是他第一次喊我的名字，我不知怎的下意識挺起了胸膛。

「現在我所在的地方是……」岡本猛左右張望一番，思索了片刻之後說：「椅子上。」說完自顧自地笑了出來，「我怎麼會說出這種廢話？唉，我本來想告訴你這裡是哪裡，但我不能說，因為有這個拿攝影機的男的在。」他抬起下顎，朝前方努了努，「這傢伙還拿著手槍對準我，我只要說出這個地點或是他的外貌特徵，子彈馬上就過來了。」岡本猛說到這，似乎想聳聳肩膀，但被繩子五花大綁的他，完全無法動彈。

忽然槍聲一響。

畫面中，岡本猛身旁的玻璃裂了開來，他卻絲毫不為所動，眼皮也沒眨一下。「啊，對喔，我剛剛不該提到『男的』二字，這樣等於暴露了性別吧？呿，真是神經質，這種小事也要計較。」他噘起下唇，宛如發著牢騷的少年，「所以，就是這麼回事了。我沒辦法說出我在哪裡。」

畫面上只看得到岡本猛及他身後的窗簾，根本看不出是哪裡的哪個房間裡。這時，一道人影從右側走進畫面，這個人竟赤裸著上半身，亮出結實的肌肉；但這不算什麼，最詭異的是，他戴著一個巨大的兔子頭罩，由於實在太大，看樣子應該不是拿真正的兔子做成的標本，但造形非常逼真，他就像是個渾然天成的兔人。

「噁心的傢伙。」佳代子喃喃自語道。

「好啦，終於登場了。」畫面中的岡本猛說道：「這位就是從剛剛折磨我到現在的兔子先生。」

我凝神一看，岡本猛的雙手被綁在椅子兩側的扶手上，畫面左側那隻手的手指正滴著鮮血。

「啊，他的指甲被拔掉了。」佳代子說道。她的態度非常冷靜，宛如正在診視患者病況的醫生。

「他們正在凌虐我，給我苦頭吃。」岡本猛的語氣輕鬆自在。我看到他右手五根手指的指甲處全都一片血紅，但他似乎一點也不痛，也看不出絲毫懼意。我愈看愈覺得毫無現實感，忽然覺得這一切搞不好都是在做戲，於是連忙轉頭盯著身旁的妻子看。

「怎麼了？」

「呃，這……」我指著畫面說道：「這片子跟妳有關嗎？」我問得提心吊膽，彷彿站在一口深井邊探頭窺探井內。

「我之前請這位小哥幫忙辦過事啊。」

「所以這部折磨影片，跟妳有關嗎？」

「我為什麼要幹這種事？」

「因為……」我心驚膽戰地問道。眼前這口井深不見底，我逼不得已，只好將上半身繼續往前探，謹慎地試探最深能夠探到哪裡而不致摔入井中。「妳剛剛不是說，妳覺得我有特殊的能力嗎？」

「是啊，我相信你一定有。」佳代子回答得信心十足，大眼睛閃爍著光輝，雙手似乎隨時會伸出來與我交握，我幾乎要折服於她的堅定信念之下。「所以我在想，妳是不是為了引出我的特殊能力，才故意製作這種影片給我看，讓我感到恐懼？」我問道。

說這句話的同時，我又腦中又閃過另一個揣測。與我發生婚外情的櫻井由加利，該不會也是佳代子派來的吧？故意引誘我偷腥，再以報復為藉口給我苦頭吃，讓我害怕。這一切都是為了喚醒我體內的特殊能力。

佳代子不知是聽不懂我的意思，還是在裝傻，她只是眨了眨眼，什麼都沒說。

「妳是不是……」我正打算再問一次時，電視中清晰地傳來一句：「渡邊。」

我和佳代子又將視線移回畫面中的岡本猛身上。

岡本猛依然坐在椅子上，直勾勾地凝視著鏡頭；螢幕右側戴著兔子頭罩的男人則蹲在岡本猛的手旁，清楚看得到兔子男正握著一柄類似鉗子的工具，抵在岡本猛的指甲上。我不禁背脊發涼，有一種自己的指甲要被拔掉了的恐懼，不禁以左手撫摸著右手。

「渡邊，你有沒有勇氣？」

岡本猛的聲音鑽入我的耳中。他的口氣並不嚴厲，反而像是輕柔的呢喃自語，但在我心裡卻形同黑暗中的一盞燈火，是那麼地重要，我無法不正視它。

「這個影片是我拜託他們拍攝的。」岡本猛說道。他說話的時候，背對螢幕的兔子男也蠢蠢動作著。

「很痛耶！」急促的怒罵宛如煙火般炸了開來，大吼的是岡本猛。兔子男從鉗子上撥掉了一小塊東西。

那應該是岡本猛的指甲。

雖然痛得叫了出聲，但痛苦的表情在岡本猛臉上卻是一閃即逝，現在的他是只露出些許不耐煩，像是眼前有隻趕不走的蚊子。「你聽好了。從剛剛到現在，我就像這樣一直任憑他們擺布折磨。這段時間裡，我思考了不少事情。平常都是我在折磨人，如今換成我被人折磨，我才發現原來被折磨的一方會這麼無聊。而且，這些傢伙的折磨手法實在不高明，搞得我更加心煩氣躁。這就好像壽司店老闆去別家壽司店吃壽司一樣，毫無新鮮感可言。如果對方的壽司比自己做的好吃，還可以觀摩一下技術，否則就真的只能一邊發呆，一邊暗罵你們這些傢伙根本是半吊子了。」他無奈地嘆了口氣，以前輩的口吻對著蹲在身旁的兔子男說道：「我不曉得你知不知道這件事，但是被拔掉的指甲還會長回來，以折磨的手法來說，其實還挺人道的。」

他也對我說過這件事。

「事情就是呢，我今天傍晚被他們綁架，帶到了這

裡。他們的綁架手法頗詭異，稱不上高明或不高明，總之他們開始折磨我，拔我的指甲。對，確實很痛，這點我承認。」岡本猛嘴裡說痛，卻一點也沒有露出覺得痛的神情，映出的反差宛如在演一齣喜劇。「但是呢，還不至於痛到無法忍耐。我之前也跟你說過吧，痛覺是身體傳達給大腦的危險訊號，就像小學校園裡的警報器一樣，只要習慣了、麻痺了，就不會在意了。雖然知道痛，但就像聽到警報器又響了似的，沒什麼特別的感受。」

「太荒謬了……」我當場反駁。我想起他上次說出這個歪理時，我的回應好像也是同一句話，「痛覺跟警報器是不能比的。」

「不過啊，這位小哥的確很能忍痛。」佳代子一派輕鬆地說道。

「這些人到底為什麼要做這種事？」我面對著電視機問道。

「你一定很想問，他們為什麼要做這種事吧？」岡本猛彷彿聽見了我的心聲，說道：「我本來想，反正他們肯定不會告訴我答案，就隨口問了一下，沒想到他們竟然很爽快地回答我了。」岡本猛朝兔子男說了一聲：「對吧？」此時兔子男正將鉗子放在他的左手指甲上，忽然間，岡本猛的身體劇烈一震，再次大喊了一聲：「很痛耶！」似乎又有一片指甲被拔了下來。「他們的回答很簡單，就和上次你那個作家朋友說的一樣。」

「因為這是工作。」我無聲地囁嚅著。

「因為這是工作。」岡本猛出聲說道：「收錢辦事，這就是工作。所以這些傢伙，委託人叫他們做什麼，他們就做什麼；叫他們不能做什麼，他們就不做什麼。只不過，如果是沒有被特別禁止的事情，那就隨他們了。就是這麼簡單。於是我為了你，特地請他們錄下這段影片，他們也答應了。當然，我得付他們一筆報酬，換句話說，這也是工作。他們為了工作而折磨我，一方面也接受我的委託，錄下這段影片。」

兔子男的動作變快了，不知是否折磨上了癮，只見他有節奏地將剩下的三枚指甲「啪、啪、啪」地依序拔掉之後才放下鉗子。岡本猛只是愣愣地看著失去了指甲的手指好一會兒。

「我僱用他們拍攝這段影片，是為了把我的猜測告訴你。」岡本猛說道。
兔子男走出畫面，不一會兒又走了回來，這回拿著一把修剪花木用的大剪刀。
「喔，你要用那玩意兒剪我的手指？」岡本猛瞥了一眼大剪刀說道。
兔子男似乎點了點頭。
「這作法不算太壞，但也好不到哪裡去。我問你，你剛拔完我的指甲，我的手指還在痛，這時你剪掉我的手指，有什麼意義？唉，半吊子做事就是這樣。而且要讓對方感到恐懼，最好別讓對方知道你接下來要做什麼，這樣比較有效。你拿著那麼大一把剪刀，我一看就知道你要剪我的指頭，而你又照著我的預測走，這樣我怎麼會害怕呢？」
我看著畫面，內心七上八下，幾乎看不下去，我好想按下遙控器的快轉鍵，事先確認岡本猛的最後下場，或許會輕鬆一點吧，但我不能這麼做，因為我必須聽明白他要對我說的話。
「渡邊，我現在正受到折磨，」岡本猛臉上浮現一絲自嘲般的笑容，「我為什麼會遇到這種事？我思考了許多可能的原因，最有可能的就是，我曾經上網搜尋過。上次那三個三七分頭被我幹掉了，所以這些傢伙算是來接班的吧。我想你的猜測很可能是正確的，只要上網搜尋那些關鍵字的人，都會遭到某種方式的攻擊，就像我一樣。」
岡本猛說到這，突然整個人僵住，嘴巴一開一闔，似乎有東西卡在喉嚨。我不安地望著畫面中的他，只見他將頭轉向一旁開始嘔吐。看來就算他的內心耐得住疼痛，畢竟身體是耐不住的。他吐出了一些黏稠的液體，應該是胃液之類的，接著他似乎再也克制不了，又吐出了一大堆胃裡的食物。最後他呸呸地吐了幾口口水，皺著眉頭說：「嘖，髒死了。」
身旁的佳代子以手肘戳了戳我，問道：「他說的上網搜尋是什麼意思？」
「就是在網路上搜尋。」我慢吞吞地給了個敷衍的答案，因為此時的我正豎起耳朵，不想漏聽岡本猛的任何一句話。
「不過，我在意的是為什麼每個人遭遇的狀況都不一樣。」岡本猛再度開始說話，聲音不大，咬字卻非常清晰。兔子男正以大剪刀抵著他的右手手指，他絲毫沒有抵抗，反而是張開了手指，一副「這樣你比較好剪斷吧」的姿勢。「反正你一定是剪完手指之後剪腳趾，剪完腳趾之後剪性器，對吧？真是沒創意。」岡本猛說得氣定神閒，完全沒有在逞強，搞不好先被嚇到昏過去的反而會是我。

「你的公司後輩蒙上猥褻女性的不白之冤；你的上司自殺；你那個作家朋友有沒有上網搜尋，我不清楚；至於我，則是被拔掉了指甲。大家的遭遇都不同，對吧？我一直在想其中的道理，就在剛剛，差不多是右手中指的指甲被拔掉的時候，我突然想通了。」岡本猛轉頭朝著兔子男說道：「我應該謝謝你呢，兔子老弟。」接著他笑著對鏡頭說道：「這是天敵戰術。」

「天敵戰術？」我滿腹疑惑。畫面中的兔子男似乎也頗好奇岡本猛要說什麼，抬起頭看向他。

「動物都有天敵，對吧？人類最常用的天敵戰術，就是靠天敵來驅除農作物上的害蟲。例如讓寄生蜂在蚜蟲身上寄生，或是讓瓢蟲將蚜蟲的卵吃掉。」

「真有這種戰術嗎？」就靠那什麼蜂？我忍不住轉頭問佳代子。她只是淡淡地回答：「誰知道，或許真的有吧。」

「仔細想想，我也常幹類似的事。」岡本猛繼續說：「根據對象的性格或體格等特徵，找出最有效果的凌虐方式。在折磨人這份工作上，這種傾向尤其明顯。以我這種高手而言，作法絕對不會像他們這麼老套，我會依照每個對象設計出最合適的折磨手法，也算是一種客製化吧。」

身旁的佳代子頻頻點頭，「沒錯，依對手的特性來選擇合適的作法，正是暴力手段的最高境界。」

我不知道她是認真的還是在說笑，但我選擇保持沉默，因為我想她恐怕是百分之百的認真。

「像我這樣的高手，已經累積了相當程度的專業知識，一眼就能看出每個人的類型。譬如怎麼讓這種人痛哭流涕，怎麼摧毀那種人的自尊心等等，我心裡大概都有個底。」岡本猛說到這，又皺起了眉頭說了句：「嘖，真痛！」接著吐出比剛剛更多的嘔吐物，我甚至聽得見嘔吐物傾洩而下的聲響。

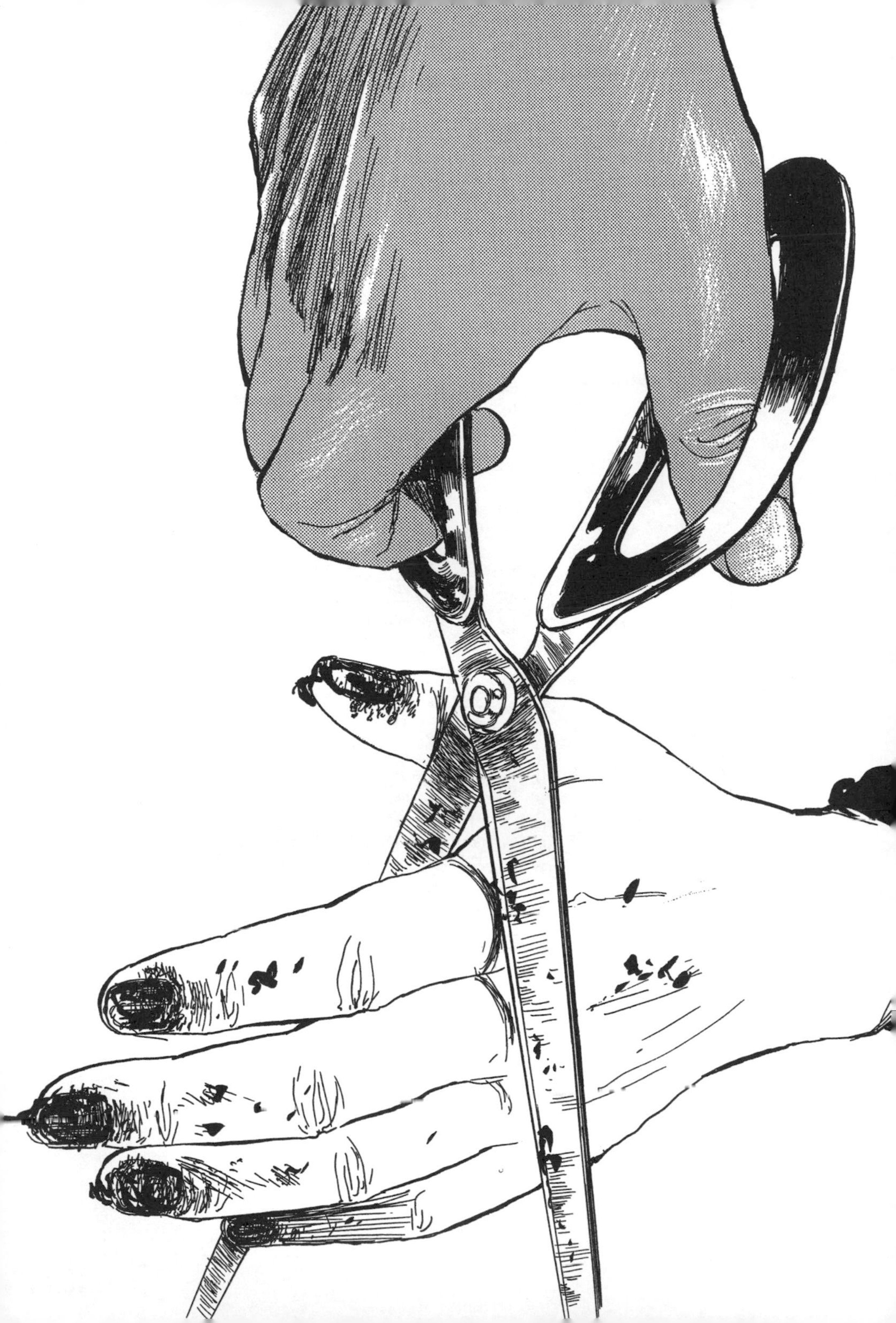

兔子男以笨拙的動作操作著大剪刀，突然有樣東西從椅子扶手附近掉了下來。很顯然那是岡本猛的手指，但我無法接受事實，我寧願相信那是「看起來像手指的某樣東西」。我的腦袋恍恍惚惚，偏偏就是無法移開視線。

「所以我在想，那個幕後指使者的作法應該也是一樣吧。」岡本猛若無其事地繼續說。鮮血不斷從他的手指流出。不，從我希望這不是事實的角度來看，那叫做「看起來像鮮血的某樣東西」。岡本猛接著說：「攻擊曾經上網搜尋的人，這是大原則。但是實際的攻擊行動，卻會依對象不同，而採取對該目標最具嚇阻力的手法。你那個公司後輩看起來是個性格溫和的人，只要讓他蒙上犯罪陰影，他應該就不敢再輕舉妄動了。至於像我這種法外之徒，就要以殘酷的手段讓我不敢再犯。」

我一邊思索著幕後指使者到底是誰，一邊訝異於自己竟然能夠觀看這麼血腥的凌虐畫面而不會想吐。或許這是因為我還沒有接受事實，只把它當作一部有點兇殘的暴力電影在看的緣故吧。我的腦袋依然在說服我自己，這不是真的，不可能有這種事。

「我想……」一臉落腮鬍的岡本猛撇著嘴說道：「這大概也是一種系統吧。」

「系統……」我不禁低喃道。

就是這樣的系統。

前幾天，我、岡本猛及井坂好太郎三方會談時，井坂好太郎曾說過這句話，這個世界其實是由追求利益及效率的系統所構成。

這時，畫面中傳來了刺耳的吼聲，仔細一瞧，兔子男或許是受夠了岡本猛始終表現出一副滿不在乎的態度，正拿大剪刀抵著岡本猛的腳拇趾，使勁一夾，岡本猛終於發出了哀號，連同椅子一併摔倒在地。一會兒之後，倒在地上的岡本猛朝著負責拿攝影機的人說道：「喂，有沒有拍到我？靠過來一點。」

35

身旁的妻子突然哈哈大笑，我相當錯愕。

但我的視線依舊無法離開電視畫面。岡本猛連人帶椅不斷在地上滾動掙扎，攝影機朝他靠近。

「把我的臉拍得清楚一點。」岡本猛臉頰肌肉抽動著。拿攝影機的人聽話地繼續朝地板上的岡本猛湊近。就在此時，岡本猛大喊一聲：「好痛啊！」語氣和剛剛完全不同，影片中的他不斷喊著：「救救我、救救我……」一邊在地上翻滾。接下來畫面一陣搖晃，似乎是拿攝影機的人被岡本猛絆倒了，透過畫面看得出來對方仍抓著攝影機便慌忙站起身，向後退了數步。拉遠的鏡頭中，只見被綁在椅子上的岡本猛獨自橫倒在地，地上到處是血跡，似乎是翻倒時飛濺出來的，此外還有一大攤嘔吐物，攝影鏡頭也有點被弄髒了。

佳代子依然笑個不停，我忍不住轉頭盯著她瞧。她拿起手邊的遙控器說：「我可以倒帶嗎？」

「剛剛那段妳還要再看？」

「是啊，我想再看一次。」

這可不是電影，而是貨真價實的凌虐場面。但妻子不但看得哈哈大笑，甚至還想倒帶再看一次，我實在無法理解她在想什麼，說得嚴重一點，這也算是夫妻相處問題中的「個性不合」或是「價值觀有差異」吧。

「他正被搞得半死不活耶！」我忍不住說道。在我看來，佳代子似乎沒有理解事情的嚴重性。

「我知道啊，不過這是事先錄好的影像，所以這位小哥不是現在正被搞得半死不活，而是曾經被搞得半死不活，已經是過去的事了。」

「妳的意思是，因為是過去的事就無所謂嗎？」

「所以現在重要的是推測小哥這麼做的用意。」

她一邊說，按下了遙控器的按鍵。

「我想……」影片又回到岡本猛說出這句話時的畫面，「這大概也是一種系統吧。」

這一幕剛剛已經看過了。戴著兔子頭罩的凌虐者正蹲在岡本猛的腳邊扯動大剪刀，岡本猛大喊一聲，連人帶椅倒在地上，先是說了句：「喂，有沒有拍到我？靠過來一點。」接著又說：「把我的臉拍得清楚一點。」

畫面在這時忽然靜止不動。

「看吧。」佳代子一手拿著遙控器對我露出微笑。

「看什麼？」

「我跟這個小哥雖然不特別熟，但我怎麼想，他都不是一個會大喊『救救我』的人。」

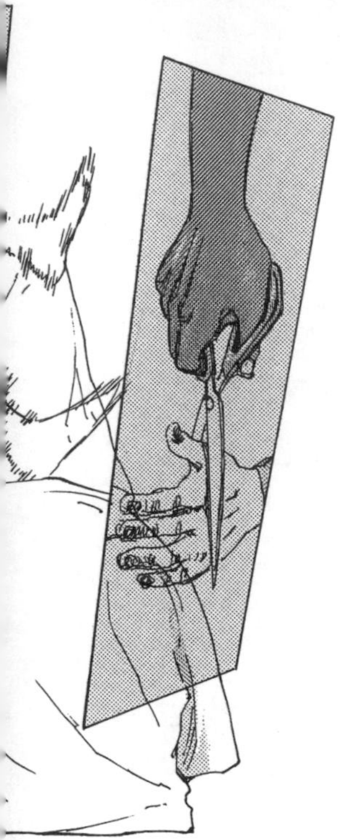

我不敢相信她會說出這樣的話，指著畫面說：「這有什麼不對？他的指甲被拔了，手指和腳趾都被剪了，這時不喊痛，什麼時候才喊痛？」

「你想想看，剛剛剪手指的時候，小哥不是一副輕鬆自在的模樣嗎？雖然喊了幾聲痛，但那只像是在說感想，完全沒有求饒的意思吧？那為什麼一剪了腳趾，就那麼呼天搶地地大喊救命呢？」

「因為剪腳趾比較痛。」

「你是認真地這麼認為嗎？」佳代子露出了一副「怎麼會有你這種笨蛋」的輕蔑表情。她將剩下的啤酒喝乾，吁了一口氣說道：「真好喝。」我心想，就算是啤酒公司，應該也想像不到有人能在這種氣氛下暢飲啤酒，還高呼好喝吧。「落差太大了。剪手指和剪腳趾的反應，落差實在太大，所以我猜，小哥是裝出來的。」

「裝出來的？」

「他大吵大鬧，一定有什麼目的。」佳代子說著又操縱起遙控器，以慢動作播放影像。岡本猛在地上翻滾，攝影機湊了過去，岡本猛的激烈掙扎撞到了攝影機，畫面劇烈晃動。佳代子在此時按下了暫停鍵，「應該是為了這個吧。」

「咦？」我詫異地伸長了脖子，瞇起眼凝視。被撞偏了的畫面中，看得見牆角擺著一座辦公室常見的置物櫃，牆壁與置物櫃之間有一道狹窄的縫隙。由於這部影像是在拉上窗簾的室內拍攝，原本就很昏暗，縫隙之間燈光照射不到，自然是更加漆黑難辨。

「那邊地上好像有東西。」我看著畫面說道。昏暗的畫面中，看得見置物櫃與牆壁之間的縫隙前方地上好像有什麼東西突了出來，宛如動物的頭部。仔細一看，原來是個動物頭造形的原子筆蓋。佳代子也看見了，說道：「那好像

是筆蓋？」

回憶頓時湧上我的腦海。不久前，鬍子男岡本猛曾在我面前模仿酒店小姐妖嬈地擺著身軀說：「你最近都沒來店裡，人家忍不住就跑來公司找你了嘛。」我記得那時他突然出現在我的工作地點，後來他朝我走近，程式設計師工藤在後頭喊了一句：「喂！你是來幹什麼的！」岡本猛登時抽出工藤胸前口袋裡的原子筆，取下可愛動物頭像造形的筆蓋，以銳利的筆尖對準了工藤的耳孔。之後岡本猛將筆蓋彈了出去，筆蓋不斷旋轉著畫過空中，最後飛進了置物櫃與牆壁之間的縫隙。

「是那間工作室！」我望著靜止的畫面說道。

「什麼工作室？」

「我前陣子每天上班都會去的辦公大樓。」那是一棟二十層樓高的建築物，以某壽險公司的名稱命名，「我們的工作室位在五樓。」

佳代子沒有問我怎麼知道的，只是呵呵一笑，似乎非常為我驕傲，「我們去那裡看看吧。」她說著按下了遙控器的按鍵，「等我們看完片子之後。」

影片繼續播放，岡本猛已不再吵鬧了，兔子男不耐煩地將椅子扶了起來。岡本猛再次面對鏡頭，他被綁在椅子上的手腳各缺了幾根手指及腳趾。

為什麼這場可怕的折磨行動會在那棟大樓的那間工作室內進行？

「難道他大吵大鬧的目的是為了讓我看到那個原子筆蓋？」我只覺得難以置信，但佳代子卻泰然自若地點點頭說道：「應該是吧。像那樣誇張地大叫，又摔倒在地上，應該就是為了把拍攝的人絆倒，讓攝影機偏掉，好拍出那個原子筆蓋，讓你明白他所在的地點。你看，他現在又是一副老神在在的表情了。」她指著畫面中的岡本猛。

「渡邊，現在你明白了吧？」岡本猛一派輕鬆地對我說道。雖然是事先錄好的影像，我卻有種現在此刻正當面聽他問出這句話的錯覺。他這句話的意思，是否真如佳代子的推論，是在問我明不明白他的所在之處呢？

畫面中的岡本猛繼續遭受折磨。對方除了使用大剪刀，還拿出了類似鑽子的道具。我只能嚥了口口水，強忍著想吐的感覺，靜靜地看著。佳代子的臉上也不見開心表情了，換上的卻是一臉興致索然，連連打起呵欠。她的反應讓我感到很不可思議，但更讓我覺得不可思議的是，遭受折磨的岡本猛竟然也打起了呵欠。雖然岡本猛有時會因為疼痛而皺一下眉，偶爾會嘔吐或喊出聲，但從頭到尾都是那副不卑不亢的態度，沒說出半句求饒的話。

看著看著，我甚至開始有種錯覺，搞不好像這樣的酷刑其實是生活中稀鬆平常的事，任何成年男性都經歷過，而或許是因為這件事實在太過平凡，所以從來沒

人在我面前特地提起，就好像不會有人特地跟別人說「昨天我大便了」一樣。若真是如此，活在這個世界上真是太辛苦了。

「小哥真能忍呢。」佳代子淡淡地稱讚道。

而幾乎於此同時，畫面中的岡本猛開口了：「對了，渡邊。」我一聽見這聲音，立刻轉頭望向電視。攝影機的位置沒改變，但岡本猛在椅子上坐得四平八穩，看上去身形彷彿大了半圈。

「渡邊，你還記得薛克頓嗎？」岡本猛說道。

「那是誰？」佳代子戳了戳我的腰際。

我歪著腦袋思索了片刻，終於想起來了，岡本猛和我提過這個人。

「薛克頓是個探險家，我記得是英國

人，據說在橫越南極大陸時遇難，在南極存活了一年以上。」

「喔？」

「後來生還了。」

「等等，這個人該不是你的偷腥對象吧？」

我張大了口，懷疑自己是不是聽錯了。一面看著如此怪異、詭譎又驚悚的影像，為什麼她的思緒會轉到完全不相干的方面去？

「喂，薛克頓該不是外國女人的名字吧？再不然是某個酒店小姐的花名？」

「絕對沒有那種事。」我直視她的眼睛，斬釘截鐵地說道。不管內心再怎麼覺得可笑，這種時候也絕對不可隨口敷衍，否則將有性命之憂。

「渡邊，把薛克頓找出來，」岡本猛的聲音將我與佳代子的注意力再度拉回畫面上，「還有你那個朋友。」

「井坂？」我不禁說出友人的名字，「他跟薛克頓有什麼關係？」

這時我察覺，自己從盛岡回來後還沒聯絡井坂好太郎，他該不會也出了什麼事吧？以岡本猛的遭遇來看，這不是杞人憂天，我得趕緊聯絡上井坂好太郎才是。

「你給我老實說，薛克頓小姐是你的偷腥對象吧？」佳代子頗為激動，逐漸失去了理性，她不停搖晃我的身子，我有預感她隨時會伸手勒住我的脖子。

此時岡本猛努了努下巴，宛如指著螢幕這一頭的我，「啊，對了，你老婆在旁邊嗎？」

「啊，我在呀！你好嗎你好嗎？」佳代子對著螢幕開心地揮手說道。但我不管怎麼想，岡本猛的狀況實在不會多「好」。

「如果她在旁邊，我得幫你說句話。渡邊太太，薛克頓是個探險家，不是妳老公的偷腥對象。」岡本猛竟然早已預料到佳代子看了這段影像會產生誤解，真是神機妙算，我不禁大為佩服，感謝之情油然而生。

「啊，是這樣嗎？」佳代子很直率地相信了。

「渡邊，你得找出薛克頓跟那個油嘴滑舌的小說家，還有……」

「還有？」我喃喃說道。

「我。」岡本猛笑了，「把我找出來。」

「什麼意思？」我不禁縮起肩膀。

這時兔子男很唐突地站了起來，一拳又一拳打在岡本猛身上，彷彿突如其來的暴怒讓他控制不了自己，一副歇斯底里的模樣，把岡本猛打得摔倒在地之後又是一陣亂踹。

「發生什麼事了？他在幹什麼？」我大吃一驚問道。佳代子聳聳肩說：「大概是受不了了吧。不管怎麼折磨，小哥都是毫不在意的模樣，兔子先生心裡一定很害怕。」

「會這樣嗎？」

「這場耐力賽，是兔子先生輸了。」佳代子說道。她的語氣像是在旁觀一場小孩子的吵架。

「岡本猛會被怎麼處置？」

「折磨戲碼的最後一幕都一樣，小哥心裡應該也很清楚。」她輕描淡寫地說了這句令我毛骨悚然的話，接著攬住我的脖子說道：「老公，我不想看了。」

我以堅定的語氣回答：「現在不是說這種話的時候，我們去現場吧。」

「現在？」佳代子顯得有些不悅，乾脆地說道：「去了也沒用，小哥早就死了。」

36

深夜的紅綠燈有必要遵守嗎？

從小，這樣的疑問便存在我心中。就算不是深夜，只要是沒有車、沒有行人的狀態下，有必要遵守紅綠燈嗎？

妻子的回答很簡單。

根本沒必要遵守。

我與佳代子奔出公寓時，早已過了午夜十二點。

「就算現在去了也救不了他，小哥早就死了。」

佳代子說得直截了當，我卻聽得欲哭無淚。原本說要看那個影片的人是她；倒帶打算「推測小哥這麼做的用意」的是她；當我發現拍攝地點是我從前上班待過的工作室時，說出「我們去那裡看看吧」的也是她，但如今的佳代子卻是一副意興闌珊的態度，這種三分鐘熱度的個性實在讓我哭笑不得，或許是因為她對死人不感興趣吧。

「你認為小哥還活著嗎？」

「可能死了。」

「那就對啦。」

影片的最後，岡本猛一動也不動，戴著兔子頭罩的凌虐者拍了他的臉幾下之後，轉過頭對著鏡頭聳了聳肩，一副「搞什麼，怎麼突然就不會動了」的態度。

「小哥直到最後都沒有求饒，真了不起。」妻子語帶欽佩地說道。而我則是除了恐懼與悲傷，還有一股怒氣在胸口翻攪。我腦海浮現在電影中看過從前的蒸氣火車頭，將燃料一一添進爐灶裡，大量的煙就會從車頭的煙囪噴出，發出類似茶壺的水燒開時的嗶嗶聲。現在的我正宛如一座蒸氣火車頭，怒氣就是我的燃料，粗重的氣息不斷從我的鼻孔噴出。我一把拉住妻子的手，奔出了公寓。

外頭當然籠罩著夜色。

我覺得很不可思議，為什麼太陽下山後，世界會變得這麼暗呢？天空不是黑色的，而是厚重的深藍色，宛如深邃的大海。建築物及道路都沉在海中，稀稀疏疏的街燈及公寓燈火宛如魚兒發出的亮光。

我快步走在公寓前方的道路上。這個時間電車早已停駛，我想攔計程車，卻一直沒看到車子，我不禁感慨為什麼計程車總是在我需要的時候不見蹤影？我們來到了一個大十字路口，斑馬線對面的行人號誌亮著紅燈。

我理所當然地停下腳步，妻子卻直直走上了斑馬線，還一邊轉過頭來，一臉詫異地皺著眉頭說：「你幹麼停下來？」

「妳自己看。」我指向亮著紅燈的行人號誌。

「我說老公，」她快步走回我身旁，突然以一副教師對學生說話的口吻對我說：「你倒是說說看，我們為什麼非得遵守紅綠燈不可？」

「因為這是規定。」

「你聽好了，紅燈時不能過馬路，是為了保護我們的安全。如果車子亂開、行人亂走，很可能會出車禍。但是現在你看看周圍，有人嗎？有車子嗎？有可能出車禍嗎？既然很安全，為什麼不能過馬路？」

「我是個守規矩的人。」

「錯了。」佳代子豎起的食指繞著圈圈，看起來像要抓蜻蜓(*1)，也像是在攪拌著夜風。「規矩分兩種。」

「哪兩種？」

「重要的規矩和不重要的規矩。」

「太籠統了吧。」我立刻吐槽，但佳代子充耳不聞。

「舉例來說，假如現在眼前有個人受傷倒地，或是有個小孩正在哭著找爸媽，該怎麼做？」

「為什麼突然問這個？」

「應該上前幫忙。對無助者伸出援手，這就是重要的規矩。」

我不禁想對她說：懷疑老公外遇，做出種種非人道暴力行為的妳，有資格在這裡提倡幫助他人的重要性嗎？「那不重要的規矩呢？」

「例如在無人的地方遵守紅綠燈。」

「太沒有說服力了。」

「當然，這個理論並非適用於所有人。好比對於無法正確判斷狀況的小孩子，還是應該教導他們『不管任何情況都絕對不能闖紅燈！』這是因為小孩子無法分辨什麼時候安全、什麼時候不安全。但你又不是小孩子，你自己可以判斷安不安全，而且四下又沒有其他人，所以不可能給別人添麻煩的。」

「但規矩還是應該遵守吧。」我說這話的同時，漸漸覺得自己把交通規則看得這麼重要似乎有些無聊，何況我向來不擅長與人辯論。

「那我問你，一般車子開在馬路上，會遵守時速限制嗎？通常開車速度都比速限還快吧？但是大家都不覺得自己犯了規，不是嗎？」

「那是因為如果遵守速限開車，往往會給周圍的人添麻煩。」我開始覺得自己的回答只是強詞奪理，但此時退縮又有些不甘願。

「看吧，可見你也認為有些規矩比交通規則更重要。同樣道理，根據我的經驗，世上並沒有絕對的規矩。」佳代子眨了眨眼睛，她那圓滾滾的瞳孔在夜色中閃閃發光，「愈是重要的規矩，愈不可能成為法律條

*1 日本有種說法，想抓蜻蜓時，以食指在蜻蜓眼前繞圈子，可讓蜻蜓頭暈而逃不走。

文，像是幫助有困難的人這個規矩，就沒有成為律法。所以啊，像你這樣無條件地服從那個混蛋紅綠燈，太奇怪了。」

「像妳這樣罵紅綠燈是混蛋才奇怪吧。」

「你只是無條件地接受別人定下的規矩罷了。」佳代子緩緩搖了搖頭，「嘴裡說著『因為規矩就是這樣定的』、『因為事情就是得這麼做』，把一切規矩照單全收，簡直像機器人一樣。你是機器人嗎？要充電嗎？應該不是吧？既然如此，你應該動動自己的腦筋思考吧。」

「思考？」就在此時，就在這深夜十二點多的十字路口正上方，從高樓大廈的縫隙間探出臉來的夜空，彷彿落下莫名的聲音向我喊話。形容得更精確一點，就像驟雨或冰雹，無數呢喃細語落在我頭上。思考吧、思考吧。

於是，我開始思考。

或許是因為佳代子提到了機器人，我想起剛剛在家

裡看過那部以機器人為主角的懸疑驚悚片《絕命凌晨兩點》。在經過一番曲折離奇的冒險之後，機器人主角自暴自棄地說出一句「不過就是這麼回事」。

同樣的話似乎也能套用在這個紅綠燈的話題上。既然交通規則是這樣，那就照著做，不過就是這麼回事。

「……原來這也是系統。」

「咦？你說什麼？怎麼了？」佳代子看向我。

「一切都跟系統有關。」

這正呼應了岡本猛遭受折磨時說出的那番話。

「什麼？總之我想說的是，我們為什麼要服從那個混蛋紅綠燈？為什麼我們要被紅綠燈支配？」

「井坂也提過關於系統的事。」

「你在說什麼啦？」

「我們快走吧。」我拉起佳代子的手便走上了斑馬

線，完全不在意號誌仍亮著紅燈。沒想到就在此時，一輛不知何時出現的跑車以極快的速度衝過我們面前，我被風壓一捲，一屁股坐倒在地。

「看吧！我就說很危險啊！」我在夜晚的十字路口指著行人號誌的紅燈大吼。

我們終於攔到了計程車，朝著壽險大樓前進。在車內，我打了兩次電話給井坂好太郎，因為岡本猛在影像中叫我找出「那個油嘴滑舌的小說家」，這讓我惴惴不安，擔心井坂好太郎會不會也出了事。但是兩通電話都沒接通，如果是平常，我只會猜想他大概正和某個女人在床上親熱吧，但現在狀況特殊，我不禁有些掛懷。

「進得去嗎？」我們繞到大樓後門時，佳代子開口問道。我不敢在她面前拍胸脯保證，因為要是失敗就有得瞧了，於是我沒吭聲，默默掀開後門旁邊的認證面板，輸入當初在這棟大樓內工作時得知的密碼。身為背負著悲哀宿命的系統工程師，加班到三更半夜乃是家常便飯，所以不管到什麼樣的工作地點出差，我都必須先問清楚半夜進出時的注意事項。這棟大樓也不例外，加上那份工作是在大石倉之助的騷動及加藤課長的自殺之後驟然終止的，所以工作室的鑰匙還在我手邊沒歸還。我暗暗期待著能夠以這把鑰匙進入工作室。

我們來到五樓西南側角落的房間門前，我將鑰匙插入門把下方的鑰匙孔內一轉，便傳來門鎖打開的金屬聲響。佳代子訝異地說：「這公司真沒警戒心，竟然讓終止往來的系統工程師輕易入侵。公司名稱叫什麼來著？」

「歌許。」

「上帝的意思嗎？」

「咦？」

「『gosh』這英語單字滿常用的啊，算是俚語吧。好比原本想說『Oh, my god.』但是不敢隨口提及上帝，此時就會說『Oh, my gosh.』」

「原來如此。」我當場接受了她的說法。雖然不知事實是否真是如此，但這種為了避諱而將名稱稍加變化再說出口的作法，確實有可能發生，「原來是上帝的意思啊。」

就是這麼回事。

就是這樣的系統。

這兩句言詞的確帶著令人難以違逆的強制力，宛如上帝發出的命令。

我們進門一看，室內擺設與當初我們三人還在這裡工作時沒什麼兩樣。幾張桌子並排，上頭擺著電腦，除了電腦是關閉狀態，以外的一切都和當初一模一樣，我甚至有種大石倉之助和工藤還是每天都會跑來這裡工作的錯覺。

「看樣子那個影片果然是在這裡拍的。」佳代子開始在屋內東逛西瞧。

我二話不說便朝窗邊走去。

我找到窗簾某處破了個小洞，拉開一看，後頭的大片窗玻璃上有著彈孔及裂痕，「拍攝影像的人當時開過槍，看來這裡真的是現場了。」

接著我望向腳邊，地上沒有掉落任何東西，桌椅也排得整整齊齊。那駭人的凌虐行為真的是在這裡進行的嗎？我很難相信，但我知道我只能相信。佳代子不知何時蹲到地上，喃喃說道：「這是血呢。」我在她身旁蹲下，將臉貼近她所指的位置一看，地板上確實有一小塊紅黑色的斑點。「他們漏了這裡沒擦乾淨。」

「這真的是血嗎？」

「是血，而且是人血。」妻子說得胸有成竹，我不禁苦笑。接著我想起岡本猛在影像中曾經嘔吐，於是我整個人趴到地板上，想找出嘔吐物的殘渣或嗅出殘留的味道，此時我已顧不得形象了，但是我終究沒發現任何痕跡。

「是因為兔子男那一夥人打掃過了嗎？」

「應該有人專門負責打掃吧。」佳代子想也不想便回道，但她說的很有道理，所謂的工作都是各司其職。

「而且啊，負責修窗戶的人一定是遲到了。」她說道。

我站了起來，開始尋找岡本猛是否留下了任何蛛絲馬跡。老實說，我心裡還抱著一絲期待，希望能找到他沒死的證據。

「好啦，現在該做什麼好呢？」佳代子邊說邊在房裡晃來晃去，打開置物櫃看了看，接著盤起胳膊環視室內各個角落，「特地來到這裡，小哥卻不在了。」

我卻有些心不在焉，「思考吧、思考吧」的聲音不停在我腦中迴蕩。我想起奔出公寓前所看的那段折磨影片。岡本猛問我「你有沒有勇氣？」他的手指被剪斷了，銳利的視線卻朝我直射而來。殘留在我腦海的畫面以跳格的方式快速重現。

渡邊，把薛克頓找出來。

一想起岡本猛曾對著鏡頭這麼說，我登時恍然大悟。

「原來如此。」

「想到什麼了？」佳代子朝我走來。

「他說過，叫我尋找薛克頓。」

「你說那個探險家？真有這號人物？」

「真有這號人物，他在橫越南極時遇難。」我說著望向門口，又轉頭望著對向窗簾緊閉的窗戶。「他想說的是不是南極？」我試著說出我的推理。

「南極？」

「他可能在暗示我往南邊尋找。」

「哪一邊是南邊？」

「這間工作室位於大樓西南側，」我伸出手指一繞，「所以南邊應該是那個角落。」我的指頭正指著置物櫃，「或許那裡面有什麼東西？」

「那裡面會有什麼東西嘛。」佳代子不滿地說道。那個置物櫃她剛剛已經打開檢查過了。

我打開置物櫃的門，迷濛的灰塵頓時揚起，看一眼就曉得櫃子裡什麼也沒有，衣架也是空空蕩蕩地沒吊任何衣物。我懷疑櫃子的壁面有夾層，但仔細地觸摸、敲打、摳抓一番，依然沒有任何發現。我想了想，關上櫃門試圖移動置物櫃，櫃子重得抬不起來，於是我將櫃子推斜一邊再緩緩拉動，我心想，說不定櫃子的背面或地板上有著重要的證據或痕跡。

「如何？發現什麼了嗎？」

「搞不好這個櫃子本身就是重要線索。」

「櫃子本身？」

「譬如製造商的名稱之類。」

「原來如此。」但她似乎對我的推理沒啥興趣，一個轉身背對我，兀自將桌子的抽屜一個個拉開來查看，一邊嘀咕著：「小哥叫我們找薛克頓，可是人又不可能藏在桌子抽屜裡吧？難不成那個薛克頓是童話故事中的小精靈？」

「他還叫我找出井坂。」

「那個小說家會躲在桌子裡嗎？」佳代子似乎開始覺得不耐煩了，「不過以那個人的氣度來看，確實小得放得進這個抽屜裡。說正經的，我們現在到底要怎麼找嘛？」

我拚了老命思索著。薛克頓→南極→南邊的置物櫃，這樣的聯想確實頗像一回事，我一時間還開心地以為自己解開謎題了，但從結果來看，顯然猜錯了。思考吧、思考吧——我不斷地告訴自己。

「老公，你是系統工程師，難道沒辦法上網查一查嗎？」佳代子已經放棄尋找，坐在椅子上晃著身子。

「上網？」

「搜尋一下，搞不好能查到薛克頓的下落啊。」

「啊！」我興奮不已，「就是這個！」

「這個？」哪個啊？妻子難得露出了錯愕的表情。

「上網搜尋呀。」

人一旦遇到不懂的事，會先做什麼？

「答案是上網搜尋。」

這是公司前輩五反田正臣的名言。而當人想要找東西時，所做的第一件事，也是上網搜尋。

37

「你在幹什麼？我剛剛只是隨口說上網搜尋搞不好能查出薛克頓在哪裡，你該不會當真了吧？」

我坐到桌前啟動了電腦，妻子佳代子站在我身旁盤著胳膊。窗簾敞開的窗戶外頭籠罩在夜晚的黑暗裡，夜風彷彿不斷從玻璃窗上的彈孔及裂縫灌進室內。整棟大樓太過安靜，反而令我心神不寧，再加上冰冷的空氣，我不禁有種錯覺，夜晚似乎正不斷攻進這個房間，要是不把窗上的彈孔堵住，整個房間遲早會被黑夜完全占據。

我面對著螢幕敲起鍵盤，開啟搜尋頁面，鍵入「薛克頓」，按下搜尋鍵。

「老公，這個人不是有名的探險家嗎？用他的名字搜尋應該會出現一大堆網頁吧？」

一如妻子所言，符合搜尋條件的網頁非常多，看來這人真的很有名，是我孤陋寡聞了。

「何況這個人早就死了吧？我們要上哪裡去找他？啊，墳墓嗎？找出這個探險家的墳墓！」佳代子突然提高了音量，似乎對自己的這個提案非常興奮，「對吧？我們要去挖他的墳墓！」她雀躍不已，一副想要立刻飛奔前往薛克頓埋骨之地的模樣。

我沒理會她，繼續盯著螢幕。

遭到折磨的岡本猛除了叫我尋找薛克頓，還叫我尋找「那個油嘴滑舌的小說家」。所以我在關鍵字欄位中多加了「井坂好太郎」，以「薛克頓　井坂好太郎」來搜尋。「你在做什麼？」佳代子好奇地問道。

即使如此，符合條件的網頁還是不少。我原本以為橫斷南極失敗遇難的探險家薛克頓，與好色的低俗小說家井坂好太郎，兩者應該毫無關聯。但仔細想想，從大方向來思考，這兩人都算「名人」，或許因為這個緣故，符合條件的網頁也不少。

但我並沒有放棄，接著改以「薛克頓　井坂好太郎　岡本猛」來搜尋，因為岡本猛說過「還有，把我找出來」，而「找出這三個人」的意思，應該就是以這三個人的名字在網路上搜尋吧。

「有了。」我彈響手指。符合條件的網頁只有一個，關鍵字愈多，搜尋到的結果愈少。

「這是怎麼回事？」佳代子看向畫面。

「只有以這三個名字來搜尋，才能找到這個網頁。」

網頁為白底黑字，極為樸素且冷淡，標題寫著「留言板」。

「咦？這是什麼這是什麼？」佳代子的身子不斷朝我擠來，不知不覺她已端坐在椅子上，而我則被擠到了地板上。她大剌剌地看著螢幕，敲起了鍵盤。這已經不是什麼新鮮事了，每次只要有什麼好處，就會被她從旁奪走，或許這就是我的宿命吧，我已經習慣了，所以也沒特別生氣。

「這就是岡本猛暗示我找出來的網站，只有以特定條件搜尋才找得到。」我說完這句話突然想到，這不就和那個只能以「播磨崎中學」及「安藤商會」等字眼才能搜尋得到的交友網站，有著異曲同工之妙嗎？這也算是某種意義的還擊吧。但問題是，岡本猛怎麼製作得出這種只有以特定關鍵字才搜尋得到的網頁？他對電腦或程式應該不甚了解才是。

「看，這是相約聚會的留言，這真的是個留言板呢。」佳代子以指尖輕敲著螢幕。

我仔細一看，板上有三則簡短的留言，第一則寫著某個日期，後面接了一句「集合地點為鐵道連結部博物館前，下午六點」，然後是一串手機號碼，應該是留言者的聯絡方式吧。後面兩篇留言則是第一篇留言的回覆，大意都是「知道了」，留言者並各自留下了手機號碼。

「這三個人約好了要見面呢。」佳代子興奮地頻頻點頭，彷彿偷聽到了別人要約會的消息。

此時已過午夜十二點，以今天的日期來反推留言中的聚會日期，是前天，也就是我在岩手的木屋村度過一夜的那天。我想起當時岡本猛曾撥了電話給我，隔天那部折磨影片便寄到了我家。這麼說來，那場聚會一定發生了什麼狀況。

「啊，這個留言者isaka應該就是你那個油腔滑調的朋友吧？」佳代子指著第三則留言上的化名。的確，「isaka」是「井坂」的羅馬拼音，後面的電話號碼也似曾相識。

「井坂也是參與聚會的人之一？」我想起了從剛剛就一直聯絡不上的井坂好太郎。

「最上面的留言者okamoto，就是那個小哥吧？我對這個手機號碼有印象。」

我想應該沒錯。寫下第一則留言，決定聚會時間地點的人一定就是岡本猛，「okamoto」正是「岡本」的羅馬拼音，而他約了井坂好太郎要見面。

「那麼，這第二則留言是誰寫的？」佳代子問我，彷彿我一定知道答案似的。我一看上頭的留言者化名，只有一個數字「5」。「這個5是誰啊？」佳代子問道。

「應該是暱稱吧，只要是這個留言板的使用者就看得懂。」

「但是我看不懂。」

「這個世界上多得是妳看不懂的東西。」

佳代子一臉不悅，哼了一聲，「那打這個電話號碼不就知道這傢伙是誰了？」

「也對。」確實如此。

接著我和佳代子默默地對看了好一會兒，一片沉默之中，只有眼神的交會。「快打呀？」她催促道。

「咦？不是妳要打嗎？」我小心翼翼地應道。

「為什麼是我打？」

「那為什麼是我打？」但此時我已有所覺悟，這通電話注定是我要打的了，於是我拿出手機，輸入畫面上的數字，按下通話鍵，將手機放到耳邊。我已經習慣這種事了，所以也沒特別生氣。

對方接了電話。我一聽到聲音，馬上明白了這個人是誰，但由於太過唐突，我一時張口結舌說不出話來。

我先深呼吸一口氣，才以欲哭無淚的聲音說道：「拜託你別再害我了。」我想，財產盡失的連帶保證人找到負債潛逃的債務人時，大概就會以這種沒出息的聲音說話吧。「五反田前輩，你現在人在哪裡？」

「渡邊嗎？好久不見了，你好嗎？」五反田正臣笑著回道。

這位經常遲到早退、一天到晚說上司壞話的公司前輩的身影霎時浮現在我腦海。

「一點也不好。自從接手你丟下的工作，我就被捲入一堆奇怪的事情裡。你換手機號碼了？」

「我不是說過了嗎？『視而不見也是一種勇氣。』」

「我視而不見還是被捲進來了。」

「為什麼？」

「你問我，我問誰？」我邊說心裡邊想，自己到底是什麼時候開始身處這場騷動之中？我想不出答案。是從我接手五反田正臣所負責的「歌許公司網站」一案，並解開了程式中的暗號之後嗎？不，不對。是櫻井由加利。在更早之前，櫻井由加利便開始接近我，發展出婚外情關係，而禍端恐怕早在那時便已種下。

「那你打電話給我做什麼？」

「我看到留言板了。」

「喔喔，虧你能發現。是上網搜尋找到的嗎？」五反田正臣似乎挺開心。

「人一旦遇到不懂的事，就會上網搜尋。」我將五反田正臣在公司新人訓練時說過的話原封不動搬了出來，「不過，你是怎麼跟岡本猛有往來的？」

「我跟他沒有往來。應該說，正準備要有所往來。」

五反田正臣似乎在戶外，電話傳來汽車駛過的聲響。

「那個叫岡本的傢伙，還有一個不知叫什麼的作家，兩人找上我說想見一面，所以我和他們約了前天碰面。」

「在鐵道連結部博物館？」

「你怎麼知道？啊，對了，你看過留言板。沒錯，我們約在那裡。」

「你見到他們了？」

「我只見到那個岡本。我們一起等那個作家的時候，岡本接了通電話，就突然說他有急事，先離開了。」

我心想，那通電話搞不好就是折磨岡本猛的那些男人打來的。

「剩下我一個人之後，我猶豫了一會兒，後來也離開了。渡邊，你認識那個岡本嗎？他說他是你的朋友。」

「也不算朋友啦。」直到現在，我還是搞不清楚自己與岡本猛到底是什麼樣的關係，「不過我們的確滿熟的。五反田前輩，你們見面的目的是什麼？還有，你這段期間到底跑哪裡去了？」

坐在我身旁椅子上的佳代子一副百無聊賴的模樣，她突然打開桌子抽屜，取出便條紙與簽字筆，在紙上寫了一些字之後，將紙條遞到我眼前。

上頭寫著：「五反田是你的偷腥對象？」

我奮力搖頭否認，趕緊將手機湊向她的耳邊。她一聽手機傳出的是男人的聲音，又恢復了百無聊賴的表情。我實在很想指責她「這種時候妳滿腦子還是只有防我偷腥啊」，但我沒說出口，說了對我沒有任何好處。

「對了，渡邊，你打來正好。」五反田正臣說道。

「打來正好？」

這句話讓我有不好的預感。以前也發生過類似的事情，五反田正臣要去向客戶賠罪，剛好遇到我，他也是說了一句「你來得正好」，之後便拉著我和他一起去道歉。就像這樣，這個人總是想到什麼做什麼，而周圍的人往往成了受害者。

「我明天想去一個地方。本來打算見了岡本他們之後，如果覺得他們可以信任，就拉他們一道去，不過你能陪我去的話是最好不過了。」

「去哪裡？」

「機場。東京國際機場。」五反田正臣得意洋洋地說：「我們要在那裡堵永嶋丈。」

「永嶋丈？那個政治人物？」

「是啊，他正在西亞進行非正式訪問，預計明天上午回日本。」

「你和他有交情？」

「別傻了，要是有交情，就約在小酒店碰面了。就是因為沒交情，才要去機場堵他。」

我腦袋裡想詢問五反田正臣的問題堆積如山，一時之間卻不知該從哪個問題問起。我費了好大工夫為這些問題排優先順序，但不知怎的，我問出的第一個問題卻是重要性最低的：「為什麼我也得去？」

「因為有你在，能幫我很大的忙。」

「那你為什麼不一開始就找我，反而是找岡本猛他們？」

「因為不想給你添麻煩。」

「既然如此，」我忍不住再問了一次，「現在為什麼又找上我了？」

「因為跟你通了這通電話，我愈講愈覺得給你添些麻煩也無所謂吧。」五反田正臣說得開門見山，沒有

絲毫遲疑也不帶任何心機，接著擅自決定了集合時間地點，「那明天早上八點，我在東京車站機場直達車的月臺等你。」

「為什麼我也得去？」我忍不住大聲喊道。一旁的妻子雖然沒聽到完整對話內容，她也在一旁嘀咕道：「如果你要去，我也一起去。」

「老實告訴你好了，我的眼睛看不見。雖然說現在科技很進步，憑藉著一些輔助工具，行動還不成問題，但如果只有我一個人，很難在機場堵到永嶋丈，機會太渺茫了，所以我希望你能陪我一起去。」五反田正臣說道。

「眼睛看不見？什麼意思？」我反射性地想到了視力衰退，這算是系統工程師的職業病，但聽他的口氣，似乎不是單純的視力出問題。

「總而言之，你願意陪我一起去嗎？」

我猶豫著，不知該如何是好。「這麼臨時要我陪你走一趟，我很難回答耶，為什麼你總是毫無預警地丟難題給我？」

「喂，渡邊，你生氣了？」五反田正臣語氣開朗地說道。我無法理解他為何能夠這麼悠哉，難道他不知道丟下工作突然搞失蹤會給旁人帶來多大麻煩嗎？「別生氣啦，偶爾讓我任性一下有什麼關係。畢竟是人嘛。」

「我知道了。」我說完這句便切斷了通話。

安靜的室內，只聽見電腦運轉的輕微聲響。我把剛剛的對話內容告訴佳代子，不出我所料，她毫不驚訝，只是淡淡地說：「明天早上八點嗎？真早呢。看來我們得努力一下，早點兒起床了。」我見她一副期待著隔天去遠足的模樣，不禁跟著傻傻地點頭應了一聲：「好。」

接著我撥了電話給井坂好太郎。聯絡不上他讓我很不安，雖然就禮貌上來說，現在早過了適合打電話的時間，但我心想反正是打給這傢伙，何況我實在很擔心他是否出了事。

以結果來看，井坂好太郎確實出了事。

「喂，這是井坂老師的手機喲。」電話打通了，傳來陌生女人的聲音。我聽對方似乎是喝醉了酒，心想這大概又是哪個被井坂好太郎勾搭上的女人吧。「呃，不好意思，能不能請井坂接電話？」對方回答：「可是他現在躺在醫院病床上，沒辦法接電話呢。」

「咦？」

「他剛剛被我捅了一刀，雖然還有意識，但已經奄奄一息了。是不是有首歌這麼唱的？『啊啊，好有意思的奄奄一息……』(*1)」

38

眼前躺在醫療艙內的井坂好太郎，確實已是奄奄一息。

包覆著他的醫療艙是前幾年才在全國各醫療機構進入試用階段的高科技產物，據說傷患待在裡頭可提升治癒能力並抑制傷勢惡化，也不知道裡頭是氧氣特別多還是會噴出特殊藥劑，或許兩者皆是。聽說有些病人會躺在醫療艙裡直接接受手術，我想像過那幅畫面，大概就和拿工具伸入酒瓶裡將帆船模型組合起來一樣吧。我一直以為這類玩意兒和我毫無交集，沒想到現在它就在我眼前。

這間病房號稱單人房，但不過是一個擺著醫療艙及椅子的狹長房間。醫療進步帶來了空間的精簡，讓醫院同時容納的住院病患人數變多了，但每個病患看上去就像是蜂窩裡的幼蟲或蛹。

仰躺在醫療艙裡的井坂好太郎全身上下只穿著病人專用的貼身內衣，臉部附近的艙壁是透明的，從艙外可以看見他的臉。

「這裡頭連翻個身都沒辦法。」

我坐在一旁的椅子上，聽見井坂好太郎微弱的聲音從醫療艙的擴音器傳出來。

「發生什麼事了？」醫療艙內似乎也聽得見外頭的說話聲。

我在深夜兩點多趕到醫院，恰巧在走廊上遇到井坂好太郎的主治醫生。「他現在在醫療艙裡睡著了，但他的傷口深及內臟，出血又多，恐怕撐不了太久。」主治醫生語帶惋惜地對我這麼說。

「有沒有顯示？」井坂好太郎問道。他並沒有看著我，而是看著天花板，我不知道是因為在裡頭無法改變姿勢還是他不好意思看向我。但即使他是不好意思看我，我也不明白理由何在。

「什麼顯示？」

「像是這個人只能再活三十分鐘之類的數位顯示啊。這麼高科技的機器，就算裝有倒數計時的顯示器也不稀奇吧？」

我還真的仔細觀察了醫療艙周圍好一會兒，然後回道：「沒有啊。」

「拜託，就算有也別告訴我，太可怕了。」井坂好太郎露出參差不齊的牙齒笑了，「好慘，被女人從背後刺了一刀，真是嚇死我了。」

「一定是因為上網搜尋的關係。」我旋即應道。在來醫院的路上，我一直在想這件事，「我的公司後輩被抹黑成猥褻犯，我的上司自殺，岡本猛遭到折磨，大家都各自受到了最具效果的攻擊。而你很花心，就是這個弱點被敵人抓住了。」

「沒那回事。」井坂好太郎將我認真思考得出的答案付之一笑，「和那沒關係。」

「不，一定是因為這個原因。」

「聽著，我明白你的想法，也很清楚事情的狀況。關於播磨崎中學案件，我知道得比你詳細，再加上我的理解力和推理能力也比你強，所以你知道的事情我都知道，但是今天這件事真的和那毫無關係。那女人知道我結婚了，一氣之下捅了我一刀，是我自己搞出的事情，跟上網搜尋什麼的完全無關。」

真的是這樣嗎？

「真的是這樣。」醫療艙內的井坂好太郎說得斬釘截鐵，我只好信了。

「對了，你老婆和小孩沒來嗎？」

「我沒聯絡他們。老實說，我也沒想到你會來，我本來打算在這裡一個人孤獨地死去呢。」此時的他依然看著天花板。他的面容從學生時代到現在沒有太大改變，我常為此感慨沒吃過苦的人果然相貌難有威嚴。然而此時我仔細觀察，發現他臉上多了些斑點及皺紋，處處透露著他的年紀。

＊1 此處的歌詞出自日本童謠《昆蟲的聲音》（虫のこえ），歌詞原文是「啊啊，好有意思的蟲鳴」（ああ、面白い、虫のこえ），被誤記成了「啊啊，好有意思的奄奄一息」（ああ、面白い、虫の息）。

I ♥ 錢

「我打電話給你，那個女人接了電話，說她刺了你一刀，還說你被送到這家醫院，我就急著趕來了。」

「可是啊，渡邊，你三更半夜跑出來，你老婆不會以為你是出來會情人嗎？」

「她也一起來了。」井坂好太郎聽我這麼說，終於微微轉動眼球，朝我的方向望來。

「她在外面等著。」佳代子雖然跟著我來到了醫院，但她說什麼也不肯進井坂好太郎的病房。「因為那傢伙油腔滑調嗎？」我問她。「這也是原因之一，反正我就是不想進去。」她含糊回答，接著她丟下一句「我去深夜的醫院裡探探險」，便不知跑哪裡去了，我連「深夜的醫院不能拿來探險」這句話都來不及對她說。

「盛岡那邊如何？」井坂好太郎的視線又移回天花板，或許這個姿勢對他來說是最不費力的吧。

「我去了啊。」

「這我當然知道，我還知道你回來了，否則現在不會出現在我眼前。我問的是調查結果如何？有沒有查到什麼？為什麼這麼快就回來了？」

我心想，總不好和他說我是照著占卜的指示才回來的，於是我說：「安藤潤也已經死了。」

井坂好太郎頓時啞口無言，好一會兒之後才說道：「原來如此。以年齡來看確實有可能，但我總覺得他還活著，不知道為什麼，就是有那種感覺。原來他已經死了啊？」

「死了。」

「現在輪到我死了。」

我乾笑了兩聲。

「有一天也會輪到你的，你有覺悟嗎？」

「我有覺悟了。」

我在心裡問自己——我真的有所覺悟了嗎？我想起在盛岡與愛原綺羅莉分離之際，她所說的那句「或許你對這一點還沒有切身感受吧，人只有活著的時候才能見到面呀。」此時我與井坂好太郎之間雖然隔著醫療艙，好歹我們見到面了。這就是她所說的趁在活著的時候見到面嗎？突然，井坂好太郎皺起眉頭，我仔細一看，他臉色蒼白，嘴唇發紫，身體微顫，我急忙在醫療艙周圍摸索，想找找有沒有類似緊急呼叫鈴之類的按鈕，但我只找到醫療艙室上頭亮著一顆紅燈。我無法確定這顆紅燈是否從一開始就是亮著的，也說不定這顆燈原本亮著其他顏色，因為偵測到了患者狀態有異才變成紅色。無論如何，這顆不吉利的紅燈都讓我內心七上八下。

「你讀過我的傑作了嗎？」井坂好太郎問我。

「嗯，讀過了。」我的語氣充滿了悲傷，連我自己都很錯愕。或許我的潛意識比我的理性更清楚地意識到，我馬上就要失去一個朋友了。我很不安，似乎只要一個不注意，井坂好太郎的生命就會蒸發得無影無蹤。「不過我不確定那算不算傑作，總之我讀過了。」

我沒有告訴他，我只讀了一半。應該沒必要告訴他這一點吧。

「這次的小說很不像你的風格。」我劈頭就是批評一番，「讀起來不通順，以名詞結尾的句子很多，故事又無趣。這樣的小說能吸引讀者嗎？我實在不相信它能夠讓被出版社封殺的你起死回生。」

「渡邊，」井坂好太郎露出了微笑，「你這麼對待對一個快死的作家，會不會太嚴苛了？」

「你不會死的。」

「我會死的。我現在全身一點力氣都沒有，多虧了這座奇妙的機器，我才能進入延長賽，否則我早就斷氣了。」

聽到他這段不知該說是意志脆弱還是堅定的話語，我找不出話回答他。雖然內心慌得不得了，我還是故作鎮定說：「我已經知道你那部小說想說什麼了。」

「喔？」井坂好太郎顯得很開心，音量也提高了，「說來聽聽吧。」

我覺得自己彷彿正在接受測驗，緊張到有些口乾舌燥。「我只想通了一部分。」我先為自己預留退路，接著說道：「隱藏在那部小說裡的關鍵字之一，就是『封口』。」

井坂好太郎聽了，只應了一句：「原來如此。」沒說我的答案正不正確。

「這一點從小說及電影《烏鴉》的劇情都看得出來。」

「喔？你連那部電影也看了？」

我點點頭，「再來就是，『只要改變觀察角度，就能捏造出各式各樣的真相』。」

「這是你的答案嗎？」

「簡單講，你想說的是：播磨崎中學案件的內情會因觀察角度而改變。如今世人所熟知的案件真相或許只是捏造出來的真相，而知道真正內情的人都被封口了。」我一鼓作氣說道。

「渡邊，我要對你刮目相看了，真有你的。」井坂好太郎說道。我以為他笑了，但仔細一看，只是蒼白的嘴唇在顫動。

或許我應該先關心他的傷勢，但我只是繼續追問：「那所中學裡到底發生了什麼事？」

「那所學校啊……」井坂好太郎的眨眼頻率愈來愈緩慢，偶或張著雙眼動也不動，我好幾次以為他就這麼死去了。「……播磨崎中學，是個專門研究特殊人士的機構。」

「特殊人士？」

「關於那起案件，我所做的第一項調查，就是把當年的學生一個個找出來。雖然幾乎問不出任何情報，四處奔波之後，我終於見到了其中兩、三個人。有趣的是，這些人在小時候都有一些奇特的軼事，譬如能憑空折彎湯匙，或是猜中他人的想法。」

「你是說『超能力』？」

「你要形容得這麼可愛也是可以。」井坂好太郎似乎不大想說出那三個字，他還喃喃自語著：「當一個作家開始拿超能力做文章，大概就是變不出新花樣了。」

「怎麼會有這種學校？」

「你聽好了，剩下的時間不多，我只說重點。」井坂好太郎的聲音突然變得清晰，「我之前不是和你提過關於系統的事嗎？不管是政治或經濟，甚至是人的心情或善惡，其實都是巨大系統的一部分。」

「我記得。」

「這就是答案。沒有什麼人是壞人，太多事情只能以『就是這麼回事』來解釋。」

「電影裡的機器人也說過同樣的話。」

數小時前，我在家裡看的那部《綁命凌晨兩點》當中出現過這句臺詞。此外，我還想起在盛岡時安藤詩織說過的話，於是我對井坂說：「據說安藤潤也也說過類似的話。他說『根本沒有所謂的獨裁者，世上沒有百分之百的壞人』。」

「好想和安藤潤也見上一面啊。」井坂好太郎的臉頰不斷抽搐，不知是由於心情的沮喪，還是因為肉體的疼痛，「所謂的社會，就是不停地建構系統，累積模式，設立規則，進行調整，維持運轉。」

「是嗎？」

「把一切都變成例行公事，做起來就輕鬆多了，所以會演變成這樣也是無可厚非。而對系統而言，最麻煩的東西是什麼，你知道嗎？」

「藝術家？」

「渡邊，你真是語不驚人死不休。」井坂好太郎的臉頰又開始抽搐，彷彿在訴說「別讓我對你感到失望，好嗎？」他接著說：「是『例外』。系統討厭例外，討厭無法模式化的事物，當然也討厭例外的人。」

確實如此。我身為系統工程師，在寫程式時，最麻煩的就是處理例外狀況。

「但是，人是有例外的。」

「套用可愛一點的說法，」我模仿他剛剛的形容，「就是擁有超能力的人？」

「是啊，我是這麼想的。」或許是說話愈來愈困難，他的雙唇劇烈顫動，醫療艙的壁面上沾著他噴出的口水。「例外的人處理起來很麻煩。如果是你，會怎麼做？排除例外？還是將例外吸收到系統中？」

「吸收？」我又想起寫程式時的作法。處理例外狀況時，我們會先將狀況分類，記錄在企畫書裡，再設法讓程式涵蓋這些例外。

「你會讓例外變得不再是例外。只要一發現例外，就詳細分析其本質及特徵，再將例外收納成為系統的一部分，對吧？」

「那就是播磨崎中學嗎!?」我大聲喊道。我的聲音經過病房的牆壁一彈，在整個室內迴蕩，「播磨崎中學就是專門分析那種『特殊能力』的場所？」

「是啊，我是這麼想的。」

「那襲擊播磨崎中學的那群人又是怎麼回事？」我想起間壁敏朗與間壁俊一郎這兩個名字，「你在小說中使用的間壁敏朗這個名字，現實中確有其人，而他的父親是間壁俊一郎。」

「間壁俊一郎正是襲擊播磨崎中學的歹徒之一。」

「什麼？」

「間壁俊一郎和他的同伴拜訪了播磨崎中學，日後被當成襲擊案件的歹徒，不過他的名字沒有公布出來，這件事被巧妙掩蓋了下來。」

「巧妙掩蓋？」

「不過他兒子間壁敏朗的確是播磨崎中學的學生，至少這點是肯定的。」

「我看過網路上的新聞，報導說間壁敏朗是那起案件的受害者。」當時整個班級的學生幾乎全部死亡，他是少數倖存者之一。

「既然你知道這一點，他父親間壁俊一郎拜訪學校的原因就很好猜了吧。」

我緊閉雙唇努力思索。「不行，我還是想不出來。」

如果是平常的井坂好太郎，這時一定會說些「你這個人就是不用大腦」之類的話來調侃我，先好好譏諷

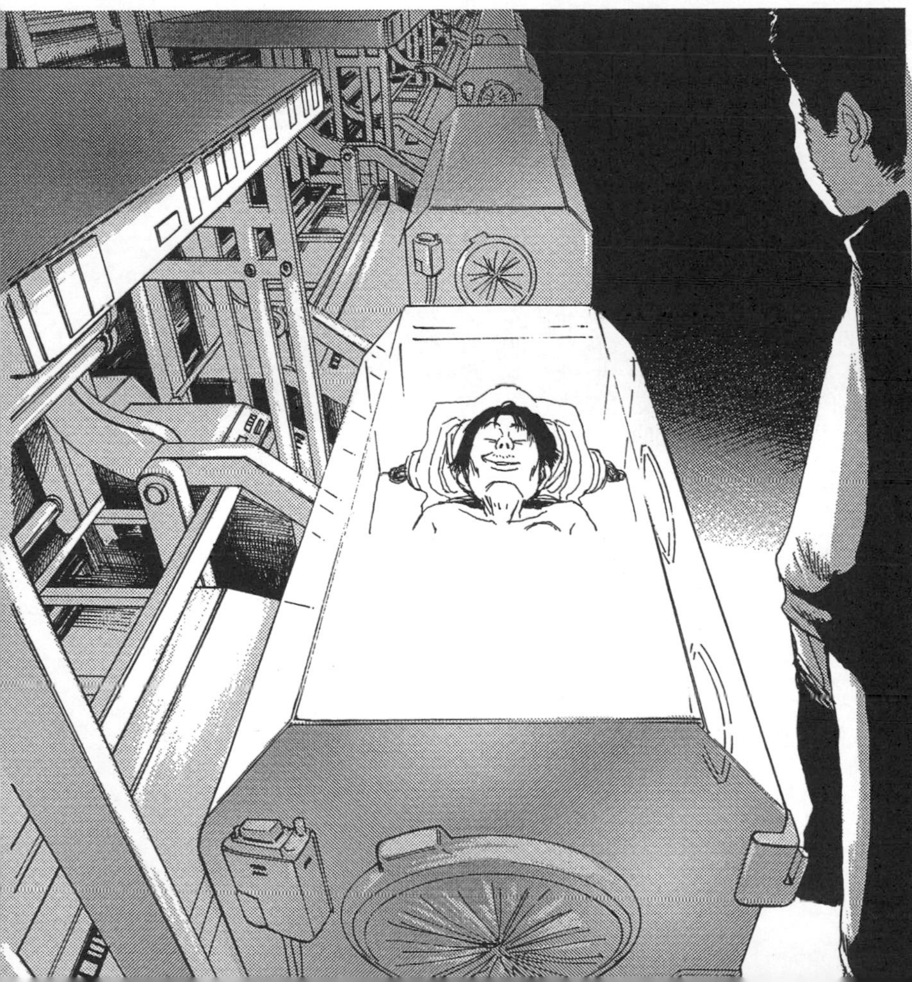

一番再說。但眼前的他似乎沒有力氣賣關子了，聽到他迫不及待地說出了答案，我反而感到無比的寂寞。

「你聽好了，家長會跑去小孩就讀的學校，只會有一個目的，那就是詢問學校的教育方針。」

39

「聽著，把你過去所知道的播磨崎中學案件相關情報全部忘掉，那不是事實。」井坂好太郎仰望著天花板說道。我看見他耳朵裡黏著些耳垢。「對了，說句不相關的話，你不覺得這機器很像一座墳嗎？」他突然說道：「單人墳墓。這裡就是我的長眠之處。」

「我沒看過死人這麼多話的。」我這麼說不是為了激勵他，而是真的很佩服他還能夠說這麼多話，我甚至懷疑他會不會忽然坐起來，笑著對我說：「我怎麼可能死，快叫些女人來。」

「我可是拚了老命，好嗎？」井坂好太郎說道。從他的嘴角，我看得出他正使盡吃奶的力氣，咬緊牙根擠出每一個字。

「會痛嗎？」

「不會痛。」他立即回答，「因為不會痛，所以更可怕。我現在全身無力，這種虛脫感比剛跟女人做完愛還嚴重。要是我一放鬆力氣，恐怕就會失去意識了。」

「不要緊嗎？」

「怎麼可能不要緊。」他臉色蒼白，的確是不可能不要緊。

我整個人坐立不安，時而站起、時而坐下，行動毫無邏輯。但我的焦急並非出於是否該叫醫生來，而是迷惘於我的朋友馬上就要離開人間這個事實。我甚至忍不住脫口問道：「井坂，你不會真要死了吧？」

井坂好太郎的嘴唇顫抖著，我本來還以為他發冷，仔細一看，原來他正奮力地試圖哈哈大笑。

「我當然會死，這一點我很清楚。不過，我還是很害怕。等一下一睡著，就再也不會醒來了。電影或漫畫裡，有人在雪山遇難時，不是常出現這句臺詞嗎？『別睡！睡著會死的！』現在的我就跟那個情節一樣，只要一睡著就完蛋了。我再也沒辦法體會到『啊啊，好睏，好想睡回籠覺』的心情了，真令人難過。不過，該告訴你的話還是得先交代完。」井坂好太郎加快了說話速度，「回到剛剛的話題。間壁俊一郎拜訪了兒子就讀的中學。當然，他不是一個人前往。他們一行人共有九人，六男三女。」

「這麼具體的數字，你是怎麼得知的？」

「根據新聞報導，歹徒共有九人，這部分應該是事實吧，畢竟必須與屍體的數目一致才行。」

我忍不住重複念了一次「屍體的數目」這個可怕的字眼。「間壁俊一郎他們前往學校拜訪的目的，真的只是為了詢問教育方針嗎？」我問道。

「是啊，雖然我不知道他們是抱持什麼樣的心態跟決心，但我相信他們絕對沒打算殺死學生。」

「但是，前往小孩就讀的學校，為什麼身上要帶步槍和小型炸彈？」

「他們當然沒帶啊。」井坂好太郎一句話便否定了我的疑問，「這部分就已經與事實不符了。你呀，太容易被假情報牽著鼻子走了。」

「沒有槍械，那為什麼會發生那樣的案件？」

「現在你所說的『那樣的案件』，指的是『歹徒突然開槍將整個班級的學生殺死』吧？拜託你忘了這一切。播磨崎中學所發生的完全是另一回事，只有結果一樣是整個班級的學生都死了。」

「另一回事是什麼？」

井坂好太郎突然冷冷地說道：「你別什麼事都問我，人生又不是遠足，最後終究得一個人走。」但他接著語調一變，「不過呢，畢竟這是我最後一次和你說話，我就好心回答你吧。但我事先聲明，這只是我的想像。」

「你的工作本來就是想像。」

「是啊，我是個暢銷作家，想像可是我的拿手絕活。」

「只可惜作品低俗了點。」我一面說著，察覺自己的眼角已微微溼潤。我有些慌了，不明白自己為何流淚。

「我剛剛說過了，播磨崎中學是一所很特殊的學校，那裡專門針對擁有特殊能力的年輕人進行研究。」

「我還是不太相信。」但我想起在盛岡認識的愛原綺羅莉與安藤詩織，她們在談及超能力一事時，語氣非

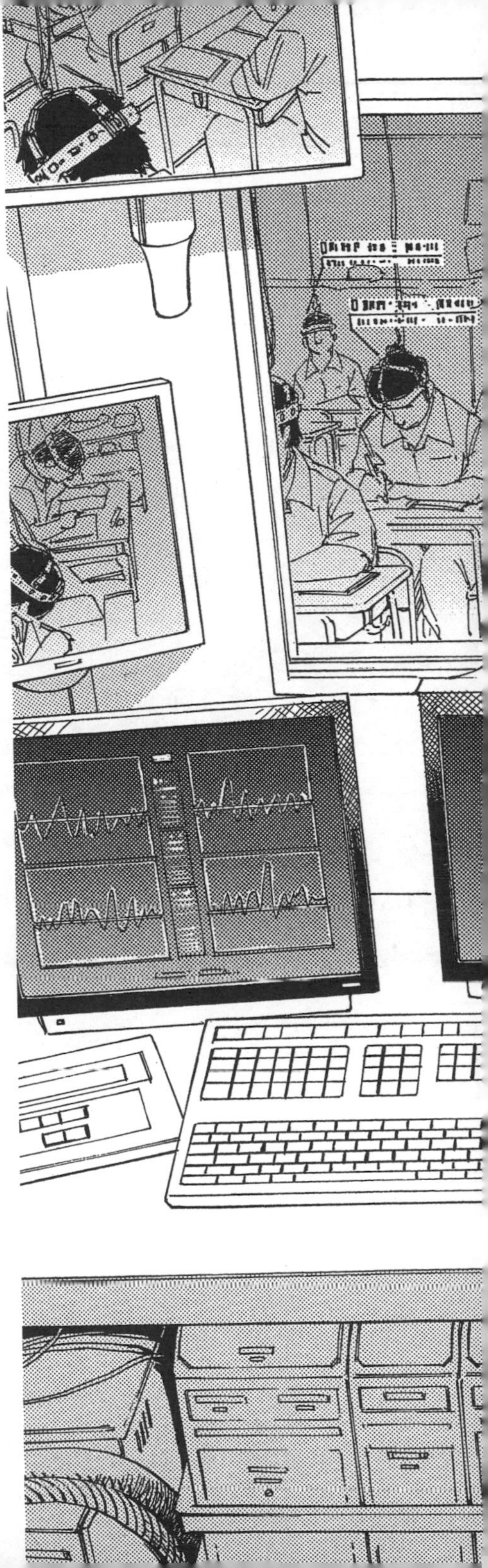

常自然。

「有人說，超能力是沉睡在人體深處的力量，經過強硬手段便能誘發。好比遭遇危險或陷入九死一生的危機時，超能力便會在一瞬間覺醒。」

「又是《幻魔大戰》理論啊。」我想起了加藤課長的話。

「幻魔大戰？那是什麼？總之以科學的角度來看，大概跟腎上腺素的大量釋放、自我催眠或集團心理學什麼的有關吧。可想而知，那所研究超能力的學校很可能透過各種可怕的手法來對待學生，例如將學生綁起來，讓學生逼近極限狀態。你不覺得嗎？」

「怎麼可能有這種學校？」我心裡不禁想說，你怎麼會相信這麼荒誕無稽的事情？「那和可怕的宗教團體有什麼兩樣？」

「他們和宗教團體的差別只在於沒有特別的教義、沒有捐獻、沒有教祖，什麼都沒有。好了，你想想看，假如此時父親或母親來到學校，目睹兒女的悽慘模樣，內心做何感想？難道會客套地說『真是嚴師出高徒呀』或是『沒錯，教育就是要恩威並施』之類的，感謝完校方之後就乖乖回家嗎？家長的反應應該沒那麼簡單。」

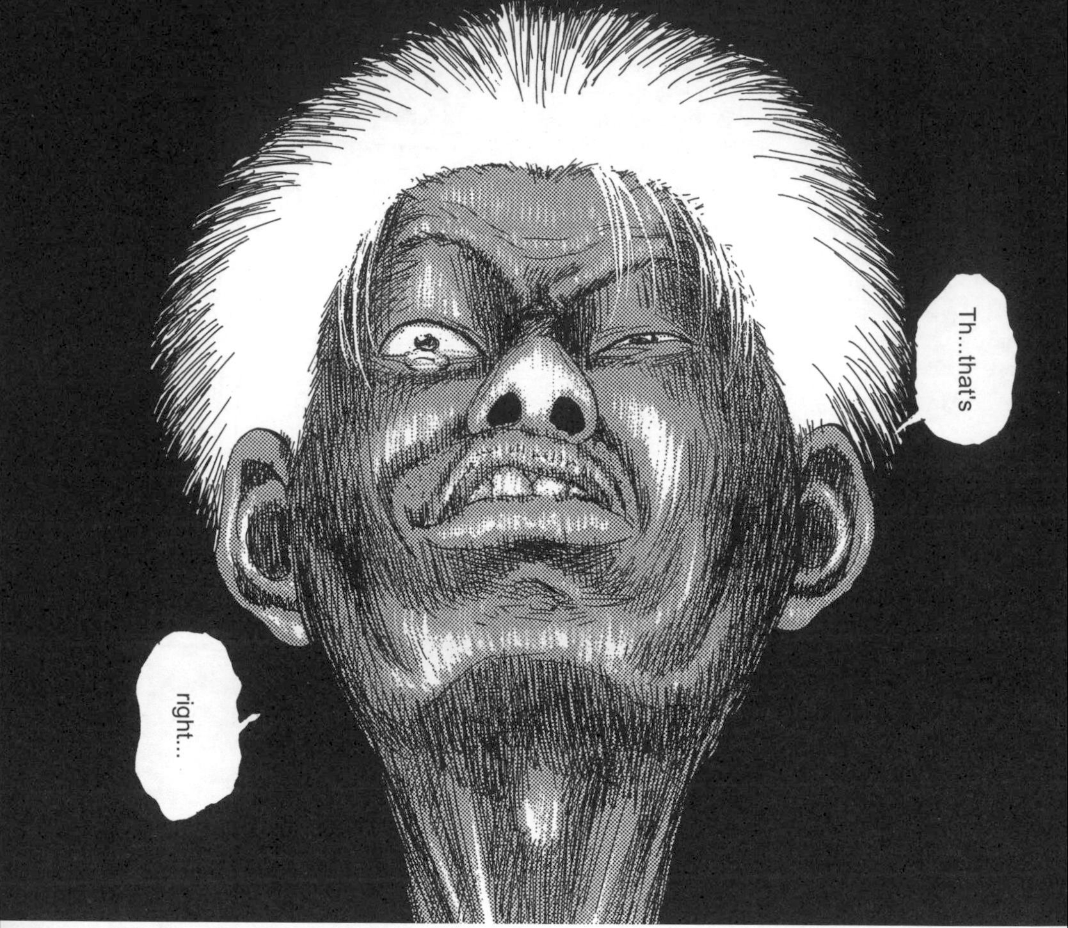

「大概會暴跳如雷吧。」雖然我沒有小孩，無法有深刻體會，但不難想像為人父母的，此時一定會失去冷靜大聲抗議。

「是啊，父母絕對不會保持沉默的。我想大概就是因為這樣，爆發了某種激烈衝突，過程中出了人命，間壁俊一郎和整班的學生都死了。」

「什麼樣的激烈衝突？」

「抱歉啊。」井坂好太郎突然嘆了口氣。和他當朋友這麼久，無論是認真說出口還是開玩笑的，我幾乎沒聽他說過道歉的言詞。我不禁愣住，問道：「為什麼要道歉？」

「看來我真的大限已到，時間所剩不多，細節部分我就不提了。總之發生了一些事，死了一些人。接下來的發展，就是你剛剛提過的那一點。」

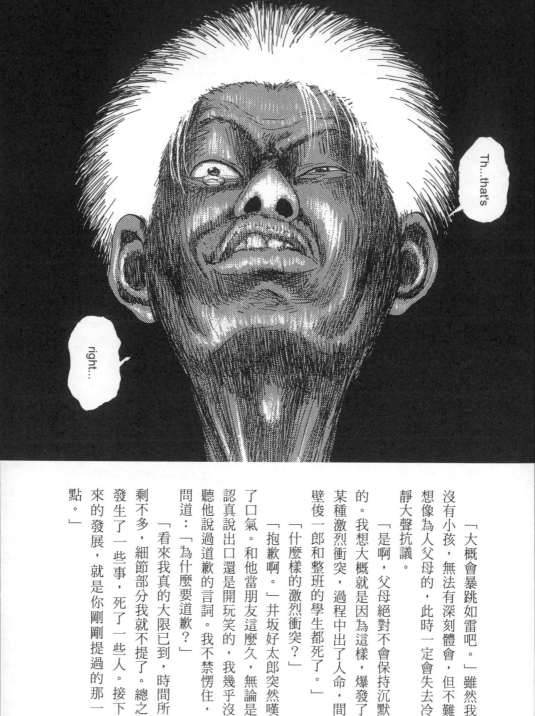

「封口？」

「That's right.」

井坂好太郎的呼吸愈來愈急促，誇張的喘息彷彿想博取我的同情，也像在演一齣喜劇。

「井坂。」我連忙湊近醫療艙，將掌心貼在透明艙壁上，這是我第一次有了想觸摸他臉龐的念頭，「喂，井坂。」

醫療艙內傳來微弱的呻吟。我想起了十多年前的一則新聞。有個學者自願當白老鼠挑戰冷凍睡眠，最後失敗被送醫急救。此刻我突然有個很孩子氣的想法，我好想把醫療艙裡的井坂好太郎就這麼冷凍保存起來。

井坂好太郎的雙眼似乎隨時會闔上。我敲打艙壁，喊道：「喂，井坂，別睡！」

他半闔的雙眼再次張開，但嘴唇已全無血色。

「你的新作呢？你那部以播磨崎中學案件為概念寫出來的小說，會出版嗎？」

「我可能跟你說過了。」井坂好太郎的話聲斷斷續續，我從沒聽過他以這種語氣說話，「那部《再見草莓田》花了我許多心血。」

「播磨崎中學案件的答案，就在那裡頭？」

「算是吧。直接寫出答案太危險了，我只寫了一些提示。」他說完又閉上了眼睛。我害怕他會從此不再動彈，只好繼續敲打艙壁。

「我啊，」井坂好太郎再度開口說話，「之前一直以為小說能夠改變世界。」他的說話速度又更急促了，似乎正在擠出最後的力氣，一如即將熄滅的燭火，「我一直期待我所寫出來的東西能為人們帶來深遠的影響。」

雖然我早聽膩了他的豪語、吹牛皮及天方夜譚，但我還是很驚訝他竟然想以小說改變世界，這想法實在太過幼稚，我甚至笑不出來。

「你的小說的確很暢銷，不是嗎？」

「那是因為內容通俗，讀起來沒有壓力，任何人都讀得懂。但是，其實我只能寫出那樣的小說。我不是故意要那樣寫的，而是以我的能力，我只會那樣寫。告訴你，我寫愈多小說，便愈確定一件事。」

「什麼事？」

「我的小說無法改變世界。」

我一時之間不知該如何回答。笑著罵道「你的小說怎麼可能改變世界」似乎也不甚恰當，最後我只能勉強擠出一句：「是喔。」

而我同時有種奇妙的感覺，井坂好太郎這也講太久的話了吧？我不禁懷疑他雖然口口聲聲說自己快死了、要死了，其實他可以一直這麼說下去。當然，也或許只是醫療艙的療效讓他苟延殘喘到現在。

「世界本來就不可能被某一個人改變啊。」我說。

「改變世界只是一種比喻，我的意思是，我希望我的小說能夠激勵一大群人採取某種積極行動。」井坂好太郎說到這，又嘆了口氣，「不過呢，其實我早就心知肚明。」

「什麼事？」

「聽好了，小說是無法推動一大群人做出什麼事的。小說不像音樂，可以讓齊聚一堂的人陷入熱血沸騰的狀態，進而做出某種共同行動。小說的效果和音樂完全不同，小說啊，只能滲透到每個人的體內。」

「滲透到體內？從哪裡？」

「從讀了小說的人身上的某個角落吧，慢慢地滲透進去。小說沒辦法挑起人的行動欲望，只會滲透進體內，然後融解。」

我不知該說什麼，只能沉默。

「所以，這次的新作品，我改變了作法。」

「但是，」我猶豫了一下，決定老實說出內心的想法，「那部小說太難懂了。你在小說裡故意拿一些專有名詞或電影名稱來暗示讀者，期待讀者上網搜尋，推敲出隱藏在背後的意義。這樣的作法太一廂情願了，讀者根本不會察覺裡頭的玄機，沒人看得懂你想表達什麼，那樣做根本行不通。」所以你應該走出這個機器，治好你的傷，若有必要就輸點血，然後把你的小說重寫一遍！

然而井坂好太郎卻以鏗鏘有力的口吻說了這麼一句話：

「但是，你看懂了。」

「咦？」

「渡邊，你看懂了。」

我愕然無語。

「這樣就夠了。」

這一瞬間，我彷彿看見有什麼東西咻地從他體內蒸發了出來，雖然他的臉色一樣蒼白，卻少了一股污濁的邪氣，似乎以「健康」來形容也不為過。

「我寫到一半，就知道讀者應該不會懂了，不過，對啊，事實上過去也沒有讀者懂過。」他的話語逐漸變得零碎而鬆散，「所以，我改變了想法，只要一個人懂就好。我的小說無法改變世界，但或許，能夠讓某處的某個人看懂，就夠了。」

我一時說不出話來，只好先嚥了口口水，試圖調勻呼吸，我從沒想過張口說話會變成如此沉重的一件事。

「……那個人，就是我？」

「是不是很感動？」此時他似乎稍微恢復了一點意識。

我不知該說什麼。這種心情並不是感動，反倒像是壓力，我背上彷彿壓著一塊看不見的重石。

「渡邊，只要你懂，那就夠了。」

「等等，如果是這樣，」我執拗地追問：「你為什麼不直接跟我說就好？找間酒館或咖啡店，直接把播磨崎中學案件的真相告訴我不是更省事嗎？」

「你別搞錯，」井坂好太郎的呼吸帶著抽搐，宛如宣告著生命即將終結，「我不是學者或記者，是個小說家。而且，我相信察覺真相的人並非只有我一個，大家只是為了自保，才選擇保持沉默。不過，寫成小說的話，就有可能讓它暗藏真相。」

此時他突然話鋒一轉，「渡邊，你讀過俄羅斯文學嗎？」我還來不及回答，他已經搶著說道：「應該沒讀過吧。有一部小說叫做《大師與瑪格麗特》(*1)，故事裡有個作家，由於自己的作品遭到嚴厲批判及錯誤解讀，一氣之下便將原稿燒了。從前的原稿都是寫在紙上的，所以一燒就沒了。」

「你能體會他的感受？」

「我多少能體會他的感受，但這不是我要講的重點。故事中後來又發生了一些事，這個作家遇到了惡魔，作家對惡魔說，他的作品已經不存在了，此時惡魔

---

*1 《大師與瑪格麗特》（*The Master and Margarita*）是俄羅斯小說家布爾加科夫（Mikhail Bulgakov, 1891-1940）所執筆的長篇小說，在他生前因受舊蘇聯政府的打壓而無法出版，直到他死後二十六年的一九六六年才得以付梓。

回答了一句話。」

「他說了什麼?」

「『作品是燒不掉的。』」

躺在醫療艙內的井坂好太郎露出我前所未見的爽朗笑容，眼中似乎還泛著淚光。

「你不認為這句話很振奮人心嗎?布爾加科夫在史達林的獨裁時代裡寫了這本小說，卻沒辦法出版，我相信他是藉由這句話來抒發自己的心情。就算被禁止出版或是遭受批判，甚至就算作者本人也死了，作品是燒不掉的。」

「作品是燒不掉的。」我重複了一遍。

「沒錯。」他頓了一下，「這意思可不是指，最近的作品大多是電子檔，所以燒不掉喲。」他的聲音不停顫動，或許正在笑吧。

我看他的狀況，明白不叫醫生不行了，於是我探頭往醫療艙的裡側望去，想找找看有沒有呼叫按鈕或開關，卻只看到一顆小小的主電源按鈕，以及一紅一綠的兩條電線。我突然有種正在拆炸彈的錯覺，到底該剪紅線，還是綠線?

「你……」從擴音器傳出的井坂好太郎聲音非常微弱，幾乎淹沒在斷斷續續的喘息聲中。我將耳朵湊了上去。

「你擁有某種力量。」

「咦?」

「我調查過了，安藤潤也的親戚多半擁有奇特的能力。」井坂好太郎的話語又流暢了些。

「咦?」

「系統害怕例外、討厭例外，卻沒辦法將安藤潤也吸收到系統內。安藤潤也的哥哥死得不明不白，雙親也是死於意外事故。」

安藤潤也的哥哥是怎麼死的，我在盛岡時聽安藤詩織提過。包括安藤大哥擁有特殊能力一事，我也聽說了。不，嚴格說來並不是聽說，而是看過手塚聰的漫畫而得知的。

「渡邊，你的雙親也是死於火災。」

「啊……」

「啊什麼啊，別告訴我你連自己雙親的事都忘了。換句話說，你也是命在旦夕。」

我心想，若要論命在旦夕，我還比不上你。

「總之，你擁有特殊的超能力。」

「什麼叫『特殊的超能力』？你這語意重複了吧？就好像我們不會說『身為員警的警察』或是『從馬上落馬』一樣。你身為作家，用字遣詞竟然這麼不精簡。」我內心愈焦急，說出口的話愈是無關緊要。只不過，我的確想起了小時候的事。母親常對父親說「我要回老家」，我一直以為她的意思是「我要跟你分居」，但如今回想起來，或許母親是因為察覺到了危險才會說要回老家。

安藤是外婆的舊姓，換句話說，母親身上搞不好也帶著安藤一族的特殊能力。她想回老家，很可能是不想把父親和我捲入危險之中。

為什麼有人要加害超能力者？

因為系統討厭例外？因為我母親也是例外的人？

「井坂，我到底擁有什麼樣的特殊能力？」

他沒回答。一會兒之後，他張開眼，顫抖著下顎，以微弱的聲音說道：「我有個最後的請求。」

40

「我有個最後的請求。我的提包底部有夾層，裡頭有張紙，是我預防萬一而事先寫好的遺書。等我死了，我希望你能看一下。」

井坂好太郎彷彿凝聚全身最後殘存的力氣，說出這句話之後，便睜著眼沒再動彈。我一愣，喊了一聲：「喂。」

不知道是不是我的錯覺，井坂好太郎的醫療艙內似乎比剛剛陰暗了些。

「喂。」

我拍打著透明艙壁，但井坂好太郎的眼睛眨也不眨。

「我這次的新作品很讚哦。」

我看見井坂好太郎露出鄙俗的笑容，但不是在眼前，而是在我腦海裡。他每次一完成新書，都會興奮且得意洋洋地對我說這種話。

我總是不耐煩地隨口應道：「好啦，知道啦。」之後要是逛到書店去，看到他的書堆滿了平臺，我都會覺得憤憤不平，不懂為何這麼沒內容的小說也會暢銷，我還常常故意拿旁邊別的書蓋住他的書，儘管如此，為了避免當他問我感想時我一句話都答不出來，我還是會掏錢買下他的新作回家看過一遍。每當我上網看到有讀者對他的作品讚賞有加，我都不禁懷疑是不是自己的鑑賞能力太差了。

只要我當著他的面批評他的小說，他就會一臉不悅地說：「你根本不懂小說，以後你不必讀我的作品了。」但是當下一次又有新作出版時，他又會跑來跟我說：「這次的新作品很讚哦，你一定要看。」對於這個麻煩的傢伙，我連生他氣都嫌麻煩。

即使如此，我一直深信他會不斷寫出新作品來。

「你不再出新作品了嗎？」

我對著醫療艙問道。喂，不是真的吧？

但更令我難以置信的是，我竟然在哭。我看見一滴水珠落在艙壁上，內心狐疑這麼先進的醫院怎麼會漏雨，但抬頭朝天花板望去，沒看到任何漏雨處，冷靜一想，才明白這是我的眼淚，從我的眼角溢出，滑過臉頰，自下巴滴落，把醫療艙的壁面弄得又溼又髒。

「就算我的小說很感人，也用不著哭吧？」

井坂好太郎那自鳴得意的表情再次浮現我腦海，但現實中的他卻仰躺在我眼前，睜著雙眼一動也不動，那表情一點也不像進入長眠。他瞪著天花板，嘴巴微張，宛如正忍受著痛苦煎熬，也像是發現了什麼驚人事物。

醫生依然不見蹤影，我甚至開始懷疑這裡根本不是醫院。我再次將手放上艙壁，以更大的力量搖晃。

「喂，起來，井坂。快起來，我們去聯誼。」

井坂的臉隨著晃動稍稍偏向一邊，但也只有臉偏向一邊。

這個男人已經不會動了。

這個男人已經不會思考了。

這個男人已經無法看見我在哭泣，無法得知數小時後或數秒鐘後這個世界所發生的事。

他的世界已經結束了。

此時我內心感受到的衝擊，似乎比我十多歲時得知雙親死於火災的衝擊還大。當然，事實上雙親的死帶給我的打擊一定更大，但正因為打擊太大，反而讓我度過了一段渾渾噩噩的日子，何況學校老師和親朋好友輪番過來家裡安慰我，有許多人協助我展開新生活。

相較之下，如今朋友死在我眼前，卻是完全不同的感受。這件事並不會對我的生活產生巨大影響，我的腦子因此更難理解這是現實中發生的事。

這個男人已經不會說話了。

這個男人已經不會寫小說了。

比起失落感，充塞我胸口的卻是一股奇妙的悲憤，「為什麼？」我好想這麼問每一個人，「為什麼他會死？到底是為什麼？」

此刻我心裡依然抱著一絲幻想，期待井坂好太郎會再度醒來。但我的理性告訴自己，他不會醒了，我再也見不到他了。

毫無預警地，我有種被長矛刺穿了胸膛的感覺。

如果我失去了妻子，又會如何呢？躺在醫療艙內不再呼吸的井坂好太郎，霎時化為妻子佳代子的模樣，腦中浮現這個景象的瞬間，我的胸口因為不安而開了個大洞，一根看不見的長矛直直刺在我胸口，無盡的空虛從長矛中滲出，胸口的洞逐漸擴大，力氣不斷從我體內流失。

我回想起當年決定與佳代子結婚時的情景。為什麼好久不曾想起來了？這突然湧現的回憶畫面有著異常鮮明的輪廓。「嫁給我吧。」就在那家我們常去的濱海餐廳，我將戒指遞給她。

「嗯，好啊。」她爽快地答應了，露出燦爛且天真的笑容，「噯，你知道這世上最痛苦的事是什麼嗎？」她問我這句話時，雙眼閃爍著光輝。

「最痛苦的事？」

「是離別。」她說道。這時的她正以叉子吃著華麗餐盤中的甜點，那是套餐的最後一道餐點，「世上沒有比離別更痛苦的事了。我們結婚以後，絕對不要離開對方哦。」

「妳覺得離別是最痛苦的事？」

「你不這麼認為嗎？因為見不到面，所以無法挽回，這一點最讓人無法承受了。」

後來我才知道，她至少結過兩次婚，而且那兩任前夫一個失蹤、一個死了。我曾問她原因，她若無其事地回答：「因為他們偷腥。」我聽了她的回答，暗自懷疑她的前夫都是因偷腥而遭到她的毒手。如今回想起來，當時她那句「世上最痛苦的事就是離別」，或許是對過去的經歷有感而發吧。

「看。」佳代子將餐盤中的甜點吃得乾乾淨淨，接著露出寂寞的笑容，瞅著我說道。

「看什麼？」

「這也是一種離別。」她依依不捨地說：「美味的食物吃完就沒有了，這也是世上最痛苦的事之一。」

當時的她看起來好美，因此我滿心喜悅地將自己的餐盤與她的餐盤交換，說道：「吃我的吧。」

好令人懷念的回憶。

我不想失去妻子。

這世上最痛苦的事就是離別。

如果連說出這句話的她也消失了，我該何去何從？我再也無法壓抑心中的焦慮與恐懼，於是我站了起來，離開裝著井坂好太郎的醫療艙，奔出了病房。

我好怕繼朋友之後，妻子佳代子也會從我身邊消失。

「佳代子！」我衝出走廊，高聲大喊。

筆直的走廊，天花板亮著微弱的燈光。就在我快步走在走廊上時，一旁的房門突然打開，佳代子衝了出來說道：「咦？老公你怎麼了？」我非但沒有鬆一口氣，反而被她的突然出現嚇了一跳，窩囊地驚呼一聲，差點向後摔倒，她迅速伸手將我扶住。

「你那個油腔滑調的朋友還好嗎？」

「妳跑去哪裡了？這是什麼房間？」

我望向她身後的房門，電子看板上亮著房間號碼。

「我也不知道，裡頭有好幾個住院病患睡在像是膠囊的機器裡，都是我不認識的人。說真的，那個膠囊怎麼看都像是工廠裡才會有的東西，真是太好笑了。」

我根本沒心思責備她為何跑進不認識的病患所住的病房裡，忍不住說了一句：「太好了！」

「什麼太好了？」

「妳平安無事，太好了。」

佳代子迎面看著我，眨了眨眼睛，揚起嘴角笑了，「我當然平安無事呀，你在說什麼啊？」她將頭輕輕斜向一邊說道：「你現在需要擔心的應該是那個自稱小說家的傢伙吧？」

我痛苦地說道：「他已經不需要我擔心了。」

「他復活了？」佳代子說完之後，看著我的臉，很快便明白發生了什麼事。雖然我沒照過鏡子，但我知道我現在一定是雙眼紅腫，臉上殘留著淚水及鼻水的痕跡。「啊，死了啊。」她一派輕鬆地說道：「我去看看他的遺容，走吧。」說著她便踏出步子。

我走在她身旁，不禁問道：「妳不是討厭離別嗎？」我不明白她聽到井坂好太郎的死訊，反應為何這麼冷淡，「還是因為妳跟井坂不熟，所以沒感覺？」
「不是啊，我討厭跟任何人離別。」她的手放上井坂好太郎病房門的把手上，不知望著何處說道：「不過呢，偷腥的男人是死有餘辜，所以我一點也不覺得寂寞，反而覺得心情舒暢。你有這樣的朋友，我反倒認為他死得太晚了點。」她說著點了點頭。
「原來如此。」我恍然大悟。
佳代子蹲在醫療艙旁，隔著透明的艙壁將兩眼圓睜、嘴巴微張的井坂好太郎著實打量了一番。「好有魄力的表情，很不錯。」她的語氣宛如在稱讚雕刻品或漆器。
「嗯。」我不知該說什麼，只能簡單應了聲。
她站起來伸個懶腰，「死前的道別都說完了？」
「嗯。」我又簡短應了一聲之後才說：「說了不少話。」但我一時想不起來剛剛都談了些什麼。井坂好太郎去世所帶來的衝擊，似乎讓我遺忘了所有重要事情。
「是喔。」佳代子顯得意興闌珊。
「佳代子，」我喊了妻子：「人死了會去哪裡呢？」
佳代子轉過頭看著我，臉上並沒有取笑的神情，她只是聳聳肩淡然回答：「我也不清楚，死了就知道了吧。」
「也對。」她說的沒錯。這時我忽然想起一件事，左右張望了一番，看見醫療艙旁有個小小的男用提包，拿起來一看，是皮革製的，看樣子相當高級。我一拿起提包，妻子便開心地說道：「啊，這個就由我們接收了。」
「我不是要接收他的提包。」我拉開提包拉鍊，伸手進去探摸。井坂好太郎臨終時說，他的提包的底部有夾層，裡頭放著遺書。我把事情告訴了妻子，要她稍安勿躁。
「隨身帶著遺書？果然是個怪人。」她說道。
我以指甲在提包底層摳了一會兒，果然掀起一塊布來，下頭露出一個細長的白色信封，看上去很普通。
我望著醫療艙內的井坂好太郎，打開了信封。我迫不及待想知道信上寫了什麼，想知道他到底託付給我什麼事情。

妻子也一臉好奇地湊了過來。

我從信封取出一枚摺了兩摺的便條紙，打開一看，上頭印著淡淡的橫線，中央寫著幾個筆跡可愛的小字：

「看的人是笨蛋。」

我茫然若失，便條紙差點沒掉到地上。

一旁的妻子哈哈大笑。

「這是怎麼回事？」我愣愣地低頭看著已死的井坂好太郎。

「這男人滿腦子都是這種無聊事啊，玩這種孩子氣的惡作劇。我猜他現在一定在譏笑你那副認真的表情。」

「死了還這麼愛捉弄人。」我嘆氣道。雖然我不知道井坂好太郎是帶著什麼樣的想法設計出這個惡作劇，但我的沉重心情的確比剛剛輕鬆了一點。

醫生與護士似乎終於收到了醫療艙發出的訊號，也或許是直到這一刻才想起自己的職責，紛紛奔了進來。他們打開井坂好太郎的醫療艙，開始進行各種處置及作業。其中一名醫護人員望向杵在一旁的我與妻子問道：

「二位認識這個人嗎？」我回答：「他是知名作家。」對方當然不相信，皺著眉頭說：「別開玩笑了。」我也莫可奈何，只好和佳代子一起離開了醫院。

我們搭上計程車，回到公寓已經是深夜四點了，不，或許該說清晨四點比較恰當。我明白完全沒闔眼便出門赴約顯然不是明智之舉，於是我們設定好鬧鐘，上床睡覺。這是個好漫長的夜晚，我們看完電影之後，繼續看了岡本猛遭受折磨的可怕影像，接著前往我先前上班的地點，本來以為這樣就結束了，沒想到最後還得親眼看著朋友死去。而或許是太過疲憊的關係，我本來擔心自己會因為井坂好太郎的死而傷心到輾轉難眠，但這擔心是多餘的，我一下子便沉沉睡去。

這一覺並不長，鬧鐘在七點一響起，我便醒了，才爬下床，就發現妻子站在我眼前對我說：「真虧你爬得起來。」她早已換好一身外出服。

她看上去神清氣爽，絲毫不見昨夜的疲勞或倦意，「我們快走吧。八點在東京車站集合，對吧？」看來她已經打定主意要陪我去見五反田正臣了。

FROM LONDON
NEW YORK
FROM HONG KONG

我並沒有問她為什麼要同行，急忙梳洗更衣。此時若和她分開行動，我一定會不安得無法自處，昨晚那股不想失去她的強烈心情依然在我心中某個角落。我腦袋昏沉、兩眼痠痛，胃也很不舒服。我們在七點三十分走出了公寓。

「嗨，好久不見。」

我們從東京車站的南側入口進入地下道，鑽過洶湧的人潮，好不容易抵達了機場直達車的月臺，五反田正臣早已站在售票口前方。雖然他戴著黑色墨鏡，我還是一眼就認出了他。

「對不起，我來晚了。」我說道。他則舉起手說了聲：「嗨，好久不見。」

我想問他的問題堆積如山，像是為什麼丟下工作逃走、之前都躲在哪裡、他對於我目前身處的混亂狀況掌握到什麼程度等等，但我問出的第一句話卻是：「你真的看不見嗎？」

「是啊。」他說著摘下了墨鏡。他的雙眼眼皮有著嚴重的灼傷痕跡，「兩眼都失明了。」他說完，再度戴上墨鏡。

「為、」我不禁結巴了起來，「為什麼會變成這樣？」

「有人在我慣用的眼藥水裡下毒，我的眼睛就看不見了。很恐怖吧？」

我張大了嘴，說不出半句話，全身寒毛直豎，「怎、怎麼會發生這種事？」

「哎呀呀。」佳代子卻是滿不在乎地應了聲。

「人生處處是陷阱呀。」五反田正臣聳了聳肩。

我突然想起岡本猛提過的「天敵戰術」，簡言之就是利用天敵來驅除害蟲的手法。五反田正臣雖然常給別人添麻煩，卻是個能力高超的系統工程師，我們能夠分析出歌許的程式內容並解開暗號，也都要歸功於他。若要將他身為系統工程師的能力奪走，最有效的手法不就是讓他失明嗎？

41

「渡邊，眼睛看不見很不方便耶。」

「我知道。」

「不，你不知道。失明的不方便遠遠超過你的想像。」這句話從五反田正臣口中說出，相當有說服力。他那隱藏在墨鏡之下的眼皮灼傷潰爛，連瞳孔都看不見，「你以為你明白，其實你不明白。就像你在網路上以『失明』當關鍵字搜尋，會找到一堆描述失明有多麼不方便的文章，但即使看了那些文章，你還是無法體會失明有多麼不方便。」

「你的眼藥水真的被下了毒？」佳代子問道。雖然五反田正臣是我的公司前輩，而且他們兩人又是初次見面，佳代子還是以宛如與好友談天的語氣和他說話。

機場直達車無聲地在隧道中滑行，聽說只要四十分鐘就能抵達連接國際機場大廳的車站。我們坐在四人座的包廂席，車廂裡還有零星的其他乘客，不過整體來說，各車廂的載客率大概只有五成左右。天花板與地板鋪滿了廣告畫面，文字、圖片不斷映入眼簾。

「渡邊太太的聲音聽起來就知道妳是個美人胚子，真可惜我看不見。」五反田正臣仰望著天花板微笑道。

「你看不見，竟然能猜到我是美人，真了不起。」佳代子一臉認真地掩著嘴角說道。

五反田正臣握著視障者專用的步行輔助器，這是我第一次近距離看到這種儀器，就像一把裝了車輪的拐杖，杖身做成可愛小狗的形狀，握柄上排列著好幾個按鈕。

「這玩意兒可厲害了，使用者就算看不見，還是抓得出大致的方向。」

「真的嗎？」

「我現在沒戴配件的耳機，只要戴上去，就能聽到各種地圖情報，靠近樓梯時還會響起警示鈴，過馬路時也能夠即時得知紅綠燈的顯示。聽說最近盲人連開車都不成問題呢，很厲害吧，真的是高科技萬萬歲。只要謹慎一點，盲人的行動幾乎與一般人無異。」

「真的嗎？」我讚歎道，但我心裡其實很難想像這個性子魯莽、作風大膽、連上司也要退讓三分的五反田正臣小心翼翼地依賴輔助器行動的模樣。

「渡邊，我們難得碰頭，在電車到站前，你就跟我說說你接替了我的工作之後，遇到哪些事吧。」五反田正臣望著我的方向，右手擺了擺，似乎在確認我的位置。

「這句話是我要說的吧，五反田前輩，你丟下歌許的工作之後，到底幹了些什麼事，請告訴我吧。」

「我幹的事只有逃走、發抖跟躲起來而已。自從眼藥水案件之後，我就失明了。就這樣，講完了。你從我這裡聽不到什麼有趣的事，還是說說你的故事吧。」

「什麼嘛。」我嘖了一聲，開始述說自己遭遇到的種種。

鄰座的佳代子不知何時買了一杯柳橙汁，插上了吸管，正以天真可愛的表情吸著飲料。

「這麼說來，你剛失去了一個重要的朋友啊。」大致聽完我的說明之後，五反田正臣問道。

「嗯，就在幾個小時前，井坂死了。」我壓抑著感情說道。即使我能夠以平靜的語氣說完這句話，但我知道，只要我一想到井坂好太郎過世時的表情以及他說過的那些話，悲傷與失落感就會占據我的內心，讓我陷入沮喪的深淵、徹底崩潰。所以我不斷提醒自己盡量不要想起那件事。

「你說他是個作家，把播磨崎中學案件寫進了小說裡？」五反田正臣在說到「播磨崎中學」幾個字時，刻意壓低了音量。

「那是本怪小說哦。」佳代子插嘴道。

「渡邊太太也讀過了？」

「其實讀完的是她，我只讀到一半。」或許是佳代子已經讀完的關係，我有種自己也讀完了的錯覺。

「那本小說根本沒必要讀到完。」佳代子對於已逝作家的作品，批評起來依然毫不留情。

「結局如何？偵探草莓解決案件了嗎？」

「結局？根本沒結局。」

「沒結局？」

「故事進展到一半就很唐突地結束了。」

「咦？」我張口結舌。井坂好太郎給了我一份未完成的原稿？之前聽他的口氣，我一直以為他已經把這部小說寫完了。除了輕微的驚訝，我還感到一陣哀傷，比起井坂好太郎的死，沒能完成的作品更讓我覺得悲哀。

「五反田前輩，為什麼你想去機場堵永嶋丈？」我轉移了話題。

「真的有永嶋丈這個人啊?」佳代子問道。真不知該說她天真還是不食人間煙火。她吸了一口果汁,滿臉嚴肅地說:「我只在電視上看過他,還以為他是電腦動畫的角色呢。」

「電腦動畫?」我被她這突兀的想法嚇了一大跳。

「天底下怎麼可能有那麼完美的英雄?所以我一直以為他是電腦動畫做出來的。」

佳代子的無心之語似乎說中了播磨崎中學案件的本質。根據井坂好太郎的小說內容以及他的親口描述,那起案件的真相與新聞報導內容完全是兩回事。換句話說,永嶋丈打倒惡徒、拯救學生的經過極可能是杜撰的。就這層意義而言,這個人的形象的確與電腦動畫角色很類似。

「永嶋丈一定知道當時發生了什麼事、沒發生什麼事,也知道他自己做了什麼、沒做什麼。」五反田正臣喃喃說道。

「你的意思是,那起案件是永嶋丈策畫的?」我武斷地認定那個永嶋丈正是萬惡的根源、捏造假象的幕後黑手,但五反田正臣立即否認了,「我想應該不是。只不過除了他,我找不到其他能夠回答我們的問題的當事人了。」

「他不是知名人士嗎?我們能夠順利見到他嗎?」佳代子將吸管從杯中拔出,指著五反田正臣說道。我見她做出這種失禮的舉止,慌忙將她的手壓了下來。

「對了,渡邊,」五反田正臣沒回答佳代子的問題,轉過頭來面向我,彷彿雙眼仍看得見似地自然,我不禁懷疑他的失明根本是裝的,其實所有事都逃不過他的眼睛。但是,墨鏡下的可怕傷痕並不像是假的。「你有沒有帶什麼武器?」他問道。

「咦?武器?」我心想,這是某種比喻嗎?

「我不是跟你說過嗎?我們這趟去見永嶋丈,有可能會遇上危險。」

「咦?你沒跟我說過呀。」我一臉驚愕。

「啊,我沒跟你說過嗎?對喔,我只警告過那個岡本。」

「我是現在才知道。」

「是嗎?總而言之,接下來你也有可能遭遇不測。」

「現在才說，太遲了吧？」

「所以預防萬一，你身上有沒有帶什麼武器？」

「現在才說，太遲了吧？」我心想，如果有人此時身上剛好帶著武器，這個人恐怕才是最可疑的傢伙。

「你指的是手槍之類的嗎？」

「有的話當然是最好。」

勉強算起來，我的武器就是身形嬌瘦卻足以制伏壯漢的可怕妻子，不過這句話當然不能說出口。於是我下意識地取出手機，進入了電子郵件畫面。

「你在看什麼？」佳代子探過頭來問道。

「其實啊，」我一邊以拇指操縱手機一邊說道：「很久以前，我曾加入一個占卜網站。」

「占卜？為什麼突然提到這個？」五反田正臣也顯得有些錯愕。

於是我把奇妙占卜簡訊的事對他們坦白了。

每天早上，我都會收到一封以「〇月〇日，今天安藤拓海的運勢大概是這樣」為標題的占卜簡訊，內文有時會出現類似「最好小心〇〇，真的。」或是「最好帶〇〇出門，真的。」這樣的句子。當句末出現「真的」二字時，只要照著句中的建議行事，多半能夠避掉一些麻煩。

「咦？我怎麼不知道這件事？什麼時候開始的？為什麼沒告訴我？」佳代子聽了我的說明之後大感驚訝，語氣帶著些許憤怒與不滿，頻頻逼問我：「為什麼用安藤這個姓氏？你偷腥了吧？這跟女人有關吧？」

「因為相信占卜實在太愚蠢了，我說不出口。」我努力解釋，「絕對跟偷腥沒有關係。」

「那個占卜簡訊真的很準嗎？」五反田正臣問道。

我面帶崇敬地、認真地點了點頭。五反田正臣雖然已失明，我相信他還是感覺得出來我是認真的還是在開玩笑，「五反田前輩，之前我曾陪你去向客戶道過歉，你還記得嗎？」

「我不記得了，不過，很可能有過這回事，反正我一天到晚被派去向客戶道歉。」

「那次因為我帶了一本漫畫週刊，對方那個長得像鬼瓦的部長突然變得很友善。」

「啊，對，我想起來了。」五反田正臣的語氣彷彿在口袋中找到了鑰匙。

「老公，你什麼時候買過漫畫週刊了？」

「我是看了占卜簡訊才買的，那一天的占卜簡訊上寫著『今天出門最好帶本漫畫週刊，真的。』」

「這樣的內文哪算是占卜啊？」

「但我照著指示買了漫畫週刊，真的化解了問題。」

「原來如此。」五反田正臣淡淡地說道。他將手貼著額頭，似乎正在整理思緒，試圖在混亂的迷霧中尋覓出一條道路。我還是頭一次見他這副模樣。「那你今天的占卜簡訊上頭寫了什麼？」

我看著打開的手機簡訊頁面，照著上頭的句子念了出來：「『相信自己，真的。』」

「相信自己是什麼意思？這應該能夠當選全世界語意最曖昧的文章了吧。」佳代子一臉啼笑皆非。

「也是啦……」

「渡邊，你是說，這個占卜能夠成為我們的武器？」五反田正臣直截了當地問了。他的語氣宛如正在確認士兵意志及決心的軍隊將領，引得我想起當兵時的回憶，忍不住想舉起手對他敬禮。「應該說，我能拿來當作武器的東西只有這個了。」我說道。

但我旋即想起另一項可能可以當作武器的東西，那就是超能力。我和安藤潤也雖然是遠親，畢竟有血緣關係，或許我和他一樣擁有某種特殊能力，井坂好太郎也是這麼說的。當然，我並沒有缺乏冷靜到當場把這個想法說出來，即使是五反田正臣，一旦聽到我說「我可能有超能力，可以當武器」，恐怕也會捧腹大笑吧。

但是五反田正臣突然噗哧一聲笑了出來，我明明沒提超能力一事，他還是捧腹大笑了，而且是整個人拱起身子，倚著窗戶笑個不停。「怎麼了？」我問道。

「渡邊，你把那個占卜網站的網址念出來我聽聽。」

「咦？」我不懂他為何突然這麼說，甚至懷疑我是不是聽錯了，但我還是按下手機按鍵，將我從沒在意過的網址念了出來，一邊說：「這網站是大石倉之助推薦我加入的。」

「原來是大石啊……」五反田正臣好不容易忍下了笑意，「告訴你，這個網站是我做的。」

「什麼？」

「我還記得這個網址。這是我接下的案子，你那時候可能正在忙其他案子，所以不曉得吧。當時這個案子

相信自己，真的！

的期限也是短得不可思議，我印象很深。」

「你在開玩笑嗎？」我看了看手機，又看了看五反田正臣。真的嗎？這個網站是五反田前輩做的？

「我沒有開玩笑，這網站是我做的，占卜內文的出現規則也是我設計的。」

「占卜內文也是你設計的？不會吧？」我吃驚地問道。

「我騙你做什麼？」

「你、你是以什麼樣的規則設計的？」

「我在資料庫中置入一些從前小說的文章，讓程式隨機從文章裡挑出句子。」

「咦？」

「那些占卜內文根本不具任何意義，只是從小說文章裡隨便挑一句出來之後解析句型，強制改成命令句而已。」

「從前的小說？」

「是啊。」五反田正臣好整以暇地坦白了魔術的戲法，「改成命令句，看起來就有點占卜的味道了，對吧？雖然那個網站依照生日、血型什麼的做了不少分類，但占卜內文基本上都是隨機決定的。」

「真的是隨機決定的嗎？」

「程式是我寫的，設計者都這麼說了，還會有錯嗎？對了，程式會把發信日期乘上時間，再除以收信者的姓氏筆畫，如果得出三的倍數，就在內文的最後加上『真的』兩字。就這麼簡單。」

「就這麼簡單？」

「就這麼簡單。客戶給的時間那麼短，怎麼可能製作出多像樣的占卜網站？所以我就隨便弄一弄交差了。」

我腦中浮現大石倉之助當初推薦這個網站給我時的表情，他興奮地說：「他們的占卜準得不得了，簡直是畫時代的創舉。」就某種意義來說，這樣的作法的確算得上是畫時代的創舉。

「不過，這個占卜真的很準啊。」我說道。

「不是這個占卜準，而是你準。」五反田正臣張口哈哈大笑。

「我？」

「占卜這種東西，全看個人怎麼解讀。也可說是擴大解釋、望文生義、或是深入分析，隨便你。總之重點是，收到占卜的人覺得它準就會準了。」

「可是五反田前輩，你對占卜應該是一竅不通吧？」

「我要說的是，不是占卜救了你，而是你救了你自己。占卜本身不具任何力量，功勞全在於你的解讀正確。」

是這樣嗎？原來我一直以來所倚靠的柱子根本不是柱子，而是根脆弱的蒲公英梗？強烈的恐懼與不安讓我有些暈眩，我無法繼續靜靜坐著，只好站了起來。「你要去哪裡？」佳代子問道。我隨口回答：「上廁所。」奇妙的是我說完這句話之後，突然感覺到一股尿意，順序剛好反了過來。

我朝著車廂後方前進，穿過車廂連結處，進到廁所裡。我站在鏡子前愣愣地看著自己的臉，雙眼紅腫，大概是昨晚哭了一場的關係吧，睡眠不足可能也是原因之一；皮膚又粗又乾，過去從不曾長青春痘的地方竟然冒了痘子，一摸還頗疼的。我洗了手，以烘手機烘乾手，接著開門走出廁所。

「啊，在這裡。」我眼前站著兩名陌生男人，都穿著白色開領襯衫搭黑色長褲，外表乾淨清爽。左邊的男人有著一張圓臉，右邊男人則是倒三角臉，兩人的頭髮都很短，戴著黑框眼鏡，年紀和我差不多，但不曉得是眼鏡還是襯衫的關係，他們看起來就是一副聰明幹練的模樣。兩人同時對我招手，小聲說道：「請跟我們來一下，好嗎？」仔細一看，他們各自握著一把小型手槍，我嚇得目瞪口呆。

「你是渡邊拓海吧？麻煩你往洗手間移動一下，好嗎？」

「你是渡邊拓海吧？擋在出入口會給別人添麻煩的。」

我緊張得心臟撲通亂跳。這些男人正在威脅我，我很清楚，他們也是因為接下「工作」而做這種事，一如之前我身邊人們所遇到的每件慘案。他們受到了某人的委託前來攻擊我，但即使知道這些，對現況並沒有任何幫助，我除了沒出息地顫抖著雙腿，毫無抵抗能力。

兩人同時低頭望向我抖動的雙腿，又面無表情地抬頭望向我的臉，兩把手槍正指著我的胸口。我心裡不停

嘀咕著——啊啊，我要死了。兩把槍的槍口剛好抵在我兩邊乳頭的位置，這兩人的手指只要一使力，我就會在瞬間死亡。我一想到此時離死只有一線之隔，幾乎要昏厥過去。

兩人推著我進了洗手間。洗手間內部為了方便坐輪椅的人使用，設計得頗寬敞，我背對著鏡子，與兩人相對而立，他們一把拉上一旁的隔簾。

我的腰碰到了洗手臺，腦中頓時浮現井坂好太郎躺在醫療艙內死亡時的面容，那副兩眼圓睜、宛如瞪視著空中的表情。我也會變成那樣嗎？一想到這，我全身的寒毛都豎了起來。每一個瞬間，我都有可能從世界上消失。這種恐懼讓我冷汗直流，同時想起了「超能力」三個字。

相信自己，真的。

這是今天的占卜簡訊內容。即使五反田正臣說過那個占卜網站是他製作的，而且斬釘截鐵地斷言「占卜本身不具任何力量」，我還是想將這篇占卜內文解讀為「相信自己潛在的超能力！」

雖然荒誕不經，我無法克制自己不這麼解讀。如果說，超能力會在緊急關頭被喚醒，被人拿槍抵著的此刻不正是最佳時機嗎？

「喂，你閉上眼睛幹什麼？」

我聽到他們這麼問，才發現自己不知不覺閉上了雙眼。突然間，我連聲音也聽不見了，眼前一片漆黑，我的周圍被寂靜與黑暗籠罩。我心想，好安靜。但就連這個想法也迅速地融入心中的某個角落，我有種進入夢鄉的感覺。

接著，我的腦中突然出現一道白光，雖然耀眼，但亮光的中心卻帶著冰涼的寒意。

頃刻後，光芒開始減弱，我再度被黑暗包圍，似乎有風流進了我的耳中，我又聽得見聲音了。

身旁響起了短促但巨大的鈍

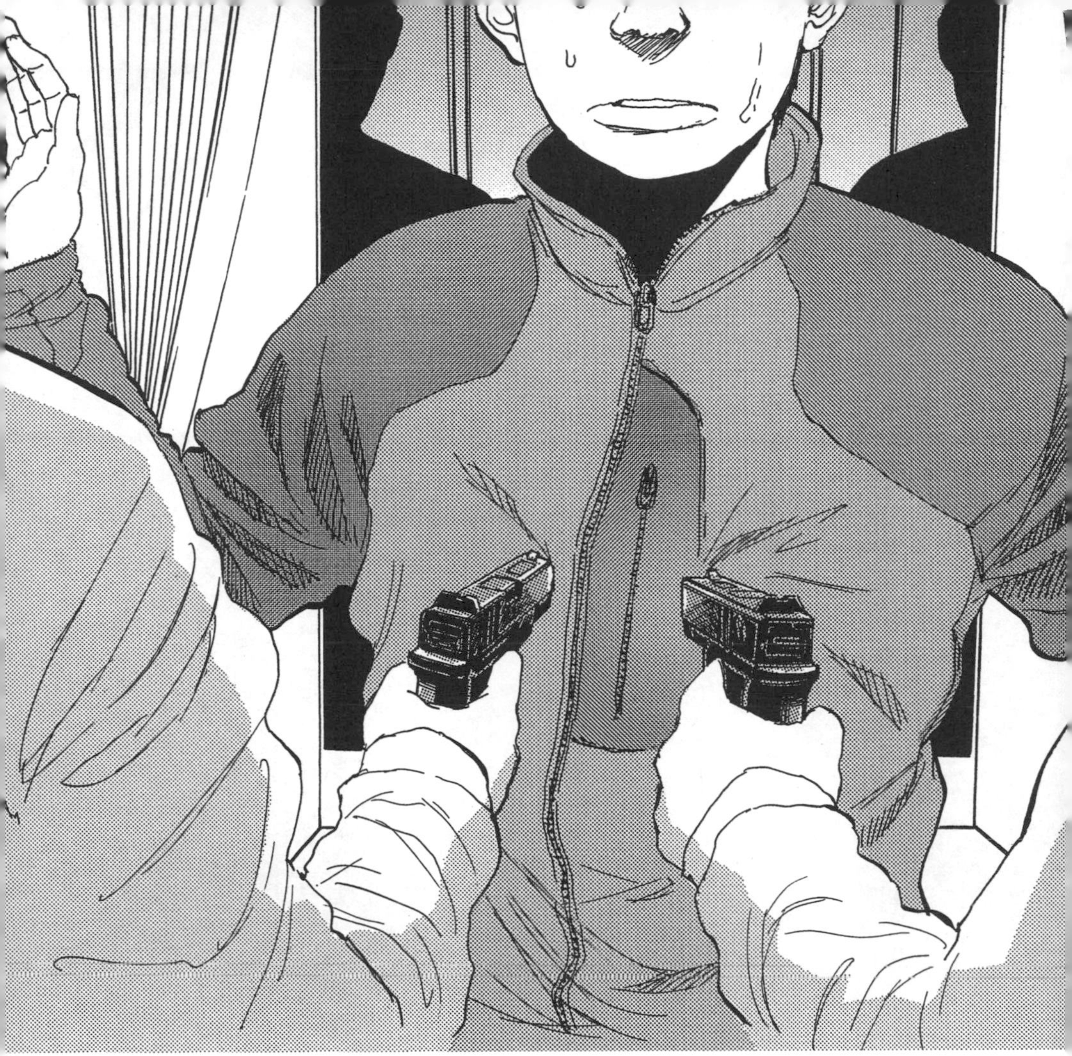

響，我睜開眼，發現身穿白色開領襯衫的兩人已倒在我腳邊。

看來終於被喚醒了。什麼被喚醒了？當然是我的特殊能力。

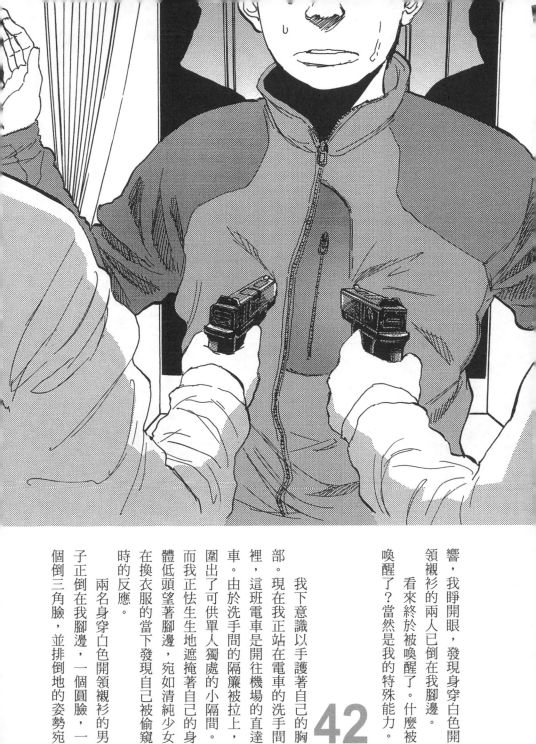

42

我下意識以手護著自己的胸部。現在我正站在電車的洗手間裡，這班電車是開往機場的直達車。由於洗手間的隔簾被拉上，圍出了可供單人獨處的小隔間。而我正怯生生地遮掩著自己的身體低頭望著腳邊，宛如清純少女在換衣服的當下發現自己被偷窺時的反應。

兩名身穿白色開領襯衫的男子正倒在我腳邊，一個圓臉，一個倒三角臉，並排倒地的姿勢宛

如正打算爬出去走道，兩人都彷彿被高壓電擊棒擊中似地失去了意識，而他們的手槍則落在我的鞋子旁邊。

我的超能力出現了，但我只是愣在原地動彈不得，因為我不曉得到底發生了什麼事。或許在我閉上眼睛那段時間，我的身體發出了某種肉眼看不見的強光、或是會電昏人的電流之類的，而眼前這兩人一碰觸到那股能量，瞬間昏倒在地。

我不知道這東西是打哪裡放射出來的，但我直覺是從胸口，所以我才會以手遮胸，避免能量繼續放射出來傷及無辜。

「渡邊前輩！」有人喊了我，嚇得我整個人差點彈起來。

隔簾猛地被拉開，出現一道人影。一時間，我很猶豫該不該放開雙手，讓我的超能力把眼前這個人也打倒。但我定睛一看，這人正是大石倉之助，我不禁鬆了口氣。自從他洗刷了冤屈，被警方釋放後，這還是我和他第一次見面。他瘦了不少，眼神帶著隱隱的徬徨不安，但我不敢肯定他這畏畏縮縮的態度是冤枉案件的後遺症還是天生的個性。

「你沒事吧？」大石倉之助臉色蒼白地問道。

「嗯，我沒事。不過，你怎麼會在這裡？」我勉強保持鎮定，開口問他。

「我在前一站上車的，那是離我家最近的車站。」

「喔？電車剛才靠過站了？」我剛剛被那兩名一身白色開領襯衫的男人拿槍指著，緊張到連電車靠站也沒感覺，「好巧，你怎麼會搭上這班車？」

「不是巧合。五反田前輩昨晚打了電話給我。」

「五反田前輩？」

「他叫我搭上這班機場直達車跟你們會合，一起去機場。他還說你也會來。五反田前輩在哪裡呢？」

「在那邊。」我朝左方一瞥回道。我沒想到五反田正臣竟然把大石倉之助也叫來了，但仔細想想，其實不

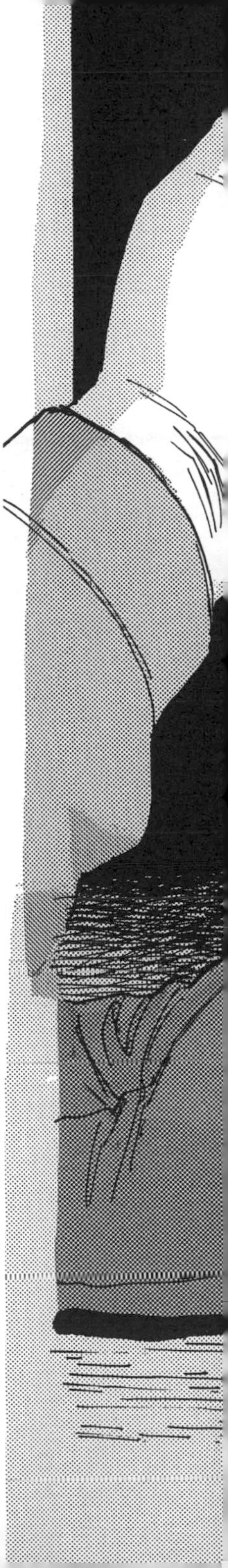

無可能，五反田正臣那個人每次只要接到麻煩的工作，就會四處拖人下水。

「這兩個人是誰？」大石倉之助看著倒在地上的兩個男人，瞪大了眼說道：「他們有槍耶？」

「是啊，真是千鈞一髮。」

「幸好你沒事。」大石倉之助的語氣還是那麼認真且老實，「我上車的時候，看見他們把你推進這間洗手間裡，又把隔簾拉上，就知道事有蹊蹺。」

「差點就沒命了。」我正要接著說「幸好我的超能力及時出現」，突然看到大石倉之助的右手握著一根電擊棒，「呃，那是……？」

「剛剛我看狀況不妙，不管三七二十一，就朝這兩人的背上電了下去。」他揮了揮那根小型電擊棒，「這是我最近買來防身用的。」

「所以這兩個人才會……」

「來不及抵抗就昏倒了。」

我緩緩點頭，「原來是你救了我。」

原來不是超能力。我深吸一口氣，讓自己恢復冷靜。我發現自己的臉頰已微微泛紅。

「渡邊前輩，你為什麼從剛剛就一直遮著胸口？是不是受傷了？不要緊吧？」

「沒事。」我垂下了雙手。

與我一起回到座位的大石倉之助得知五反田正臣雙目失明，先是一陣錯愕，接著陷入茫然，最後竟然哭了起來。

「你是在同情我嗎？還是在害怕？」五反田正臣苦笑著望向坐在自己身旁的大石倉之助。

「兩者都有。」大石倉之助頻頻擦著眼淚。

我把剛才在洗手間遭到兩名身穿白色開領襯衫的男人襲擊的經過說了一遍，一邊說，手腳仍止不住地顫抖。那兩名歹徒雖然暈了過去，但遲早會醒來，何況昏倒的兩人被其他乘客看到的話，恐怕會引起騷動。「是不是該聯絡交通中心，請警察來處理？」我望著窗邊的緊急呼叫鈴說道。

「應該快到機場了，我們還是撐到電車靠站趕緊下車吧。」一行人當中最冷靜的似乎是我的妻子佳代子，「報警會耽誤時間，還是別和那兩人攪和下去比較好。」

我頻頻轉頭望向洗手間的方向，「可是，他們是怎麼知道我們搭上這班電車的？」

「那兩個人到底是什麼來頭呢？」大石倉之助的聲音顫抖著。

「這個嘛……」我一時也不知該怎麼回答。我既無法告訴他「那是住在某某處的某某人」，也無法控訴「他們是一群對我心懷恨意的麻煩傢伙」，最後我只好坦白：「似乎是某個巨大組織僱用他們來襲擊我的。」

「巨大組織？」

「你還記得歌許吧？」

「那個交友網站公司？」

「那只是巨大系統之下的機構之一。」我邊說邊覺得自己的解釋實在是太抽象了，「五反田前輩，這件事你曉得嗎？」

「什麼事？」

「這整件事。為什麼以特定關鍵字上網搜尋就會遭遇不測？還有那起播磨崎中學案件的真相到底是什麼？」

「我剛剛說過了，我對這些事一無所知。我只是個系統工程師，只擅長與程式有關的事。我能夠解讀出那個網站程式中的暗號，也有辦法發現那個程式會監視某些搜尋關鍵字，但是對於事情本身，我毫不知情。而不知道的話，就去問知道的人，這是最直截了當的作法，所以我們現在要去見永嶋丈。」

「永嶋丈？」大石倉之助喃喃說道，宛如在念著第一次聽到的新名詞。好一會兒之後，他才一臉不安地望著我說：「就是那個永嶋丈嗎？我們要去見他？」

「是啊，我們現在要去機場堵人。」我點點頭。

大石倉之助的眼神驚疑不定，雖然淚水已經停了，仍不時發出吸鼻涕的聲響，拇指與中指的指甲互抵著磨來磨去。

「永嶋丈的行程並沒有對外公開，加上最近外頭盛傳他即將退黨，他對採訪變得更敏感。總之，我先假扮成記者試圖聯繫他，卻碰了軟釘子。」

「假扮成記者？辦得到嗎？」

「這年頭不管是網路新聞還是電視臺的記者，都是透過網路發出採訪申請。先輸入認證碼及密碼，確認身分之後就能送出申請資料，接著就只能等待各黨派或議員辦公室的回應了。竊取這種認證碼及密碼是我的拿手好戲，要多少有多少。」
「可是對方並沒有答應接受你的採訪？」
「是啊，所以我只好施展另一套拿手好戲。」
所謂另一套拿手好戲，似乎就是入侵永嶋丈的行程管理系統。
「那根本不是什麼難事。我實在很想建議政治人物和那些大人物把重要資料都寫在紙上。隨便存在電腦裡，一定會被我這種人偷看到。最安全的方法就是把重要的事都記在腦袋裡，如果做不到，就寫在紙上，然後貼在自己的肚子上。不能貼背上哦，要貼肚子上，因為貼在背上，自己是看不到的。」五反田正臣說得煞有介事，最後卻補了個無聊玩笑，我實在猜不透他到底有幾分認真。
「五反田前輩好厲害。」大石倉之助一邊磨蹭著指甲，一邊一臉崇拜地望著這位墨鏡前輩。
「我剛剛也和渡邊提過了，這年頭的視覺障礙輔助器材功能非常強大，連網路搜尋結果都能下載到儀器裡，再以發音的方式將內容傳達給視覺障礙者。只要用習慣之後，畫面樣貌自然就會浮現腦中了。」
我心想，這種事大概只有五反田正臣辦得到吧。雖然我不知道他何時開始失明，想來不會是太久之前，應該就是最近的事，但他竟然能在短時間內從失明的沮喪及絕望中振作起來，透過視覺障礙輔助器材從網路上取得必要的資訊，實在是太厲害了，一般人絕對無法這麼堅強，也不可能將器材的效用發揮得如此淋漓盡致。好了不起的一個人，我不禁對他產生了敬畏之心。
「反正我打字本來就不必看鍵盤，這些事對我而言都不成問題啦。」五反田正臣說：「不過，我只查得到永嶋丈會在今天從西亞歸國。要是錯過了這次，接下來要上哪裡找他，我也還沒個頭緒。」
「換句話說，這次是唯一的機會？」佳代子問道。她顯得興致缺缺。
於此同時，電車無聲無息地停了下來。之前我完全沒察覺電車減速，不曉得是我太專注於交談還是機場直達車的性能太優越。
「走吧。」五反田正臣語氣堅定地說道。他雖然看不見，卻似乎比誰都能掌握情況。我走在前頭，他將手放在我的肩上，一行四人下了電車。

好久沒來這個巨蛋形機場了，內部非常寬廣，屋頂高得讓人想以天邊來形容。由於屋頂也是以透明材質製成，看得見外頭的淡藍色天空。各航空公司櫃檯前排列著畫位用機器，一旁架子上頭擺著預防傳染病的藥水，沿著牆則是成排的禮品專賣店，地面亮著引導旅客至各搭機處的電子訊號箭頭，到處都設有閃爍不停的指示燈，令人眼花撩亂，各區域還不時傳出各種內容的廣播。

「八點五十分。」我身旁突然傳出一個聲音，轉頭一看，發現五反田正臣正觸著手表，看來出聲的是手表的聲音報時功能。「永嶋丈的班機九點半到。」他說。

我抬頭望向立體投射在半空中的時刻表，確實有一班九點半抵達的班機，來自一個我沒聽過的都市，「看樣子應該不會誤點。」

「所以還有一點時間，不如去喝點東西吧。」五反田正臣悠哉地說道。之前和他一起工作時，他也常像這樣說些「大家休息一下吧」之類的閒扯。我突然覺得自己所在的地點不是機場，而是某個工作室，我們正追著迫在眉睫的截止日埋頭苦幹著。

「你還記得業務部那個阿吉嗎？」進了咖啡店之後，五反田正臣還真的談起很像在職場上會閒扯的話題。

「你是說吉岡先生嗎？」那是一位有點年紀的業務員，名叫吉岡益三，由於這個人對工作毫無幹勁，在業務部可說是人見人厭。

「是啊，就是那個阿吉，聽說那傢伙最近都沒去上班。」

我想起之前去業務部時也聽說了這件事。吉岡把特休全排在一起，擅自休了一個月的長假。

「我們不是接了交友網站的維修案嗎？就是在那棟壽險大樓裡上工的案子。」

「歌許公司那件案子？」

五反田正臣點點頭，「接下那個案子的人就是阿吉。」

「對，這我也聽說了。」

「你不認為那個打混的阿吉能夠接到新案子，這一點本身就很可疑嗎？」

確實有些可疑。我和大石倉之助面面相覷，不知該如何反應。佳代子則是滿臉嚴肅地舉起湯匙，望著她面前的巧克力百匯，思考著該從何處下手。

「阿吉的戶頭匯進了一筆款項，金額比他的薪水多上好幾倍。」

我沒問五反田正臣為什麼知道這件事，反正他一定是入侵了吉岡益三的網路銀行帳戶查看。「匯款人是誰？」

「歌許公司。」

「怎麼回事？為什麼客戶會給吉岡先生錢？」個性老實的大石倉之助一副對於做了違法事情的上司憤憤不平的模樣。

「阿吉是唯一與歌許公司有過接觸的人，所以很可能是歌許公司給了他一筆錢，交換條件是他必須消失一陣子。」

「因為吉岡先生握有歌許公司的祕密？」

「這我就不清楚了，也或許只是為了保險起見。對阿吉來說，只要有錢拿，去不去公司根本無所謂吧。」

我聽到這句話，腦中又想起了「天敵戰術」這個詞。當歌許公司要對某個人進行封口或威脅，會針對這個人選擇最有效的作法。大石倉之助被冤枉成了猥褻婦女的嫌犯，五反田正臣被弄瞎了眼睛，岡本猛遭到折磨，吉岡益三則收到了一筆錢。

「有錢又不見得幸福。」忙著將百匯山夷為平地的佳代子似乎多少聽著我們的對話，「錢這種東西，夠用就好了。」

「渡邊太太這句話講得真好，人生重要的是快不快樂。」五反田面帶微笑說道，接著深吸了一口氣說：「要讓人生快樂，只需要勇氣、想像力和一丁點的金錢。」

「為什麼突然講這個？」

「這句話是卓別林說的，記得是《舞臺生涯》(*1)那部電影吧，卓別林在裡頭飾演一個喜劇演員，說了這句話。」

*1 《舞臺生涯》（*Limelight*）是卓別林於一九五二年自編自導的喜劇電影。

「那不是黑白電影嗎？五反田前輩你真的很喜歡舊東西呢。」

「勇氣、想像力和一丁點的金錢。」我試著念出口，一邊想起了在盛岡遇到的安藤詩織以及她的丈夫安藤潤也。他們夫妻取得了凡人難以想像的莫大財富，卻感嘆著自己什麼也做不成。或許「一丁點的金錢」才是他們最嚮往的東西。

「好棒哦。」佳代子笑逐顏開地說道：「『一丁點的金錢』，真是個好詞。嗯。」

「好啦，回答我吧。」五反田正臣帶著戲謔的笑容，犀利地問道：「你們有嗎？」

「有什麼？」

「勇氣啊。我們現在要去見永嶋丈了，你們有勇氣嗎？」他說著輕輕觸摸手表，手表發出聲音：「九點二十分。」

最近我真是一天到晚被人家問有沒有勇氣。

「終於要和永嶋丈面對面了，你們有勇氣跟過來嗎？渡邊剛剛在電車上遭人襲擊，絕不是偶然，可見……」

「可見什麼？」

「我們的計畫可能被對方知道了。」五反田正臣雙眉緊蹙，「搞不好有人正在跟蹤我們，我本來以為這件事神不知鬼不覺，看來對方也不是省油的燈。」

43

咖啡桌不停震動，仔細一看，原來是大石倉之助雙腿顫抖造成的。看他這樣，我更是深刻體會我們眼下的處境是多麼危險。大石倉之助臉上毫無血色，一副暈車想吐的模樣。

「喂，你還好吧？」

「嗯，還好。」大石倉之助旋即答道，但很明顯這只是反射性地應聲而已。除非是真的已被逼上了絕路，大部分的人被問到「你還好吧」的時候，都會回答「還好」，因為回答「不好」也需要相當的勇氣。

「喂，他怕成這樣，不如放他回家去吧？」妻子佳代子望了大石倉之助一眼之後，對五反田正臣說道。我不禁暗地讚揚她的善良，卻也不免懷疑她只是冷靜地分析過後，覺得不要有人在旁邊礙事比較好。

「我也很害怕。」我並不是想搭大石的順風車，只是老實說出心裡話：「或許我們該考慮打退堂鼓？」

佳代子伸出手，覆上我放在桌上的手掌，她那美豔如常的雙唇隨話語開闔著，「你還好啦。」

「一點也不好。」我想也不想便回答，因為我有種已被逼上絕路的感覺。

「我說你還好就是還好。」她再次強調，並握起我的手，「更何況已經沒辦法回頭啦，你早就搭上船了。」

「什麼船？」

「豪華渡輪國際號。」

「妳說去年沉沒的那一艘？」

「那艘船沉得真是爽快，我最喜歡看到那種事了。」佳代子開心地頻頻點頭讚歎。我實在無法分辨她是否在開玩笑，「而且反正你擁有特殊的能力呀。」

「特殊的能力？」我的耳朵又豎了起來，「我有特殊的能力嗎？」

「有啊。」

看她說得信心十足，我心頭一驚，猛地想到，沒錯，如果她認為喚醒我的超能力的最佳辦法就是讓我感到恐懼、把我逼得走投無路，那麼此時拉著我參與這場危險的行動，不正稱了她的意嗎？

「渡邊、大石，通通不准離開。」五反田正臣斬釘截鐵地說了。

「為什麼？先不論我的情況，你看大石已經害怕成這樣了。」

「因為結果是一樣的。」

「結果是一樣的？」

「我們全都深陷其中了。大石就算現在抽手，或許他今天是安全的，但明天不見得安全，後天不見得安全，幾年後更不見得安全。你聽過『不入虎穴焉得虎子』這句諺語吧？」

「聽是聽過……」

「要抓住小老虎，必須冒險進入洞穴。如果因為害怕而不敢進洞裡去，小老虎總有一天會長大，衝出洞來把你吃了。所以差別只在於恐怖的事是在今天發生，還是明天發生罷了。」

大石倉之助仍舊抖個不停，但他抬起了頭，認真聆

聽五反田正臣的話。

「大石，你聽著。你剛剛說我很喜歡舊時代的文化產物，還為此感動不已，對吧？沒錯，我確實喜歡二十世紀的文化及電器產品，因為二十世紀的東西有種韻味，能夠刺激我的想像力。但你別誤會了，舊時代的文化說到底全是為了舊時代的人而製作出來的，只是這些東西的優點剛好具有共通性，能夠讓未來的某些人有所感動罷了。」

「這是什麼意思呢？」

「我們常常聽見有人說懷念往昔好時光，其實往昔並不見得比現代好。不管在任何時代，『現代』永遠是不完美的，所以我們才必須以更嚴肅的態度，認真面對我們身處的時代。無論音樂或是電影，都是當時的人迎戰當時的時代背景所創作出來。《大獨裁者》在現代人眼中看來，只是一部說教的喜劇片，但在當時卻是賭上了性命的創作；就連約翰·藍儂的〈Imagine〉，也是對當時的社會有感而發的作品。」

五反田正臣這番侃侃而談，在我聽來有些隔閡感，但我一方面也感受到了他的強大氣魄。

「我聽不太懂，總之這個渾身發抖的大石也得跟我們走？」佳代子一臉詫異。

「沒錯，大石遲早得面對這一切。今天沒遇到，將來也會遇到。」

「真的嗎？」大石倉之助沮喪地說：「不管我做什麼決定，未來都是一片黑暗嗎？」他看著五反田正臣，宛如在哀求神父的憐憫。

「我認為你最好和我們一起走，但我不敢向你保證這是正確的決定，我也不是什麼神機妙算。」

「哼，剛剛明明講得那麼臭屁。」佳代子從百匯中抽出湯匙，一邊揮動著一邊譏諷五反田正臣，鮮奶油落到桌上。

「這也是沒辦法的事。」五反田正臣說道。我以為他會再補一句「畢竟是人嘛」，但看他頓了一下，似乎是把這句話吞了回去。

我們離開咖啡店，往機場北側走去。一開始我們沿著地板上閃爍不停的入境閘門導引箭頭前進，走了一會兒，五反田正臣突然說：「右手邊應該有座電梯，往那去吧。」他所握著的小狗形狀步行輔助器也以可愛的動作不斷往前走。

「你說的是那個嗎？」佳代子指向斜前方角落，那兒有一座透明管狀的小型電梯。

「可是那個好像是機場服務人員專用電梯，不是給旅客用的。」

「別問那麼多，搭那座電梯到地下室就對了。」五反田正臣俐落地下達指示。

「地下室？」

「你覺得永嶋丈有可能跟一般乘客走一樣的通道離開機場嗎？政治人物與知名人士都有專用的後門。」

我們來到電梯前。這是服務人員專用電梯，需要輸入密碼才能啟動。五反田正臣迅速念了一串五位數數字，我照著輸入，便聽見叮的一聲，電梯開始運轉。

我們四人等著電梯，好一會兒都沉默不語。大石倉之助和我是因為害怕與緊張而說不出話；妻子佳代子卻從提包取出一個小鏡子，兀自整理起了睫毛。我感到很不可思議，無法理解為何她在這種時候還能這麼悠哉。電梯來了，門一打開，她立刻低聲說道：「好像沒人跟過來。」這時我才明白，她拿鏡子是為了偷看後方有沒有人跟蹤。

「渡邊太太真有一套。」五反田正臣微笑著說道。

電梯裡只有我們四人。我按下地下二樓的樓層按鈕，電梯開始緩緩下降。由於電梯的壁面是透明的，我心裡惴惴不安，擔心會不會被人發現。

「這幾十年之間，建築物和電梯的牆面多半變成透明的了。」五反田正臣喃喃說道：「說是說這樣看起來乾淨清爽，又有設計感，但其實是要讓使用者心生『被別人看著』的錯覺。」

「被別人看著的錯覺？有人在看著自己，會比較興奮嗎？」佳代子取笑道。

「是為了加強人們的自我規範。因為牆面是透明的，大家就會擔心『如果做了逾矩的事，搞不好會遭人責罵』。」

「也就是『被別人監視著』的意思？」

「正確來說，是讓人們覺得自己可能正被人監視著，這種恐懼就很夠力了。」

電梯抵達地下二樓，電梯門緩緩打開，空氣中充滿了緊張感。大石倉之助似乎再也忍不住了，開口問道：「五反田前輩，接下來該怎麼做？你已經想好策略了嗎？」

五反田的臉頰顫了一顫，接著他露出一貫的戲謔笑容回道：「當然想好了。」

我們走出電梯，前方是一條死氣沉沉的走道筆直延伸，走了一會兒便出現岔路。這個地下樓層的通道複雜得宛如迷宮，而且與地面樓層不同的是，這裡沒有清楚指引方向的標誌和電子訊號箭頭，我不禁有種置身沙漠的感覺，又彷彿來到了某個研究機構的祕密通道，完全判斷不出目的地在哪裡。

「我們一定會迷路的。」我說道。

「別擔心，照我的指示前進吧。」五反田正臣泰然自若地說：「走到盡頭右轉，接著在第三個路口左轉。」

「你事先調查過了？」

「進入機場網路系統，馬上就能查出ＶＩＰ專用的地下停車場位置了，剛剛的電梯密碼也是像這樣輕鬆弄到手。和挖出這些資料比起來，在不合理的期限內將程

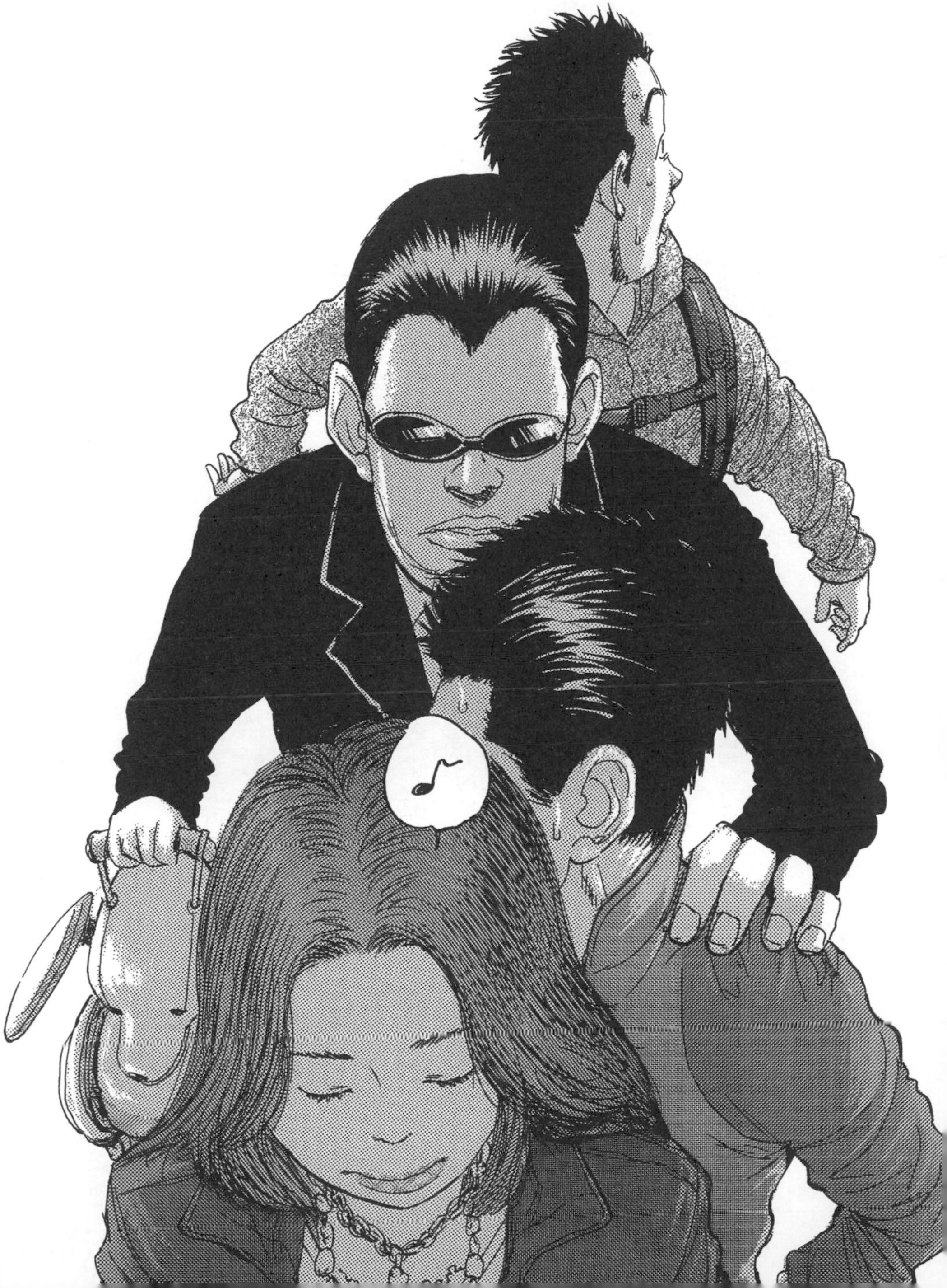

式寫出來要困難上百倍吧。」

這點我認同，但是剛失明不久的五反田正臣竟能輕而易舉地做到這個地步，還是讓我訝異不已。

我們排成一列，在通道上前進。帶頭的是佳代子，接著是我，然後是搭著我肩膀的五反田正臣，由大石倉之助殿後。雖然讓女性帶頭實在不太光采，但這是她自己的主意，而且我們四人之中確實就屬她最可靠，所以這樣的排列可說是合情合理。

我們依照五反田正臣的指示前進，終於來到一扇對開式大門的前方。佳代子快步走向門旁的螢幕問道：

「密碼是什麼？」

五反田回答：「圓周率，取到小數點以下十位，所以是3 1 4 1 5……」他還沒說完，佳代子已接口說出「9 2 6 5 3 5」，並迅速按下按鍵。

門板無聲無息地往兩側滑開。

裡頭是一座停車場，最外圍環繞著一條行人專用步道。由上往下看，行人專用步道呈U字形，將停車格及車道包圍在中間，此時我們所在的位置是U字形的最底端。我們往左邊的彎路前進，五反田正臣說前面有一座ＶＩＰ專用電梯，永嶋丈應該會在那裡等待專車前來迎接。

「電梯就在前方了，」我對著身後的五反田正臣問道：「但我們的策略到底是什麼？」

「要是沒有在永嶋丈搭上車之前將他攔下，我們就完蛋了，對嗎？」大石倉之助以接近哽咽的聲音在隊伍後頭說道。

「放心交給我吧，現在繼續前進就對了。」

「看到永嶋丈之後要怎麼辦呢？這裡可沒有地方藏身。」眼前只有一條步道，毫無遮蔽，要是直直朝著永嶋丈衝過去，肯定會被當場制伏的。

五反田正臣沒回答，我只聽見他嚥口水的聲響，此時我才察覺，原來他也是會緊張的，而雖然情有可原，我一聽到他嚥口水，突然有股不安從我的腳底往上竄升。

「啊，我想去廁所。」佳代子毫無預警地停下了腳步，「我去一下，好嗎？」

「什麼？」

「剛剛進那扇門之前，一旁不是就有間廁所嗎？」

佳代子大剌剌地指著我們來時的方向。

「那是回頭方向耶？」

「所以呢？不行嗎？」

「都來到這裡了耶？」

「所以呢？不行嗎？」

佳代子的語氣天真可愛，但我沒有自信說服她，何況以「事到如今已經不能回頭了」為由禁止她上廁所，似乎不太人道。

「讓她去吧。」五反田正臣說道。

「好吧。」我只能如此回答。

「那我馬上回來，等我一下哦。」佳代子俏皮地揮了揮手之後，往來時路走去。

「好，我們走吧。」五反田正臣拍了拍我的肩膀說道。

「現在就走？不等她嗎？」

「VIP電梯就在前面，等她和不等她是一樣的。難不成你是想說，少了老婆你會害怕？」

「少了老婆我會害怕。」

「少跟我開玩笑啦。」

於是我們三人繼續往前走。不久，前方的行人專用步道盡頭處隱約出現人影，那是一群穿著合身黑西裝的男人，約有五個人，站在正中央的男人顯得特別高大威武，有著厚實的胸膛。

「永嶋丈出現了。」我側過頭通知五反田正臣。我的喉嚨乾渴，舌頭像是打了結般遲鈍。

這時停車場裡突然響起刺耳聲響。不知從何處冒出一輛黑色轎車朝步道盡頭駛去，雖然不是引人側目的豪華車種，樸實的外形仍不掩其高級感。輪胎正摩擦著地面發出尖銳聲響。

「啊？」

「車來了吧。」五反田正臣說：「好！衝吧！」

「要是讓永嶋丈跑掉就玩完了，快衝！」他一副理所當然的語氣。

「別開玩笑了。」

但我這句話還沒說出口，五反田正臣已經扯開嗓門大喊：「永嶋丈！」他的高亢吼聲甚至掩蓋了轎車輪胎的磨地聲響，我不由得瞬間挺直了背脊，大石倉之助則是發出了「呀！」的一聲驚呼，聲音同樣隱隱沿著步道傳了出去。

步道盡頭的幾個男人一齊轉過頭來。

「你太亂來了啦！五反田前輩！」

就在這時，男人之一朝我們筆直伸出右手。那人滿頭白髮，年紀似乎頗大，卻依然抬頭挺胸，看上去精神奕奕。遠處的他做出宛如撫摸我們的頭的動作，就在這一瞬間，我的身體突然動彈不得，彷彿有塊看不見的重物沉沉地壓在我身上，又像是一陣來自頭頂的強風將我吹向地板。我被擠壓得發不出半點聲音，連呼吸都有困難。我當場四肢著地趴著，一動也不能動，但那老人根本沒碰到我一根手指。我想，這恐怕是某種特殊能力。

44

試圖接近政治人物黑暗面的人都會遭受壓力，這是我們常聽到的一句話。這裡所說的壓力，指的是透過暴力或言詞脅迫來使人屈服的精神性的手段。

但如今我們所承受的，卻是物理性的壓力。沉重的力量持續壓在我的背上，我只能勉強以四肢撐住地面。

來自背上的壓力之強，幾乎壓垮了我。

我們之所以遭受如此的壓力，是因為我們試圖接近永嶋丈。但我們並不是要接近他的醜聞或黑暗面，只是想接近站在通路盡頭處的他而已，這也是物理性的接近。

然而，明明沒有人觸碰我，我卻感到背脊無比沉重，汗水涔涔流下。我們三人幾乎要貼上地面了，而眼前的步道盡頭則站著幾個男人，其中之一是國會議員永嶋丈，其他的大概是他的隨從或護衛吧，當中那名老人依然將手掌對準我們。我突然想到，就是那隻手嗎？我們感受到的奇特力量就是那隻手所發出的嗎？

我現在的姿勢就好似在做伏地挺身，當兵時的回憶頓時浮現我的腦海。身體好重，整個人隨時可能平貼在地上，兩臂不停顫抖。我記得當年長官還會譏諷道：「喂喂，這樣就不行啦？真是太遜了。」然後坐上我的背，增加我的負擔。但此刻我背上受壓之沉重，遠遠超過當年那個機車長官的體重。

似乎有道強勁的風呼嘯著從正上方不斷向我吹來，把我朝地面推擠，我甚至聽見了風聲。大石倉之助再也撐不下去，哀號一聲，整個身子貼住了地面，但他的痛苦呻吟並沒有因為放棄抵抗而停止，他持續發出宛如頭部遭人踐踏的慘叫，貼著地面的臉頰也被緊緊擠壓。

五反田正臣同樣趴在地上，臉側向一邊，「好厲害，明明身旁沒人，還能把我們壓在地板上。」他發出微弱的聲音說道。我聽他的語氣雖痛苦，似乎也帶著三分興奮。

至於我，終於筋疲力竭，手臂再也無法撐住身體。我很想開個玩笑說「我們被政治人物施壓了」，但一個字都擠不出口。

「咦？你們在幹什麼？」

背後傳來佳代子的聲音，看樣子她上完廁所回來了。即使堅毅如她，見到丈夫突然趴在地上姿勢醜陋地做著伏地挺身，一定也很錯愕吧。

佳代子，快逃！

我很想這麼說，但發不出聲音。我的胸口受到壓迫，話語化為厚重的喘息消失在地面。

「老公？怎麼了？」佳代子逐漸朝我走近。

不要過來！我在心裡吶喊著，咬緊牙關，深吸一口氣，以豁出一切的氣勢將身體內的力量擠出，說了一聲：「快逃……」這麼做雖然只用到了肺、喉嚨與舌頭，卻已用盡我全部的力氣，最慘的是，我發出的聲音非常微弱。我振作起絕望的心情，再次奮力嘗試。

「佳代子，快逃！」

我終於大聲地喊了出來。就在這時，我雙手一軟，整個人趴到地上。我痛苦得宛如剛跑完數百公尺的短跑，肺部疼痛不已。

「喂！」前方那幾個男人快步朝我們走來。

同時傳來了佳代子遠去的腳步聲。我的臉頰已貼在地面上，我咬著牙轉頭向後望去，看見佳代子奔跑離去的背影。

「快追！」男人之一說道。不知何時，那幾名黑西裝男已來到我們身旁，但我只看得見他們的皮鞋，油油亮亮的尖頭鞋，看起來很高級。另一個男人朝佳代子追了上去。

啊啊，希望佳代子平安無事。——我暗自祈禱著。但我先是一驚，沒想到自己會做出祈禱這種事；接著又是一愣，因為我發現我不知道該向誰祈禱。

我的身體變輕了，不知怎的，壓在我背上的沉重力量消失了。我整個人癱在地上，呼吸終於順暢多了，不知道站不站得起來，我想姑且一試，兩手胡亂撐住地面一使力，坐起了上半身。

我才剛鬆一口氣，便發現兩手手腕傳來一股冰涼的觸感。低頭一看，是手銬，我的兩手被銬在身前。這種手銬像是極細的皮帶，上頭閃爍著數顆紅色及黃色小燈。

「你們是什麼人？」一名黑西裝男將臉湊過來問道。他的嗓門不大，卻充滿了威嚴，有著一對單眼皮的眼睛，鼻子很大，戴著圓框眼鏡，視線與聲音都是冷冰冰的。

「我們……」開口的是我身旁同樣被戴上手銬的五反田正臣。他雖然和我一樣呼吸紊亂，卻顯得從容不迫，他開門見山地說道：「我們只是有話想問永嶋丈。」他臉上的墨鏡歪向一邊，幾乎快掉下來。

圍著我們的男人共五名，其中之一就是那個白髮老人，其他四人都有著結實的胸肌，看起來威風凜凜。我想起永嶋丈曾打過美式足球，這麼一想，眼前這些強壯男子簡直有如他的隊友。

永嶋丈呢？我抬頭一望，只見他依然直挺挺地站在步道盡頭，不曾移動腳步。由於距離太遠，看不清楚他的表情，但那副八風吹不動的站姿就和紀錄片裡的形象一模一樣，他望著這邊，似乎頗關心這邊的狀況。

我正打算轉頭問五反田正臣，想聽聽他所準備的策略究竟是什麼，忽然有人拿一罐噴霧劑之類的東西往我鼻子一帶噴了一下，我嚇了一跳，腦中的燈光漸暗，意識逐漸遠去。

我醒來時，正坐在椅子上。這不是廉價的鋼塑摺疊椅，而是有著扶手、坐起來又柔又軟的椅子。我的上半身被人以繩索牢牢綁縛在椅背上，感覺當然不舒服，但椅子的柔軟度多少減輕了疼痛。我的雙手依然被手銬銬住，五反田正臣和大石倉之助也同樣被綁在椅子上，三個椅背靠在一起，由上方俯視的話，我們的相對位置就好像三葉草的三片葉子。

「這裡是哪裡？」五反田正臣說話了。我們的嘴沒有被塞住。

「大概是飯店裡吧。」大石倉之助回答。我們轉頭的話，勉強可看見另外兩人的側臉。

房間非常寬敞，地上鋪著感覺相當高級的地毯。我的右手邊、也就是五反田正臣的正前方牆面嵌著一臺薄型液晶螢幕。我抬頭一望，我們頭頂垂吊著一盞金碧輝煌的藝術吊燈。此外房間內還有張小圓桌，上頭擺著一盤水果、水果刀及餐巾。

「好像是蜜月套房。」我東張西望著，試圖掌握房間內的樣貌。

「看來我們被抓了。」

「大石，大家都知道的事就不必說了。」
「五反田前輩，你到底在打什麼主意？」
「喂喂，渡邊，聽這語氣，你在生氣？」
「五反田前輩，你不是想好策略了嗎？」
「這就是我的策略。」
「咦？」
「既然我們的行動已經被看穿，偷偷摸摸是毫無意義的，我們只能選擇正面對決。」
「但我們正面對決失敗了，不是嗎？」
「別那麼早下定論，接下來才是重頭戲，我們現在是處於對決中。」
五反田正臣臉上看不到一絲一毫挫折，相反地，大石倉之助臉上則看不到挫折感以外的東西。他哭喪著臉，一次又一次地嘆氣。看他如此沮喪與後悔，我不禁想苦笑。
喀噠一聲，我右手邊稍遠處的一扇門打了開來。
我知道有個男人走了進來。
我的正前方就是一張沙發。男人走到我面前，在沙發上輕輕坐下。
「你們好。」
男人張著雙腿，雙手放在膝蓋上。這位傳說中的永嶋丈有著一對雙眼皮的大眼睛，眼神帶點憂愁，卻極為銳利。
「永嶋丈嗎？」
「五反田前輩，直呼人家全名太失禮了吧？」大石倉之助驚訝地喊道。他的位置剛好背對永嶋丈，只好不停扭動身子轉過頭，關注著背後的狀況。
「有什麼關係，永嶋丈就是永嶋丈。」五反田正臣依然大剌剌地直呼永嶋丈的全名，「難道因為是議員，就必須尊稱一聲『永嶋老師』(*1)嗎？」
「不管是什麼人……」永嶋丈開口了。
他的聲音低沉而緩慢。一張輪廓極深的臉，神情卻帶著少年的稚氣，相當有魅力。我在他身上感覺到一股足以魅惑人心的力量，彷彿只要一個不注意，內心的精

*1 在日本，議員、律師、醫生、作家這一類地位較高的人都會被尊稱為「老師」。

神世界就會完全受到他的掌控。

「不管是什麼人，每天被別人喊著『老師』、『老師』，內心遲早會腐敗。無論是學校老師、醫生、議員、律師或作家，都一樣。環繞在『老師』這個字眼周圍的虛偽階層關係會讓人變得傲慢，奪走人心的謙虛美德。」

「永嶋，我們終於見面了。」五反田的語氣充滿了溫暖，彷彿正感動著終於見到了多年不見的老友。一時之間，我還以為他們是舊識，但這當然只是我的錯覺。

「雖然只是我單方面很想見你啦。」

「請問，剛剛那是怎麼回事？」我插嘴道。在機場地下停車場的步道上，我們被一股看不見的神祕力量沉沉壓住，我想知道那到底是什麼。

「喔，」永嶋丈說：「剛剛對付你們的手段粗魯了點，真是抱歉。我身邊的人都有些神經質。」

「那叫神經質？為了保護你這傢伙？」

「五反田前輩，你不但直呼全名，還叫人家是『你這傢伙』？」

「你別囉嗦，重要的是那股力量到底是什麼？一般神經質的人可沒辦法辦到那種事。」

我突然發現現在這狀況有點詭異，永嶋丈怎麼可能單獨一人出現在我們面前？他從未見過我們，又知道我們是可疑人物，即使我們的手腳都被綁住，他也沒必要在不帶護衛的情況下冒險與我們會談吧？

「那股力量到底是什麼？該不是魔術吧？明明沒人動我們一根寒毛，我們的身體卻被壓得無法動彈。」五反田正臣繼續追問。

永嶋丈微微壓低身子，兩手在外張的雙腿間交握，他一邊撫著自己的手指，似乎在思考著該怎麼開口。不知是因為靦腆還是不耐煩，他的臉上帶著一絲苦笑，而就連這個神情也讓他更像個純真無邪的少年。

好一段時間，房間內陷入沉默。

「那是超能力吧？」我直截了當地說道：「世界上有些人擁有特殊的能力，而有間學校，專門研究、調查並培育擁有超能力的小孩子，那就是播磨崎中學。我說的沒錯吧？」

我一口氣說完。

接著，我目不轉睛地凝視著永嶋丈。

「喂，渡邊……」五反田正臣的聲音中滿是疑惑。

「渡邊前輩，你說的到底是什麼……」大石倉之助也尖著嗓子問道。

「永嶋先生，」我繼續說下去，背上彷彿感受到井坂好太郎與岡本猛的呼吸，我頓時湧現一股使命感，說什麼也要把他們絞盡腦汁得出來的結論公諸於世。

「五年前，你在那所中學當庶務員，某天一群攜帶武器的歹徒衝進學校，幾乎殺害了一年級全體學生，最後歹徒都被你擊斃了，是這樣嗎？」

種種畫面開始浮現我腦海，那是我不久前在電影院看過播磨崎中學案件紀錄片的畫面，但這些逐漸被另一些電影畫面掩蓋，那就是《驛馬車》與《烏鴉》，這些則是我在井坂好太郎的小說原稿誘導之下所看的電影。

永嶋丈沒有回答我的問題，他只是凝視著我，既不承認也不否認。

「於是你成了化解危機的大英雄，受到世人注目。」

「危機並沒有被化解，很多學生和老師都死了。」

「你在一夕之間成為風雲人物，如今已是一位議員。」

「你是想說，一個幹庶務員的政治門外漢不該插手政治？」永嶋丈沒有生氣，反而看似有些樂在其中。他興致盎然地直盯著我，眼睛眨也不眨一下，我不禁有些退縮。

「不是的，我相信你有成為政治人物的實力。雖然我很不喜歡領袖魅力這個字眼，但我不得不承認，你擁有這種魅力。」

「我也不喜歡這個字眼呢。」永嶋丈瞇著眼睛說道。此刻的他看起來就像個不懂虛偽為何物、全心投入運動的好青年。

「所以，我認為你成為政治人物是必然的結果。」我愈說愈搞不懂自己想說什麼。面對一個知名的大人物，我有些亂了方寸，竟然把話說得如此顛三倒四，真是太丟臉了。我害羞到很想伸手摀住臉，但是我的雙臂都被綁在椅子上，連搔搔鼻頭都辦不到。想到這，我忽然覺得鼻子好癢。

「你想說什麼呢？」永嶋丈催促著。

我做了一次深呼吸，然後像念咒文似地一股作氣說道：「你們所公開的播磨崎中學案件內容並不是真相，對吧？」我察覺我的尾音有些顫抖。

「還有呢？」

「你根本不是打倒歹徒的英雄，整起案件都是捏造出來的。」

永嶋丈露出了平靜的微笑，輕輕點頭說道：「沒錯，我抵達現場的時候，一切都已經結束了，我只是被拱成英雄而已。」

如今已稱得上是國民英雄的永嶋丈淡淡地說明為何他非但不是國民英雄，甚至不是任何意義上的英雄。「你說的沒錯，播磨崎中學案件另有內情。」他看著我，毅然決然地說道。

「那所中學專門收容擁有特殊能力的孩童，對吧？」我再次確認，「還有，前往學校的那群人根本不是什麼持有武器的歹徒，而是學生家長，對吧？」

任何政治人物想必都很討厭被人像這樣咄咄逼人地質問，但永嶋丈的臉色絲毫沒有改變，一直維持著精悍的表情及帥氣的美式足球選手氣質，他只是輕輕點了頭說：「那一天，來到學校的家長共有九人。」

「家長去學校幹麼？」

「關心自己的小孩。」

「這就是所謂的過度保護吧，真是的。不過他們真的只是普通的家長，而不是可怕的歹徒嗎？為什麼和新聞報導的差這麼多？」

「五反田前輩，他們真的只是學生家長。」我說道。

永嶋丈將上半身傾向前，手臂撐在張開的雙腿上，「播磨崎中學要求全校學生都必須住宿，學生原則上不能回家，雖然並非完全與世隔絕，但家長無法得知校內的所有狀況。」

「你的意思是學生的郵件與電話會遭到校方監控嗎？」

「不是的。」永嶋丈立即搖了搖頭，「會有這樣的情形，都是出於學生的自由意志。」

「學生基於自由意志，不想把學校的內情說出去？」怎麼可能有這種事？

「擁有自由意志並不代表擁有自由選擇的權利，這是兩回事。」

永嶋丈這句話有些難以理解，但我還沒開口發問，他又接著說道：

「總而言之，一群對學校教育內容有所質疑的家長來到學校，要求與學生見面。就像你們今天的作法一樣，他們並沒有事先通知學校，我想他們大概是怕如果事先告知，等於給了校方機會隱瞞一些事情吧。換句話說，那是一場由家長發起的突襲檢查。對於這突如其來的狀況，校方當然慌了手腳，但又不能將家長趕走，只好為他們安排了與孩子單獨見面的會面室。不過我當時不在場，這些都是我聽來的。」

「當時你正在庶務員室裡打掃？」我想起了他在紀錄片裡這麼說過。

「是啊，當時我正在清理吸塵器裡頭的塵埃。」他露出了爽朗的笑容。

「如果家長順利見到了小孩，為什麼會發生騷動？為什麼會死那麼多學生？」我忍不住以粗暴的口氣問道。到底發生了什麼事，竟然會造成一整班學生死亡的慘劇？

「因為九位家長之中，有一位母親無法見到自己的小孩，這位母親叫做小林友里子。」

就在這一瞬間，我的眼前似乎走了樣，景象完全改變了，被綁在椅子上的五反田正臣及大石倉之助消失得無影無蹤，坐在我正前方的永嶋丈也失去了蹤影，取而代之的是，我看見了一個風格完全不同的空間，四面有著純白的牆壁，排列著數張長桌，桌上放置許多電腦，空間當中站著一名中等身材的中年婦女。我的直覺告訴我，她就是小林友里子。隨著永嶋丈的描述，我感覺自己彷彿鑽進了小林友里子的體內，即將親身經歷這一場五年前在播磨崎中學發生的案件。當然，所謂的親身經歷，不過是我腦中的妄想。

這裡是教職員休息室。小林友里子專程來學校想會見兒子小林輝秋，滿頭白髮的學年主任卻對她說：「輝秋今天沒來學校，很抱歉沒辦法讓您見到他。」小林友里子聽了之後滿心困惑，不知如何是好。

「我們已經為各位安排了獨立的會面室，等一下我們會將學生帶過去，各位可以在會面室內與小孩好好聊聊再回家。」這是剛才校方告訴家長們的說詞。一名父親抱怨道：「這樣簡直像在會見囚犯嘛。」但他們和小林友里子比起來已經幸運得多，因為小林友里子根本見不到孩子的面，她覺得自己彷彿遭到同伴遺棄。

「輝秋今天在宿舍廚房被熱水燙傷了手，已經送去醫院了，所以今天沒來學校。等他回來，或許您有機會與他見面，但是我們目前無法安排會面。」

滿頭白髮的學年主任或許是老花眼的關係，戴著眼鏡，而且理著平頭的他有對細小的眼睛，展現出來的威儀氣度完全不像生活在和平象牙塔裡的教師。

「恕我們無能為力，小林太太。」小林友里子聽他這麼說，也不敢反抗，只能點頭接受了。她怕自己要是大聲抗議，把場面搞僵，搞不好會害得其他家長無法順利會見自己的孩子。

小林友里子因為擔心兒子，特地從九州來到了這裡。但是為什麼會這麼擔心，她自己也說不出個所以然。

一開始會讓兒子就讀播磨崎中學，就只是順其自然能讀就讀了。兒子在上中學前接受了學習中心舉辦的聯合測驗，學習中心的職員告訴小林友里子：「根據學力測驗及健康檢查的結果，輝秋符合播磨崎中學的推薦入學資格，他很優秀呢。」小林友里子聽了之後頗為開心，但沒有特別在意這件事，畢竟兒子又不是非念播磨崎中學不可。不過播磨崎中學的學費相當便宜，而且因為是新學校，還能獲得特別補助金，丈夫大表贊成。加上兒子輝秋參加過一次播磨崎的體驗課程之後，似乎也被尊重想像力、沒有制服等自由校風以及各種嶄新的課程內容深深吸引。既然如此，小林友里子似乎也找不到理由反對兒子入學。

兒子搬進宿舍後，定期會與家裡聯絡，通常是寫電子郵件，偶爾也會打電話。雖然兒子完全沒提到任何讓雙親擔心的事情，但小林友里子總覺得這種「太過平安的近況報告」不太對勁。「一點問題都沒有，是不是有點不合常理呢？」她如此想著。

丈夫則認為她在杞人憂天，不耐煩地皺著眉頭說：

「人家不是說，沒消息就是好消息嗎？」

小林友里子想想還是不對。兒子定期與家裡聯絡，並非音訊全無，但淨是報平安的好消息，反而讓她隱隱覺得不安。

當然，小林友里子還不至於只因為這一點便特地跑到東京見兒子。

契機是有一天，她收到了一封電子郵件，寄件人名叫間壁俊一郎，他與小林友里子一樣是該校的學生家長，不知是如何查到兒子班上同學家裡的電子郵件信箱，間壁俊一郎在信中寫著：「要不要一起去學校看看？最好不要告知學校，就當是突襲檢查。」

間壁俊一郎似乎也對兒子寄來報平安的信件內容持懷疑態度。小林友里子的丈夫對這件事嗤之以鼻，她卻有些動了心。此外還有一個更重要的原因——間壁俊一郎公開了他兒子寫回家的信件，小林友里子發現那些內容與她兒子所寫的非常相似。

間壁俊一郎是這麼說的：

「雖然說沒消息就是好消息，但報喜不報憂的虛偽消息顯然是壞消息。我曾在某個高原住過一陣子，在那裡我學到一件事，那就是，所謂情報是相當可怕的東西。」他的精神狀況似乎不太穩定，感覺有些神經質，甚至覺得他老是在懷疑自己有性命之憂。

小林友里子最後回信答應了，並與其他幾位贊成此事的家長取得聯繫，相約一同前往學校。

而如今，小林友里子面臨只有自己見不到兒子的局面，她相當沮喪，卻不知如何是好，恍恍惚惚地走出了教職員休息室，宛如夢遊般漫無目的地走著，不一會兒便迷了路。回過神時，發現自己來到了主校舍後方的別館走廊上。她心裡一陣恐懼，在寂靜無聲的走廊上急忙想回頭，卻聽見前方不遠處傳來細微的哀號。她停下腳步，懷疑剛才聽到的其實是自己的腳步聲。但她豎起耳朵一聽，鴉雀無聲的走廊上又傳來類似呻吟的慘叫。

小林友里子愈來愈害怕，但她沒有轉頭逃走，反而下定決心繼續朝前走去，因為她正擔心著一件事。

慘叫聲是從右手邊某扇門的門內傳出來的。小林友里子將耳朵湊上去，房間裡的聲音聽得更清楚了，有點像喘息，卻充滿了恐懼與悲傷，最重要的是，小林友里子對那個聲音非常熟悉，那正是她懷胎十月忍痛生下並辛苦拉拔長大的兒子的聲音。

小林友里子臉上登時失去血色，但下一瞬間，她又憤怒得氣血上湧，當下一把抓住門把用力向前推。她發現門上了鎖，便以全身的力量朝著門板衝撞，宛如發了狂的她再也無法維持冷靜。

小林友里子踉踉蹌蹌地撞進了門內，還來不及站穩身子，便急著往四周張望。映入眼簾的是一個狹窄的空間，自己的寶貝獨生子被綁在一張椅子上，眼睛也被蒙住，整個人動彈不得。而面對兒子站著的是一名身穿樸素套裝的嬌小女性，右手握著一樣東西，那怎麼看都是一把手槍。

「這是在搞什麼鬼啊？」五反田正臣急著問清楚箇中緣由，聽到他的聲音，我頓時回過了神，從播磨崎中學被拉回原本的飯店房間，我抬頭一看，豪華藝術吊燈正閃爍著光芒。這段關於小林友里子的想像太過真實，我一時之間竟無法分辨哪一邊才是現實的世界。

「拿手槍對付學生？這種體罰也太過分了吧？有沒有搞錯啊！」五反田正臣說道。

我能夠理解五反田正臣的疑惑，但我開口說出了可能的解釋。這是我的猜測，而井坂好太郎也提到過類似的說法。「這就是《幻魔大戰》理論吧？」我脫口說道：「為了讓學生產生恐懼，將學生逼上絕路，所以故意做出種種殘酷的實驗，是這樣嗎？」

「渡邊，你在說什麼啊？」

「我在說的是超能力。」我說。

「你從剛剛就一直提到什麼超能力的，到底是怎麼回事？」

「這整件事都圍繞著超能力打轉。有一間學校，專門針對人類擁有的特殊能力進行研究，名義上大概就是專攻資格考的學校吧，而那間學校就是……」

「沒錯，那就是播磨崎中學。你說對了。」永嶋丈的聲音迴蕩在室內。

天花板上的空氣清淨機排出空氣，發出宛如人類呼吸聲的聲響。

「為了喚醒學生的特殊能力，那間學校會使用一些粗暴的手段，而學校老師其實都是醫師或學者，他們將這種粗暴的研究手段稱為『個別輔導』，每個學生都輪得到。」

「這到底是什麼跟什麼？」大石倉之助無奈地說道。但永嶋丈沒理會他，繼續說道：

「既然是研究，當然會注意防範事故，但手段還是相當粗暴，因為安全的環境下是無法誘發出特殊能力的。人類只有在感受到恐懼的時候才會發揮潛在能力，對吧？」

「我確實聽過這種論點。」

「渡邊前輩，你為什麼一直認同他的話？」大石倉之助高聲說道。

「你們到底在說些什麼啊！」五反田正臣也氣沖沖地說道。眼前的人說著自己聽不懂的話題，想必讓他很難受。

永嶋丈輕輕聳了聳肩，「小林友里子闖進了個別輔導的現場，目睹兒子遭到殘酷的對待。」

「後來呢？」五反田正臣問道。

我不難想像，此時母親一定是拚了性命也要救出兒子吧，這是身為母親的天性。永嶋丈果然回答：「小林友里子朝那名老師衝了過去。」

「這就是母親啊。」我感慨地點點頭。

「後來呢？」五反田正臣又問了一次。

「那名女老師嚇了一跳，沒想到孩子的母親會在這時候衝進來。她心中一急，扣下了扳機。」

「她對母親開了槍？」五反田正臣口氣尖銳地問道。

「對，她對母親開了槍。」

我聽著永嶋丈的回答，意識彷彿再度離開軀體冉冉上升，移動到另一個空間去。我又來到了五年前的播磨崎中學，進入那間個別輔導的教室，與天花板融為一體，俯視著小林友里子撲向女老師並被開槍打中的過程。

身高不高、一身樸素衣服的小林友里子仰躺在地，嘴裡吐著紅色泡沫，鮮血不斷從她的腹部流出。一名身穿套裝的女人站在一旁，低頭望著手上的手槍，皺著眉頭氣自己為何做出這麼魯莽的行為。

就在這時，整間教室開始震動，連與我合而為一的天花板下方的日光燈都劇烈搖擺。

引發震動的人，正是坐在椅子上的小林輝秋。他屁股下的椅子不停抖動，椅子腳頻頻敲打地面。雖然他的雙眼被黑布蒙住，手腳也被類似小型項圈的皮帶綁在椅子上，他張嘴發出狼嚎般的怒吼，舌頭宛如火焰般不斷搖曳，那吼聲太過巨大，撼動了整間教室。

女教師驚訝地望著牆壁的震動，終於發現問題出在小林輝秋身上，嚇得睜圓了眼。

「母親被殺，讓那孩子當場發狂了？」五反田正臣不耐煩地問道。

「當時我並不在場，無法明確告訴你發生了什麼事。」永嶋丈先坦承這一點，接著說：「以上細節都只是我根據情境狀況及想像力所做的臆測。不過，有一點我可以肯定。」他點了點頭，「小林輝秋亢奮地發出怒吼之後，扯斷綁住手腳的縛具，殺死了女老師。教室裡的攝影機把這一幕全拍下來了。」

「嗚。」大石倉之助發出近乎哽咽的驚呼。

「呿。」五反田正臣則是嘖了一聲，說道：「你該不會想說那個女老師是被超能力殺死的吧？」

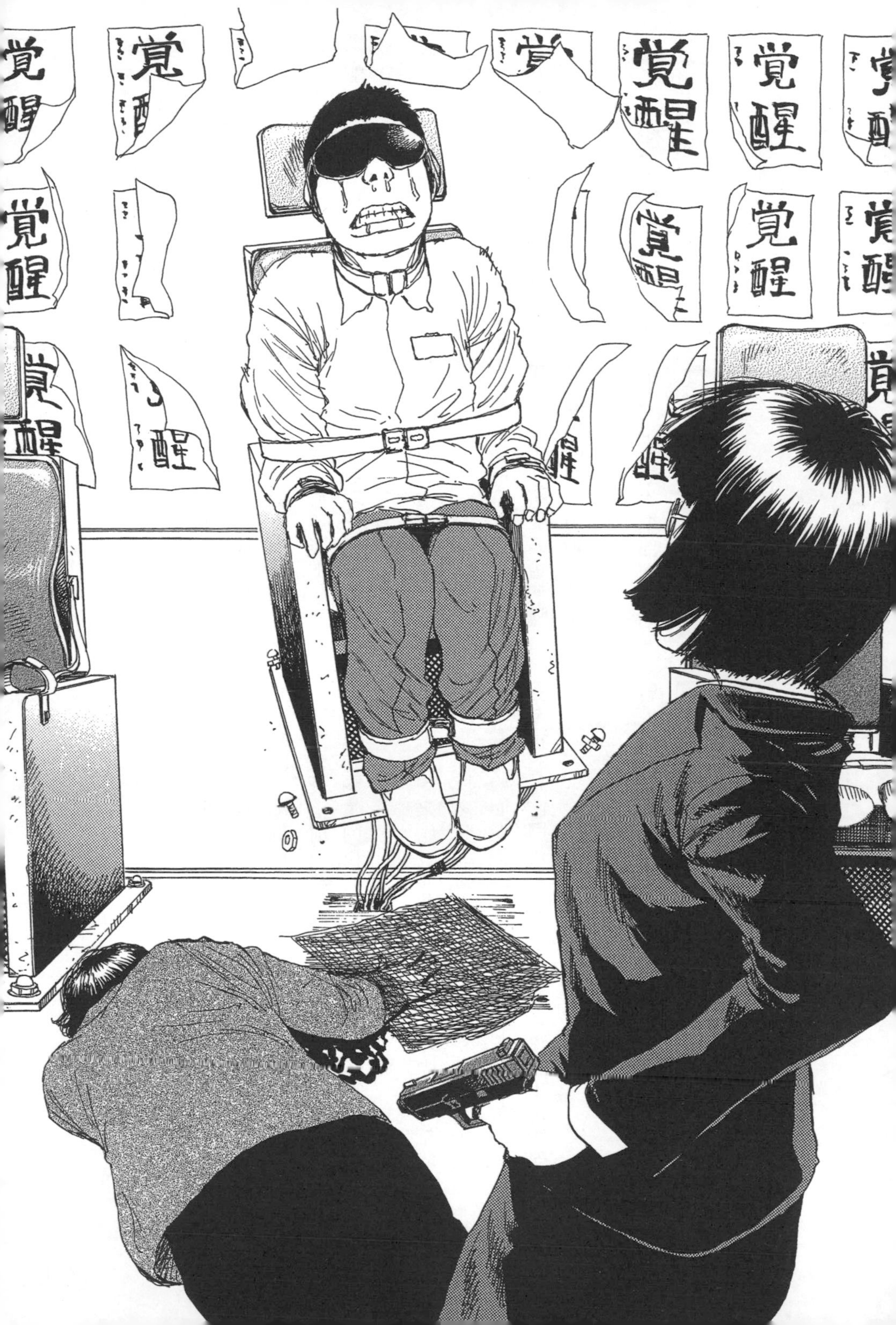
覚醒
覚醒
覚醒
覚醒
覚醒
覚醒
覚醒

我心想，這是唯一的可能性。

但永嶋丈並沒有證實這一點。「我說過了，當時我不在場，一切都是我的想像。如果你們認為那時小林輝秋發出了某種超能力，那是你們的自由；但如果你們認為這太荒誕無稽，大可用其他方式來解釋，好比人類在陷身火海時會突然爆發強大的力氣試圖逃生，小林輝秋或許就是藉著這股力氣衝向女老師，奪走她手上的槍，開槍將她射殺。如何？這樣的解釋是否比較容易接受呢？」

五反田正臣愣了一下，回答：「嗯，這還勉強可以接受。」

「那你就這麼解釋吧。小林輝秋使出全身力氣，把女老師殺死了。這與漫畫中才會出現的超能力毫無關係，大概是因為腎上腺素的過度分泌或是肌肉神經系統的異常吧。」

永嶋丈接著談起播磨崎中學一整班學生全部送命的事情經過。

46

「接下來發生了什麼事？」

其實我真正想問的是「接下來輪到誰被殺？」但我問不出口，那實在太沉重了。

「殺死老師的小林輝秋完全嚇傻了。同時看著母親和老師的屍體倒在地上，不發狂才奇怪吧。真是難為他了。」

平心想來確實如此。小林輝秋才中學一年級，剛從小學畢業沒多久。雖然此時正是自我意識開始增強、漸漸學會狡獪與逞強的年紀，但畢竟還是小孩子，突然面對母親的死亡與親手殺害老師的事實，不可能保持冷靜的。

「後來小林輝秋做了什麼？」我問道。永嶋丈聳聳肩，露出「你想像一下就知道了吧」的神情。這一瞬間，我彷彿再度衝進五年前播磨崎中學的案件現場，眼前的桌椅、人物及一切景色宛如片片魚鱗斑駁剝落，逐漸碎裂消失，取而代之的是完全不同的景色。那是一道宛如醫院內部的純白色走廊，我在走廊上奔跑著。正確來說，奔跑的人不是我，而是小林輝秋。他穿著一件深藍色運動服，上頭有著紅白相間的條紋，頭髮像硬毛刷一樣根根翹起，身材瘦小，神情稚氣。只見他氣喘吁吁，腳步跌跌撞撞，沿著走廊狂奔。而我則緊跟在他的後頭，看著他所看見的一切。

這是怎麼回事？到底發生什麼事了？——他一邊反覆低語，一邊往前跑，數度甩了甩頭，似乎想把死在自己手下的女老師的模樣從腦袋甩出去。他奔過一處左轉角時摔了一跤，膝蓋撞到地上，他慌忙爬起，繼續往前跑。

我不難想像他要去哪裡。「自己的教室。」我不自覺地呢喃道。一名中學生走投無路時，只會想求助於朋友。「他要把剛剛發生的事告訴班上同學。」

小林輝秋一抵達自己的班級教室後門，使盡全力拉開門，而或許是情緒太激動，他絲毫沒有放輕力道，那扇門發出砰然聲響，脫離門軌，整個門板倒向走廊，再度發出刺耳的巨響。

全班同學登時轉頭望向教室後方的小林輝秋，還有我。教室裡正在上課，前方的螢幕旁站著一名頭髮及肩、身材修長的男老師。

「輝秋？」同學喊了他的名字。接著大家七嘴八舌地問道：「你怎麼了？」、「你在發什麼呆？」、「小林，你沒事吧？」、「你手上那是什麼？」、「血？」

小林輝秋舉起右手，發現手上沾著顏色深淺不均、有些濃稠的紅色液體。就在他意識到那是血的瞬間，腦中浮現瞪著雙眼倒在自己眼前的女老師的面孔，他再也無法忍耐，當場嘔吐了起來，但吐出來的只有帶著酸味的胃液。

「輝秋，你怎麼了？你沒事吧？為什麼吐了？」幾名同學擔心地離開座位朝他走近。

「喂，小林，怎麼了？發生什麼事了？」身材修長的男老師也快步走來教室後方。

小林輝秋望著腳邊的嘔吐物，不停嗚咽，一句話都說不出來。

「喂，小林，怎麼了？發生什麼事了？」男老師以強硬的語氣再次問道：「你快說啊，這血是怎麼回事？發生什麼事了？」

這名男老師的下巴極寬，兩眼外擴，長得像條魚。他似乎並不擔心小林輝秋的狀況，而是在擔心其他事。

「小室老師和……」小林輝秋開口了，但他發現自己的聲音太小，於是以更大的力氣擠出了聲音：「小室老師和我媽媽死了！」他說完這句話，突然感到全身發冷，開始不停顫抖，幾乎無法站立。

其他同學也都湊了過來圍著小林輝秋，大家議論紛紛，整個班級籠罩在不安之中。

「小室老師……開槍殺死了我媽媽。」小林輝秋緊握拳頭，強忍著不讓自己嘔吐出來。一名感受性及想像力較豐富的女學生已發出了尖叫。

「小室老師呢？小室老師她人呢？」男老師抓著小林輝秋的手臂不停搖晃，但他似乎害怕摸到小林輝秋手上的鮮血，只敢抓著運動服沒沾到血的部位。

小林輝秋只說了一句「小室老師她……」便再也說不下去，全身顫抖了起來。就在同一時刻，地板開始震動，教室的窗戶也發出劈啪聲響。

「永嶋丈，你該不會想說，他發出超能力把窗戶震破了吧？」五反田正臣插了嘴，一副防禦心甚強的語氣。

但我心想，那一定是超能力。可是永嶋丈同樣沒有明確證實，「你只要相信你想相信的就好。不過事實是，教室裡所有的窗玻璃都破了。有很多可能的解釋，譬如當時校舍的西側突然吹來了一陣強風。」

「真的嗎？」

「我要說的是，這也是一種可能性。」永嶋丈的口氣逐漸變得像在跟熟稔的朋友說話，彷彿我們三人和他已拉近了不少距離，「突如其來的強風把窗玻璃吹破了。你們不妨上氣象廳查查看，就會知道我沒有說謊，那天真的突然颳起強風。如果你們認為這樣的解釋比超能力合理，那你們就這麼解釋吧。我說這些並不是想說服你們相信超能力的存在，總之窗玻璃破了，好幾名學生發出尖叫，陷入亢奮狀態，恐慌的心情在學生之間傳染開來。」

「你該不會想說，學生哇哇大叫，各自發出什麼鬼超能力，搞到後來全班的學生都死光光了。不會是這種爛結局吧？」

「你放心，」永嶋丈撇起嘴角說：「不是那種結局。」

我再次來到播磨崎中學案件的現場，成為站在小林輝秋背後的旁觀者之一。眼前的景色雖然完全基於永嶋丈的描述，卻異常真實。

窗玻璃破了，學生們亂成一團，此時數名大人奔進教室裡，領頭的是一名滿臉皺紋的短髮老教師，後頭跟著數名教師，他們紛紛問道：「到底發生什麼事了？」

老教師環視教室一圈之後，對身旁的一名男老師說：「你到隔壁班去看好學生，別讓他們過來，免得事情愈鬧愈大。」

在場所有人之中，只有這位穩重的老教師能夠維持冷靜做出指示。接到命令的男老師大聲答應，立刻往隔壁教室走去。

「發生什麼事了？」老教師問長頭髮的男老師，並瞥了一旁的小林輝秋一眼。老教師也看見地上的胃液及輝秋運動服上的血跡了，卻絲毫不動聲色。

男老師還沒回答，一名學生突然插嘴說：「喂，輝秋，發生了這種事，還是快點叫警察吧。」

老教師以冰冷的視線望著那名學生，說道：「我們正在確認狀況，你安靜點。」老教師的語氣平穩，卻充滿讓人無法違抗的強制力。

一時間，所有學生都安靜了下來。但此時小林輝秋做了個舉動，他伸出雙手，奮力將眼前的老教師推了出去。老教師向後一倒，撞翻桌子，一屁股坐到地上。

緊接著又有另一群人吵吵鬧鬧地衝進教室，那是間壁俊一郎等家長一行人以及各自的孩子，他們原本都在獨立的會面室內進行親子談話，聽到騷動全都跑了過來。每個家長都神色緊張，瞪大雙眼問道：「你們在吵什麼？」

學生於是鼓譟了起來，平日受到壓抑的情緒在一瞬間釋放，反抗教師的行為讓他們感到興奮，學生高聲吼叫，整間教室散發著一股團結的熱氣。過不了多久，情勢演變成學生與家長聯合對抗教師，抗爭場面一觸即發。

「接下來，就爆發了。」永嶋丈說。

我再次回過神來，望了望飯店房間牆壁及天花板上的藝術吊燈。

永嶋丈不知何時拿起了水果刀和一顆黃色水果，正以優雅的手勢削著果皮。

「爆發？你是說超能力嗎？」大石倉之助問道，顯然不敢相信卻又無法忍著不問，「真有這樣的事嗎？」

我的腦海浮現一幕景象，學生的雙眼放射出光芒，凝視著教師，這畫面的清晰程度勝過方才見過的所有影像。

學生的體溫逐漸上升，汗腺全部張了開來，同時排出汗水及熱氣。小林輝秋再次吐出摻雜著唾液的胃液，而就在同一時間，宛如所有同學約定好了似的，教室吹起一股熱風，教師的皮膚全遭到灼傷潰爛，熱空氣讓景色逐漸扭曲，我眼前的畫面就像是被銼刀磨過似的，漸漸變得模糊不清。學生潛在的特殊能力全釋放了出來。

我心想，原來如此，這就是五年前發生在播磨崎中學的案件真相。然而永嶋丈接下來所說的話卻全盤推翻了我的想像。

「超能力的集體爆發，怎麼想都太荒誕無稽了吧。當然，這有可能是事實，以我而言，或許我會選擇相信。不過，我建議你們想像一些更有可能發生的情況，比方說爆發的並不是超能力。」

「不然是什麼？手槍嗎？」

「是教師的恐懼。」

「教師的恐懼？」

「那所學校進行的是特殊能力研究，學生都是接受實驗者。我相信教師處在那樣的環境下，應該對超能力這檔事尤其神經質吧。他們非常害怕學生處在異常亢奮的狀態下，會將超能力釋放出來。」

我恍然大悟，忍不住想用力點頭。在一觸即發的氣氛下，如果被人拿槍指著，恐怕沒人能夠保持冷靜吧。何況當時教師們面對的並不是槍，而是不知具有何種效果的超能力，那就像是一把把看不見的槍，教師完全無法預測學生會在什麼時候、以什麼樣的方式攻擊自己，那種恐懼絕對不是一般程度所能比擬。

「我猜大概是其中一名或數名教師因為無法承受恐懼而開了槍。」

「教師開了槍？」

「開槍打了學生。」永嶋丈將切完水果的刀子輕輕放回桌上。

「結果呢？」

「結果就是一場混戰。」他將水果放入口中一咬，果肉登時碎裂，果汁噴了出來，咀嚼聲聽起來相當刺耳，「槍聲裡混雜著哀號與吼叫，總之場面一發不可收拾。我在庶務員室裡也察覺到不對勁，連忙丟下吸塵器衝去教室查看。」他說到這，以自嘲的口吻笑了笑說：「終於輪到我登場了。」

「你是從天花板的配線管爬進教室的嗎？」我想起

紀錄片裡的描述。永嶋丈原本是個簡樸務實的庶務員，當察覺到異狀，他鼓起勇氣沿著昏暗的配線管匍匐前進，闖進教室裡殺掉歹徒，而今的他成為肩負國家未來希望的大英雄。至少紀錄片裡是這麼說的。

「別傻了。」永嶋丈聳聳肩說道：「我當然是穿過走廊，走上樓梯，和平常一樣走到教室去。配線管那段只是一種修飾罷了。」

「修飾？」

「我抵達教室門外時，小林輝秋弄倒的門板依舊躺在地上，所以我一眼就看到教室裡發生了什麼事，當場嚇得愣在原地。」

永嶋丈露出了痛苦的表情，但並不像是在懊悔自己

當時的不爭氣，而是在訴苦自己過了五年還是無法忘記那駭人的畫面。

「教室裡的學生與教師全部倒在地上，身子一個疊一個，桌椅亂成一團，地面積滿了水。我仔細一看，發現那液體比一般的水多了一些厚實感、光澤與黏性，才曉得那是血。整個教室裡只有兩個人還站著，一名是姓緒方的老教師，另一名是個身材矮小的學生，其他人都倒臥在地，而緒方正拿槍指著學生的頭。」

「指著學生的頭？」

永嶋丈點點頭，「對，然後他開槍了。就在同一刻，我踏進了教室，自己也很後悔怎麼偏偏在這種時候走進去。緒方看見我，便把槍口指向我，但他沒有開槍。」

「因為你是議員？」

「我當時只是個庶務員啦。」永嶋丈哈哈大笑，似乎已經對我們失去了戒心。

剛開槍殺死學生的緒方老師不但一副若無其事的神情，甚至給人一種剛處理完一件麻煩工作的清爽感。他對永嶋丈說：「你得幫我處理這件事。」

接下來不再是臆測或想像了，而是永嶋丈的親身經歷。隨著他的敘述，我再度回到現場，緊貼在永嶋丈身後，看著播磨崎中學案件的經過。

緒方這位矍鑠老人，要是臉上沒有皺紋，看他那副精神抖擻的站姿，任誰也看不出他是老人家。兩個宛如樹洞的眼窩射出銳利目光，落在狼狽不堪的永嶋丈身上。「你跟我到隔壁教室去。」他以命令的口氣對永嶋丈說道。平日永嶋丈就一直很好奇這位老教師究竟幾歲，此時他的疑惑更加強烈了。

「去隔壁教室？」

「我們得為這場騷動做個說明。」

老教師緒方將手槍收進外套內側口袋，對滿地的屍體看也沒看一眼，便走出了教室。永嶋丈不由自主地跟了上去，卻差點因為地上的鮮血滑倒。

「說明？這種狀況要怎麼說明？」永嶋丈回頭望向滿教室的死屍一邊問緒方，他拚了命才沒把胃裡的東西吐出來。

「那個緒方到底是何方神聖？看來肯定不是個平凡的老教師。」五反田正臣問道。聽他的語氣不像是在挑毛病，而是試圖撥開腦中的迷霧，想看清楚腦中的景象。比起眼睛的失明，他似乎更無法接受腦袋的失明。

「我也不了解緒方那個人，不過，你們都見過他。」永嶋丈爽快地說道。

我們三個都大吃一驚。「咦？什麼時候？在哪裡？」

「就在剛剛，機場停車場內。」

難道是那些隨從之一？

「總之，緒方把事發過程告訴了我，包括小林輝秋的自白，以及自己目睹的一切，接著他對我說：『要收拾這個局面，有兩個辦法。』」

「兩個辦法？」我心想，緒方的意思是只有兩個辦法，還是多達兩個辦法呢？

「滅口，或是封口。」永嶋丈說。

「播磨崎中學裡死了太多教師、學生以及拜訪學校的家長，學生的死亡人數更是多達一整個班級，教室內遍地鮮血，要清掃也不是件容易的事，這麼嚴重的事態很難徹底隱瞞，最快速有效的作法就是，」永嶋丈說：「滅口或封口。」

我吞了口口水。由於上半身被緊緊綑綁在椅子上，連吞嚥都有些辛苦。「這太亂來了吧？」

「我當時也這麼覺得，但是緒方老師意志相當堅決，毫不遲疑地問我，『你選擇哪一邊？』」

我感覺自己彷彿成了永嶋丈，一名年齡不詳、一頭短髮、滿臉皺紋的老教師站在面前問我：「你選擇哪一邊？」

此時兩人已走出屍橫遍地的教室來到走廊上，正準備到隔壁教室進行說明。

「哪一邊？這我沒辦法決定吧？」當時還是庶務員

的永嶋丈以顫抖的聲音回道。

緒方蹙起眉頭，擠出了更多的皺紋，「如果選擇滅口，你知道代表什麼意思吧？也就是說，只有教師例外，其他人都得死，包括隔壁班的所有學生。」

「包括隔壁班的學生？」永嶋丈指著斜前方的教室問道。

「這就是滅口的意思。殺了所有人，再編出另一個真相。」

「什麼另一個真相？」

「一群身分不明的武裝分子侵入學校，把學生殺死了，反抗的教師也負傷或死亡，大概是這樣的情節。」緒方一口氣說完這段話，驚訝不已的永嶋丈不由得問道：「這是你剛剛才想出來的嗎？」

緒方一副嫌麻煩的語氣說：「這是固定模式。世上太多事情都有其固定處理模式，或可稱為必然的過程。像今天這樣的事情，過去一定也發生過。只要某種狀況一出現，就套用某種固定處理模式，周而復始，久而久之就會產生變化，而所謂的系統就會由於這些變化而逐漸演進。」

永嶋丈聽得一頭霧水，只好沉默不語。緒方繼續說：「這就像數學定理、物理定律或化學法則一樣，我可是花了人生大半以上的時間在學習這些固定模式。不過你不必管這些，我只告訴你一件最重要且最單純的事。」

「什麼事？」

「如果選擇滅口，你也得死。」

「仔細想想，這是理所當然的。既然他要殺害所有人，捏造出虛假的真相，怎麼可能留我這個庶務員活命？他一說，我才驚覺到這一點。」永嶋丈說得從容優雅，宛如在敘述一件孩提時期的糗事，我們卻笑不出來。「滅口」這個令人難以置信的字眼如同一塊重石壓在我們的胸口。

「等我從驚訝中回過神時，我已經在兩個辦法之中選了一個。」

他說出這句話時帶了些許羞愧，但我不認為他需要感到羞愧。比起自己與更多的學生被殺，當然「封口」才是正確的選擇。

「緒方沒有片刻遲疑便展開了行動。」永嶋丈說：「他走進隔壁教室時，裡頭的教師與學生早已慌成一團，他們一定聽見了槍聲和慘叫。這時緒方快步走上講臺，說了一句『大家冷靜點』。」

站在教室後方的永嶋丈心想，現在這種狀況下，怎麼可能憑這樣一句話就讓大家冷靜下來？但沒想到，教室內的嘈雜騷動在一瞬間便平靜了。

「擁有自信的人做出的指示，具有令他人服從的力量。」永嶋丈又咬了一口水果，「場面愈是混亂，人們愈想要仰賴充滿自信的言論。接著，緒方在講臺上對學生們說明了案件的真相，內容就一如他事先告訴我的，『一群侵入學校的歹徒將學生殺了，好幾位反抗的教師也死了』。」

「這不能稱為真相吧！」大石倉之助以接近哀號的聲音說道。我也點頭認同。

永嶋丈也點了點頭，但他說：「這就是真相。所謂的真相，總是事後才被拼湊起來。最適合當真相的情節，就是真相。」

「學生都相信了這個真相？」

「連我也差點信了。」永嶋丈說著笑了，「學生聽完緒方的說明後，當然非常害怕。試想，有一群帶著武器的歹徒闖進學校，會害怕也是無可厚非。每個學生都臉色蒼白，但聽了說明之後，他們確實比先前冷靜了一些。說明能夠讓人變得冷靜。」

「說明能夠讓人變得冷靜？」五反田正臣悶悶地說道。他的語氣和剛剛不太一樣，我覺得有點怪，他似乎在意著某個癥結。

「相反地，如果長期處在沒有得到說明的狀態，人會變得坐立難安。例如警報器響了，如果沒人理會或處理，大家都會很不安，但只要向大家說明『是小學生亂按了警報器』，大家就會釋懷多了，這時大家壓根不會想到附近沒有小學，或是警報器的裝設位置太高，小學生不可能按得到等疑點，只會迫不及待地接納這個說明。同樣的道理，那時緒方的說明也很成功，學生們都接受了。不，應該說是只差一點就接受了。」

「事情還沒結束？」我問道。從他的話中之意聽來，顯然還有後續。

「因為那對父子還活著。」

滿身是血的間壁俊一郎背著失去意識的間壁敏朗來到隔壁教室。

教室一片譁然，刺耳的尖叫聲此起彼落，夾雜著椅子翻倒的聲響。間壁俊一郎倚著身旁的桌子，似乎隨時會倒下。地上拖著一道黏稠的血跡，宛如蛞蝓爬行過所留下的黏液。

在學生環視下，間壁俊一郎指著講臺上的緒方，使盡全身的力氣大喊：「這個老師把隔壁班的所有學生都殺了，他想把我們全部殺光！這所學校果然有問題！」

教室內一片靜默。學生左顧右盼，看看滿身是傷、隨時可能死亡的間壁俊一郎，又看看面無表情站在講臺上的緒方。大家惶惶不安，不知道該相信哪一邊。

「那位父親顯然已經撐不久了，腹部不停流血，精神狀態也不太正常。我後來才知道，聽說他原本就有輕微的被害妄想症狀。他似乎也知道自己時間不多，於是奮力地重複著一句話，但圍觀的學生都聽不懂他在說什麼，在教室後方的我也沒聽懂。」永嶋丈的表情透露著對已逝的間壁俊一郎的同情。

「那句話是什麼？」

「安藤商會。」永嶋丈說道。這句話宛如一道閃電貫穿了我的思緒。

「原來……」我低喃道：「原來這字眼是這麼跟這起案件扯上關係的。」

「你聽過？」永嶋丈一臉訝異，我第一次見到他這樣的表情。

「你聽過？」五反田正臣也問我。

「我不久前才去了一趟安藤商會的所在地岩手高原，聽說間壁俊一郎在那裡住過一段時間。」

永嶋丈聽了愕然無語。我心裡有些爽快，感覺扳回了一點面子。

「渡邊，你怎麼會知道那些事？」五反田正臣的語氣帶著訝異與不爽。

永嶋丈雖然吃驚，還是繼續述說五年前的故事。

「間壁俊一郎當時已神智不清，嘴裡不停念著：『安藤商會、安藤商會……』後來還大喊：『我早就覺得這裡不對勁！這所學校比我想像的還要危險，大家快

逃去安藤商會吧！』」

「後來怎麼了？」我問了這句話，但我早已猜到結果是什麼。

「緒方開槍射殺了間壁俊一郎。」

我腦中彷彿看見間壁俊一郎中槍倒地仍護著兒子的模樣。

「緒方開槍之後，對著所有人說：『今天這件事絕對不准說出去。』」

「要徹底封住所有人的嘴，沒那麼簡單吧？」五反田正臣問道。永嶋丈霍地從沙發起身，走向窗邊，眯著雙眼眺望窗外。

「不知何時，一群手持槍械的男人進入了教室，後來我才知道，他們是接到緒方通知而趕過來的警察廳特殊部隊。總之，教室在一瞬間便被某種權力組織鎮壓住，一片肅殺的氣氛中，緒方對大家說了一番話。」

「他說了什麼？」

「『你們的一舉一動都被監視著。』」

「監視？」

「他說，如果你們把今天發生的事情告訴了別人，洩露剛剛告訴你們的『真相』以外的訊息，我們一定會知道，到時候可別怪我們無情了。所以你們絕對不能說出一個字，甚至不能對這件事情有所關心。」

「有所關心？」我的腦中有道光芒一閃，「好比上網搜尋嗎？」

「所以才會有那個暗號程式？」五反田正臣似乎也聽懂了，「用來過濾什麼人曾經上網搜尋那起案件？」

「利用網路搜尋來監控是最簡單的作法，這一塊當然是少不了的，但那只是監視系統的一小部分而已。總之，當時在場的所有學生連同我都被強迫做了一個約定，那就是『共同擁有唯一的一個真相，並捨棄其他真相』。你們知道嗎？如果要讓人遵守約定，最有效的方法是什麼？」

我很清楚答案是什麼。不，我根本就不斷親身體驗這個答案。

「那就是強調給對方看違反約定的下場會有多慘。」永嶋丈說：「要是違反約定，企圖接近這起案件的真相，就會遭遇禍事。只要讓大家明白這是一直以來的規矩，就沒人敢洩露祕密了。」

「接近真相就會遭遇禍事!?」大石倉之助似乎想起自己遭誣陷而被逮捕的不愉快回憶，張口喊道：「可是我跟那起中學案件毫無關聯，也沒有想要調查的意思，我只是上網搜尋了一下而已啊！」

永嶋丈偏起頭，望向背朝自己的大石倉之助，以同情的語氣說道：「要怪就怪你上網搜尋了。」

「原來是這麼回事。」五反田正臣似乎已完全弄清楚前因後果了。

「什麼意思？是怎麼回事？」大石倉之助問道。

永嶋丈接口說道：「假如有個人從某處聽到關於某件事的情報或傳聞，他會怎麼做？大部分的人都會先確認這些情報是否正確，或是除了自己還有誰聽過這些傳聞，對吧？換句話說……」他轉身坐回椅子上，「他會上網，結合數個關鍵字，按下搜尋鍵。」

「所以你們只要揪出上網搜尋相關關鍵字的人就成了吧。」

「可是，上網搜尋那起案件，又不見得是想調查案件真相吧？像我就沒那個打算啊！」

「大石，你想一下，這就和寫程式一樣。我們要將情報進行分類處理時，判定條件不能是籠統曖昧的，對吧？那你要怎麼讓機器判定某個人是不是『對案件真相有興趣』？誰曉得別人心裡在想什麼？相較之下，如果讓機器分辨某個人是否『曾經以該案件相關字眼上網搜尋』，就是辦得到的了。人的內心很難被程式化，但人的行動卻是可分析的。」

「但是，這麼做會讓某些無辜的人被冤枉呀！」

「錯殺一百也無所謂，」永嶋丈斬釘截鐵地說道：「重要的是讓試圖接近真相的人趨近於零。」

「太過分了！」大石倉之助指責道。但我知道過分的不是永嶋丈，他剛才也坦承說「這是一直以來的規矩」，很顯然規矩並不是他定的。

「被鎖定的關鍵字不能是一般人都想得到的，否則過濾不出特定人物。」永嶋丈說：「譬如，以『播磨崎中學案件 真相』這種複合關鍵字來搜尋的人想必有無數個，所以我們所檢查過濾的關鍵字，是只有當時在場的人才知道的字眼。」

「例如『播磨崎中學』加上『安藤商會』？」我問

道。當時在場的人聽見間壁俊一郎不斷嘟囔著「安藤商會」這個字眼，很可能會針對安藤商會與案件本身的關聯性進行調查。除此之外還有「個別輔導」，也是同樣道理。

永嶋丈默默點了點頭之後，說道：「雖說搜尋是為了獲得情報，但別忘了，上網搜尋的人自己也可能也正被搜尋著。」

「被搜尋？被誰？」

「被系統那邊的人。既然搜尋者會將『播磨崎中學』與『安藤商會』放在一起搜尋，代表此人知道這兩件事有某種關聯，對吧？你不妨想像搜尋引擎的內部有某個人專門在分析這些案例。」

「難不成是棲息在搜尋引擎裡的小精靈？」

「你想像成小精靈也無所謂，總之他們會藉由搜尋者所輸入的關鍵字來分析出『這傢伙想知道什麼』及『這傢伙知道些什麼』，並進一步取得搜尋者的個人資料。」

「怎麼可能？」我忍不住問道。雖然我早就隱隱懷疑著，但聽永嶋丈這麼言之鑿鑿，還是難掩驚愕。「取得上網搜尋者的個人資料？辦得到嗎？」

「辦得到。」永嶋丈想也不想便回道：「所以連我也不敢上網調查。」

「調查什麼？」

「安藤商會與那起案件的關聯。只要一有調查的動作，我對那起案件有所關心一事就會被看穿，對吧？所以我直到今日，還是對安藤商會的細節一無所知。」

「可是，大家不過是逛逛網頁，怎麼會洩露個人資料？」我還是難以置信。

「不，辦得到。」回答的竟是五反田正臣。

「你為什麼這麼肯定？五反田前輩。」

「我可是解析過那個監視程式的人好嗎？」

「那個程式會向網路業者系統索求上網搜尋者的個人資料。」大石倉之助接口道。他似乎稍微恢復了一點精神。

我想起來了，當初發現歌許公司的交友網站程式會針對搜尋關鍵字進行監控的人正是五反田正臣，而大石倉之助也研究過那個程式。

「怎麼？你也解析了那個程式？」

「多虧了五反田前輩你所留下來的暗號解析程式。」

「啊，你們發現那個了？」

五反田正臣相當訝異，於是我說出當初我們將他留下來的錄音帶倒轉，聽到了他的留言的那段過程。這時的我們簡直像是一群悠哉地在教室裡閒聊的年輕學子。

「搞什麼，原來發現機關的是你們，真沒意思。」五反田正臣嘀咕道。

「但是，向網路業者的系統索求情報又是怎麼一回事？」

「細部架構我也不清楚，不過原理似乎是使用外部的泛用程式，透過外部封包的方式傳送。那個封包名稱我沒見過，所以研究了一下，才發現它的功用似乎是向網路業者的系統索求情報。」大石說。

「就像是警方系統所使用的中介程式一樣，只要設定好權限帳號與密碼，鎖定某個網址，就能夠從網路業者的紀錄中取得情報。」

我愈聽愈覺得最近似乎和誰談過類似話題，仔細一想，原來是在安藤詩織家中遇到的漫畫家手塚聰。他談起安藤潤也的往事時，確實提及了「網路業者的情報提供」。

「區區一個交友網站程式，為什麼運得上那樣的系統呢？」雖然心知肚明答案為何，我還是忍不住問了。

「我之前也搞不懂這一點。」大石倉之助輕聲說道。

「現在你應該懂了吧？」五反田正臣努了努下巴，指向永嶋丈，「既然是國家搞出的把戲，有什麼事是不可能的？」

或許是完全釐清了心中的謎團，五反田正臣漸漸恢復他平日的冷靜。「永嶋丈，我已經明白你們對網路搜尋者進行監控的運作模式了。而且根據我的推測，依據搜尋時所使用複合關鍵字的差異，搜尋者遭受危害的嚴重程度也不一樣，對吧？」

「遭受危害的嚴重程度？」

「例如以『播磨崎中學』加上『安藤商會』來搜尋的人，和以『播磨崎中學』、『安藤商會』、『個別輔導』為複合關鍵字來搜尋的人，系統警戒的程度是不一樣的。」

「還有等級之分？」大石說。

「會這麼做很合理吧？」五反田正臣說：「不過相對地，這種作法有其風險。一旦企圖調查某件事或以某些關鍵字上網搜尋的人個個都遭遇不幸事故，很可能引起旁人注意，產生各種謠言。」

「那倒是無所謂。可怕的謠言會煽動人的好奇心，但光有好奇心是無法接近真相核心的。」

我突然想起了昨晚的事。我在深夜的行人號誌燈前看到紅燈而停下腳步，被妻子批評是「無條件地接受別人定下的規矩」。我覺得自己只是單純地遵守紅燈停綠燈行，但這或許也是不知不覺中受限於交通規則的制約行為，時有所聞的交通事故報導、被公開的違規者情報、受害者的確實存在，這些都是令我不敢違背交通規則的無形威嚇。

剛剛來這裡的路上，五反田正臣曾望著電梯透明的牆壁說過「透明的隔間會讓人產生被別人看著的錯覺，具有加強自我規範的效果」之類的理論。人一旦覺得自己正在被監視，便不敢輕舉妄動。

而針對網路上的搜尋關鍵字進行過濾，是不是也是想造成一定的警示效果？

「不過啊，你們又是怎麼處理那些死在學校裡的家長？」五反田正臣繼續問道。看他愈說愈起勁，我想他大概是抱著檢討系統缺失的心態在看待這件事吧，果然是個徹頭徹尾的系統工程師。「因為你們對外一律宣稱歹徒是一群身分不明的武裝分子，完全沒提到學生家長的部分。」

他問了個好問題。我們見到的新聞媒體都是報導歹徒身分不明，民眾要是得知那些所謂的歹徒是學生家長，一定會出現各種臆測與騷動。

「當然是掩蓋掉了。死在學校裡的家長，都變成不是死在學校裡。」

「不可能啦。」五反田正臣笑著說：「這種事情怎麼掩蓋得下來？那些家長都有各自的親戚，知道他們當天去了學校的人一定也不少。」

「這些也都被壓下來了。」

一開始我不太明白他所謂的「壓下來」是什麼意思，但略一思索便想通了，很簡單，那些人也都被封了口。或許是收到賄賂，或許是遭到暴力威脅，總而言之，每一個知道內幕的人，嘴巴都被徹底封死了。

「如果有人還是執意將真相公開，就會被殺？」

永嶋丈沒回答。

「那間壁敏朗呢？他的父親被殺，他說什麼也不會保持沉默吧？」

「他失去了意識，同時喪失了事發經過的記憶，再也說不出一個字。」

「可是，」接著發問的是我，「這整件事還是有很多破綻吧？播磨崎中學的數名學生家長在同一時期相繼失蹤或死亡，一定會有人察覺不對勁的。」這時我想到的是虛構小說中經常出現的私家偵探情節。某個偵探在調查一名婦人下落，過程中發現失蹤者不止她一人，而且這些失蹤者全是播磨崎中學的學生家長，偵探於是懷疑背後存在巨大的陰謀，開始深入調查。這樣的想像並非不可能發生在現實中。

「是啊，你說的沒錯。」永嶋丈點點頭，蹺起了腿，「的確有可能冒出一些夠敏銳、能力夠強的人觸碰到真相。」永嶋丈接著嘆了口氣，改口說道：「不，不是有可能出現，而是經常出現。」

「經常出現？」我有一股不好的預感。

「說得明白點，就在剛剛，又出現了一個。」永嶋丈說道。我還沒弄懂這句話的意思，已感到背脊發涼。

「剛剛發生了什麼事？」我問道。

「隔壁房間有個網路新聞記者，他就像你所說的，獨自調查一番之後，發現了播磨崎中學案件的破綻，而跑來說要見我。」

和我們一樣。

「原來做這件事的人不止我們？」五反田正臣的聲音中再度顯露不安。

「很遺憾，就是這麼回事。你們活在你們的人生之中，以你們的觀點來看，你們是主角。所以來到這裡見我，是你們的一段冒險，不過……」

「不過什麼？」

「這樣的冒險其實到處都在發生。剛剛那位記者也是經歷過一段他自己的冒險才來到這裡，這並不是什麼特別的事。」

雖然我不覺得我們的行動是特別的，還是錯愕不已。原本還能勉強保持冷靜的雙腿突然開始顫抖，而且

停不下來。失落感籠罩著我，隔壁房間那名記者現在怎麼了？是否還待在隔壁房間？我很想問這些問題，卻怕得問不出口。此時我腦中閃過了另一個念頭，宛如在黑暗的洞穴裡拚命挖著穴壁，期待能挖到一絲希望之光，「永嶋先生，你願不願意跟我們一起逃走？」我毅然決然地問道。

永嶋丈愣住了。

雖然我不清楚他的立場與考量，但經過短暫時間的相處，我感受得到他心中有著煩惱與苦悶，現狀並無法滿足他，我想他或許很想逃離目前的地位與角色，於是我試著說服他。

「我們一起去我剛剛提過的安藤商會吧？」

我並沒有想過去了那裡又能如何，我只是想起安藤詩織那燦爛的笑容，突然覺得，搞不好只要待在那裡，就能讓一切回歸平靜。

永嶋丈凝視著我，並沒有因為我這突如其來的提案而失笑或憤怒，反而是一臉認真思考可行性的神情。

希望之光眼看就要在我心中油然而生，永嶋丈開口了：

「我很想接受你的提議。」

沾滿泥土的雙手終於在洞穴中挖出了一個小孔，太陽光從外頭射入。我興奮不已，視野也明亮了起來。

「跟你們一起逃走，這點子確實不錯。」

「那就這麼辦吧！」我說。大石倉之助雖然聽得一頭霧水，也開心地附和：「對呀！就這麼辦吧！」

「可惜的是，」永嶋丈望著天花板，摸了摸鼻子，「我辦不到。」

「咦？」

「這個房間裡裝有攝影機和麥克風，我們正受到嚴密監控，所有事情都逃不過他們的眼睛。我很想跟你們一起逃走，我也相信安藤商會是個好地方，但我已經將案件的內幕全告訴你們了，而你們也聽完了。」

「所以呢？」

「所以一切都來不及了。」

我欲哭無淚地想著：早知道就不聽了。

48

「接下來你們得吃些苦頭。」永嶋丈說道。

「吃苦頭是某種比喻嗎？」我問道。

「不，是現實上、肉體上的苦頭。」永嶋丈緩緩閉上了眼。

「永嶋丈，你身為議員，做這種事，好嗎？你不是英雄嗎？」五反田正臣粗魯地說道。他的態度不像是在奮力抗議，反而像是學生在揶揄老師。

「我剛剛都說明過了，不是嗎？真相完全不是那麼回事，我根本不是什麼英雄。」

「會不會太小題大做了？」我不自覺說出心中的疑問。

「小題大做？」

「如果你剛剛說的都是真的，播磨崎中學案件的幕後真相的確很驚人。政府設置了專門研究超能力的機構，學生在那裡接受危險的實驗；一名家長意外身亡，演變成陷入恐慌的教師將一整個班級的學生全部殺死；所有存活的目擊者都被封了口，案件被扭曲為另一套虛偽的真相。如果內情真是這樣，確實是一則大新聞，任何人聽到都會嚇一大跳。不過，或許我這麼說有點矛盾，整件事說穿了，不過是這樣而已，有什麼大不了的？」雖然我盡量選擇溫和的表達方式，還是變得帶有挑釁意味，「為了這件事而進行網路監控，徹底封住所有人的嘴巴，攻擊不遵守約定的人，有必要做到這種程度嗎？太小題大做了吧？」

「渡邊，說得好！」五反田正臣稱讚道。他幾乎不曾稱讚我，所以我聽了反而覺得渾身不對勁。「他說的沒錯，你們有必要為了隱瞞真相而做到這種地步嗎？就算被世人揭穿真相，大可把過錯全推給那個叫緒方的老頭就好啊！」

「我能理解你們的想法，但問題沒那麼單純。」永嶋丈說。

「沒那麼單純？」我和五反田正臣異口同聲地反問，簡直像是默契十足的老朋友。「哪裡不單純了？」

「在播磨崎中學案件中，他們的最終目的並不是隱瞞真相。當然，一開始確實是想隱瞞真相沒錯，但後來逐漸修正方向，他們的目的成了將某個男人塑造成英雄，推上國家的頂點。」

我花了一點時間才弄懂他這句話的意思，當我要接口時，竟然又與五反田正臣同時開了口。

「那不就是你嗎？」、「那個人就是永嶋先生你吧？」我們各自說道。

「是的，就是我。」

「這又是怎麼回事？把你拱成英雄，誰能得到好處？」

我想像得到的是，某些政治組織、思想集團或擁有特定信仰的團體，為了實現理念而將重要成員送入政壇。如果是為了這個目的，捏造出一個英雄確實很有可能。於是我帶著八成的把握問道：「你的意思是，那個姓緒方的男人在利用你？」但永嶋丈再度乾脆地給了我意想不到的回答：「問題沒那麼單純。」

「到底是怎麼回事？」

「我也不確定能不能解釋得清楚。」此時的永嶋丈看起來就像個毫無自信的青年，「你們不妨回想一下動物的進化過程。」

「我可不記得自己曾經進化過，要怎麼回想？」五反田正臣譏諷道。

「動物的進化並非從一開始便有著明確的目標。例如長頸鹿並不是為了吃樹上的樹葉才讓脖子變長，只是有一天由於基因突變，出現了脖子較長的個體，而這個個體又剛好更加適應環境，因而存活了下來，不是嗎？」

「關於進化的原理，從古至今有各式各樣的學說，到現在都沒有個定論吧。」五反田正臣似乎頗看不慣永嶋丈那副說得振振有辭的口氣。

「那和拱人上臺有什麼關係？」我問道。我不關心進化理論，只關心播磨崎中學案件。

「所謂進化就是不斷地摸索，過程中根本不存在明確、正確的作法或方向。生物只是在漫長的時間裡，不斷重複著『突變、適應環境、存活下來』這樣的循環，才得以延續。」

「所以呢？」我想起岩手高原上的安藤詩織也曾說過「人生永遠都是在摸索」。

「國家的情況也差不多。」國

「國家?國家又不是動物。」

「不，就某方面而言，國家很像動物。」永嶋丈自信滿滿地說道：「國家絕對不是一種機械性、系統性的東西。你們不這麼認為嗎?國家裡有各式各樣的人，當政治人物與官僚的自私、自尊心、嫉妒心及欲望互相交疊，就會引發無人能預測的狀況。這就和動物的行為一樣，毫無邏輯性可言。」

「毫無邏輯性可言的國家算什麼國家?」我說：「我們不是有憲法和法律嗎?人民遵守法律，難道不是一種邏輯嗎?」

「你錯了，國家比憲法或法律都要來得長壽許多。法律這種東西是隨時在改變的，但國家卻是為了更複雜的欲望而存在。」

我想起井坂好太郎說過的那句

「國家運作的目的不是守護國民，也不是促進社會福祉或管理年金。」他還明確地說，國家的每一個舉動都是為了讓國家本身繼續存在。

「好，隨便你吧，就當國家是動物好了，你到底想說什麼?」五反田正臣自暴自棄地說道。大石倉之助連忙安撫：「五反田前輩，請你別自暴自棄。」

「動物隨時都在尋找進化的可能，在突變中摸索正確的方向。而國家或組織也一樣，總是向外伸出許多看不見的觸手，尋找著『變化的契機』或『增加存活機率的方法』。」

「你到底在說什麼?」

「國家和生物沒什麼不同，一心只想著如何存活下去。」

「請等一下，這和播磨崎中學案件有什麼關係?永嶋先生，你被塑造成英

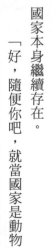

雄，難道是因為國家需要一個英雄才能存活下去？」

「出現英雄並不是國家的最終目的，只是有可能出現的現象之一。」永嶋丈說：「而因為這個現象，國家就有可能進化。舉例來說，主導第二次世界大戰的是一些掌握強權的個人，也就是歷史學家泰勒(*1)口中所說的『戰爭領導者』。」

「哪個泰勒？」

「好比希特勒、史達林、墨索里尼、羅斯福，他們各有自己的理念與想法，而他們相互之間的衝突與誤解，造成了世界大戰的開始與結束。」

「現在談到戰爭了？」

「我不是在談戰爭，而是更大的題目。這些獨裁者或領導者就某種意義上來說，都是英雄。任何國家或社

會經過一定週期，都會出現某種形式的英雄，英雄可能引發了戰爭，而這些戰爭有時會促進科學或工業的發展。」

「但戰爭有時也會摧毀科學與工業。」大石倉之助畏畏怯怯地指摘道。

「沒錯，但那又怎麼樣？毀滅之後，一切就會從頭來過。動物或國家最怕的就是停滯不前，沒有變化、靜止不動的狀態就相當於死亡了。」

「你的意思是，人民都在期待著領導者的登場？」

永嶋丈緩緩搖頭，「不是的，我想說的是，國家有時候會以暴力等殘忍的手段來向人民宣示自己的存在。」

「宣示自己的存在？」

*1 艾倫・約翰・珀西瓦爾・泰勒（Alan John Percivale Taylor, 1906-1990），為二十世紀相當著名的英國歷史學家。

「你知道嗎？國家只有在人民承認其存在時才能存在。」

「那不是廢話嗎？」

「聽起來沒什麼，但人類是健忘的動物。如果國家太過溫厚和平，人民馬上就會忘了國家的存在。」

「就像壞學生才能令老師印象深刻嗎？」

永嶋丈笑著說：「不太一樣，但你這麼想也無妨。國家為了讓人民記得自己，必須不斷引發現象，隔一段時間就得以強烈的方式宣告自己的存在。」

「你的意思是領導者或獨裁者的真正意圖在於宣告國家的存在嗎？」我問道，但其實我根本聽不懂永嶋丈想表達什麼。

「不，你錯了。」果然，永嶋丈很乾脆地否定了我的推測，「這和領導者或獨裁者的意志無關，而是『國家』為了宣告自己的存在所引發的現象，只是剛好以領導者或獨裁者的形式表現出來而已。領導者、獨裁者、支配者這些人，過了一段期間就會消失，他們的登場對國家來說，只是週期變化現象中的一個環節。經濟時好時壞，政權不斷輪替，有時爆發殘酷的戰爭，有時進入穩定期，這些現象周而復始，該出現的時候就會出現。國家就像這樣，隨時都在尋找變化的契機。而這起播磨崎中學案件，剛好為英雄登場的現象起了個開端，或許國家早在尋找這樣的契機吧。我再次強調，國家和動物一樣，永遠都在探求各種可能性，這一切都只是摸索的過程罷了。嘗試改變、失敗、再次嘗試改變，就這樣不斷重複，歷經漫長的歲月，嘗試許許多多的可能性。再舉個例子，經濟一旦蕭條，人民就會累積不滿，想法變得極端，接著引發暴動或戰爭，然後一切回歸原點，從頭開始。」

「我還是聽不懂，你到底在說些什麼？麻煩你說得簡單一點好嗎？幕後黑手到底是誰？」

「根本沒有幕後黑手。」

「不就是那個緒方老頭嗎？」

「緒方確實企圖將我塑造成英雄，但他不是幕後黑手，只是一個零件而已。雖然他憑著自我意志行動，但畢竟是零件。」

「零件？你的意思是他像個機器人嗎？」我問道。

永嶋丈再次搖頭。

「我不太會解釋。」他思索了片刻之後說道：「比方說，我剛剛提到的戰爭領導者希特勒，他並非打從一開始就是戰爭領導者，在他掌握大權之前，有個國防大臣處處和他作對，是他的眼中釘。但是有一天，這個國防大臣和一名前妓女結婚，聲望一落千丈，最後不得不退出政壇。從那起醜聞之後，希特勒才逐漸掌握國家實權。」

「所以呢？」

「或許可說，這場婚姻是促成希特勒崛起的背後推手，但是國防大臣和他的妻子都不知道自己是零件，當然這場婚姻也不是某個人為了拱希特勒而在幕後操弄，他們的結婚乃是基於愛情與欲望，但是結果卻為希特勒開創了道路。德國改頭換面，連帶影響了其他國家，像是英國的邱吉爾就曾說過，他這輩子的唯一目標就是打倒希特勒，而這個想法很可能是促使英國參戰的原因之一。換句話說，一切都是許許多多人的想法與欲望糾結在一起的結果，並非有某個人在背後精心設計安排；每個人的行動都是基於私人利益，進而推動著世界的運轉，就是這麼回事。」

「我已經被搞糊塗了。」我嘆了口氣。

「再舉個例子，今天你們歷經了一段只屬於你們的冒險來到這裡，而我剛剛也說過，另外還有一名網路記者也歷經了一段只屬於他的冒險來到這裡。除此之外，關於那起中學案件的紀錄片也在最近公開上映。」

「這幾件事互相有牽連嗎？」

「稱不上有牽連，也沒有人故意暗中安排，只能說這些都是巨大潮流的一部分。」

「是偶然嗎？」

永嶋丈晃了晃腦袋，又像點頭又像搖頭，「這是一種不算偶然的偶然，就像一股浪潮。那個記者也好，製作紀錄片的人也好，你們也好，都是依循各自的想法與信念而行動，卻在同一時期有了動作。」

回想起來，我們之所以會被捲進這整起案件，是因為接了那個交友網站的案子。而為什麼會有那個案子呢？因為國產瀏覽器有了新版本，網站程式必須跟著修正。換句話說，若真要怪到什麼頭上，國產瀏覽器更新版本一事才是我們這次案件的根源。而按照永嶋丈的說法，瀏覽器版本的變更不過是巨大潮流的一部分，一種

不算偶然的偶然。

我愈是思考永嶋丈的話，愈覺得一頭霧水，這種感覺就好像聽到了金光黨的花言巧語，或許永嶋丈真的想靠三寸不爛之舌把我們唬得團團轉。五反田正臣似乎也察覺了這一點，頓時話鋒一轉說道：「夠了，總之你答應扮演英雄這個角色，這一點總沒錯吧？你也是封口行動與捏造真相的共犯。」

「是啊。」永嶋丈承認了，「我對政治本來就很有興趣，學生時代便涉獵過各種書籍，對於國家發展也有一套自己的理想遠景。不是我自誇，我認為我有當政治人物的能力，但我一開始並沒有選擇當政治人物。」

「為什麼？」

「當政治人物必須具備許多條件，像是人脈、資金、高明的處世手腕及耐性等等，而這些我全都沒有，我有的只是一股使命感與野心，所以我老早就放棄當政治人物了。」

「這證明你的使命感與野心不過是這種程度罷了。」

「你說的沒錯。」永嶋丈坦承接受了五反田正臣的嘲諷，「後來我在誤打誤撞之下，歷經各種巧合，當上了那所學校的庶務員。工作雖然單調又乏味，卻有不少自由時間能夠看書，算是一份不錯的職業。」

「接著發生了那起恐怖的案件，讓你從此步上政治人物的道路。」

「嗯，掩蓋事情真相，順便將我塑造成英雄。我也不知道隱瞞真相的系統何時轉化成了製造領導者的系統。緒方是一開始的發起者，但他也沒辦法掌控全局。」

「你只是被利用了啦。」

「這我很清楚，我又不是笨蛋，但我也反過來利用他們，趁這個機會成了政治人物。」

「搖身一變成為英雄，然後呢？」

「打造一個我心目中的理想國家。這應該不是壞事吧？至少我是這麼相信著。」

我心中不禁感慨，永嶋丈畢竟是運動員出身，想法真是太單純了，但我也不由得讚歎這個人有著運動員表裡如一的直率想法，令人心情舒暢。

「好了，我該退場了。」永嶋丈說著站起身。我怔怔地看著他那魅力十足的厚實胸膛與威風凜凜的站姿，幾乎要失去理智，誤以為他是前來解救我們的正義使者。

「請等一下，你要去哪裡？」大石倉之助哀聲說道。他很明白永嶋丈一走將會發生什麼事。

「你們想知道的事，我都說完了。我的任務已經結束了。」

「說明能讓人恢復冷靜，似乎有點道理。」五反田正臣說道。這是剛剛永嶋丈說過的論點。

「等等，請放我們走吧。」大石倉之助突然奮力扭著身子掙扎，宛如感受到危險的羊兒在做最後的抵抗。

正朝門口走去的永嶋丈停下腳步，斬釘截鐵地說道：「很抱歉，我還不能放你們走。」

「你們要對我們做什麼？」五反田正臣問道，他似乎並不特別害怕。

「你們打算做什麼？」我也忍不住問道。

「程序還沒結束，或可稱之為程式吧，由一隻名為國家的生物所產出的程式。」

「麻煩你講得簡單一點，好嗎？那個程式到底有什麼意義？」

「沒有意義。」永嶋丈旋即答道：「不，應該說它在每個時期有其各自的意義，但意義與目的會隨著時間而消失。」

「這是什麼意思？」

永嶋丈轉頭以銳利的目光看著我，「比方說，我們這些議員所面臨的最大阻礙是內閣法與國會法，這些從前的官僚所制定的法律，直到現在都讓我們政治人物感到縛手縛腳。」

「這只是你們政治人物的片面之詞吧。」

「或許吧。但我問你，為何從前的官僚要制定出這樣的法律？答案很簡單，因為他們認為一旦讓政治人物為所欲為，肯定沒好事。政治人物要是能夠隨心所欲，社會就會腐敗，所以他們在政治人物身上加了一道法律的枷鎖。」

「這不是很好嗎？」

「立意是不錯，但經過數十年，這套架構卻成了讓官僚坐大的頭號幫兇。除妖的法寶竟然化身為妖魔。」

我忍不住深深嘆息。剛剛提到的網路業者系統不也是這樣嗎？歌許公司透過網路業者系統取得上網搜尋者的個人資料，但這套系統的原始用意是抑制網路犯罪與協助鎖定網路惡用者。手塚聰說過，安藤潤也當年也曾協助建立這套系統，如今這套系統卻被利用來迫害某些以特定關鍵字上網搜尋的人。安藤潤也的信念、期待與系統的原始目的都走了樣，幫助人的工具成了折磨人的凶器。這與永嶋丈所言不謀而合。

「換句話說，任何系統或法律都會逐漸偏離本意，變成完全不同的生物。」永嶋丈說道。

「你到底想教我們從中記取什麼教訓？」

「堅持理想、目的或意義並不能帶來任何幫助，重要的是必須讓這個機制繼續下去。接下來你們將面對你們非面對不可的事情，機制的運作是不能停下來的。」永嶋丈再次對我們露出同情的視線，「我對你們沒有任何特別的感情，也不帶任何仇恨，但我不能放你們走。這個程序不能中斷，該做的事就要做到最後。」

「你們到底要對我們做什麼？」五反田正臣又問了一次。

「接下來的事不歸我管，不過就如我剛才所說，封口的最佳手段，就是讓對方感到恐懼與痛苦。」

此時響起一陣敲門聲。

我的心臟一抽，因為我很清楚，這聲響正代表著災厄的降臨。

永嶋丈朝門口走去，大石倉之助死命扭動掙扎著，大聲哀號。五反田正臣看大石這樣，似乎也有些慌了，直喊著大石的名字試圖讓他安靜下來。

傳來嗶的一聲輕響，永嶋丈打開了我身後的電視螢幕。

「看看電視冷靜一下吧，搞不好有什麼好看的節目。」永嶋丈說完，繼續朝門口走去。

「歡迎來到國際伙伴飯店，本房間為一一二九號房。為因應緊急情況，請您記下逃生路線。」後頭傳來親切的女性說話聲，這大概是飯店導覽影片吧。

我不禁感到無奈，現在不正是緊急狀況嗎？但被綁著是要如何逃生？

「若有任何不明瞭之處或需要我們的協助，請撥打內線電話至櫃檯詢問。」電視繼續傳出從容優雅的話聲。

「喂，大石，打電話去櫃檯說我們需要協助。」五反田正臣故意開玩笑。

然而永嶋丈頭也不回，他打開房門，與門外的人交談兩句便走了出去，接著有兩個人走進了房間。

我霎時瞪大了眼，雙腳發涼，恐懼正從地板沿著我的身體向上蔓延，我甚至懷疑自己已經嚇得流出了小便。

走在後面的那個人戴著一個巨大又真實的兔子頭罩，握著一把大剪刀，我很肯定他就是當初折磨岡本猛的那個兔子男。

49

「吃苦頭的時間到了。」

走進房間的男人說完這句話之後，伸手將永嶋丈臨走前打開的電視關掉，房間再度陷入沉寂。

「喂，渡邊，有人進來了嗎？什麼樣的傢伙？」身旁的五反田正臣問道。這裡是飯店內的一間寬敞客房，我們三人各自被綁在單人沙發椅上，背對著背。由於大石倉之助背對門口，五反田正臣又失明，只有我看得見走進房內的人。「兩個男的。」我說道。眼前的兩個男人當然聽得見我們的對話，但我沒有刻意壓低聲音，因為事到如今講悄悄話其實毫無意義。

「其中一個戴著兔子頭罩。」我說道。

「兔子頭罩？什麼意思？你是說他穿著布偶裝？」

「那看起來比布偶裝精巧得多，而且很大。」

那個頭罩的絨毛與造形都做得非常逼真，簡直和標本一樣，但體積非常大，不可能是以真正的兔子製成的，「看起來很詭異。」

「現在是怎樣？我們來到了童話世界嗎？」

「沒有那麼可愛。」因為我知道就是眼前這個兔子男剪斷了岡本猛的手指與腳趾，我的視線忍不住釘在他手上的大剪刀上頭。我心跳加速，手指冰冷，血液似乎正從指尖逃離，鑽向身體深處。

「另一個傢伙呢？」五反田正臣問道。我轉頭望向剛剛宣布「吃苦頭的時間到了」的男人。

「別跟我說是兔子的飼養員。」

站在兔子男身旁的男人體形瘦削，像個體態輕盈的踢拳選手，但仔細一瞧，他臉上皺紋頗多，短髮也已花白，就年紀而言已是個老人，但他腰桿打得筆直，站姿四平八穩，儀態與年紀極不相稱，只能以詭異來形容。

我突然想起永嶋丈剛剛說過的那些話，於是我回答五反田正臣：「就是在機場停車場對我們伸出手的那個人。」此人正是我們剛才數次提及的那位老教師緒方。

「那個把我們壓扁的傢伙？」

當時我們在停車場內試圖接近永嶋丈，這位緒方和其他隨從一同站在遠處，他一伸出手，我們全都趴倒在地，明明沒被碰到一根寒毛，卻感受到一股看不見的沉重壓力，壓得我們貼著地面動彈不得。「超能力……」我不禁喃喃說道。當時他所施展的應該就是所謂的特殊能力，也就是超能力吧。

「超能力？」老人撫著他那副無框眼鏡說道。他就站在我前方，額頭與臉頰滿是皺紋，而皺起眉頭的他，雙眉之間的皺紋更加明顯了。

「我們在地下停車場裡忽然無法動彈，就是你搞的鬼吧？」五反田正臣說道。不管對象是誰，他的口氣都一樣粗魯。

「原來如此，你們認為剛剛在停車場內身體無法動彈，是因為我使用了超能力？」

「難道不是嗎？」

「如果說，其實那個機場地下停車場裡有個裝置，只要按下開關，就會從天花板噴出一股強大的風，把人壓得站不起來呢？」

「咦？」聽到這出乎意料的說明，我登時愣住。五反田正臣與大石倉之助的反應也和我一樣。我沉默了片刻，才說道：「機場裡有那樣的裝置？」

「如何？這樣就能解釋你們為何會被看不見的力量壓在地上了吧？不必靠超能力也辦得到。」

兔子男朝我走來，我一想到他即將對我施暴，一股寒意便由腳底竄向背脊。岡本猛的手指被剪斷的畫面以更血腥殘酷的形式在我的腦海中重演，岡本猛一被剪斷手指，立刻痛苦哀號，手指落在地上後，迅速腐爛，指根宛如從水管噴出水般噴出鮮血。

我的下巴忽然感到一陣觸摸。

我一驚之下抬起了頭，兔子男的紅色眼睛就在我眼前，近看覺得尤其巨大，我登時不寒而慄，嚇得差點沒昏過去。

兔子男捧著我的下巴，將我仔細打量了一番，簡直像是在品評接下來要吃哪一道食物。接著他離開我身邊，朝五反田正臣走去，同樣捧起他的下巴仔細凝視。五反田仰著鼻子努力嗅著，說道：「小兔子，你在挑菜嗎？我可不是紅蘿蔔。」至於大石倉之助，則是一看見兔子男靠近便發出慘叫：「這是什麼！五反田前輩！渡邊前輩！這是什麼？為什麼是兔子？」

兔子男繞著我們品評的這段期間，老人一直在原地站得直挺挺的，以他的年紀，似乎該找張椅子坐著休息才對，但我看他完全沒有想坐下的意思。接著他開口了：「超能力辦得到的事，大多能夠以其他方式辦到。」剛剛永嶋丈也說過類似的話，是巧合嗎？還是他們的觀念有著共同的根源？

兔子男回到先前的位置，與老人對看一眼，默默點了個頭，兩人似乎達成了某種共識。我心中惴惴不安，不曉得那究竟是什麼樣的共識。

此時我已幾乎確定這名老人就是緒方了，雖然沒有明確根據，但他這副穩如泰山的站姿，完全符合永嶋丈口中那位老教師的形象。

「還有一個人吧？」被我認定是緒方的老人輕聲說道。

還有誰？我望向房門口，難道還有一個戴著動物頭罩的人會進來？或者他指的是剛剛離去的永嶋丈？

「你們在機場被逮到時，有一個同伴逃走了。」

原來他指的是佳代子。我無從得知她在機場逃走後是否平安，自從被抓進這個房間，我們就一直和永嶋丈對話，我滿腦子只想理解永嶋丈的話中含意，根本沒時間想到佳代子。直到這一刻，我才突然為她擔心了起來。我似乎聽見佳代子對著我大罵「無情的傢伙！」想到這我更擔心了。

「那個人是誰？」緒方問道。

我覺得沒必要回答，也覺得不回答比較好，於是我沉默著。此時兔子男再度朝我們走來，我登時全身僵硬，但他走過我的身邊，繞到後面，蹲到大石倉之助的跟前。大石倉之助窩囊地哀號了起來。

「說！那個逃走的人是誰？」站在我面前的老人又問了一次。

於此同時，我身後傳來金屬摩擦聲，我察覺那是兔子男拉開大剪刀的聲響。

「渡邊前輩！渡邊前輩！」大石倉之助哭喊道：「他們要用這個剪我的手指嗎？」

「喂！你要對大石做什麼？挑最弱的欺負很有趣嗎？」五反田正臣雖然失明，卻清楚掌握著狀況。

「不必拿這種殘忍的手段威脅我們，你想知道什麼，我回答就是了。」我不由得加快了說話速度，「在機場逃走的那個人是我的妻子，當時她察覺到危險，所以逃走了，只是這樣而已。」

「是嗎？」

「是的，她是我妻子。」

「原來是女人啊。」緒方的語氣和緩了一點。當他得知逃走的是女性，似乎降低了不少戒心。

「喂，你對我們做這種事有什麼好處？」五反田正臣毫不掩飾內心的不耐煩，「你還是快放我們回家吧。如果我們握有什麼了不得的祕密或是正在執行什麼特殊任務，你對我們施以酷刑還有點道理，畢竟要問出情報就不能採取溫和的手段，這我也明白。但今天我們只是三個平凡的上班族，既非握有什麼祕密，也沒在計畫什麼可怕的行動，我們只是想和永嶋丈談一談而已，對你們毫無危害啊，頂多稱得上是煩人的蒼蠅吧。」

「煩人的蒼蠅？」老人壓低嗓子重複了一遍，似乎另有解讀。

「你們何必跟一群蒼蠅認真呢？」

「你這比喻用得很對。」

「什麼意思？」

「大家都不喜歡蒼蠅，都想把蒼蠅趕得遠遠的，這種時候該怎麼做呢？有個方法是把蒼蠅全部殺死，不管是以殺蟲劑或蒼蠅拍都好，總之只要靠近自己的蒼蠅，全數殺光就是了。這是方法之一，對吧？但這方法太沒效率了，得窮追不捨直到殺死最後一隻為止，相當辛苦，所以應該選擇另一個方法。」

「什麼方法？」

「挑幾隻靠近自己的蒼蠅，讓牠們吃足苦頭，再將牠們放走。」

「不殺死嗎？」我在腦中想像著翅膀斷裂、傷痕累累的蒼蠅，卻怎麼都無法湧起同情。

「沒錯，只是讓蒼蠅心生恐懼而不殺死，再將蒼蠅放走。如此一來，其他蒼蠅就不敢靠近了。」

「胡說八道。」五反田正臣不禁失笑，「我從沒聽過這種理論。」

「雖然沒經過科學證明，但我很確定這是事實。」

「因為那些蒼蠅會提醒其他蒼蠅『那裡很危險，不要過去』？」我略一思索後問道。

「這也是原因之一。但就算牠們回去沒有警告同伴，巨大的恐懼與痛苦也會自然而然地蔓延開來。負面的情緒與能量是會傳染的。」

「傳染？」我重複念道。

「傳染個頭啦！怎麼可能。」

「這個現象或許並不科學，卻是千真萬確會發生的事，就好比身處團體之中的人會不自覺地照著群眾情緒或現場氣氛行動一樣。即使沒人出面說明具體狀況，在場的人也會被群眾情緒推著走。」

「蒼蠅的世界哪來什麼群眾情緒？」我不禁嘲諷了一句。

「所謂的群眾情緒或現場氣氛，其實就是某個人將心中的憎恨、恐懼或不安傳染給別人的現象，這能夠讓整個群體變得粗暴，或變得膽小。」

原本談的是煩人蒼蠅的驅趕法，但說到這，似乎已經和蒼蠅毫無關係了。這番話與蒼蠅無關，卻與我們息息相關，也與我們接下來的遭遇息息相關。

「同樣道理，」緒方說著輕輕舉起了手，他身後的兔子男看見手勢之後微微點頭。「我們得用殘忍的手段對付你們，讓你們感到恐懼，卻不會殺死你們。如此一來，你們感受到的恐懼自然會傳染給其他人。」

「你是說大家會下意識地認為『別隨便打探播磨崎中學案件或永嶋丈的事情，否則下場會很慘』？別傻了，這太荒謬了。」

「不，這是事實。」老人說：「舉個簡單的例子，假如有人著手調查這件事，他很可能會遇到因為此事吃過苦頭的人，這時他會想：『這個人是因為調查那件事才落得這個下場，我可不能和他一樣。』」

就是這麼回事，我默想著。每個人都在告訴我，這一切都是系統。任何想要調查播磨崎中學案件真相的人都會吃苦頭，就是這樣的系統嗎？

「可是，情況也有可能反過來吧？某個人的恐懼與不安傳染給很多人之後，搞不好會形成一股強大的不滿，進而引導群眾做出某種集體反抗行動，不是嗎？」雖然我知道自己不可能說服眼前這個蒼老、狡獪而矍鑠的老人，我還是想一吐為快，「這種情況下，群眾就有可能推翻政府或政治人物喔。」

「當然有可能，事實上過去也發生過。」老人不疾不徐地說道。

「既然如此，你現在當我們是蒼蠅，下手折磨，不是也有一定的風險嗎？你怎麼知道這會帶來怎樣的結果？引發什麼樣的群眾情緒？」

老人此刻的表情和剛剛的永嶋丈很像，臉上帶著一絲無奈，似乎覺得再怎麼解釋也無法讓我們理解，「這個機制並非為了保護政府或政治人物而存在，說到底只是一種國家在變革的過程，而國家周而復始地透過這樣的變革，宣示自己的存在，就是這麼回事。就算人民群起反抗，推翻政治人物，那同樣也是一種國家的變革。」

我想起了永嶋丈剛剛那句「動物或國家最怕的就是停滯不前」，老人的說法和永嶋丈如出一轍，彷彿在國家理論課堂上兩人是好同學似的。

「這是一個國家該做的事嗎？」五反田正臣說道。看樣子他還沒理解永嶋

丈和老人所提出的概念。

此時大石倉之助突然發出尖叫：「渡邊前輩！」

「怎麼了？怎麼了？」我死命扭動被綁住的身體，轉頭大喊，但我無法看見後面發生了什麼事。

「我的手指……要被剪刀……」他呻吟著。

「喂！住手！」我一改先前的恭謹語氣，放聲大喊：「緒方先生！住手！」

老人一聽，臉色微微一變，似乎有點驚訝我竟然知道他的名字。

「緒方？這傢伙就是緒方嗎？」五反田正臣高聲問道。

「大概是吧，我應該沒猜錯。」

「喂喂喂，原來是知名人士呀？您就是鼎鼎大名的緒方先生呀？」五反田正臣語帶譏諷，「剛剛永嶋丈說了好多你的英勇事蹟呢。」

此時我發現腳下積了一攤水，本來還以為那是一道逐漸向我腳邊延伸的黑影，仔細一看，才發現是背後的大石倉之助尿失禁，小便順著地板流了過來。

大石倉之助含著淚水，哭哭啼啼地咕噥著一些我聽不懂的話。

「大石！冷靜點。冷靜點！」我無能為力，只能這麼安慰他。

你和率領赤穗浪士的大石內藏助同名，絕對能夠化險為夷的！但我沒把這段話說出口，因為這麼說也沒辦法讓他好過一點。

「大石，別擔心，你不會有事的。」五反田正臣雖然不知道大石倉之助嚇得尿失禁，卻感覺得到氣氛不對，他也有些慌了手腳。「放心吧，這裡是日本，是法治國家，你不會有事的。此乃日本。此乃法治國家。」他故作輕鬆地說道。

混亂與焦躁讓我不知如何是好，我拚命告訴自己「快思考、快思考」，但是腦袋彷彿籠罩在沙塵暴中，就連「快思考」這個想法都旋即被颳得不見蹤影。我很想幫助大石倉之助，卻什麼也做不到。

背後傳來一陣細微的笑聲，雖然聲音模糊，卻聽得出充滿輕蔑之意，是兔子男發出的。他嘀咕著：「這傢伙嚇到尿出來了，真髒。」雖然說話音量非常小，但我不知為何聽得一清二楚。

就在這時，我感覺胸口揪成一團，內臟的血管彷彿都被壓扁，血液全部衝向頭頂。

沙塵暴驟然止息，我的腦中變得清澈明亮，惱人的雜音消失，四下一片祥和寧靜。接著我看見一對從沒見過的男女，女人穿著醫院的病人袍，坐在床沿，抱著一個嬰兒，生產的疲憊讓她眼睛下方隱約出現了黑眼圈，但她還是一臉溫柔的笑容。男人則是頂著一頭過時的髮形，坐在女人身旁，臉上也有些倦意。他瞇著雙眼低頭凝視嬰兒，那表情宛如面對著一座溫暖的火爐。整個畫面是輕柔的乳白色，洋溢著幸福。我一開始有些摸不著頭腦，但很快便猜到這是大石倉之助出生時的景象。雖然沒有任何根據或理由，但我就是知道白色襁褓中的嬰兒正是大石倉之助。

我不知道為何我的腦海會出現這樣的景象，但我還來不及思索，那畫面便已扭曲變形，被此刻的大石倉之助取代。我彷彿看見了正在我後方啜泣、發抖、嚇得尿失禁的大石倉之助。剎時，我的眼前一片昏暗，我聽見某種東西斷掉的聲響，緊接著我的腦袋變得熱氣沖天，宛如被灌進了岩漿。

我不知道發生了什麼事。

我只知道我在生氣。

兔子男的輕蔑笑聲與言詞激怒了我。

「剪我的吧。」我開口了。

整個房間頓時鴉雀無聲。

「放開大石倉之助，要剪手指就剪我的吧。」

「喂，渡邊。」五反田正臣不安地說道。

「喂，剪我的手指吧。」我再也無法壓抑激動的情緒。

「不用急，你等一下也會體驗到恐懼。就是這麼回事。」緒方以冷靜並帶點憐憫的語氣說道。我當然明白他說的，但我還是忍不住回道：

「就是這麼回事？我受夠了！你們口口聲聲說什麼系統，什麼零件，什麼這是工作！或許這些都是事實，但你們不是樂在其中嗎？你們打著冠冕堂皇的招牌，說穿了只是把折磨別人當樂子吧！別把他人的自尊心耍著玩！」這是我這輩子第一次以這樣的口氣說話。

我激動地不停喘氣，為了調勻呼吸，我的胸口劇烈起伏。

回過神時，兔子男已站到我面前。

巨大的紅色眼睛不帶絲毫感情地瞪著我。

我似乎聽見頭罩下傳出伴隨著紊亂氣息的說話聲：「很有膽量嘛。既然你這麼希望，那就從你開始嘍。」

他說著拉起我的右手，將大剪刀架上我的手指。

「剪吧。」緒方說道。

我很害怕，但腦子此時已被憤怒占滿，無法再容納一絲恐懼。我只是反射性地想抽回手，但轉念一想，我將手指穩穩擺到剪刀的刀刃上。「這樣你比較好剪斷吧？」

兔子男望了我一眼。

我想起岡本猛被他折磨時的畫面，模仿著岡本猛說道：「反正你一定是剪完手指之後剪腳趾，剪完腳趾之後剪性器，對吧？真是沒創意。」我雖然害怕，但此時我已激動得無法冷靜思考。

「喂，渡邊，你怎麼了？」五反田正臣問道。他大概以為我瘋了。

我彷彿聽見岡本猛在我耳邊說道：「你有沒有勇氣？」

而妻子佳代子則在我的另一側耳邊說道：「我相信你擁有特殊的能力。」

此時我的腦袋深處有一道光芒綻放。

50

「佳代子！」

有人大喊我妻子的名字，嚇了我一跳，因為出聲的人竟然是五反田正臣。

我的手指正抵在剪刀上，但我滿腦子憤恨，說什麼也不願把眼睛閉上。不肯閉眼，卻又無法眼睜睜看著手指被剪斷，於是我將頭偏向右邊，剛好直視著五反田正臣的側臉。就在我明白剪刀馬上就要剪下時，我的意識變得朦朧，腦袋異常沉重，宛如受到擠壓。我完全無法思考，恐懼與憤怒像是濃稠的黑色柏油或瀝青，黏附在我思緒的齒輪上，就連籠罩著全身的焦躁都因這厚重的黏性而伸展不開。這時，佳代子的身影閃過我的腦海。

我忍不住呼喊了她的名字。

不，應該說我以為我喊了她的名字，但出聲的竟是五反田正臣。

他這一聲喊得之大聲，連抓著我手指的兔子男也停下了動作。我和兔子男同時轉頭望向五反田正臣，我完全不明白他為何會突然大喊我妻子的名字。

「五反田前輩，怎麼回事？」我一頭霧水，剛剛大罵「我受夠了！」、「別把他人的自尊心耍著玩！」的憤怒情緒已然消失。

五反田正臣沒回答，戴著墨鏡的臉一逕低垂著。

「五反田前輩？」我拉高音量，又喊了一次。這次他終於有了反應，一副剛從睡夢中醒來的表情問道：「怎麼了？渡邊。」

「還問我怎麼了？你為什麼會喊我妻子的名字？」

「你老婆？她叫什麼來著？這種節骨眼上，你提她做什麼？」

「你喊了她的名字。」

「我？我沒有喊啊。」

「有，你真的喊了。」接著我忍不住向身旁的兔子男確認，「他剛剛喊了一聲佳代子，對吧？」

拿著巨大剪刀正要剪我右手食指的兔子男轉過頭，以他那詭異的紅色眼睛看著我，點了個頭。

「我沒事叫你老婆的名字幹麼？大石，你說我有沒有叫？」

大石倉之助已呈現半恍神狀態，還是虛弱地回道：「五反田前輩，你剛才的確喊了一聲『佳代子』。」

「拜託，佳代子是哪位啊？」五反田正臣嚷嚷著。

「原來如此。」這時緒方冷靜地開口了。宛如旁觀者的他，一直靜靜地觀察、分析著我們的對話，既不訝異也不生氣。他凝視著我說道：「是你。是你幹的好事。」

「我？我幹了什麼？」

「你在心裡默念配偶的名字，讓隔壁的這位說了出來。大概是這麼回事吧。」

我雖然詫異於有人會說出「配偶」這種生硬的字眼，但更讓我在意的是他接下來的話。

「很久以前，我曾遇過一個會玩類似伎倆的人。」緒方這句話語中並不帶著懷念的情緒，但他緊繃的嘴角多少和緩了些。

「類似伎倆？」我問道。

「這算是某種變化版的腹語術吧，透過這個能力，能夠讓自己想說的話經由別人的口說出來。只不過操縱對象不是人偶，而是活生生的人。」

「腹語術？」我輕聲念道。這字眼念起來宛如博君一笑的小魔術，有種奇妙的滑稽感。

「自己想說的話經由別人的口說出來？什麼意思？」五反田正臣的嗓門依舊宏亮。

「就是一種特殊能力，我不知道這位先生為何會有這個能力，但我想應該錯不了。你剛剛喊了他配偶的名字，就是最好的證明。」

為何我會有這樣的能力？緒方不知道緣由，但我心裡有數。盛岡的安藤詩織及愛原綺羅莉的話語猶在耳際，井坂好太郎也對我說過。

我與安藤潤也有血緣關係。或許，這就是原因。

在盛岡時，我讀過手塚聰的漫畫，故事主角據說是根據安藤潤也哥哥的形象塑造出來的，而他正是透過腹語術這種超能力奮勇對抗敵人。

「緒方先生，你遇到的那位使用腹語術的人，已經死了吧？」我試探性地問道。根據漫畫情節及安藤詩織所做的夢推論，應該是如此沒錯。此時我的口氣比和老朋友說話還粗魯一些，我已經顧不得拘謹和客氣了，「他是不是去聽某個政治人物的演講，結果死在會場上？」

「你為什麼知道？」緒方瞇起眼看著我，似乎想警告我，他一定會察覺我的任何謊言或表情變化。

「我聽來的。不過我忘了是誰說的了。」這部分我打算裝傻，而緒方一定看得出來我沒說實話，但他並沒追究。我繼續說：「那個政治人物是犬養吧？」

「喂喂，你說的是學校課本裡寫著的那個犬養嗎？」五反田正臣試圖跟上我們的話題。

緒方閉上了眼，雖然只是片刻之間，感覺卻相當漫長。「我從前和犬養舜二一起工作過。」他說完這句話後，又張開了雙眼。他的口氣並不是在炫耀自己認識大人物，只是在聊著過去的回憶。

「當他的祕書嗎？」五反田正臣問道。

緒方沒回答，倒是侃侃談起了犬養這號人物。

他述說犬養舜二這位政治人物是如何獲得人民支持，擁有多麼堅定的信念與想法，國民如何在犬養的魅力之下凝聚在一起，為時代帶來了重大變革。緒方說，他雖然身為旁觀者，也感到很興奮。原本無情、冷漠的緒方說著說著也有些激動，宛如平靜的湖面被微風吹起了一點漣漪。我不禁佩服犬養舜二竟有這麼大的力量，能夠讓沉著冷靜的緒方也隨之起舞。

「但是後來犬養退出了政壇。」我說道。

「是啊。」緒方說：「他退出了。」

「政治人物都是這樣啦，一開始裝腔作勢說要有所作為，最後還不是逃走了。」五反田正臣插嘴道。

我本來以為緒方一定會為他尊敬的人辯駁，大喊「他不是逃走的！」之類的，沒想到他只是壓低了聲音承認道：「逃走了？沒錯。犬養選擇逃走，因為他是個認真又聰明的人。」

此時我想起永嶋丈剛剛說過的那些話，他曾提到「領導者會週期性地出現」，我想，犬養舜二一定也是其中一人，他擁有擔任國民領導者的資質，也確實當上了領導者。

「犬養也只是系統中一個零件而已。他察覺自己被利用，所以逃走了。」我其實是引用了安藤詩織的話，她提到犬養曾說過：「說穿了，我也不過是系統的一部分。」

「喂，渡邊，你說犬養被誰利用了？」

「他不是被某個人利用。就像永嶋丈剛剛說的，這牽扯到國家這個巨大系統的運作模式。」

「又是系統！」五反田正臣一副不耐煩的語氣，「為什麼什麼都要牽扯到系統頭上？難道就因為我們是系統工程師嗎？」

永嶋丈剛剛提到的希特勒、墨索里尼等人的名字在我的腦中並列，他們獲得輿論支持，逐漸嶄露頭角，成為國家領導者，推動國家政策並影響了全世界，但最後等著他們的卻是沒落與死亡。

這就好像熬煮高湯用的肉骨頭。

價格不菲的珍貴肉骨頭在滾燙的鍋內擠出了身上的美味，為料理做出了貢獻，最後卻成為乾澀的空殼，被無情地丟棄。如果沒有肉骨頭，料理就無法完成，但肉骨頭卻無法成為料理的一部分。那些週期性出現的領導者或英雄，不正是這些熬煮高湯用的肉骨頭嗎？為了讓國家長存下去，他們必須竭盡他們的能力，但除此之外，他們的存在沒有任何價值。犬養或許就是察覺了這一點，才選擇走下政治的舞臺，並摸索著以其他形式來為國家及國民做出貢獻。他與安藤潤也合作，或許也是他的摸索過程之一。

「永嶋丈也和犬養一樣，」我毫不留情地說道：「被拱成英雄，被利用，總有一天會被丟棄的。」

緒方沒否認，「這個嘛，永嶋丈和犬養舜二在角色上完全不同。」他的口氣就像正在評量學生優劣的教師，但我不知道他說的「角色不同」指的是能力高低還是類型上的差異。「總之，這不是我們現在討論的重點。」

「不然什麼才是現在討論的重點？」過去我從沒用過這種挑釁的口氣說話。

「我們在談論你的腹語術能力。」緒方以充滿惋惜的口吻說道：「不過真是遺憾吶。」

「遺憾什麼？」

「你被逼上絕路，體內的特殊能力終於被喚醒了，對吧？」

「你真的相信這麼荒謬的事？」我說道。但仔細一想，他曾任職於聚集一大群超能力孩童的場所，就特殊能力這方面，他應該比我們清楚得多。

「但是你被喚醒的能力，卻只是區區的腹語術，真是遺憾。」緒方顯得更加同情了。

我無法反駁，因為他的想法也是我心中的想法。好不容易出現的超能力竟然是腹語術，簡直像是一齣喜劇。

緒方看了一眼手表之後，對兔子男說：「動手吧。」兔子男面朝我扯動手中的大剪刀，發出喀嚓聲響。因為頭罩的關係，我看不到他的表情，但我相信他此時一定露出了卑劣的笑容，正打算享受折磨人的快感。一股憤怒與憎恨在我體內奔竄。

就在這時，〈君之代〉的輕柔旋律從我的褲子後方口袋傳了出來，房間內所有人都豎起耳朵聽著這音樂。兔子男從我的口袋抽出手機，或許是因為折磨樂趣被打斷，他顯得有些不耐煩。

緒方接過手機，打開一看說道：「是剛剛那個名字。」

「佳代子？」

「你的配偶。」

我腦中浮現了佳代子的模樣。她現在在哪裡？既然能夠打電話，表示她順利逃走了吧？不知道有沒有受傷？我感到心跳加劇，整個身體甚至隨著心跳而顫動。「能不能幫我問一下，確認她一切安好？」我忍不住說道。

緒方握著手機凝視著我。

「我妻子和這件事毫無關係。」

我似乎聽見佳代子的耳語，她正訴說著離別是世界上最痛苦的事。一想到會失去她，我就感到深深的恐懼。

緒方將手機拿到耳邊。我們並沒有被禁止說話，卻不約而同地沉默了下來。

「妳的丈夫在這裡。對，沒錯，他們三個都在這裡。」

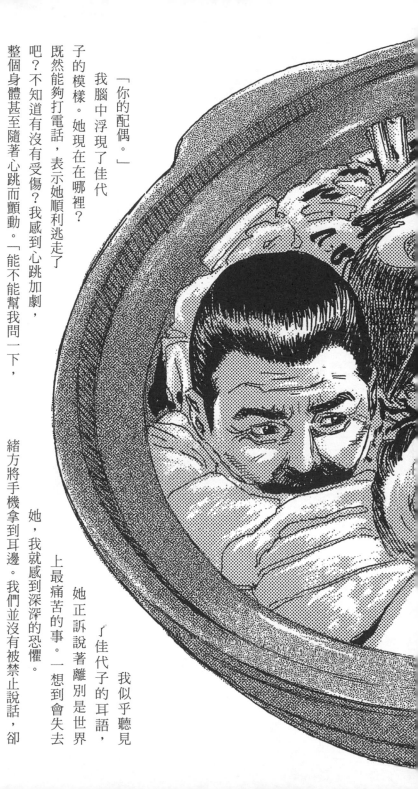

「佳代子，快逃！」我張口大喊。為了不讓她被捲進來，我大聲地警告手機另一頭的妻子，但兔子男迅速以他那戴著手套的手摀住了我的嘴。我頓時呼吸困難，還聞到一股宛如真兔子的腥臭。

「對，這裡是國際伙伴飯店的一一二九號房。」

緒方告訴佳代子我們的所在地，想引誘她自投羅網，讓她也嘗到苦頭。為什麼他要這麼做？因為「就是這麼回事」。緒方甚至以冰冷的眼神向我一瞥，似乎想確認我臉上的絕望。不甘心的情緒像一把火在我的腦中燃燒，我彷彿聽見了腦袋裡的線路一根根斷裂的聲響，斷了，又接起新的線路。眼前逐漸變得昏暗，我咬緊牙關不讓自己昏厥，拚命承受著腦袋的鈍重。我凝視著手持手機的緒方，不自覺地在心中默念。

「佳代子，不要過來！」而喊出這句話的，是緒方。五反田正臣詫異地頓時坐直身子，兔子男也轉過頭來。

緒方似乎毫無自覺，切斷通話後，將手機擲在地上。手機一撞到地毯，滾了好幾圈，那悲慘的模樣正象徵著我們的無力抵抗。

「很抱歉，你的配偶也必須來這裡。」

「渡邊前輩……，剛剛那個……就是腹語術嗎？」我背後的大石倉之助悄聲問道。我沒回答，但我漸漸開始相信是我讓緒方開口的，而且緒方本人完全沒察覺這件事。

「她應該等一下就到了吧。」緒方說。

兔子男站了起來，似乎想追問緒方剛剛為何會說出那句「不要過來」。我毫不遲疑地再度盯著緒方，雖然我還沒抓到要領，但此時已沒有時間讓我慢慢摸索。

「放心吧，一切都在掌控中。」我在心中默念。

「放心吧，一切都在掌控中。」緒方開口說道。

兔子男聽了之後點點頭，蹲下來重新舉起了大剪刀。我靈機一動，想到可以利用緒方剛剛的那句話，於是我繼續讓緒方開口：「先別動手，等他的配偶來了再說。」

兔子男又點點頭，雖然有些不情願，還是乖乖地停下了動作。

片刻的沉默籠罩房間內。緒方應該是在等著佳代子的到來，而兔子男則是在等待緒方的指示。我一顆心七

「宇宙的力量，也存在於你的體內」，這句話帶給我無比的勇氣，我感動得差點要落下淚來。我嗎？我的體內也有著宇宙的力量嗎？

緒方似乎對五反田正臣的胡言亂語不感興趣。

「喂，你在幹什麼？為什麼不趕快剪他的手指？」他終於察覺兔子男愣愣地蹲著沒動。

兔子男不服氣地站了起來想回嘴，我心想不妙，趕緊望向緒方，在心中默念。

「對了，你打電話去櫃檯，說我們要客房服務。」我讓緒方如此說道。兔子男歪起腦袋，不明白為何需要客房服務。

「叫他們拿些別的工具過來，可以用來折磨人的工具。」

兔子男雖然心下狐疑，還是點了點頭。事實上我這麼做並非想到了什麼策略，也毫無計畫性，只是期待著能叫個外面的人進來而已，就算是飯店服務生也好，只要有人進來，說不定就會有轉機。譬如我可以大聲呼救，或是使用腹語術讓外人知道這裡正在進行著恐怖的凌虐行為。我只是單純地如此冀望著。

突然傳來了敲門聲。

緒方轉頭望向房門。

我嚇了一跳。明明還沒打電話去櫃檯，為什麼會有人敲門？

緒方似乎起了戒心，望著我和兔子男。

敲門聲再度響起，片刻之後，門鈴也響了起來。緒方走向對講機詢問來意，門外走廊上的人開口了：「打擾了，客房服務。」

我一聽就知道，這是妻子的聲音。

51

對於突如其來的客房服務，正確來說是偽裝成客房服務的佳代子，緒方皺起了眉頭。他看著對講機螢幕冷冷說道：「我們沒有叫客房服務。」

我急忙用力瞪著緒方。

「把門打開，讓服務生進來。」我默念著。

「把門打開，讓服務生進來。」緒方說道。

兔子男以為緒方在命令自己，縮著肩露出「這麼做好嗎？」的神情。我立刻讓緒方補了一句：「快點。」

兔子男不敢違逆緒方，一臉納悶地走向門口。被腹語術到底是什麼樣的能力，我也不太清楚，但是被腹語術支配的人在說話時似乎會失去意識。緒方不明白兔子男為何走向門口，正要開口質問，門已經被兔子男打開了。

「久等了，這是客房服務。」佳代子語氣輕佻地說道，與匆匆地推著客房服務專用的推車走進房間。

「喂，妳幹什麼？」緒方指著她說道。

「客房服務。」佳代子的雙手離開推車，在緒方面前擺了擺，像是在表明自己手上沒拿任何可疑物品。

我忍不住喊道：「佳代子！」我完全沒細想該不該叫她的名字、該不該揭穿她的身分。我見她平安無事，著實鬆了口氣，也很開心能夠再見到她，不自覺便喊出了她的名字。但話一出口，一股不安再度襲來。

「她就是你的配偶？」緒方的緊繃神情登時和緩了下來，對兔子男使了個眼色。兔子男點點頭，頂著那巨大又逼真的兔子頭罩朝佳代子走去。

「你們夫妻倆只要乖乖配合，事情馬上就會結束的。」緒方好整以暇地說道。他會有這樣的反應也無可厚非，如果今天走進房內的是身材魁梧、手持武器的壯漢當然另當別論，但佳代子看上去只是個嬌柔女子，又沒帶武器，不會有人對她起戒心。

「啊，這個聲音。」佳代子伸手一指，「你就是剛剛接電話的人？」她怒目瞪視著緒方，眼中閃著殺戮的銳氣，「你剛剛在電話中直呼我的名字，對吧？」

她指的是我藉著腹語術讓緒方說出口的那句話。緒方對這件事毫無記憶，當場皺起了眉。

「你以為你是誰？憑什麼那樣跟我說話？我一氣之下就衝過來了。」佳代子的語氣很平淡，沒什麼抑揚頓挫，但我卻聽得毛骨悚然。通常她這麼說話的時候，就表示她生氣了。她在質問我有沒有偷腥時，也是這副口氣。

「危險！」我喊道。

兔子男朝著佳代子抓去。

一瞬間，佳代子做出了反應。她向右一個轉身避開兔子男伸出的手，接著橫跨一步，貼著兔子男身旁站立，簡直像在和兔子男跳社交舞。兔子男見她靠上來，不禁愣住。佳代子旋即伸出雙臂，扭住兔子男的右臂，接著優雅地輕輕一拂，兔子男的肘關節登時一折，手上的大剪刀也落到地上。佳代子沒有拾起大剪刀，而是伸出腳踩上去，一腳將它踢向房間角落。兔子男狐疑地看著自己的手，不明白大剪刀怎麼會從自己的手中掉落。佳代子毫不停歇，她緊接著繞到兔子男身後，抬起左腳，頂上兔子男的左膝內側，兔子男膝蓋一軟跪倒在地，只見他搖了搖頭，似乎完全搞不懂自己的雙手為何會撐在地毯上。但佳代子的動作總是比兔子男的反應快了一拍，就在兔子男微低著頭，伸長了脖子的瞬間，佳代子彷彿早已看準了這一刻，右腳迅速踢出，正中兔子男的臉，將兔子男由下往上頂起。

兔子男呈現大字形仰天翻倒，撞上桌子，桌上的水果皮跟著落到地上。

佳代子迅速彎下腰，從兔子男的腰間皮帶抽出一把小刀，然後一臉若無其事地來到我面前，微笑說道：

「謝謝你的提醒。」

我不敢告訴她，我剛剛那句「危險！」是對著兔子男叫的。

佳代子先走到我身後，割斷了大石倉之助身上的繩索。啪噠一聲，大石倉之助的身子離開了椅子倒向地板，夾雜了一點水聲，或許是地毯上有一攤小便的關係吧。大石斷斷續續地咕噥了一些話，但聽不清楚他在說什麼。

站在我跟前的緒方開口了：「喂，妳幹什麼！」

他右手握著一把不知從何處取出的黑色手槍，槍管頗長，似乎是連發式的。我想起永嶋丈對播磨崎中學案件所做的描述，當永嶋丈奔進教室時，緒方正以手槍指著學生的頭，毫不猶豫地扣下扳機。此時我親眼看見緒方舉著手槍的姿勢，確實威勢十足，開槍殺人對他而言似乎是習以為常的事。

我心驚膽跳，全身緊繃，感覺汗與小便似乎同時噴出了體外。

「沒幹什麼。」佳代子輕鬆地走到我身邊說道：

「我只是來帶我老公回去而已。」

「喂，佳代子，他真的會開槍。」我忍不住開口警告。緒方手上的槍並不是拿來威脅人而已，他是個稱職的祕書，也是個稱職的士兵，他會在任何時候做好任何

該做的事。

「是啊，我相信這位老伯真的會開槍。」佳代子說著，將手掌放上我的左肩。不知為何，我立刻感到一股暖流從左肩流向全身，被她這麼一摸，原本因緊張與恐懼而縮成一團的內臟都開始放鬆，我感到好安心，好想把自己的手覆上她的手，好希望能解開身上的繩索，讓手恢復自由。不是為了逃走，而是為了握住她的手。

「不准動。我知道妳有點本事。」緒方說著朝仰躺在地的兔子男瞥了一眼。

「是啊，我有點本事。房間外頭那個男的，我也讓他睡著了。」

「如果不希望我開槍，就別亂動。」對準她的槍口彷彿也訴說著這句警告。

「佳代子，妳還是別動吧。」我說道。

「我就是喜歡你這份溫柔。」

「我是認真的。」

「我當然知道你是認真地為我擔心。」佳代子說話時依然緊盯著緒方，她臉上雖然帶著笑容，眼神卻極為銳利。緒方也一樣。

「我會開槍哦。」

「我會閃掉呀。」

五反田正臣聽到這段對話，忍不住噗哧笑了出來。他雖然看不見，卻憑著聲音掌握了狀況。「『我會閃掉呀』，好氣魄。渡邊，你老婆真的很了不起。」

我很想告訴他，那不是虛張聲勢的氣魄，雖然閃躲子彈的確很像電影裡才會發生的情節，但佳代子是說到做到的人，她說要閃掉子彈，就是真的有此打算。

「我勸你瞄準一點，而且最好是瞄準我的頭。如果你打我的耳朵或手腳，我還有一口氣在，或許會往旁邊逃，那樣沒辦法確實阻止我的行動。瞄準一點吧。」佳代子說得自信滿滿，但我知道她此時也是賭上了性命。她很冷靜，沒有絲毫大意，集中精神注意著緒方的每一個小動作，完全就是個面對敵人的格鬥家，換句話說，她是真的打算空手與一名握著手槍的男人對決，真的打算閃掉子彈。

我望向緒方，他的表情依然沒有任何變化，但全身透露著一股緊張感，手指似乎隨時會扣下扳機。

他真的會開槍嗎？

這時我才想到，雖然我全身被綁，動彈不得，還是能夠助妻子一臂之力。對，就是使用腹語術。只要我在心中默念，支配緒方說話，這段期間緒方便會處於失去意識的狀態。雖然沒經過求證，似乎是這樣沒錯。所以我只要使用腹語術，應該就能讓緒方露出破綻。我凝視著緒方，想立刻試試看。

但突然一陣天旋地轉朝我襲來。

我看見了天花板上的藝術吊燈，一陣錯愕，接著才發現是我連人帶椅向後翻倒。雖然地上鋪著地毯，衝擊力還是很大，而且就在同一瞬間，傳來了短促而刺耳的聲響，我花了一點時間才理解那是槍聲，同時還聽見了物體破裂的聲響，大概是花瓶被子彈打中了吧。

是佳代子將我連人帶椅推倒的。剛剛我的眼角餘光瞥見了她使出類似柔道足技的技巧，先以鞋子抵住椅子腳，放在我肩上的手使勁向下一壓，利用槓桿原理輕而易舉地將我的椅子推倒。

佳代子推倒我的椅子或許是為了引開緒方的注意力，也或許是她察覺緒方想對我開槍，要讓我閃掉子彈才出手，真相不得而知，但能確定的是，緒方開槍時，槍口朝著我原本坐著的位置，要是我的椅子沒翻倒，此時的我早已中彈了。

我動彈不得，望著天花板，大石倉之助爬了過來，「你沒事吧？」

接著他以小刀幫我割斷了繩索。我爬出椅子，兩手撐著地板，抬起臉正要向他道謝，只見他瞠目結舌地看著另一個方向，我隨著他的視線望去。

佳代子正與緒方近距離對決，她纖細的腿破空踢出，緒方以肩膀擋住；她揮出拳頭，緒方以手臂擋住；她接著朝緒方的小腿踢去，緒方屈膝抬腿避開。兩人回到互相瞪視的姿勢，雙方的動作並不像動作片裡的打鬥場面那樣毫不停歇，而是打打停停，一個動作過招之後，再繼續第二、第三個動作。我屏住呼吸，嘴裡積滿唾液。我發現緒方空著手，往下方一看，他的手槍正躺在地板上，或許是被佳代子打落的吧，但我不知怎的沒看到那一幕。

「渡邊，到底發生了什麼事？」被綁在椅子上的五反田正臣問道。他左顧右盼，似乎想確認我的所在位置。大石倉之助拿起小刀，開始割五反田正臣身上的繩索。

忽然間砰的一聲巨響，整個房間隨之震蕩。我轉頭一看，佳代子以雙手將緒方朝左側狠狠推了出去。緒方的背部整個撞上拉著窗簾的窗戶，衝擊之強，幾乎要撞破窗戶摔出去，他似乎也一時暈頭轉向。

「別以為你年紀大，我就會手下留情。」佳代子惡狠狠地說：「欺負我寶貝老公的人都不會有好下場。」

我雙腿發軟，遲遲站不起來，只能很沒用地以四肢撐著地面。大石倉之助拉著五反田正臣靠了過來，三個大男人像這樣驚慌失措地瑟縮在一起實在很丟臉，但我們根本無計可施。

「渡邊前輩，你太太到底是什麼來頭？」大石倉之助一臉茫然地說道：「太強了吧。」

我忍不住想說，你們現在知道我的辛苦了吧？

「喂，我們不用過去幫忙嗎？」失明的五反田正臣雖然搞不太清楚狀況，還是為佳代子擔心著。

沒錯，得過去幫忙佳代子才行。於是我膝蓋一使力，撐著站了起來。

「好痛！」佳代子喊道。聲音雖然不大，卻異常尖銳，她突然停止出招，緊緊抱住頭。

背對窗戶的緒方正朝著佳代子舉起右手。

「佳代子，妳怎麼了？」我從沒見過妻子露出這種痛苦的表情，一時嚇得手足無措。

「別過來……」佳代子伸出左掌阻止我靠近，卻已無法再說話。

緒方一臉肅穆，手臂向前推出。

「渡邊前輩，那應該是超能力吧？」大石倉之助悄聲說道：「就和我們在機場遇到的一樣。」

有可能。佳代子此時的頭痛，很可能正是緒方搞的鬼。

於是我用力瞪著緒方，只要能讓他隨便說句話，或許就能阻止他的行動。我想像自己的意識鑽進了他的體內，開始在心中默念。

然而就在這時，我腦中突然響起一句話：「少得意忘形了！」我吃了一驚，肺裡憋住的空氣一口氣全呼了出來，就像潛水失敗時掙扎著想浮出水面，濺起了無數水花，呼吸急促紊亂。我左右張望，不曉得到底發生了什麼事。

「沒用的。別來攪局！」我的腦袋裡又響起了話語。我愣了一下，才察覺這是緒方的聲音。

為什麼緒方的聲音會離我這麼近？我心頭才浮現這個疑惑，身子忽然受到一股來自上方的壓力，接著腹部彷彿被人揍了一拳。我完全無法呼吸，跪倒在地毯上，緊接著被那股力量壓垮，整個人趴到了地上。身旁的大石倉之助與五反田正臣也和我一樣倒在地上呻吟著。

「搞什麼，又來了啊。」五反田正臣嘖了一聲，但就連那聲響都被擠壓得鑽進了地毯裡。

「你對我老公做什麼！」佳代子喊道。

「只要妳乖乖聽話，我就停手。」緒方冷冷地說道。

我的身體已幾乎平貼在地毯上，甚至有種逐漸被壓入地裡面的感覺，我開始擔心我的身體會被壓扁，到時我的內臟和血液不知會濺成什麼模樣。

「宇宙的力量。」五反田正臣將貼在地毯上的臉轉向一邊，開口說道。他的呼吸非常粗重，似乎是咬緊牙關，擠出全身力量才勉強說出這句話。

他剛剛和我說過，這是卓別林的電影臺詞。「宇宙的力量能夠讓地球運轉」、「宇宙的力量，也存在於你的體內」。

「宇宙的力量。」我在心裡反芻著這句話。毫無抵抗能力的我、無能為力的我們，也擁有宇宙的力量嗎？我真想抓個人來問問。

我決定挑戰肌肉耐力的極限，以兩臂撐起身體。來自上方的壓力之沉重，幾乎令我絕望。

「你幹麼啦！痛死了！」佳代子終於忍不住蹲了下來，兩手按著太陽穴。

我感到強烈的憎恨與憤怒，看見妻子的痛苦模樣比自己被撕裂還難過。在這種緊要關頭，我怎能束手待斃？我努力移動視線，望向落在不遠處的手槍。那把槍是緒方剛剛在打鬥中落到地上的，我想抓住那把槍，但我的身體連半吋也移動不了，無能為力的屈辱與絕望讓我瀕臨精神崩潰。

就在這時，天花板掉了下來。正確來說，是嵌在天花板通風口的正方形蓋子掉了下來。

一瞬間，蓋子撞上我們剛剛所坐的沙發椅，緊接著有個男人從天而降，同樣撞上了沙發椅，滾落地毯上，相當唐突而胡來的落地方式。

我沒看清楚從天花板落下來的是誰，只顧著爬到一旁去。或許是緒方分了心的關係，我身上的壓力消失了。

我一把抓起地板上的手槍，毫不遲疑地對準了緒方，並將手指放上扳機，我甚至沒思考要朝他身上的哪裡開槍，只想著我得趕緊扣下扳機才行，但佳代子的動作比我更快，她的頭痛似乎也消失了，只見她像一道閃電般衝向緒方，迅速伸手一揮，緒方的下巴一斜，下一秒便倒在地上。

「佳代子！妳沒事吧？」我喊道。

「嗯，沒事。」她聳了聳肩。接著，我終於轉頭望向那個從天花板掉下來、在地上翻了兩圈、現在才好不容易站起來的男人。

一身西裝沾滿了灰塵的永嶋丈，一邊撫摸著摔下時撞疼了的手臂，一邊靦腆地露齒微笑，接著伸出兩根手指，說道：

「Peace.」

Peace，和平。真是一句好話。

52

「我只是想當當看真正的英雄。」永嶋丈帶著羞赧而天真的笑容說道。那副表情根本不像國會議員，而是個美式足球選手。

「你從天花板內的配線管爬進來？」我丟下槍，愣愣地看向永嶋丈剛剛跳下來的通風口。

「實際爬過之後，我才知道配線管裡又窄又暗，很不舒服呢。」

「你這人真有意思。」佳代子笑著說道。接著她拿起繩索，纏上緒方的手臂。大石倉之助則幫忙綑綁腳踝，他害怕得直發抖，擔心眼前的怪物不知何時會醒來，動作謹慎又有些慌亂，而且他的棉褲被小便淋得一片溼漉漉，但他似乎並不在意。

「你為什麼要來救我們？」站在我身後的五反田正臣開口了，「既然要救，之前何必離開？」他指著永嶋丈說道。我不禁懷疑他根本沒失明，否則怎麼知道永嶋丈站在哪裡？

「我一直在樓下房間。」

「我們遭受折磨的時候，你躺在床上睡大覺？真是優雅。」五反田正臣語帶挑釁地說道。「不是的。」永嶋丈否認，但五反田正臣根本一副不想聽他解釋的樣子。

「不過，都是這樣吧。」佳代子一邊扯緊繩索，插嘴道：「明知道世界上有很多小孩在挨餓，我們還是開心地吃著蛋糕；有人正遭受暴力對待的夜裡，賓館裡的情侶一樣打得火熱。都是這樣啊，不就是這麼回事嗎？」

「又來了。」我不耐煩地說道：「拜託別再說『就是這麼回事』這句話了。」每個人都拿這句話來當理由，什麼「就是這樣的系統」、「就是這麼回事」，乍聽很有道理，其實有說跟沒說一樣。

「不過，你為什麼突然跑來救我們？」大石倉之助小心翼翼地問道。對政治人物提出問題，似乎令他頗惶恐。

「原因跟剛剛的話題有關。」永嶋丈微微抬頭，望向半空中。

「哪個話題？」

「剛才說過，這世上的一切都脫離不了系統。」

「拜託別再來了。」我露骨地顯露出不耐煩。

「我們所生存的這個社會太複雜，沒辦法把過錯推到任何一個人頭上。各種欲望、利益得失及人際關係互相牽連扯動，什麼是萬惡之源，沒人說得出來。這樣的觀念，我是認同的。善惡分明的狀況只存在於虛構的故事裡。」

「嗯，或許吧。」佳代子點頭同意。

「但是，抱持著這樣的觀念，最後只會得到一個結論。」永嶋丈邊說邊搖晃著腦袋，彷彿運動選手正在做熱身操。

「什麼結論？」大石倉之助問道。他遠離緒方，將顫抖的身體倚著椅子。

「虛無。」永嶋丈語氣堅定地說道。

「虛無？」由於平常很少提到這個宏大的字眼，我不禁重複說了一遍。

「虛無？」佳代子和大石倉之助的反應也一樣。

「虛無大叔(*1)？」五反田正臣笑著說道。這種時候只有他還有心情開諧音玩笑。

「因為無論做什麼，結論都是一句『就是這麼回事』。即使內心產生恐懼或不安，也找不出原因。像這樣永遠把自己當成系統的一部分，最後只會進入虛無的境界。」永嶋丈說到這，朝地上被五花大綁的緒方看了一眼，似乎想說「這個男人正是最典型的虛無案例」。

「但你先前不是講了一堆什麼這才是讓國家存續下去的正確方法嗎？」

「是啊，我原本以為，就算進入了虛無的境界也無所謂，反正『就是這麼回事』，我一直是這麼告訴自己的。」永嶋丈坦白道：「但是，你剛剛的一句話點醒了我。」

「我？」突如其來的指名讓我有些錯愕，「我說了什麼？」

「我之前也提到過，這房間裡裝了監視器和收音麥克風，而樓下有一間監控室，我一直待在那裡面。」

我嚇得整個人差點沒彈起來，「所以我們現在也被監視著？佳代子所做的事都被看到了？」

若真是如此，很可能早有人向上層通風報信了。

「這點不必擔心。」永嶋丈從容不迫地說道。

「為什麼不必擔心？」

「我已經叫他們停止了。」

「停止什麼？」

「停止監視。」永嶋丈邊說邊拍掉西裝肩上的灰塵，「剛剛監控室裡除了我，只有一名監視員和一名祕書。我假裝接到其他部門的緊急電話指示，告訴他們『監視到這裡就行了』，然後叫他們離開監控室。」

「假裝？你的演技上得了檯面嗎？」佳代子調侃道：「雖然身為政治人物必須熟知如何欺騙民眾，但你這人看起來不太會說謊哦。」

「我演得很習慣了，畢竟我可是演了五年的英雄。」

「演了五年的英雄？什麼意思？」佳代子問道。永嶋丈敘述播磨崎中學案件時她並不在場，所以聽得一頭霧水。

「我在監控室裡聽著你們的對話，看著你們即將遭受折磨。後來，我聽到你說了一句話。」

我愣愣地眨著眼睛張著嘴。

「你對緒方說，『人又不是為了遠大的目標而活著。』」

我登時想起來了，剛才我確實無意間說出這句話，下一句我記得是「渺小的目標才能成為生存意義。」

「這句話讓我如夢初醒。」永嶋丈的背脊挺得筆直，結實的胸膛顯現威嚴氣勢，眼神中的遲疑或羞澀全都消失，取而代之的是一股迷人的魅力。這個人明明是個政治人物，卻洋溢著青春熱情，讓人看得目眩神迷。

「什麼意思？」

「就像我剛剛說的，滿腦子只想著系統的人終會變得虛無。目標太過遠大，只是徒增無力感而已。好比『拯救芸芸眾生』這種抱負，任何人都會覺得無從下手吧？雖說這就是政治人物的使命，但如果沒有弄清楚自己究竟是為誰而活、敵人到底在哪裡，一直追逐著模糊不明的目標，眼前只會是一片虛無的未來。」

「是啊，以你的情況，不但是政治人物，還是個扮演英雄的政治人物，一定更辛苦吧？」

「五反田前輩，你別再酸他了。」

「大石，我並不是在酸他。」

「不然是什麼？」

「狡獪地繞圈子攻擊他的弱點。」

「不是一樣嗎？」

永嶋丈聽著五反田正臣與大石倉之助的對話，神情和緩了一些，繼續說：「但是你的那句話，讓我找到了脫離虛無的方法。」

「什麼樣的方法？」

「從小地方著手。」永嶋丈聲音宏亮地說道：「有趣的是，我才這麼一想，視野突然遼闊了起來，頓時想起從前美式足球教練跟我說過這樣一句話：『拯救眼前需要幫助的人，不要想太多。』如果看到球員受傷倒地，不管是敵人還是隊友，都應該過去拉他一把。」

「通常這種善良的傢伙最後都會被騙光全身家當。」

「五反田前輩，你只是在潑人家冷水吧。」大石倉之助憂心忡忡地說道。

*1 「虛無大叔」（アンクルきょむ）音近象徵美國的虛擬人物「山姆大叔」（アンクルサム、Uncle Sam）。

「我原本也這麼想。老是被眼前的小事牽著鼻子走，看到有困難的人都要伸出援手，遲早會惹上麻煩。但我現在看開了，總而言之，我決定試著從小地方開始行動。」永嶋丈吸了一口氣，胸膛撐得更大了，「我想要拯救眼前受難的你們。」

「因為聽了渡邊那句話？」

「是啊。」永嶋丈直直地望著我。

「可是，為什麼你要鑽進配線管裡爬過來？」雖然是無關緊要的問題，我還是問了出口。既然這裡是飯店，為什麼不搭電梯或走樓梯上來就好了？

他不好意思地低著頭說：「我想彌補那起案件。」

「彌補？」

永嶋丈沒回答，似乎也沒打算詳細說明，他笑著說：「我只是想當當看真正的英雄。」

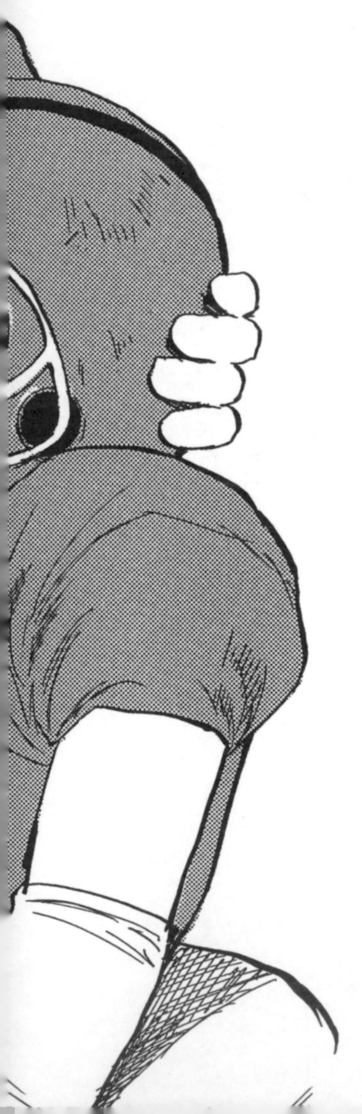

整個房間一片沉靜，大家似乎都認為現在不該自己發言。我仰望永嶋丈落下來的天花板通風口，佳代子也跟著仰起了頭，接著大石倉之助及永澤丈的視線也移了過來，我們一起望著天花板上四方形空洞內的黑暗。

我突然想起井坂好太郎臨死前以自嘲的口吻說出的那句「我的小說無法改變世界，但或許能夠讓某一個人看懂，那就夠了。」或許他也是對遠大的目標感到挫折，才改變作法，選擇了一個渺小的目標。即使是心高氣傲的井坂好太郎，面對廣大人群，同樣會感到無力。

接著我又想起某對年輕夫妻的身影。他們擁有龐大的財富，為了尋求有意義的花錢方式，旅行於全國各地。他們想要「為世人貢獻一份心力」，卻不知道該怎麼做，只能過著摸索的每一天。這對夫妻就是安藤潤也與安藤詩織。當然，我沒見過年輕時的兩人，對他們當

年的容貌無法繪出具體的輪廓，但是，在我模糊的想像之中，他們即使拿錢出來拯救需要幫助的人，心中依然非常煩惱。如果真的想讓世界更好，是不是應該把錢花在更遠大的目標上呢？只救助眼前的窮困之人，這麼做有意義嗎？世人會因此而得救嗎？這些他們一定想過無數次的問題，如今迴盪在我的腦中。安藤潤也彷彿拿著這些問題質問著我。

但不可思議的是，我絲毫感受不到指責的壓力，反而覺得很溫暖，彷彿有一隻手掌遮在我頭上。

這時，戴著巨大兔子頭罩的男人抖了一下。他剛才仰天摔倒撞上桌子，失去了意識，這下好像醒來了。五反田正臣最先聽到了聲響，提醒我們說：「喂，好像醒了。」

「啊，他醒來正好。」佳代子開心地朝兔子男走去。

兔子男坐起上半身，先是愣了一下，似乎還搞不清楚發生了什麼事，但當他看見我們身上都沒了繩索束縛，嚇得全身一震。

「大石，你來幫我把這隻兔子綁到椅子上。」佳代子泰然自若地走到兔子男身旁。「咦？」大石倉之助則是一臉不安。

「佳代子，妳想做什麼？」

「當然是教訓教訓他。」

「教訓？」我不由得轉頭望向永嶋丈，他也皺起了眉頭。

兔子男似乎聽見了我們的對話，顫抖著死命揮動雙手示意投降。

「這個男人什麼也不知道，他只是照著上頭的指示行事而已。」永嶋丈說：「他既不是負責人，也不是罪魁禍首。」

但佳代子以爽朗的語氣回答：「你錯了。」

「錯了？」我不禁愕然。

「錯了。你們剛剛提過，這個世界是由一堆莫名的機制架構起來的，這點我承認。所以像我們這種位居底端的人即使不確定是對是錯，大家都只是默默地做著自己被交付的工作，只因為是工作所以認命去做，是這樣嗎？」

「是啊。」我回道。接著我在心裡補了一句「雖然我到現在還搞不清楚妳的工作是什麼」。
我想起井坂好太郎與岡本猛曾談論過德國人殘殺猶太人的話題，參與殘殺行動的阿道夫．艾希曼認為他做這些事是因為「這是他的工作」。對此，井坂好太郎也說過，專業分工之下，人的「良心」會消失；因為是工作，所以不會產生罪惡感。
「但我覺得呢，那些都只是藉口。」佳代子邊說邊拉著兔子男坐到椅子上。兔子男似乎也搞不清楚狀況，並沒有抵抗，兩三下就被綁在椅子上了。佳代子繼續說：「因為是工作所以不得不做，只是藉口罷了。」
「但事實上確實是如此，不是嗎？」我不知為何竟然替兔子男說起話來，「既然是工作，有時是非做不可的。」
「因為是工作，所以非做不可，這我認同。」佳代子的眼中沒有絲毫怒意，反而含著興奮感，簡直像是正要出門去百貨公司的大特價活動購物，「但是要是因此覺得做什麼都不痛不癢，這個人就完了。做了壞事就得遭到報應；傷了人之後，自己也得受到相當程度的傷害才行。既然是為了工作而被迫做壞事，就該帶著痛苦的心情去做。」
「帶著痛苦的心情去做？」永嶋丈以一副懇求教練指點迷津的神情問道。
「是啊，雖然良心不安，但既然是工作只好做了，這樣的狀況我不反對。但如果什麼也沒想，傷害了他人還興高采烈，那就不應該了。」佳代子轉頭望向兔子男說：「你在折磨那位小哥的時候似乎很開心呢，你一定一點也不覺得良心不安吧？」
她指的是岡本猛被折磨時的情形。回想起來，確實如此，兔子男無論是在那個折磨影片當中，還是在準備對我們下手的時候，都是一副樂在其中的模樣。正因如此，所以我剛剛才會那麼生氣，甚至覺得我絕不原諒他。兔子男聽了佳代子的話，拚命地搖頭。
被綁在一旁的緒方突然微微張開眼，似乎恢復了意識，我猛地後退了好幾步。這個人雖然老，卻不是普通人，他不但擁有與佳代子旗鼓相當的格鬥能力，還會施展神祕的力量。佳代子的頭痛、我們被壓倒在地板上，都是他搞的鬼。此外，我腦袋裡響起的那句「別來攪局！」也是他的聲音。那就是超能力吧？這個緒方應該擁有特殊能力吧？等他的雙眼一張開，會不會又施展出什麼可怕的力量？我嚇得半死，一旁的大石倉之助也發出了尖叫。

但，佳代子的動作非常快，搶在緒方神智還沒完全清醒之前，旋即揮出右手，往緒方的下巴附近戳了一下。不，那看上去只是輕輕摸了一下而已，但緒方很快又閉上眼睛，一動也不動了。

我望著再度昏厥的緒方，深深嘆了口氣。

佳代子卻宛如什麼事也沒發生，繼續說道：「我不認為每個人都得乖乖當好人，有時候做些壞事也是情非得已，但我最討厭絲毫不覺得良心不安的人了。」她手上拿著兔子男的大剪刀，不知她是何時撿起來的。

「如果會良心不安，打從一開始就不應該幹壞事，不是嗎？」我試著反駁。我想起以前看過的一個網路節目，某個騙徒含著淚水哭訴說他「其實不想騙人」。

佳代子立即搖頭，「不，還是帶著良心不安做了比較好。」接著她噘起嘴對兔子男說：「別擔心，我只是把你做過的事情回報在你身上而已，這就叫做give and take。」

「喂，佳代子。」我試圖阻止她，而且我想她誤會give and take的意思了。

「渡邊，你老婆沒問題吧？」五反田正臣憂心地拍著我的肩問道，永嶋丈也嚇傻了。

「阻止我也沒用。就算這世上找不到罪魁禍首，至少能夠把每個做壞事的傢伙都教訓一頓。」

佳代子的論點非常簡單明瞭。

「你們先到外面等吧，我馬上就結束。你們不是討厭殘酷的事嗎？還是你們要在這裡觀賞？」

兔子男不斷地求饒。永嶋丈對佳代子說：「喂，住手。」大石倉之助也喊著：「渡邊前輩！」求我幫忙說服佳代子。

但此時的佳代子是沒人說服得了的，這一點我比全世界的任何人都清楚。她既然把話說得這麼明白了，就絕對不會罷手。何況我也有些認同她的想法，兔子男的所作所為不該被輕易饒恕。於是我朝房門走去，說了聲：「我們出去吧。」不知道是震懾於佳代子的氣勢，還是認同了佳代子的想法，最後我們都走出了房間。

門口地上蜷著一名身穿西裝的男人，大概是被佳代

子打倒的門口守衛吧。

「你老婆究竟是何方神聖？」五反田正臣來到走廊上，喃喃說道。

「盡量同情我吧。」

雖然飯店房間的隔音效果很好，房內的聲音應該不會傳出來，但我還是很害怕會不會突然聽見兔子男的慘叫。而其他三人或許和我有著同樣的心情，我們默然無語，只想把耳朵塞住。

「永嶋先生，」或許無法承受這一片死寂也是原因之一，我開口了：「請你告訴我歌許公司的地址。」

53

「歌許公司？」永嶋丈反問。從他的態度看來，似乎不是在裝傻。

我們正站在飯店房間外的走廊上，地上鋪著柔軟有彈性的地毯，踏在上頭感覺頗彆扭，褐黑色的地毯宛如巨大動物的毛皮，一看就知道非常高級。

我見大石倉之助一直踮著腳尖，以為他也覺得穿鞋踩在這樣的地毯上頗有罪惡感，但仔細觀察，他似乎是因褲子沾了小便才這麼扭扭捏捏。

「永嶋丈，你不是說了嗎？那些人為了有效封口，建立了一套網路監控的機制，而負責那個任務的網站公司，就叫歌許。」五反田正臣指著永嶋丈說道，但他指的方向稍微偏了一些，沒能正確指著永嶋丈的鼻頭。

「請告訴我那間公司在哪裡。我怎麼打電話都聯絡不上。」我的聲音中充滿了無奈，自己也沒想到這個挫敗會令我這麼沮喪。

「為什麼想知道地點？」

「當然是為了找上門去啊。」五反田正臣氣勢十足地說道。

「去了又能怎樣？」永嶋丈的態度比我們都沉著冷靜，他不止體格強健，內心也相當穩重可靠。五反田正臣似乎也感覺到了，氣沖沖地說：「別以為你知道的事情多，就擺出一副高姿態。就是因為這樣，我才討厭你們這種站在高處、對什麼都瞭若指掌的人。」

「我的確比你們多知道一些事情，但就如我先前所說，其實大部分內情我也不明白。雖然我站在山頂，但霧氣太濃，什麼景色都看不見。」

聽他的語氣，我知道他並沒有說謊。此時大石倉之助忽然「啊」了一聲，臉色慘白。

「你幹麼？」五反田正臣不悅地問道。

「我好像聽見房裡傳出慘叫。」大石倉之助面無血色地回道。

「喂，你不進去阻止嗎？」五反田正臣問永嶋丈。

我窺視著永嶋丈的神情。此刻在那間房裡被佳代子折磨的緒方及兔子男，即使算不上是永嶋丈的同伙，至少和他不無關係，為什麼他還能夠這麼悠哉地和我們在這兒像朋友一樣閒聊？他不是應該逮捕我們，或是去向上層通風報信嗎？

但是永嶋丈沒回答。他不是沒聽見，而是刻意無視這個問題。「我大概知道歌許公司在哪裡。」

「請告訴我們！」我急忙說道。

「喂，你要當作沒看見嗎？渡邊的老婆正在裡面折磨你的同伴耶。」五反田正臣緊咬不放，「你這樣還算是國會議員嗎？」

永嶋丈微微彎下腰，在五反田正臣的耳畔呢喃道：「對，我要當作沒看見。」他說得斬釘截鐵，不帶羞愧也沒有辯解，簡直像是早已覺悟到「視而不見」也是政治人物的職責之一。

門突然打開來，大石倉之助被門板一撞，踉蹌地跌向一旁，跪到地上發出虛弱的呻吟。

「久等了。」佳代子站在門口說道。她像隻貓似地將眼睛瞇成了一條縫，臉上堆滿笑容，模樣俏皮，彷彿正以「人家挑了很久不知該穿哪件洋裝」來解釋為什麼約會遲到。「我連那個老伯一起教訓了，所以多花了一點時間。」

這句話聽來像是個惡劣的玩笑。事實上，我真的希望這只是個惡劣的玩笑，但我一看見她的衣服領口及袖口上所沾的血跡，臉上肌肉倏地僵硬。

「渡邊太太，妳在裡面做了什麼？」大石倉之助搖搖擺擺地站起身來問道。

佳代子一副「那還用問」的表情，彷彿她聽到的問題是「星期一的隔天是星期幾」，她搖晃著食指回道：「當然是把手指和腳……」我連忙打斷她的話，「不用詳細描述，夠了。總之，他們沒死吧？」

「那兩人曾經想折磨你，傷害你，讓你生不如死，你沒道理替他們擔心吧？就算他們死了，也是死有餘辜。」

「他們死了？」

「沒死啦。」佳代子攤著兩手說道：「我是清白的。」

我盯著她的笑容，又轉頭看了看她衣服上的血跡。房門沒關上，隱約見得到裡頭的狀況，微弱的呻吟沿著地板傳了出來。

「妳一點也不清白。」我和五反田正臣同時說道。

佳代子嘟著嘴鬧起了脾氣，她這副天真無邪的模樣對照倒在房裡血流不止的兩個男人，我不禁有些暈眩。

「太好了，我們終於要攻進敵人的基地了。」佳代子說著關上房門，兩眼綻放著神采。

我在一旁聽了，也覺得頗亢奮。沒錯，終於要和敵方首領對決了。

但永嶋丈卻當場潑了我們冷水，「去了也毫無意義。」

「為什麼？打倒歌許公司毫無意義？因為一切都是系統？」

「沒錯。要查出地點不是難事，我只要一通電話就問得到了。問題是，你們就算去了，也無法改變任何事。」

「你是說，我們去了那裡，可能連監視系統的真面目也查不到？」

「根本沒有什麼真面目或祕密，有的只是機制。你們有沒有讀過一部德國小說，男主角變成了一隻蟲(*1)？」永嶋丈以一副「大家應該都讀過吧」的語氣，繼續說：「就和那個一樣，我們只能接受變成蟲的事實，追究原因是沒有意義的，因為……」

「因為就是這麼回事？因為變成蟲已經是既定的事實？」我問道。

永嶋丈點點頭，「總而言之，你們就算去了歌許公司也無法解決任何問題。」

「壞蛋不在那裡？」

「根本沒有壞蛋。」永嶋丈垂下眼說道：「那兒只是一間公司。你們想像一下吧，公司裡當然只有一群上班的員工。」

「也就是說，他們只是在工作？」

「是啊。」

我看佳代子突然自顧自摸著耳朵，沒理會我們的談話。「咦？這是什麼？」她歪著腦袋，右手在耳後抓了抓，接著將手掌攤在我們面前。她手心上有一小塊四方形的東西，有點像是ＯＫ繃。「這東西為什麼會貼在我的耳朵後面？」

「不是妳自己貼上去的嗎？」

「我沒看過這玩意兒啊，是痠痛貼布嗎？」

「那是收訊裝置，能接收一定的音頻。」永嶋丈冷冷地看了一眼之後說道。

「音頻？做什麼用的？」

「那個房間裡有很多機關，除了監控儀器，還藏了許多裝置。譬如只要按一個按鈕，就能發射出人類聽不到的超音波。操控者可以選擇對整個房間發出音波，也可以選擇單獨針對這個收訊裝置發射。我猜大概是緒方趁著和妳纏鬥時貼到妳耳後了吧。」

「他把這東西貼到我的耳後？為什麼我沒察覺？」

「以緒方的能耐，這種小事並不難辦到。」

「不會吧？原來那個老伯這麼厲害？」佳代子稱讚起了敵人，「啊，這麼說來，剛剛老伯一伸出手我就覺得頭很痛，原來是這玩意兒搞的鬼？」

我想起來了，剛剛緒方和佳代子對峙時，曾經伸出手像是在運用超能力，難道其實是在調整音頻大小？

「那真的不是超能力嗎？」大石倉之助眨著眼問道。他似乎不太願意將好不容易相信的神祕現象又全盤推翻。

「我剛剛也說過了，你們只要相信你們想相信的就好。那或許是超能力，也或許是超音波，但在我看來根本沒有差別，因為造成了頭痛是事實。」

「就像葛雷戈．桑姆薩變成蟲也是事實。」五反田正臣低喃道。

「那我們為什麼又會被壓在地板上？」我剛問完，

＊1　此處指的是德國小說家法蘭茲．卡夫卡（Franz Kafka, 1883-1924）所創作的小說《變形記》（*Die Verwandlung*），主角葛雷戈．桑姆薩（Gregor Samsa）是個推銷員，一覺醒來發現自己變成了昆蟲。

自己就猜到了答案，「啊，就跟在機場一樣？」

永嶋丈點點頭，「那個房間裡也畫出了一些特定區域，區域上方的天花板會送出強風，以風力將人壓倒在地，你們是因為這樣才動彈不得的。」

「原來是用了那種東西啊？」五反田正臣問道。

「不是超能力嗎？」大石倉之助似乎已成了超能力的忠實信徒。

「相信你們想相信的。」永嶋丈只說了這句。

佳代子開車載著我們奔馳在國道上。我不知道我們在飯店裡度過了多少時間，暗自猜測應該已是深夜了吧？總覺得心情陰霾不開，外頭應該也是漆黑無光。然而走出室外一看，竟然還是大白天。

這是一輛白色箱形車，佳代子就是開這輛車前往飯店，但我不知道這輛車的來歷，也不打算問她。

我坐在副駕駛座，五反田正臣坐在後座，至於大石倉之助則在飯店門口便和我們分開了。

「我也要去。」在那間套房外頭的走廊上時，他是這麼說的。

「不用了啦，你不必跟來。」我說道。接著我轉頭問五反田正臣：「五反田前輩，這樣可以吧？大石已經幫了很多忙了。」

硬把大石倉之助拉進來蹚渾水的五反田正臣也說：「是啊，這一趟辛苦你了，歌許公司由我和渡邊去就行了。」

「那我也要去哦。」佳代子湊過來說道。

永嶋丈拿出手機，不消五分鐘便問到了歌許公司的地址。我們當初費盡心思也得不到的情報，他不費吹灰之力就拿到了。但我並不因此感到憤怒或沮喪，畢竟這就是政治人物，而且對某些大人物來說，掌握情報本來就易如反掌。

「不，我要去。」大石倉之助筆直望著我說道。

「放心啦，這位永嶋丈剛剛也說過，歌許只是一間很普通的公司，我們又不需要和什麼人對決，何況你已經做得夠多了。」

「都到了這裡，我也想一起努力到最後。」

大石倉之助的眼神認真且充滿了勇氣，我不禁有些感動，看來他也下定決心不再逃避，想要正面面對自己

所存在的世界了。「好吧，既然你這麼說……」

然而五反田正臣卻斷然說道：「大石，你回去吧。我們不帶你去。」

「咦？」

「回去啦，反正你不用再跟了。」

「五反田前輩，大石都這麼說了……」雖然大石倉之助的褲子與鞋子上的小便還沒乾，他卻毫不氣餒。既然他有這份心意，我不明白為何不能帶他同行。

「不要。我說不要就不要。」五反田正臣突然像是鬧著彆扭的小孩，「我只喜歡硬拉不想走的人走，不喜歡帶想走的人一起走。」

「五反田前輩，這太霸道了吧？」我不禁愕然。大石倉之助瞪大了眼，不知如何是好。佳代子開心地笑了，永嶋丈則是露出苦笑。

永嶋丈自始至終都強調：「你們就算去了歌許公司，也毫無意義。」

「不會沒有意義的。永嶋先生，你去過歌許公司嗎？」我問道。

他搖搖頭，「沒去過，但我想像得出來。去了也無法改變什麼。」

「無法改變世界？」佳代子問道。

「還有你們的人生。」

永嶋丈說得斬釘截鐵，就連五反田正臣也有些被他的氣勢震懾。

「無所謂。」我說：「就算人生沒有重大改變、沒發生什麼足以記載在自傳或年表上的大事也無所謂。每一個微不足道的行動與對話，才是人生中最重要的部分。」

人生是不能被簡化的。井坂好太郎的這句話在我體內迴蕩著。我不難想像他正高傲地對我說：「被我說中了吧？我說的話可是很有深度的。」我一想到他那副自大的嘴臉，心裡有點不太舒服。

「好吧。」永嶋丈不知是認同還是放棄，總之他不再勸阻我們了。

「我們走了，別找我們。」五反田正臣半開玩笑地說了這句話，便握緊枴杖打算沿著走廊前進。

佳代子突然插嘴道：「他們一定會來找我們吧？我們大鬧了一場，濫用暴力，還斷人手指，怎麼可能平安無事？他們一定會派警察之類的來抓我們吧？」

她說著往關上的房門瞥了一眼。

「那些……」五反田正臣有些遲疑。

「那些事都是妳幹的，」我接話道：「別把我們拖下水。」

「放心吧，」永嶋丈的說話音量雖然不大，卻顯得意志堅定，給了我莫大勇氣，「這部分就交給我，我會想辦法和緒方套好話，不會有人去找你們麻煩的。」

「什麼？你要怎麼做？」

「啊，難道……」我不自覺接話：「你想重演一次播磨崎中學案件？」掩蓋實際發生的事，捏造出另一個真相？

永嶋丈點點頭，靦腆一笑說：「是啊。」

「喂，這麼做，好嗎？」五反田正臣撫著眼鏡說：「你只是個被操縱的人偶，雖然扮演著英雄的角色，總有一天會被丟棄的。」

永嶋丈淺淺一笑，「這就是我的使命。國家要長久延續下去，就需要我這種人。」

我們默默地凝視著永嶋丈。他既不像在裝模作樣，也不像在逞強，只是很自然地站在我們面前，「你們去歌許公司吧，這裡交給我。我向你們保證，你們絕對不會因為這件事遇上麻煩的。」

「真的嗎？」五反田正臣慎重地評估永嶋丈這句話的可信度。

「如果啊，」佳代子伸出食指懶洋洋地說道：「你要跟那個老伯商量的話，可要動作快了。他現在雖然還有一口氣，等等可能就沒了。」

「請別說這麼可怕的話。」大石倉之助哀號道。

談話看來告一段落，我們不約而同地往飯店門口走去。

「我也是系統的一部分。」身後傳來永嶋丈的聲音，我們再度停下腳步轉過頭。「但至少，我救了你們。」他接著說道。

我身旁的佳代子露出燦爛的笑容，用力揮著手說：「永嶋，你這個人不錯哦，是個好男人，有沒有考慮當政治人物？我會投你一票喲。」

而此刻的我們，正驅車沿著國道南下前往歌許公司。

54

「喂，醒醒！」我的右肩被推了一下，霎時睜開了眼。我不知道自己是何時睡著的，或許因為睡的時間半長不短，我的腦袋渾渾噩噩，只知道自己正被綁在椅子上。我望向四周，漸漸掌握了狀況。

「醒醒吧。能在拷問過程中睡著，你也算是很有膽量。」一名滿臉鬍碴的年輕男人說道。他正拿著一把類似鉗子的東西，抵在我的指尖上。「我連一枚指甲都還沒拔呢。」他說。

我感覺天旋地轉，彷彿被倒吊在半空中轉圈子。

「這裡是……」我環顧左右，發現這是我家公寓的廚房裡。我縮著肩膀，整個人被綑綁在廚房中央的一張椅子上。

「你老婆懷疑你偷腥，所以派我來問出偷腥對象。」男人聳聳肩說道。

我心想，這麼說來，過去這段期間我所看見、所經歷的那些事，都是一場夢境？是為了逃避折磨的疼痛與恐懼，我的意識躲進了我自己創造出來的故事裡？包括歌許公司、交友網站、安藤商會和井坂好太郎的死，都是我的幻想？這麼一想，一股虛脫感頓時襲來，同時也鬆了口氣。只不過看著眼前的男人，恐懼又湧上心頭。一切都要從頭來過嗎？從這個場景開始？我氣餒極了，這種心情就像是活了大半輩子又被迫變回小學生一樣。

「你偷腥了，對吧？」鬍子男輕聲說道。

「夠了，別再來了！」我喊道。

「我們到了哦。」

忽然，我的身體劇烈搖晃，似乎有人推著我的右肩，於是我張開了眼，感覺像是意識醒來之後，硬逼自己撐開眼皮。我揉著眼睛，發現自己正坐在車內副駕駛座上，縛著我的不是繩索，而是安全帶。負責開車的佳代子說：「該醒了，我們到了。」

「渡邊，虧你還睡得著。」後座的五反田正臣敲著我的椅背說：「看來等一下都交給你就對了。」

「我做了個夢。」

「什麼夢？」

「一切都是夢的夢。」

「真像繞口令。」五反田正臣笑著說：「你在逃避現實啊。哪一邊比較好？現實？還是夢境？」

「半斤八兩。」我說道。五反田正臣滿意地說：「我想也是。」

佳代子下了車，我才想起我們的目的地是哪裡。我解開安全帶，走出車外，還沒幫後座的五反田正臣開車門，他已經自行下車了。明明雙眼看不見，動作卻這麼俐落，真的很令人訝異。

車子停在一處寬敞的地下停車場。這是一棟外觀頗新的狹長形大樓，樓高超過五十層，我們位在地下二樓的停車場。以上是佳代子的說明。她說她開車進後門，沿著地面上的指示燈左彎右拐了一會兒，就到了這裡。

我心想，最近停車場出入口都有辨識車籍資料的裝置，這輛車能安全通過，看樣子應該不是贓車吧。

停車場裡頗昏暗，看不清遠方，四面都有通道向遠處延伸，腳邊閃爍著行人專用的箭頭燈光，我們沿著標示走了一會兒，終於進到建築物內部，眼前是一整排約十座電梯，全黑的牆面透過間接照明而隱隱亮著光。

「真氣派的大樓啊。」佳代子在成排電梯前伸著懶腰。

「歌許公司就在這裡？」

「不過永嶋丈說只是一間很普通的公司啊。」五反田正臣撇起嘴角說道，一邊撫著小狗形狀的步行輔助器。

「他說在二十五樓吧？」佳代子說著按了上樓按鈕，斜前方一道電梯門緩緩開啟，彷彿已等候多時。

我們走了進去，電梯朝二十五樓快速上升，我們默默看著標示樓層的數字。「去了也毫無意義。那兒只是一間公司，公司裡當然只有一群上班的員工。」永嶋丈的話浮上我的心頭。

即使如此，我依然心存期待。

抵達二十五樓，電梯門一打開，一塊寫著「歌許股份有限公司」的嚴肅招牌映入眼簾，還有一道看起來堅固無比的不透明大門，門旁的魁梧守衛惡狠狠地盯著我們，語帶恫嚇地問：「你們來幹什麼的？」而門內最深處的房間裡，數名冷血、唯利是圖、手握大權的男人正坐在豪華沙發上，討論著如何保身及如何賺錢。

我在心中想像著，我們即將面對的會不會是這種情況呢？

如果是這樣，問題就簡單多了。無論整間公司再怎麼戒備森嚴，需要經過多少次暴力對決，只要能克服這一切，幹掉惡徒的首領，事情就能解決了。宛如打鬼民間故事的模式，簡單明快；打倒惡鬼，皆大歡喜。我在心中如此祈禱著。

「祈禱也沒用啦。」電梯即將抵達之際，佳代子開口了。

「咦？」

「你剛剛在祈禱吧？」

我愣愣看著她，不明白她為何能看穿我的心思。

「你心裡在想什麼，我大概都猜得到。」

五反田正臣吹了個口哨，彷彿在調侃路上情侶似地說道：「看來你只要一偷腥就會被逮到呢。」

這笑話一點也不好笑。就在我嗯嗯啊啊試圖把話題帶過時，一聲輕響，電梯門打開了。我們走出電梯。終於，我們來到了敵人的祕密基地、惡勢力的大本營。

「請問三位有何貴幹？」

我們走進了歌許公司。這是一間平凡但看起來頗具規模的公司，當然，氣氛和所謂的「敵人的祕密基地、惡勢力的大本營」根本是天差地遠。

這裡真的只是一間普通的公司。

樓層牆壁全是玻璃，從走廊上便看得見公司的全貌，內部沒有隔間，一大群人坐在辦公桌前敲著鍵盤，每個人的桌子都很大，而且為了得到最寬敞的活動空間，桌子擺放角度不盡相同，整層辦公室充滿了優雅與知性美，完全沒有一般量產工廠的感覺。

「如何？」五反田正臣問道：「我聽見很多敲鍵盤的聲響，這是什麼樣的地方？」

失明的他沒摘下太陽眼鏡，只見他望著空中某處，宛如正在追蹤氣味的狗。

「該怎麼形容呢……真是一間氣派的公司呀。」我後面那句話是對著櫃檯小姐說的。

「謝謝您的稱讚，請問有什麼事呢？三位是否已事先預約？」她的態度非常客氣，毫無警戒心。

「預約啊……」我吞吞吐吐了起來。

「好像有，又好像沒有……」五反田正臣也不知如何應對。

一旁的佳代子開始焦躁地動來動去，我知道她討厭麻煩事，也不喜歡這種可愛又有禮貌的年輕女生。我惴惴不安，很擔心她會懶得費唇舌，直接靠武力硬闖進去。果然，我見她握起拳頭往前踏出一步，就在我心中大喊不妙時，櫃檯小姐突然說話了：「啊，真是抱歉，三位是永嶋老師的友人吧？」

「永嶋丈？」佳代子倏然定住。

「友人？」五反田正臣低喃道。

「我們剛剛接到公關部的通知，聽說三位透過永嶋老師的介紹，想參觀敝公司。非常歡迎，請往這邊走。」

我們丈二金剛摸不著頭腦，見玻璃門打開來，只好跟著櫃檯小姐走進去。我與佳代子對看一眼，她聳聳肩說：「那個人還真貼心。」我不禁思索了起來，永嶋丈為什麼要幫我們聯絡歌許？本來我懷疑這一切都是陰謀，他故意安排我們來到一間假的歌許公司，我們看了之後自然會打退堂鼓。但我又想到臨別前永嶋丈那充滿決心的神態，總覺得他似乎沒必要這麼做。我好像有些懂了，說不定，他是想將歌許公司的一切毫無隱瞞地呈現在我們面前，讓我們親眼見證「歌許真的只是一間普通的公司」。

為什麼他要這麼做？

會不會是因為，他也想加以確認？

我想起剛剛在車上做的夢。我在夢裡以為自己這段時間只是做了一場夢，夢醒的瞬間，我感到很不安，懷疑自己所經歷的這一切其實都是虛幻夢境。

而永嶋丈的內心深處或許也有著同樣的不安。

關於系統，他的觀念是，一切「就是那麼回事」，但他自己其實也無法掌握系統的全貌，因為他也是系統的一部分。或許，他開始懷疑他所「知道」的事物不過是一場虛幻，說穿了只是他自己的一廂情願，所以他希望我們能夠替他加以確認。他所知道的是「就算去到歌許公司也毫無意義」，但他並不曾親自確認過，所以他希望藉由我們這些局外人的雙眼，代替他證實系統是真的存在歌許公司裡，並且確認前往歌許公司一事真的是「毫無意義」。

「聽說任何人被稱為老師，內心都會腐敗哦。」五反田正臣故意以櫃檯小姐聽得見的音量說道，但櫃檯小姐沒有任何反應。

進到辦公室內，整個空間的清潔感與奢華的氛圍令我有些茫然若失，所有員工不是面對著電腦螢幕敲鍵盤，就是倚著流線形辦公椅蹺著腿講手機。

我們繞過眾人身後，宛如參觀博覽會似的。櫃檯小姐絮絮叨叨地說明公司的工作內容，但我一句也沒聽進去。

「如何？」五反田正臣問道。他雖然看不見，似乎也感受到了這股特殊的職場氛圍，「氣氛好像跟我們公司不太一樣。」

「是啊，」我隨即應道：「跟我們公司一比，這裡簡直是貴族上班的地方。」

如果說我們的工作環境是站著用餐的蕎麥麵店，這裡就是提供豪華套餐的高級餐廳。

「搞不好連氧氣也比我們公司多。」

「很有可能。」這裡的職員搞不好會一邊優雅地吃著蛋糕一邊工作呢。我後面這句話還沒說出口，便眼睜睜看著一名男員工一面盯著螢幕一面將叉子刺進手邊的草莓蛋糕裡，不禁啞口無言。

「妳剛剛說，貴公司的工作內容是管理系統？」五反田正臣問道。

櫃檯小姐停下腳步回答：「是的，這也是我們的工作項目之一。」她的笑容非常自然，讓人覺得很舒服。

「請問是什麼樣的系統呢？」我問道。

「我們同時管理數套系統，至於細節，恕我不能透露。」

我忍不住想說，其實是妳自己不清楚吧？但我沒說出口，因為我知道就算說了，她也一定會誤解我的意思，並回答「是的，以我的立場確實不清楚系統的細節」。而且其實我是想請她讓我們見見營運主管或系統設計者，但我也打消了這個念頭。雖然我們一定找得到頂著主管職銜的人，但是這些人一定也看不見事情全貌，就好像政治人物雖多，卻無法掌握世上所有紛爭擾攘一樣。沒有某個人負責統管整個系統，系統也不是分別握在幾個高層手上，沒有人能夠綜觀全貌，所有的人只是盤根錯節地相互牽連在一起。一定是這樣。

「其實，貴公司之前是敝公司的客戶。」

我試著編出一套我們的來意，想順便抱怨當初怎麼打電話也聯絡不上一事。

這時身後傳來某名男員工以畢恭畢敬的口吻講電話的聲音：「感謝您接受敝公司的委託，我馬上將對方的姓名地址等個人資料傳送過去，您在輸入安全密碼之後就可以下載這些資料了。」

原來這間公司也會把工作外包給下游業者啊。

但我略一思索，忽然覺得不對。這該不會是為了對上網搜尋者進行封口而打給暴力團體的委託電話吧？

不管是之前襲擊我的可怕男人、陷害大石倉之助成為電車猥褻嫌犯的幕後黑手、或是對五反田正臣的眼藥水動手腳的人，都是為了工作而幹下這些事。剛剛身後這通電話，搞不好是另一件類似的委託也說不定。

接到委託工作的人會聯絡另一個人，而這個人再將工作轉包給另一個人，就這樣一層層傳下去，經過專業分工，追求最高效率，最後的結果就是「良心」與「罪惡感」都消失得乾乾淨淨，甚至不會有人記得「我的心裡曾經有過良心與罪惡感啊」。就是這麼回事，不是嗎？

我已經完全聽不見櫃檯小姐的說明了。敲鍵盤的輕快聲響、螢幕上的網頁內容、捲動文字情報的作業畫面、對著手機說出的恭謹言詞、電腦冷卻風扇的聲響，這些來自廣大辦公室內的各種聲光將我重重包圍。

所有人、事、物全都混合在一起成了液狀，在辦公室內蠢蠢蠕動，濃稠的液體形成了一道漩渦，不斷撫過我們的身軀，而隨著流動速度愈來愈快，黏稠度逐漸降低，這股濁流變得如同河水。沒錯，這世上的一切都是由工作堆積起來的，追求利益與效率的種種工作就像一條大河，流動在我們的四周，而我們只能徬徨無助地站在氾濫的河水之中。每一個瞬間，都可能有人因上網搜尋而被監控系統悄悄鎖定，或是有人正在下達指示將某個人封口。

可以肯定的是，這中間不存在壞人。我瞄了櫃檯小姐一眼，包含她與此處每個敲著鍵盤的員工在內，想必大家都不知道自己是惡行的幫兇吧。他們做的事情並沒有直接讓任何人受到傷害，但工作經過一次又一次的「接力」之後，就會出現受害者，而這間公司的上游想必也存在著同樣的「工作接力」。但是我也無法肯定這到底算不算壞事，因為反觀我自己，即使只是活在世上，搞不好就對某些人造成了危害或損害。

我看到身旁的五反田正臣皺起了眉頭，或許他也覺得無力且迷惘吧。

「怎麼了？」佳代子問道。唯有她依舊是平日那副調調，讓我安心不少。

我想起了她先前在國際伙伴飯店裡說過的話：「因為是工作所以不得不做，這只是藉口罷了。」她認為即使是執行工作，也必須對自己的行為有所認知，若是為了工作而被迫做壞事，就該帶著痛苦的心情去做。反觀這整間辦公室裡的人，只是漠然地做著被交代的工作，絲毫嗅不出一點良心不安的氣味。不過，這不能怪他們。「這也是沒辦法的事，他們根本看不清楚全貌。」

「你說什麼？」

「佳代子，」我問她：「妳認為做了壞事之後推說不知道，是能夠被原諒的嗎？」

「什麼樣的壞事？」

「對世人來說不好的事。」

佳代子笑著答道：「聽好了，大部分對某人而言是壞事的事，對另一個人而言卻是好事哦。善惡對錯，其實很難有定論的。」

「但是……」我想提出反駁，卻說不出個所以然。

「喂，渡邊。」五反田正臣喊了我。

「什麼事？」

「我猜，像歌許這樣的公司，搞不好到處都是。」

「我也覺得。」說到底，這裡只是負責網路搜尋監控系統的機構之一，在這裡工作的人，可能壓根不知道這間公司的存在目的是為了進行「網路搜尋的監控」。

「永嶋丈說的沒錯，來到這裡也無法改變任何事。」五反田正臣說道。我聽他這麼說，挫折感與無力感頓時湧上。

「幹麼這麼沮喪啊？」佳代子開口了，「你不是說過嗎？人又不是為了遠大的目標而活著，那為什麼不試著朝渺小的目標邁進？」

她的話語強而有力。沒錯，就是這樣。於是我斂起下巴，振作起精神，轉頭對櫃檯小姐說：

「請問我們能參觀一下放置伺服器的機房嗎？」

就算走進了運作整個系統的伺服器機房也無法改變什麼，我很清楚這一點。

55

我們搭電梯來到位於樓上的伺服器機房。方才見到的整層辦公室已經很大了，這間伺服器機房更是寬敞，置物櫃外形的電腦整齊排滿整個房間，宛如書架上排滿書籍的圖書館，到處可見閃爍不停的指示燈，還有許多薄型螢幕，顯示著各種不同的畫面，有些像是心電圖的圖表，也有寫著英文或日文的訊息，影像一下子出現、一下子消失。

我向櫃檯小姐提出希望參觀伺服器機房時，並沒想到對方會答應得這麼爽快。伺服器機房可說是公司的命脈，一般情況下，公司絕對不會答應讓來路不明的陌生人進入參觀的，就連公司員工，絕大部分也無法進入機房，如果有哪間公司會輕易答應說「好的，請跟我來。」大概都不是什麼有制度的公司。所以我只是抱著姑且一試的心態，沒想到櫃檯小姐竟然真的回答：「好的，請跟我來。」我心想，這一定又是永嶋丈的功勞吧。身為現任國會議員的他，一定是事先打電話來下達了指示，要歌許公司的人讓我們盡情參觀。當然，即使是國會議員的要求，也不可能讓一般民間企業如此唯命是從，可見得當中一定有著錯綜複雜的利害關係。

「其實我也只進來過一次而已。」櫃檯小姐以略帶歉意又有些興奮的語氣說道。空無一人的空間裡，只有大量正在進行運算處理的電腦，壓倒性的氣勢讓我說不出話來。

「這房間是做什麼用的？」佳代子悄聲問我，但我只是愣愣地凝視著這一大片的伺服器。

這裡也充滿了工作。

每臺機器都只是依照各自賦予的程式命令進行著運算，輸入資料、研判、演算、輸出；每臺機器各自負責不同的工作，互不干涉。而綜合這些機器的輸出，便得出了某個具有意義的成果。

樓下辦公室是人類在工作，這裡是電腦在工作。不斷不斷地消化工作。

「請問三位想離開了嗎？還是要再待一下呢？」櫃檯小姐問道。這種狀況下，她就算表現出不耐煩的態度也是情有可原，但她不知是耐性太好還是專業意識太強，口氣依然溫和親切，沒有絲毫不悅。

「五反田前輩……」我將這裡的伺服器配置狀況及其數量之龐大告訴了五反田正臣，口氣就像是拿公事徵詢上司的建議。

「好驚人的系統，這不用看就知道了。」他說道。

「這就是壞蛋頭子？」唯有佳代子面對這副景象依舊毫無退縮，「就是這些機器幹了壞事？」

「可以這麼說，也不能這麼說。」

「你在說什麼？壞蛋到底在哪裡？」

「沒有誰是壞蛋。」我好不容易才從震驚的情緒中開了口。這時我想起一件事，對了，佳代子一向都是毫不客氣地教訓眼前的壞蛋，無論是偷腥男人或是意圖傷害她的暴徒都一樣，或許她以為同樣的模式可以套用在所有壞傢伙上頭吧。果不其然，她開口了：「我喜歡俐落幹掉壞蛋之後皆大歡喜的故事。」

「我也是。」我也很喜歡懲奸除惡的劇情，但現實往往沒那麼單純。

「是你把事情想得太複雜了。」佳代子說著跨步向前，走到一臺伺服器旁邊，我和櫃檯小姐還來不及阻止，她已經抬腿使出了一個迴旋踢。

就在我弄明白她想摧毀機器的那一瞬間，倏地，我有種大夢初醒的感覺，腦中整個清晰了起來。對啊！與其被事物的龐大架構唬得暈頭轉向，束手唉聲嘆氣，不如先解決當下的問題。對抗眼前的敵人，好過什麼都不做。

我覺得，這間歌許公司裡面並沒有壞蛋，但如果這些伺服器所架構出的系統有可能引發可怕的事態，那麼即使無法解決根本的問題，至少能夠賞它一記迴旋踢。

佳代子的右腿在空中畫出美麗的弧線，漂亮地擊中了伺服器。

不，嚴格說來伺服器並沒有被擊中，我們只聽到塑膠凹陷的聲響。原來機器周圍有一層薄薄的透明防護壁，佳代子的腳踢到上頭便彈了回來。

「您在幹什麼？請住手！」櫃檯小姐慌張且憤怒地說道。

「踹一下又不會怎樣。」佳代子若無其事地說道。

「渡邊，怎麼了？」五反田正臣將臉湊過來問我。

「我妻子想攻擊伺服器，但失敗了。」我沮喪地向五反田正臣報告了這不名譽的戰果，「伺服器外圍有一層透明保護壁。」

「嗯，我想也是。」五反田正臣點點頭，接著撫著下巴思考了一會兒之後，低聲說：「有沒有辦法到主控臺去？」

所謂的主控臺，指的是用以管控伺服器的輸出輸入設備的一部分。再巨大、保護得再嚴密的電腦，也必須定期維護，此時就必須透過主控臺來處理。

我沒有問他想做什麼，直接轉頭對櫃檯小姐說：「抱歉，能不能請你們的主管來一下？」

「咦？」

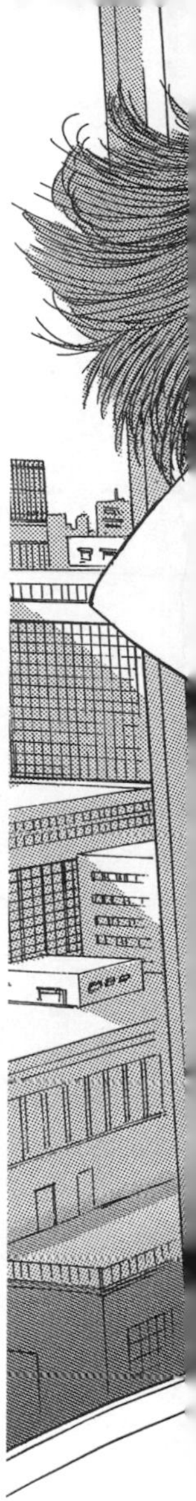

「我妻子剛剛踢了機器一腳，我想當面向你們主管道歉。」

「什麼？」

「幹麼道歉？」佳代子嘟著嘴說道。但我沒理會她，繼續以誠懇的口吻對櫃檯小姐說：「麻煩妳請主管過來，我想向對方說明現在的狀況。」

沒多久，她取出手機打了通電話，接著對我們說：「系統負責人馬上就到。」這時的她已經不願與我們三人的任何一人視線相交。

系統負責人來得異常之快，轉眼已出現在眼前，我甚至懷疑他不是真人而是立體影像。

「敝姓田中，是系統負責人，請問有什麼問題嗎？」他的腳有些跛，梳著最近流行的三七分髮形，身穿領口頗寬的襯衫，繫著領帶。

「是這樣的，我帶這幾位過來機房……」櫃檯小姐解釋道。田中一聽，皺起了眉頭問道：「為什麼？」

「是公關部來的通知。」

「公關部？他們為什麼要讓外人進來機房？」

「聽說是永嶋老師的指示。」

田中誇張地聳了聳肩，接著刻意嘆了一大口氣，看著我說：「諸位有何貴幹？」

「我們正在調查這些伺服器的設定，方便的話，請讓我們使用主控臺。」不出我所料，田中登時板起了臉孔，因為我們這樣的要求，就和突然冒出來的陌生人要求說「我們正在調查你的存款金額，請讓我們看你的存摺」沒兩樣。

「請問您想做什麼？」櫃檯小姐相當訝異。

「這是我們的工作。」我語重心長地說出了這句話。世界上絕大部分的行動，動機都是出於工作。

緊接著我凝視田中，不是凝視他的雙眼，而是凝視他的全身，我想像自己鑽進了他的體內。

「好吧，帶他們去主控臺。」我默念道。

「好吧，帶他們去主控臺。」田中說道。

「咦？」櫃檯小姐傻住了。

「快點，帶他們去就是了。」我讓田中又立刻補了這一句。

櫃檯小姐答了一聲「是」，卻是滿臉狐疑，吞吞吐吐地說：「可是……我也不知道主控臺在哪裡。」也對，她不可能知道機房內的詳細配置，我剛剛沒考慮到這一點。於是我改變了作法。

這次，我對著櫃檯小姐施展腹語術。或許是愈來愈熟練的關係，我很快地讓她說出：「剛剛公關部通知說，由於事態緊急，希望能夠馬上交由這幾位處理。」

「為什麼？」

「聽說系統有嚴重故障的可能，現在分秒必爭，希望我們務必協助他們。」

田中聽了，沉默不語。

「再慢就來不及了。」我盡量擺出嚴肅的表情望著田中。

「這是我們的工作。」五反田正臣也開口說道。

五反田正臣一來到主控臺前，整個人頓時精神抖擻。他雙眼失明，一切操作只能由我代為執行，但他卻能夠俐落而不間斷地說出適當指示，這就叫做如魚得水、如系統工程師得電腦吧。他拿出一片小小的儲存晶片，叫我插進機器裡。我也沒問晶片裡頭有什麼東西，便將晶片插入螢幕旁的插槽。

畫面上出現一個小小的視窗。

「好像有反應了。」

「隨便按個按鍵。」五反田正臣說。

我早就猜到五反田正臣想幹什麼了。晶片中一定儲存著他很久以前撰寫的那個工具程式，那是個非常單純卻非常有破壞力的程式，沒什麼絢麗的機關，只是會將磁碟中的所有資料刪除罷了。若經由網路入侵系統執行這個程式，一定會被防衛程式給擋下來，但是像這樣直接上主控臺執行，絕大部分的程式操作都不成問題，我們現在所需要的只是一股決心。

「你們在做什麼？」田中在我們背後憂心忡忡地問道。

「這樣好嗎？」櫃檯小姐也一臉疑惑地問田中。她的意思應該是：「讓他們為所欲為，真的沒問題嗎？」

「不然還能怎麼樣？公關部不是都這麼說了嗎？」田中對櫃檯小姐方才被我操縱所說出的話深信不疑。

我緊盯著畫面。五反田正臣一定是希望至少要破壞掉這套系統吧，也就是說，他的作法和妻子的迴旋踢是一樣的道理。

「畫面上有沒有出現什麼？」五反田正臣問道。

「只出現一句『刪除中』。」我不禁莞爾，這個程式真是光明正大。

「假設有一片非常大的草原。」五反田正臣小聲說道。

「咦？」我愣了一下。

「草原實在太大了，到處長滿雜草，憑一個人的力量根本拔不完，這種時候能怎麼辦？」

「還能怎麼辦？」

「第一個選擇是放棄，反正沒辦法全部拔完，索性什麼都別做。如何？很明智吧？那麼，你知道第二個選擇是什麼嗎？」

「是什麼？」

「在能力所及的範圍內，把自己周圍的雜草拔掉。」

「而這正是……」我望著畫面上的「刪除中」文字。

「對，這就是我們現在正在做的事。雖然沒辦法徹底解決問題，但至少，能夠破壞眼前這套系統。」

我點了點頭。我想相信，面對遠大目標時什麼也做不了的我們，還是能夠朝著眼前的渺小目標努力。

「『所謂的危險思想，就是試圖將常識付諸行動的思想。』」五反田正臣低喃道。這是他以前也引用過的芥川龍之介的名言。

我不知道這句話的正確解釋是什麼，或許是警惕人們「別自大地以為自己所認知的常識通用於全世界」，也或許是想說「愈是常識的想法，愈是不受人們歡迎」。五反田正臣接著說道：「到底什麼是常識，誰說得準呢？」

數分鐘後，畫面正中央出現新的訊息視窗。

寬扁的訊息視窗上寫著：「發現未經許可的應用程式，將強制中斷執行。」

我不禁倒抽一口氣。五反田正臣察覺有狀況，低聲問我：「怎麼了？」

「出現了訊息。」

「上面寫什麼？」

我悄聲轉述了內容，他嘖了一聲。「真的假的？我們可是直接在主控臺上執行耶，連我寫的程式都對付不了？這系統防衛也太神經質了吧？」

「是啊。」看來系統察覺我們正在執行的程式不對勁，於是自動中斷了執行。五反田正臣又下了一些指示，找出系統內的一些檔案，停止部分功能之後再度執行那個工具程式。

但依然無法順利執行。

「還是不行嗎？」

「看樣子是沒辦法了。」我低聲說道。

身後的田中頻頻喊著：「喂，處理完了嗎？喂！」

我的肩頭頓失力氣，這時我才發現自己剛剛有多緊張。五反田正臣也嘆了口氣，顯得很失望，但他的嘴角微微帶著一抹笑意。

「看來我們連自己周圍的野草也拔不了。」

「或許吧。」

我和五反田正臣受到了不小的打擊，卻也有一股在強敵面前徹底敗北的痛快感。

「好強勁的對手。」我說道。

就在這時，畫面上出現了伺服器端傳來的新訊息：

「是否已見您所應見的資訊？」

這像是系統的預設訊息，也像是監控著一切的人對我們說的話。

我將這個訊息告訴五反田正臣，他沉默了片刻之後，笑著說：「幹麼把話講得像平家物語啊。」我不明白他這話是什麼意思(*1)。

「喂，你們到底在幹什麼？」田中再也按捺不住，抓著我的肩頭說道。

「你給我閉嘴！」

佳代子以閃電般的速度一腿踢開田中的手臂，櫃檯小姐驚聲尖叫，不知是誰按了警鈴，室內鈴聲大作。

我一把抱住五反田正臣，狂奔而去。

我們原本擔心歌許的安全系統會自動將整棟大樓封鎖，幸好電梯還能如常使用。仔細想來，這棟大樓這麼高，歌許公司或許沒有權限封鎖整棟樓吧。我們衝進電梯，按下地下二樓的樓層鈕。

「喂，可以放我下來了吧？」

我完全不記得自己何時將五反田正臣揹到了背上，

他這麼一喊，我趕緊放下他，自己也很訝異到底是哪裡來的力氣能揹著他跑這麼遠。

「結果我們什麼也做不了，只能選擇逃跑。」五反田正臣扶著我的肩膀說道。

沒錯，我們夾著尾巴逃了，連區區一個系統也破壞不了。

「是啊。」我有一股想坐下來的衝動。要是就這麼閉上眼，醒來時會不會置身於完全不同的世界呢？如果一覺醒來，發現是個萬事和平的平凡日子，那該有多美好。

身旁的佳代子默默地握住了我的右手。很不可思議地，我感覺到一股溫暖的空氣沿著她的手流進了我的體內，讓我因空虛而頹靡不振的心情再次獲得了力量。

「老公，你沒問題的，因為你擁有特殊的能力。」

「佳代子，妳是指我的……超能力嗎？」這個壓在心頭許久的疑問，我終於問了出口。感覺電梯下降速度似乎加快了。

「超能力？」

那算是腹語術嗎？總之是個奇妙的特殊能力，「妳是為了喚醒我的超能力，所以故意讓我遇上那麼多可怕的事？」

她睜大了眼，直直地看著我，一雙大眼睛彷彿要將我整個人包圍，接著她和平常一樣瞇起眼笑了，「你在說什麼呀？哪來什麼超能力？」

「妳不是說我有超能力嗎？」

「世上根本沒有那種東西啊。」

「可是妳明明說我擁有特殊的能力。」

「那不一樣，我說的是一般的特殊能力。」一般的特殊——這聽起來有些滑稽。「比方說，讓妻子幸福的能力。」她說。

五反田正臣噗哧笑了出來，「這能力果然很特殊，一般人可做不到哦。」

我不知道妻子這句話有幾分認真，怔了好一會兒。

她再次用力地握住我的手。電梯一路朝地下二樓前

*1 日本平安時代末期的源平合戰中，平家武將平知盛在目睹平家慘敗之後說了一句「吾已見吾應見，當慷慨赴死」（見るべき程の事をば見つ、今はただ自害せん）之後投水自殺，所以五反田正臣才會說出「幹麼把話講得像平家物語啊」。

進，就在即將抵達時，我看向妻子的側臉。

而且，緊緊回握她的手。

突地，一陣幻覺向我襲來。眼前電梯的壁面、天花板與地板都宛如乾燥的皮膚片片剝落，鋼索與軌條像是斷裂的血管搖擺不定。地板驟然塌陷，我奮力掙扎，不想讓自己落入深淵，恐懼幾乎讓我尿失禁。就在這時，我看見與我牽著手的妻子文風不動地站著，瞬間將我拉回現實。她不是幻覺，雖然是理所當然的事，卻令我安心了下來。可是沒多久，我腦中又浮現佳代子渾身是傷的模樣，她的洋裝殘破不堪，身上傷痕累累，喘著氣對我說：「我也對別人做過類似的事，這是我的報應。」我當然不知道為何會出現這樣的影像，我衝上前想緊緊抱住她，但流著鮮血的她卻像座沙雕般瞬間崩塌，消散得無影無蹤。她曾說過，如果要傷害他人，就要有遭報應的覺悟。或許是因為她這段話，讓我出現了這樣的幻覺。

我腦中響起在岩手高原上與愛原綺羅莉的對話。她說：「人並不是由情報組成的。」我問：「那麼人是由什麼組成的？」她一副理所當然的表情答道：「還用說嗎？當然是血、肉和骨頭啊。」

「你還好嗎？」佳代子若無其事地問道。

我只是默默地點了點頭，接著，我不知道是吃錯了什麼藥，竟然想脫口說出一句我從不曾說過的話。但我知道這句話一旦說出口，一切都會變得陳腐、做作而虛偽，於是我忍住了。

就在這時，專心望著液晶樓層顯示的佳代子竟喃喃吐了一句：「我愛你。」

這是我的腹語術又發功了嗎？還是她自己想說的？我無從得知。

56

遠處山頭日漸染上楓紅。來到北海道，已經過了一年。

抬頭望天，青色與白色交織的天空彷彿蒙上一層薄霧，涼爽的風拂面而過。我將望遠鏡抵上眼窩，視線在空中梭巡著。

我看見了一隻鳥，那是棲息在前方防風林內的蒼鷹，或許是見到獨自站在平地上舉著望遠鏡的我而感到好奇，牠飛了過來，在我的正上方盤旋，張著雙翅，以明亮的天空為背景，畫出和緩的弧線，翅膀上的斑點看得一清二楚，美得令人歎為觀止，小小的爪子像是穿了一雙紅襪，非常可愛。

我痴痴地望著蒼鷹漸飛漸遠，感覺自己彷彿隨著蒼鷹一起盤旋上升，舒適悠閒地乘風飛行。

這副望遠鏡是幾個月前，住在岩手高原的愛原綺羅莉寄來北海道給我的。我和妻子決定搬來北海道生活一事，我只告訴了愛原綺羅莉。她信上寫著：「這是詩織送你的禮物，聽說是潤也的東西。北海道老鷹似乎很多，不妨用用看吧。」

雖然一開始我完全不知道這東西有什麼標準使用方法，到戶外摸索了一陣子之後，我也體會到觀賞蒼鷹的樂趣了。自己也感到可笑的是，有時我甚至覺得盤旋天上的蒼鷹會對我說話。

回到店裡，在吧檯後方洗杯盤的佳代子微笑地說了聲：「你回來啦。」店內共有五張圓桌，每張圓桌旁各有四張椅子，但現在一個客人也沒有。

毫無專業經營知識的我，為什麼會想在人生地不熟的北海道開一間咖啡店？我自己也說不出原因。但如今已過了半年，雖然賠上了從前當上班族時存下來的老本，倒是沒有出現巨額赤字。

我挑了個座位坐下，看向牆上的薄型電視螢幕。電視是開著的，平常我們只拿這臺電視來看電影，今天卻很難得地播著新聞節目。

「為什麼突然看起了新聞？」我問道。遠離社會上的所有情報，可說是我們新生活唯一的堅持。

「早上這個人打電話來，叫我們看今天的新聞。」佳代子指著螢幕說道。此時出現在螢幕上的是永嶋丈。

「永嶋丈打電話來？」我嚇了一大跳，他為什麼會打電話給我們？

畫面上的永嶋丈正對著麥克風演講，他看上去青春洋溢、滿腔熱血，和一年前沒什麼兩樣。演講地點是一個布置得中規中矩的會場，應該不是國會，或許是某場公開會議吧。看樣子他現在似乎隸屬一個我從沒聽過的政黨，但他什麼時候成立了新政黨？我對這件事也一無所知。

一年前，佳代子在國際伙伴飯店教訓了兔子男和緒方那件事，被報導成「戴著兔子頭罩的男子襲擊下榻飯店裡的永嶋丈與祕書緒方，永嶋丈擊退了那個男子，救了祕書的性命」。社會一片譁然，永嶋丈再次成為注目焦點。

我們潛進歌許公司企圖破壞系統的舉動也占了報紙小小的篇幅，警方公布了「公司內部監視器所拍到的歹徒影像」，但影像中的人長得和我們一點也不像。

我想很可能是永嶋丈為了救我們，或者該說是為了放我們一馬，而在情報上動了手腳。他自己也承認，這種作法其實和播磨崎中學案件沒什麼不同。掩蓋事實，捏造另一個劇本。永嶋丈有自覺地扮演英雄角色，甘願詮釋一個被操縱的人偶，試圖藉此引導國家朝他的理想方向進化。

「這新聞在講什麼？」我指著畫面問道。

「不知道啊，政治的事別問我。」

「可是我總覺得妳什麼都知道。」

「我什麼都不知道。反正就是啊，那個永嶋老師希望我們看看他的努力成果。」

「簡直像是請雙親務必到學校欣賞自己才藝表演的小孩子嘛。」我不禁苦笑。

我拿起遙控器關掉電視，店內倏地靜了下來。這個世界變得如何、這個國家變得如何，我毫無興趣。

「你的意思是，你打算視而不見？」一年前，我們從歌許公司逃出來之後，汽車後座的五反田正臣對我說道。

在那個時間點，我已經決定辭去工作，搬到遙遠的陌生土地，盡可能切斷所有情報過生活了。

「你聽著，歌許的那些員工根本不知道他們的工作會造成什麼結果，對吧？他們只是不知所以然地做著被交付的工作。當然回頭看，我們也是一樣，我們不知道自己的工作或生活會為別人帶來什麼影響，只是不知所以然地活著。」

「是啊。」

「而你現在卻要反其道而行？你明明知道事情真相，卻打算逃去遠方蒙起眼睛過日子？」

「五反田前輩，你以前不是說過嗎？『視而不見也

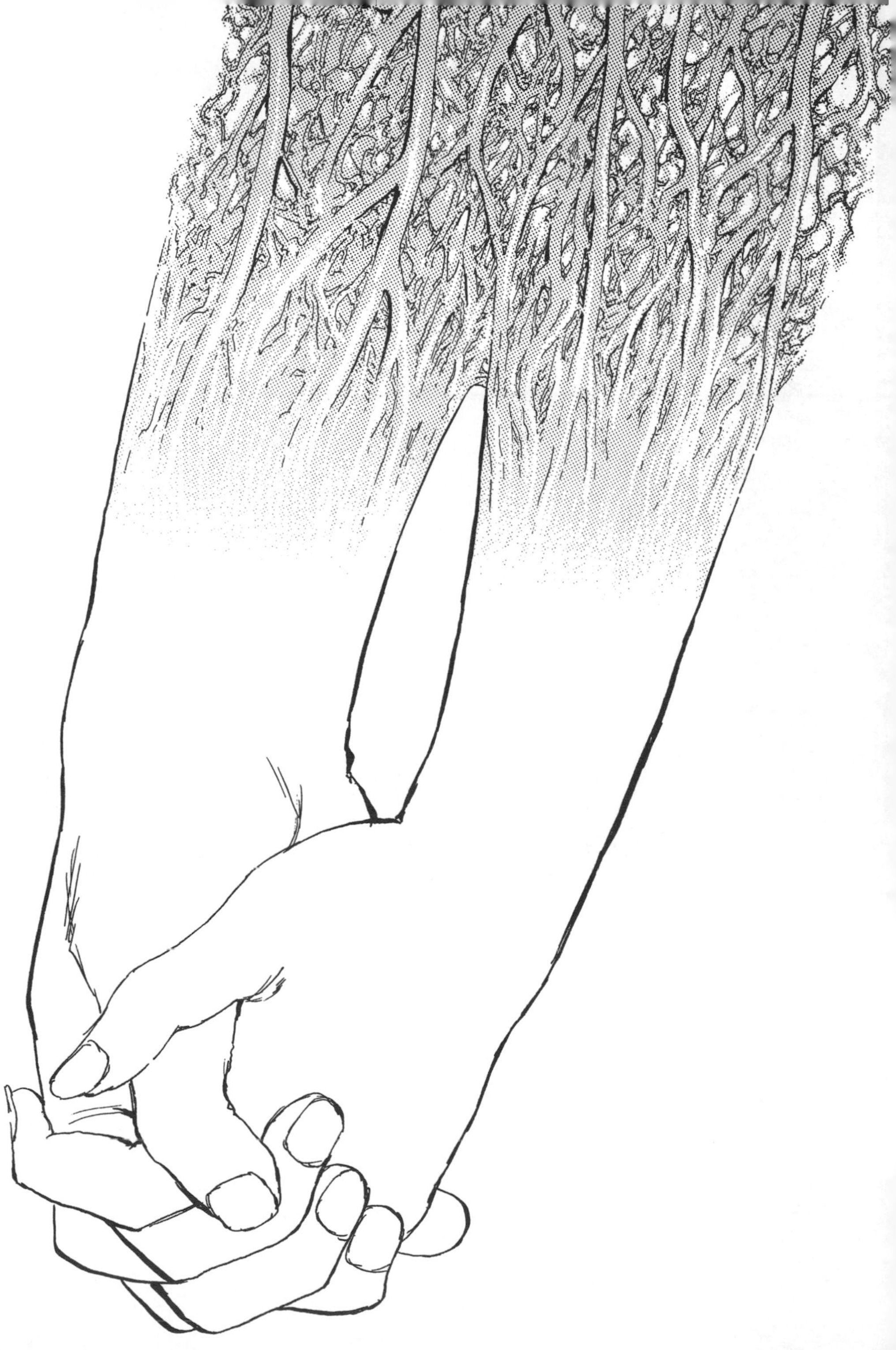

是一種勇氣。』」

五反田正臣絲毫不覺得尷尬，還刻意踢了我副駕駛座的椅背說道：「視而不見是不對的，渡邊。」

「或許吧，但我已經決定到遙遠的地方靜靜地過日子了。」

「就算你過著隱居生活，還是會被捲進這個世界的紛爭的。」

「那也無所謂。你呢？五反田前輩，你有什麼打算？」

「我啊。」他以堅定的口氣說道：「我打算好好想一想。」

「想什麼？」

「如何不要視而不見，起而奮戰的方法。」

「奮戰歌許？」

「歌許根本微不足道吧，我想對抗的是整個系統。這整個『就是這麼回事』的機制已經讓太多人遭遇不幸了，我想拯救他們。」我很訝異他會說出「拯救他人」這樣的宣言。

「你是認真的？」

「是啊。」他一派輕鬆地說道。

「真的辦得到嗎？」

「誰知道呢。不過我們會留在這裡試著努力看看。」

「我們是指你跟誰？」

「我跟大石啊，我們會很有耐心地對抗下去的。」

我哈哈大笑，看來他已經擅自幫大石倉之助決定好了，大石倉之助顯然逃不了被捲入麻煩的命運。「五反田前輩，接下來會是猛男的時代哦。」我說。

「那是什麼？猛男的意思是勇敢對抗敵人的男人嗎？」

此時我又想起了另一件事，「對了，你知道加藤課長自殺身亡了嗎？」五反田正臣聽了愕然無言，喃喃念著「不可能吧」，好一陣子嘴張得開開的。好不容易說出話來，他說這是近幾年來讓他最驚訝的事，遠比歌許的真相還令他難以置信，「怎麼覺得有點寂寞啊。」他

嘆口氣說道。我聽他這麼說，也覺得寂寞了起來。

後來我就沒再和五反田正臣聯絡了，也不曉得他現在人在哪裡，做著什麼樣的工作。

來到北海道之前，我曾上網過一次，進入搜尋頁面，鍵入「播磨崎中學」與「安藤商會」兩個關鍵字，鼓起勇氣按下了搜尋鍵，結果沒有任何符合搜尋條件的網站。之前至少會搜尋到那個交友網站，現在什麼都搜尋不到了。

接著我靈機一動，鍵入「國際伙伴飯店」與「渡邊拓海」兩個關鍵字，按下搜尋鍵。

我想知道網路上有沒有任何將我和那間飯店串聯在一起的情報，雖說那件事被巧妙地掩蓋了，但難保不會有人知道真相。

搜尋結果，只找到一個網站。由網頁標題看來，似乎是個化妝品的購物網站。我盯著網頁標題看了好一會兒，終究是沒有勇氣將它點開。

我不敢再繼續深究，擔心這又是某個陷阱。

此外，關於我之前的偷窺對象櫻井由加利的消息，在我與佳代子即將出發前往北海道之前，我在東京車站巧遇公司的某名女職員，她告訴我：「由加利和那個在帛琉認識的老公離婚，聽說回鄉下老家去了。」

我禮貌性地聊了兩句，並沒有追問櫻井由加利的老家地址及聯絡方式。我不再相信任何情報了，現在天底下的一切事物對我來說，都像是會隨著觀察角度而改變的錯視畫，誰能保證這個女職員與我在東京車站的巧遇不是某人的刻意安排呢？

我並不常想起井坂好太郎，但每次一想起，心情都很差。即使已經死了，他對我而言依然是個麻煩的朋友。他留給我的那封寫著「看的人是笨蛋」的遺書，那封稱不上遺書的遺書，我仍保存至今，將它夾在井坂好太郎的書裡。前幾天，我突然想到，井坂好太郎會不會透過某種形式留了訊息給我？搞不好在搜尋引擎上輸入「看的人是笨蛋　井坂好太郎」或是「看的人是笨蛋　渡邊拓海」，就能看到他生前製作的網頁。以他的個性，搞不好真的會大費周章地安排這種機關；或者應該說，我很希望他真的這麼做了。

「你在發什麼呆？」佳代子不知何時坐到我身旁，將一杯咖啡放到我眼前。

我望著妻子。

我無法知道什麼是真相，也不敢肯定什麼情報是正確的，而究竟是什麼樣的系統掌控著我們的生活，我也無從得知，但至少我能夠肯定的是，妻子與我共同度過的這段平凡的時空將永遠不會消失。

身後傳來開門聲，我反射性地站起來轉頭說了一句「歡迎光臨」，但當我看見這位意外的訪客，當場說不出話來。佳代子也轉頭一看，「哎呀，小哥。」她很自然地笑著打招呼：「原來你活得好好的。」

「好久不見。」眼前露齒微笑的正是戴著墨鏡、蓄著鬍子的岡本猛。

我懷疑自己看見幽靈了。一年前的那個紀錄片裡，他明明已經慘遭殘酷的折磨身亡。「那是……」我忍不住問道：「那是騙人的嗎？」

難道那段影像是捏造的？這是最容易接受的解釋。

但仔細一看，岡本猛的手指少了數根，還拄著拐杖，顯然都是那場折磨遺留下來的痕跡，換句話說，那段影像是千真萬確的。

「那時候我懶得陪他們玩下去，就躺著裝死。他們以為我死了，其中一個把我扛到車上打算把我載去棄屍，我找機會幹掉了那傢伙。後來我在醫院躺了一陣子，出院時已經聯絡不上你們了，我只好到處閒晃過日子，直到最近才得知你們夫妻在這裡開店。」岡本猛慢條斯理地說道。接著他在我隔壁桌坐下，點了一杯咖啡。

「這杯我們請客。」佳代子說著，起身朝吧檯走去。

我本來想問他是從誰的口中得知我們在這裡開店的，想想又打消了念頭。情報會因任何可能洩露出去，就算查清楚了，也沒多大意義，因為並無法改變情報洩露的事實。

「你好像胖了一點啊。」岡本猛撫著鬍子問我。

我還無法相信岡本猛仍活著這件事，不敢貿然開口和他說話。我坐在椅子上直盯著他，一邊摸著自己的頸子與下巴，遲疑了好一會兒才答道：「有嗎？胖了嗎？」

「你待在這種地方幹什麼？」

「視而不見地過日子。」

他沒有問我對什麼視而不見，而是直截了當地問道：「這麼做好嗎？」

這句話犀利地切中了核心。我看了佳代子一眼，坦率地說道：「沒什麼好不好，我只是不想毀了我的人生。這也是一種選擇。」

岡本猛沒應聲。

「你對我很失望嗎？」我忍不住問道。

「不會啊。」他立即答道：「你有你的考量，我也不能說什麼。就像你說的，這也是一種選擇。」

「對，這是我思考之後做出的選擇。」

「你後來沒有再偷腥了吧？」他取笑道。

「我從沒偷腥過，你別冤枉我。」我嘴硬地答道。

岡本猛哈哈大笑，接著露出惡作劇的表情，問了一個令我相當懷念的問題：「你有沒有勇氣？」

我反射性地想回答「那玩意兒被我忘在老家了」，但我把這句話吞了回去，略一思索之後，我指著吧檯裡的佳代子說道：「為了避免弄丟，我把勇氣交給她保管了。」

岡本猛露出戲謔的微笑。

——完——

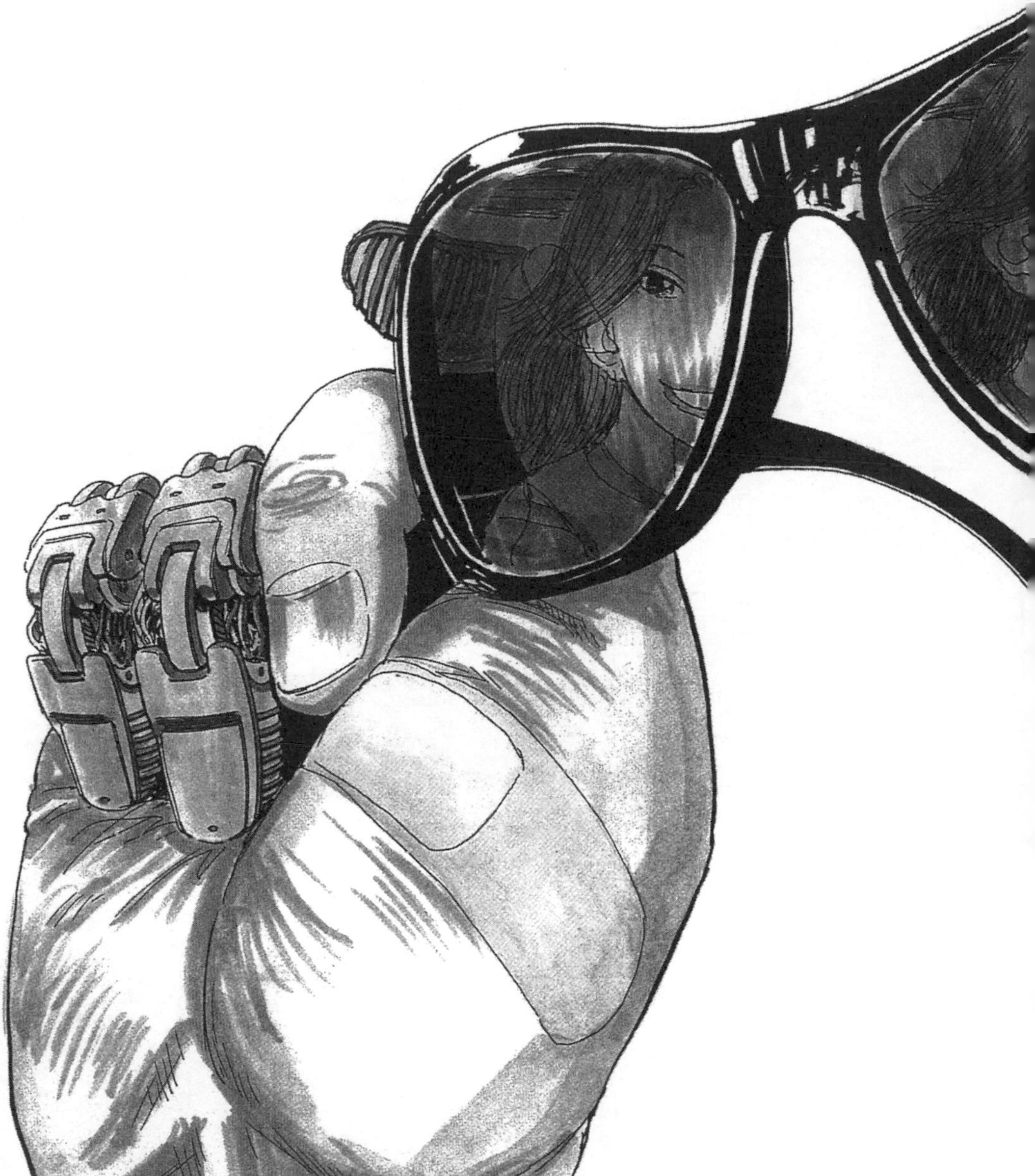

後記

本長篇小說原是在二〇〇七年四月至二〇〇八年五月連載於漫畫誌《早安》（モーニング）上，彙集成書時經過一部分增刪與修改。

由於是在漫畫週刊上連載，我在寫作手法上做了一些改變。劇情大綱及節奏早已確定，但細節的設定卻是每星期與負責編輯討論過後才動手寫作，而且每一次連載都特別意識到起承轉合，因此集結成冊之後，成了一部調性迥異的小說，與其說是一部長達五十六回的長篇小說，反而像是由五十六篇緊湊的短篇小說匯聚而成。

在連載這部作品的同時，我也著手撰寫長篇小說《GOLDEN SLUMBERS》。或許是這個緣故，兩個故事之間有些類似之處。當然，有些部分是因為我能力不足而翻不出新花樣，有些則是因為兩部作品互相刺激成長而造成的形式重疊。以陳腐的形容來說，這兩部作品就像是異卵雙胞胎，哥哥耿直而弟弟奔放；我相信《MODERN TIMES》有著《GOLDEN SLUMBERS》所沒有的特色，而《GOLDEN SLUMBERS》也擁有《MODERN TIMES》所沒有的特質。

此外，本作中有個登場人物名叫井坂好太郎，取這個名字單純只是因為我懶得想名字，才把自己的筆名稍加變化之後套用上去。至於五反田這個姓氏的出現，同樣也沒什麼特殊意圖，只是我在連載開始前曾在五反田車站下過車罷了。一方面覺得這麼偷懶的命名方式有點像是自己人才看得懂的笑點，集結成冊之際，我本來想將這些名字換掉，但想想，換掉名字也不太自然，還是決定保留原先設定出版了。

本作品在撰寫過程中參考了以下書籍：

《持久號　薛克頓南極探險全紀錄》Caroline Alexander著　Frank Hurley攝影　畔上司譯　Sony Magazines出版
《股份公司這種病》平川克美著　ＮＴＴ出版
《War Lord　戰爭的領導者們　用看的戰爭史》Alan John Percivale Taylor著　藤崎利和譯　新評論出版
《毒氣之父哈伯　遭愛國心背叛的科學家》宮田親平著　朝日選書出版
《我們都是艾希曼之子》Gunther Anders著　岩淵達治譯　晶文社出版
《追蹤祕密結社！被封印的黑暗組織真相》John Lawrence Reynolds著　住友進譯　主婦之友社出版
《網路人類論》梅田望夫、平野啓一郎著　新潮新書出版
《日本新聞媒體的「怯懦」構造　為什麼不敢寫出真相》Benjamin Fulford著　寶島社文庫出版
《世紀末日本推理小說情事》新保博久著　筑摩書房出版
《國家是什麼》萱野稔人著　以文社出版
《週刊ＳＰＡ！》二〇〇七年五月十五日　佐藤優與Benjamin Fulford的訪談報導

本作前半部提到的「婚姻的五大信條」引用自山口瞳先生的名言；作品中段提到的「徘徊探訪式小說」則是引用自矢作俊彥先生的名言，資料來源為新保博久先生的《世紀末日本推理小說情事》。

另外關於本作中的人物針對「國家」這個概念所說出的言論，都是我在看過參考文獻後自行想像出來的，包括「驅趕蒼蠅的方法」的敘述部分，以及關於電影《烏鴉》的陰謀論，本作中的所有情節皆屬虛構，請各位讀者不要信以為真（唯獨電影《烏鴉》的主角李國豪確實於拍攝過程中逝世）。

此外，在《早安》上連載時，承蒙漫畫家花澤健吾先生為本作畫了插畫，這些插畫讓故事更有想像空間，對小說本身也造成了一定程度的影響，我們不忍心讓這些插畫就此消失，因此同時出版了收錄所有插畫的特別版，至於文字內容，與普通版並沒有任何不同。

解說

通往地獄的道路充滿善意，天堂也是

曲辰

我不會爲我的國家殺人。我不會爲資本主義、共產主義、社會民主國家、福利國家而殺人。我會因爲卡特殺了某某人而殺掉卡特。爲了家庭的恩怨殺人，比爲了愛國或喜愛哪種經濟體制殺人理由更充分。我愛，我恨，都是我個人的事。

——《哈瓦納特派員》（*Our Man In Havana*）

「影響」這個字眼很奧妙，某個角度來說，它似乎是「抄襲」的輕薄短小版本，換個方向，它又可成為「致敬」的另一項特徵。但不管怎麼說，「影響」對一個作家而言，都是相當敏感的詞語，難怪哈洛・卜倫（Harold Bloom）會提出所謂「影響的焦慮」（The anxiety of influence），認為每個作者都是在掙扎於前人作家的痕跡之中得到成長的。

之所以會提及這件事情，主要是由於當我拿到這本《MODERN TIMES》的書稿時，同時正在看村上春樹的《1Q84》，然後強烈地意識到，這兩本作品實際上似乎分享了同一個時代的感覺結構，進而寫出如此互通聲息的小說來。

不過這樣的說法恐怕會造成伊坂幸太郎的焦慮，特別是他被書評家吉田伸子畫歸為受到村上春樹影響的一系列作家（*1）後，「春樹children」（春樹チルドレン）這個稱號就一直籠罩在他頭上。儘管他在許多訪問中都曾駁斥這種說法，甚至抬出島田莊司的名號，認為自己受島田影響要更大一點（雖然看得出這點的人恐怕很少）（*2），但我們或許仍然能從他與村上的共通之處，來探看伊坂小說的魅力所在。

伊坂與村上最明顯的類同之處，大概就是他們都熱愛某種會話式的文體，儘管只是在描述或敘事，但往往像獨白一樣，運用了大量鮮明且特殊的比喻（這也造成了兩個人都很容易創造出「名言」這種東西）。另外，對音樂的獨特愛好，也讓他們的小說讀起來很明顯隱含著某種韻律感及節奏（這點透過翻譯倒是比較不容易被察覺）。

當然，他們的世界觀以及創作手法有著顯著的不同，這也讓他們成為各有特色的作家。有趣的是，不管這兩位作家是否有某種「影響」的關係存在，他們都不約而同地在二十一世紀的第一個十年尾聲展開了作品風格的轉向。

村上在《海邊的卡夫卡》（二〇〇二）達到了他寫作生涯中存在主義的高峰，之後的《黑夜之後》（二〇〇四）則像是一則呼應的補遺，但在《1Q84》中，他則是將觸角伸進他過去不大碰觸的「歷史」這個概念，進而演化出他對日本現況的思考。相較於此，伊坂則是在《OH! FATHER》（オー！ファーザー）的單行本後記中宣稱《GOLDEN SLUMBERS》是他作家生涯的第二期開端，換言之，這本出版於二〇〇七年的《GOLDEN SLUMBERS》與同時連載的《MODERN TIMES》，不只如伊坂所說的像是「兄弟」而已，更是為他確立新風格的兩大作品。

那到底，伊坂的作品有著怎麼樣的轉向？

某次我去拜訪日本推理文學資料館，遇到了館長權田萬治先生，和他聊起了他當時剛完成的松本清張論著，他在書中強調清張的作家之眼總是面對著這個社會的黑暗底層，並將之化為文字。但當他講到松本清張開啟的這個體系後來其實延伸到伊坂幸太郎時，我有點吃驚。

因為相較於清張的控訴性格，伊坂似乎顯得溫柔多了，他不大聲嚷嚷自己的主張，也不會為了追求戲劇效果，強化人與社會象徵的對立，兩位看來大相逕庭的作家，權田先生為什麼會把他們扯在一起？

但當我看到了《MODERN TIMES》的時候，我好像有點理解這樣的觀點了。

做為《魔王》的續篇，伊坂似乎更認真思考「國家」與「人」的關係，因此我們以為他在前作中所意圖塑造的「犬養」這個角色代表了政府、權力，如今卻發現在《MODERN TIMES》中，先前代表「惡」的人物只是個跑龍套的裝飾性角色，在他之上，似乎還有一些什麼在宰制著我們。

從這看來，我會想到社會學家韋伯（Max Weber）曾經提出的「科層組織」（bureaucracy，也有人譯為「官僚體制」）的概念，他以此來解釋當代社會，認為現代的政治制度其實是經歷了不斷的現代化過程，發展出如今我們看到的這個理論上是最符合理性精神算計的統治組織，專業分工、權威層級、法制化規定，讓科層組織成為一個「非人」的代表，於是它不會為人的悲歡喜怒所囿，能公平、完整地主張每個人的權利。但隨著個人的特性被逐步削弱，科層也就壯大成一個超乎所有人想像的巨大理性鐵籠，反過來囿限著我們。

不過伊坂看到的卻是，當科層組織想像自己代表國家本身，國家便成了一個巨大的有機生命體，而為了延續自我的存在，國家會盡一切所能抹殺影響自己發展的事物（即使那事物是自己的國民）。所以為什麼書中會出現層出不窮的暴力，因為我們會意識到國家機器的存在之時，往往是權力施加於我們身上的時候。更驚人的是，這一切為了維護國家本身的各種暴力手段，不是出自一人之手，而是來自於整體之下的個體，也就是我們每一個人，都曾經貢獻過一點自己的力量，幫助國家鞏固自身。

這樣看來，伊坂的確有點像松本清張，特別是那種

*1 其實還有其他人作陪，例如本多孝好、金城一紀等人，後來還有論者擴大這整個系譜，將石田衣良給算進去了，但以我個人的看法，石田有點像被硬湊成對的。

*2 不過伊坂也承認，有可能他看的作品受到村上的影響，因此自己得到了間接影響。針對這點，我覺得更有可能的或許是，他與村上共享了同一個老師，也就是大江健三郎。

會問出正確的問題而得到很難令人接受的答案的過程。不過與清張不同的是，現在這個時代並不是一個指出「問題在哪裡」就好的時代，因為我們深溺於結構中，只要結構存在，類似的問題就會不斷出現，所以伊坂企圖叩問的不是「為什麼會這樣」，而是更為本質的「為什麼我們會讓這個世界變成這樣」？

張大春在《城邦暴力團》中，曾經提及所謂「理想的讀者」的概念，他認為一個作者在創作時，一定預設了某個人能夠完全理解作品中的象徵、意圖與暗示，也才能傳遞出一個完整的訊息。從這個角度來看，本書的作中作《再見草莓田》便成了一種隱喻結構，讀者讀到了什麼並不重要，而是如何從讀到的東西出發、延伸、搜尋、並詮釋，展開對整個世界的理解與重新型塑。

這除了提醒我們閱讀伊坂作品時必須小心理解他所帶來的訊息，也告訴我們，「看到了」其實不代表什麼，「去做些什麼」才是真正帶來改變的可能力量，就算我們不知道現在做的這些是否能夠造成影響，但這個動力終究會讓我們奪回對於自己處境的發言權。

從伊坂的後期作品來看，他開始展開對人的「能動性」的探索，這也暗示了為什麼他會採取科幻設定來寫《MODERN TIMES》，因為這只是一個未來的可能，我們「當下」的舉動會決定這究竟只是虛構或是個預言。

相信你所相信的，思考你所該思考的，做你所應當做的。

還有別忘了——

把勇氣帶在身上。

作者介紹

曲辰，現居打狗，一個試圖召喚出小說潛藏的世界樣貌的大眾文學研究者。

伊坂幸太郎作品集12

MODERN TIMES——摩登時代
モダンタイムス

作者	伊坂幸太郎
插畫	花沢健吾
翻譯	李彥樺
原出版社	講談社
責任編輯	張麗嫺
編輯總監	劉麗真
總經理	陳逸瑛
榮譽社長	詹宏志
發行人	凃玉雲
出版	獨步文化 城邦文化事業股份有限公司 104台北市中山區民生東路二段141號5樓 電話：(02) 2500-7696　傳眞：(02) 2500-1967
發行	英屬蓋曼群島商家庭傳媒股份有限公司城邦分公司 104台北市中山區民生東路二段141號2樓 讀者服務專線：(02)2500-7718；2500-7719 24小時傳眞服務：(02)2500-1990；2500-1991 服務時間：週一至週五　上午09:00～12:00　下午13:00～17:00 讀者服務信箱E-mail：service@readingclub.com.tw 劃撥帳號：19863813　戶名：書虫股份有限公司
香港發行所	城邦（香港）出版集團有限公司 新址：香港灣仔駱克道193號東超商業中心1樓 電話：(852) 25086231　傳眞：(852) 25789337 E-mail：hkcite@biznetvigator.com
馬新發行所	城邦（馬新）出版集團 Cite(M)Sdn.Bhd.(458372U) 11, Jalan 30D/146, Desa Tasik, Sungai Besi,57000 Kuala Lumpur, Malaysia 電話：(603) 90563833　傳眞：(603) 90562833

城邦讀書花園
www.cite.com.tw

封面設計	Bianco Tsai
印刷	中原造像股份有限公司
排版	陳瑜安

初　版　2010年（民99）10月
三　版　2022年（民111）10月
定價　499元
ISBN 978-626-7073-96-4
978-626-7073-63-6（EPUB）

國家圖書館出版品預行編目資料

MODERN TIMES—摩登時代 / 伊坂幸太郎著，李彥樺譯.
三版. -- 台北市：獨步文化：家庭傳媒城邦分公司發行，民
2022.10
面；　公分. --（伊坂幸太郎作品集：12）
譯自：モダンタイムス

ISBN 978-626-7073-96-4（平裝）

861.57　　111015678